Von Craig Thomas sind
als Heyne-Taschenbücher erschienen:

Firefox · Band 01/6132
Jade Tiger · Band 01/6210
Wolfsjagd · Band 01/6312
Schneefalke · Band 01/6408
See-Leopard · Band 01/6496
Firefox down · Band 01/6570
Der Fuchs · Band 01/6932
Der Maulwurf, der Löwe und der Bär ·
Band 01/6954

CRAIG THOMAS

DER HABICHT

Roman

Aus dem Englischen
von Wulf Bergner

WILHELM HEYNE VERLAG
MÜNCHEN

HEYNE ALLGEMEINE REIHE
Nr. 01/7792

Titel der englischen Originalausgabe
WINTER HAWK

Genehmigte, ungekürzte Taschenbuchausgabe

Printed in Germany 1989
Umschlagfoto: Photodesign Mall, Stuttgart
Umschlaggestaltung: Atelier Ingrid Schütz, München
Gesamtherstellung: Elsnerdruck, Berlin

ISBN 3-453-02933-X

Zur Erinnerung

an meine Mutter,

die am 4. Januar 1985 starb.

«Tatsache ist: die eine Seite glaubt, daß der
zu erwartende Gewinn höher zu veranschlagen ist
als die einzugehenden Risiken, und die andere Seite
ist willens, lieber der Gefahr ins Auge zu sehen,
als einen unmittelbaren Verlust zu akzeptieren.»

THUKYDIDES, *Geschichte des Peloponnesischen Krieges*

VORSPIEL

«Wir leben in den unsichersten Stunden der Epoche
und singen eine amerikanische Melodie.»

PAUL SIMON, *American Tune*

«Erst zwei Minuten – und schon sind sie nervös!»

«Wie viele Russen sind's?»

Hinter den getönten Cockpitscheiben des nächsten Hubschraubers hatte Anders ein hellhäutiges Gesicht erkannt. Er blickte mit einem Auge durch das Taschen-Nachtsichtgerät und beobachtete die beiden Mil Mi-24 in der Senke unter ihnen. Beim Sonnenuntergang war die Temperatur unter den Gefrierpunkt gesunken; zwischen klaren, hellen Sternen stand eine schmale Neumondsichel. Der leichte kalte Wind trieb Flugsand gegen die Schultern seiner Lammfelljacke, der zwischen Kragen und Haaransatz eindrang. Das tonnenförmige Objektiv des großen Nachtsichtgeräts lag unterhalb des Dünenkamms zwischen Oberst Itzhak Jaffe und ihm.

In der Stille glaubte Anders gelegentlich Stimmengemurmel zu hören – aber diese Geräusche konnten auch von dem in der Senke kreiselnden Wind hervorgerufen worden sein. Jaffe hielt sich einen Kopfhörer ans Ohr. Vor der Landung der Mils waren überall in der Senke winzige Mikrofone angebracht worden, so daß Jaffe mit einiger Mühe Bruchstücke der Gespräche der beiden Hubschrauberbesatzungen mithören konnte: meistens das Farsi der Terroristen in einer der Kabinen; seltener das Russisch der Piloten.

«Zwei oder drei», antwortete er schließlich. «Vielleicht auch noch zwei bis drei Iraner.» Er zuckte vielsagend mit den Schultern. «Wir verfügen hier nicht gerade über das beste System . . .»

«Hoffentlich ist ihnen keiner der Horchposten aufgefallen», flüsterte Anders. «Wo sind Ihre Jungs?»

«Schon unterwegs.» Jaffe blickte die lange Düne hinab. Aus der Dunkelheit unter ihnen gab ihm eine Hand mit weißer Innenfläche ein Zeichen. «Schon unterwegs», wiederholte der Oberst. Er hob das sperrige Nachtsichtgerät ans Auge und fügte hinzu, als er das Handzeichen des Leutnants klar erkannte: «In ein paar Minuten. Von Westen her.»

Anders spürte, wie sich seine Magennerven zusammenzogen, während er das Taschen-Nachtsichtgerät höherhob, bis es ihm die gespenstisch wirkenden Klippen jenseits der Senke zeigte.

Wir brauchen diese Hubschrauber unbedingt ... noch ist's nicht zu spät ...

Selbst in seiner Erinnerung sprach aus der Stimme des CIA-Direktors stille Verzweiflung. Anders sah, daß aus einem der Hubschrauber ein Mann gestiegen war: einer der Iraner – mit einem AKM-Sturmgewehr bewaffnet, nervös und wachsam zugleich. Burnus, Tarnjacke, Hose mit aufgesetzten Taschen, Springerstiefel. Das war bestimmt kein Araber, eher ein islamischer Fanatiker. Anders suchte die mit Felsblöcken übersäte Landschaft hinter dem Mann ab, ohne jedoch eine Spur der Männer von Jaffes Spezialtruppe *Sayeret Matkal* zu erkennen, die sich auf die Senke mit den Hubschraubern zubewegten.

Wir müssen unseren Mann rausholen ... dazu brauchen wir zwei russische Kampfhubschrauber ... dabei dürfen wir uns nicht den geringsten Fehler leisten ...

Anders hatte den Direktor gefragt, wieviel Zeit ihnen für dieses Unternehmen bleibe. Jetzt glaubte er, seine Antwort zu hören, als trage er einen Kopfhörer, aus dem eine blecherne Funkstimme durch seine Spannung, Nervosität und durch seine Ängste drang.

Gleich der erste Versuch muß klappen – in drei Tagen. Wir haben nur diese eine Chance ... Gant hat ungefähr zwei Wochen Zeit, zu üben, sich vorzubereiten ...

Anders schluckte trocken. Als Jaffe im nächsten Augenblick ankündigte: «Sie haben Verbindung», zuckte er wie elektrisiert zusammen. Der Oberst drückte sich den Kopfhörer erneut ans Ohr. Anders meinte, in der Senke ein Funkgerät krächzen zu hören, und richtete das Nachtsichtgerät auf eine der grünen Cockpitverglasungen.

Beide Mils, ein Kampfhubschrauber Mi-24 D und ein älterer Mi-24 A, trugen Wüstentarnbemalung – ohne syrische Hoheitsabzeichen.

«Kommen unsere Leute in ihrer Verstellung durch?» fragte Anders, während er gespannt die beiden Hubschrauber beobachtete, als befürchte er, die Mils könnten plötzlich wie aufgescheuchte Vögel davonfliegen.

Verzweiflung... Vor vier Wochen war die einzige flugfähige Mi-24 der *Staffel Chamäleon* bei einem Fluchthilfeunternehmen in der DDR abgestürzt. Die Besatzung war ums Leben gekommen – aber der Verlust des Hubschraubers war für die CIA weit kritischer gewesen. Die Mi-24 war eine der beiden Maschinen gewesen, mit denen afghanische Heeresflieger 1985 nach Pakistan desertiert waren. Einer der Hubschrauber war damals untersucht und zerlegt worden, um als Ersatzteilträger für den anderen – ihre einzige Mi-24 – zu dienen.

«Keine Angst, John, sie wirken absolut glaubwürdig.» Der New Yorker Akzent Jaffes war noch immer unverkennbar, obwohl er vor über zwei Jahrzehnten nach Israel ausgewandert war. «Sie werden jetzt aufgefordert, sich zu beeilen. Diese russischen Piloten wollen möglichst schnell wieder weg.»

«Okay.» Anders merkte, daß er nach ihrem kurzen, kräftezehrenden Aufstieg zum Dünenkamm noch immer schwer atmete. Vielleicht auch vor Nervosität. Es war schwierig zu beurteilen. «Dafür sind Sie zuständig», sagte er trocken hüstelnd.

«Eure Leute kennen diese Maschinen praktisch in- und auswendig», stellte Jaffe fest und akzeptierte die Verantwortung mit einem Nicken. Er deutete in die Senke, wo die beiden Mils mit leise summenden Hilfsaggregaten standen. Sie glichen weidenden scheuen Tieren, die beim ersten Anzeichen von Gefahr davonstieben würden. «Wir haben euch schon früher Einzelteile und ganze Wracks geschickt. Ihr braucht die Hubschrauber nicht zur technischen Auswertung, stimmt's?»

«Stimmt», bestätigte der Amerikaner lakonisch.

«Entschuldigen Sie, daß ich danach frage. Ein Fluchthilfeunternehmen, nicht wahr?»

«Kein Wort mehr darüber!»

«Entschuldigung. Kriege ich die Geschichte in der Zeitung zu lesen?»

«Hoffentlich nicht!»

Anders hob sein Taschengerät wieder ans Auge. Jaffe ließ das schwere Nachtsichtgerät auf dem Dünenkamm ruhen. Aus dem Dunkel der zerklüfteten Wüstenlandschaft waren Männer aufgetaucht. Anders holte tief Luft. Sieben Männer.

«Wissen sie . . .?»

«Natürlich. Wir rechnen höchstens mit fünf Mann in der A und lediglich mit zwei Mann Besatzung in der D. Ich kann nur hoffen, daß die beiden genau das sind, was Sie brauchen», fügte Jaffe grinsend hinzu, «denn dieser Basar ist heute nacht zum letzten Mal geöffnet.»

. . . die einzige Möglichkeit. Der Präsident braucht den Agenten und sein Beweismaterial umgehend – und wir *brauchen zwei Hubschrauber . . . sonst löst das Verschwinden von* Kaktus *eine Großfahndung aus, bevor er die nächste Grenze überschreiten kann . . . beschaffen Sie uns diese Hubschrauber . . .*

Anders schüttelte den Kopf, als könne er dadurch die Erinnerung an die Worte des CIA-Direktors verdrängen. Die fremdartige, gefährliche Ecke des Südlibanons, in der er sich befand, nahm allmählich wieder vertraute Umrisse an. Der Amerikaner beobachtete Jaffes arabisch gekleidete und arabisch sprechende Einheit, deren Offizier genügend Farsi sprach, um den Iraner, der auf ihre Rückkehr wartete, zu täuschen, bis die Männer dicht genug heran waren, um den Terroristen zu überwältigen.

Zwei der Näherkommenden schienen verwundet zu sein und stützten sich schwer auf ihre Kameraden. Obwohl Anders einige der Annäherungsübungen beobachtet hatte, kam es ihm gar nicht so vor, alles schon einmal gesehen zu haben. Er spürte nur, wie die Gefahren, die Möglichkeiten, Fehler zu machen, mit jedem Schritt größer wurden.

Fünfzehn Meter Sand und Fels trennten die Gruppe noch von dem ungeduldig auf sie wartenden Terroristen. Er rief etwas, und Anders hörte eine dumpfe, atemlose Erklärung. Noch elf Meter, zehn, acht . . .

Kaktus *hat uns ein mögliches Datum genannt, John,* sagte die nervöse Stimme des CIA-Direktors in seinem Kopf. *Angeblich sollen die Vorbereitungen soweit gediehen sein, daß der Start mit der Vertragsunterzeichnung zusammenfallen kann . . . eine Bestätigung kann er allerdings erst ungefähr eine Woche vorher liefern ... eine Woche vor dem Start haben wir Gewißheit ...*

... insgesamt bleiben uns höchstens drei Wochen – vielleicht nur zwei, vielleicht sogar nur eine einzige Woche, bevor das verdammte Ding in eine Umlaufbahn geschossen wird ... Die Israelis haben die Hubschrauber für uns aufgetrieben; Sie *müssen sie uns zurückbringen ...*

Anders richtete seinen Infrarotblick auf die Hubschrauber, deren grau verschleierte Umrisse, durch das Gerät sichtbar gemacht, ihn nervös zusammenzucken ließen. Alles stand auf Messers Schneide; erst wenn sie Erfolg gehabt hatten, war ein völliger Fehlschlag auszuschließen. Bis dahin gab es keine Atempause, kein Entrinnen.

Der Amerikaner beobachtete erneut die Gruppe auf dem felsigen Dünenkamm. Der Iraner breitete zur Begrüßung die Arme aus; er hielt sein AKM-Gewehr harmlos in der rechten Hand ... drei Meter ... zwei Schritte ...

Herzliche Begrüßung, weiterhin hörbar die Erleichterung im Tonfall der Terroristen, noch in dem Augenblick, in dem der Einheitsführer ihn umarmte ... *Jetzt!*

Ein kurzes Aufbäumen, als das Messer – mit geschwärzter Klinge, damit es im Mondschein nicht glitzerte – in den Körper eindrang. Der Führer der Einheit hielt dem Iraner den Mund zu, um seinen Aufschrei zu ersticken, stützte den bereits Toten und drehte sich mit ihm um ... Anders verfolgte die Szene mit angehaltenem Atem. Eine weitere Umarmung, dann war der Wechsel perfekt: Einer der angeblichen Verwundeten hatte sich aufgerichtet und nahm den Platz des Iraners neben dem Führer der Einheit ein.

Die jetzt achtköpfige Gruppe begann den Abstieg durch eine steinige Rinne, die in die Senke zwischen den Dünen hinunterführte. Sie war noch fünfzig bis sechzig Meter von den beiden Mils entfernt. Jaffe atmete geräuschvoll aus: Seine Nervosität war in der kalten Luft fast wie eine Atemdampfwolke sichtbar. Die beiden Piloten würden ihre Startchecks inzwischen abgeschlossen haben. Anders wußte nicht mehr, wie lange er das Pfeifen der Hilfstriebwerke bereits wahrgenommen hatte; er wußte lediglich, daß die Mi-24 jederzeit zum Anlassen ihrer Haupttriebwerke bereit waren.

«Nichts überstürzen, Jungs, langsam, ganz langsam ...» murmelte Jaffe beschwörend.

Die Männer bewegten sich fast gemächlich auf die Hubschrauberhecks zu. Anders schien es jedoch, als stürmten sie blindlings ins Verderben. Er konnte den gesamten Schauplatz durchs Monokular des Taschengeräts beobachten. Graues, verschwommenes Licht. Die Rotoren noch unbeweglich. Die Füße des toten Terroristen, der von zwei Männern mitgeschleppt wurde, schleiften im Sand. Anders sah jetzt auch Waffen. Locker gehaltene oder umgehängte Kalaschnikows und Uzis. Noch vierzig Meter bis zu den Hubschraubern.

Lärm. Ohrenbetäubendes, entnervendes Heulen. Die Triebwerke wurden angelassen. Dann setzten die Rotoren sich im Mondschein schimmernd in Bewegung. Sand wurde aufgewirbelt, aber die Sicht verschlechterte sich nur unbedeutend, weil die Piloten ihre Rotoren mit niedrigster Drehzahl kreisen ließen. Die israelische Kommandoeinheit bewegte sich weiter auf die Mils zu, die ungeduldig zu vibrieren schienen. Wenn sie vorzeitig starteten ...

... John, wir müssen *diese Kampfhubschrauber bekommen ... ich übertreibe nicht, wenn ich sage, daß die Zukunft unseres Landes von diesen russischen Hubschraubern abhängt ... Sie wissen, wie wahr das ist – Sie und vielleicht zwei Dutzend andere Leute ...*

Noch fünfundzwanzig Meter. Ein weiterer Iraner war aus der Kabine der 24 A geklettert und winkte der Gruppe zu, sie solle sich beeilen. Die Piloten wurden ungeduldig, weil die Mils mit laufenden Triebwerken weithin hörbar sein mußten. Es hatte zwei Wochen Vorbereitung gebraucht, es einer israelischen Kommandoeinheit zu ermöglichen, zwei russischen Kampfhubschraubern aufzulauern. Der Auftrag: die Mi-24 um jeden Preis unbeschädigt zu erbeuten.

Einen halben Kilometer entfernt warteten zwei israelische Hubschrauberpiloten, um die erbeuteten Maschinen über die Grenze zu der bereitstehenden Lockheed C-5A Galaxy zu fliegen, die sie sofort in die Vereinigten Staaten bringen würde. Dort blieben

Gant und seinen Besatzungen dann bestenfalls zwei Wochen Zeit, um zu lernen, sie zu beherrschen, bevor sie zu ihrem Unternehmen starteten. Ihr Auftrag: den Agenten *Kaktus* als lebenden Beweis aus der Sowjetunion zu schaffen.

Fünfzehn Meter. Winkende Arme und verdeckte Gesichter. Zurufe auf Farsi. Die islamische Terroreinheit, die im Südlibanon und in Nordisrael operierte, war von den Israelis seit langem überwacht worden; so wurde bekannt, daß sie von Mil-Hubschraubern mit russischen Piloten, aus dem Osten Syriens kommend, abgesetzt und wieder abgeholt wurde.

Es hatte Tage gedauert, einen der Gefangenen zum Reden zu bringen, damit er die Erkennungssignale, den Treffpunkt und die festgesetzte Abholzeit verriet. Tage ... Anders erschauderte bei dem Gedanken daran, daß er, von Zeitnot und Verzweiflung getrieben, sofort Teil dieses Unternehmens geworden war, als er von Bord der Galaxy gegangen war.

Elf Meter, zehn ...

Der Pilot und sein Bordschütze waren deutlich zu erkennen: verschwommene Umrisse im Cockpit der 24 D. Sie beobachteten in ihren Außenspiegeln, wie die vermeintlichen Terroristen näher kamen. Auch Pilot und Kopilot der 24 A verfolgten ihre Annäherung. *So viele Augen!* Die strahlenförmig durchbrochenen Scheiben der sich langsam drehenden Rotorblätter reflektierten das Mondlicht wie zwei große beschädigte Spiegel. Sie wirbelten etwas Sand auf, aber die Sichtverhältnisse blieben trotzdem zu gut. Was war, wenn ...? So viele Unterschiede zwischen den eigenen Kameraden und dieser Einheit: Figur, Größe, Stimme, Gang, Haltung. Irgend etwas mußte doch im nächsten Augenblick auffallen. Der Triebwerk- und Rotorenlärm war vielleicht doch nicht stark genug, um die Fremdartigkeit der anderen Stimmen zu übertönen ...

Anders' Blick fiel auf die Stummelflügel der beiden Mils, unter denen Lenkwaffen und Raketenbehälter hingen – alle seltsamerweise auf die Düne gerichtet, hinter der Jaffe und er in Deckung lagen. Gebremste Räder knarrten unter der Last, die an ihnen zerrte.

Sieben Meter, sechs ... vier ...

Erkennen und Reagieren im selben schrecklichen Augenblick. Der iranische Terrorist drehte sich halb um, doch bevor er einen Warnschrei ausstoßen konnte, schlug der Führer der Einheit ihn mit dem Kolben seines Gewehrs nieder. Der Mann brach wie leblos zusammen.

Im nächsten Augenblick entschlossenes Handeln. Der erstochene Terrorist, den sie mitgeschleppt hatten, sackte in sich zusammen, als er losgelassen wurde. Er lag noch nicht still am Boden, da kletterten schon zwei Israelis durch die offene Kabinentür der 24 A, während andere durch den Sand hetzten, der von ihren Rotorblättern aufgewirbelt wurde. Anders sah eine helle Taschenlampe hinter den getönten Cockpitscheiben aufblitzen, glaubte die den Piloten zugebrüllte Warnung zu hören und bildete sich ein, die Blendgranate in der erhobenen Hand und die schußbereiten Uzis zu sehen. Beides mußte einen Schock bewirken, obwohl die Blendgranate nicht einmal geworfen werden durfte, weil der Detonationsdruck die Cockpitinstrumente hätte beschädigen können...

Andererseits ließ es sich wahrscheinlich nicht vermeiden, gegen die getrennten Cockpitabteile der 24 D Blendgranaten einzusetzen. Darüber waren sie sich von Anfang an im klaren gewesen. Pilot und Bordschütze waren nur auszuschalten, wenn beide Cockpittüren, beide Luken geöffnet wurden. Und die 24 D war weiter entfernt, ihre Besatzung bereits alarmiert. Das wertvollere Beutestück, dessen Eroberung jedoch noch riskanter war. Anders starrte angestrengt durchs Monokular seines Taschengeräts und spürte, daß ihm der kalte Schweiß ausbrach.

Jetzt!

Einer der Angreifer hatte die linke Hand an der Entriegelung der Cockpittür des Piloten; ein weiterer war zu dem Bordschützen hinaufgeklettert und riß eben das Luk auf. Mündungsfeuer, dem mit scheinbar sehr großer Verzögerung der Schußknall folgte. Zwei Schüsse aus nächster Entfernung aus einer 9-mm-Beretta, einer Heereswaffe. Der Angreifer sprang befriedigt in den Sand. Der zusammengesackte tote Bordschütze war kaum noch zu erkennen.

Der Pilot warf sich auf seinem Sitz herum; er schien etwas in der Hand zu halten, als er mit dem linken Ellbogen seine Tür aufstieß. Der Angreifer schwang mit ihr nach außen und war plötzlich gefährdet. Ein Schuß aus dem Cockpit; zwei weitere von draußen. Der Angreifer fiel in den Sand und blieb liegen. *Der Pilot hätte nicht erschossen, sondern nur eingeschüchtert und gefangengenommen werden sollen ...*

Der Tote war nach vorn gesackt. Sein ganzes Gewicht lag auf dem Steuerknüppel und einem der Heckrotor-Pedale, so daß die Mil zu kippen begann, sich wie betrunken zur Seite neigte und mit ihren Rotorblättern nach dem Sand zu greifen schien. Jaffes Hand umklammerte Anders' Arm; in seiner Kehle stieg ein Schluchzen auf, aus dem ohnmächtige Wut und Entsetzen sprachen. Die Rotorblätter der 24 A waren inzwischen zum Stehen gekommen. Aber die nähere Mil neigte sich weiter zur Seite; ihr Rumpf schwankte, das Hubschrauberheck brach seitlich aus, und der Rotor neigte sich im Zeitlupentempo dem Sand entgegen ...

... wo seine Blätter aufschlagen, den Sand zerfurchen, abbrechen und zersplittern würden ...

Ein Fuß des toten Piloten lastete schwer auf dem Heckrotor-Pedal. Das war offensichtlich. Der Schub des Heckrotors erhöhte sich, und das Hubschrauberheck drehte sich weiter zur Seite. Während die Mil zu bocken begann, wirbelten Sandwolken auf, weil die durch die Rotorblätter gebildete Scheibe sich dem Wüstensand immer mehr näherte: ein schimmernder Spiegel, der Notsignale zu geben schien. Die Mil schien steigen zu wollen, während sie kippte, und bewegte sich auf dem zerwühlten Sand vor und zurück wie ein getroffener Kampfstier. Die Rotorblätter sanken tiefer und tiefer – wild geschwenkte Arme, die sich im nächsten Augenblick eingraben würden.

Jaffes auf hebräisch gebrüllter Befehl drang durch das Pfeifen der Triebwerke, das Knattern der Rotorblätter und die allgemeine Verwirrung. Anders verstand nur das Drängen in seiner Stimme. Ein Schatten rannte gebückt durch den aufgewirbelten Sand, berührte den Hubschrauberrumpf und begann an ihm hinaufzuklettern. Anders, der ihn beobachtete, war von der Katastrophe, die seiner Meinung nach unmittelbar bevorstand, wie gelähmt. Eine Tür wurde aufgerissen. Ihre Öffnung schien mit Flugsand ausgefüllt zu sein. Die Tür schloß sich wieder. Die Triebwerke heulten weiter . . .

Die von den Rotorblättern gebildete Scheibe senkte sich bis auf einen halben Meter über den Sand, der Hubschrauberrumpf neigte sich torkelnder als zuvor, und das Heck schien wie der Schwanz eines leidenden Tieres im Sand zu peitschen.

«Aufhören!» brüllte Anders unwillkürlich der Mil zu. Einzelne Gestalten kamen unter der 24 A hervor und ergriffen die Flucht. Anders beobachtete wie hypnotisiert die Rotorblätter der 24 D und glaubte zu erkennen, daß der Hubschrauber abzuheben versuchte: ein verletzter Vogel, der sich verzweifelt bemühte, Luft unter die Flügel zu bekommen. Springen, Hüpfen, die Rotorblätter wie gebrochene Flügel, wie Flügel, die im nächsten Augenblick zersplittern werden . . .

Wegrennende Männer – warum? Dann erkannte er den Grund für ihre Flucht. Die taumelnde, springende, kippende Mil schob sich näher und näher an die 24 A heran. Beide Hubschrauber würden außer Gefecht gesetzt werden, das Fluchthilfeunternehmen würde . . .

. . . niemals stattfinden, *niemals!*

«Aufhören!» brüllte er zum zweiten Mal. Vor vier Wochen, vor etwas über einem Monat hatten sie noch gar nicht gewußt, was die Russen planten; damals hatten sie noch keine Mil-Hubschrauber für ein Fluchthilfeunternehmen hinter dem Eisernen Vorhang gebraucht – *vor vier Wochen!* Sie alle waren völlig überrascht worden – NSC, CIA, DARPA, DIA, das Weiße Haus und sämtliche übrigen Stellen –, gänzlich ahnungslos, vollständig überrascht . . .

Er kippt, er stürzt, er fällt! Nur mehr wenige Sekunden bis zur Bodenberührung!

Langsamer?

Langsamer!

Das Hubschrauberheck stabilisierte sich allmählich. Hinter den Sandschleiern schimmerten die Rotorblätter kaum noch, während der Lärm des Triebwerks nachließ. Das Fahrwerk kippte in die Waagrechte zurück und setzte mit einem dumpfen Schlag im Sand auf. Die Rotorblätter drehten sich sichtlich langsamer. Anders erkannte, daß Jaffes Mann die Treibstoffzufuhr der beiden Propellerturbinen der Mil unterbrochen hatte, um sie möglichst schnell zum Stehen zu bringen. Danach hatte er den Fuß des toten Russen vom rechten Heckrotor-Pedal geschoben und selbst das linke Pedal getreten, bevor er den Rotor ausgekuppelt hatte.

Die Rotorblätter drehten sich langsamer, kamen zum Stillstand. In der ohrenbetäubenden Stille hörte Anders vereinzelte halblaute Jubelrufe. Als die Spannung nachließ, fühlte der Amerikaner sich wie gerädert und um Jahre gealtert. Jaffe war aufgesprungen und winkte seinen Männern und dem Leutnant am Fuß der Düne zu. Der Offizier sollte die beiden Hubschrauberpiloten zu ihnen heraufbringen lassen.

Anders merkte, daß er vor Erschöpfung schwankte, als er jetzt ebenfalls aufstand. Jaffes Hand umklammerte seinen Ellbogen. Der Oberst grinste. Als die Sandwolken sich legten, konnte Anders beobachten, wie ein einzelner Mann vorsichtig aus der 24 D kletterte, als leide er unter den Nachwirkungen seines Adrenalinschocks.

«Ich hab's doch gesagt, daß wir's schaffen würden – ich hab's Ihnen gesagt, Mann!» brüllte Jaffe.

«Ja, aber ... das war knapp, verdammt knapp!» antwortete Anders ebenso laut und grinste nun auch. Im nächsten Augenblick, als die kalte Luft seine Lungen füllte, mußte er husten. Aufgewirbelter Flugsand setzte sich allmählich, so daß seine Augen davon brannten und tränten.

«Meckern Sie nicht! Wir haben's geschafft, und Sie kriegen Ihre Hubschrauber – für welchen Zweck auch immer!»

Anders blickte in die wieder freiwerdende Senke hinunter. Tote wurden von den Hubschraubern weggeschleppt und nebeneinandergelegt: je nach Identität nachlässig-sachlich oder behutsamzart behandelt. Die beiden Mils standen einander wie kampfbereite Hirsche in der Brunftzeit gegenüber. Zwei *unbeschädigte* russische Mil-Hubschrauber. Er seufzte tief und fühlte sich immer noch unerklärlich schwach, beinahe hilflos.

Das Unternehmen *Habicht* hatte begonnen. Die Voraussetzungen dafür waren geschaffen ...

ERSTER TEIL

RUND UM DEN WACHTTURM

«You that never done nothin'.
But build to destroy
You play with my world
like it's your little toy . . .»

BOB DYLAN, *Masters of War*

1

Donnergrollen in der Ferne

Eine Atempause inmitten des Aufruhrs der Gefühle, unter dem er litt, in der er sich an jene verblaßten Schwarzweißaufnahmen erinnerte, die seine Eltern so sorgsam aufbewahrt hatten. Die Fotos hatten eine Entwicklung, eigentlich sogar eine Geschichte dokumentiert: den Bau des Wohnblocks, in dem seine Eltern kurz nach ihrer Hochzeit eine Wohnung zugewiesen bekommen hatten. Sie mußten tagtäglich, zumindest mehrmals in der Woche hingegangen sein und den langsam aus der Erde wachsenden Bau, die Ziegelstapel, die Kipperfahrzeuge und Betonmischer fotografiert haben – alles.

Er spürte, wie seine Hand auf dem Schreibbrett, das auf dem Geländer der Plattform lag, zitterte. Seine Eltern hatten wie er beobachtet, wie etwas entstand, und dieses Entstehen festgehalten. Seine eigene Dokumentation galt jedoch nicht einem Block mit Arbeiterwohnungen, sondern einer Waffe.

Unter Filip Kedrow lagen die Einzelteile des zur Endmontage bereiten Killersatelliten. Der lange Zylinder des Gaslasers und der riesige Spiegel lagen wie Lanze und Schild unbeweglich auf zwei großen Arbeitsplattformen im Hauptsaal des Montagegebäudes. Mechanische Greifarme hingen unbeweglich über ihnen – bewegungslos wie Baumaschinen am Wochenende. Er wußte, daß er nur kurz innehalten durfte, daß er keinen Verdacht erregen, daß er nicht den Anschein erwecken durfte, sich länger als unbedingt nötig aufzuhalten ... aber er genoß die heutige Spannung beinahe, denn dies war das letzte Mal, der letzte Tag. Seine Spionagetätigkeit war fast beendet.

Die Vergangenheit verwirrte und erregte ihn; sie drängte sich in seine Gedanken, während er versuchte, sich auf die getarnte Kamera und die letzten Aufnahmen zu konzentrieren. Das junge, hoffnungsvolle Gesicht seiner Mutter, die leicht verlegen wirkte, als tadele sie sich selbst wegen ihrer Kühnheit, sich fotografieren zu lassen – oder als wappne sie sich innerlich gegen alle Hoffnungen, die das hinter ihr entstehende Gebäude verkörperte. Kedrow hatte das Bedürfnis, seine Bildreportage abzuschließen, wie es sein Vater getan hatte, als er seine Frau neben einem stehenden Betonmischer und vor dem Hauseingang mit den noch nicht ganz ausgehärteten Stufen aufgenommen hatte. Was dieses Abschlußfoto für den Vater bedeutet hatte, bedeutete diese letzte Rolle Mikrofilm für den Sohn: einen abschließenden Triumph.

Die Segmente des Hauptspiegels der Laserwaffe – Glasteile mit einer durch Kohlefaser verstärkten aufgedampften Siliziumschicht – waren schon fast vollständig eingebaut. Mit Hilfe von Servomotoren konnte der Bordcomputer des Killersatelliten die Stellung einzelner Segmente zueinander verändern. Auf diese Weise wurden leichte Verwerfungen ausgeglichen, die durch die Erhitzung des Spiegels durch den Laserstrahl entstanden; dieser Ausgleich war erforderlich, wenn der Laserstrahl zielgenau gerichtet werden sollte. Bei der Abschlußerprobung hatte es Schwierigkeiten mit einigen der Servomotoren gegeben, aber jetzt funktionierte der Spiegel zufriedenstellend. Das hatte er den Amerikanern vor einer Woche mitgeteilt; heute abend mußte er ihnen melden, daß der Starttermin festgelegt worden war...

Kedrow stockte der Atem, als er daran dachte, daß er – von allen in Baikonur herumschwirrenden Gerüchten! – ausgerechnet *dieses* Gerücht aufgeschnappt hatte. Dieser ungeheuerliche Zufall ließ sein Herz noch Stunden später wie rasend schlagen. Seine Nerven kamen ihm vor wie ein überhitzter Kochtopf, aber sie hielten dieser Belastung irgendwie stand: in dem Bewußtsein, seine Aufgabe erfüllt, sein Ziel zum Greifen nahe vor sich zu haben...

Amerika.

Er hatte alles wie verlangt an die Amerikaner weitergegeben. In seinem Besitz befanden sich nur noch die Filme, die er belichtet hatte und die er mitnehmen sollte – das Ergebnis von drei Wochen Filmarbeit, mit der er begonnen hatte, sobald er die getarnte Kamera erhalten hatte. Jetzt mußte er die Filme bei sich aufbewahren, bis er abgeholt wurde.

Und heute abend würde er ihnen mitteilen, daß sie kommen

mußten. Er hatte die Beweise; sie kannten den Starttermin und würden ihn *brauchen* ...

Kedrow gab sich einen Ruck und bewegte sich auf dem Laufgang weiter, dessen Gitterroste unter seinen Füßen schepperten. Noch vier Tage. In vier Tagen, am Donnerstag, würde der Killersatellit fertig montiert und einsatzbereit von der Raumfähre in eine Umlaufbahn transportiert werden. Innerhalb von zwei Monaten würden weitere elf Laserwaffen im Weltraum stationiert werden. Aber das brauchte ihn nicht zu kümmern: Er mußte den Amerikanern lediglich noch an diesem Abend von Orlows Werkstatt aus über Funk melden, daß der genaue Starttermin feststand, damit sie kamen und ihn abholten. So lautete ihre Vereinbarung ... *sag uns das Datum, Filip* – oder *Kaktus*, wie sie ihn hartnäckig nannten –, *und bring uns überzeugende Bildbeweise für die Existenz dieser Waffe, dann holen wir dich raus.*

Die Amerikaner würden ihn mit einem Hubschrauber abholen – mit einem sowjetischen Hubschrauber. Ort und Zeitpunkt ihres Treffens waren bereits festgelegt. Filip Kedrow war sich absolut darüber im klaren, daß seine Bedeutung gar nicht überschätzt werden konnte. Er hatte der CIA die Existenz der Laserwaffe und ihre geplante Stationierung im Weltraum gemeldet, als sie vor etwas über vier Wochen mit einem Sonderzug aus Semipalatinsk herantransportiert worden war. Wie die Amerikaner in Panik geraten waren! Ihr Abrüstungsvertrag mit der Sowjetunion war gefährdet, wurde umgangen, *Gefahr* ...

Sobald er sie heute abend benachrichtigte, würden sie ihn abholen. Sie würden übermorgen, in zwei Tagen, kommen, um ihn in den Westen zu bringen – ihn und seine unbezahlbaren winzigen Filmspulen. Sie würden sich beeilen müssen, denn schließlich brauchten sie die Filme noch vor Donnerstag.

Das Schreibbrett in seiner Hand zitterte, als registriere es ein sehr weit entferntes Erdbeben. Gleichzeitig betastete seine linke Hand die als Filzschreiber getarnte Fernbedienung in der Tasche seines weißen Kittels. Die dazugehörige Kamera – die winzige Kamera mit Elektroantrieb – war in die leuchtend grüne Papierklammer eingebaut, die einen Stoß Computerausdrucke auf dem Plastikschreibbrett festhielt. Die Klammer stellte einen Frosch dar:

einen dicken grünen Frosch mit orangeroten Flecken. Viele der Wissenschaftler und Techniker des Kosmodroms in Baikonur benützten ähnliche Scherzartikel, um die Militärs, unter deren Verwaltung Baikonur stand, ein bißchen zu ärgern. Eine Teenager-Subkultur wie die Kassetten mit westlicher Popmusik, die *Samisdats* satirischer Romane und die wilden Wochenendparties.

Kedrows grüner Frosch war so normal wie seine Liebschaften und die Wochenenden, an denen er sich betrank. Ein Spielzeug, das er bei seinem letzten Moskau-Urlaub im *Detski Mir* gesehen hatte, hatte ihn auf diese Idee gebracht. Er hatte seiner kleinen Nichte einen Frosch gekauft. Ihrer enthielt natürlich kein Kameraobjektiv im rechten Auge, keinen lautlosen Antrieb und keine winzigen Filmspulen im Bauch; für ihn gab es auch keine Fernbedienung.

Sein Daumen drückte erneut auf die Kappe des dicken Filzschreibers in seiner Kitteltasche. Kedrow horchte wieder einmal angestrengt, aber der Filmantrieb arbeitete tatsächlich völlig lautlos. Er hatte ihn bereits Dutzende von Malen mit angehaltenem Atem ausprobiert, aber zum Glück niemals auch nur das leiseste Surren gehört.

An diesem Sonntag hatte er bereits die noch geöffnete äußere Ummantelung des Killersatelliten, seine Tanks für die Lasergase und den Computer gefilmt. Jetzt stand er über den letzten verräterischen Baugruppen: dem gewaltigen Spiegel und dem speerartigen langen Zylinder. Sobald sie im Fernsehen gezeigt wurden – was die Amerikaner offenbar vorhatten –, konnte kein Zweifel mehr daran bestehen, daß es sich nicht um Bauteile eines Teleskops oder eines Wettersatelliten, sondern um Baugruppen eines von zwölf Laser-Killersatelliten handelte. Vergrößerungen der winzigen Filmstreifen würden informieren, anklagen, enthüllen, schockieren . . .

. . . und Filip Kedrow zu einem Fernsehstar, einem Helden und einem schwerreichen Amerikaner machen.

Einer der Männer, die unter ihm arbeiteten, blickte auf und sah ihn. Kedrows Hand zuckte. Er nahm den Daumen von der Fernbedienung. Lächeln! befahl er sich selbst – und lächelte nervös, während er auf den Rücken des Frosches drückte und ihn quaken ließ. Der Techniker unter ihm winkte ihm lachend zu. Zwei, drei andere grinsten ebenfalls. Die Wachposten würden sich nur für ihn interessieren, wenn er zu lange auf dem Laufgang blieb. Kedrow betätigte erneut die Fernbedienung und veränderte die Lage des Schreibbretts nach jeder Aufnahme, damit der Blick des Frosches sämtliche Einzelheiten erfaßte.

24, 25, 26, 27, 28 ... aufhören, weitergehen!

Kedrow hob das Schreibbrett vom Geländer und drückte es an seine Brust. Damit war dieses Kapitel, dieser Teil der Baugeschichte abgeschlossen. Die Aufnahmen, die ihm ein neues Leben in Amerika ermöglichen würden, waren in seiner abgesperrten Garage sicher in Farbbüchsen verwahrt.

Ein Erfolgsgefühl durchflutete ihn wie eine heiße Woge, die ihn erregte, aber zugleich auch irgendwie einlullte und beruhigte. Die Laufroste auf halber Höhe der Werkhalle klirrten unter seinen Schritten. Kedrow hielt das Schreibbrett jetzt unter dem rechten Arm, und seine linke Hand hatte die Fernbedienung in der Tasche losgelassen.

Kedrow warf einen Blick auf den Frosch, auf seinen Werksausweis, der unmittelbar über der runden gelben Plakette befestigt war, die jedermann zum Lächeln aufforderte. Natürlich hatte er alles Recht, sich in der Endmontage aufzuhalten – und auch das steigerte seinen Triumph, machte seinen Erfolg noch schöner und befriedigender. Er wäre für die Befüllung der Lasergastanks zuständig gewesen; er hatte sogar das Computerprogramm dafür mitentwickelt. Seine Schuhe klapperten die mit Gitterrosten belegte Treppe am Ende des Laufganges hinunter. Noch an diesem Abend würde er nach Tjuratam fahren und seinen letzten Funkspruch absetzen. Aber zuvor mußte er die Filmkassette wie die vorigen in Plastikfolie verpacken und in einer alten Farbbüchse versenken.

Filip Kedrow, *Kaktus*, nickte zwei Technikern zu, die ein Notstromaggregat aus einem der Lagerräume hereinrollten. Und er lächelte sogar, als er dem gelangweilten, nichtsahnenden GRU-Posten zunickte, an dem er vorbeiging, ohne auf die Maschinenpistole des Uniformierten zu achten. Kedrow verließ die Halle durch den Personaleingang und befand sich in einem kalten, schmalen Korridor mit Kleidungsstücken an Garderobenhaken und einer langen Reihe Pelzstiefel. Er suchte seinen eigenen Mantel mit Schal, Stiefeln und Handschuhen und schlüpfte hinein.

Vor der Tür draußen erwartete ihn ein Tag mit –30 °C und einem hohen, blassen Himmel. Manhattan. Kedrow hatte das Gefühl, als liege die berühmte Skyline, die er aus Filmen kannte, die Techniker und Wissenschaftler sehen durften, jetzt vor ihm. Ja, Manhattan. Er würde ein Apartment am Central Park verlangen ...

Kedrow blinzelte. Lange Wolkenkratzerreihen mit Fronten aus getöntem Glas ... Fifth Avenue, Sixth. Endlich würde er den Block mit Arbeiterwohnungen verlassen, vor dem seine Mutter so stolz gestanden hatte.

Er machte sich auf den Weg zum Parkplatz für Techniker.

Bevor er seinen grauen Moskowitsch erreichte, war seine Stimmung umgeschlagen. Das wärmende Triumphgefühl hatte sich verflüchtigt, als ob die im Freien herrschende Kälte seinem Körper alle Wärme entzogen hätte. Kedrow zitterte vor Angst – und das nicht nur als Reaktion auf das, was er getan hatte ...

Er hatte Angst vor den beiden Männern in dem Wagen in der Nähe der Parkplatzausfahrt, denn er wußte, daß dieser Wagen mit diesen Männern schon am Morgen hinter ihm hergefahren war. Dabei war er in letzter Zeit so vorsichtig gewesen, hatte so genau auf alle Anzeichen einer etwaigen Überwachung geachtet und war davon überzeugt gewesen, ungefährdet zu sein. Jetzt wußte er, daß er sich getäuscht hatte. Er hatte Mühe, seinen Schlüssel in das vor Kälte starre Schloß zu stecken. Seine behandschuhte Rechte zitterte. Er mußte sich die Wahrheit eingestehen: Er wurde tatsächlich überwacht.

«Morgen – am Montag – spricht er im Fernsehen!» stellte Calvin nachdrücklich fest. «Vorhin ist der Botschafter bei mir gewesen, um mich darüber zu informieren – der Kerl hat dabei fast *gelacht*!»

Präsident Calvin schien die Bedeutung von *Kaktus'* letzter Meldung nicht erfaßt zu haben. Die Übersetzung des Funkspruchs aus Baikonur lag achtlos hingeworfen auf seinem Schreibtisch wie eine unwichtige Einkaufsliste, die irgend jemand dort vergessen hatte. Der CIA-Direktor hatte die Nachricht eilig aus Langley ins Weiße Haus gebracht – mit unverhohlenem Triumphgefühl, natürlich auch gewisser Besorgnis, weil der Zeitdruck plötzlich gewaltig geworden war, aber auch in dem Bewußtsein, daß sie's schaffen würden. Calvin schien jedoch nur mehr an sein Fernsehduell mit dem sowjetischen Generalsekretär zu denken. Dabei war höchste Eile geboten. Kedrow hatte Angst, das stand außer Zweifel. Dies war sein *letzter* Funkspruch. Vielleicht war er bereits untergetaucht, so daß die GRU jetzt nach ihm fahndete. Doch Calvin schien diese Sache für weniger wichtig zu halten als ...

«Montag», wiederholte der Präsident mit einem tiefen Seufzer.

Der CIA-Direktor sah von dem Aktenkoffer auf seinen Knien auf.

«Wir haben noch Zeit, unseren Agenten rauszuholen ...» begann er.

«Der Kerl ist doch längst auf der Flucht!» warf ihm Calvin vor.

«In seinem Funkspruch hat er bestätigt, wo wir ihn abholen sollen, Mr. President. Er weiß, wie unsere Leute kommen werden und was er zu erwarten hat. Und er kann sich ungefähr ausrechnen, wann ...»

«Donnerstag! Während wir alle in Genf sind, Bill, bringen sie den ersten ihrer Killersatelliten in eine Umlaufbahn – als gewöhnlichen Satelliten getarnt und während eines Ankoppelungsmanövers mit unserer Raumfähre *Atlantis*! Die Russen werden sich schieflachen, Bill – sie lachen uns aus.» Calvins Gesichtsausdruck war vorwurfsvoll: das Mienenspiel eines enttäuschten Mannes.

«Wir *können* ihn rausholen, Sir!»

«Bill, soll ich etwa die Zukunft dieses Landes wegen eines von Ihnen besoldeten russischen Technikers aufs Spiel setzen?»

«Er ist von Anfang an unsere einzige Chance gewesen», antwortete der Direktor halblaut, aber bestimmt. Was hatte Calvin eigentlich erwartet – ein Wunder? Er war entnervt, weil die Vertragsunterzeichnung und der Start der Laserwaffe zeitlich zusammenfallen würden. Die Zeit drängte, und das geplante Fluchthilfeunternehmen war zweifellos gefährlich, aber es war zu schaffen!

«Was hat er denn schon, Bill? Filme, ein paar Filmspulen. Reichen die aus, um die Welt davon zu überzeugen, daß sie hinters Licht geführt werden soll wie noch nie?» Calvins sonst so selbstbewußte Stimme hatte ihren Harvardakzent eingebüßt und klang jammernd, fast klagend. Er schüttelte den Kopf. «Das reicht nicht aus, Bill», murmelte er vage.

Der CIA-Direktor wischte einen Tabakkrümel seiner kalten Pfeife vom Leder seines Aktenkoffers. «Sir, Sie haben das ganze Unternehmen gebilligt. Sie sind mit Dick Gunther und mir der Ansicht gewesen, dies sei die einzige Möglichkeit, in der zur Verfügung stehenden Zeit – höchstens vier Wochen – unwiderlegbare Beweise heranzuschaffen.» Er griff nach dem Funkspruch, zog ihn zu sich heran und strich ihn glatt. Calvin schritt auf dem dunkelgrünen Teppichboden im Oval Office hin und her. Der Direktor räusperte sich. «Der zeitliche Rahmen ist enger geworden», fuhr er fort, «weil wir jetzt wissen, daß der Start für Donnerstag vorgesehen ist. Aufgrund von Kedrows Schätzungen hatten wir mit acht bis zehn Tagen gerechnet . . .»

«So viel Zeit haben wir nicht mehr!»

«Ich weiß, Sir.»

Calvin, der Jeans und ein kariertes Hemd trug, ging weiter auf und ab, während er sich immer wieder mit der Rechten durch seine graue Mähne fuhr. Der CIA-Direktor starrte den Funkspruch an, den Kedrow am frühen Sonntagabend abgesetzt hatte – mit zehn Stunden Vorsprung von Washington. *Kommt und holt mich, Freunde . . . ich habe Angst.*

«Wir müssen das Unternehmen *Habicht* sofort anlaufen lassen, Sir», fuhr der Direktor fort. «Noch heute! Als Höchstdauer sind achtundvierzig Stunden vorgesehen. Binnen zwei Tagen kann der Agent mitsamt seinem Beweismaterial auf dem Gebiet eines befreundeten Staates sein. Die Aufbereitung des Materials ist dann problemlos. Aber von Nevada nach Peschawar sind's fünfzehntausend Kilometer, Sir – und von dort ins Zielgebiet weitere fünfzehnhundert! Das sind die *einzigen* Parameter, die wirklich zählen. Höchstens achtundvierzig Stunden, sobald das Unternehmen angelaufen ist. Das wäre am Dienstag oder Mittwoch . . . Sie könnten die Russen am Vorabend der Vertragsunterzeichnung mit unseren Erkenntnissen konfrontieren, Sir!» Der Direktor ballte die Hand zur Faust. Ohne es zu merken, hatte er Kedrows letzten Funkspruch zu einer feuchten grauen Papierkugel zusammengeknüllt. Dieser Anblick erschreckte ihn mehr, als normalerweise zu erwarten gewesen wäre. Als habe er Kedrow achtlos aufgegeben . . .

Er schüttelte den Kopf, als könne er sich so von dieser Vorstellung befreien. Kedrow war alles, was sie hatten: einzigartig und unbezahlbar.

«Höchstens vierundzwanzig Stunden», wiederholte der CIA-Direktor, als müsse er nicht nur Calvin, sondern auch sich selbst überzeugen. «Gant und die zweite Besatzung können's schaffen, Sir. Geben Sie mir die Erlaubnis, *Habicht* anlaufen zu lassen!»

«Sind Ihre Leute bereit, Bill? Wie lange haben sie mit diesen Kampfhubschraubern geübt? Vierzehn Tage, vielleicht sogar weniger? *Sind* sie bereit?»

«Sie müssen's sein, Sir. Sie müssen's sein.» Der Direktor hatte gegen das Mißtrauen anzukämpfen, das Calvin ins Gesicht geschrieben stand. Er war besorgt, aber triumphierend hergekommen und mußte nun feststellen, daß Calvin sein Erfolgsgefühl keineswegs teilte. «Sie müssen's sein», wiederholte er, ohne den Blick von seinem Aktenkoffer zu heben.

Calvin konnte nur an den politischen Coup denken, den der Generalsekretär der KPdSU gelandet hatte. Nikitin würde ihn praktisch zwingen zu versprechen, zur Vertragsunterzeichnung in Genf zu sein, wodurch Calvins Handlungsspielraum entscheidend eingeengt werden würde. Er würde der Weltöffentlichkeit im voraus versichern müssen, Amerika werde sich strikt an den Atomwaffen-Abrüstungsvertrag in seiner gegenwärtigen Form halten . . .

. . . der keinerlei Hinweis auf Weltraum-Laserwaffen enthielt, da solche Systeme nach Überzeugung der CIA und aller sonst zuständigen Stellen bis vor vier Wochen noch gar nicht existiert hatten.

«Der Teufel soll Ihren Zeitplan holen, Bill – mit dem ist es jetzt vorbei!» stellte Calvin nachdrücklich fest. «Ich muß mich damit einverstanden erklären, am Donnerstag mit ihm zusammenzukommen. Dabei hätte unsere Begegnung erst in zwei Wochen stattfinden sollen! Ich muß zustimmen, sonst schlägt mich der Kongreß ans Kreuz, unsere Bevölkerung liefert die Nägel dazu, die Presse hat den Hammer, und der Rest der Welt sieht zu!» Er fuhr sich mit einer Hand durchs Haar. «Ich sehe keine Alternative mehr. Moskau gibt jetzt den Ton an. Mir sind die Hände gebunden, Bill!»

Calvin kehrte dem CIA-Direktor den Rücken zu und drückte auf einen Klingelknopf auf seinem Schreibtisch. Dick Gunther, der Sicherheitsberater des Präsidenten, erschien so prompt, als habe er hinter der Tür gewartet. Er begrüßte den Direktor mit einem knappen, trübseligen Lächeln, während er Calvin mit dem Blick einer besorgten Ehefrau beobachtete.

«Na?» fragte er, indem er neben Calvin hinter den riesigen Schreibtisch am Fenster trat.

Der Präsident schüttelte den Kopf. «Keine Änderung», murmelte er. Der CIA-Direktor kam sich vor wie ein todgeweihter Patient auf der Intensivstation. Calvin und Gunther betrachteten ihn kummervoll.

«Dick, erklären *Sie*'s dem Direktor», verlangte Calvin. «Er will nicht einsehen, daß uns keine Alternativen bleiben!» Der Tonfall des Präsidenten war scharf, beinahe rachsüchtig.

Calvin durchquerte den Raum, öffnete die schmale Tür seiner Privattoilette mit weißen Handtüchern, vergoldeten Armaturen und seidenmatt glänzendem dunklen Holz und schloß sie hinter sich. Der Direktor hörte gedämpftes Wasserrauschen und drehte sich widerstrebend nach Gunther um, der lediglich mit den Schultern zuckte.

«Bill, ich glaube, daß er recht hat . . .» meinte der Sicherheitsberater schließlich. «Uns bleiben tatsächlich keine Alternativen. Ich sehe keine Möglichkeit, in dieser Sache weiterzukommen.»

Im Aktenkoffer des Direktors lag die gesamte Akte *Laserwache*: ein dünner, jetzt überholter Ordner mit Funksprüchen aus Baikonur, DARPA-Berichte und -Analysen, Weisungen des Präsidenten – Bitten, Forderungen, Befehle. Als Kedrows letzter Funkspruch eingegangen war, hatte er die Gefahren, aber auch die Chancen dieses Augenblicks gesehen. Nun konnten sie handeln; jetzt konnten sie die erbeuteten Kampfhubschrauber einsetzen, um Kedrow rauszuholen! Aber er war reingelegt, überlistet worden. Nikitin wollte, daß der Vertrag schon am Donnerstag unterzeichnet wurde. Wahrscheinlich lachte das ganze Politbüro über Amerika!

«Er ist festgenagelt», fuhr Gunther fort. «Nikitin macht diesmal Ernst. In seiner Fernsehansprache will er den Präsidenten herausfordern, es zu *wagen*, am Donnerstag nicht in Genf zu erscheinen. Unser Mann muß hin – und das weiß Nikitin genau!»

«Dick, das verstehe ich alles», antwortete der Direktor seufzend. «Aber es gibt noch eine Möglichkeit: *Habicht*. Der Präsident muß uns wenigstens *versuchen* lassen, sie zu nutzen, verdammt noch mal!» Sein Blick fiel auf die Fotos in Silberrahmen auf dem Schreibtisch. Calvin als Footballspieler im College, als Marineoffizier, als Ehrendoktor in Cambridge, bei seiner Amtseinführung. Alle Rollen, die er bisher gespielt hatte. «Mehr kann die Agency nicht tun ...»

«Sie müssen eine andere Möglichkeit finden, Bill.»

«Was denn? Eine *Lösung* dieses Dilemmas? Vor fünf Wochen haben wir nicht mal geahnt, daß die Sowjets in weniger als einem Jahrzehnt imstande sein würden, diese Waffe zu entwickeln und im Weltraum zu stationieren! Wir haben nie einen Agenten in Semipalatinsk gehabt ..., nur *Kaktus*, einen kleinen Mann in Baikonur, der uns über bevorstehende Starts und die verwendeten Satellitentypen informiert hat. Und dann ist er auf *diese* Sache gestoßen! In vier Tagen wird der erste von einem Dutzend Satelliten gestartet, während wir noch in den Startlöchern hocken!» Seine Stimme klang aufgebracht, schuldbewußt und sogar ein wenig ängstlich. «In vier Tagen sinkt unser Land auf den Stand einer *drittklassigen Macht* herab, und der Präsident verlangt eine glatte, saubere Lösung?»

«Das ist alles längst Geschichte, Bill», wehrte Gunther ab. «Er hat die Sache verzögert, so gut er konnte, aber niemand kann Wunder wirken. Wir können nicht rechtzeitig genügend *Nessus*-Überwachungssatelliten stationieren, um Beweise für die Stationierung dieser Waffensysteme zu bekommen. Die sind einsatzbereit, bevor wir das können – und danach ist ihnen alles ausgeliefert, was wir dort oben zu stationieren versuchen. Deshalb drängt Nikitin so plötzlich auf die Vertragsunterzeichnung, und der Präsident kann sie nicht ablehnen. Schließlich ist das *sein* Vertrag, verdammt noch mal! Sobald der Vertrag unterzeichnet ist, folgt eine zweimonatige Ratifizierungsperiode, bevor beide Staaten ihre Überwachungssatelliten stationieren, um die strikte Einhaltung aller Vertragsklauseln zu kontrollieren. Und bis dahin können die russischen Killersatelliten alles vernichten, was wir dort oben haben, ohne daß wir's ihnen nachweisen könnten! Unser Mann hat Angst davor, als der Präsident in die Geschichte einzugehen, der Amerika entmachtet hat! Verschaffen Sie ihm etwas Spielraum, Bill – etwas Ellbogenfreiheit. Bewirken Sie ein Wunder!»

Gunther hatte auf der Schreibtischkante gesessen; jetzt stand er auf und trat ans Fenster, während er weitersprach.

«Er macht alle und jeden dafür verantwortlich, Bill – Sie, mich, unsere Dienste, die Stabschefs, einfach jeden . . ., als sei er verraten worden. Sie wissen, wie er sich für diesen Vertrag eingesetzt hat: ein *wirklicher* Abrüstungsvertrag, der alle gegenwärtigen und zukünftigen Waffensysteme umfassen soll. Er macht uns alle dafür verantwortlich, nicht erfaßt zu haben, was die Sowjets in Semipalatinsk entwickelt haben. Er wirft *uns* vor, ihm dazu geraten zu haben, auf den sowjetischen Vorschlag einzugehen, Weltraumwaffen aus dem Vertrag auszuklammern, weil ihre Entwicklung noch mindestens fünfzehn Jahre dauern werde. Das haben wir alle geglaubt . . . Noch vor zwei Jahren sind das Science-fiction-Geschichten gewesen, Bill!»

«Und jetzt sind sie Wirklichkeit.»

Gunther wandte sich vom Fenster ab.

«Bill, verschaffen Sie ihm *irgendwie* Spielraum», verlangte er.

Der Sicherheitsberater hatte lauter gesprochen, und Calvin betrat wie auf ein Stichwort hin wieder sein Arbeitszimmer. Er vergrub beide Hände in den Taschen seiner Jeans und ging zum Schreibtisch. Gunther trat neben ihn.

«Haben Sie's ihm erklärt?» fragte Calvin mit fast barscher Stimme.

«Ja, Mr. President . . .»

«Na, Bill, na?»

Der Direktor schüttelte nervös und widerstrebend den Kopf.

«Wir haben das Unternehmen *Habicht*, Mr. President, und sonst nichts. Wenn wir's *jetzt* steigen lassen ...»

«Das funktioniert nicht!»

«Es muß aber ...»

Der Direktor fühlte das Blut in seinen Schläfen pochen: ein sicheres Anzeichen für beginnende Kopfschmerzen. Calvin schlug mit der flachen Hand auf den Schreibtisch und ließ sich in seinen Drehsessel fallen.

«Ich brauche unwiderlegbare Bildbeweise für die Existenz dieser Waffen», erklärte Calvin dem Fenster. «Damit kann ich in Genf die Sowjets anprangern – und erreichen, daß der Abrüstungsvertrag auch für ihre Laserwaffen gilt. Bekomme ich diese Beweise nicht, bin ich – und mit mir unser Land – in den Augen der Weltöffentlichkeit erledigt.» Er wandte sich an den Direktor. «Okay, Bill, legen Sie los!» forderte er ihn nachdrücklich auf. «Lassen Sie *Habicht* anlaufen! Ihre Jungs in Nevada sollen ihre Ärsche in Bewegung setzen und bis mittags in der Luft sein. Längstens achtundvierzig Stunden, haben Sie gesagt. Ich nehme Sie beim Wort, Bill. Am Dienstag will ich *Beweise* auf dem Schreibtisch haben!»

An Sonntagabenden war er stets betrunken – genau wie jetzt, aber gewöhnlich nicht in seiner Wohnung, die er diesmal nicht zu verlassen wagte, weil er beobachtet zu werden fürchtete. Nach der Rückkehr in seine Wohnung hatte er sich beruhigen müssen ... Obwohl er seit einer Stunde wieder zurück war, zitterte er noch immer wie Espenlaub. Kedrow war buchstäblich aus dem Offiziersklub geflüchtet, den Leute wie er an den Wochenenden besuchen durften; er war geflüchtet, weil der Telemetrieoffizier auf der Toilette seine große Klappe aufgerissen hatte, während Filip eine der Kabinen benützt hatte. Warum hatte er bloß *zuhören* müssen? Es war schrecklich, ganz schrecklich ...

Kedrow war vor Angst fast schlecht.

Er war zu Tode erschrocken. Morgen hätte er die Bewacher dort draußen ohnehin abschütteln müssen; deshalb war er wie gewohnt in den Klub gefahren, um sich nicht anmerken zu lassen, daß er von seiner Beschattung wußte. *Aber er hätte's nicht tun sol-*

len! Jetzt wußte er, daß er noch in dieser Nacht verschwinden mußte. Dafür hatte dieser großmäulige Offizier gesorgt! Sie würden nach ihm fahnden, und sobald sie wußten, wer er war, würden sie aufkreuzen, um ihm das Maul zu stopfen – für immer. Sie würden ihn liquidieren, damit er nichts verraten konnte!

Kedrows Magennerven verkrampften sich schmerzhaft.

Seine Stirn war heiß.

Im Augenblick hielten zwei Männer in einem Auto vor dem Eingang des Wohnblocks Wache. Ein dritter Mann stand hinter dem Gebäude in der Nähe von Kedrows Garage. Er sah alle drei genau vor sich, wenn er die Augen schloß. Er hatte sie gesehen, als er das Haus verlassen hatte; nach seiner Rückkehr aus dem Klub mußten sie wieder da sein. Kedrow merkte, daß ihm schwindelig wurde, wenn er die Augen schloß.

Jetzt war nicht nur der KGB, sondern auch das Militär hinter ihm her!

Kedrow sah auf seine Armbanduhr: 23 Uhr.

Nachdem er seinen letzten Funkspruch an die Amerikaner abgesetzt hatte, war er fast euphorisch in den Klub gefahren, obwohl er von einem Wagen mit drei Mann beschattet worden war. In Orlows Werkstatt war er noch unbekümmert gewesen... Jetzt mußte er nochmals hin oder den Alten anrufen, um eine weitere Nachricht übermitteln zu lassen! Großer Gott, der *Blick*, den ihm der Hauptmann zugeworfen hatte, als er aus der Kabine gekommen war und sich wegzuschleichen versucht hatte!

Der Hauptmann hatte sofort begriffen, daß er belauscht worden war!

Vielleicht hatten die beiden ihn nicht angezeigt, weil sie damit eingestanden hätten, durch Fahrlässigkeit selbst Geheimnisverrat begangen zu haben. Aber sie würden ihn heimsuchen, sobald sie herausbekommen hatten, wer er war und wo er wohnte...

Der Hauptmann hatte von *Blitz* gesprochen. Nicht von *Vorstekker,* dem Decknamen für das Aussetzen der Killersatelliten. *Blitz* aber war so schrecklich, daß sie ihn liquidieren würden, um ihn zum Schweigen zu bringen. *Er durfte nicht wissen, was er durch den Leichtsinn des Hauptmannes erfahren hatte...*

Blitz.

Kedrow starrte seinen großen, vollgepackten Rucksack auf dem Eßtisch an. Sobald er nach Hause gekommen war, hatte er in fieberhafter Eile damit begonnen, ihn mit Konserven, anderen Lebensmitteln und Kleidungsstücken vollzustopfen – ständig mit dem Gedanken an die Männer vor und hinter dem Gebäude.

Er hatte seinen Rucksack gepackt, um fliehen zu können. Er mußte aus seiner Wohnung verschwinden, um der Überwachung durch den KGB zu entgehen, einen weiteren Funkspruch nach Langley absetzen und dann untertauchen, bis er es riskieren konnte, den von ihm vorgeschlagenen Treffpunkt aufzusuchen.

Er durfte nicht riskieren, erneut zur Werkstatt zu fahren. Er mußte Orlow anrufen – nicht vom Telefon im Flur aus, das bestimmt abgehört wurde, sondern aus einer Telefonzelle – und Orlow anweisen, einen Hilferuf zu senden: *Beeilt euch, kommt sofort, ich bin in Gefahr, ich habe wichtige Informationen, ich weiß über* Blitz *Bescheid* ...

Wenn er doch nur wegkönnte ...

Kedrow griff erneut nach dem Rucksack. Der Rucksack war schwer, als er ihn über die Schulter schwang – aber federleicht im Vergleich zu seinem Wissen um das Unternehmen *Blitz*. Kedrow hastete zur Wohnungstür, überzeugte sich, daß der Flur leer war, und schloß hastig die Tür hinter sich. Ihr Schloß rastete laut klikkend ein.

Er ging hastig den Flur entlang und stieg die nackte Betontreppe hinter der Brandschutztür zum Dach hinauf. Eine knarrende Holztür führte auf das mit Kies bestreute Flachdach, auf dem Pfützen zugefroren waren. Kedrow blieb stehen und horchte, hörte nichts Verdächtiges und trat vorsichtig an den Dachrand. Vier Geschosse tiefer standen die Garagen. Ausgeschlossen. Er würde den Wagen und die Filme im Stich lassen müssen – vor allem die Filme in den Lackdosen. Aber davon würde er den Amerikanern nichts erzählen ...

Kedrow schlich die Dachkante entlang und war sich des Mannes bewußt, der unten an der Ecke im Schatten stand. Und er wußte, daß ein Auto mit zwei weiteren Männern vor dem Haus parkte. Aber er hatte nur Augen für die Dachrinne. Überhang, Rinne, Abfluß, Fallrohr. Schon vor langem mit abenteuerlustiger

Phantasie statt aus verzweifelter Notwendigkeit erkundet: das Abflußrohr an der am weitesten von den Straßenlaternen entfernten Front des Hauses.

Er fühlte sich schwach. Aber dann gab er sich einen Ruck, schlüpfte mit beiden Armen durch die Schulterriemen, glich das ungewohnte neue Gewicht aus, indem er sich etwas nach vorn beugte, und schob dann sein rechtes Bein über die Dachkante. Der betonierte Durchgang unter ihm verschwamm in der Dunkelheit, als leide Kedrow weniger unter Angst als an Schwindel. Seine Hände packten zu. Er saß rittlings auf der Dachkante, bevor er sich mit den Beinen voraus in die Tiefe rutschen ließ. Seine Fußspitzen ertasteten das Abflußrohr, den winzigen Rand und die erste Halterung. Er machte eine Pause, weil kalter Schweiß ihm in die Augen lief und ihm sekundenlang die Sicht nahm. Danach ging er in die Hocke, umklammerte weiter das Fallrohr und setzte einen Fuß nach dem anderen auf die zweite Halterung. Das hatte er sogar geübt, verdammt noch mal!

Kedrow rutschte vorsichtig und ängstlich das Abflußrohr hinunter. Seine Hände waren gefühllose Klumpen an den Enden seiner schmerzenden Arme; seine Füße waren wie erstarrt, so daß sie den Beton kaum spürten, bis er fast auf ihm saß. Als er dann merkte, daß er festen Boden unter den Füßen hatte, legte er seine Stirn gegen das kalte Metallrohr, das er weiter umklammerte, um nicht zu fallen, zu stürzen, zerschmettert liegenzubleiben . . .

Kedrow richtete sich langsam, mit weichen Knien auf und blieb im Schatten an die Hauswand gedrückt stehen. Stille. Kein Alarm. Ein Auto fuhr vorbei – er empfand Schock, dann Erleichterung –, in einem Erdgeschoßzimmer plärrte ein Fernsehgerät. Auf der anderen Seite der Fußgängerpassage erhob sich ein fünfstöckiges Bürogebäude, das tiefe Schatten warf. Im Erdgeschoß waren ein Lebensmittelgeschäft, eine Reinigung, eine Buchhandlung und ein Stehausschank untergebracht, der noch geöffnet hatte.

Weitergehen. Schnell.

Er setzte sich steif in Bewegung, marschierte wie ein verdammter Soldat! Dann verlangsamte er sein Tempo und versuchte zu schlendern. Den Rucksack trug er fast lässig in der rechten Hand. Kedrow erreichte die beleuchtete Front des Stehausschanks, hatte das Gefühl, von gleißend hellen Lichtern angestrahlt zu werden, blieb kurz an der Tür stehen, um einen Blick hineinzuwerfen, und beeilte sich, wieder in den Schatten zu kommen. Ein Paar kam ihm entgegen; dann hastete er durch die Dunkelheit weiter, horchte mit sämtlichen Sinnen, mit allen Fasern seines Körpers, ohne etwas zu hören.

Selbst wenn sie ihn gesehen hatten, mußten sie angenommen haben, er sei bereits von ihrem bei den Garagen postierten Kollegen kontrolliert worden. Und da er nicht aus dem Eingang des Wohnblocks gekommen war, konnten sie ihn nicht für einen Hausbewohner halten. Er war in Schweiß gebadet, der jetzt trocknete und ihn vor Kälte zittern ließ. Weiter, nur weiter! Er mußte Orlow anrufen, damit der Alte seinen Funkspruch absetzte.

Bitte, kommt sofort . . . bitte, kommt sofort!

Sie mußten kommen, bevor der militärische Geheimdienst merkte, daß er untergetaucht war, und im Ernst nach ihm fahndete. Wegen des Unternehmens *Blitz*, vor allem wegen *Blitz*. Die Filme waren im Vergleich dazu unwichtig; seine amerikanischen Freunde mußten erfahren, was er entdeckt hatte. Sie mußten schnell kommen.

2

Das Zucken eines Blitzes

Oberst Dmitri Priabin von der Industriellen Sicherheitsverwaltung des KGB, der für die nichtmilitärische Sicherheit im Kosmodrom Baikonur zuständig war, wandte sich von dem jungen Mann ab, der arrogant und selbstbewußt in dem einzigen Sessel in seinem Büro lümmelte, unterdrückte ein Gähnen und den Wunsch, sich sein schon wieder leicht stoppelbärtiges Kinn zu reiben, und legte die Hände auf dem Rücken zusammen, während er in die Winternacht hinausstarrte.

Hinter den niedrigen Gebäuden vor ihm ragten die Hauptmontagehalle und der riesige Hangar mit der Trägerrakete des Typs G auf. Da das Hangartor geöffnet war, waren die Triebwerke weiß angestrahlt zu erkennen: Ihre Düsen waren wie die Mündungen einer gewaltigen mehrläufigen Waffe auf ihn gerichtet.

Bei ihrem Anblick konnte er für kurze Zeit Stolz, Ehrfurcht, Befriedigung, Geheimhaltungsbedürfnis und sogar Nationalismus empfinden. Einen bunten Strauß klischeehafter Gefühle. Solange er Anna und seine Vergangenheit vergessen konnte ...

In Priabins Büro war es warm; trotzdem trug er volle Uniform mit Jacke und Krawatte. Das blasse Gesicht, das ihn aus der dunklen Fensterscheibe anstarrte, war müde und hager, aber gepflegt. Die Uniform diente nicht dazu, den jungen Mann zu beeindrukken, den er vernehmen sollte, sondern um ihm selbst Halt zu geben. Um ihn daran zu erinnern, wer und was er war – und um andere, weniger achtbare Bilder zu verdrängen.

Der Transport der Trägerrakete des Typs G zur Startplattform würde am Dienstag morgen beginnen. Auf einem Seitengleis neben dem Hangar wartete eine starke Lokomotive, um die Rakete auf ihren Spezialwagen zehn Kilometer weit – für Baikonur eine kurze Entfernung – zu der neuen Plattform zu ziehen. Die Raumfähre *Raketoplan* würde ihr folgen, sobald die fertiggestellte Laserwaffe in ihrem Frachtabteil verstaut war.

Priabin unterdrückte ein weiteres Gähnen, das zu einem Seufzer hätte werden können. Er fühlte sich von den schlichten Emotionen ausgeschlossen, die diese Szene unter anderen Umständen in ihm wachgerufen hätte. Das lag an der Gegenwart des Generalssohns, der in seinem Sessel hockte, an seinem Gefühl, einen dummen Fehler gemacht zu haben, als er den Jungen festgenommen hatte – warum, zum Teufel, überhaupt? Aus Selbstüberschätzung, Leichtsinn oder *Gedankenlosigkeit*? Dmitri Priabin bereute jedenfalls, es getan zu haben.

Es würde fast 24 Stunden dauern, bis die Dreistufenrakete die Startplattform erreichte, und einen weiteren halben Tag, bis die Raumfähre herantransportiert und auf die Trägerrakete gesetzt war. Am Donnerstag mittag würde alles für den Nachmittagsstart bereit sein ...

Er fühlte sich weiterhin ausgeschlossen, kämpfte gegen seine eigenen Sorgen an und war sich darüber im klaren, daß hier vielleicht seine Zukunft auf dem Spiel stand – und trotzdem *irritierte* der Junge ihn so sehr! Priabin drehte sich ruckartig nach dem jungen Mann um, dessen Augen jetzt nicht mehr wie im Drogenrausch glänzten, sondern vor Müdigkeit stumpf waren. Trotzdem leuchteten aus ihnen Verachtung und vorweggenommene Befriedigung: *Wart nur, bis Papi davon erfährt!* drohte ihr kindisch boshafter Blick. Dieser kleine Scheißkerl war nicht nur der Sohn eines Generals aus Baikonur, sondern gehörte noch dazu dem militärischen Geheimdienst GRU an. Priabin erkannte mit wachsender Nervosität, daß er dabei war, sich gründlich in die Nesseln zu setzen. Der junge Mann hatte allen Anlaß, verächtlich auf den KGB herabzublicken. Der Sicherheitsdienst in Baikonur unterstand in Wirklichkeit der GRU; denn hier hatten die Militärs das Heft in der Hand.

«Wollen Sie mir noch immer nicht verraten, woher Sie die Drogen haben, Leutnant?» fragte er nachdrücklich. «Eigentlich haben wir schon genug Zeit vergeudet ...»

«Dann lassen Sie mich doch gehen!» verlangte der junge Mann und machte mit blassen Lippen einen Schmollmund. Blasse Augenbrauen, bleiches Haar, blaßblaue Augen. Beinahe geisterhaft.

Warum ließ er den Jungen nicht einfach laufen? Aus Boshaftigkeit? Schon möglich, denn der junge Mann war homosexuell. Vielleicht war Boshaftigkeit sogar der Grund für den anonymen Hinweis gewesen, aus dem Freundeskreis des Jungen: ein gekränkter oder eifersüchtiger Liebhaber, mit dem es Streit gegeben hatte? Jedenfalls hatte er Waleri Rodin, einen GRU-Offizier, wegen Kokainbesitzes verhaftet. Aber wozu hatte er sich die Mühe gemacht, ihn zum Verhör mitzunehmen, sobald feststand, wessen Sohn der Junge war? Priabin hätte ihm die Drogen abnehmen und den Mund halten können. Aber die verächtliche Art des jungen Mannes hatte ihn gekränkt und verärgert ...

Alpträume, in denen Anna vorkam, in der vergangenen Nacht; Verachtung für das Gesicht in seinem Rasierspiegel, bevor der Anruf gekommen war – beides hatte ebenfalls eine Rolle gespielt.

«Sind Sie sich darüber im klaren, daß Sie eine schwere Verfehlung begangen haben, Leutnant?»

Rodin zuckte mit den Schultern. Er hatte seine Krawatte gelokkert und die Uniformjacke aufgeknöpft. Auf Priabins Schreibtisch standen ein leergegessener Teller und ein leeres Bierglas, als sei dies *sein* Büro ...

«Ich weiß, wer mich denunziert hat!» fauchte Rodin. «Dieser verdammte kleine Schwule!» Er bemühte sich nicht einmal, seine Homosexualität zu verbergen, obwohl sie nach sowjetischem Recht ein Straftatbestand war. Man hätte glauben können, er stehe außerhalb der Gesetze – und das traf auf diesen jungen Mann in gewisser Weise auch zu, dessen Vater zu den Generalen der Strategischen Raketentruppen gehörte, der angesehensten Eliteeinheit der Roten Armee. Er war sogar einer der drei Generale, die Baikonur leiteten ...

Generalleutnant Rodin. *Sein* Sohn hätte mit Make-up und Frauenkleidern zum Dienst kommen können, ohne deswegen Unannehmlichkeiten zu bekommen. Das wußte der junge Mann so gut, wie er wußte, wer sein Vater war.

«Ein kleiner Streit unter Liebenden, was?» fragte Priabin ruhig.

Der Leutnant lachte, ohne rot zu werden oder sich zu ärgern. «Wenn Sie meinen», antwortete er mit einem lässigen Schulterzucken. Priabins KGB-Dienstgrad bedeutete ihm nichts, gar nichts.

«Das scheint Sie nicht sonderlich zu stören, was?»

«Wozu auch? Was kann schließlich schon passieren?»

Nun war's endlich heraus! Obwohl Priabin wütend war, lief ihm ein kalter Schauder über den Rücken, und er verfluchte seine Gewissenhaftigkeit, die fast selbstzerstörerisch wirken konnte. Das war der von Anna beeinflußte Teil seines Ichs – nicht der andere, der hier seinen Dienst tat ... *Der reinste Druckposten; Sie können von Glück sagen, daß Sie ihn nach allem, was vorgefallen ist, gekriegt haben, hatte es in Moskau geheißen. Nicht einmal degradiert* ... Ja, er konnte sich wirklich glücklich schätzen, diesen Posten nach der Flucht des Amerikaners und nach Annas Tod überhaupt bekommen zu haben ...

Trotzdem litt er unter überwältigenden Schuldgefühlen wegen jenes Augenblicks, in dem die Grenzwachen das Feuer eröffnet hatten, in dem seine Rufe sie in Panik versetzt hatten, in dem Gant ...

Er riß sich von den Bildern los. Seine Stimme klang so schneidend scharf, daß Rodin aus seiner schlaffen Haltung aufschrak.

«Hören Sie mir jetzt gut zu, Leutnant! Auch wenn ich in Ihren Augen nur ein kleiner Polizeibeamter bin, haben Sie eine Straftat verübt, die den meisten Leuten lebenslängliches Arbeitslager einbringen würde.» Rodin grinste bereits wieder hämisch, so daß Priabin sich beherrschen mußte, um ihm nicht ins Gesicht zu schlagen. «Aber ich will nicht Sie, ich will Ihren Lieferanten. Wer liefert Ihnen und Ihren Freunden die Drogen, von denen Sie abhängig sind? Wer von Ihren Freunden fixt?»

«Und wenn ich's Ihnen nicht sage?» erkundigte Rodin sich spöttisch.

«Sagen Sie's mir einfach», forderte Priabin ihn auf. Er verschränkte die Arme und legte den Kopf leicht schief, während er Rodin studierte.

«Nein.»

«Auch der General würde diese Sache nicht unter den Teppich kehren wollen, selbst wenn er's *könnte.* Glauben Sie nicht, daß sie ihm ... peinlich wäre?»

«Sie hätten gar keine Gelegenheit, ihm davon zu erzählen!» behauptete der junge Rodin. «Bilden Sie sich etwa ein, er würde's von Ihnen hören wollen? Sie sind ja übergeschnappt!»

«Sobald Sie angeklagt werden, ist er in den Fall verwickelt.»

«Und *Sie* sind erledigt!» Die Stimme des Leutnants klang zu Priabins Befriedigung etwas höher und verriet leichte Unsicherheit. «Sie *wissen* doch, daß Sie dann erledigt wären!»

«Rodin, ich sorge ohne Rücksicht auf die Konsequenzen dafür, daß Sie angeklagt werden. Das dürfen Sie mir glauben! Papa wird sich über Sie ärgern, selbst wenn er mich für einen übereifrigen Schnüffler hält. Dies ist nicht Ihre erste ... *Eskapade,* stimmt's?»

«Machen Sie keine Dummheiten, Priabin! Kümmern Sie sich um Ihren eigenen Kram – dann bekommen Sie keine Schwierigkeiten mit mir ...»

«Schon mal drüber nachgedacht, daß Papa es leid sein könnte, seinen schwulen Bengel Mal für Mal aus der Scheiße ziehen zu müssen?»

«Sie haben wohl was gegen Schwule?»

«Nein, nur gegen Drogen. Und gegen Sie persönlich.»

«Lassen Sie die Finger davon, Priabin», warnte der junge Mann ihn, indem er seine Krawatte zurechtrückte und die Jacke zuknöpfte. «Hier drinnen passiert nichts Wichtiges – Sensationen gibt's nur dort draußen.» Seine blasse, langfingrige Hand deutete aus dem Fenster.

Priabin wußte genau, daß der General sich über jede Störung vier Tage vor dem Start ärgern würde.

«Na?» fragte Rodin mit zugeknöpfter Uniformjacke und seiner Mütze unter dem Arm.

«Gut, meinetwegen . . .» seufzte Priabin resigniert. «Sie können gehen.»

Rodin stand grinsend auf, stieß dabei mit der Sessellehne gegen das Teleskop, mit dem Priabin gelegentlich das Startgelände überblickte, und betrachtete es interessiert. «Sind Sie ein Sternengukker, Priabin?» fragte der junge Mann ironisch.

Dmitri Priabin starrte ohne zu antworten weiter aus dem Fenster. Hinter dem riesigen Montagegebäude und dem hellbeleuchteten Hangar erhellten die Lichter einer Schlafstadt den wolkenverhangenen Nachthimmel. Dort im Süden lag die alte Stadt Tjuratam, vor deren Lichtschein die nächsten Starttürme aufragten. Nach Osten hin waren auf ebenem Gelände Raketensilos, Wachttürme, Fabriken, Eisenbahnanlagen, ein Kraftwerk, der Flughafen, Städte und Dörfer zu erkennen. Das Siedlungsgebiet Baikonur: das Baikonur der Roten Armee.

Priabin verwünschte sich. Er ärgerte sich über seinen Leichtsinn. Er hatte nicht auffallen wollen, bis er den Coup, der ihm die Rückkehr in die Moskauer Zentrale sichern konnte, gelandet hatte. Jetzt würde er Kedrow wahrscheinlich verhaften müssen, nur um den Zorn des Generals abzuwehren . . . *Scheiße!*

«Beobachten Sie nur fleißig alles durch Ihr kleines Teleskop», empfahl Rodin ihm sarkastisch. «In den nächsten vier Tagen gibt's genügend zu sehen. Sie können mitansehen, wie das Unternehmen *Blitz* gestartet wird und . . .»

Der junge Mann hielt mitten im Satz inne.

«*Blitz?* Was ist denn das?»

«Ich . . .» Zögern? Verwirrung? Rodin wirkte nervös und verlegen. «Ich habe *Vorstecker* gemeint – das Unternehmen *Vorstekker.*»

«*Vorstecker?*» wiederholte Priabin zweifelnd. «Den Start des Killersatelliten?»

«Genau! Nichts anderes!» Der junge Mann stand so dicht vor Priabin, daß der Oberst sein schweres Rasierwasser roch. «Mehr hab' ich nie gesagt, verstanden?» Er wandte sich ab und fragte ohne wirkliche Überzeugung: «Kann ich jetzt gehen?»

«Ja.»

Rodin nickte, setzte seine Schirmmütze auf, schlug ironisch die Hacken zusammen und verließ den Raum. Priabin hörte ihn im Vorzimmer einen Schlager pfeifen. Das Pfeifen verlor sich im Korridor.

Weshalb hatte er ihm gedroht? Wegen dieses einen Wortes, wegen dieses Versprechers hatte Rodin plötzlich alles andere vergessen – sogar seine kleinliche Rachsucht. *Blitz?* Der junge Mann hatte ihn nachdrücklich aufgefordert, diesen Decknamen zu vergessen.

Blitz? Was, zum Teufel, bedeutete *Blitz*?

Offenbar ein wichtiges, streng geheimes Unternehmen . . .

Priabin, der das höfliche Klopfen überhört hatte, schrak zusammen, als die Tür geöffnet wurde. Wiktor Schikin, sein Stellvertreter, wirkte sichtlich erleichtert.

«Ich bin froh, daß Sie . . . diese Sache nicht weiterverfolgen», sagte er sofort.

«Was? Oh . . .» Priabin bemühte sich, breit zu grinsen. «Wozu gegen den Strom schwimmen, Wiktor? Wer setzt sich freiwillig in die Nesseln, hmmm?»

Schikin hob die Rechte, als wolle er Priabin auf die Schulter klopfen. Der Oberst grinste wenig überzeugend. Er dachte wieder an das Unternehmen *Blitz.* Nicht *Vorstecker,* wie der Deckname der ersten Laserwaffe lautete, sondern *Blitz.*

«Was?» murmelte er, als er merkte, daß Schikin noch etwas gesagt hatte.

«Entschuldigung, aber holen wir Kedrow und den Fahrradhändler zum Verhör ab? Die Überwachungsgruppen haben angefragt, weil Sie von heute abend gesprochen haben . . .» Schikins

Stimme klang väterlich bestimmt. Sie erinnerte Priabin an seine dienstlichen Pflichten. Und sie erinnerte ihn auch daran, daß der Spion vielleicht der Garant seiner eigenen Zukunft war, nachdem er sich jetzt die Feindschaft Rodins und vermutlich auch seines Vater zugezogen hatte. Ja, Kedrow und Orlow mußten festgenommen werden! Die beiden waren sein Faustpfand, seine Rückfahrkarte nach Moskau. «Sie wollen wissen, ob sie versuchen sollen, das Funkgerät zu finden ... Kedrow fährt wahrscheinlich nicht mehr hin, seitdem die Trampel, die ihn überwachen sollten, ihm Angst eingejagt haben!» Schikin war verärgert und selbstkritisch.

«Nicht Ihre Schuld, Wiktor. Von einem Amateur wie ihm hätten sie nie entdeckt werden dürfen ... Idioten!» Er rieb sich das Kinn. «Wo ist der Hund?»

«Was? Oh, Gretschkowa geht mit ihm spazieren. Also – wie steht's mit Kedrow?»

«Wo ist er jetzt?»

«Noch immer in seiner Wohnung.»

«Und Orlow?»

«Schläft über seiner Werkstatt.»

Der Oberst sah auf seine Uhr. Kurz nach Mitternacht. Rodin war seit dem frühen Abend hier gewesen; das hatte ihm bestimmt nicht gefallen – er würde sich für die *Unannehmlichkeiten* rächen wollen, denen er ausgesetzt gewesen war ... ja, es war besser, den Agenten und seinen Funker zu schnappen, bevor der Zauber anfing.

Priabin nickte. «Gut, wir greifen sie uns bei Tagesanbruch – teilen Sie das den Gruppen mit. Sie und ich überwachen Orlows Verhaftung. Wir müssen sicherstellen, daß das Funkgerät gefunden wird.»

Schneeflocken jagten an den grüngetönten Scheiben vorbei und ließen sie kälter, fast eisig wirken. Der angestrahlte Obelisk des Washington Monuments erinnerte mehr denn je an eine startbereite Rakete. Anders fühlte sich im Oval Office unbehaglich. Er hätte lieber die Krawatte gelockert und sich bequem zurückgelehnt. Aber das Gewicht der Ereignisse lastete schwer auf ihm.

Anders starrte Kedrows über Funk abgesetzten Hilferuf an, der erst vor einer halben Stunde eingegangen war: Er hatte ihn sich aus Langley über das abhörsichere grüne Telefon diktieren lassen und ihn hier im Arbeitszimmer des Präsidenten mitgeschrieben. Calvin hatte den hastig und nervös hingekritzelten Text überflogen und ihn Anders wortlos zurückgegeben. Er war auf seinen Platz in Fensternähe zurückgekehrt, wo er zwischen den Flaggen wie für eine Porträtaufnahme posierte.

Wegen der gespannten Atmosphäre fühlte sich Anders von der Außenwelt abgeschnitten. Langley – jenseits des Potomac – schien unendlich weit entfernt zu sein. Auf Wunsch des CIA-Direktors war er als Verantwortlicher für das Unternehmen *Habicht* hier, um Bericht zu erstatten. Aber es gab nichts zu berichten. Die Lockheed C-5A Galaxy stand noch immer in ihrem Hangar auf der Nellis Air Force Base in Nevada, obwohl das Unternehmen bereits seit zwei Stunden lief. Nein, seit nunmehr drei Stunden. Der *Habicht* kam nicht in die Luft.

Um gegen die nervöse Anspannung, die deprimierte Stimmung im Oval Office anzukämpfen, wiederholte Calvin alte Aussagen, wärmte er alte Hoffnungen auf.

«. . . und wir haben sie in der Tasche gehabt, Dick! Reagan hat ihnen Angst eingejagt, bevor Shultz damals zu seinem ersten Treffen mit Gromyko nach Genf geflogen ist – er ist ihnen über gewesen, als er sich dann im selben Jahr mit Gorbatschow getroffen hat.» Calvin unterstrich seine Worte mit erhobenem Zeigefinger, während Gunthers Miene nüchtern ausdruckslos blieb. «Der Trick mit dem ‹Krieg der Sterne› hat die Sowjets kuschen lassen. Reagan hat ihn weidlich ausgeschlachtet, verdammt noch mal, und wir haben nicht nur in unserem Wahlkampf, sondern überhaupt in all diesen Jahren davon profitiert! Die Russen haben sich nur wegen des ‹Krieges der Sterne› an den Verhandlungstisch bequemt. Was, zum Teufel, ist danach bloß schiefgelaufen?»

«Mr. President, Sie konnten nicht wissen, daß . . .» begann Gunther, aber Calvin brachte ihn mit einer Handbewegung zum Schweigen.

«Wir sind darauf reingefallen – wir haben uns zu diesem Vertrag verleiten lassen, Dick! Wir haben uns eingebildet, die andere

Seite sei starr vor Angst, so daß sie zustimmen müsse – dabei wollten die Russen nur einen Teil ihrer Verteidigungsausgaben für andere Zwecke ausgeben! Sie sind uns um Jahre voraus und überglücklich gewesen, als wir ihnen die Möglichkeit geboten haben, Milliarden von Rubel zu sparen, die sie für ihr eigenes SDI-Programm ausgeben konnten! Wir haben gutgläubig mit der SDI-Weiterentwicklung aufgehört, um uns statt dessen auf den Bau von Überwachungssatelliten zu konzentrieren – und die Sowjets haben die ganze Zeit an ihren Laserwaffen weitergebaut! Mein Gott, das verzeiht man mir nie ... das verzeiht man keinem von uns!» fügte er an die anderen gewandt finster hinzu.

Gunther und der neben Anders sitzende CIA-Direktor senkten den Kopf. Das Schweigen wurde langsam unerträglich. Anders hatte den Eindruck, Calvin starre ihn anklagend an.

«Und jetzt erzählen Sie mir, daß das Unternehmen, das unsere letzte Chance darstellt, nicht in Gang kommt!» knurrte der Präsident.

Anders sah zu den Fernsehschirmen hinüber, die eine Wand des Raumes einnahmen. Vier Bildschirme zeigten die Einsatzzentrale in Langley aus verschiedenen Blickwinkeln.

«Die Reparaturarbeiten an einem der beiden Kampfhubschrauber lassen sich nicht während des Lufttransports durchführen, Mr. President.»

«Wie lange dauern sie noch, Mr. Anders – wie lange noch?»

«Nach letzter Schätzung ... vielleicht bis heute abend.»

«*Vielleicht* bis heute abend?»

«Tut mir leid, Mr. ...»

«Das reicht nicht, Anders, das wissen Sie genau!» Calvin wandte sich vorwurfsvoll an den Direktor. «Bill, Sie haben mir zugeredet, dieses Unternehmen zu genehmigen. Sie haben von höchstens achtundvierzig Stunden gesprochen. Jetzt sitzen Ihre Leute noch in Nellis fest – und drei Ihrer achtundvierzig Stunden sind bereits verstrichen!»

Der Direktor rutschte wie ein zurechtgewiesener Schuljunge in seinem Sessel hin und her. Kedrow war untergetaucht. Gant und seine Leute saßen auf der Nellis AFB in Nevada fest. Der gesamte Zeitplan des Unternehmens drohte ins Wanken zu geraten.

Vielleicht war Kedrow bereits geschnappt worden.

«Wie stark ist der für den Personentransport vorgesehene Hubschrauber beschädigt?» wollte Gunther wissen.

«Der Schrägstellautomat ist defekt», erklärte Anders ihm. «Das Gestänge zur zyklischen Blattverstellung muß erneuert werden.» Er sah, daß Calvin ungeduldig den Kopf schüttelte, als halte er alles für faule Ausreden. «Der Umfang der Instandsetzungsarbeiten ist unterschätzt worden, aber jetzt wird mit Hochdruck gearbeitet, Mr. President», fügte er beschwichtigend hinzu. «Die Arbeiten sind allerdings langwierig. Amerikanische Ersatzteile müssen erst passend abgeändert werden . . .»

«Zum Teufel damit, Mr. Anders!» fauchte Calvin. «Wieder mal ein kleiner Irrtum der ‹Firma›, was? Bill, Sie haben mir geraten, diesen Kerl bis zum letzten Augenblick an seinem Arbeitsplatz in Baikonur zu belassen; Sie haben darauf bestanden, Ihre Besatzungen seien noch nicht einsatzbereit, sondern bräuchten weitere Übungsflüge – und jetzt stehen wir mit leeren Händen da! Wir haben das Spiel verloren, Bill.»

Auch Anders war wütend, aber er bemühte sich, sich nichts anmerken zu lassen. Anders ärgerte sich hauptsächlich darüber, daß das Unternehmen *Habicht* keine Chance mehr bekommen sollte. Und das alles wegen des Schadens an der Mil 24 A, die García fliegen sollte – und Gant konnte nicht allein losfliegen. Verdammt!

«Warum haben die Russen das getan?» fragte Calvin eher rhetorisch. «Warum haben sie kein Vertrauen zu uns gehabt?» Keiner antwortete.

«Vielleicht haben die Militärs verhindert, daß die Laserwaffe verschrottet wurde», meinte Gunther schließlich. «Vielleicht haben sie befürchtet, eine zukünftige amerikanische Regierung könnte den Vertrag kündigen – wer weiß?»

Der CIA-Direktor zündete sich seine Pfeife an. Bläuliche Rauchwolken stiegen auf und schwebten durch den Raum auf die Flagge am Fenster zu. Anders, der wieder zu Calvin hinübersah, erschrak über sein abgespanntes Aussehen. Der CIA-Mann hatte einen anderen Calvin vor Augen, der aus Wien zurückkommend in Washington die Treppe der Air Force One herunterstieg: Hände wie ein siegreicher Boxer in die Höhe gereckt, breites

Grinsen, rasche, selbstbewußte Schritte in Richtung Rednerpult, freudige Erregung wegen einer wichtigen Mitteilung, die er der Weltöffentlichkeit zu machen hatte. Das war nach dem ersten Gipfeltreffen seiner Amtszeit gewesen, nach seiner ersten Konferenz mit dem sowjetischen Generalsekretär Nikitin. Die beiden mächtigsten Männer der Welt hatten sich auf einen umfassenden Abrüstungsvertrag und den Zeitplan für die zu ihm führenden Verhandlungen geeinigt.

Calvins Stimme hatte laut und volltönend geklungen, als er in die Mikrofone gesprochen hatte, um vor laufenden Kameras und inmitten eines Blitzlichtgewitters seine historische Ankündigung zu machen.

Meine amerikanischen Mitbürger! Generalsekretär Nikitin und ich haben uns und unsere beiden Nationen heute zu ernsthaftem Streben nach Frieden und einer echten, nachprüfbaren Verringerung unserer Atomwaffenarsenale verpflichtet ...

Anders erinnerte sich an den wilden Gefühlsaufruhr, in den diese Rede selbst ihn, einen altgedienten Geheimdienstmann, versetzt hatte, aber er hätte sich nicht an den genauen Wortlaut erinnern können, wenn das Fernsehen diese Szene in den letzten Tagen nicht bis zum Überdruß wiederholt hätte. Seit einem Monat, seitdem sie wußten, was in Baikonur vorging, hatten Calvins Worte immer hohler geklungen. Angesichts der augenblicklichen Krise war die damalige Rede lediglich eine naive Äußerung eines hereingelegten Politikers.

Wir stimmen darin überein, daß es keine Sonderregelungen, keine Ausnahmen geben soll. Sämtliche stationierten oder noch in Entwicklung befindlichen Waffensysteme beider Seiten sollen auf den Verhandlungstisch kommen ... Zur selben Zeit hatte Nikitin in Moskau seinen Landsleuten dieselbe hoffnungsvolle Story erzählt. Sogar die hartgesottenen Journalisten, die zum Empfang Calvins auf der Andrews AFB zusammengeströmt waren, hatten bei diesen Worten begeistert gejubelt. *Darüber hinaus haben wir uns zu gegenseitiger Information über neue Waffensysteme verpflichtet, die automatisch unter die für Interkontinental- und Mittelstreckenraketen geltenden Beschränkungen fallen werden ...* Calvin hatte Mühe gehabt, sich im allgemeinen Jubel wieder Gehör zu verschaffen. *Die-*

ser Abrüstungsvertrag soll zunächst für ein Jahrzehnt gelten, bevor eine einvernehmliche Revision möglich ist, und ist die Grundlage aller neuen Verträge in diesem und dem nächsten Jahrtausend. Wir haben den Ruf nach Frieden gehört; wir halten es für unsere heilige Pflicht, den Wahnsinn dieser schrecklichen Waffen zu beenden und ihren Fluch von unseren Kindern und Kindeskindern zu nehmen ...

Die Welt hatte begierig auf den Sirenengesang dieser zuversichtlichen Stimme gehorcht. Sie hatte ihr Glück kaum fassen können, als schon am nächsten Tag als Beweis des Abrüstungswillens der Supermächte die Hälfte aller Pershings, Cruise Missiles und SS-20 außer Dienst gestellt worden waren. Und die Welt glaubte noch immer an ihr Glück.

Die Welt hatte zwei Jahre lang gejubelt, und Anders hatte in diesen Jubel eingestimmt. Bis *Kaktus'* Meldung aus Baikonur wie eine Bombe eingeschlagen hatte: Hier ist ein Laser-Waffensystem, ein Killersatellit zum Start angeliefert worden! Mit einem Schlag hatte die vor zwei Jahren gemachte Ankündigung sich als wertlos erwiesen.

Meine amerikanischen Mitbürger ...

Aus jetziger Sicht schienen die erhobenen Arme eine Kapitulation zu bedeuten. Jetzt würde Calvin der Welt irgendwann mitteilen müssen, was schiefgegangen war und daß die USA kein Mittel zur Bekämpfung der sowjetischen Laserwaffen besaßen, weil er die Forschungsprogramme zusammengestrichen, die Finanzmittel gekürzt und den Russen geglaubt hatte ...

Anders merkte, daß Calvin ihn durchdringend anstarrte. Er spürte, wie er unter diesem forschenden, anklagenden Blick leicht errötete. Calvin schien zu erraten, was ihm durch den Kopf gegangen war.

«Sie denken wohl, daß ich aufgegeben habe, Anders?» erkundigte sich der Präsident eisig. Als der CIA-Mann nicht gleich antwortete, schüttelte Calvin angewidert den Kopf.

«Nein, Mr. ...»

«Schon gut! Ich verlange, daß Sie binnen einer Stunde als zweiter Mann in einem Düsenjäger sitzen. Lassen Sie sich von der Air Force nach Nellis fliegen. Es dauert höchstens drei Stunden ...

und Sie sind dafür verantwortlich, daß diese Kampfhubschrauber noch heute in die Luft kommen. Haben Sie verstanden? *Heute*!»

Mitchell Gant hockte mit einer Bierdose in der Hand auf seinem schmalen Feldbett und konzentrierte sich so angelegentlich auf das Fernsehgerät, als versuche er, Anders' Gegenwart aus seinem Bewußtsein zu verdrängen. Auf dem Bildschirm schwebte die Raumfähre *Atlantis* über Kalifornien, während der gesamte Text des Abrüstungsvertrags Artikel für Artikel wie ein Filmvorspann übers Bild lief. Alle drei großen Fernsehgesellschaften brachten dieselben Aufnahmen mitsamt dem eingeblendeten Vertragstext. Die Raumfähre wurde dabei über allen Erdteilen gezeigt, über die ihre Umlaufbahn hinwegführte: Aus 300 Kilometer Flughöhe waren die bei Tag aufgenommenen Länder und Meere leicht erkennbar. Für Anders bedeutete jeder Vertragsartikel eine weitere unerfüllte Hoffnung, eine weitere Fiktion.

Er räusperte sich, aber Gant drehte sich nicht nach ihm um.

«Sie kennen wohl die meisten Besatzungsmitglieder?» wollte der CIA-Mann wissen.

Gant starrte ihn an, als sei er aus irgendeiner angenehmen Beschäftigung gerissen worden.

«Klar, ich kenne einige ... Wakeman, den Kommandanten ... ja, ich kenne die meisten ...» Er schien das Interesse an ihrem Gespräch zu verlieren und trank erneut einen Schluck Bier.

Anders öffnete den kleinen Kühlschrank und nahm sich ebenfalls ein Bier. Kohlensäure zischte, als er den Verschluß aufriß. Gant stellte die Hintergrundmusik des Programms etwas leiser.

Die *Atlantis* befand sich seit einer Woche im Weltraum. Zu ihrem umfangreichen wissenschaftlichen Programm gehörte das Aussetzen zweier Forschungssatelliten. Die Besatzung sollte darüber hinaus einen weiteren Satelliten reparieren – und sich am Freitag, einen Tag nach der Vertragsunterzeichnung in Genf, mit ihren sowjetischen Kollegen treffen. Im Fernsehen war sogar die Rede davon gewesen, die Raumfähren könnten den jeweils anderen Landeplatz anfliegen. Unsinniges Gerede, das Anders jedoch störte, weil es die Stimmungslage der Weltöffentlichkeit demonstrierte. Die Party im Weltall hatte im Ernst begonnen und konnte nun von *niemandem* mehr abgeblasen werden.

Auf dem Bildschirm, den zur Hälfte der Pazifik einnahm, erinnerte die Erde an eine riesige Blumenschale mit Blütenblättern aus Wüsten, bewässerten Gebieten und Wolken. Der Greifarm der Raumfähre hing wie ein riesiges Ellbogengelenk in einer Ecke des Bildschirms, und ein Michelin-Männchen – eines der Besatzungsmitglieder auf einem Raumspaziergang – schwebte über dem Spacelab im geöffneten Frachtraum. Das Ganze war eine Wiederholung der vor fünf Tagen gelungenen Reparatur eines Satelliten.

Der defekt gewesene Satellit erschien als dunkler Fleck am unteren Bildrand. Anders trank einen Schluck Bier; seine Hand umklammerte die Dose unwillkürlich fester. Das Michelin-Männchen mit dem Tornister auf dem Rücken näherte sich dem Satelliten. Die Erde hinter ihm blieb unerreichbar, unglaublich schön.

Anders konnte sich nicht länger beherrschen.

«Verdammt noch mal, Gant, wie können Sie einfach *dahocken*?» fuhr er den anderen an. «Ist Ihnen das Unternehmen *egal*?»

«Keineswegs. Aber was nützt mir das, Anders? Ich kann den Rotorkopf nicht reparieren. Und die anderen arbeiten, so schnell sie können.»

«Die *Zeit* läuft uns davon, Gant!»

Gant sah ostentativ auf seine Armbanduhr. Gleich 19 Uhr... 22 Uhr in Washington. Anders würde bald wieder mit dem Oval Office telefonieren müssen. Er umklammerte seine Bierdose, als wolle er sie zerdrücken.

«Die Reparatur kann drei, vier Stunden oder die ganze Nacht dauern», stellte Gant fest. «Sie haben's ja selbst gesehen.»

Der kleine Ruheraum bedrückte Anders. Er fühlte sich unbehaglich, kam sich in seiner Fliegerkombi wie ein Hochstapler vor. Sein Rücken schmerzte von dem harten Kopilotensitz der EF-111, mit der er zur Nellis AFB geflogen war. Gants scheinbare Gelassenheit machte ihn wütend.

«Der Präsident erwartet, daß Sie Erfolg haben, Gant», sagte er scharf.

Die Augen des anderen glitzerten, als er sich umsah.

«Wirklich? Das erwartet er von mir?» Er machte eine Bewegung mit der Bierdose. «Sobald die Maschine flugfähig ist, starten wir. Was verlangen Sie sonst noch von mir, verdammt noch mal?»

«*Er* will was von Ihnen, Gant. Sie müssen diesen Kerl herschaffen – *und* seine Amateurfilme. Trauen Sie sich das zu?»

Gant fuhr sich mit einer Hand durchs Haar. «Wir sind nicht genügend vorbereitet, Anders, das wissen Sie. Nicht mal ich ...»

«Sie müssen's schaffen!»

«Das ändert nichts an den Tatsachen. Wir hätten mindestens noch eine Woche üben müssen. Diese Maschinen sind verdammt schwierig zu fliegen. Richten Sie das dem Präsidenten aus, wenn Sie mit ihm sprechen.» Er sah erneut auf seine Uhr. «Müßten Sie nicht wieder einmal anrufen?»

«Hören Sie, Gant, ich kann darauf verzichten, daß Sie ...»

«Auf mich können Sie leider nicht verzichten, Anders. Das ist zugleich mein Pech. Dieses Unternehmen ist von Anfang an verrückt gewesen, aber jetzt ist's selbstmörderisch!»

«Wollen Sie aussteigen?»

«Damit mir irgendein maßgeschneidertes Verbrechen angehängt wird – oder gleich ein halbes Dutzend?» Gant schnaubte verächtlich. «Ich bin längst erwachsen, Anders, ich weiß, was gespielt wird ... Ich fliege, sobald Garcías Mühle einsatzbereit ist.»

«Okay», seufzte Anders. Er lehnte sich gegen den Türrahmen. «Wenn wir den Agenten und sein Material bis Donnerstag rausbringen, haben wir noch eine Chance, Gant», fügte er beschwichtigend hinzu. «Dann können wir mit den Sowjets handeln.»

Gant betrachtete Anders' verärgertes, übermüdetes Gesicht.

«Vielleicht», sagte Gant. «*Vielleicht.*»

«Sie fliegen mit sowjetischen Hubschraubern, Sie haben alle Rufzeichen, Codes und Frequenzen – und Sie sind nach einer halben Stunde wieder fort!»

«Dort schießen sie auf jeden unbekannten Radfahrer, Anders. Die Überwachung ist lückenlos, verlassen Sie sich darauf!» Er betrachtete seine Bierdose, schüttelte sie und warf sie in elegantem Bogen in den Abfallkorb. Danach faltete er die Hände wie zum Gebet. «Und der Kerl ist auf der Flucht, Anders. Sie wissen nicht mal, ob er aufkreuzt, wenn wir eintreffen.»

«Er hat's versprochen! Er weiß, wohin er kommen soll, und hat einen Transponder, dessen Signal nur Sie empfangen können. Die Lage der kleinen Insel in den Salzsümpfen ist genauestens bekannt. *Habicht* ist ein Unternehmen, mit dem die Sowjets bestimmt nicht rechnen.»

«Das behaupten *Sie.*»

Gant starrte wieder auf den Bildschirm. Die Raumfähre schwebte weiter unerreichbar fern und scheinbar unverwundbar über Land und Meer, während die Vertragsartikel langsam von unten nach oben übers Bild liefen.

«Ich muß jetzt anrufen», stellte Anders fest.

Gant betrachtete Anders abschätzend. «Richten Sie dem Präsidenten einen schönen Gruß von mir aus», forderte er ihn auf. «Bestellen Sie ihm, daß Captain Fantastic den Start kaum noch erwarten kann!» Er schnaubte verächtlich.

3

Aufziehen des Sturms

«. . . verschwunden, Genosse Oberst. Er muß irgendwann nachts übers Dach geflüchtet sein. Wir . . .»

«Ihr seid doch *dort* gewesen!» brüllte Priabin ins Mikrofon seines Autofunkgeräts. «Ihr Idioten seid *die ganze Nacht* dort gewesen!»

«Genosse Oberst, wir haben beide Ausgänge überwacht . . .» begann die Stimme wieder.

Wiktor Schikin, der auf dem Beifahrersitz des Zils saß, holte wütend tief Luft und schlug mit einer behandschuhten Faust auf den Handschuhkastendeckel vor ihm.

«Spürt ihn auf!» blaffte Priabin erregt. Die Atmosphäre im Wagen war spannungsgeladen. Der Fahrer hatte die Musik von der Schwarzmarktkassette abgestellt.

«Genosse?» fragte Schikin, als Priabin ihm das Mikrofon zuwarf.

«Vielleicht läßt sich wenigstens verhindern, daß Orlow untertaucht!»

«An alle!» rief Schikin ins Mikrofon. «Den zweiten Mann sofort festnehmen!» Aus dem Lautsprecher drangen blecherne Stimmen, die seinen Befehl bestätigten.

«Los, mitkommen!» knurrte Priabin. «Orlow weiß bestimmt, wo sein kleiner Freund ist!» Hoffentlich, fügte er im stillen hinzu. Hoffentlich ...

Er öffnete die hintere Tür und stieg aus. Die Kälte fiel ihn an, drang durch seinen Wintermantel und seine Stiefel. Die schwarze Limousine war mit einer dicken Reifschicht bedeckt.

Verdammt noch mal, dachte er, als die Konsequenzen ihm so richtig klar wurden, *sie haben Kedrow entwischen lassen!* Zorn raubte ihm fast den Atem. Falls bekannt würde, er habe einen amerikanischen Spion entkommen lassen, war er endgültig erledigt. In seiner Panik wäre er auf dem vereisten Gehsteig beinahe ausgeglitten.

Schikin überquerte die schmale gepflasterte Straße. Die Fenster von Orlows Werkstatt waren blind. Von der hölzernen Ladentür blätterte die Farbe ab, das Ladenschild war bis zur Unleserlichkeit verwittert. Aber Priabin wußte, daß der Alte keine Reklame für seinen Laden zu machen brauchte. Er handelte mit Kassetten, hochwertiger Unterhaltungselektronik aus dem Westen und einem weiteren begehrten Schwarzmarktartikel: amerikanischen Jeans. Orlows Kunden waren Jugendliche, Techniker und Wissenschaftler; die Militärs hatten ihre eigenen halbamtlichen Bezugsquellen, die eine regelmäßigere Belieferung mit seltenen und begehrten Luxusartikeln garantierten.

Priabin konnte sich nicht länger beherrschen. Er hämmerte mit der behandschuhten Faust aufs Wagendach. Seine Stimme überschlug sich, als er Orlows Namen brüllte, daß er durch die enge alte Gasse hallte. Schikins Finger lag bereits auf dem Klingelknopf neben der Tür.

Ein Hubschrauber knatterte über die Stadt hinweg. Priabin hob den Kopf. Ein Kondensstreifen zerteilte die eben erst über dem Horizont stehende dunkelrote Sonnenkugel. Von der anderen Straßenseite her hörte er eine Stimme im Funkgerät seines Fahrers.

«Orlow! Mach endlich auf, du alter Halunke!»

Schikins Hand legte sich auf Priabins Arm.

«Alles in Ordnung, Genosse?» fragte er mit besorgter Miene, die zur Zurückhaltung mahnte.

«Was?»

«Sie müssen ... ruhiger werden. Orlow nützt uns nichts, wenn Sie ...»

Priabin starrte ihn aufgebracht an; dann schluckte er trocken und nickte. «Schon gut, Wiktor.» Er horchte angestrengt und hörte hinter der Tür schlurfende Schritte näherkommen. Ein Riegel wurde zurückgeschoben. Priabin seufzte erleichtert auf.

Ein weiterer Riegel, dann ein Sicherheitsschloß. Eine knorrige Hand zog das Türrouleau hoch. Orlow blinzelte sie wie ein ängstlicher, bedrohter Maulwurf an, der seinen Gang hinter sich blockiert weiß. Er trug eine Brille mit dicken Gläsern, war hager und ältlich ... und gerissen, wie sich darin zeigte, wie er die beiden Männer musterte und ihre Laune einzuschätzen versuchte.

Orlow öffnete langsam die Tür. Priabin hätte ihn am liebsten umgerannt, um in den Laden zu stürmen. Aber er wußte, daß Kedrow nicht hier sein würde.

«Ja?» fragte der Alte mit vorsichtig unterwürfiger Stimme. Er fuhr sich mit der Zungenspitze über die fahlen Lippen und blinzelte. «Ja, Genosse Oberst? Ich habe noch nicht geöffnet ...»

«Für uns schon!» unterbrach ihn Schikin und hielt ihm seinen roten Dienstausweis unter die Nase.

«Ja, natürlich», antwortete Orlow. «Treten Sie bitte ein, Genossen. Womit kann ich Ihnen dienen?» Priabin, der sich über seine wohlberechneten Antworten ärgerte, wußte sofort, daß der Alte gewarnt worden war. Er hatte seine Rolle die ganze Nacht lang einstudiert.

Priabin bildete sich ein, Kedrow beinahe *riechen* zu können; er mußte hier gewesen sein.

Sie betraten den Laden, der zugleich als Reparaturwerkstatt diente und in dem es nach Schmieröl, Staufferfett, Acetylen und Lackfarben roch. Fahrradzubehör, einige komplette Tourenräder und ein hellgrünes Herrenrad im Schaufenster, das mit Scherengittern gesichert war. Orlow schien nicht die Absicht zu haben, die beiden Männer in die hinteren Winkel seiner Werkstatt kommen zu lassen.

«Wo ist er?» stieß Priabin aufgeregt hervor, so daß Schikin ihm einen warnenden Blick zuwarf.

Orlow stand hinter der Ladentheke, als wolle er sie bedienen. Der Alte schrak zusammen, als er hörte, wie die Schlösser am Hintereingang aufgebrochen wurden. Priabin nickte Schikin zu.

«*Alles* durchsuchen!» wies er ihn nachdrücklich an.

Schikin ging um die Ladentheke herum und verschwand in den rückwärtigen Räumen. Orlow hatte zu winseln begonnen.

«Ich . . . was wollen Sie von mir? Ich hab' Sie reingelassen, nicht wahr? Ihre Leute haben keinen Grund gehabt, die Tür aufzubrechen . . .» Der Alte verstummte, als Priabin sich der Ladentheke mehr wie ein Eindringling als ein Kunde näherte. Seine Hände berührten das Lokalblatt aus Tjuratam, dessen Meldungen zeigten, welche Welten zwischen Baikonur und der alten Stadt lagen, und drehten es, bis seine Längsseite parallel zur Kante des Ladentischs ausgerichtet war. Priabin hob den Kopf und starrte in Orlows graues Gesicht.

Ein kleiner Nebenverdienst, sonst nichts – in Orlows Augen wahrscheinlich nur eine Dienstleistung. Ohne größere Gefahr, weil auch KGB-Angehörige hier Stereokopfhörer, Kassetten und Radiorecorder kauften. Orlow hatte ihnen auch ihre japanischen Hi-Fi-Geräte repariert. Priabin war selbst einmal zu ihm gegangen, nachdem das staatliche Elektrogeschäft in der Stadt seinen Kassettenrecorder nicht hatte reparieren können. Orlow war ungefährdet gewesen . . .

. . . bis er versucht hatte, in der Ersten Liga bei den Profis mitzuspielen, indem er Kedrows Funker geworden war.

«Wo ist Kedrow?» fragte Priabin beinahe freundlich.

«Wer?»

«Einer deiner besten Kunden, wenn's nach der Zahl seiner Besuche geht.»

Orlow wurde durch schwere Schritte über ihnen und Geräusche in den Räumen hinter ihm abgelenkt. Holz splitterte, Fächer und Schubladen wurden ausgeleert, Porzellan klirrte, ein Teppich wurde über den Fußboden gezerrt, knarrende Schränke wurden gerückt.

«Ich verstehe Ihre Frage nicht – wünschen Sie Auskunft über einen Kunden?»

Priabin schluckte seine Enttäuschung hinunter. Kedrow war nicht da. Er mußte Orlow angerufen und ihm mitgeteilt haben, er tauche jetzt unter.

«Nein», antwortete Priabin. «Mich interessiert dein Funkgerät.»

Der Alte drehte den Kopf zur Seite, und die Augen hinter den Brillengläsern blitzten ängstlich, als der Inhalt einer Kiste klirrend und scheppernd ausgeleert wurde. Die Fahnder würden viel Sachschaden anrichten – und natürlich einiges abstauben: die neuesten Kassetten, vielleicht sogar einen Verstärker. Aber das war Priabin egal. Wenn sie nur das Funkgerät fänden ...

... oder seine Bestandteile!

Orlow war geblieben, weil er sich außer Gefahr wähnte! Er hatte das verdammte Funkgerät *versteckt*! Schikin erschien mit staubigem Mantel und schmutzigen Händen an der Tür zu den rückwärtigen Räumen. «Wiktor, sorgen Sie dafür, daß auch nach *Einzelteilen* gesucht wird, verstanden?»

Schikin nickte verständnisvoll. «Soll ich von der hiesigen Dienststelle ein paar Techniker anfordern?»

«Ja, unbedingt!»

«Wird gemacht.» Schikin verschwand pfeifend. Orlow kniff berechnend die Augen zusammen, als Priabin ihn angrinste.

«Schließlich hast du die ganze Nacht Zeit gehabt, das Funkgerät auseinanderzunehmen, stimmt's?» fragte der Oberst leichthin. Ja, er würde seine Rolle als verständnisvoller Beichtvater spielen! «Wo sind die Bestandteile jetzt? In ein paar Stereoanlagen versteckt?» Priabin grinste. «Wir finden sie, Orlow, darauf kannst du Gift nehmen. Du hättest nicht versuchen sollen, bei den Großen mitzuspielen – vor allem nicht mit den Yankees. Wo ist Kedrow?» fauchte er plötzlich.

«Er ist ...»

Priabin nickte. «Was hat er dir letzte Nacht erzählt? Daß ihm der Boden unter den Füßen zu heiß geworden ist, daß er untertauchen wollte? Irgendwas hat ihm angst gemacht. Hat er davon gesprochen?»

«Ich weiß gar nicht, wovon Sie reden, Genosse Oberst.» Orlows

Augen blieben berechnend zusammengekniffen. Der Alte hatte Mut, das mußte Priabin zugeben. «Ich verstehe nicht, was Sie von mir wollen. Sie *kennen* doch meinen Laden! Ich meine, Sie ...»

«Ja, wir kennen ihn», bestätigte Priabin seufzend. Seine Finger trommelten einen Marsch auf der Ladentheke. «Aber wir haben uns überlegt, ob du vielleicht auch mit anderen Dingen handelst – zum Beispiel mit Drogen?»

Empörter, gekränkter Widerspruch. «Damit hab' ich nie zu tun gehabt, Genosse Oberst. Niemals!»

«Das bezweifle ich auch gar nicht mehr. Aber deshalb haben wir dich überwacht – nicht wegen der Stereoanlagen – und sind auf die Funksprüche und später auf Kedrow gestoßen. Wir beobachten dich schon lange. Deshalb sind letzte Woche ‹Einbrecher› bei dir gewesen: auf der Suche nach dem verdammten *Funkgerät*!» Mit einer fast spielerischen Geste schlug er Orlow seine Handschuhe ins Gesicht, so daß dem Alten die Brille von der Nase fiel.

Während Orlow nach seiner Brille tastete, fragte Priabin: «Wo ist das Gerät? Was habt ihr den Amerikanern verraten, Orlow?» Natürlich hatte es sich um die Laserwaffe gehandelt: Kedrow hatte mit daran gearbeitet, sie startbereit zu machen.

Der Alte hatte seine Brille gefunden und tauchte hinter dem Ladentisch auf. Eines der Gläser hatte einen Sprung.

«Heraus mit der Sprache, Orlow! Du weißt genau, daß es keine Rolle spielt, ob du leugnest, ob wir nichts bei dir finden. Aus dem Loch, in das ich dich stecken kann, kommst du nie mehr 'raus. Darüber bist du dir wohl im klaren?»

Orlow schrak sichtlich zusammen. Priabin deutete seine Reaktion ganz richtig: Er wußte, daß Orlow jetzt *alles* bereute.

«Und Angehörige gibt's auch immer», fuhr der Oberst fort. «Sohn, Tochter, wahrscheinlich auch Enkel – alle dein eigen Fleisch und Blut, alle werktätig, manche von ihnen sogar Parteigenossen, die Karriere machen wollen ...» Priabin lächelte gönnerhaft. «Autos kommen auf vereisten Straßen ins Schleudern, Schüler fallen durch und können deshalb nicht studieren, sondern werden auf irgendeine Kolchose geschickt ...» Orlow war sichtbar entsetzt. «Du weißt, daß wir dir und ihnen allen Schlimmes antun können, Orlow. Erzähl mir von Kedrow – rückhaltlos! Vielleicht lassen wir dich dann sogar ungeschoren – man kann nie wissen.»

«Darf ich ...» Eine lange Pause, als sei seine Stimme eingerostet. «Darf ich mich setzen?»

«Wo?»

«In ... in der Küche. Dort ist's wärmer.»

«Natürlich. Du kannst einen Kaffee kochen – und dann unterhalten wir uns.»

«Ich weiß nichts von all dem, was Sie angesprochen haben, Genosse Oberst», behauptete der Alte mit zitternder Stimme. «Nichts von Drogen, Funkgeräten oder sonst was.»

Priabin seufzte, während er dem kleinen alten Mann durch den engen, staubigen Flur in die Küche folgte. Er hielt den Kopf schief, als horche er auf ein Geräusch, das den inneren Zusammenbruch Orlows ankündigte. Er wußte, daß er sich noch gedulden mußte. Aber sobald sie das Funkgerät oder wenigstens einige seiner wichtigsten Teile entdeckt hatten, würde er den Alten wie einen trockenen Zweig zerbrechen können.

Selbst als er stehengeblieben war, hallte der eiskalte Betontunnel vom Echo seiner Schritte wider. Das Klappern seiner Schritte wollte einfach nicht ersterben: Ihr Widerhall brach sich an den Wänden, wurde allmählich schwächer und schien in der Ferne zu verschwinden. Dann herrschte endlich Stille. Hinter ihm war niemand, lediglich das Phantom seiner eigenen Schritte, seine eigene Angst. Er roch Schmierfett, Öl und Zementstaub. Seine Hand tastete die rauhe Tunnelwand nach den Metallrohren ab, in denen die Telefonleitungen, die Zündleitungen und das Elektrokabel für die Deckenbeleuchtung verlegt waren. Sein linker Knöchel tat weh, weil er sich ihn verstaucht hatte – nicht beim Abstieg vom Dach, sondern als er über die Gleise gestolpert war, auf denen früher lange Wagen mit Raketen durch diesen Verbindungstunnel des aufgelassenen Silokomplexes gerollt waren.

Kedrow schätzte, daß er inzwischen elf bis zwölf Kilometer von seiner Wohnung entfernt war. Auf der Erde über ihm war es unterdessen Tag. Seine Hand glitt weiter tastend die eisige Tunnelwand entlang. Sein Körper folgte dieser tastenden Hand vorsichtig, aber in einer Panik, die durch die unheimliche Stille ausgelöst worden war. Er hatte diesen Zufluchtsort vor einigen Wochen entdeckt und erforscht, aber jetzt schien sein Gedächtnis ihn im Stich zu lassen. Kedrow hatte Angst, sich allzuweit von der Tunnelwand zu entfernen, und achtete darauf, sie ständig mit Schulter, Arm und Hüfte zu berühren.

Schalter . . .?

Er ertastete das Gehäuse mit den beiden Knöpfen, zögerte und betätigte dann den Druckschalter. Wie konnte er die sorgfältig registrierten Positionen einfach vergessen haben! Staubig weißes Licht schien wie Gips von der Decke zu rieseln. Weiße Lichtkreise zeichneten sich bis zu den Stahltoren des Silos auf dem Betonboden ab. Kabelstränge, Gleise, der Geruch nach Zementstaub und Moder ließen Kedrow erschaudern. Hier unten war es wirklich eiskalt . . .

Die Platzangst ließ nach, seine Angst schwand. Er war allein; er sah, daß er allein war, und spürte, daß er sich in Sicherheit befand. Hierher folgte ihm niemand mehr.

Kedrow drehte sich um und zählte die in die Tunnelwand eingelassenen Stahltüren. Vier. Er brauchte die siebte. Er hastete leicht hinkend weiter, ohne auf die jetzt harmlosen Gleise zu achten. Sechs, sieben . . . Der Raum dahinter war nicht einmal ausgeräumt worden, als das alte Silosystem zugunsten modernerer Schutzbauten irgendwo in Baikonur aufgegeben worden war. Der Tunnel war seit Anfang der sechziger Jahre nicht mehr benützt worden.

Er berührte die Tür. Eisig. Seine Fingerabdrücke zeichneten sich kurz auf der Reifschicht ab und verschwanden wieder. Er stieß die Tür auf und betätigte den Lichtschalter. Der langgestreckte Raum wurde von Sicherheitslampen in Drahtkäfigen beleuchtet. Kedrow hatte die vertrauten Stockwerkbetten – je drei übereinander – vor sich. Die Schränke, die er bei früheren Besuchen aufgesprengt hatte, enthielten unverrostete Konservenbüchsen. Hier unten gab es frische Luft und fließendes Wasser.

Kedrow ließ seinen Rucksack von den Schultern gleiten und warf ihn aufs nächste Bett. Er rieb sich die Arme und Hände, um sie zu wärmen. Diese verdammte Kälte! Er brauchte nicht erst in die winzige Küche zu gehen, um den Wasserentkeimer und den Herd zu überprüfen. Das alles hatte er bei seinen früheren Besuchen getan.

Auch Proviant war reichlich vorhanden. Kedrow hatte die Konserven begutachtet; die meisten schienen noch in Ordnung zu sein. Trotzdem hatte er genügend eigene mitgebracht – und einen kleinen Propangaskocher, um sie zubereiten zu können. Und bei früheren Besuchen hatte er einen kleinen Wodka- und Biervorrat für den Fall angelegt, daß er dieses unterirdische Versteck würde benützen müssen.

Kedrow machte eine Flasche Bier auf. Schaum quoll aus der Flasche, als er sie an die Lippen setzte. Das Bier tat ihm gut.

Blitz. Er kicherte mit wachsendem Selbstbewußtsein. Während die Militärs nach ihm fahndeten und der KGB sich im Kreis drehte, war er hier unten sicher. Die Amerikaner würden ... wann würden sie kommen? In zwei, nein, in drei Tagen. So lange konnte er hier unten aushalten ...

Ihm lief ein kalter Schauder über den Rücken.

«Na, Orlow, wo steckt er?»

Priabin schlug mit der flachen Hand auf den Küchentisch, daß die dort liegenden Bestandteile des Funkgeräts klirrten. Die Techniker hatten sie binnen einer Stunde aufgespürt, obwohl sie gemeckert hatten, weil der Oberst ihnen zugemutet hatte, direkt aus dem Bett in den Wintermorgen hinauszuhasten. Orlow hatte das Funkgerät tatsächlich zerlegt und die Teile versteckt. Die auf dem Tisch liegenden Teile deuteten jedoch auf ein über Satellit arbeitendes Funkgerät amerikanischer Bauart für verschlüsselte Meldungen hin.

Für die Meldungen von Spionen, von ortsfesten Residenten.

«Wo steckt er?» wiederholte Priabin.

Orlow, der sein Gesicht in den knorrigen Händen verbarg, schüttelte den Kopf. Mit jedem entdeckten Teil des Funkgeräts war Orlow weiter in seine Niederlage hineingeglitten.

«Keine Ahnung. Er hat gestern abend von einer Telefonzelle aus angerufen ... mehr weiß ich nicht», murmelte er hinter schmutzigen Fingernägeln.

«Du weißt's nicht oder willst's nicht sagen?» erkundigte Priabin sich. Schikin stand mit verschränkten Armen an der Küchentür. Die anderen waren zum Frühstück in ein schäbiges kleines Lokal ganz in der Nähe gegangen: ein weiteres erbärmliches Fragment dieses heruntergekommenen Viertels von Tjuratam. Der KGB-Oberst sagte – vielleicht schon zum elften oder zwölften Mal – die Litanei des Schreckens auf. «Söhne, Töchter, Enkel, Tanten, Nichten, Neffen ... allen könnte etwas passieren», meinte er seufzend, als langweile ihn dieses Thema. Schikin quittierte seinen Tonfall mit beifälligem Nicken.

Dem schluchzenden Orlow war fast schlecht vor Angst.

«Ich *weiß* nicht, wo er ist!» jammerte der Alte. «Er hat mir aufgetragen, einen letzten Funkspruch abzusetzen, mehr kann ich nicht sagen ... mehr weiß ich auch nicht ...»

«Was hat in dem Funkspruch gestanden?» knurrte Priabin.

«Ich ... ich hab's vergessen ...»

«Los, streng dich an!»

Orlow rutschte auf seinem Stuhl hin und her. Er war kreidebleich.

«Er ... er hat gemeldet, er werde verfolgt und tauche unter, bis ... bis er abgeholt werde ...»

«Abgeholt?» fragte Schikin ungläubig.

Orlow starrte weiter Priabin an, obwohl ihm die plötzliche Aufregung, die aus der Miene des anderen sprach, angst machte.

«Sie wollen ihn abholen?» erkundigte der Oberst sich.

«Er hat's jedenfalls geglaubt», bestätigte Orlow.

«Und wie wollen sie ihn ... *retten*?» fragte er halb spöttisch.

Seit Priabin nachgelegt hatte, qualmte der Küchenherd.

«Das hat er nie gesagt. Aber er hat fest daran geglaubt.» Orlows Tonfall ließ erkennen, daß weder er noch der Oberst auf einen so offenkundigen Schwindel hereingefallen wären.

«Du hast alle seine Funksprüche gesendet, stimmt's?»

Orlow schüttelte den Kopf. «Filip hat seine Nachrichten immer selbst übermittelt. Aus Sicherheitsgründen, wie er gesagt hat. Letzte Nacht hat er mir das Anrufverfahren erklären müssen, bevor ich den Funkspruch absetzen konnte. Das hat einige Zeit gedauert.»

«Und der Inhalt?»

«Er hat sie aufgefordert, sich zu beeilen ... im Zusammenhang mit einem Unternehmen *Blitz*, das ...»

«*Blitz?*» fragte Priabin eifrig. «Er hat von *Blitz* gesprochen?»

«Ja. Genosse Oberst.»

«Was hat er damit gemeint?»

«Das hat er mir nicht gesagt.»

Priabin mußte sich räuspern, bevor er weitersprechen konnte. «Dann müssen wir ihn erst recht fassen. Ich glaube dir, Orlow. Ich will von dir wissen, wo er steckt und wieviel die Amerikaner von ihm erfahren haben.»

«Mehr kann ich Ihnen nicht sagen!» protestierte der Alte. «Ich würd's Ihnen sagen, das schwöre ich Ihnen, aber er hat mich nie eingeweiht!» Er machte Kedrow jetzt für diese Misere verantwortlich; Kedrow war daran schuld, daß er in der Scheiße steckte. Orlow hätte Priabin in diesem Augenblick alles erzählt, was der andere wissen wollte – aber er wußte so *wenig*!

«Weißt du, wo er stecken könnte?»

Orlow schüttelte den Kopf, wimmerte dabei leise vor sich hin und verbarg sein Gesicht in den Händen. Alte, abgearbeitete, schwache Hände ... Priabin verabscheute sich sekundenlang selbst.

«Ich hab's nur wegen des Geldes getan!» jammerte Orlow, dessen Motiv damit endgültig geklärt war.

«Natürlich zu wohltätigen Zwecken. Oder für deine Familie, was?» meinte Schikin verächtlich. Orlow sah nicht zu ihm hinüber.

«Die Amerikaner holen ihn bestimmt nicht raus», meinte Priabin nicht einmal unfreundlich. «Aber vielleicht hat Kedrow gefälschte Papiere, Geld, einen vorbereiteten Fluchtweg ...?»

«Wiktor», forderte er Schikin auf, «holen Sie die Faulenzer aus ihrem Frühstückslokal und lassen Sie Kedrows Wohnung durchsuchen. Ja, ich weiß, daß sie bereits durchsucht worden ist, aber ich will, daß sie nochmals auf den Kopf gestellt wird!»

Schikin verließ die Küche. Priabin hörte ihn in sein Handfunkgerät sprechen, während er durch den mit Linoleum belegten Flur stapfte. Dann fiel die Ladentür, deren Glocke warnend bimmelte, laut krachend ins Schloß. Priabin schrak aus seinen Gedanken auf, in denen er sich vorgestellt hatte, wie er Filip Kedrow faßte und sein Wissen über das Unternehmen *Blitz* aus ihm herauspreßte, um als siegreicher Held nach Moskau zurückkehren zu können.

Er konzentrierte sich wieder auf Orlow. Der Alte war in gesprächiger Stimmung, als könne er die bevorstehende schlimme Zukunft durch Worte abmildern. Er wollte helfen, wollte alles preisgeben, was er wußte. Seine einzige Angst war, er könnte nicht genug wissen, um Priabin zufriedenzustellen und seinem Schicksal zu entgehen. Der Oberst spürte, daß der andere sich einbildete, wenn er sich hier in seiner Küche erfolgreich ausquetschen lasse, müsse er sie vielleicht überhaupt nicht verlassen.

«Los, zieh deinen Mantel an, Orlow!»

«Was . . .?»

«Wir nehmen dich mit. Dein Verhör hat noch gar nicht richtig angefangen!»

Die Zeitung, die ausgebreitet auf seinem Schreibtisch lag, war mit allmählich antrocknenden Farbklecksen gesprenkelt: ein scheußliches Grün, natürlich auch Weiß, Rot, Blau, Grau – vermutlich eine Grundierung – und Gelb. Ein Ausmalrätsel, bei dem es galt, die Farbkleckse durch Striche miteinander zu verbinden, um ein Porträt des Spions Filip Kedrow zu erhalten. Priabin seufzte. Sie hatten die wasserdicht verpackten Filmrollen in Lackdosen in Kedrows Garage entdeckt. Gar nicht dumm! Aber Wiktor hatte sie aufgespürt, wie er auch alles übrige entdeckt hatte: einige Aufzeichnungen, die Kamera in dem Plastikfrosch . . . sonst nichts.

Orlow hatte bestätigt, daß Kedrow die Amerikaner lediglich über Funk informiert hatte. Seit der Auslieferung des Funkgeräts war kein Kurier mehr in Baikonur gewesen, das wußte er bestimmt. Folglich hatte Kedrow tatsächlich damit gerechnet, daß die Amerikaner ihn mitsamt seinem Bildmaterial rausholen würden. Aber würden die Amis kommen? Priabin schüttelte den Kopf. Unmöglich! Was für eine Rettungsaktion hätten sie durchführen können? Und Kedrow hatte erst vor wenigen Stunden auf den

Alarmknopf gedrückt. Nein, er saß irgendwo in Baikonur fest. Aber . . .

. . . wo?

Priabin sah sich den ersten der hastig entwickelten Filme an. Kedrow war ein guter Agent gewesen: Er hatte eine umfassende Bilddokumentation über die letzten Wochen des Laserwaffenprojekts erstellt. Beinahe von der Ankunft des Waffensystems aus Semipalatinsk in Baikonur an.

Der Oberst ließ den Film sinken. Wahrscheinlich würde er einige dieser Streifen vernichten müssen, denn bis er sie verwenden konnte, würden die Militärs sich fragen, wie lange er schon davon gewußt hatte und warum er sie nicht früher informiert oder selbst etwas unternommen hatte. Ein gefährliches Spiel, das jedoch zu gewinnen war, wie er jetzt spürte.

Falls er das Spiel gewann, konnten Rodin und sein Vater ihm nichts mehr anhaben. Dann nahm die Moskauer Zentrale den verlorenen Sohn mit offenen Armen auf.

Priabin grinste und schluckte dann trocken. Er versuchte ein Lachen. Der Hund sah von seinem Platz neben der Heizung auf und streckte sich dann wieder aus, so daß sein zottiges rötliches Fell mit dem rötlichen Teppich verschmolz, auf dem er lag. Ja, Priabin würde nach Moskau zurückkehren, sobald er Kedrow aufgespürt hatte. Die Dankbarkeit der Moskauer Zentrale gegenüber dem Mann, der die Militärs in Baikonur in Schach gehalten hatte, würde grenzenlos sein. Vielleicht wurde er zum jüngsten KGB-General befördert! Ja, er war wieder zuversichtlich, er würde Kedrow aufspüren.

Wozu befaßt du dich dann weiter mit *Blitz*? fragte sich Priabin, als er seine Zigarette ausdrückte und wieder aufrecht hinter dem Schreibtisch saß. Wozu lenkst du die Aufmerksamkeit anderer darauf, indem du Wiktor zu Rodins neuestem Freund, einem homosexuellen Schauspieler, schickst? Das kann ein Fehler gewesen sein . . .

Das Telefon klingelte. Er griff hastig nach dem Hörer, als erwarte er den Anruf eines Mannes, der mächtig oder gerissen genug war, um seinen Traum zerstören zu können.

«Ja?»

«Wiktor, Genosse Oberst.»

«Ah, was gibt's, Wiktor? Hören Sie, ich habe mir die Sache anders überlegt und . . .»

«Ich bin im Theater, Genosse Oberst.» Schikins sonst eher barsche, gleichmütige Stimme klang aufgeregt. «Er weiß tatsächlich davon. Angeblich hat er nur das eine Wort gehört, aber ich glaube, daß mehr dahintersteckt!»

«Blitz?»

«Ganz recht. Er ist verdammt nervös geworden, als ich unerwartet davon gesprochen habe. Ich möchte wetten, daß der junge Rodin ihm einiges anvertraut hat.»

«Bringen Sie ihn her, Wiktor – bringen Sie ihn her!» forderte Priabin ihn auf. «Er ist bestimmt leicht einzuschüchtern – als Zivilist *und* Schwuler!»

«Er hat noch telefoniert, Genosse. Ich hab' ihn dabei erwischt, als er sich angeblich nur umziehen wollte. Ich bin leider nicht gleich auf die Idee gekommen, daß er ein Telefon in seiner Garderobe haben könnte.»

«Wen hat er angerufen? Rodin?»

«Das sagt er nicht – aber ich vermute es.»

«Gut, eröffnen Sie ihm, daß er wegen widernatürlicher Unzucht festgenommen ist. Und bringen Sie ihn sofort hierher. Sobald er wegen einer Straftat inhaftiert ist, kann Rodin ihm nicht mehr den Rücken stärken. Dann kriegen wir in kürzester Zeit alles aus ihm heraus!»

«Richtig, Genosse. Ich bin in . . . äh . . . ungefähr einer halben Stunde zurück. Ich fahre einen kleinen Umweg, um sicherzustellen, daß er nicht erkannt wird.»

«Gute Idee! Knöpfen Sie ihn sich gleich vor, sobald Sie mit ihm hier sind. Spielen Sie den netten Kerl. Ich bin nach dem Mittagessen mit unserem Freund Orlow beschäftigt und komme zu Ihnen hinüber, wenn ich mit ihm fertig bin.»

Priabin knallte den Hörer auf die Gabel. Er stand auf und reckte sich behaglich. Dann setzte er sich wieder an seinen Schreibtisch und begann Fragen zu notieren, mit denen er Orlow bedrängen wollte – und Fragen, die er dem kleinen Schwulen stellen wollte, nachdem Wiktor ihm gegenüber den netten Kerl gespielt hätte.

«Ich begleite Sie.»

«Nach Baikonur?» erkundigte Gant sich sarkastisch lächelnd.

«Nur bis Peschawar.»

«Um sicherzustellen, daß wir nicht an der Grenze umkehren?»

«Ich tue, was der Präsident will, Gant – genau wie Sie», seufzte Anders. «Okay, wir müssen los!»

Anders sah auf seine Uhr. Wenige Minuten vor Mitternacht. Die Mil 24 A war instandgesetzt und mit befriedigendem Ergebnis durchgecheckt worden. Ab sofort blieben ihnen höchstens 48 Stunden Zeit. Gant konnte Kedrow bis Mittwoch morgen – Washingtoner Zeit – wohlbehalten außer Landes bringen. Die Zeit war knapp, aber sie würde reichen müssen.

Er folgte Gant, der in seine Parka geschlüpft war, durch hallende Korridore in die Nacht hinaus. Bleicher Mondschein ließ die verschneiten Hügel jenseits des Flugplatzes gespenstisch wirken. Einzelne Schneeflocken wirbelten durch die Dunkelheit zwischen den beiden Männern und dem Hangar. Die Lockheed C-5A Galaxy reckte ihren Bug aus dem Hangar, aber die Triebwerke des riesigen Transportflugzeugs schwiegen noch.

Der CIA-Mann nickte dem Technischen Offizier zu, der ihm den Abschluß der Instandsetzungsarbeiten gemeldet hatte. Die beiden Kampfhubschrauber standen bereits im Frachtraum der Galaxy. Anders zog ein Sprechfunkgerät aus der Brusttasche seiner Parka und begann hineinzusprechen, während er hinter Gant die Passagiertreppe hinaufstieg.

Die Tür wurde hinter ihnen zugeknallt und verriegelt. Anders sprach mit dem Kommandanten der Galaxy, einem USAF-Oberst. «Wir sind startbereit, Colonel», bestätigte er zuletzt, schaltete das Funkgerät aus und steckte es wieder in die Brusttasche.

Unmittelbar danach setzte die C-5A sich in Bewegung, als ein Schlepper die Transportmaschine aus dem Hangar zog. Dann heulten die vier Triebwerke nacheinander auf. Null Uhr fünf. Der Triebwerkslärm wurde immer lauter.

Die beiden Hubschrauber standen in der Nähe des Hecks auf Paletten und wirkten mit ihren angeklappten Rotorblättern wie große Insekten mit angelegten Flügeln. Ein Mechaniker zog eine Schablone vom Rumpf der 24 D ab, die Gant fliegen würde, und legte weiße Ziffern frei. Eine Staffelbezeichnung oder dergleichen. Die während der Ausbildung einheitlich olivgrün umgespritzen Kampfhubschrauber trugen jetzt die gelb-oliv gefleckte Tarnbemalung von Maschinen der in Afghanistan eingesetzten sowjetischen Heeresflieger. Unterhalb des Tarnanstrichs waren die Rumpfunterseiten der Hubschrauber haifischgrau. Eine weitere Schablone wurde abgezogen und ließ kyrillische Buchstaben erkennen. Mit ihren roten Sowjetsternen und der vollständigen Beschriftung verwandelten die Mils sich wieder in die in der libanesischen Wüste erbeuteten Kampfhubschrauber.

Die Szene löste in Anders ein bedrückendes Gefühl der Zerbrechlichkeit aus. Die Hubschrauber mochten nahezu einsatzbereit sein – die Besatzungen waren es nicht. Gant, Mac, sein Bordschütze, und die zweite Besatzung unter Garcías Führung – keiner, nicht einmal Gant, war wirklich bereit für dieses Unternehmen.

Die Cockpits der beiden Mils standen offen, während Mechaniker die Bordsysteme überprüften. Anders hatte den flüchtigen Eindruck, die Hubschrauber befänden sich noch im Bau, seien unfertig. Auch die Kabinentüren waren geöffnet. Beide Mils waren mit Zusatztanks ausgerüstet. Nur mit verdoppelter Treibstoffzuladung konnte Gant die über 1500 Kilometer von der pakistanischen Grenze bis Baikonur zurücklegen und über ausreichende Reserven für den Rückflug verfügen. Die 24 A sollte zurückgelassen werden, sobald ihr Treibstoff in den anderen Hubschrauber umgepumpt worden war, und die beiden Besatzungen würden den Rückflug zusammengedrängt in der 24 D antreten – hoffentlich *mit* Kedrow!

Beide Hubschrauber waren auf amerikanische Waffensysteme umgerüstet worden: Sie trugen vier Raketenbehälter und vier Lenkwaffen an ihren kurzen Tragflügeln und je ein vierläufiges MG im Bug. Die Waffen waren echt, aber sie dienten zur Tarnung. Sie waren Bestandteil eines Täuschungsmanövers, das im afghanischen Luftraum beginnen würde und Stunde um Stunde durchgehalten werden mußte ... Waffen, Abzeichen, Rufzeichen, Codes, Gants Russischkenntnisse ... dünn, fast durchsichtig. Später Stunde um Stunde im sowjetischen Luftraum ... noch durchsichtiger ...

Mac und die Besatzung des zweiten Hubschraubers kamen auf Gant und ihn zu. Anders ließ sich in einen der Klappsitze fallen, schnallte sich an und spürte die riesige Galaxy anrollen. Er studierte die Besatzungen wie ein Arzt, der Röntgenaufnahmen betrachtet. Mac, Gants Bordschütze, war der beste Mann. García, der zweite Pilot, war gut – aber nicht besser als gut. Sein Kopilot war älter, erfahrener, aber auch nicht besser. Die *Staffel Chamäleon* hatte vor zwei Monaten einen besseren Piloten verloren, als ihre letzte Mil in der DDR abgestürzt war. Bevor die Israelis dazu veranlaßt worden waren, *diese* zu erbeuten ...

Lane, der Kopilot, war in Ordnung. Kooper, Garcías Bordschütze, war besser. Und Gant war Gant ... er hatte sich für die 24 D entschieden, wie Anders wußte, weil er für sie keinen Kopiloten, sondern nur einen Bordschützen brauchte. Und Gant hatte Vertrauen zu Mac.

Die Galaxy bog auf die Startbahn ab.

«Gott sei Dank, daß die Kerle endlich ihre Ärsche in Bewegung gesetzt haben!» rief García aus, während er sich neben Anders setzte und sich demonstrativ anschnallte.

Anders beobachtete, wie Gant mißtrauisch das Gesicht verzog, und fühlte seine beinah körperlich spürbare Abneigung gegen García. Die nervöse Spannung des zweiten Piloten war zu fieberhaft, zu ungezügelt – wie die Reaktion eines Mannes, der zuviel getrunken hat.

Der CIA-Mann streifte die anderen mit einem kurzen Blick und konzentrierte sich dann auf den Klapptisch in ihrer Nähe mit dem eingeschalteten Terminal, den Kartenrollen und den Stapeln von Luftaufnahmen. Es gab noch viel zuviel zu tun ...

Die Galaxy rollte an. Auf einen Hupton hin, der durch den Rumpf gellte, nahmen die letzten Mechaniker hastig ihre Plätze ein. Die Mils blieben allein, verwundbar zurück. Der Lademeister sprach über Bordtelefon mit dem Cockpit. Anders sah wieder zu dem Klapptisch hinüber. Eine der stark vergrößerten Satellitenaufnahmen zeigte eine winzige nierenförmige Insel inmitten von Salzsümpfen. Schilf, seichtes Wasser, in einer Bildecke ein verschwommener weißer Fleck, der sich als auffliegender Vogelschwarm deuten ließ. Konnte Gant diese Insel nachts finden – möglichst ohne den Scheinwerfer der Mil einzuschalten?

Sei bloß da! dachte er unwillkürlich. Du russischer Dreckskerl, *sei dort!*

Er spürte, wie sein Körper in den Sitz gedrückt wurde, als die Galaxy abhob. Sekunden später wurde das Fahrwerk polternd eingefahren.

Der Bergepanzer stand mit dem Bug im Fluß und erinnerte in dieser Stellung an einen gründelnden Wasservogel. Der starke Kran, der über dem Turm der umgebauten Panzerwanne aufragte, zog die Zil-Limousine langsam aus dem schlammigen Wasser. Große abgesplitterte Eisschollen dümpelten wie tief im Fluß liegende Wrackteile in der offenen Wasserfläche, die durch den Verkehrsunfall und das Bergungsunternehmen entstanden war. Im schwindenden Tageslicht dieses Nachmittags war das eisige Wasser nur eine von Wirbeln durchsetzte dunkle Brühe unter dem bewölkten Himmel. Der schneidend kalte Wind brachte winzige nasse Schneeflocken mit.

Von den Fenstern und Seiten der Limousine strömte Wasser, als sie über den Bergepanzer SKP 5 gehoben wurde und nun über dem sanft abfallenden Flußufer schwebte, das von den Panzerketten zerwühlt war. Und von den schmaleren, kaum noch erkennbaren Reifenspuren des Zils, dachte Priabin, den der Anblick des Wagens und das Wissen um seine Passagiere und ihren Zustand wachgerüttelt hatten. Die düstere, eisige Szenerie beunruhigte ihn.

Als er mit Orlow fertig gewesen war – der Alte wußte nicht mehr, als er bereits ausgesagt hatte, soviel stand fest –, hatte er in der Kantine ein Glas Tee getrunken und sich dann auf den Weg zu Wiktors Dienstzimmer gemacht. Um feststellen zu müssen, daß Wiktor und der Schauspieler noch nicht zurück waren – drei Stunden nach seinem Anruf. Priabin hatte sich sofort Sorgen gemacht. Der Schauspieler hatte irgend jemand angerufen ... er mußte mit Rodin telefoniert haben ... War Wiktor etwas zugestoßen?

Einige Zeit später hatte eine Polizeistreife Unfallspuren entdeckt, die lediglich bestätigten, was Priabin längst befürchtete: Ein

Auto schien von der Straße abgekommen und in den Fluß gestürzt zu sein – genau auf der Strecke, die Wiktor hätte fahren wollen. Ja, ja, ich komme sofort ... Was? Pioniere? Um den Wagen zu bergen ... Gut, Sie haben einen Bergepanzer angefordert ...

Der SKP 5 hielt den Zil wie eine hart erkämpfte Trophäe hoch über sich, während er sich mit aufheulendem Motor und mahlenden Ketten aus dem Wasser ans Ufer zurückarbeitete. Die auseinandergedrückten grauen Eisschollen glitten hinter ihm zusammen, als wollten sie das Loch in der Eisdecke wieder schließen. Die Limousine hing mit der Motorhaube nach unten; irgend etwas Zusammengekrümmtes drückte von innen gegen die Überreste der zersplitterten Windschutzscheibe. Froschmänner, die den Zil mit Drahtseilen an den Kranhaken gehängt hatten, nachdem er, halb im Schlamm des Flußbetts vergraben, entdeckt worden war, tauchten aus dem eisigen Wasser empor. Die Limousine, die über ihnen am Kran hing, interessierte sie kaum noch.

Priabin zog sich die Kapuze seiner Parka tiefer ins Gesicht: eine unbewußte Trauergeste. Wiktor Schikins Leichnam drohte nach vorn über die Motorhaube zu rutschen; er würde dann wie eine verrenkte Schaufensterpuppe in den Schlamm am Ufer klatschen ...

Die Limousine wurde vorsichtig am Ufer abgesetzt: in der beginnenden Abenddämmerung fast wieder ein unbeschädigter Wagen. Priabin, dessen Gummistiefel in dem aufgewühlten Schlamm ausrutschten, hastete die Böschung hinauf, wo Polizeibeamte und Soldaten sich um den Zil drängten. Der SKP 5 holte seinen Kranhaken ein und rasselte langsam in Richtung Straße davon.

Ein Auto war auf der vereisten Straße am Fluß ins Schleudern gekommen und ins Wasser gerast. Dabei waren leider zwei Menschen ertrunken. Damit ist schon alles gesagt, dachte Priabin. Daß mein Stellvertreter den Unfallwagen gefahren hat, ist natürlich nur ein Zufall gewesen. *Wiktor* ...

Als die Neugierigen seinen Dienstgrad erkannten, machten sie ihm bereitwillig Platz. Priabin berührte Wiktors Kopf, hob ihn hoch und erschrak, als er das blasse Gesicht des Ertrunkenen sah, das von Glassplittern entstellt worden war. Seine Augen tränten wegen des kalten Windes und weil er die kalte, nasse Haut des

Toten berührt hatte. Priabin ging um den Wagen herum zur Beifahrertür, riß sie auf – keine Karosserieschäden, keine Hinweise auf einen Zusammenstoß, keine Schleuderspuren auf dem Straßenbelag? – und schrak zusammen, als ein zweiter Toter aus der offenen Tür kippte, um leblos wie eine Puppe mit nassen Haaren den aufgewühlten Schlamm zu berühren.

Der kleine Schauspieler, Rodins Geliebter. Alles wie erwartet. Priabin fühlte blinden Haß wegen Wiktors Tod in sich aufsteigen. Keine Schleuderspuren . . .? Ein Unfall?

Vielleicht war Wiktor gestorben, nur weil dieser kleine Kerl in Panik geraten war und ihm ins Steuer gegriffen hatte? Das war denkbar, aber Priabins verdammter *Instinkt* ließ ihn vermuten, daß hier andere die Hände im Spiel gehabt hatten.

Er nahm die olivgrünen Uniformen wahr, die ihn umgaben, und stellte fest, daß sie die Zahl der anwesenden KGB-Uniformen weit übertrafen. Weshalb hatte er den Verdacht, dies sei kein Unfall gewesen? Weil Wiktor ums Leben gekommen war? Priabin starrte den aus dem Wagen hängenden Schauspieler an. Du hast vom Theater aus mit irgend jemand telefoniert, dachte er, du hast mit jemand gesprochen . . . und dann ist das hier passiert. Du hast vor Angst die Hosen vollgehabt, weil du gewußt hast, daß wir dich nach *Blitz* ausfragen würden. Wie gut bist du darüber informiert gewesen? Gut genug, um zu wissen, was sich hinter dem Decknamen verbirgt, welche Absicht dahintersteht?

Irgend jemand hatte dem Schauspieler das Maul stopfen wollen – und mit ihm auch Wiktor zum Schweigen gebracht.

Blitz war schuld an Wiktors Tod, das stand für Priabin fest. Rodin hatte ihm nach seinem Versprecher gedroht und war dabei selbst ängstlich gewesen. Und Kedrow hatte den Decknamen als Köder benützt, um sicherzustellen, daß die Amerikaner ihm zu Hilfe kamen . . .

«Was gibt's?» knurrte Priabin, als eine Stimme ihn in den kalten Wind und an den Fluß zwischen niedrigen, kahlen Hügeln zurückholte. Er starrte Dudin, dem Leiter der KGB-Dienststelle Tjuratam, ins Gesicht.

«Genosse Oberst, ich habe gefragt . . .» Dudin nahm es unter den gegenwärtigen Umständen mit den Dienstgradbezeichnungen sehr genau. *Hauptmann* Dudin. «. . . ob ich die Leichen abtransportieren lassen kann. Oder soll der Gerichtsmediziner sie zuerst im Wagen untersuchen?» Dudin trat von einem Bein aufs andere und blies sich in die behandschuhten Hände.

«Lassen Sie . . . ja, der Gerichtsmediziner soll sie zuerst im Wagen untersuchen», wies Priabin ihn in neutralem Tonfall an. Sein Instinkt basierte nicht auf logischen Schlußfolgerungen, aber er bewegte sich mit der Sicherheit eines starken Schwimmers in stillen, vertrauten Gewässern. «Ja», wiederholte er, «zuerst der Gerichtsmediziner.»

Das Motorengeräusch eines rasch näherkommenden Autos lenkte ihn ab. Priabin drehte sich um. Der Wagen, ein silbergrauer kleiner BMW, kam aus Richtung Baikonur, nicht aus Tjuratam. Er wußte, daß es Rodins Auto sein mußte: das glitzernde Spielzeug eines privilegierten Generalssohns.

Rodin bremste scharf, sprang aus seinem BMW und lief zu dem Unfallwagen. Nachdem er sich blindlings an Dudin vorbeigedrängt hatte, begegnete sein wilder Blick dem ruhigen Priabins. Der forschende Blick des KGB-Obersten schien den jungen Mann aus der Fassung zu bringen. Priabin senkte langsam den Kopf und erreichte so, daß Rodins besorgter, ängstlicher Blick dem seinen folgte.

Bis zu dem leblos aus der Beifahrertür des Zils hängenden jungen Schauspieler. Rodin konnte ein ersticktes Schluchzen nicht unterdrücken. Er sah nicht auf, aber Priabin merkte ihm an, daß er seinen Freund am liebsten gar nicht angeblickt hätte. Daß er am liebsten nicht neben ihm niedergekniet wäre und ihn berührt hätte . . .

Daß er am liebsten nicht hergekommen wäre, sagte Priabin sich. Rodin mußte gewußt haben, was ihn hier erwartete. Als der noch immer kniende junge Leutnant schließlich den Kopf hob, verstanden sie sich ohne Worte. Priabins Blick erwartete Rodin wie ein stummer Haftbefehl. Der KGB-Oberst nickte sogar halb unbewußt, als habe er bestätigt bekommen, was er längst vermutet hatte. Rodin wandte sich mit blassen Wangen und Tränen in den Augen verlegen ab.

Er hat *dich* angerufen, wiederholte Priabin sich. Er spürte, daß Rodin die Spinnenfäden seiner Aussage sammelte, um daraus ein

Lügengewebe zu fabrizieren. Du bist auch in Panik geraten, er hat *dich* angerufen, und du hast die Hunde auf Wiktor und ihn gehetzt ...

Alles wegen des Decknamens *Blitz.*

Rodins Miene war ausdruckslos, als er sich erneut an Priabin wandte, um seine zurechtgelegte Aussage zu machen, falls sie von ihm verlangt wurde. Die unverkennbare Angst des jungen Mannes jagte Priabin einen kalten Schauder über den Rücken. Wenn er jetzt nicht vorsichtig, sehr vorsichtig war, erwartete ihn ein ähnliches Los wie Schikin.

Vorsichtig, ganz vorsichtig ... Priabin starrte über Rodins vom Wind zerzaustes Haar hinweg, während der junge Mann stockend seine wenig glaubwürdige Geschichte erzählte. Du mußt eine Rolle spielen! sagte er sich. Du mußt dich verstellen, noch während du diesem feigen, hinterhältigen Ekel zuhörst. *Spiel* deine Rolle – erzähl ihnen nichts von Kedrow, sondern sieh zu, daß du ihn vor den anderen aufspürst. Er weiß über *Blitz* Bescheid. Sobald *ich* davon weiß, Wiktor, habe ich sie in der Tasche.

Dann würde er der Moskauer Zentrale Schikins Mörder präsentieren: *die gottverdammten Militärs!* Er würde damit bis zu den höchsten Stellen vordringen: bis ins Politbüro, zum Generalsekretär ...

Das verspreche ich dir, Wiktor, darauf kannst du dich verlassen.

Während Rodin seine erfundene Geschichte hervorsprudelte, bemühte Priabin sich um einen halbwegs aufmerksamen Gesichtsausdruck, aus dem nicht das geringste Mißtrauen sprach. Der junge Mann, der sich wieder gefangen zu haben schien, erklärte ihm, er habe von dem Unfall gehört und sich gefragt, ob er vielleicht mit ... Sascha sei verhaftet worden, sei ihm zugetragen worden ...

Einer der Mitarbeiter des Gerichtsmediziners schob den toten Schikin vorsichtig durch die zersplitterte Windschutzscheibe auf den Fahrersitz zurück. Der Mann faßte den Toten behutsam, beinahe ehrfürchtig an. Aber sein Kopf hing wegen des gebrochenen Halses grotesk zur Seite, so daß Priabin Übelkeit in sich aufsteigen fühlte.

4

Fallzone

Generalleutnant Pjotr Rodin von den Strategischen Raketentruppen, der stellvertretende Kommandeur des Kosmodroms Baikonur, lag wach im Bett und starrte die Decke seines Schlafzimmers an.

Die Fernsehübertragung war amüsant gewesen – zumindest zum größten Teil. Der alte Possenreißer Nikitin war vor dem Hintergrund des Kremls und der zugefrorenen Moskwa aufgetreten; Calvin, der amerikanische Präsident, hatte sich vor dem verschneiten Washington filmen lassen. So hatten sie ihr Menuett getanzt: der Betrüger und der Betrogene – eine Farce! Calvin hatte sich erwartungsgemäß dazu verpflichten müssen, über eine Woche früher als ursprünglich geplant in Genf zu erscheinen: eine höchst befriedigende Entwicklung!

Rodin hatte über beide Politiker lachen können. Nikitin tat nur, was das Militär verlangte, obwohl er's nicht wußte, sondern sich einbildete, den Kurs zu bestimmen. Und Calvin hatte es sich nicht leisten können, vor der Weltöffentlichkeit als Abrüstungsgegner dazustehen. Die Krönung des Ganzen sollte am Donnerstag der Start der Raumfähre und ihr Rendezvous mit der amerikanischen *Atlantis* sein. Auch das hatte der Idiot Nikitin für eine gute Idee gehalten ...

Die Übertragung hatte jedoch mit widerwärtigen Bildern aufgehört: Überwachungssatelliten wurden gestartet, SS-20 und Cruise Missiles abgezogen, Interkontinentalraketen aus ihren Silos geholt, Panzer eingemottet – und das alles zu Musik von Beethoven. Diese letzten Minuten hatten ihn verzweifelt und wütend gemacht. Selbst Saizows Anruf aus Moskau hatte ihn nicht beschwichtigen und ihm seine gute Laune zurückgeben können. Saizow, der Verteidigungsminister und Anführer der Militärfraktion im Politbüro, hatte Rodins Verärgerung als unsinnig abgetan. *Die Waffen werden nicht wirklich abgezogen, stimmt's?* hatte er eingewandt. *Wozu der Ärger über fiktive Ereignisse?*

Trotzdem, die an *Kapitulation* erinnernden Bilder hatten Rodin die gute Laune verdorben, so daß er nach einigen doppelten Whiskies zu Bett gegangen war. Und dort hatte sein früherer Optimismus sich allmählich wieder eingestellt.

Sorgen machte ihm jetzt nur noch sein Sohn Waleri. Um sich abzulenken, dachte Rodin erneut an die Fernsehübertragung. Nikitins Stimme und andere Stimmen erklangen in seinem Kopf und begegneten eisiger, hochmütiger Verachtung.

Wir können uns eure Spielsachen nicht mehr leisten! Das hatte Nikitin nach Saizows Schilderung bei einem seiner Ausbrüche im Politbüro geäußert. *Wir müssen diesen Vertrag mit den Amerikanern schließen, bevor ihr uns mit euren Spielen bankrott macht! Der Verteidigungshaushalt muß zugunsten anderer Etatposten drastisch gekürzt werden!*

Sie hatten darüber gelacht: er und seine Kumpane. Es hatte fast ein Jahr lang gedauert, das Politbüro dazu zu überreden, der Weiterentwicklung der Laserwaffe zuzustimmen. Und sie geheimzuhalten, damit sie nicht unter diesen verdammten Vertrag fiel. Ein kleiner Sieg inmitten der deprimierenden Niederlagen, die ihnen von den Politikern beigebracht worden waren . . .

Aber das Unternehmen *Blitz* würde alles verändern! Am Freitag würde die Welt anders aussehen. Die Nikitin-Fraktion im Politbüro würde so gefügig wie einst sein. Und der Vertrag würde sich für die Amerikaner als wertlos erweisen.

Das Telefon auf dem Nachttisch klingelte und ließ ihn aus seinem Wachtraum aufschrecken. Rodin setzte sich im Bett auf. Sein Wecker zeigte 23.55 Uhr an.

«Rodin. Ja?»

«Serow, Genosse General. Habe ich Sie geweckt?»

Serow, der GRU-Kommandeur.

«Was gibt's, Serow?» Weshalb reagierte er auf Serows Stimme oder Anwesenheit stets mit einer gewissen Feindseligkeit?

«Genosse General, es handelt sich um eine heikle Sache . . .» begann Serow atypisch zurückhaltend.

«Handelt es sich um *Blitz*?» fragte Rodin allzu rasch. Er hoffte fast, daß es sich darum handelte. Das Unternehmen *Blitz* war nicht heikel, sondern entscheidend.

«Nein, Genosse General, es geht um Ihren Sohn», antwortete

Serow, dessen aufgesetztes Taktgefühl schon wieder verflogen zu sein schien.

«Waleri? ... Leutnant Rodin?» verbesserte er sich selbst. «Was ist mit ihm?» Er mußte sich beherrschen, damit seine Stimme nicht zitterte. «Was ist mit meinem Sohn?»

«Ich ... Genosse General, ich habe mir die Sache sehr genau überlegt ... Ich schlage vor, daß Ihr Sohn in Urlaub geschickt wird – vielleicht für zwei Wochen nach Moskau?» Serow schien außerstande zu sein, seinen verbindlichen Tonfall noch länger durchzuhalten: Seine brutale Art kam unweigerlich rasch wieder an die Oberfläche.

«Sie rufen mich um Mitternacht an, um mir *das* vorzuschlagen?» stieß Rodin verblüfft hervor. «Sie wollen, daß er *Urlaub* nimmt?» Seine Verärgerung half ihm, seine Selbstbeherrschung zurückzugewinnen.

«Ich ... ich bitte um Entschuldigung, Genosse General. Ich habe lange gebraucht, um zu dieser Schlußfolgerung zu gelangen, aber jetzt möchte ich dafür plädieren, daß mein Ratschlag so rasch wie möglich befolgt wird.»

«Warum?» fragte Rodin ein wenig zu schnell, mit zu hoher Stimme.

«Genosse General, ich habe diesen Unfall inszeniert, um ... ein Leck zu stopfen. Ihr Sohn hätte dabei keine Rolle zu spielen brauchen. Bedauerlicherweise war es unumgänglich, diesen Schauspieler sofort zu liquidieren ...»

«Und?» Rodin schrie beinahe und schämte sich der in ihm aufsteigenden Angst.

«Nachdem Ihr Sohn zu uns gekommen und sich als kooperativ erwiesen hat, ist es ihm leider gelungen, den KGB-Kommandeur Priabin für diesen Fall und für sich selbst zu interessieren. Priabin, der Verdacht geschöpft hat, glaubt offenbar, daß Ihr Sohn etwas mit dem ‹Unfall› ...»

«Mein Sohn hat nichts damit zu tun gehabt!» widersprach Rodin nachdrücklich. Seine freie Hand zupfte zitternd an der Daunendecke.

Sein Blick fiel auf die silbergerahmte Fotografie auf seinem Nachttisch. Ein verschneiter Moskauer Park, darin eine hübsche junge Frau, die unter ihrem offenen Pelzmantel ein Schneiderkostüm trug und auf ihren schwarzen Locken einen modischen Filzhut hatte. Ein Kinderwagen mit einem schlafenden Säugling. Rodin hatte diese Aufnahme selbst gemacht. Hatte Waleri ihm seither Enttäuschung bereitet? Nein, nein ... erst als er zur Schule gegangen, als er zu stark unter den Einfluß seiner Mutter gekommen war ...

Rodin atmete tief durch. «Kommen Sie zur Sache, Serow!» knurrte er. «Wollen Sie meinem Sohn etwa *Geheimnisverrat* vorwerfen?»

«Ich würde eher von ... Indiskretionen sprechen, Genosse General.»

«Also?»

«Der KGB interessiert sich für Ihren Sohn. Mir wär's lieber, wenn diese Leute nicht mit ihm reden würden.»

«*Sie* haben den KGB durch diesen inszenierten Unfall mißtrauisch gemacht!»

«Wir *mußten* den Schauspieler, einen Homosexuellen – den *Freund* Ihres Sohnes – liquidieren! Er hat zuviel gewußt und ist vom KGB zu *Blitz* befragt worden. Genügt Ihnen das?»

«Serow, Sie sind unverschämt!» Der General rang nach Luft. Er drückte mit der freien Hand fest gegen seine Brust und kam wieder zur Ruhe. Waleris *Freund* – diese Wörter schmerzten fast körperlich. Waleri hatte in seinen Kreisen über *Blitz* geplaudert – und Serow war bereit, zu morden, um das Unternehmen geheimzuhalten!

«Durch den Unfall sollte eine undichte Stelle beseitigt werden. Als Warnung für andere ...»

«Ganz recht.»

«Ihr Sohn muß in Urlaub fahren. Damit sind alle Lecks gestopft. Neue sind nicht zu befürchten.»

«Aber Sie sagen, daß er's dem *Schauspieler* erzählt hat ...?» Rodin merkte, daß er den Faden verloren hatte. Serow gab jetzt den Ton an. Seine eigene Autorität schien sich in Luft aufgelöst zu haben. «Alles?»

«Keine Einzelheiten, Genosse General, davon sind wir überzeugt – schließlich weiß er nicht allzuviel, nicht wahr?»

«Natürlich nicht!»

«Genosse General?»

«Ich ... ich rede morgen früh mit meinem Sohn», stieß er hervor.

«Ich empfehle Ihnen ...»

«Ich rede morgen früh mit ihm!» brüllte Rodin erregt und knallte den Hörer auf die Gabel.

Der Morgen dämmerte bleigrau herauf, als Dmitri Priabin aus seinem Dienstwagen stieg und über den Hof hinter dem KGB-Gebäude auf die Zentralgarage zuging. Rodins schmales, irgendwie nacktes Gesicht stand ihm lebhaft vor Augen – lockend und drohend zugleich –, als er das Kinn in den als Windschutz hochgeklappten Kragen seines Uniformmantels vergrub. Hatte er seinen Vater eingeweiht? Was wußte die GRU, wieviel hatte er Serow und seinen Leuten von dem Gespräch – von seinem Versprecher – in Priabins Dienstzimmer erzählt?

Rodin hat *gewußt*, was passieren würde! Priabins Räuspern klang fast wie ein Knurren. Konzentriere dich darauf, anstatt an deine eigene Haut zu denken, ermahnte er sich. Sie haben Wiktor ermordet, das steht fest.

Unter seiner Hand flog die ins Garagentor eingelassene Tür krachend auf und erschreckte einen der Mechaniker.

«Na?» fragte er barsch. Die Spurensicherer hatten vermutlich die ganze Nacht an dem Zil gearbeitet. «Na, Gorbalow?» erkundigte er sich ungeduldig, als er den Gruppenleiter auf dem Fahrersitz des mitten auf dem ölfleckigen Betonboden aufgebockten Autowracks sah. «Habt ihr was gefunden? Wie ist der Unfall inszeniert worden?»

Gorbalow warf Priabin einen nachdenklichen Blick zu, bevor er langsam aus dem Wagen stieg. Seine langen Beine schienen ihn dabei zu behindern, als sei der Zil nicht größer als ein Kindertretauto.

«Genosse Oberst», begrüßte er Priabin, der noch an der offenen Tür stand, durch die Kälte hereinströmte. «Am Wagen ist nichts zu finden», fuhr Gorbalow fort. «Tut mir leid ...»

«Nichts?» Seine enttäuschte Stimme klang im nächsten Augenblick wütend. «Verdammt noch mal, wie . . .?»

«Wir haben gründlich nachgesehen», antwortete Gorbalow ruhig. Der schlanke, große Mann – eine Handbreit größer als Priabin – rückte seine Brille zurecht. «Hier ist nichts zu finden. Aber wenn Sie nach oben mitkommen wollen? Schikins Leiche . . .» Er wirkte fast verlegen.

Priabin folgte Gorbalow aus der Garage, durch grüngestrichene Korridore, durch Milchglastüren ins Hauptgebäude und dort in den ersten Stock hinauf, wo Wiktors Leiche in einem kleinen Raum auf dem Seziertisch lag.

Zum Glück hatte die Obduktion noch nicht begonnen. Der Pathologe hatte den narbigen, behaarten Oberkörper bisher nicht aufgeschnitten. Schikins grimmig ausdrucksloses Gesicht war von Glassplittern gesäubert worden. Der Geruch nach Karbolseife und Desinfektionsmitteln hätte von der grauen Haut des Toten kommen können.

«Hier», sagte Gorbalow und schlug die grüne Gummidecke von der unteren Körperhälfte zurück.

Flache Bauchdecke, dunkles Schamhaar um den schlaffen Penis, neue und alte Flecken an Oberschenkeln und Schienbeinen. Blaue Flecken an Knie und Knöchel des rechten Beines. Der linke Arm oberhalb des Ellbogens gebrochen, wo der Knochen die graue Haut durchstoßen hatte. Über dem rechten Knie eine dunkelrot verfärbte tiefe Einkerbung, als habe sich das Lenkrad beim Aufprall des Wagens ins Fleisch gedrückt.

«Was?» murmelte Priabin, auf einmal desorientiert und durch den Toten, seine Ferne und Leblosigkeit geängstigt.

«Achten Sie nicht auf den Arm. Knie, Schienbein und Knöchel. Diese mehrfachen Brüche könnten eine Unfallfolge sein – oder . . .» Priabin starrte die Leiche wortlos an. Wiktor Schikin hatte zuviel Ähnlichkeit mit Anna, diese Szene glich zu sehr jener *anderen*, als er aufgefordert worden war, die Tote zu identifizieren. «Ich glaube, daß sein Bein gebrochen und verdreht worden ist, um sicherzustellen, daß das Gaspedal ganz durchgetreten blieb. Der Oberschenkel könnte unters Lenkrad geklemmt worden sein – womit die Einkerbung über dem Knie erklärt wäre.»

Priabin blickte von Schikins Verletzungen auf. Er war verwirrt, und sein Zorn setzte bereits ein, bevor er den Grund dafür ganz erfaßt hatte. Er starrte Gorbalow wild an und stieß hervor: «Vor oder nach seinem Tod?» Die Beantwortung dieser Frage erschien ihm sehr wichtig.

Gorbalow nahm seine Brille ab und putzte sie umständlich, während er die Frage zu begreifen versuchte.

«Ich . . . *vorher*», sagte er schließlich, als Priabins durchdringender Blick ihm auf die Nerven ging.

«Das heißt also, daß sie's absichtlich getan haben», stellte der KGB-Oberst fest. Er betrachtete weiter Schikins Gesicht.

Schikins Gesicht, das Gesicht seiner Frau, der Priabin die Todesnachricht überbracht hatte, Annas Gesicht: alle gleich; alle unterschiedlich, aber mit einem gemeinsamem Ausdruck. Lauter Opfer.

«Gut, das behalten Sie für sich, verstanden? In Ihrem Bericht darf nur stehen, daß Sie sich davon überzeugt haben, daß ein Unfall vorgelegen hat. Kapiert?»

Gorbalow war sichtlich verblüfft, aber er nickte gehorsam. «Ich verstehe, Genosse Oberst.»

Priabins Faust schoß vor und packte ihn am Revers seiner Jacke. «Nein, Sie verstehen überhaupt nichts! Tun Sie einfach, was ich Ihnen sage. In Ihrem Untersuchungsbericht hat zu stehen, daß diese Verletzungen durch den Unfall entstanden sind. Der Wagen weist keine technischen Mängel auf. Schikin . . .», er warf einen Blick auf den Toten, als geniere er sich wegen des an ihm verübten Verrats, « . . . muß einen Schwächeanfall erlitten oder bei einem Ausweichmanöver die Kontrolle über den Wagen verloren haben. Ist Ihnen das klar? Es gibt keinerlei verdächtige Umstände – *keine*!»

Sein Blick fiel erneut auf Wiktor Schikins Leichnam; er sah das verfärbte, mehrmals gebrochene Bein und kämpfte gegen einen Brechreiz an.

«Hat er noch . . .» Er konnte nicht weitersprechen, ließ Gorbalows Jacke los und strich den Stoff geistesabwesend glatt. Gorbalow, der konzentriert seine Brillengläser putzte, nickte jetzt.

«Ob er noch gelebt hat? Ja. Er hat Wasser in der Lunge und ist folglich noch nicht tot gewesen, als der Wagen in den Fluß gestürzt ist. Aber er scheint bewußtlos gewesen zu sein. Er hat einen Schlag ins . . .»

Priabin hörte nichts mehr, denn er knallte die Tür des kleinen, kahlen Sezierraums hinter sich zu und schnitt Gorbalows Stimme ab. Er hatte das Gefühl, ein Eisenreif schnüre ihm die Brust zusammen, und zitterte unter dem schier unbezähmbaren Drang, irgend jemand umzubringen.

GRU-Oberst Gennadi Serow, der als Kommandeur für die militärische Sicherheit des Gebiets um Baikonur verantwortlich war, verfolgte die Szene auf dem Bildschirm seines Fernsehgeräts mit beißender Verachtung. Er hatte die Lautstärke ganz zurückgedreht, denn ohne Ton, ohne Kommentar wirkten die Marionetten noch hölzerner, noch unbedeutender. Calvin, die amerikanische Marionette, und ihr eigener Tölpel Nikitin. Auf dem Bildschirm grinsten die beiden Dummköpfe wegen des kleinen Pakts, den sie miteinander geschlossen hatten: einer von ihnen erleichtert, der andere besiegt, wie Serow sich ins Gedächtnis zurückrief. Was sie nur noch verächtlicher machte.

Dieser Trottel Rodin, dachte er.

Blitz.

Der Vater mußte dem Sohn davon erzählt haben, und der Sohn hatte nichts Besseres zu tun gehabt, als alles einem schwulen kleinen Schauspieler anzuvertrauen . . .

Serow stand mit den Händen in den Hosentaschen vor dem Fernsehgerät und kehrte dem Raum den Rücken zu. Seine Uniformjacke war aufgeknöpft, und er hatte eine russische Zigarette mit langem Pappmundstück im Mundwinkel. Der starke, beißende Rauch umgab ihn, während er mit hochgezogenen Schultern vor dem Gerät stand und die beiden stimmlosen Gesichter geradezu drohend anstarrte.

Donnerstag – der Start sollte so erfolgen, daß er genau mit der Unterzeichnung dieses elenden Vertrags zusammenfiel.

Und wegen Rodins homosexuellem Sohn und diesem . . . diesem *Subjekt*, das jetzt vor Serows Schreibtisch saß und in seinen blankgeputzten Stiefeln zitterte, weil sein Kamerad ihn richtig reingeritten hatte, war das Unternehmen *Blitz* in Gefahr geraten!

Serow funkelte den Hauptmann an, der sichtlich erblaßte.

Der Hemdkragen des Hauptmanns war verknittert, und seine Krawatte hing schief.

Der Hauptmann war die *eigentliche Ursache* der Flucht des Computertechnikers Kedrow gewesen. Der Mann war untergetaucht, nachdem er das Gerede dieses Tölpels gehört hatte – ausgerechnet auf einer Toilette!

Ein feuchtfröhlicher Abend, durch Alkohol gesteigertes Mitteilungsbedürfnis, die schlichte Unfähigkeit, sich vorzustellen, sein Kamerad und er könnten belauscht werden . . .

«Sie sind ein höherer Telemetrie-Offizier im Hauptkontrollraum», begann Serow, «Ihre Geheimhaltungsstufe ist hoch, so hoch, daß man Ihnen bestimmte *streng geheime* Informationen anvertraut hat, damit Ihre Berechnungen sinnvoll bleiben – Sie sind erfahren, Sie arbeiten seit fünf Jahren in dieser Position –, *und Sie erzählen auf der Toilette große Geschichten, Hauptmann?*» Bei diesem letzten, mit erhobener Stimme gesprochenen Halbsatz schlug Serow mit der Faust auf seinen Schreibtisch. Der große, schlanke Hauptmann zuckte heftig zusammen.

«Ich . . . ich . . .» versuchte er zu protestieren, aber seine Stimme versagte.

«Maul halten!» knurrte Serow ihn an. «Dieser elende kleine Computeroperator, noch dazu ein *Zivilist*, ist verschwunden. Ist *dies* der Mann, den Sie auf der Toilette gesehen haben?» Er hielt ein postkartengroßes Farbporträt Kedrows hoch und stieß damit wie mit einer Waffe nach dem anderen. Der Hauptmann rieb sich die Arme, als friere er; seine Hände berührten fast die Schulterabzeichen, die ihn als Angehörigen der Strategischen Raketentruppen, der Elite, auswiesen. Aber nicht mehr lange, versprach Serow ihm in Gedanken. Der Kerl kam in den Fernen Osten, falls er nicht doch erschossen wurde. Oder als Militärberater zu den Niggern, den Fuzzy-Wuzzies in den afrikanischen Busch. «Ist er das?» fragte er scharf. Der andere zuckte erneut zusammen. «Ist er's?»

«Ja, Genosse Oberst, das ist er», stieß der Hauptmann hervor.

«Sie werden bestimmt verblüfft sein, wenn ich Ihnen sage, daß dieser Mann nicht an seinem Arbeitsplatz, nicht grippekrank im Bett, nicht mit einer Freundin zusammen oder mit seinem Hund unterwegs ist, sondern ... *nirgends zu finden ist!*» stellte Serow wütend fest, wobei er sich über die offenkundig ängstliche Reaktion des Hauptmanns amüsierte.

«Er ist fort, geflüchtet, untergetaucht!» fuhr der GRU-Mann aufgebracht fort. «Weil *Sie* ihm Angst eingejagt haben! Er hat Sie belauscht, Ihren Gesichtsausdruck gesehen, als Sie ihn entdeckt haben, und sich in die Hügel abgesetzt!» Er schaltete die Gegensprechanlage auf seinem Schreibtisch so heftig ein, als schlage er den Hauptmann, und knurrte hinein: «Ihr könnt das Stück Dreck aus meinem Zimmer abholen – sofort!»

Der Hauptmann öffnete den Mund, ohne ein Wort herauszubringen. An der Tür erschienen zwei Offiziere, die sich ein Grinsen nur mühsam verbeißen konnten. Als Serow nickte, packten sie wortlos den Hauptmann, schleppten ihn aus dem Raum und knallten die Tür hinter sich zu.

Serow unterdrückte einen kleinen Seufzer, der ein Gähnen zu werden drohte. Er hatte in dieser Nacht kaum ein Auge zugetan. Trotzdem konnte er die Störungen nicht bedauern. Er hatte Rodin zurechtgestutzt und dem Hauptmann Angst eingejagt. Besonders das ... Er genoß es jedesmal wieder, wenn andere begriffen, daß ihr Leben in Serows Hand lag.

Er legte die Hände auf dem Rücken zusammen, während er sein Dienstzimmer durchquerte und vor die riesige gerahmte Wandkarte des Gebiets um Baikonur trat.

Wo konnte der Kerl bloß stecken?

Der GRU-Oberst studierte die Karte, über die seine Augen hinwegglitten. Kedrow, der vor Angst geflüchtet war, hatte mindestens 24 Stunden Vorsprung vor ihnen – vielleicht sogar mehr. Aber er war ein Zivilist, der das hiesige Gelände weniger gut kannte als Serow und die GRU. Er *mußte* aufgespürt werden! Er würde nur reden, falls er gefaßt wurde, aber der KGB – Priabin persönlich – interessierte sich für ihn. Priabin hatte Wind von dem Unternehmen *Blitz* bekommen – das war dem verdammten jungen Rodin zu verdanken! –, aber er durfte nicht noch mehr erfahren, sonst war ihm zuzutrauen, daß er pflichtbewußt genug war, um die Moskauer Zentrale einzuschalten.

Ob der Tod Schikins genügt, um den KGB einzuschüchtern? fragte sich Serow, während er sich das Kinn rieb und die Bartstoppeln knistern hörte. Das war anzunehmen ... Priabin war kein Dummkopf und hatte bisher nie Streit gesucht. Er würde merken, was auf dem Spiel stand – sein eigenes Leben –, und sich entsprechend zurückhalten ...

Aber um Priabin konnte er sich später Sorgen machen – im Augenblick war Kedrow wichtiger.

Serows schwere, dickfingerige Hand bewegte sich in immer größeren Kreisen über die Karte und berührte zuletzt die Dörfer, Schlafstädte und Wälder außerhalb des eigentlichen Kosmodroms.

Wo Kedrow steckte, hing davon ab, wieviel Angst er davor hatte, entdeckt zu werden. Die Fahndung mußte jetzt anlaufen. Serows Leute würden mit sämtlichen Kollegen, Freunden und Bekannten des Verschwundenen anfangen.

Das Unternehmen war gescheitert – so sicher gescheitert, als sei die Lockheed C-5A Galaxy im Flug gegen eine Mauer gerast und zerschellt. So kam es Gant vor.

Auf dem spanischen USAF-Stützpunkt Saragossa hatten sie genug Treibstoff an Bord genommen, um mit einer einzigen Luftbetankung über dem östlichen Mittelmeer Peschawar im Norden Pakistans ohne Zwischenlandung erreichen zu können. Die Galaxy war von der kürzesten Ideallinie weit nach Süden übers Arabische Meer abgewichen, nachdem sie das Innere Saudi-Arabiens und die omanische Küste überflogen hatte, um irakischen und iranischen Flugzeugen sowie den Gefahren des Golfkrieges auszuweichen. Sie hatte inzwischen bereits ihren Kurs geändert und befand sich auf dem langen Flug nach Norden, der sie über die Südküste Pakistans nach Peschawar an der afghanischen Grenze führen sollte. Und nun wegen einer ausgebliebenen Routineüberprüfung das! Eine Handvoll Warnsignale auf der Hauptinstrumententafel hatte der Besatzung sofort klargemacht, welches gewaltige Problem ihr unmittelbar bevorstand.

Im linken Tragflügel war ein Ungleichgewicht angezeigt worden: Der Treibstofffluß von den äußeren durch die inneren

Flügeltanks und zu den Triebwerken war unterbrochen. Der Treibstoff – in den äußeren Flügeltanks befanden sich noch gut 1800 Liter – wollte selbst nach der Umschaltung auf Handförderung und dem Anheben der linken Flügelspitze nicht fließen. Wo der Fehler im System lag, war beinahe gleichgültig; die Konsequenzen waren nur allzu real. Die Galaxy ermüdete wie ein geschwächter, erschöpfter Vogel und würde ebenso sicher vom Himmel fallen. Ihr Unternehmen war erledigt.

«. . . in drei Minuten ist der Punkt erreicht, an dem wir nicht mehr umkehren können», hörte Gant den Kommandanten in seinem ruhigen, nicht im geringsten nervösen Südstaaten-Akzent sagen, als ob er Flugschüler einweise. Das blaugrüne Wasser des Arabischen Meeres unter ihnen schien näherzukommen, als sei es letztlich ihr Zielort.

Der Kommandant sprach mit Anders als Einsatzleiter.

«Wir können weder nach Oman noch nach Saudi-Arabien zurück, und selbst Karatschi ist nicht sicher zu erreichen – *wohin* also, Sir?» Er machte eine Pause, bevor er überflüssigerweise hinzufügte: «Eine Landeerlaubnis für Karatschi haben wir ohnehin nicht.» Langley hatte lediglich eine Landeerlaubnis für Peschawar beantragt!

«Sie . . . Sie sind sich Ihrer Sache ganz sicher?» fragte Anders widerstrebend, indem er den Kopfhörer wie einen Wundverband gegen seine Backe gedrückt hielt.

Gant stand angespannt schweigend mit leicht gebeugtem Oberkörper und zu losen Fäusten geballten Händen vor ihm, als wolle er die kritische Situation abwehren. Zwischen ihnen lagen unter einem Fenster ein gutes Dutzend Karten halb entfaltet auf dem Boden; daneben stand das Bildschirmgerät einer beweglichen Kartendarstellung mit mehreren Kassetten, die nur hätten eingelegt werden müssen. Lauter Karten der umliegenden Länder, die jedoch alle zu weit entfernt waren.

«Sir, alles ist doppelt und dreifach überprüft worden. Auch wenn wir sämtliche Möglichkeiten zur Treibstoffersparnis ausnützen, können wir für keinen Zielort garantieren – nicht einmal im Iran . . . und Sie würden unsere Fracht außerdem dort wohl nicht abliefern wollen?»

«Bleibt uns wirklich nichts anderes übrig, als . . .»

«Wir müssen ‹Mayday› senden und notwassern. Tut mir leid, Mr. Anders, aber das ist der Weisheit letzter Schluß. Ich sehe wirklich keine Alternativen.»

Gant beobachtete Anders' Gesicht, während der Mann aus Langley seinem Blick auswich, nahm ihm die Hör-Sprech-Garnitur aus den kraftlosen Fingern und knurrte hinein: «Gibt's wirklich *keinen* Ausweg, Skipper?»

«Im Flug haben wir keine . . . Sind Sie's, Gant?»

«Ja.»

«Sie wissen doch die Antwort bereits: Einen Defekt im Leitungssystem dort oben können wir mit Bordmitteln nicht finden und beheben!» Die zurückhaltende, fast sensible Höflichkeit, die der Kommandant Anders gegenüber an den Tag gelegt hatte, galt offenbar nicht für Gant, der im Dienstgrad unter ihm stand. Sein Ton war hart und energisch und ließ seinen hilflosen Zorn anklingen.

«Okay, okay», wehrte Gant mühsam beherrscht ab. Man merkte ihm an, daß er den anderen verdammte, weil er keine Lösung anzubieten hatte.

«Hören Sie, Gant, wir sind *alle* enttäuscht . . .»

«Enttäuscht?» wiederholte er verächtlich. «Wir gehen schließlich nicht auf einen Maskenball. Wie steht's mit einem weiteren Tanker?»

«Der unsere verwendbaren Tanks befüllen könnte? Danach hab' ich längst gefragt, verdammt noch mal! Keiner könnte uns erreichen, bevor wir in den Bach gehen.»

«Könnten Sie denn *irgendwo* landen?»

Anders beobachtete Gant sprachlos, voller Bewunderung: ein besiegter Boxer, der seinen Gegner abschätzend anstarrte und sich fragte, welches Ausmaß an Kraft, Wut und Geschicklichkeit sich gegen ihn vereinigt hatte.

Gant überlegte fieberhaft. Die blaugrüne Wasserfläche schien bereits viel näher zu sein. Um ihn herum schien der Laderaum ihn fest zu umschließen – jetzt als Falle, nicht mehr als schützende Hülle, die sie vor Kälte und Sauerstoffmangel bewahrte. Das Meer unter ihnen glitzerte. Nirgends war Land in Sicht, nicht einmal ein gelblicher Küstenstreifen, ein kleines Atoll, eine Sandbank ...

Anders war auffällig blaß und starrte durch eines der Fenster aufs Meer hinab. Mac, García und die anderen bildeten eine lose zusammenstehende Gruppe, die Anders und Gant beobachteten. Sie hatten alles mitbekommen, aber nach den ersten überraschten, von Nervosität geprägten Diskussionen warteten sie schweigend.

«Mir fällt nichts mehr ein ...» murmelte Anders. «Wir sitzen drin, Gant – wir sitzen in der Scheiße!» Seine Faust hämmerte gegen das Schott, das dumpf dröhnte.

Trotz der Illusion, daß die See näherkomme, stieg die Galaxy langsam, um den verbleibenden fließenden Treibstoff im Reiseflug in größerer Höhe möglichst sparsam zu verbrauchen. Dabei war dieses Manöver im Grunde genommen sinnlos. Sie hätten ebensogut bereits abstürzen können. Sie würden im Meer notwassern und dabei die Mils einbüßen; das Unternehmen *Habicht* war erledigt, weil irgendwelche Leitungen, Ventile, Pumpen oder auch nur ein einziger Schalter nicht funktionierten. Ein winziger gottverdammter Schalter ...!

Gant drehte sich nach dem Fenster um. Weit im Norden der Galaxy lag jetzt ein schmutzigbrauner Streifen Land: die schmale, dünnbesiedelte Küste Südpakistans. Keine Flugplätze, keine weiten Ebenen ... davon hatten sie sich bereits auf den Landkarten überzeugt. Nichts. Die Küste schien ihn durch ihre Unzugänglichkeit zu verspotten. Vor Gant hingen zwei dunkle Fussel an der Isolierglasscheibe ... Gant wischte sie weg. Sekundenlang hatten sie wie ein kleineres Flugzeug ausgesehen, das sich von der Galaxy entfernte ...

«Ein *Strand*!» rief Gant plötzlich. Er betrachtete prüfend die auf Paletten fixierten Mils. Anders wirkte verwirrt, und die übrigen Männer drehten sich nach ihm um, als erwarteten sie eine Ankündigung, die das Unvermeidliche hinausschieben würde. «Ein Strand ...»

Er sah sich im rückwärtigen Teil des riesigen Laderaums um. Die Mils standen mit angeklappten und fixierten Rotoren auf großen Paletten. Das Gleis für die auf Rädern beweglichen Paletten führte durch den ganzen Laderaum, um das Be- und Entladen möglichst zu beschleunigen. Auf einer dritten Palette ganz im Heck waren die Metallfässer mit ihrem Treibstoffvorrat und der Reserve gestapelt. Alles war für eine Entladung im Schutz der Dunkelheit in Peschawar – über 1500 Kilometer entfernt – vorbereitet.

«Ein Strand ...» Er drückte auf den Sprechknopf. «Captain, könnten Sie Karatschi *leer* erreichen – wirklich *leer*?»

«Leer ...?»

«Ohne Ihre *Fracht*, Mann!» Schweigen. «Na?»

Gant hörte, wie der Kommandant sich mit seinem Flugingenieur beriet, verstand aber nicht, was der andere sagte. Die Stimme des Captains klang aufgebracht, als er sich wieder meldete.

«Wir können nicht beurteilen, ob die Triebwerke beim Ausrollen auf der Landebahn oder in hundert Meter Höhe und einen Kilometer vor dem Aufsetzpunkt oder in fünfzehnhundert Meter Höhe und dreißig Kilometer vom Platz entfernt aussetzen werden. Wie soll ich Ihnen *das* sagen können, Major?»

«Unser Unternehmen – unsere *Fracht* – hat absoluten Vorrang, *Colonel*», knurrte Gant. Seine Stimme war rauh wie grobkörniges Sandpapier. «Befragen Sie Ihr Flugmanagementsystem, und stellen Sie fest, ob es für Sie vorteilhaft ist, den höheren Treibstoffverbrauch in geringer Höhe in Kauf zu nehmen, wenn Sie dafür fast zwanzig Tonnen Fracht absetzen können!» Seine Augen glitzerten boshaft, als er hinzufügte: «Was danach passiert, ist mir gleichgültig. *Machen Sie schon*, Colonel!»

Er nahm die Hör-Sprech-Garnitur ab. Anders beobachtete ihn – nicht erwartungsvoll, sondern als habe er eine ganz neue Art Mensch vor sich.

«Wir können nicht in Karatschi landen, wir haben keine Landegenehmigung ... Air Force wie Regierung wären gegen eine Landung auf dem dortigen Flughafen. Außerdem schaffen wir's gar nicht bis dorthin», stellte Anders mit müder Stimme fest. Er kapierte noch immer nicht, worauf Gant hinauswollte; «Langley müßte Washington dazu veranlassen, mit Islamabad zu reden ...»

«Dann sorgen Sie dafür, daß das passiert, Anders – sofort!»

«Was ... was haben Sie vor?» Anders schüttelte bereits den

Kopf, als ihm plötzlich klar wurde, worauf der Major hinauswollte.

«Ich suche jetzt einen Strand, über dem der Lademeister und seine Leute diese Paletten an Lastfallschirmen absetzen können!» Seine Handbewegung umfaßte die Hubschrauber und Treibstofffässer auf ihren Paletten.

In Anders' Blick standen Spott und Widerspruch, noch bevor er den Mund öffnete.

«Ich habe dein extravagantes Privatleben toleriert – so peinlich es mir auch gewesen ist –, solange es keine Sicherheitsfragen berührt hat!» knurrte Generalleutnant Pjotr Rodin, den die schwachen, mit feuchten Augen vorgebrachten Einwände seines Sohnes nur noch mehr verärgerten. «Und gestern habe ich dann entdeckt, daß du *Geheimnisverrat* begangen hast!» In den Augen des Generals schien das eine weit größere Perversion zu sein als von der Norm abweichendes Sexualverhalten. Seine drohend erhobene Stimme schien den jungen Mann auf dem Sofa festzunageln.

«Die Sache hat nichts weiter zu bedeuten gehabt ... ich schwöre dir, daß ich keinen *schlimmen* Fehler gemacht habe!» protestierte Waleri Rodin mit gepreßter Stimme. Angst und das bedrückende Gefühl, das dieser große, mit schweren Möbeln ausgestattete Raum stets in ihm hervorrief, lasteten auf ihm. Die Wohnung des Generals lag in einem der obersten Stockwerke des Hotels Kosmonaut in Leninsk. Der Morgenhimmel vor ihren Fenstern war klar und weit – für Waleri die Illusion von Freiheit und Unabhängigkeit.

«Das schwörst du mir jetzt ..., aber als dein kleiner *Freund* angerufen und dich um Hilfe angefleht hat, weil der KGB sich für ihn interessiert hat, weil du diesem Oberst Priabin gegenüber nicht die Klappe halten konntest, hast du den ganzen Mist sofort vor Serow ausgekippt. Nicht schlimm? Das ist *sehr* schlimm gewesen, Waleri!»

Der General trat an eines der großen Fenster und schien angestrengt konzentriert auf den Platz vor dem Hotel hinunterzustarren. Danach wandte er sich erneut an seinen Sohn, um zu fragen:

«Wie viele von deinen sogenannten Freunden wissen so viel, wie dieser Schauspieler offenbar gewußt hat?»

«Keiner, das schwöre ich dir!»

«Keiner? Woher hat's dann der Schauspieler gewußt? Hast du's ihm im Bett ins Ohr geflüstert?» fragte der General erregt. Früher wäre er außerstande gewesen, mit Worten gegen die Veranlagung seines Sohnes vorzugehen; jetzt hatte er die Erfahrung gemacht, daß Worte sich als Waffen gebrauchen ließen, um dieses *Ding* von ihm fernzuhalten – sogar von seinem Sohn, der unter seinen Augen aufgewachsen war. «Hast du's getan?»

Waleri war entsetzt. Sein Vater kannte seine Veranlagung und haßte ihn deshalb; aber obwohl es schon früher Auseinandersetzungen zwischen Vater und Sohn gegeben hatte, hatte der Alte sich noch nie so verächtlich, so bewußt kränkend ausgedrückt. Der Junge erkannte erst jetzt, wie sehr sein Vater ihn verabscheute. «Nein, nein, nein!» hörte er sich sagen, während ein anderer Teil seines Bewußtseins seine Umgebung wahrnahm. Hochfloriger Teppichboden, Orientteppiche, Gemälde, schwere Vorhänge, dunkle Möbel: die Wohnung eines mächtigen Mannes. Und diese Macht war jetzt gegen ihn gerichtet! Waleri zitterte davor. Ohne seinen Vater war er nichts: ein unbewegliches Ziel ohne Deckung. Wenn sein Vater sich jetzt von ihm lossagte ...

«Nein», wiederholte er ruhig. «Diese Sache ist mir nur ... rausgerutscht. Und Sascha hat unnötigerweise die Nerven verloren.»

Sein Vater seufzte, schien die wohlbedachte Lüge jedoch für bare Münze zu nehmen. Welche Rolle spielte das jetzt noch? Sascha war tot ... Er bemühte sich, seinen Schmerz hinunterzuschlucken.

«Du kleiner Schwachkopf!» Rodin trug einen seidenen Schlafrock. Unter normalen Umständen hätte er um diese Zeit längst in seinem Dienstzimmer am Schreibtisch gesessen. Aber er hatte zwei Stunden lang auf dieses Gespräch mit seinem Sohn gewartet.

Das Frühstückstablett stand auf einem mit Intarsien geschmückten Beistelltischchen. Waleri erkannte es wieder: Es hatte einst in dem kleinen Wohnzimmer seiner Mutter gestanden. Der General hatte ihm nicht einmal eine Tasse Kaffee angeboten. «Serow, dieser tollwütige Hund, hätte ihn nicht gleich umzubringen brauchen!» stieß er hervor – und bereute seinen Ausbruch sofort.

«Was hätte er in dieser kurzen Zeit sonst tun sollen? *Du* hattest es geschafft, den KGB für Dinge zu interessieren, von denen er nichts wissen durfte. Priabins Leute wollten deinen Freund wie eine Zitrone ausquetschen. Der Unfall hat ihn zum Schweigen gebracht und sie gewarnt. Serow ist natürlich keine andere Wahl geblieben!»

«*Du* hast angeordnet, Sascha umzubringen», behauptete Waleri, der plötzlich feuchte Augen hatte.

«Nein, nein . . ., dafür ist ausschließlich Serow zuständig gewesen. Aber er hat getan, was ich auch getan hätte: Er hat dem Schauspieler das Maul gestopft, um die Folgen deiner Geschwätzigkeit zu beseitigen. Aber selbst dann hast du dich nicht raushalten können – der KGB-Oberst ist dort gewesen und hat dein schändliches Verhalten genau beobachtet! Du hast in aller Öffentlichkeit am Straßenrand um einen Schauspieler *geweint*!»

Waleri hielt weiter den Kopf gesenkt. Sie hatten Sascha wie einen Hund, wie einen tollwütigen Hund umgebracht . . . Er ächzte laut und hörte den General tief Luft holen.

«Reiß dich gefälligst zusammen!» fuhr er Waleri an. «Versuch wenigstens, dich wie ein *Mann* zu benehmen – in meinem und deinem Interesse!»

Die Antwort des Jungen bestand aus einem selbst für ihn unverständlichen Protestlaut. Das gutgeschnittene Gesicht seines Vaters verhärtete sich; die Augen über den deutlich hervortretenden Bakkenknochen glitzerten. Noch immer ganz der Held, den seine Mutter geheiratet, dem sie gehorcht, den sie angebetet und gefürchtet hatte. Über zwei Jahrzehnte lang der aufgehende Stern der Strategischen Raketentruppen, bis er zuletzt den obersten Gipfel erreicht hatte. Er *verkörperte* diesen verborgenen Gipfel; er war die graue Eminenz . . .

. . . und einer der Hauptbefürworter des Unternehmens *Blitz*.

«Ich . . . es tut mir leid, Vater», begann er berechnend und eingeschüchtert zugleich. Die moralische und physische Persönlichkeit seines Vaters bedrückte ihn wie ein unmittelbar bevorstehendes Gewitter. «Tut mir leid, wenn ich . . .»

«Entschuldigungen kannst du dir sparen!» unterbrach Rodin ihn grob. «Versuch lieber, dich eine Weile von Drogen und Schauspielern fernzuhalten!» Er ballte die Fäuste und trat auf seinen Sohn zu, als wolle er zuschlagen. Als Waleri sichtlich zusammenzuckte, wandte der General sich angewidert ab. «Serow hat vorgeschlagen, dich eine Zeitlang wegzuschicken – an irgendeinen ruhigen Ort, bis alles vorbei ist. Ich ... ich habe mir noch nicht überlegt, was zu veranlassen ist ...» Er räusperte sich. Seine Stimme klang jetzt nüchterner, geschäftsmäßiger. «Aber er wird zweifellos alle deine Freunde davor warnen, sich weiter mit dir abzugeben. Und du selbst hast sofort Hausarrest, verstanden? Du bleibst für den Rest dieser Woche in deiner Wohnung, ohne mit irgend jemand Verbindung aufzunehmen. Danach werde ich entscheiden, was mit dir geschehen soll. Vielleicht wär's allmählich Zeit, daß du die Militärakademie besuchst – zur Förderung deiner Karriere.»

«Nein, ich ...»

«Darüber entscheidest nicht du, Waleri, sondern ich.» Der General machte eine Pause. «Hast du verstanden? Du besuchst niemanden, du redest mit keinem. Du bleibst in deiner Wohnung. Du gehst nicht ans Telefon. Ist das klar?»

«Ich ... ich verstehe.»

Er wollte nach der Hand des Generals greifen, aber seine Finger griffen ins Leere. Sein Vater hatte ihm die Hand entzogen wie ein Zar, der mit einem unterwürfigen Gesandten unzufrieden war.

«Geh jetzt!» forderte der General ihn vom Fenster aus mit leiser Stimme auf.

Auf dem Boden neben seinem rechten Stiefel war eine Landkarte ausgebreitet, und über den Bildschirm der beweglichen Kartendarstellung huschten Bilder wie eine Serie hastig vorgeführter Dias. Die 600 Kilometer Küste zwischen der iranischen Grenze und Karatschi wurden abschnittsweise gezeigt. Ein schmaler Küstenstreifen zwischen Meer und Gebirge. Keine Inseln, keine Atolle, keine größeren Sandbänke. Einige kleine Badeorte, eine Handvoll Dörfer. Sein Blick verglich die Vergrößerungen mit der Karte auf dem Boden, als suche er Rückhalt – oder in wachsender Verzweiflung.

Die anderen umstanden Gant erwartungsvoll schweigend, aber diese Erwartung verflüchtigte sich allmählich. Er nahm die Umstehenden und ihren Stimmungswandel kaum wahr. Für ihn existierte nur das Bildschirmgerät, vor dem er mit seiner Hör-Sprech-Garnitur saß ...

Ein Gerät mit einer Tastatur unter einem kleinen Bildschirm – ein Gerät, das keine Antwort wußte ...

Gant war auf Vermutungen angewiesen. Er mußte seine Wahl blindlings treffen, die genaue Länge des Strandes schätzen und annehmen, daß er breit und menschenleer genug sein würde – alles *vor* dem ersten Überflug zur Kontrolle. Falls er sich in einem einzigen dieser Punkte irrte, reichten weder Zeit noch Treibstoff für die Suche nach einem weiteren Absatzgelände aus. Sobald die Cockpitbesatzung den Strand sichtete, für den er sich entschieden hatte, waren die Würfel gefallen. Dann mußte das Absetzmanöver klappen – oder auch nicht!

Anders befand sich in der abhörsicheren Funkkabine hinter dem Cockpit und sprach via Satellit mit Langley – vielleicht sogar schon mit dem Weißen Haus. Er bemühte sich um Landegenehmigung bei den Militärs in Karatschi und der Regierung in Islamabad; er setzte den CIA-Direktor und den Präsidenten unter Druck, die Pakistanis zu bestechen. *Bieten Sie ihnen, was sie wollen – moderne Waffen brauchen sie immer ...*

Gant murmelte vor sich hin, während er die auf dem Bildschirm dargestellten Karten erneut durchblätterte, einzelne Bilder anhielt, sie verwarf und hastig weitersuchte. Unterdessen wurde der gelbbraune Streifen in der Ferne breiter: Strand, Bäume, Hügel. Das Absetzgebiet mußte irgendwo am Strand liegen – aber wo entlang dieser Küste?

Die drei Paletten würden durch die Frachtluke im Heck abgesetzt werden: der Treibstoff, Garcías Mil, dann sein Hubschrauber. Die sich öffnenden Lastenfallschirme würden sie aus der Maschine ziehen; der Entfaltungsstoß entsprach etwa einer Landung auf einem Flugzeugträger, wenn der Bremshaken faßte. Gant hatte dieses Manöver schon Dutzende von Malen durchexerziert, aber García kannte es nicht und hielt nicht viel davon. Falls sie unverschämt viel Glück hatten, blieben die Paletten waagrecht und unbeschädigt stehen, so daß sie die Mils flugbereit machen, betanken und mit ihnen starten konnten, um die in Karatschi wartende Galaxy einzuholen – immer unter der Voraussetzung, daß die C-5A es bis dorthin geschafft hatte.

Falls er einen Strand finden konnte ...

Eine Straße entlang der Küste, kaum mehr als ein breiter unbefestigter Weg. Die winzigen Ferienorte, Dörfer und einzelnen Bungalows säumten die Küste wie eine lückenhafte Perlenkette. Gant hörte die Stimme des Captains in seinem Kopfhörer.

«Die Sache wird kritisch, Mister.» Er gebrauchte weder Gants Namen noch seinen Dienstgrad mehr. Gant gehörte nicht der Air Force, sondern der CIA an – einem obskuren Gegner. Er war von dem Gedanken besessen, das gefährdete Unternehmen zu retten, und der Captain, dem das Kommando entglitten war, mußte befürchten, Gant werde die gesamte Besatzung mit sich ins Verderben reißen. «Nach unseren Berechnungen sind wir in ... sechs Minuten über der Küste. Dann haben Sie bestenfalls weitere vier Minuten Zeit für einen Flug in Meereshöhe, bevor ich notwassern muß – oder Sie sind durch den Hinterausgang raus, und ich kann's bis Karatschi schaffen. Ist das klar?»

«Ich verstehe», antwortete Gant mit einer unwilligen Handbewegung, um das durch dieses Ultimatum des Kommandanten ausgelöste Murmeln der anderen abzustellen. «Wo überfliegen wir auf diesem Kurs die Küste?»

«Augenblick ... westlich von Ras Jaddi ... ein gottverlassenes Nest namens Pasni auf einer niedrigen Landzunge ... haben Sie's?»

Gant rief die Kartenabschnitte von der eingelegten Kassette ab. «Okay, ich hab's.» Ras Jaddi, eine kleine Landzunge, ein winziges Atoll? Nein, nur der Strand: ein schmaler Streifen vor den Bäumen. Der gelbe Streifen, den er durchs Fenster sehen konnte.

«Na, Mister?»

Irgendwo zwischen Ras Jaddi und Ras Shahid? Auf diesen 100 Kilometern. Gant ließ die Karte jetzt von Ost nach West rückwärtslaufen. Wo befand sich ein Strand?

Zum Glück fiel der Meeresboden vor dieser Küste nur sehr langsam ab. Der Strand – falls es einen gab – würde aus feinem weißen Sand bestehen, der bis zu den Bäumen reichte. Ein Aufschlag in nassem Sand wäre zu riskant gewesen – sie mußten ein Absetzgelände oberhalb der Hochwassermarke wählen.

«Colonel, ändern Sie Ihren Kurs, damit wir die Küste fünfzehn Kilometer westlich der Landzunge erreichen. Irgendwo zwischen dort und Ras Shahid liegt das Absetzgelände.»

«Sie müssen sich schon genauer ausdrücken, Gant! Ich hab' keinen Treibstoff zu vergeuden.»

«Okay, okay ...» Gant sah nochmals in fieberhafter Eile die einzelnen Kartenabschnitte durch. Ein Abschnitt nach dem anderen erschien auf dem Bildschirm: jeweils sieben bis acht Kilometer Küste auf detaillierten, vergrößerten ...

... *Zeichnungen!*

Da ...

Gant überlegte fieberhaft. Der Strand verlief zweieinhalb Kilometer weit in fast gerader Linie. Die Flut kam nur bis ... der Sandstreifen war breit genug. Bäume, aber kein Dorf, keine Siedlung, keine Bungalows. Dem Strand vorgelagert war eine halbmondförmige, die kleine Bucht fast abschließende Sandbank.

«Okay», entschied er. «Siebenundzwanzig Kilometer westlich von Ras Jaddi – fliegen Sie den Strand an und drücken Sie uns die Daumen.»

«Gut, wie Sie wollen, Mister», antwortete der Captain nach kurzer Pause. «Wir sind in etwas über fünf Minuten dort. Im Augenblick sind wir in zweitausendsiebenhundert Meter und fliegen mit zweihundertvierzig Knoten Reisegeschwindigkeit. Ich gehe jetzt in den Sinkflug über. Wenn wir das Absetzgebiet erreichen, haben Sie Gelegenheit für einen kurzen Blick. Danach sagen Sie einfach ja oder nein.»

Gant stellte sich den riesigen Schatten der Galaxy vor, wie er über den feinen weißen Sand raste, und schluckte trocken. Die gewaltige Spannweite, die Gesamtmasse des Flugzeugs, seine dadurch bedingte Schwerfälligkeit – er sah es im Sinkflug den Strand ansteuern und die drei Paletten wie Eier abwerfen: ein großer prähistorischer Flugsaurier. Und sie hatten lediglich Zeit für zwei Überflüge. Der Strand *mußte* breit genug sein, lang genug, flach genug ...

Er starrte die Kartendarstellung an, bis sie vor seinen Augen verschwamm, und hob dann den Kopf. Mac nickte grimmig. García versuchte zu lächeln, aber seine Lippen zitterten. Garcías Besatzung hatte sich entfernt. Gant hatte getan, was sie alle wollten – und was sie alle am liebsten vermieden hätten. García war nicht so gut wie er; keiner von ihnen hatte seine Erfahrung, keiner genoß einen Ruf wie er. Jetzt setzte er ihr Leben aufs Spiel, und sie haßten ihn dafür.

«Mac», sagte er brüsk, «du redest mit dem Lademeister. Überzeug dich davon, daß er dieser Sache gewachsen ist, okay?»

Mac war erfahren genug, daß Gant sich selbst in dieser Situation auf ihn verlassen konnte. Mac war der einzige, für den er sich nicht *verantwortlich* zu fühlen brauchte! Und Mac war in seiner Maschine . . . vielleicht zu seinem eigenen Glück.

«Wird gemacht, Major.» Selbst Mac war vor Angst steif und abweisend, worauf die Anrede mit Gants Dienstgrad schließen ließ.

«Was euch andere betrifft – ihr kennt die Theorie. Laßt's einfach über euch ergehen.» Gant zuckte mit den Schultern. Ihm fiel es jedesmal aufs neue schwer, das Leben anderer aufs Spiel zu setzen. Er wehrte sich dagegen, die Verantwortung für sie übernehmen zu müssen. «Schnallt euch gut an und segelt runter. *Ihr* habt dabei nichts zu tun. Der Captain und der Lademeister sind die entscheidenden Leute. Zuerst geht der Treibstoff über Bord, dann kommst du, García. Ich steige beim zweiten Anflug aus. Keine Angst, ich falle euch nicht auf den Kopf.»

«Klar», antwortete García.

Gant ärgerte sich über Garcías fast höhnisches Grinsen, obwohl er es gut verstand. Dann sah er Anders rasch auf sich zukommen – mit ebenso blassem, angespannten Gesicht wie vor einigen Minuten, als er in Richtung Funkkabine verschwunden war.

«Okay», schloß Gant, «ihr habt noch knapp fünf Minuten Zeit. Ich schlage vor, daß ihr an Bord geht. Verstaut alle beweglichen Gegenstände, sichert alles. Okay? Anders . . .?»

Sie gingen auseinander und vollzogen damit eine Trennung, die bereits mit Gants Entscheidung begonnen hatte. Anders sah ihnen nach, warf einen Blick auf die Bildschirmkarte, verglich sie sogar mit der auf dem Boden des Laderaums ausgebreiteten Pakistankarte und sagte dann fast beiläufig:

«Langley verlangt, daß wir noch warten ...»

«Erzählen Sie das dem Captain! Er spricht von höchstens fünf Minuten – und da sollen wir noch warten?»

Die Galaxy befand sich jetzt im Sinkflug. Auch aus niedriger Höhe wirkte der Sandstreifen nicht breiter: ein schmales Handtuch zwischen dem Blau des Meeres und dem Grün-Braun der Hügel.

«Ich weiß, Gant, aber Islamabad läßt sich eben nicht in ein paar Minuten überreden!»

«Karatschi?»

«Wartet auf Anweisungen aus Islamabad.»

«Wir müssen's hier riskieren. Das wissen Sie, das wissen die anderen. Erhöhen Sie den Einsatz – bieten Sie mehr Geld, Anders! Sorgen Sie dafür, daß die Kerle in Islamabad unserer Meinung sind. Ist Bestechung hier nicht landesüblich?»

«Alles braucht seine Zeit, verdammt noch mal!»

«Zeit ist etwas, das wir nicht haben.»

«Sie wissen, daß ich diese Sache nicht genehmigen kann, Gant», stellte Anders nachdrücklich fest. Er lehnte an dem Schott und starrte aufs glitzernde Meer hinab.

«Hören Sie auf, den Politiker zu spielen, Mann!» knurrte Gant. Er sah wieder auf die Bildschirmkarte. *Dieser* Strand *dort* unten ...

Er hatte sich festgelegt. Sie konnten nicht mehr zurück.

«Jedenfalls sollen wir vorerst warten», murmelte Anders.

«Warten? Ich kann mir vorstellen, wie sie in Langley wie in einem zertretenen Ameisenhaufen durcheinanderlaufen! Anders, die Computersimulation unseres Unternehmens ist überholt – *das müssen Sie ihnen sagen!*»

«Das hab' ich getan, aber ...»

«Wir reden hier von *Minuten*, Mann!»

«Ich weiß, aber der Wartebefehl gilt trotzdem, Gant.»

«Unmöglich!»

Er drehte sich nach den beiden russischen Hubschraubern um. García war bereits an Bord der Mil 24 A, um sich davon zu überzeugen, daß alle losen Gegenstände sicher verstaut waren. Sein

Kopilot saß neben ihm; sein Bordschütze hatte vor den beiden Platz genommen. Auf ihrer Palette und mit den angeklappten Rotorblättern wirkte die Mil hilflos, unfertig. Hinter ihr auf der Palette wurden die Treibstoffässer überprüft. Die dunklen Umrisse seines eigenen Hubschraubers waren ihm am nächsten. Mac stand neben dem Lademeister, dessen Männer die Abwurflasten hastig einer letzten Überprüfung unterzogen.

Gant hatte den Lademeister und seine Männer bereits eingewiesen: Sein Auftrag an Mac diente lediglich dazu, ihn zu beschäftigen und von sich fernzuhalten. Der Lademeister war kompetent und erfahren. Er hatte schon früher Lasten in Höhe Null abgesetzt – aber nur aus dem Frachtraum einer viel kleineren Lockheed C-130 Hercules. Wenn's soweit war, würde er lediglich von vorn Anweisungen auszuführen haben. Der Captain würde die Sekunden bis zum Absetzpunkt zählen und das Lichtsignal auf Grün umschalten, worauf das mit Gurten am Flugzeugrumpf gesicherte Team des Lademeisters die Paletten durch die geöffnete Heckklappe absetzen würde.

«Unmöglich . . .», wiederholte Gant leise.

«Der Befehl gilt trotzdem.»

«Ist ihnen eigentlich klar, was das bedeutet, verdammt noch mal? Warum begreifen sie das nicht? Die beiden Hubschrauber sind *futsch*, wenn es uns nicht gelingt, sie hier in den Sand zu setzen. Es gibt keine andere Möglichkeit – das müßte sogar aus zehntausend Kilometer Entfernung zu erkennen sein!»

«Gant?»

«Ja, Colonel», knurrte er in sein Mikrofon.

«Wir sind in einer Minute da. Sobald wir Ihren Strand erreichen, können wir nur vier Minuten im Absetzgebiet bleiben. Nach der Besichtigung sind nur *zwei* weitere Überflüge möglich, verstanden?» Die Stimme des Captains klang jetzt nervös, aber auch fast entschuldigend. «Ich habe keine Freigabe, Gant», fügte er hinzu.

Gant sah zu Anders hinüber, bevor er rasch antwortete: «Sie haben sie, Skipper. Ich habe sie Ihnen soeben erteilt.»

«Lassen Sie mich mit Mr. Anders sprechen.»

Anders starrte Gant aufgebracht an. Der Hubschrauberpilot schluckte trocken.

«Okay», sagte er und übergab Anders die Hör-Sprech-Garnitur. «Erzählen Sie ihm, was er hören will», forderte Gant ihn auf. «Alles ist bereit!» Sein drängendes Flüstern enthielt kein Element der Versuchung; es stellte lediglich das Unvermeidliche fest. «Wir müssen hier runter. Mit den Folgen können Sie sich anschließend herumschlagen. Los, tun Sie's!»

Anders nahm das Gerät so zögernd entgegen, als könnte es in seiner großen Hand explodieren. Sein Blick war vage und sorgenvoll. Für ihn war der Strand vor ihnen nicht menschenleer, sondern mit diplomatischen Katastrophen vermint. Seine berufliche Laufbahn war durch Gants bodenlosen Leichtsinn gefährdet.

Er warf einen Blick auf die Mils, sah sich in dem von Stimmen erfüllten Laderaum, betrachtete das Meer und den näherkommenden Strand und schien sich dann auf die hitzeflimmernde Ferne zu konzentrieren.

«Können Sie Karatschi erreichen, Colonel – *nachher*!»

«Wenn Sie kräftig beten, Mr. Anders, schaffen wir's vielleicht.»

«Und Sie, Gant – trauen Sie sich auch zu, Karatschi zu erreichen?»

Gant nickte wortlos. Die Küste war nur mehr fünf, sechs Kilometer von ihnen entfernt. Die Transportmaschine begann auf Westkurs einzudrehen, der sie genau über den Strand bringen würde. Rechts voraus leuchtete weißer Sand . . .

«Wir können landen, indem wir einfach den Notfall erklären», stellte Anders fest, «aber *Sie* müssen die Landeerlaubnis erhalten, nachdem wir gegen die ursprüngliche Vereinbarung verstoßen haben . . . Sie dürfen auf keinen Fall gesehen werden.»

«Ja, ich weiß. Aber dafür haben wir unsere Tarnnetze. Wir warten, bis Sie mit uns Verbindung aufnehmen. Sie holen den Rest der Familie nach, sobald Sie sich am neuen Arbeitsplatz eingewöhnt haben, nicht wahr?»

Anders nickte, bevor er auf den Sprechknopf drückte. «Sie haben die Freigabe, Colonel. *Ich* erteile sie Ihnen. Alles Gute!»

«Danke, Mr. Anders. Wir sind in dreißig Sekunden da. Gant?»

«Ja?»

«Wir legen die visuellen Markierungen fest. Sie hören uns, aber ich möchte, daß Sie sich nicht einmischen. Für diese Sache sind wir allein zuständig, okay?»

«Okay.» Das klang widerstrebend, aber Gant nahm die Hör-Sprech-Garnitur ab.

Beim ersten Überflug würde die Cockpitbesatzung Markierungspunkte auswählen, anpeilen und ihre Entfernungen voneinander festlegen. So würde der Strand mit einem Netz von unsichtbaren Linien überzogen und in ein Absetzgebiet verwandelt werden.

Gant sah zu Anders hinüber.

«Danke.»

«Wofür?»

«Daß Sie das Unvermeidliche eingesehen haben.»

«Sollten Sie nicht . . . ?»

«Ich will erst den Strand sehen.»

Sie starrten durch benachbarte Fenster. Die Galaxy war höchstens noch 200 Meter hoch. Das Meer erstreckte sich wellenlos fast wie eine riesige Lagune bis zum Horizont. Die Gezeitengrenze verlief genau unter dem Flugzeugrumpf. Der riesige Schatten des Transportflugzeugs huschte über weißen Sand und blaugrünes Wasser. Gant warf einen Blick auf die Bildschirmkarte und begann den sanft gekrümmten Strand, den Palmenhain und die vorgelagerte Sandbank zu erkennen. Das durchsichtige Wasser schien von Silberadern durchzogen zu sein, als ob Quecksilber über blaugrünes Glas fließe. Der Strand war nicht mit Felsen durchsetzt, sondern schien wirklich nur aus weißem Sand zu bestehen.

Gerade, eben, breit: das Absetzgelände.

«Alles Gute», murmelte Anders.

«Was? Ja, natürlich. Melden Sie sich wieder.»

«Warten Sie auf meine . . .»

«Klar. Die Sache ist im Kasten. Die Pakistaner wollen keine sowjetischen Hubschrauber an einem ihrer Strände herumstehen haben. Bis bald, Anders!»

Er verließ das Fenster. Die Galaxy befand sich nach dem ersten Überflug in leichtem Steigflug, um auf Gegenkurs gehen zu können. Die in den Frachtraum übertragenen Cockpitgespräche wurden knapper, nervöser. Gant hatte ein hohles Gefühl in der Magengrube. Seine Magennerven verkrampften sich und ließen ihn zittern, bis er seinen Körper mit bewußter Willensanstrengung wieder in seine Gewalt brachte.

Gant blinzelte Mac zu, der im eigenen Cockpit des Bordschützen bereits auf seinem Sitz angeschnallt war. Mac nickte grinsend.

Er schnallte sich an, setzte seinen Helm auf und kontrollierte das Cockpit auf lose, nicht sicher verstaute Gegenstände. Die Tanks waren zum Glück leer: Mit Treibstoff an Bord hätten sie das Absetzen niemals riskieren können. Sie würden die Maschinen aus den Fässern betanken, denen auf der dritten Palette eine Handpumpe beigegeben war.

«Mac?»

«Okay, Skipper.» Macs Stimme klang erleichtert, weil er wieder seine gewohnte Rolle spielen konnte.

«Dann halt dich gut fest! Wie 'ne Achterbahn, mehr ist gar nicht dabei!»

Die Galaxy flog noch immer ihren weiten Vollkreis, um den Strand auf dem ursprünglichen Kurs anzufliegen. Der Lademeister tauchte vor dem Cockpit auf. Gants Daumen zeigte nach oben; der Lademeister wiederholte das Zeichen und drehte sich dann nach den Signalleuchten um. Er drückte die rechte Muschel seines Kopfhörers ans Ohr und hob den linken Arm, als die rote Lampe aufleuchtete. Sobald sie durch die grüne ersetzt wurde, würde er den Arm senken, und der Mann am Schaltpult würde einen Hebel umlegen, durch den der Hilfsschirm aus der Galaxy ausgestoßen werden würde. Der Lastenfallschirm würde hinterhergezogen werden und sich dann ruckartig entfalten, so daß die erste Palette sekundenschnell aus dem Heck gerissen werden würde – keine zehn Meter über dem Strand.

Gant konnte sein Funkgerät nicht auf die Cockpitfrequenz der Galaxy einstellen, denn die Bordsprechanlage funktionierte wie ein Telefon mit festverlegten Leitungen. Er mußte ahnungslos, schweigend dasitzen, bis das Armzeichen des Lademeisters ihm signalisierte, daß er unterwegs war. Er würde nichts spüren, bis der Hilfsschirm sich öffnen und ihn rückwärts aus der Maschine ziehen würde. Rotes Licht, grünes Licht, nach unten fallender Arm, der Ruck des sich öffnenden Fallschirms . . .

«García?» fragte er.

«Major?» Förmlichkeit schien García das Rückgrat zu stärken, wie es zuvor bei Mac der Fall gewesen war. Oder distanzierten die beiden sich noch immer von seiner Entscheidung? Garcías Stimme kam aus dem Handfunkgerät, das in einer Halterung am Fensterrahmen steckte. Über Afghanistan und im sowjetischen Luftraum würden sie diese Geräte zur Bord-Bord-Verständigung benützen, um die Wahrscheinlichkeit zu verringern, daß ihre Sender angepeilt werden konnten.

Er drückte auf den Sprechknopf.

«Alles okay?»

«Klar, Major!» Garcías Antwort kam zu rasch, seine Stimme klang zu hohl.

«Ganz cool bleiben. Noch niemals rückwärts aus einer Galaxis rausgeflogen?» Als die Reaktion auf seinen Scherz ausblieb, zuckte Gant lediglich mit den Schultern. «Einfach festhalten, García.»

Die Transportmaschine flog im Sinkflug geradeaus. Das entfernte Pfeifen ihrer Triebwerke erinnerte an Sturmwind. Gant hatte den Eindruck, das Cockpit schrumpfe um ihn herum zusammen. Seine Hände lagen auf den wirkungslosen Bedienungshebeln der Mil. Er sah in den Rückspiegel . . .

. . . in dem sich ein Rachen öffnete.

Die Frachttüren im Heck der Galaxy gingen langsam auf, als wollten sie einen riesigen Biß von dem vorbeihuschenden weißen Sand nehmen. Gant hielt den Atem an, während er an seinem eigenen Hubschrauber, der 24 A und der Palette mit den Treibstofffässern vorbei nach hinten blickte. Die Hecköffnung wurde größer. Weißer Sand, die Gezeitengrenze, das dunkle Grün der Bäume.

Absetzhöhe Null. Gant beobachtete den Lademeister, der sich über den Mann am Schaltpult zu beugen schien.

Drei Sekunden, zwei . . .

Die grüne Lampe leuchtete auf. Ihr Lichtschein wurde von der Flanke von Garcías Mil zurückgeworfen. Der Sandstrand glich jetzt einer Landebahn, auf der die Galaxy aufzusetzen schien.

«Heilige Muttergottes . . .» murmelte irgend jemand. García? Gezeitengrenze. Sandstrand. Grünes Licht.

Los!

In seinem Spiegel sah Gant, wie die Palette mit den Metallfässern sich ruckartig in Bewegung setzte – wie sich der Hilfsschirm im Sonnenlicht entfaltete, während der Lastenfallschirm sich wie ein bemalter Mund öffnete.

5

Treibgut

Sechs Flaschen hatten Bier enthalten, die größere Flasche Wodka. Sie waren fast leer. Filip Kedrow betrachtete sie, nahm sie nacheinander zur Hand und schüttelte sie, als stimme er eine Glasharfe. Dann reihte er sie mit übertriebener Sorgfalt auf der gegenüberliegenden Koje auf: ein Aufmarsch buntbemalter Spielzeugsoldaten. *Toter* Soldaten! sagte er sich und kicherte.

Sonst gab es nichts zu tun – damit rechtfertigte er seinen Schwips vor sich selbst. Wirklich, es gab nichts zu tun, als dazuhocken und zu warten, wie er's in den vergangenen 24 Stunden getan hatte! Nur gut, daß er die Flaschen mitgebracht hatte, und noch besser, daß er den Wodka und ein paar Büchsen schon bei einem früheren Besuch hier eingelagert hatte. Eigentlich war er der Meinung gewesen, damit allzu reichlich vorzusorgen, aber . . . auch die Büchsen waren alle leer. In der Bunkerküche, im Ausguß.

Kedrow ließ sich leicht theatralisch auf seine Koje fallen und faltete die Hände hinter seinem Kopf, in dem alles durcheinanderzuwirbeln begann. Er zog leicht die Knie an. Der Raum schien sich um ihn herum zu drehen.

Er setzte sich rasch auf. Sein Kopf fiel nach vorn, und er hätte ihn am liebsten festgehalten, aber er mußte den Rand der Koje über ihm mit beiden Händen umklammern, um nicht zur Seite zu kippen. Sein Kopf sank auf die Knie, und er stöhnte so laut, daß das Geräusch durch den langen, menschenleeren Raum hallte.

Er hätte's wissen müssen, er hätte *wissen* müssen, daß er sich aus reiner Langeweile betrinken würde. Kedrow ließ den Metallrahmen los und hielt sich vorsichtig den Kopf. Nachdem er ihn eine Zeitlang festgehalten hatte, blickte er langsam auf. Die Flaschenreihe blieb ruhig stehen; die gegenüberliegende Koje schwankte nicht mehr. Er schluckte den schlechten Geschmack in seinem Mund herunter, stellte fest, daß sein Magen nicht mehr rebellierte, und seufzte vorsichtig.

Kedrow konzentrierte seinen Blick langsam aufs Zifferblatt seiner Armbanduhr. Kurz vor zehn Uhr. Nun war er schon 24 Stunden hier unten – und vor zwei Tagen hatte er Orlow den letzten Funkspruch absetzen lassen ... na ja, vor fast zwei Tagen, mindestens vor eineinhalb ... Sie waren bestimmt schon unterwegs, um ihn abzuholen. Sie *mußten* kommen, nicht wahr? Er war davon überzeugt, daß sie kommen würden! Bald würde er daran denken müssen, dieses Versteck zu verlassen ...

Morgen wäre früh genug. Die Hubschrauber würden – vermutlich als sowjetische Maschinen getarnt – von woher kommen? Aus der Türkei, aus Afghanistan, aus weit über 1500 Kilometer Entfernung ...

Aufhören, aufhören! Kedrow erinnerte sich daran, weshalb er versucht hatte, im Alkohol Vergessen zu finden: aus Angst davor, im Stich gelassen zu werden, aus Angst vor den riesigen Entfernungen, die ein Hubschrauber über feindlichem Gebiet zurücklegen sollte ..., aber er war doch unentbehrlich, nicht wahr? Unersetzlich!

Er preßte beide Hände gegen die Schläfen, aber es gelang ihm nicht, seine Zweifel zum Schweigen zu bringen. Dummkopf, Dummkopf ... haben sie überhaupt jemals von Hubschraubern gesprochen? Oder hast du sie dir einfach nur *eingebildet*?

Tränen quollen aus seinen zusammengekniffenen Augen. Kedrow ließ sich gegen die kalte Betonwand zurücksinken und drehte den Kopf zur Seite, so daß Wange, Ohr und Schläfe an der Wand lagen, wodurch sein Schluchzen noch lauter klang. Der Hubschrauber war nur sein Traum gewesen ... Es war Dienstag vormittag, und sie würden nicht kommen ... Personenwagen, Lastwagen, Züge waren zu langsam ... Der Augenblick, in dem sie kommen würden, war vorüber.

Kedrow jammerte laut. Er hörte, wie sein Wehklagen von der Wand widerhallte. Sie würden nicht kommen ... wie hatte er jemals daran glauben können?

Er hörte den Lärm, den er machte. Sein Schluchzen war lauter geworden.

Der Korridor jenseits der Betonwand glich einer Flüstergalerie.

Er hörte ...

... Flüstern, Schlurfen, Klicken?

Er hörte ...

... *sie.*

Die Spürhunde, die *Jäger* ... Kedrow fuhr sich in fieberhafter Eile mit dem Handrücken über die feuchten Lippen und drückte sein Ohr fester an die Wand. Schlurfen, Klicken, Flüstern, Türenschlagen, Klick-Klick-Klick, Flüstern, *Pfeifen* ...?

Er schlotterte vor Angst, weil er nicht glauben konnte, daß die Geräusche wirklich aus so großer Ferne kamen, wie es den Anschein hatte. Kedrow drückte sein Glas gegen die Betonwand und legte sein Ohr daran. Sein Puls schlug dröhnend laut, und sein Atem ging keuchend. Er horchte, bis unwiderlegbar feststand, daß die Geräusche allmählich lauter wurden, sich in seine Richtung bewegten. Eine Durchsuchung *sämtlicher Räume* ... !

Kedrow begriff nicht, wie er zur Tür gelangt war; er wußte nicht einmal, daß er sich dorthin bewegt hatte. Er drückte ein Ohr an die Tür, schaltete die Raumbeleuchtung aus, legte eine Hand auf die schwergängige Klinke und drückte sie nach unten. Er blickte nach draußen. Er hörte ein Flüstern, das den Korridor entlangglitt, ohne daß die Quelle in der Dunkelheit auszumachen gewesen wäre. Dann konnte er in einiger Entfernung klickende Schritte unterscheiden, die direkt auf ihn zuzukommen schienen. Scheppernde Dialoge über Handfunkgeräte; blecherne Stimmen ohne verständliche Worte. Stahltüren, die aufgerissen und zugeschlagen wurden.

Sein Kopf war wieder klar geworden. Sein rasend schneller Puls hatte sich etwas beruhigt. Kedrow trat in den Raum zurück – ins Dunkel –, griff nach seinem Rucksack, überzeugte sich davon, daß der kostbare Transponder darinsteckte, raffte seine Habseligkeiten zusammen und stopfte sie hinein. Halb ausgewickelte Margarinebrote klebten an den schweren Stiefeln, die er in den Sümpfen brauchen würde; seine Finger ertasteten die schmierige Schicht...

Er kehrte zur Tür zurück.

Seine Anwesenheit hier unten ließ sich unmöglich geheimhalten. Die Verfolger waren vielleicht schon am Ende des Korridors angelangt – nein, nein, dafür waren die Geräusche noch zu schwach –, aber er würde sich auf die Geräusche *zubewegen* müssen! Der Gedanke daran ließ Kedrow auf der Schwelle erstarren. Die Deckenbeleuchtung des Korridors konnte jeden Augenblick eingeschaltet werden und ihn den Blicken seiner Verfolger preisgeben. Er fuhr zusammen und setzte sich dann steif in Bewegung – wie ein Unfallverletzter bei schmerzhaften Gehübungen. Kedrow trat so leise wie möglich auf, bewegte sich langsam und fühlte die Steifheit in seinen Gelenken schwinden...

Kedrow tastete jede Tür, jeden Meter Wand ab und wagte kaum zu atmen. Ihm war schwindelig vor Angst, die jedoch zugleich bewirkte, daß er unerwartet klar denken konnte. Trotz seiner ängstlichen Verwirrung begann sein Gehör, die Geräusche der Verfolger nach Richtung und Entfernung einzuschätzen.

Ecke. T-förmiges Zusammentreffen zweier Korridore. Woher kamen die Geräusche, wo befand sich der nächste Notausstieg zur Oberfläche?

Schritte, Stimmen... von *links*... Notausstieg? *Notausstieg?* Los, los, wohin...? Rechts, *rechts*! Gott sei Dank... Kedrow atmete erleichtert auf.

Er glaubte zu spüren, wie die Haut über seinen Schulterblättern sich spannte, als er nach rechts in den Tunnel abbog. Seine Fingerspitzen ertasteten eine pelzige Asbestisolierung. Kedrows Hand schloß sich unwillkürlich um die Rohrleitung, während sein rechter Fuß gegen die Gleise in der Tunnelmitte schlug und sofort zurückzuckte, als könne er dadurch seine Anwesenheit weitertelegrafieren. Wenn sie ihn jetzt hörten, würden sie vielleicht einfach schießen.

Er bewegte sich weiter, indem er jeden Schritt zählte. Der Tunnel – niedriger und schmaler als der Korridor, aus dem er gekommen war – verstärkte die Geräusche hinter ihm. Kedrow verstand beinahe, was die Verfolger in ihre Handfunkgeräte sprachen. Türen knallten laut; Stiefelschritte waren deutlich zu hören.

Kedrow sah sich widerstrebend um.

... ein Lichtschimmer. Ein Aufblitzen wie entferntes Wetterleuchten. Taschenlampen. Er fühlte, wie seine Hand rascher über die mit Asbest isolierte Leitung glitt, und begann seine eigenen Schritte ebenso laut wie die seiner Verfolger zu hören. Er ging auf Zehenspitzen, aber das war unsinnig, denn auf diese Weise wurde ihm wieder schwindelig, bis Angst und Überlebenstrieb sich erneut als stärker erwiesen. Die Amerikaner würden ihn abholen, nein, nicht mehr in diesem späten Stadium, aber sie würden trotzdem kommen, weil er unersetzlich war, nicht wahr ...?

Kedrow verdrängte diese Gedanken. Ein Schrei, der ein Alarmruf hätte sein können, spornte ihn an, sich rascher zu bewegen ... ließ ihn an nichts anderes mehr denken als die Gewißheit, gefangengenommen zu werden, wenn es ihm nicht gelang, die Sprossenleiter, die zur Erdoberfläche hinaufführte, zu erreichen. Für andere Überlegungen war kein Raum mehr. Sein Herz schlug in seiner Brust wie das eines zu Tode erschrockenen kleinen Tieres.

Er sah sich noch dreimal um. Und beim dritten Mal sah er den Lichtstrahl einer Taschenlampe über die Tunnelwand gleiten, bevor er abdrehte und in dem Hauptkorridor verschwand, aus dem er zuvor gekommen war. In Richtung auf den Bunkerraum, in dem er sich versteckt hatte – in dem die Beweise für seine kürzliche Anwesenheit auf ihre Entdeckung warteten. Leuchtstoffröhren flammten auf, und der aus dem Korridor in den Quertunnel fallende Lichtschein zeigte Kedrow die schemenhaften Umrisse zweier Soldaten. Sein rechter Fuß trat in eine Pfütze, daß es spritzte; irgend etwas huschte quietschend vor ihm davon; Übelkeit stieg in ihm auf – *du darfst dich jetzt nicht übergeben, nicht hier...*! Er stolperte einige Schritte mit einer Hand vor dem Mund weiter, bis die Übelkeit abgeklungen war. Vor ihm schien ein kaum wahrnehmbarer Lichtschimmer vom Tunneldach zu tropfen.

Vielleicht nur noch weitere 100 Meter bis zu einem der als Notausstiege dienenden Luftschächte, die nur in Kriegszeiten geschlossen waren.

Kedrow erreichte die Leiter, streifte sie im Vorbeigehen beinahe und klammerte sich dann an sie.

Irgendwo dort oben befand sich die Erdoberfläche. Kedrows Hände umklammerten die in die Schachtwand eingelassenen Sprossen und zogen seinen Körper daran hoch, bis er die Füße auf die vereiste unterste Sprosse stellen konnte.

Im Korridor erklangen Pfiffe. Scheppernde Stimmen erteilten über Funk Befehle. Aufregung, Entdeckung. Kedrow hob sofort den linken Fuß, trat auf und kletterte weiter. Sprosse nach Sprosse zu dem aufgeschnittenen und zurückgeschlagenen Drahtnetz am oberen Ende des Lüftungsschachts hinauf, während er vor Anstrengung und Erleichterung schwitzte. Höher, immer höher . . .

Die Galaxy legte sich im Steigflug in die Kurve. Selbst Garcías aufgeregte, erleichterte Stimme aus dem Lautsprecher des Handfunkgeräts reichte nicht aus, um Gant von der riesigen Sandwolke abzulenken, die nach dem Abwurf der Treibstoffässer und der palettierten Mil aufgestiegen war.

«Heilige Muttergottes, wir haben's geschafft!»

Und hinter García, der seine drängende, hektische Erleichterung nicht für sich behalten konnte, waren die Stimmen seiner ebenso verblüfften Besatzungsmitglieder zu hören. Gant hatte beobachtet, wie der Hauptschirm von Garcías Palette sich öffnete; er hatte gesehen, daß der Hubschrauber wie ein Löwenzahnsamen aus der muschelförmig geöffneten Hecktür gerissen wurde, aber dann hatte der aufstiebende Sand alles verdeckt. Die Szene hatte sich sprunghaft verändert, als sehe er verwackelte Filmaufnahmen: Sand, üppige Vegetation und Wasser waren unter ihm vorbeigerast, bis das Bild wieder stetiger geworden war, als die C-5A aufs Meer hinausflog.

Die Galaxy flog ihren Kreis so behäbig weiter, als spielten Zeit und Treibstoffverbrauch keine Rolle.

«Die verdammten Fässer sind über den gesamten Strand verstreut!» hörte er Garcías Stimme über Funk. Mit seiner entspannten Haltung war es schlagartig vorbei. «Ausgelaufen ist zum Glück keines . . . wir versuchen, ein paar wegzurollen . . .»

«Gant?» Diese Stimme kam aus seinem Kopfhörer.

«Ja, Colonel?»

«Wir müssen Sie näher am Wasser absetzen, damit Sie nicht auf einem der Fässer landen.»

«Ihre Entscheidung, Colonel», gab er widerstrebend zu.

«Danke. Alles Gute!»

Die Entfernungen, Zeiten und Geschwindigkeiten, von denen Navigator und Kopilot sprachen, wurden wieder zu bloßen Hintergrundgeräuschen. Eine Stimme aus dem Cockpit berichtete García, was Gant soeben mitgeteilt worden war. In seinen Spiegeln sah er den riesenhaften Schatten des Hecks der C-5A, der in kühlem Schwarz über den weißen Strand huschte.

Er stemmte sich mit den Füßen ein. Seine Hände wirkten überflüssig, weil sie nichts zu tun hatten. Er hätte die Arme vor der Brust verschränken können – wie ein Schulkind, das, zum Stillsitzen ermahnt, auf das erlösende Klingeln wartete.

Er mußte trotz seiner Nervosität grinsen. In seinen Spiegeln glitzerte wieder Wasser; dann korrigierte der Captain den Kurs der Galaxy. Flughöhe, Kurs und Geschwindigkeit schienen seinem sechsten Sinn nach zu stimmen. Der Sand war eigentlich nicht fest genug für einen palettierten Abwurf, aber García war gut runtergekommen ... er brauchte sich keine Sorgen zu machen, keine Sorgen ...

Der Lademeister hob den Arm. Sein Blick war starr auf die rote Leuchte zehn Schritte vor dem Bug der Mil gerichtet. Gant holte tief Luft und hielt unwillkürlich den Atem an. Seine Nerven flatterten. Er war hilflos, konnte den Gang der Dinge nicht steuern.

Der Arm des Lademeisters zuckte herab. Dann warf er seinen Körper zur Seite, als sei er von einer unsichtbaren Faust getroffen worden. In Gants Spiegel kippte der Strand schräg zur Seite, und die Eindrücke, die er aufnahm, glichen Spiegelungen in zerbrochenem Glas. Ein Zucken durchlief den gewaltigen Flugzeugrumpf, als habe die Maschine eine unmöglich enge Kurve zu fliegen versucht: ein Wal, der die Wendigkeit eines Hais imitieren wollte. Anders' Stimme, die ihm alles Gute wünschte ... ein Fluch des Colonels ... das grüne Licht, der Ruck, der Entfaltungsstoß des Hilfsschirms ...

... der Strand im falschen Winkel, *im falschen Winkel!* Der Himmel in einer Ecke des winzigen Bildschirms, den Gants linker Spiegel bildete, dunkelgrüne Bäume, der Strand – verstreute Metallfässer, die halb vergrabene Palette der anderen Mil, eine tiefe Schleifspur im Sand –, aber alles aus einem falschen Blickwinkel, als ob er betrunken sei und torkele, stürze, falle ...

Dann öffnete der Lastenfallschirm hinter ihm seine buntbemalten Lippen und verdeckte alles andere. Die Mil reckte im Fallen ihren Bug in die Höhe. Sekundenbruchteile später – die Sonne blendete – schlug die Palette im Sand auf. Der Aufprall nahm Gant den Atem. Die Gurte hatte sich tief in seinen Oberkörper eingeschnitten. Seine Augen öffneten sich wieder, aber er konnte nichts erkennen. Die Mil war von einer gewaltigen Sandwolke umgeben, in der Wasser glitzerte, das auf die Cockpitverglasung herabprasselte. Dunkelheit.

«Jesus, Jesus, Jesus ...» murmelte Mac eintönig.

Das straff anliegende Gurtwerk schmerzte. Gant merkte, daß sein Sitz nach vorn und etwas zur Seite geneigt war, so daß er praktisch in den Gurten hing. Splitternde Geräusche. Ein Ächzen, Reißen, Splittern und Knarren; zuletzt ein lautes Knacken, dann trat Stille ein.

Die Sonne kam zurück.

«Gant?» Das war der Colonel. «Alles in Ordnung, Gant?»

«Ich lebe noch», murmelte er nonchalant. Die Frage des Captains der Galaxy war irrelevant. «Mac?» fragte er.

«Mein Gott! Okay, Skipper ...» Macs Stimme klang leise und zittrig, als sei sie wie sein Körper zusammengestaucht worden.

«Major, Major ...?» drang Garcías Stimme aus dem Lautsprecher des Handfunkgeräts.

«Okay, García, okay.»

Die große Wolke aus Sand und Gischt sank langsam, halb durchsichtig, halb undurchsichtig in sich zusammen ... ins Meer ... um sie herum nur Wasser ... und die vorgelagerte Sandbank. Die Palette war schräg aufgekommen. Gant merkte, daß er ins Wasser starrte: in klares, von Quecksilberadern durchzogenes Wasser, dessen Spiegel sich wieder glättete, nachdem der nasse Sand hineingeprasselt war.

Mit einem zitternden Ruck schüttelte die Mil den restlichen Sand ab wie ein Hund, der sein Fell von Wasser befreit. Der Horizont kippte weiter, die Meeresoberfläche war merklich näher. Eine kalte Hand griff nach Gants Herzen. Als er den Kopf hob, sah er die Galaxy im Steigflug Kurs auf Karatschi nehmen, wo sie landen würde. Ihr Abflug erschien ihm geradezu ein Akt der Desertion. Die Stimme des Piloten und das besorgte Gemurmel Anders' füllte seinen Kopfhörer.

«Okay, okay!» knurrte er. «Laßt mich gefälligst in Ruhe!» Seine Stimme klang drängend, von leichter Panik erfüllt. Die zersplitterte Palette unter dem Hubschrauber ächzte und rutschte etwas zur Seite. Das Cockpit sank ruckartig tiefer.

«Skipper . . .!»

«Ganz cool bleiben, Mac. *Stillhalten! Keine Bewegung . . .*», warnte er.

«Ihr Aufschlagwinkel . . .», wiederholte der Pilot, aber Gant nahm nicht wahr, was er sagte. Das Cockpit erschien ihm so beengend und endgültig wie das Sauerstoffzelt, unter dem sein Vater seine letzten Tage verbracht hatte. Er fuhr zusammen und bemühte sich, dieses Bild zu verdrängen.

«Colonel . . . Anders, Sie können nichts mehr für uns tun – gar nichts! Verschwinden Sie gefälligst!»

«Gant, wir . . .»

«Sie stören mich nur!»

Er schaltete das große UKW-Sprechfunkgerät aus, griff mit beiden Händen nach oben und zog seinen Helm ab. In der Stille war der sanfte Wellenschlag des klaren, lauen Wassers zu hören. Und das Knarren der zersplitterten Palette, als sie sich zögernd weiter nach vorn neigte . . .

Garcías Stimme im Cockpit. Am Strand mehrere Gestalten, die mühsam durch den Sand stapften, als seien sie schwer beladen. Der glitzernde, kleiner werdende Punkt, der die Galaxy darstellte. Balken, Streben und zersplitterte Bretter über die Sandbank verteilt.

«Ganz cool bleiben», murmelte er vor sich hin, während er behutsam die Gurte von seinem mit blauen Flecken übersäten Körper löste. Dann stemmte er sich langsam hoch, griff nach dem Entriegelungshebel der Pilotentür, zog ihn zurück und . . .

... spürte, daß die Mil einen weiteren Viertelmeter nach vorn rutschte – dem Wasser entgegen, das hier nicht so seicht war, wie er ursprünglich geglaubt hatte. Es war im Gegenteil so tief, daß der Hubschrauber bis zur Kabine darin hätte versinken können.

Gant blickte nach oben. Die verriegelten Rotorblätter waren an den Rumpf angeklappt. Die Mil konnte nicht fliegen; sie war dabei, zu ertrinken.

Und er konnte nichts dagegen unternehmen. Als er seine Tür behutsam über dem Wasser öffnete, rutschte der Hubschrauberbug erneut tiefer. Die kaum bewegte See plätscherte täuschend harmlos etwa einen Viertelmeter unterhalb der Türschwelle gegen den Bug. Falls die Maschine noch tiefer sackte, würde Salzwasser ins Cockpit schwappen. Gant sah zum Abteil des Bordschützen hinüber. Mac blickte sorgenvoll und ängstlich zu ihm auf. Seine Hälfte der Bugkanzel tauchte bereits so tief ins Meer ein, daß der Wasserspiegel in Höhe seines rechten Oberarms stand.

Gant hatte den Eindruck, sein Körper sei zur Unbeweglichkeit erstarrt, während er auf die nächste Bewegung wartete, mit der die Mil unweigerlich in die See gleiten mußte.

«Er ist dort gewesen, und Sie haben's trotzdem geschafft, ihn *nicht* zu fassen? Er ist Ihnen entwischt?» fragte Generalleutnant Rodin. Serows Eingeständnis hatte ihn von der schwerfälligen, dinosaurierhaften Bewegung der großen Plattform mit der Trägerrakete abgelenkt, die den Killersatelliten an Bord der Raumfähre *Raketoplan* in eine Umlaufbahn bringen würde.

Serow betrachtete das Gesicht seines Vorgesetzten, bevor er antwortete, und stellte fest, daß es blaß war und grimmig entschlossen wirkte. Rodin war größer als der GRU-Oberst und schien sich dieser Tatsache in diesem Augenblick nachdrücklich bewußt zu sein, obwohl beide Männer im Vergleich zu der Transportplattform zwergenhaft wirkten. Die Dieselloks brummten unter Vollast, während sie die Plattform mit der Trägerrakete auf den ersten Metern ihrer langen Fahrt zum Startgelände aus dem Montagegebäude schleppten. Beim Anrollen gab die Plattform gräßliche Laute von sich, von denen Serow fast Zahnschmerzen bekam.

«Ja, er hat sich dort aufgehalten», bestätigte er mit ausdrucksloser Stimme. «Meine Leute können ihn aufgeschreckt haben – oder auch nicht. Jedenfalls ist er nirgends in dem unterirdischen Labyrinth zu finden gewesen. Wir haben es gründlich durchsucht.»

«Und was tun Sie jetzt?» fragte Rodin gebieterisch. Die Szene um ihn herum schien seine Autorität noch zu unterstreichen, als habe er eine für ihn günstige Kulisse gewählt. Serow hatte nicht gewagt, die Kedrow betreffenden Informationen vor Rodin geheimzuhalten; seine Kühnheit, dem Vater vorzuschlagen, seinen Sohn aus Baikonur zu entfernen, hätte ihm noch mehr Vorwürfe eingetragen, wenn Rodin aus anderer Quelle von Kedrows Verschwinden gehört hätte. Den unglaublichen Leichtsinn des Telemetrieoffiziers hatte Serow natürlich möglichst heruntergespielt.

«Wir weiten die Fahndung aus. Sämtliche Freunde, Bekannte und Kollegen werden überwacht – wir fassen ihn, Genosse General!» fügte er beschwichtigend und mit gespielter Beflissenheit hinzu. Rodin lächelte schmallippig, als nehme er die Veränderung ihrer Positionen seit ihrem nächtlichen Telefongespräch wahr. «Ich glaube, daß Kedrow sich jetzt aufs flache Land zurückzieht . . . er weiß, daß wir ihm auf der Spur sind.»

«Und Sie wissen bestimmt, daß er wenig oder gar nichts über *Blitz* weiß?»

«Weniger als der Schauspieler, nehme ich an», antwortete Serow gelassen.

Rodin wandte sich abrupt ab. Der Oberst genoß sein vorübergehendes Unbehagen.

Eine Gruppe von Technikern und Wissenschaftlern ging wie ein Leichenzug die Plattform entlang. Rodin beobachtete sie, als ob . . . als ob sie ihm *gehörten*, dachte Serow. Im Hintergrund des gewaltigen Hangars lag die Raumfähre auf einer ähnlichen, aber viel kleineren Plattform. Sie war so dicht von arbeitenden Technikern umlagert, daß Serow die fast fertigmontierte Laserwaffe nicht erkennen konnte. Als Maschine interessierte sie ihn nur am Rande – wichtig war allein die Macht, die sie verkörperte. Reine Technologie langweilte ihn: Sie blieb letzten Endes doch ein den Zivilisten vorbehaltenes Gebiet.

«Ich ... habe meinen Sohn für ... den Rest der Woche unter Hausarrest gestellt», erklärte Rodin ihm, ohne sich umzudrehen.

«Wie Sie wünschen, Genosse General. Solange er ...»

«Er bleibt in seiner Wohnung und spricht mit niemand. Ist das klar? Ich möchte, daß Sie seine Freunde vor Kontakten mit ihm warnen.»

«Ja, Genosse General», murmelte Serow. Damit mußte er sich abfinden. Rodin nützte den Vorteil aus, den ihm Kedrows Verschwinden verschaffte, um sicherzustellen, daß seine Entscheidung akzeptiert wurde.

«Warum interessiert der KGB sich eigentlich für Kedrow?» fragte Rodin, als wolle er seine zurückgewonnene Autorität unterstreichen.

«Aus reinem Zufall – wegen Drogenbesitzes, soviel wir wissen.»

«Schon möglich. Aber welche *Folgen* könnten sich daraus ergeben?»

Eine Gruppe von Stabsoffizieren bewegte sich auf sie zu.

Die dritte und kleinste Stufe der Trägerrakete zog wie ein sich langsam bewegendes Tiefseewesen an ihnen vorbei ins Sonnenlicht. Der Himmel war klar genug, so daß die amerikanischen Spionagesatelliten den Transport der Trägerrakete würden verfolgen können. Aber der sowjetische Raumfährenstart war von Nikitin als symbolische Geste angekündigt worden: ein Rendezvous mit der amerikanischen Raumfähre als Sinnbild für die Vertragsunterzeichnung.

Rodin brauchte lediglich eine kurze Handbewegung zu machen, um zu erreichen, daß die herankommende Gruppe in einiger Entfernung von Serow und ihm stehenblieb.

«Keine Folgen, Genosse General. Es sei denn, die anderen würden ihn zuerst aufspüren – was ihnen aber nicht gelingen wird.»

«Sorgen Sie dafür, Serow. Wissen Sie, ich habe noch immer den Verdacht, Ihr ‹Unfall› sei voreilig gewesen.»

«Bedaure, Genosse General. Er ist unbedingt nötig gewesen.»

«Sorgen Sie dafür, daß sonst nichts mehr schiefgeht, verstanden?»

«Ab jetzt geht nichts mehr schief.»

«Im Augenblick steht das Oberkommando noch hundertprozentig hinter uns – ebenso wie unsere Freunde im Politbüro.» Rodin versuchte ein Lächeln, schien es dann aber als etwas Fremdartiges und Wertloses abzulehnen. «Sollte Moskau jedoch aus irgendeinem Grund mißtrauisch oder sogar alarmiert werden, würde das Oberkommando nicht an *Blitz* festhalten. Wären die Geheimhaltung und das Überraschungsmoment verloren, gäbe es im Oberkommando keine Mehrheit für *Blitz* mehr. Das ist von Anfang an klar zum Ausdruck gebracht worden – zum Beispiel auch *Ihnen* gegenüber!»

«Darüber bin ich mir im klaren, Genosse General», bestätigte Serow nüchtern. «Das Oberkommando will sich nicht offen gegen den Kreml stellen – zumindest vorläufig noch nicht. Jedenfalls nicht, bevor *Blitz* wirksam geworden ist.»

«Spüren Sie diesen kleinen Mann auf, der verschwunden ist, und liquidieren Sie ihn, bevor der KGB oder sonst jemand über ihn stolpert!»

«Ja, Genosse General.»

«Wir müssen diese alten Weiber im Politbüro vor vollendete Tatsachen stellen. Dann ist die Zukunft dieses Programms gesichert – und wir haben's geschafft, die Vertragsbedingungen geschickt zu umgehen. Die Forschungs- und Entwicklungsmittel für Weltraumwaffen sind dann ... unbegrenzt hoch. Damit erobern wir die Machtposition zurück, die wir bis vor drei oder vier Jahren innegehabt haben. Aber nur wenn *Blitz* bereits eine Realität und noch immer ein Geheimnis ist! Wir verstehen uns doch hoffentlich, Serow? Bringen Sie diese verfahrene Sache wieder in Ordnung!»

Weißes Sonnenlicht fiel in den Hangar und schien die hier herrschende Kälte noch zu verstärken, seitdem die Plattform mit der Trägerrakete angerollt war. In der Ferne war noch immer das Brummen der Dieselloks zu hören, die gegen ihre schwere Last zu protestieren schienen.

Rodin nickte knapp, wandte sich ab und stolzierte arrogant auf die wartende Gruppe von Offizieren zu.

«Wenn dein Sohn nicht von Geburt an schreckliche Angst vor

dir gehabt hätte...» murmelte Serow, ohne den Satz jedoch zu Ende zu bringen. Er sparte sich die militärische Ehrenbezeugung für den enteilenden General, trat ins Sonnenlicht hinaus und kniff die Augen zusammen.

Er würde Kedrow bis am Donnerstag längst liquidiert haben. Das stand für ihn fest.

Der Lastenfallschirm trieb auf der Meeresoberfläche und saugte sich allmählich voll Wasser. Entlang der Sandbank in Richtung Strand lagen die Trümmer der Palette wie Treibgut. Der Aufschlag hatte eine tiefe Furche im Sand hinterlassen, als sei dort ein schweres Fahrzeug wild schlingernd von der Fahrbahn abgekommen. Gant war ruhig, gefaßt, wachsam. García und seine Besatzung liefen bereits mit merkwürdig bleiernen Schritten durchs seichte Wasser auf die gestrandete Mil zu, die...

... sich nicht bewegte. Gant hielt elegant das Gleichgewicht und lehnte sich halb aus der Cockpittür, als wolle er von einem Bus abspringen. Die See war still; die Triebwerke der Galaxy waren nicht mehr zu hören; eine merkwürdig surreale Stille war über den Strand herabgesunken.

Die Verschlüsse der Lufteinlässe hatten dichtgehalten, so daß kein Wasser in die Triebwerke gelangt war. Alle übrigen Öffnungen blieben verschlossen – mit Ausnahme von Macs Cockpit und seinem eigenen. Er atmete verhalten, während er besorgt verfolgte, wie Mac aus der Dachluke seines Cockpits kletterte. Die Mil schwankte leicht, beinahe unbewußt. Mac drehte ständig den Kopf von einer Seite zur anderen und bewegte sich so vorsichtig, als durchquere er ein Minenfeld – aber er konnte auf der Seite aus dem Hubschrauber klettern, auf die jener nicht geneigt war. Dadurch würde die Mil wohl nicht tiefer ins Wasser rutschen. Gant konnte jedoch nur auf der anderen Seite der 24 D ins Wasser aussteigen...

... wobei die Mil ihn unter sich begraben würde?

Er konzentrierte sich auf Mac. Ein Fuß, ein Bein über die Schwelle, eine langsame Drehung, das rechte Bein, die Pause, dann der Absprung. Als Macs Hände die Schwelle losließen, zitterte der Hubschrauber. Aber er bewegte sich nicht.

Mac sah zu ihm auf und grinste durch die mit einer Sandschicht bedeckte Cockpitverglasung, als Gant auf ihn herabblickte.

«Ganz einfach, Skipper.»

«Okay, okay, Mac», knurrte Gant ungeduldig. Er richtete sich auf der Schwelle seiner Cockpittür auf. «He, García», brüllte er, «wo ist mein Montagewerkzeug?»

«Über den ganzen Strand verstreut, Major!»

«Dann seht zu, daß ihr es herbringt, verdammt noch mal!»

«Was hast du vor?»

Gant fürchtete, die Gewalt seines Zorns und seiner Ungeduld könnte den Hubschrauber ins Meer kippen.

«Ich will die Rotorblätter montieren und die Mühle von der Sandbank fliegen!» Er blickte nach unten. Der Gedanke, daß die Mil ganz ins Wasser gleiten könnte, beherrschte ihn. Aber was war, wenn die einsetzende Flut hereinkam und die Sandbank überspülte . . .?

Gants Blick streifte das Funkgerät, aber er verwarf den Gedanken, mit der Galaxy zu sprechen. Dann betrachtete er die Rotorblätter, die an den Rumpf der Mi-24 D angeklappt waren: fünf Blätter, von denen jedoch nur vier flugbereit montiert zu werden brauchten. Wenn er das nicht schaffte, hatte ihr Unternehmen endgültig und unwiderruflich Schiffbruch erlitten.

«Den Werkzeugkasten!» rief er laut. «Deine Mil betanken! In dieser Reihenfolge, García!»

«Könnten wir uns nicht von ihm abschleppen lassen, sobald er . . .» begann Mac.

«Keine Spitzfindigkeiten, Mac! Verdammt noch mal, García, beweg dich endlich!»

«Was soll ich tun, Skipper?» fragte Mac, während er ins Wasser watete und vorsichtig um die Palette herumkam, bis er zu Gant aufsehen konnte.

«Ich brauche dich, wenn ich die Blätter montiere. Okay?»

«Klar. Haben wir genug . . .?»

«Spar dir deine Fragen! Bodenfreiheit? Die müßte knapp reichen. Noch einen halben Meter, dann wär's aus gewesen . . .» Er wurde abgelenkt. Silberglänzende kleine Fische umspielten Macs im Wasser stehende Beine. «Kannst du etwas weiter rauswaten,

Mac – damit ich sehe, wie tief das Wasser wird?» Vielleicht war es seicht genug ...? Er beobachtete, wie das Wasser bis zur Taille und dann bis unter die Achseln von Macs Fliegerkombi stieg. Scheiße!

«Okay, Mac.»

«Zu tief, was?»

«Viel zu tief ... wir müssen die Mühle von hier wegfliegen ... sie schwimmt nicht so hoch, daß die Blattenden über dem Wasser bleiben würden. Sie würden vor dem Anlassen ins Meer hängen.»

Es gab nur eine Möglichkeit – und die erschien unrealistisch. Er mußte die Rotorblätter montieren ... er brauchte Kooper oder Lane und Mac als Helfer, und er brauchte, brauchte ...

... Treibstoff, das Werkzeug, ein Seil ... als erstes ein Seil ...

«Mac, sieh zu, ob du ein anständiges Stück Seil von der Palette losmachen kannst! Aber laß die Mühle angebunden, damit sie nicht runterrutscht ... Wir müssen die Blätter einzeln mit dem Lasso einfangen, um sie in Position zu drehen.»

«Klar, Skipper!» Mac schien wieder aufzuleben, seitdem er einen Auftrag hatte, als seien ihre Probleme dadurch schon so gut wie gelöst. Gant sah nochmals zum Strand hinüber. Lane war im Wasser und schob etwas vor sich her – bestimmt den Werkzeugkasten. García und Kooper rollten mühsam eines der großen Treibstoffässer zu ihrem Hubschrauber, der inmitten der Sandwälle, die durch seinen Aufschlag aufgeworfen worden waren, wie belagert am Strand zu stehen schien.

Gant blickte nach unten. Oberhalb der Wassergrenze zeichnete sich kein feuchter Sandstreifen ab. Die Furche, die nach dem Absetzen der Mil zurückgeblieben war, zeigte dunklen, schweren Sand – im Gegensatz zu dem weißen Strand unter den Palmen. Sie würden nicht einmal abwarten müssen, bis die zersplitterte Palette ins Meer rutschte ... mit der Flut stieg die See dem Hubschrauber entgegen. An der Cockpitverglasung auf Macs Seite stand das Wasser bereits drei, vier Fingerbreit höher als zuvor. Der Lauf der Revolverkanone tauchte wie ein Strohhalm ins Wasser; die Öffnung des Staurohrs des Fahrtmessers würde bald eintauchen. Die Mil stand nach vorn geneigt und drohte nach rechts zu kippen. Ihr Gewicht hätte die Überreste der Palette in den festen Sand drükken müssen, aber sie hatte sich schon zwei-, dreimal bewegt – allerdings immer nur um wenige Zentimeter. Der Hubschrauber konnte kippen, während sie die Rotoren montierten, oder die hereinkommende Flut ...

«Lane! Ich brauche dich hier drinnen. Du spielst den Cowboy, Mac.»

«Wird gemacht.»

«Schaff das Werkzeug auf die Sandbank. Ich brauche dich hier drinnen ...»

«Ich löse die Rotorbremse jedesmal, wenn der Rotorkopf weitergedreht werden soll, stimmt's, Major?»

«Erraten! Wir tauschen die Plätze, Lane. Los, los, beeil dich!»

Lane schleppte das Palettenstück mit dem Werkzeugkasten die schräg abfallende Sandbank hinauf. Mac, der das aufgeschossene Seil über der rechten Schulter hatte, watete ins seichte Wasser hinaus, um ihm zu helfen. Dann winkte er Gant zu.

«Wir sind soweit, Skipper.»

«Okay – Lane, wir wechseln die Plätze.» Er griff nach dem Handfunkgerät im Cockpit, zog es aus der Halterung und klemmte es an seiner Brusttasche fest. «Wie sieht's bei euch aus, García?»

«Wir schaffen's, Major!», meldete García atemlos. «Die Handpumpe funktioniert, und sobald wir getankt haben, montieren wir die Rotorblätter ... Weitere Anweisungen?»

«Ihr müßt nachher eine der Treibstoffzellen zu mir rausschleppen – bereitet schon mal alles vor. Ende.»

Lane stand jetzt unter dem Cockpit. Gant balancierte auf der Türschwelle, schätzte die Stabilität des schrägstehenden Hubschraubers ab und sprang dann ins seichte Wasser. Er sah sofort auf, stellte fest, daß die Mil sich nicht bewegt hatte, und atmete vor Erleichterung geräuschvoll aus.

«Okay, Lane – du läßt dir Zeit, verstanden?»

Lane reckte sich nach oben, umklammerte den Rahmen der offenen Tür mit einer Hand und legte die andere Hand auf die Schwelle. Dann zog er sich rasch und geschickt ins Cockpit hinauf, zögerte etwas und riskierte zuletzt doch, sich langsam aufzurichten. Unter dem Hubschrauber knarrte etwas, aber er hatte sich nicht bewegt.

Gant umrundete hastig den ins Meer hängenden Bug und überwand die Schräge der Sandbank. Das Wasser war angenehm warm – er hatte es kaum wahrgenommen. Die Lufttemperatur betrug kaum über 15° C, aber die Luft war feucht und windstill. Gant schwitzte vor nervöser Spannung ...

Er blinzelte gegen die Sonne zu den angeklappten und verriegelten Rotorblättern hinauf. Vier der über dem Heckausleger zusammengefaßten Blätter mußten gedreht und festgeschraubt werden. Als erstes Rotorblatt mußte er das dem Wasserspiegel am nächsten hängende montieren – um abschätzen zu können, wie rasch die Flut hereinkam. Falls es beim Anlassen der Triebwerke unter Wasser geriet, riß es ab, und dann war die Mil endgültig gestrandet. Deshalb ...

«Du fängst die Blätter nacheinander mit dem Lasso ein, Mac, und drehst sie, bis ich sie verriegeln und sichern kann.»

«Klar, Skipper.» Mac hatte das aufgeschossene Seil von der Schulter genommen. Jetzt grinste er und wischte sich mit dem Handrücken den Schweiß von der Stirn.

Gants Hände berührten den Hubschrauberrumpf. Er umfaßte den Stummelflügel oberhalb des Raketenbehälters, der drohend auf seinen Magen gerichtet war, und zog seinen Körper auf den linken Flügel. Die Mil zitterte, schwankte leicht und kam wieder zur Ruhe. Zersplittertes Holz knarrte, aber die Maschine bewegte sich nicht von der Stelle. Mac holte geräuschvoll Luft. Gant richtete sich auf dem Flügel auf und benützte die in den Rumpf eingelassenen Griffe und Tritte, um zum Rotorkopf hinaufzuklettern. Dann kauerte er oben neben den Lufteinlaß des Ölkühlers und nickte Mac zu.

«Okay, wirf das Werkzeug rauf!»

Der erste Schraubenschlüssel glitzerte in der Sonne. Gant fing ihn mühelos aus der Luft. Weitere Spezialwerkzeuge folgten, bis Gant die Hand hob, um Mac zu signalisieren, daß er alles hatte, was er brauchte. Als er eine Pause machte und übers Wasser blickte, sah er wie in einem Spiegel, was er selbst zu tun versuchte: García kauerte auf der 24 A und entriegelte soeben das zweite Rotorblatt. Kooper hatte das erste in Position gebracht, und es war bereits verriegelt und gesichert. Das Ganze schien ein Wettbewerb zu sein, in dem er plötzlich ins Hintertreffen geraten war – obwohl García nicht durch die hereinkommende Flut zur Eile gedrängt wurde.

Von seiner Warte aus wirkte die Sandbank bereits schmaler: ein vom Strand ins Meer hinausführender Streifen, der nicht mehr einem gekrümmten Arm, sondern eher einem gebogenen Finger glich. Das Bugradar und der Infrarotsensor wurden bereits von der See überspült; das Staurohr tauchte ins Wasser ein, und die Revolverkanone war bis zur Hälfte verschwunden. Das Bewußtsein, daß die Zeit drängte, bewirkte bei Gant, daß er sich alt und unsicher fühlte, als er sich jetzt daran machte, das erste Rotorblatt zu entriegeln.

Minuten, endlose Minuten ...

Das erste Blatt war entriegelt.

«Okay!» Es war nötig und unnötig zugleich, mit lauter Stimme zu rufen, aber für Gant entlud sich damit die Spannung, die Arm und Hand zu verkrampfen drohte. Macs Lasso kam heraufgeflogen. Gant bekam es zu fassen, kroch damit auf dem Heckausleger nach hinten und legte die Schlinge ums Ende des ersten Rotorblattes. «Los, Mac!» Er spürte, daß sein Körper unter dem Overall schweißnaß war, und fuhr sich mit dem Handrücken über Stirn und Augen.

Mac trat ins Wasser und zog das Rotorblatt langsam aus seiner angeklappten Stellung. Das Seil straffte sich und ließ glitzernde Wassertropfen abperlen. Das Blattende beschrieb einen nach unten geneigten Bogen. Gant hielt den Atem an..

Er kroch hastig nach vorn zurück, setzte sich wieder auf die Schubdüse, begann die Mutter anzuziehen und behielt das Blattende im Auge, als es zum Wasser hinabsank. Sein Schraubenschlüssel zog die große Mutter an, die drei Profilstifte in entsprechend geformte Aussparungen trieb, in denen sie verriegelt wurden, sobald der dafür eingesetzte Spezialschlüssel abgezogen wurde. Das Rotorblatt bewegte sich nicht mehr weiter. Gant betrachtete das Blattende fast ängstlich. Kaum 25 Zentimeter über dem Wasser. Sobald eines der Blätter auch nur im geringsten eintauchte, war das Spiel verloren.

«Nummer eins!» rief er. «Okay, Lane – Rotorbremse lösen!»

Gant trat vom Rotorkopf zurück. Als die Bremse gelöst wurde, drehte sich der Rotorkopf und gelangte in eine günstigere Stellung. Mac warf sein Lasso – und verfehlte das nächste Rotorblatt! Gant wäre am liebsten aufgebraust, aber er beherrschte sich, kniff die Lippen zusammen und beobachtete, wie Mac das Blattende beim nächsten Versuch einfing. Er winkte ihm zu, das Blatt in Position zu bringen, und setzte den Schraubenschlüssel an.

Fieberhafte Behutsamkeit; ein nervöser, fast in Zeitlupe abrollender Handlungsablauf. Lasso, Schraubenschlüssel, Entriegelungsschlüssel, Schraubenschlüssel und Splint. Sobald die Triebwerke angelassen wurden, erfolgte die Verriegelung der Rotorblätter dann hydraulisch ... Lasso, Schraubenschlüssel, Entriegelungsschlüssel, Schraubenschlüssel, Splint, Rotorbremse ... bis Rücken und Arme schmerzten und sein Körper in Schweiß gebadet war. Unterdessen stieg das Wasser weiter, während Garcías Mil am Strand bereits flugbereit montiert war ...

«Sorg dafür, daß die Treibstoffzelle gut vertäut ist», wies er García an, während er dabei war, die vierte Mutter anzuziehen und den Entriegelungsschlüssel herauszuziehen. «Mach das Schlepptau so lang wie möglich, damit du meiner Mühle nicht zu nahe kommen mußt ... und bring den Treibstoff und die Handpumpe so schnell wie möglich her!»

«Okay, Major – wir kommen schnellstens!»

Gant hörte, wie die Triebwerke der Mi-24 A angelassen wurden und den Rotor auf Touren brachten. Das Knattern der Rotorblätter erschien ihm wie Hohngelächter über die Unbeweglichkeit seines eigenen Hubschraubers. Er zog die letzte Mutter an und entfernte den Entriegelungsschlüssel ... er griff nach dem letzten Splint und setzte ihn ein ... der Schlüssel rutschte ihm aus der feuchten Hand, polterte über den Rumpf und fiel klatschend ins Wasser.

Nach einem Augenblick der Erleichterung, weil er das Werkzeug nicht mehr benötigte und deshalb nicht aus dem Meer zu fischen brauchte, merkte Gant zu seinem Entsetzen, daß Lane – den das Poltern erschreckt hatte – sein Gewicht zu plötzlich auf die andere Seite verlagerte, um aus der Tür sehen zu können ...

Mac öffnete den Mund zu einem überraschten, zu einem warnenden Aufschrei; Gant klammerte sich an den Rotorkopf und saß noch rittlings auf der Schubdüse, als reite er einen Mustang; Lane merkte, was er angerichtet hatte ...

... alles in dem Augenblick, in dem die Mil sich mit einem Ruck nach vorn neigte, so daß ihr etwas nach links kippender Bug tiefer ins Wasser tauchte. Das Rotorblattende verschwand unter der Wasseroberfläche, wo es durch eine optische Täuschung abgeknickt wirkte. Mindestens ein Viertelmeter unter Wasser!

Salzwasser schwappte gegen das Cockpit des Bordschützen und fast durchs Luk ins Innere der Maschine; der Wasserspiegel reichte bis an die Schwelle der Pilotentür.

«Scheiße!» rief Gant erbittert aus. Die beschädigte Palette ächzte. Die Abwärtsbewegung setzte sich fort. Ein halber, ein ganzer, über ein Meter des Rotorblatts verschwand unter Wasser. Das nächste Blattende schwebte kaum noch einen halben Meter über dem Meeresspiegel. Jetzt konnte er nicht mehr starten. Er durfte nicht riskieren, die Triebwerke anzulassen und die Rotorblätter nacheinander durch eineinviertel Meter tiefes Wasser pflügen zu lassen, so daß sie nacheinander zersplitterten und den Rumpf der Mil sich wie ein waidwundes, zuckendes Tier wälzen ließen.

Er konnte nicht, könnte nicht ...

Die 24 A glitt wie ein interessierter Zuschauer langsam und gleichmäßig näher und schleppte dabei die Treibstoffzelle hinter sich her.

Die Problemstellung hatte sich geändert. Gant konnte den Treibstoff jetzt nicht mehr brauchen, aber es gab keine andere Möglichkeit, den Hubschrauber in Sicherheit zu bringen! Die 24 A kam behäbig heran und ging schließlich in etwa 50 Meter Entfernung in den Schwebeflug über. Die Sandbank glich jetzt nur mehr einem sehr dünnen Knochenfinger: Sie verschwand um so rascher, weil sie nur noch schwach anstieg.

Macs Gesicht, aus dem die Erkenntnis ihrer hoffnungslosen Lage sprach; Lanes von Selbstvorwürfen geprägte Miene; das Gesicht der Mil, das ihn aus blinden Augen anzustarren schien. Gesichter ...

Das Schlepptau war nicht mehr gespannt; die Treibstoffzelle tanzte im Abwind auf dem glitzernden Wasser. García würde sie näher heranschleppen ... *wozu noch?* Durchhängendes Schlepptau.

Schlepptau.

Erst den Treibstoff oder die Schlepptrosse? *Schlepptau ...*

«García, du schleppst die Zelle und die Pumpe auf die Sandbank, verstanden? Dann machst du das Tau los. Ich brauche die Trosse ...»

«Hör zu, das ...»

«Es muß klappen, García! Wir machen das Tau an der hinteren Stoßstange fest, und du schleppst unser Baby aus dem Wasser. Dann betanken wir die Mühle, und ich kann vielleicht gerade noch rechtzeitig starten. Los, *beeil dich!*»

García flog mit seiner Mil sofort die Sandbank an – etwa 30 Meter von der 24 D entfernt. Die Treibstoffzelle tanzte hinter dem Hubschrauber her, und die Handpumpe auf einem demontierten Palettenabschnitt bildete den Schluß dieses jämmerlichen Geleitzuges. García schwebte über die Sandbank hinweg und wirbelte dabei dünne Sandschleier auf; dann straffte sich die Schlepptrosse, als der Palettenabschnitt sich in den Sand bohrte und festsaß.

«Mac, Lane – seht zu, daß ihr hinkommt und das Seil losmacht!» Er drückte auf den Sprechknopf des Handfunkgeräts. «Kooper, ich brauche dich hier unten ... García, du wartest, sobald du ihn abgesetzt hast.»

Gant richtete sich auf, kletterte die linke Rumpfseite hinunter und sprang den letzten Meter. Er hatte den Eindruck, das Wasser überspüle die Sandbank jetzt immer rascher. Garcías Mil berührte mit ihren Rädern den Sand; Kooper, der seine Luke bereits geöffnet hatte, kletterte aus dem Bordschützenabteil, knallte die Luke zu und verschwand mit einem Satz in den aufgewirbelten Sandschleiern. García hob erneut ab, wich mit der Mil etwas von der Sandbank zurück und ging in etwa 20 Meter Entfernung in den Schwebeflug über. Gant stolperte durch den aufgewühlten Sand auf die kleine Gruppe von Männern um die Treibstoffzelle und die Handpumpe zu. Seine Hände machten García ein Zeichen, näher heranzukommen. Mac hielt das Ende des Schlepptaus triumphierend wie einen Siegespreis hoch.

Garcías Mil tänzelte langsam und elegant auf sie zu. Mac begann das Seil zu Gant hinüberzuziehen; Kooper und Lane packten es ebenfalls, wie kleine Jungen, die eifrig an einem Tauziehen teilnehmen. García hielt Schritt mit ihnen und blieb weit genug über dem Wasser, um keinen Sand aufzuwirbeln. Dann ergriff auch Gant das Tau, und die vier Männer beeilten sich keuchend, es zu dem schräg in die Luft ragenden Heck der 24 D zu schaffen.

«Festmachen!» befahl Gant den anderen.

Er ging an den Hubschrauberbug zurück, watete ins seichte Wasser, tastete mit den Füßen nach Halt in dem zusammengepreßten Sand und stemmte sich probeweise gegen die Mil. Er stand bis über die Knie im Wasser, als er sich endlich genügend eingestemmt hatte. Aber er schien halbwegs festen Boden unter den Füßen zu haben ...

«Okay! Kooper, Lane – schneidet die Mühle von der Palette los! Sie muß rollen können, wenn García das Seil strafft. Los, beeilt euch!»

Salzwasser schwappte leise glucksend gegen den Hubschrauberrumpf. Gant knallte die Pilotentür zu, um zu verhindern, daß das Cockpit vollief. Das Staurohr fast unter Wasser, die Revolverkanone untergetaucht und scheinbar abgeknickt. Das Fahrwerk vorn und auf der rechten Seite ebenfalls unter Wasser ...

Gant zerschnitt den letzten Spanngurt, der die Mil noch auf der Palette festgehalten hatte, und richtete sich mit schmerzendem Rücken auf.

«Okay, jetzt kann's losgehen! Fertig, García?»

«Fertig, Major.»

«Du kannst anfangen, das Seil zu straffen – aber vorsichtig!»

Als Gant die Hand hob, bewegte Garcías Mil sich langsam die schmaler werdende Sandbank entlang. Mac stand neben dem am Hecksporn vertäuten Abschleppseil, das sich allmählich straffte.

«Gleich geht's los!» warnte Gant Kooper und Lane, die wie er bis zu den Hüften im Wasser standen und sich gegen den Hubschrauberbug stemmten.

Das Seil spannte sich mit einem Ruck, der nassen Sand nach allen Richtungen spritzen ließ. Die Knoten wurden ächzend angezogen, denn es stand unter gewaltigem Zug. Halten, *du mußt halten ...*

Die 24 A wirbelte einen Sandsturm auf, der sie fast unsichtbar werden ließ. Gant, dessen Gesicht und Hände schmerzten, blickte mit zusammengekniffenen Augen nach vorn. Das Abschleppseil schien sich gedehnt zu haben und nur mehr fadendünn zu sein.

«Mac!» brüllte er. «Komm her und hilf uns schieben!»

Der Rotorabwind der rückwärtsziehenden Mil hüllte sie wie eine herabsinkende Wolke schweren Gases ein. Gant schloß die Augen, weil der Sandsturm ihm ins Gesicht peitschte. Er hörte die anderen vor Anstrengung keuchen und stöhnen. Aber die 24 D bewegte sich nicht.

Los, los, *komm schon ...!*

Er hörte, wie García die Leistung seiner Triebwerke steigerte. Als er kurz die Augen zu öffnen versuchte, schien um ihn herum Dunkelheit zu herrschen. Seine Füße verloren im Sand den Halt; er begann zurückzurutschen ...

«Schiebt, verdammt noch mal!» kreischte er mit sich überschlagender Stimme.

Gant fiel nach vorn und klatschte in das aufgewühlte, mit Sand durchsetzte Wasser. Als er sich wieder aufrichtete, glaubte er, einen mehrstimmigen Jubelschrei zu hören, der jedoch im Triebwerkslärm der Mil unterging. Und als der Sandsturm abflaute, sah er seinen Hubschrauber in etwa 20 Meter Entfernung am Ende dreier Furchen aufrecht und mit leicht herabhängenden Rotorblättern auf seinen Rädern stehen.

Von dem Rotorblatt, das tief untergetaucht gewesen war, tropfte glitzernd Wasser. Lane kniete im seichten Wasser; Kooper stand nach vorn gebeugt in seiner Nähe. Mac war dem Hubschrauber einige Schritte weiter gefolgt und schien jetzt seine Position im Verhältnis zu Treibstoffzelle und Handpumpe kritisch zu begutachten.

«Okay, wir müssen sehen, daß wir sie betanken und starten – wir haben keine Zeit zu verlieren!»

Lane rappelte sich ächzend auf. Kooper nahm widerstrebend die Schultern zurück. Mac war bereits zu dem Hubschrauber unterwegs. Garcías Mil schwebte hinter der 24 D, so daß die Schlepptrosse bis ins Wasser hing, wo Mac sie jetzt durchschnitt. Garcías Maschine schien sich dankend zu verbeugen und flog dann wieder die Sandbank an. Aber Gant forderte den Piloten mit einer Handbewegung auf, an den Strand zurückzufliegen.

«Okay», bestätigte García. «Ich komme sofort wieder rüber, Major.»

Während die 24 A zum Strand zurückschwebte, wälzten die vier Männer die Treibstoffzelle neben den Hubschrauber, zerrten die Pumpe heran und bauten sie davor auf. Gant öffnete den Tankverschluß unmittelbar vor dem linken Stummelflügel; Mac schloß den Schlauch an, und Kooper stellte die Verbindung zu dem Treibstoffbehälter her. Dann griffen Lane und er nach dem Hebel der Handpumpe und bewegten ihn rhythmisch vor und zurück, vor und zurück.

«Wir lösen euch ab», versprach Gant ihnen. Seine Stiefel standen in Vertiefungen, die mit Wasser gefüllt waren. Unter den Rädern der Mil war der Sand naß und dunkel. Er sah zu Mac hinüber und fügte hinzu: «Ich will bloß genug, um bis zum Strand zu kommen – das reicht mir.»

Die Gesichter der Arbeitenden waren schweißnaß. Gant hatte das Gefühl, die Luft sei glühendheiß, als er Kooper an der Pumpe ablöste. Über Macs Gesicht, das er vor sich hatte, liefen ganze Schweißbäche. Kooper löste Gant wieder ab. Die Männer standen unterdessen knöcheltief im Wasser. Lane nahm Macs Platz ein ...

... als García nach dem mühsamen Marsch völlig außer Atem die schmale Sandbank entlangkam. Gant kletterte ins Cockpit seiner Mil. Treibstoffanzeige ... noch nicht ganz ...

«García!» rief er und beugte sich aus der Maschine. «Nimm die Verschlußkappen ab!» Der andere platschte durch knietiefes Wasser und erkletterte den Rumpf. Gant warf einen Blick auf die Blattenden, die fast bis zu den Stummelflügeln herabhingen. Das Fahrwerk befand sich schon fast wieder unter Wasser. Noch einen guten halben Meter bis zu den Rotorblättern ... Treibstoffanzeige ...?

Er begann mit den Vorbereitungen zum Anlassen. Hilfstriebwerk *ein*.

Treibstoffanzeige?

«Okay, Leute – abkuppeln!»

«Endlich!» stöhnte einer der anderen. Gant hörte, wie der Schlauch gelöst und der Tankverschluß geschlossen wurde.

Nach einem weiteren raschen Blick auf den Wasserspiegel, der nun schon fast die Waffenbehälter unter den Flügeln erreichte, drückte Gant auf die beiden Anlaßknöpfe neben den Leistungshebeln. Sein Arm zitterte vor Überanstrengung und aus Nervosität. Wenn das Wasser ihm *jetzt* zuvorkam . . .!

Die beiden Gluschenko-Triebwerke erwachten heulend zum Leben. Gant überprüfte die Instrumententafel und achtete auf die wenigen Anzeigen, die er für den 200 Meter weiten Flug zum sicheren Strand brauchen würde. Das pfeifende Heulen der Propellerturbinen wurde höher. Wasser klatschte gegen die Waffenlasten.

Im Rückspiegel beobachtete Gant, wie Mac und die anderen zurückwateten. Die Sandbank war verschwunden, und das Wasser reichte ihnen bis über die Knie, obwohl sie auf dem unsichtbaren Grat blieben. Er griff nach oben nach den Leistungshebeln und stellte sie auf Flugleerlauf ein. Die Turbinen heulten lauter, und die von der Rotorbremse gehaltenen Blätter zitterten. Gant starrte die Blattenden links und rechts von sich an. Fünfzehn Zentimeter, vielleicht nur zwölf . . .

Er löste die Rotorbremse. Die Blätter setzten sich langsam in Bewegung. Gant hielt unwillkürlich den Atem an. Das Wasser unter dem Rotor kräuselte sich. Die Rotorblätter wurden schneller, immer schneller . . .

Der Rotorkegel schimmerte, und die Blattenden befanden sich jetzt hoch über dem Wasser. Die Mil schien ungeduldig auf der Stelle zu treten, aber noch vom Wasser festgehalten zu werden. Gant blinzelte, weil ihm der Schweiß in die Augen lief, während er mit der linken Hand den Blattverstellhebel nach oben zog und zugleich den Gasdrehgriff betätigte. Seine rechte Hand zog den Steuerknüppel langsam an seinen Körper heran, so daß der Bug in die Höhe stieg.

Die Mil löste sich aus Wasser und Sand, als steige sie aus einer zähflüssigen Masse auf. Von Rumpf und Fahrwerk ergossen sich Sturzbäche ins aufgewühlte Meer. Gant überflog die zum Strand zurückwatenden winkenden Männer und steuerte die Palmenreihe an.

Er begann leichter zu atmen. Er drückte den Blattverstellhebel leicht nach unten und trat das rechte Pedal, um die Mil nach links zu drehen. Er setzte den Hubschrauber weit oberhalb der Gezeitengrenze auf, wo der feine weiße Sand ums Cockpit wirbelte. Dann fiel ihm etwas ein ...

Was mochte aus der Galaxy geworden sein? Ob sie Karatschi erreicht hatte?

6

An fremden Orten

Dmitri Priabin beobachtete, wie sein Hund, der unter dem Fernsehgerät lag, faul mit dem Schwanz wedelte. Der Oberst hatte einen Ellbogen auf den Schreibtisch gestützt, während er den Telefonhörer an sein Ohr gedrückt hielt. Er hörte sich an, was die beiden Männer aus Dudins Dienststelle in Tjuratam über den von ihnen beobachteten Waleri Rodin zu berichten hatten. Das Zweierteam hatte in einer leerstehenden Wohnung gegenüber der renovierten Villa Stellung bezogen, in der Rodin eine kleine, luxuriöse Eigentumswohnung – kein *gemietetes* Apartment – besaß.

«Was hat er?» fragte Priabin scharf, als er sich dabei ertappte, sekundenlang nicht richtig zugehört zu haben. Vor ihm lag eine aufgeschlagene Akte mit einem Foto Rodins auf der ersten Seite. «Wissen Sie das bestimmt?»

«Ja, Genosse Oberst», versicherte der KGB-Mann ihm. «Wir haben gesehen, wie er das Zeug von einem kleinen Silberlöffel geschnupft hat. Jetzt liegt er praktisch ohnmächtig auf dem Bett – mit seidener Bettwäsche, Genosse Oberst», fügte er lüstern hinzu.

«Und getrunken hat er auch?»

«Ja, Genosse Oberst. Cognac und Coca Cola.»

Priabin lachte. «Erzählen Sie mir von den Telefongesprächen.»

«Mindestens zwanzig, Genosse Oberst. Soll ich Ihnen das Protokoll vorlesen?»

«Nein, jetzt nicht. Mich interessieren Ihre allgemeinen Eindrücke.»

«Hauptsächlich hat er mit seinen Freunden telefoniert, Genosse Oberst», berichtete der Mann am anderen Ende. «Ein paarmal hat er auch versucht, seinen Vater zu erreichen, aber der General ist im Montagegebäude, weil heute die Trägerrakete zum Start gefahren wird . . .»

«Ja, ich weiß.» Priabin hatte sie von seinem Dienstzimmer aus beobachtet. «Weiter!»

«Alle seine Freunde haben schleunigst wieder aufgelegt. Ob sie Angst haben, daß er AIDS hat, Genosse Oberst?»

«Bitte weiter!»

«Wir haben alles auf Band aufgenommen. Unsere Wanze macht im Augenblick Überstunden. Der junge Mann hat geweint und gekreischt, gefleht und gebettelt . . . an dem ist ein Schauspieler verlorengegangen, glaub' ich.»

«Papi hat ihn also aus dem Verkehr gezogen?»

«Jedenfalls hat er größere Mengen Lebensmittel eingekauft, Genosse Oberst – und massenhaft Alkoholika. Das war, bevor er seine Freunde angerufen hat.»

«Er steht offenbar unter Hausarrest und soll mit niemand reden. Ich möchte, daß Sie ihn sorgfältig beobachten – wirklich *sorgfältig.* Ich brauche ihn weich und nachgiebig, aber nicht unansprechbar. Rufen Sie mich an, sobald Sie glauben, daß er besuchsreif ist, damit ich kommen kann. Wenn er einsam genug ist, um mit mir zu *reden.*»

Mit ihren Fernrohren und Teleobjektiven befanden die beiden Beobachter sich in gleicher Höhe auf der gegenüberliegenden Straßenseite. Sie konnten die typischen Anzeichen kaum übersehen. Rodin würde seine Vorhänge noch für Stunden nicht zuziehen – und würde bestimmt bis Einbruch der Dunkelheit weich sein.

«Uns entgeht nichts, Genosse Oberst!» versicherte ihm der KGB-Mann.

«Wird er noch von anderer Seite beobachtet? Vielleicht von unseren . . .» Priabin sprach nicht weiter, als die Tür seines Dienstzimmers geöffnet wurde. Katja Gretschkowa kam herein; sie drückte einen Aktenstapel gegen ihren Busen. Er nickte ihr zu, sie solle Platz nehmen. «Vielleicht von unseren GRU-Kollegen?» wiederholte er.

«Das glaube ich nicht, Genosse Oberst.»

«Überzeugen Sie sich! Ich möchte nicht gesehen werden, wenn ich den jungen Mann besuche. Und bleiben Sie außer Sicht. Ich will nicht, daß die GRU aufwacht – wir interessieren uns *nicht* für Rodin, verstanden?»

«Michail und ich sind unsichtbar, Genosse Oberst.» Priabin hörte gedämpftes Lachen im Hintergrund. Michail war an der Kamera oder am Scherenfernrohr.

«Hoffentlich bleibt's dabei», meinte Priabin trocken und legte den Hörer auf. Er klopfte sich mit dem Daumennagel gegen die Vorderzähne. Katja Gretschkowas blasses, sommersprossiges Gesicht trug sekundenlang einen irritierten Ausdruck, als Priabin zu ihr hinübersah. «Was soll der ganze Papierkram?» erkundigte er sich.

«Das ist die Akte Kedrow, Genosse Oberst.»

Er machte eine wegwerfende Handbewegung. Die Gretschkowa bestand hartnäckig darauf, ihn mit seinem Dienstgrad anzureden – obwohl er ihr seit Monaten beizubringen versuchte, daß das unnötig, ja sogar unerwünscht war. Priabin beobachtete, wie sein Hund aufstand, sich streckte und schwanzwedelnd auf die Gretschkowa zuging, die ihm auf den zottigen Rücken klopfte. Der Hund leckte ihr die Hand.

Die Gretschkowa blickte fast schuldbewußt auf, als habe er sie dabei ertappt, daß sie ihre Dienstpflichten verletzte. Priabin erkannte die Verwundbarkeit, die normalerweise ihr privates Geheimnis blieb. Sie lebte von ihrem Mann getrennt, der als Offizier in Alma Ata stationiert war. Hatte ihr Mann diesen schüchternen, verwundeten Blick jemals wahrgenommen? Jetzt lebte sie in Scheidung. Priabin war sich zu seiner Erleichterung sicher, daß sie ihren Vorgesetzten nicht heimlich anhimmelte. Andererseits fand er sie recht sympathisch.

«Gibt's was Neues?» fragte er nüchtern, aber nicht ganz desinteressiert, obwohl er zu dem Schluß gelangt war, die Lösung seines Problems liege bei Waleri Rodin. Der bestimmt alles über *Blitz* wußte ... und der mitgeholfen hatte, Wiktor zu ermorden! Andererseits konnte es natürlich auch nicht schaden, den amerikanischen Agenten Kedrow zu fassen ...

«Tut mir leid, aber uns liegen keine gesicherten Erkenntnisse vor, Genosse Oberst. Allerdings scheint die GRU vor ein paar Stunden sein Versteck entdeckt zu haben ... Nein, er ist nicht dort gewesen!» beeilte sie sich, Priabin zu versichern.

Plötzlich war Kedrow unendlich wertvoll, begehrenswert. Die GRU durfte ihn unter keinen Umständen schnappen!

«Glück gehabt!» meinte Priabin aufatmend. «Wo?»

«In einem verlassenen Silokomplex. Soviel ich in Erfahrung gebracht habe, ist er dort untergeschlüpft. Aber er muß sie gehört haben und ihnen entkommen sein. Die genaue Ortsbeschreibung habe ich hier, Genosse Oberst. Die Meldung ist bisher nur ein unbestätigtes Gerücht, das aber sehr viel für sich hat.»

«Was haben wir sonst noch?»

«Nicht sonderlich viel.»

Sie schüttelte den Kopf, nachdem sie das auf ihrem Schoß liegende Blatt mit der Zusammenfassung überflogen hatte. Dann stand sie auf, legte Priabin die Schriftstücke auf den Schreibtisch, tippte auf das oberste Blatt und fuhr mit einem polierten, aber nicht lackierten Fingernagel das Inhaltsverzeichnis hinunter. Die Akte Kedrow verdeckte jetzt das Gesicht Rodins.

«Hmmm ...» Der Oberst überflog die Zusammenfassung der Berichte über Kedrow: Freunde, Bekannte, Stammlokale, Freizeitverhalten, Liebesaffären – eigentlich nichts wirklich Neues. Dies war die Akte eines Agenten, der untergetaucht war – eines Spions, über den es nicht viel mehr in Erfahrung zu bringen gab. «Nicht gerade viel, was?» meinte er schließlich und zog die Akte etwas näher zu sich heran, so daß das Foto Rodins erneut sichtbar wurde.

«Nicht zu ändern», murmelte Priabin. Er blätterte in der Akte Kedrow: Wochenendtrinker, gelegentlicher Schürzenjäger, Kinogänger, Plattensammler, Vogelliebhaber ... seine Steckenpferde waren wenig aufschlußreich. «Nein, damit ist nichts anzufangen», gab er seufzend zu.

Konzentration! befahl er sich streng. Du *mußt* ihn finden. Falls die GRU ihn aufspürt, sitzt du richtig in der Scheiße. Dann kommt raus, daß du von seiner Spionagetätigkeit gewußt und dieses Wissen für dich behalten hast . . .

«Irgendwas nicht in Ordnung?» fragte Katja. Priabin sah geistesabwesend auf.

«Wie bitte?»

«Warum fahnden die anderen nach ihm?»

«Vermutlich nur deshalb, weil er nicht zur Arbeit gekommen ist . . . hoffentlich aus keinem anderen Grund.» Priabin schüttelte den Kopf. «Sie wissen bestimmt nicht mehr – noch nicht.» Er stand auf, vergrub die Hände in den Hosentaschen und trat ans Fenster. Die Trägerrakete war jetzt schon fast außer Sicht: ein schneckenhausähnliches Gebilde weit jenseits des Montagegebäudes, in dem sich noch immer die Raumfähre und die Laserwaffe befanden. Überall glitzerte Sonnenschein auf Metall. «Er könnte irgendwo dort draußen sein», murmelte der Oberst. «Aber wo?»

«Verstecken die sich nicht immer an einem Ort, den sie gut *kennen*?» meinte Katja.

«Hmmm?»

«Weil sie sich dort sicher fühlen?»

«Ja, ganz recht . . . zumindest in der Theorie», bestätigte Priabin geistesabwesend. Rodin ist hier, dachte er dabei; er hat den Schlüssel. Ich weiß, wo *er* zu finden ist!

Seine Ungeduld brach erneut durch, und er drehte sich ruckartig nach Katja um, die seinen Blick gelassen erwiderte und auf Anweisungen wartete. Priabin hätte sie am liebsten ignoriert und wäre sofort losgestürzt, aber ihr Blick schien ihn daran zu hindern. Erst mußte er sich um den Fall Kedrow kümmern. Er zuckte mit den Schultern und seufzte.

«Nun, meine Dame – was haben Sie vorzuschlagen?» erkundigte er sich gutgelaunt. Katja rümpfte die Nase, als vermute sie Gönnerhaftigkeit hinter seiner Vertraulichkeit.

«Ich . . . na ja . . .»

«Was soll die Ziererei?» fragte er vorwurfsvoll. «Nur weil ich nicht gleich mitbekommen habe, daß Sie eine Idee haben? Los, raus mit der Sprache! Was soll das schüchterne Getue?»

«Ich würde mir das verlassene Silo ansehen und festzustellen versuchen, wie gut er sein Versteck *vorbereitet* hatte.»

«Gut, meinetwegen – falls die GRU es nicht hermetisch abgeriegelt hat. Und warum?»

«Sollte er schon seit Wochen an dieses Versteck gedacht haben, könnte es irgendwo ein zweites geben ... Ich nehme an, daß die GRU jetzt sämtliche verlassenen Silo- und Bunkerkomplexe durchsuchen wird.»

«Und ihn auf diese Weise fassen wird? Unter Personalmangel leidet sie jedenfalls nicht ...»

Katja schüttelte den Kopf. «Er ist nicht dumm. Er würde niemals zwei gleiche oder sehr ähnliche Verstecke benützen.»

«Hmmm, wo vermuten Sie ihn also?»

Die Gretschkowa lächelte geheimnisvoll. Ihr blasser Teint war rosig angehaucht: Stolz und Aufregung. Sie war clever, intuitiv, gründlich. Dies war einer ihrer kleinen Sprünge ins Dunkel. Priabin lächelte ihr aufmunternd zu.

«Na ja, die Sache ist ziemlich an den Haaren herbeigezogen, aber ...»

«Unsinn, Katja, was soll die falsche Bescheidenheit? Das glauben Sie doch selbst nicht!»

«Vogelbeobachtungen. Damit hat er vor vier, fünf Wochen angefangen. Kurz nachdem er unseres Wissens über Funk Verbindung mit den Amerikanern aufgenommen hatte.»

«Ja? Bitte weiter!» Priabin empfand eine merkwürdige Aufregung. Das klang unsinnig, aber ...

«Früher hat er sich nie für Vögel interessiert. Dann hat er plötzlich über ein Dutzend Genehmigungen zum Betreten von Sperrgebieten beantragt.»

«Um besser spionieren zu können?»

Sie schüttelte energisch den Kopf. «Nein, nicht in den Sümpfen. Dorthin ist er meistens unterwegs gewesen – als Vogelspäher.»

«Und? Sie haben seine Wohnung durchsucht. Haben Sie seine Bücher, Notizen und Zeichnungen gefunden?»

«Ja.»

Mit einer Handbewegung forderte er Katja auf, ihre Theorie weiterzuentwickeln.

Sie zupfte mit langen Fingern an einer Strähne ihrer straff aufgesteckten roten Haare. «Ein paar ganz normale Bücher. Ich hab' sie mir angesehen.»

«Er ist schließlich noch Anfänger!»

«Ja, ich weiß. Er hätte eigentlich ein besseres Fernrohr haben müssen. Seine Notizen sind in Ordnung – aber sie werden seltsamerweise nicht besser. Trotzdem ist er viel unterwegs gewesen. Ich glaube nicht, daß er etwas *dazugelernt* hat.»

«Also reine Tarnung?»

Katja schüttelte den Kopf. «Nicht ganz – aber auch kein *wirkliches* Hobby, das so viele Ausflüge in die Sümpfe gerechtfertigt hätte.»

«Folglich . . .?»

«Folglich könnte er sich meiner Meinung nach dort aufhalten, Genosse Oberst», antwortete sie. Ihr Blick wich seinem anerkennenden Lächeln bewußt aus. Priabin faßte sie an beiden Oberarmen und zog sie lachend hoch.

«Weitermachen – aber Sie erzählen *niemandem* davon, verstanden?»

«Glauben Sie . . .?»

«Ich glaube, daß Sie recht haben könnten. Oder auch nicht. Das müssen Sie feststellen!»

«Ja. Gleich jetzt?»

Der Oberst nickte. «Sofort! Nehmen Sie den Hund mit . . . Sie wissen ja, daß er Sie gern begleitet. Komm, Mischa – Tante Katja geht mit dir Gassi!»

Seine Hand lag auf Katjas Schulter, als er sie zur Bürotür begleitete. Der Hund trabte bereits den Korridor entlang.

«Nehmen Sie eine Pistole mit», warnte er sie halblaut. «Für alle Fälle.»

Das Meer glitzerte in der Nachmittagssonne. Im Schatten der Palmen war die Temperatur halbwegs erträglich. Die beiden Mils waren mit Tarnnetzen bedeckt, die ihre Umrisse zu formlosen Klumpen verschwimmen ließen, und standen so nahe wie irgend möglich bei den Palmen abgestellt. Die einsetzende Ebbe hatte die Bruchstücke der Palette, die nach seinem Aufschlag zurückgeblieben waren, langsam aufs offene Meer hinausgetragen.

Gant wischte sich Schweiß von der Stirn. Mac lag neben ihm, rauchte und stützte sich wie ein lesender Urlauber auf einen Ellbogen. Seine Haltung wirkte entspannt, aber die durch das erzwungene Warten – jetzt schon vier Stunden! – erzeugte nervöse Spannung schien die schwüle Luft zu elektrisieren. Kooper und Lane dösten oder schwatzten lustlos miteinander, um die Zeit totzuschlagen. García saß im Cockpit von Gants Mil und hielt am Funkgerät Wache; er wartete auf den Funkspruch, der bald eingehen mußte ...

Die Galaxy hatte es bis Karatschi geschafft. Oder genauer gesagt: Sie war mit dem letzten Tropfen Treibstoff auf dem Militärflugplatz westlich der Stadt gelandet, nachdem sie im Flug den Notfall erklärt hatte. Anders' Stimme, die kaum verständlich aus dem an den Satellitenempfänger angeschlossenen Entschlüßler drang, hatte sie aufgefordert, zu warten, *einfach zu warten.*

Doch Gant mußte bis zum Abend in Peschawar sein. Nach Baikonur waren es von dort aus über 1500 Kilometer durch feindlichen Luftraum – mindestens sechs Stunden Flugzeit. Und er mußte Baikonur noch in dieser Nacht erreichen.

Vor etwa drei Stunden hatten Düsenjäger der pakistanischen Luftwaffe ihren Landeort mehrmals überflogen. Sie waren tief heruntergegangen, um sich zu überzeugen, daß dort tatsächlich ein Geheimunternehmen gestrandet war. Gant und Anders hofften, daß die Regierung in Islamabad mit wachsender Nervosität ihre anfängliche Empörung hinunterschlucken und auf Anders' Vorschlag eingehen und die Genehmigung zum Flug erteilen würde.

Die einheimische Bevölkerung schien diesen Strandabschnitt zu meiden. Ein Dampfer, der am Horizont vorbeifuhr, hatte eine dünne Rauchfahne hinterlassen, die noch in der Luft hing, als das Schiff längst hinter der nächsten Landzunge verschwunden war. Sonst war nichts zu sehen. Gant sah erneut auf seine Uhr – ein nervöser Tic.

Kurz vor 15 Uhr. Ihr Flug nach Karatschi würde fast zwei Stunden dauern, und die Galaxy würde weitere zwei Stunden nach Peschawar brauchen. Also 19 Uhr, bevor sie die afghanische Grenze überflogen, und sie mußten warten, *einfach warten*, während ihnen die Zeit davonlief.

«Major!» rief García. «Anders . . .»

Gant sprang auf, als habe ihn eine Gefahr aufgeschreckt. Mac hob den Kopf, und Lane verstummte mitten im Satz. Gant hastete auf die Mils zu, hob eines der Tarnnetze hoch und verschwand darunter. Garcías Miene verriet erwartungsvolle Nervosität. Er hielt Gant die leichte Hör-Sprech-Garnitur hin, die der Major hastig überstreifte.

«Anders?»

«Gant.» Seine Stimme klang durch die Ver- und Entschlüßlung ebenso tonlos fremdartig, wie Gants Stimme an Bord der Galaxy klingen mußte. «Gant, alles okay. Das Unternehmen geht weiter.»

«Gott sei Dank», murmelte Gant. García bekreuzigte sich sogar. «Können wir jetzt starten?»

«Sofort! Sie fliegen zu folgendem Punkt . . .» Anders gab die Koordinaten an und wiederholte sie. «Dort treffen Sie vor der Küste mit einer pakistanischen Hubschrauberstaffel zusammen, die Sie begleitet. Sozusagen zur Tarnung – Wölfe im Schafspelz. Sie halten Abstand von der Küste, damit Sie vorher nicht gesehen werden, verstanden?»

«Alles klar», bestätigte Gant. García hielt ihm die entsprechende Karte hin, in die er den Treffpunkt bereits eingezeichnet hatte. Fünfzehn Kilometer vor der Küste . . . sie würden wie ein tieffliegender Vogelschwarm landeinwärts ziehen, so daß die beiden Mils zwischen den pakistanischen Hubschraubern nicht weiter auffielen. Anders hatte gute Arbeit geleistet.

So befriedigend hatte Priabin den *Reiz* unbemerkter Überwachung noch nie wahrgenommen. Ein leistungsstarkes Fernglas, dessen vergütete Optik kaum unter den Stores hervorragte, auf einem Stativ; daneben das lange Teleobjektiv der Kamera. Das angenehme Ziehen in seinem Rücken, wenn er längere Zeit in gebückter Haltung hinter dem Fernglas gestanden hatte: die Schmerzen eines mit seinem Tagewerk zufriedenen Gärtners oder eines Mannes, der erfolgreich geerntet hat. Bier und belegte Brote in dem abgedunkelten Raum und die überraschende Vertraulichkeit zwischen unsichtbaren Beobachtern.

Es war kurz nach Einbruch der Dunkelheit. Er richtete sich erneut auf, seufzte und rieb sich mit beiden Händen den Rücken. Auf das Stativ war jetzt ein Nachtglas geschraubt, das die Welt in Grautönen wiedergab und den unvermeidlich irrealen Aspekt noch verstärkte, als sei der Überwachte kein menschliches Wesen, sondern ein Gegenstand.

Die Kamera enthielt einen hochempfindlichen Spezialfilm. Jedes der Überwachungsinstrumente besaß seine eigenen Vorzüge. Das mit dem angezapften Telefon verbundene Tonbandgerät schaltete sich automatisch ein, sobald gesprochen wurde. Das Laserlauschgerät, das die durch menschliche Stimmen ausgelösten Schwingungen von Fensterscheiben aufnehmen konnte, wies einen Defekt auf und stand wie ein böser Junge in einer Ecke des unmöblierten Zimmers. Priabin nickte zufrieden. Rodin *gehörte* ihm jetzt – einfach so!

Priabin hatte über drei Stunden damit verbracht, den jungen Mann zu beobachten, ohne irgend etwas zu unternehmen. Jetzt zwang er sich dazu, in Aktion zu treten. Michail und Anatoli, die beiden KGB-Männer aus Tjuratam, bewegten sich wie große, ungeduldige Katzen. Der schlecht gelüftete Raum roch nach Schweiß, Staub, Knoblauchwurst und Bier. Und nach starkem, billigen Tabak.

«Jetzt ist er weich genug, glaub' ich», kündigte Priabin an. «Ich gehe hinüber.»

«Erst müssen wir Sie verdrahten, Genosse Oberst», stellte Michail fest und ging zu einem der Gerätekoffer neben der Tür. Anatoli, der zweite Mann, zog sich einen Stuhl ans Fernrohr und nahm tonlos summend Platz.

«Nein, diesmal nicht.»

«Genosse Oberst?»

Anatoli summte nicht mehr.

«Es ist möglicherweise sicherer. Ich will keine Aufzeichnung meines Gesprächs mit dem Leutnant, die den Militärs in die Hände fallen könnte.»

«Wär's nicht besser, wenn einer von uns . . .?»

«Rodin ist bis obenhin zugeschneit. Mit dem werde ich leicht fertig!» Er schnalzte mit der Zunge. «Solltet ihr mich im Clinch mit ihm auf dem Bett sehen», fügte er hinzu, «nehmt bitte nicht an, ich sei seinem jungenhaften Charme erlegen – sondern kommt im Laufschritt rüber!»

Michail lachte halblaut. «Auf uns können Sie sich verlassen, Genosse Oberst.»

Priabin spürte ihre Wachsamkeit, als sei alle durch Routine und Vertraulichkeit bewirkte Ermüdung von ihnen abgefallen. Er zog seinen Uniformmantel an und rückte darunter Jacke und Krawatte zurecht. Der erste Eindruck war wichtig . . .

Seine Stiefel polterten übers Parkett. Er schloß die Zimmertür hinter sich, durchquerte die kleine Diele und öffnete die Wohnungstür. Der Korridor war menschenleer. Während Priabin auf den Aufzug wartete, fühlte er die Kälte dieses Neubaus, nahm die Kochgerüche aus einigen Apartments wahr und hörte Radios und Fernsehgeräte laufen. Hier wohnten hohe Offiziere, führende Wissenschaftler und die Geliebten solcher Männer. Die Apartments wurden gehandelt, für Vergünstigungen oder Beförderungen verschenkt, zu Bestechungszwecken als Köder dargeboten.

Die Hausmeisterin beobachtete aus ihrer Loge, wie Priabin das Gebäude verließ. Er trat durch die Drehtür auf die eiskalte Straße. Priabin seufzte befriedigt, während er die schmale Straße überquerte. Der Hausmeister des anderen Gebäudes, der über eine Sprechanlage gerufen werden konnte, öffnete ihm beflissen lächelnd die Haustür. Er würde schweigen, solange ihn niemand ausfragte, der imposanter als ein KGB-Oberst war. Der Hausmeister interessierte sich nicht dafür, zu wem er wollte.

Vor der Tür von Rodins Apartment nahm er den unauffälligen Luxus seiner Umgebung wahr, der selbst einen Obersten überraschte. Jedenfalls war er für *ihn* überraschend.

In dem hochflorigen Teppichboden unter seinen Stiefeln sah man seine Spuren. Wolle, reine Wolle. Die Wohnungstür war offenbar so alt wie das Haus selbst: dunkles, auf Hochglanz poliertes Holz mit blitzblanker Messinggarnitur. Unter dem Namensschild ein altmodischer Klingelknopf. Priabin behielt seine Schirmmütze auf, als er klingelte. Der erste Eindruck ...

Er klingelte erneut, behielt den Zeigefinger auf dem Klingelknopf und hörte die Klingel hinter der Tür schrillen. Hoffentlich war Rodin inzwischen nicht umgekippt!

Priabin trat wütend gegen das untere Feld der Wohnungstür. Ein leises, fast bittendes Murmeln antwortete ihm. Dann wurde die Tür geöffnet.

Anders stand in der eisigen Dunkelheit. Der Wind von den Bergen um Peschawar war schneidend kalt und trieb ihm Staub ins Gesicht, daß seine Augen tränten. Auf den Hügeln rund um den Flugplatz brannten teils einzelne Lichter, teils ganze Lichterketten, und über der Ebene schwebten unsichtbare Hubschrauber, deren Triebwerksgeräusche gedämpft herüberklangen. Aus den geöffneten Hecktüren der Galaxy fiel ein breites Lichtband, als die erste der beiden Mils aus dem Frachtraum die Rampe herab auf den Asphalt geschoben wurde.

Der Heckausleger der *Hind* D – Gants 24 D – schwenkte wie ein Signalarm nach unten, bevor der dicke Hubschrauberrumpf die Rampe hinabrollte. Die Männer des Lademeisters entriegelten und montierten in fliegender Eile die Rotorblätter – wie Gant es auf der Sandbank getan hatte. Anders beobachtete, wie die Männer vom Rumpf kletterten und zur Seite traten. Im nächsten Augenblick wurden die Triebwerke angelassen; sobald ihr Heulen sich zu einem schrillen Pfeifen gesteigert hatte, kuppelte Gant den Rotor ein.

Anders hielt sein Handfunkgerät geistesabwesend an den Rand seiner Parkakapuze, deren Pelzbesatz von seinem Atem feucht war. Wenn der Wind zwischendurch etwas nachließ, fühlte er vage die Strahlungswärme der riesigen Triebwerke der Galaxy. Sie waren erst vor sieben Minuten aus Karatschi kommend gelandet ... kurz nach 18.45 Uhr Ortszeit. Er zitterte vor Kälte und wegen der während des Fluges von Karatschi hierher aufgestauten Nervosität – wegen der Nervenbelastung dieses ganzen Tages. Auf den weiteren Gang der Dinge hatte er keinen Einfluß mehr.

Gant rangierte die Mil weiter von der Galaxy weg und jonglierte mit Steuerknüppel und Blattverstellhebel, damit die Räder auf dem Asphalt blieben. Die zweite Mil, die zum Tanker umgebaute 24 A, rollte die Rampe herunter in die windige Nacht. Anders war nur mehr passiver Zuschauer. Auch die Rotorblätter der 24 A wurden rasch montiert; dann begannen die Gluschenko-Propellerturbinen zu pfeifen und ließen den Rotorkegel im blassen Mondlicht schimmern. Zwischen weißen Wolkenbänken glitzerten helle Sterne. Anders blickte unwillkürlich zu den Bergen hinüber, hinter denen der afghanische Luftraum begann. Er legte den Kopf schief, weil er nur noch den Triebwerkslärm der beiden Mils hörte; die Hubschrauber, die zur Täuschung der Grenze entlang patrouillierten, wirkten nicht sonderlich überzeugend.

Die Räder der Mils schienen den Asphalt in der hintersten Ecke des Flugplatzes – am weitesten vom Turm und den Abfertigungsgebäuden entfernt – kaum noch zu berühren. Anders drückte die Sprechtaste seines Funkgeräts. Seine Lippen schmeckten den feuchten Pelzbesatz der Kapuze, als er sprach.

«Gant? Hören Sie mich?»

«Ja», lautete die einsilbige Antwort, als sei ihr Besitzer in Gedanken längst woanders.

«Viel Glück – und machen Sie's gut!» Mehr brachte Anders auch nach kurzem Zögern nicht heraus.

Gants *Hind* D, deren Tarnanstrich im Mondschein blaß und fleckig wirkte, stieg senkrecht auf und flog dann genau über Anders hinweg. Der Rotorstrahl beutelte ihn durch, zerrte an seinen Kleidungsstücken und wirbelte ihm Staub ins Gesicht. Als Anders wieder aufblickte, nachdem er sich heftig die Augen gerieben hatte, sah er durch Tränenschleier die Mils nach Nordwesten abfliegen. Die pakistanischen Hubschrauber warteten nur einige Kilometer entfernt, um sie zu dem Paß zu eskortieren, über den sie in den afghanischen Luftraum einfliegen würden. Danach waren Gant und die anderen völlig auf sich allein gestellt. Anders konnte ihnen nicht mehr helfen; niemand konnte ihnen helfen.

Der Triebwerkslärm der beiden Hubschrauber – jetzt Kampfhubschrauber und Transporthubschrauber *Hind* D und *Hind* A, die vorgaben, zu einer in Afghanistan stationierten Einheit der sowjetischen Frontluftflotte zu gehören – verschwand in Richtung Grenze. Anders fuhr erneut zusammen und starrte die leere Galaxy an, die ihm als abgelegene Insel in der unwirtlichen See des Flugplatzes erschien. Anders war mit einemmal überzeugt, daß das Unternehmen fehlschlagen würde. Zuviel konnte schiefgehen. Alles war viel zu *riskant.*

Priabin studierte Rodins Gesichtszüge. Er sah Nachgiebigkeit und empfand Befriedigung. Offenbar war er im richtigen Augenblick gekommen. Aus Rodins Blick sprachen Müdigkeit und einsame Leere; unter den blaßblauen Augen waren dunkle Ringe zu erkennen.

«Darf ich hereinkommen?» Seine Hand stieß bereits die Tür auf.

«Ich ... ich ... Was wollen Sie?» Der junge Mann kniff die Augen zusammen, als wittere er Gefahr. «Wer ... Was wollen *Sie* überhaupt?» Sein umnebeltes Gehirn hatte Mühe, verständliche Sätze zu bilden.

«Ich will mit Ihnen reden, Waleri.» Priabin stieß die Wohnungstür noch weiter auf. Hinter Rodins schmaler Schulter wurden die großen, luxuriös eingerichteten Räume sichtbar, die er bereits durchs Fernglas betrachtet hatte. Nicht ohne Ironie dachte der Oberst, es sei, wie wenn man einen Blick durch einen langen Tunnel hindurch in den Westen wirft.

«Warum?» Das klang nach trotzigem Zorn, der sich wie ein Gewitter zusammenbraute. «Verschwinden Sie, sonst ...»

«Nein.»

Priabin drehte den jungen Mann mit der linken Hand um, in der er seine Handschuhe hielt, und schob ihn vor sich her durch die lange Diele. Rodin setzte sich wider Erwarten nicht zur Wehr, sondern ließ sich willenlos vor Priabin herschieben.

Priabin schob ihn vor sich her ins Wohnzimmer und redete unaufhörlich beruhigend auf ihn ein. Der Leutnant schien sich mit der ihm aufgezwungenen Situation und dem vermeintlichen Trost Priabins abzufinden.

Im Wohnzimmer merkte der Oberst, daß der Blick durchs Fernglas ihm keinen Begriff von dem hier herrschenden Luxus – Teppichboden, Orientteppiche, Bilder, Vasen, Möbel, Stereoanlage, Plattensammlung – vermittelt hatte. Nicht Geschmack, sondern nur Geld ... nur *Einfluß*, verbesserte er sich, konnte einem kleinen Leutnant alle diese Luxusartikel verschaffen.

Er stieß Rodin sanft in einen weichen Ledersessel. Der junge Mann nahm eine Art Meditationshaltung ein und zupfte seinen Bademantel zurecht. Seine blauen Augen waren ausdruckslos. Er senkte den Kopf und starrte die Stiefel des Besuchers an. Als Priabin aufblickte, sah er den extravaganten Stuck an der Zimmerdecke: eine Schäferszene rund um den Kronleuchter. Dieser Raum ließ die Existenz einer Elite jenseits der seines eigenen Dienstes ahnen. Dort war eine Datscha unter Bäumen das Äußerste, auf das man hoffen durfte. Rodins Wohnzimmer machte ihn wütend. Dabei war er selbst kein Bauernsohn; sein Vater war Lehrer und Parteigenosse gewesen und im Großen Vaterländischen Krieg mit einem Orden ausgezeichnet worden ... er hatte miterlebt, wie das Sowjetbanner über den grandiosen Trümmern Berlins aufgepflanzt wurde.

Und nun das hier! Kommunisten, die so lebten ...!

Die Stuckdecke gab den Ausschlag. Priabin hätte am liebsten etwas zertrümmert – warum nicht Rodin? Trotz seiner Linientreue – und der seines Vaters vor ihm – basierte sein Klassenbewußtsein auf Zimmerdecken ohne Stuck, auf Wänden mit Rissen im neuen Verputz. Rodin war vorrevolutionär; er gehörte zur militärischen Aristokratie. Beinahe ein Klassenfeind. *Vorsicht!* ermahnte der Oberst sich. Er nahm sich vor, weniger in Schlagworten zu denken.

Er trat dichter an Waleri Rodin heran. Und er ließ sich im Schneidersitz vor ihm nieder.

«Erzählen Sie mir davon», forderte er ihn halblaut auf, während seine Hand den Ärmel von Rodins Bademantel berührte. «Erzählen Sie ...» Sein Uniformmantel, den er zuvor ausgezogen hatte, lag wie ein großer, zottiger Hund neben ihm. Priabin legte Handschuhe und Schirmmütze darauf, um jünger, weniger amtlich zu wirken. Mitgefühl, nicht Neid! sagte er sich. Er muß Vertrauen zu dir haben ...

Rodin schien sich zu bemühen, den Zweck seines Besuchs zu erfassen. Die Wirkung des Kokains, das er zweifellos eingenommen hatte, um aus der Einsamkeit herauszukommen, zu der sein Vater ihn verdammt hatte, war offenbar abgeklungen. Sie war in gewissem Ausmaß durch den genossenen Alkohol beeinträchtigt worden. Der junge Mann war jetzt gefügig, aber zutiefst introvertiert und deprimiert. Waleri Rodins Pupillen waren zu kleinen schwarzen Punkten zusammengeschrumpft.

«Wer hat Sie in diese Luxuszelle gesperrt, Waleri?» erkundigte Priabin sich schließlich. Er schüttelte Rodins Arm nur leicht, aber der Leutnant entzog sich ihm. Rodin machte ein finsteres Gesicht, weil er nicht rasch genug eine verächtliche Miene aufsetzen konnte, und sein Ausdruck glitt dann ins Wehleidige ab.

«Verschwinden Sie!» flüsterte er.

Priabin schüttelte den Kopf. «Ich weiß, daß Sie Gesellschaft brauchen, Waleri», widersprach er. «Sie sind hier ganz allein. Dafür haben die anderen gesorgt, was?»

Etwa zehn Sekunden später nickte Rodin. Sobald er einmal damit angefangen hatte, nickte er wie eine Aufziehpuppe weiter. Sein Atem kam laut und stoßweise; seine Lippen zitterten, und seine Augen schienen feucht zu sein.

«Ihr Vater . . .?»

«Natürlich mein verdammter Vater!» Rodin schlang seine Arme um den Oberkörper, wandte sich halb ab und begann zu schluchzen. Der Aufschrei schien seine Stimme ermüdet zu haben. «Immer mein verdammter Vater . . . er hat mich dazu gezwungen, zu diesem Scheißmilitär zu gehen, obwohl ich Maler werden wollte . . .» Priabin sah sich rasch um, aber an den Wänden hing nichts, was von Rodin hätte sein können. «Ich hätte ohnehin kein Talent gehabt», fuhr der junge Mann fort, «aber er hat's nicht erwarten können, mir das zu sagen!» Er starrte Priabin an, der sich bemühte, mitfühlend dreinzuschauen. Rodin sprach stockend und undeutlich weiter. «Beim Militär bist du gut aufgehoben, mein Junge», wiederholte er spöttisch, indem er mit wutverzerrtem Gesicht eine Ehrenbezeugung nachahmte. «Dort machen sie einen Mann aus dir . . .» Er drehte sich wieder nach seinem Zuhörer um. Priabin hatte den Eindruck, der andere erkenne ihn gar nicht –

oder mache sich nichts daraus. «Das hat er sich so gedacht! Dabei hat die Armee mir nur Privilegien und die Möglichkeit verschafft, mich an die Wehrpflichtigen ranzumachen!»

Er lachte mit verzerrtem Gesicht und starrte dabei Priabin an. Aber schon im nächsten Augenblick schien der junge Mann sich noch mehr abzukapseln als zuvor. Priabin hätte ihn am liebsten wachgerüttelt, um endlich mit der Vernehmung beginnen zu können, aber er zügelte seine wachsende Ungeduld, obwohl er wußte, daß dies ein Rennen gegen die Uhr war.

«Für ihn ist's eigentlich sogar schlimmer, daß ich jetzt in der Armee und unter seiner Nase bin. Er hat immer wieder ... vertuschen müssen, was ich alles angestellt habe ... Kunst, Kultur, Theater interessieren ihn nicht ... Schwule sind Untermenschen, über die man gar nicht redet. Meine Mutter hat's gewußt und mich verstanden ... sie konnte's nicht ertragen – aber sie hat Verständnis dafür gehabt ... *er* hat keines und wird sich nie damit abfinden ...»

Priabin nahm seine Umgebung erneut in sich auf. Der Vater zahlte. Generalleutnant Pjotr Rodin zahlte Tag für Tag. Drogen, Liebesaffären, Indisziplin: Der General hatte einen großen Fehler gemacht, als er dafür gesorgt hatte, daß sein Sohn nach Baikonur versetzt wurde. Die vermeintliche Beaufsichtigung mußte sich in einen Alptraum verwandelt haben.

Fort mit dir! dachte er plötzlich. Das war der logische nächste Schritt – vor allem unter den gegenwärtigen Umständen. Rodin würde den Jungen irgendwohin verfrachten, um ihn aus der Schußlinie zu ziehen. Deshalb hatte er seinen Sohn vorläufig unter Hausarrest gestellt. Möglicherweise war dies die letzte Gelegenheit, mit dem jungen Rodin zu sprechen. Er durfte nicht lockerlassen.

«Warum ist Sascha umgebracht worden?» fragte er geradeheraus, aber nicht ohne mitfühlenden Unterton.

Rodins schmales Gesicht wurde noch blasser.

«Was ...?» Der junge Mann versuchte sich zu konzentrieren, denn er merkte, daß Priabin ihn wie mit einem Kaltwasserguß aufschrecken wollte.

«Warum ist Sascha umgebracht worden, Waleri?»

«*Ich* hab' Sascha umgebracht! *Ich* hab's getan!»

«Warum denn, Waleri? Habt ihr Streit gehabt? Aus Liebe, aus Eifersucht?»

«Was ...?»

«Warum haben Sie ihn umgebracht?»

«Sascha? Ich bin's nicht gewesen ...»

«Sie haben selbst gesagt, Sie hätten ihn umgebracht. Haben Sie's getan?»

Aus Rodins Augen quollen Tränen. Er nickte mehrmals heftig und schien gar nicht mehr aufhören zu können.

«Ich hab' ihnen von ihm erzählt!» rief der junge Mann aus, bevor er sich mit abgewandtem Gesicht in seinem Sessel zusammenrollte, als wolle er sich gegen weitere Schmerzen einigeln.

Rodin zuckte zusammen, als Priabin aufstand. Der Oberst durchquerte den Raum auf der Suche nach dem Bad.

Schlafzimmer und Bad lagen nebeneinander – daran erinnerte er sich. Richtig, das Bad ... Licht an; Marmor, Kristallspiegel, teure Armaturen – großer Gott! Rasierwasser, Hautcremes, Toilettenwasser, Haarspray ... ja, französisches und amerikanisches Make-up.

Priabin öffnete den Spiegelschrank. Nichts für ihn Interessantes ... Mundwasser, Tuben und Cremetiegel ... Schublade? Nein. Zweite Schublade? Ah ...!

Silberlöffel, kleines Päckchen. Er nahm beides mit ins Wohnzimmer. Rodin hockte noch immer da wie zuvor. Priabin schüttete etwas von dem weißen Pulver auf den kleinen Silberlöffel, der an einer dünnen Kette um den Hals getragen werden konnte. Vielleicht machte eine weitere Dosis Kokain den jungen Mann wenigstens für einige Zeit high genug, daß er imstande war, über *Blitz* zu reden. Er mußte durch einen kurzen Moment von geistiger Klarheit und unbekümmertem Wohlbefinden aus seiner gegenwärtigen Depression wachgerüttelt werden. Rodin kauerte wie zuvor zusammengerollt, mit abgewandtem Gesicht und völlig teilnahmslos in seinem Ledersessel.

Das Telefon klingelte. Weißes Pulver staubte von dem Silberlöffel, als Priabin überrascht zusammenfuhr. Er starrte den Apparat auf dem Tischchen zwischen zwei Fenstern an. Das Telefon schrillte weiter.

Warnung . . .?

Er hatte kein Geräusch vor der Wohnungstür gehört. Die Telefonklingel schien Rodin aus seiner Erstarrung geweckt zu haben: Er hatte den Kopf gehoben, und in seinen Augen blitzte wilde Hoffnung auf. Dann machte er eine Bewegung, als wolle er aufstehen.

Priabin nahm den Hörer ab, ohne sich jedoch zu melden.

«Genosse Oberst . . .?» Das war Anatolis Stimme.

«Ja – was gibt's?»

«Vor dem Gebäude ist soeben ein Dienstwagen vorgefahren, Genosse Oberst. Sieht wie der General aus . . . Augenblick!» Er hörte Michails Stimme aus dem Hintergrund. «Richtig, der General . . .»

«*Scheiße!*» knurrte Priabin. «Kommt er etwa . . .?»

«Er ist schon an der Treppe!»

«Danke, ich verschwinde. Gut gemacht!»

Priabin knallte den Hörer auf die Gabel. Rodin, der inzwischen halb aufgestanden war, sank mit verzweifelter Miene in seinen Sessel zurück, als das Telefongespräch so abrupt beendet wurde.

Der Oberst starrte ihn einen Augenblick lang nachdenklich an. Vielleicht informierte der Hausmeister den General nicht, ohne ausdrücklich dazu aufgefordert zu werden; vielleicht ging er lieber auf Nummer Sicher. Schließlich konnte ihm auch der KGB große Scherereien machen . . . Keine Zeit mehr, darüber nachzudenken! Nur weg von hier!

Er ärgerte sich über diese verpaßte Chance. Mit einer weiteren Prise Kokain, nach der Rodin wieder klar hätte denken können und die seine Zunge gelockert hätte, hätte er den jungen Mann zum Sprechen gebracht. Er war dem Erfolg so *nahe* gewesen!

Seine Hand ballte sich zur Faust.

Priabin hastete durch die Diele zur Wohnungstür. Er horchte nach draußen. Dann öffnete er die Tür und hörte Schritte heraufkommen. Nachdem er die Wohnungstür leise hinter sich geschlossen hatte, lief er die wenigen Stufen bis zum Absatz der nach oben führenden Treppe hinauf.

Von dort aus beobachtete er mit angehaltenem Atem, wie Generalleutnant Pjotr Rodin die Tür zur Wohnung seines Sohnes aufschloß. Vom Treppenabsatz aus konnte er auf die Schirmmütze des Generals herabblicken. Die Tür fiel hinter Rodin ins Schloß.

ZWEITER TEIL

MEISTER DES SPIELS

«In a world of steel-eyed death
And men fighting to be warm . . .»

BOB DYLAN, *Shelter from the Storm*

7

Aufforderung der Spieler zur Eile

Gant ließ die auf den Hauptbildschirm projizierte bewegliche Karte ablaufen und verfolgte ihren Kurs bei der Überquerung Afghanistans: eine dünne silberne Kriechspur auf rasch aufeinanderfolgenden Kartenabschnitten. Von Peschawar nach Kabul, aber weit östlich der Hauptstadt mit ihren Radaranlagen und Luftwaffeneinheiten vorbei, und durch die Ausläufer des Hindukuschs, die einen wirkungsvollen Radar- und Infrarotschild darstellten. Dann die Provinzen Laghman, Nuristan, Tachar und Kundus, bevor sie die dicke purpurrote Linie erreichten, mit der die sowjetische Grenze bezeichnet war.

Ihr Kurs blieb möglichst in den Bergen und so weit östlich der Haupteinsatzgebiete der sowjetischen Truppen, wie er durch Satellitenüberwachung und CIA-Geheimberichte mit den Aussagen afghanischer Mudschaheddin hatte festgelegt werden können. Der Bildschirm wurde leer, als Gant den Kartendurchlauf löschte. Er flog mit terrestrischer Navigation. Vorerst waren weder Infrarot- noch Radarsignale aufzunehmen. Gant schaltete die Kartendarstellung erneut ein, wählte den zutreffenden Abschnitt und stellte die Übereinstimmung mit der stark gewellten Landschaft unter ihm her. Unter ihm lag keine Gebirgslandschaft mit Gipfeln, Tälern, Steilwänden und messerscharfen Graten, sondern das Gelände erinnerte eher an eine sich windende Schlange – und war ebenso gefährlich.

Im hellen Mondschein glitzerten verschneite Bergflanken. Garcías Mil, die er in seinen Spiegeln sah, wirkte wegen ihrer Tarnbemalung fleckig wie eine Kuh. Macs Helm im Bordschützenabteil unter ihm war eine Silberkuppel. Über die Schultern des Bordschützen hinweg leuchteten und blinkten Macs Bildschirme und Signallämpchen.

Gant warf einen Blick auf die Treibstoffanzeige. Sie würden erst weit hinter der sowjetischen Grenze zum Betanken zwischenlanden müssen – vielleicht erst nach 300 bis 400 Kilometern.

Sie befanden sich 110 Kilometer nordöstlich von Kabul am Rande des Gebirgszuges mit dem fruchtbaren Panjschir-Tal und hatten noch knapp 250 Kilometer bis zur sowjetischen Grenze zu fliegen. Bei ihrer gegenwärtigen Marschgeschwindigkeit und ohne Abweichung von dem vorgesehenen Kurs, der bereits in den Bordcomputer eingegeben war, entsprach diese Strecke ziemlich genau einer Flugstunde.

Die sowjetische Flugtätigkeit war rege, aber sie entsprach einer angekündigten neuen Offensive gegen aufständische Stämme. Das bedeutete, daß viele Flugzeuge und Hubschrauber in der Luft waren ... ihre Tarnung, aber auch ihre Gefahr. Sobald sie gesichtet wurden oder auf einen von 30 oder 40 Radarschirmen gerieten, würden sie aufgefordert werden, sich zu identifizieren. Gant hätte am liebsten sein Radargerät eingeschaltet, anstatt nach Sicht zu fliegen, aber dadurch hätte er auf dem Teich Wellen geschlagen und die Raubfische angelockt.

Als Gant das Radargerät zuletzt kurz eingeschaltet und atemlos die Sekunden gezählt hatte, in denen es in Betrieb war, hatte er ein hochfliegendes Aufklärungsflugzeug entdeckt, das langsam genug flog, um eine Iljuschin Il-18 zu sein, und weit nördlich von ihnen nach Westen unterwegs war. Und er hatte gerade noch einen tieffliegenden, schnellen Jäger verschwinden sehen. Sie schienen unentdeckt geblieben zu sein. Gant hatte das Radargerät dankbar und vor Erleichterung schwitzend wieder ausgeschaltet.

Sein eigenes Radargerät und die sowjetischer Flugzeuge waren hier in den Bergen praktisch wertlos. Und die elektronischen Überwachungssysteme des schwerfälligen Aufklärungsflugzeuges waren außerstande, die beiden Hubschrauber inmitten der durch Hügel, Täler, Schnee, Felsen und Gewässer verursachten Störungen auszumachen.

Gant kurvte und wedelte durch die Täler zwischen hohen Bergketten, und das Knattern seiner Rotorblätter wurde von Steilwänden zurückgeworfen, um lange, schmale Täler entlangzuhallen.

Auf der beweglichen Kartendarstellung erkannte Gant den großen sowjetischen Luftwaffenstützpunkt Parwan: den nördlichsten

Flugplatz entlang ihrer Route, bevor sie die Grenze überflogen. Ein Blick aufs Radargerät hätte ihm gezeigt, wieviel und welche Aktivität dort um diese Zeit herrschte, aber er widerstand dieser Versuchung. Gant flog in ein Tal hinaus, zu dessen Seiten die Berge nach Westen und Norden auseinanderwichen, als werde ein Vorhang zurückgezogen, um den Blick auf eine riesige dunkle Bühne freizugeben. Unter sich sah er den Schatten seiner Mil flirrend über den Talboden huschen. Die plötzliche Weite auf allen Seiten machte ihn unsicher ...

Ein Versteckspiel, bei dem seine Augen unablässig die Nacht vor ihm absuchten. Gant steigerte seine Geschwindigkeit auf 270 Stundenkilometer, wartete und atmete erleichtert auf, als das Knattern der Rotorblätter erneut von Felsen zurückgeworfen wurde, weil das Tal sich wieder verengte. Deckung; Sicherheit zwischen Felsen.

Ein russischer Wortschwall in seinem Kopfhörer alarmierte ihn. Seitdem sie die pakistanische Grenze überflogen hatten, war das Funkgerät auf die am häufigsten benützte taktische Frequenz der Sowjets eingestellt. Langley hatte die von Einheiten der Frontluftflotte in Afghanistan benützten Codes geknackt; das Funkgerät selbst war von DARPA-Spezialisten umgebaut worden. Die Stimmen waren bisher kaum mehr als ein fernes, vages Flüstern gewesen.

Bis zu diesem Augenblick.

Irgend etwas war nahe, vielleicht zu nahe.

Gant konzentrierte sich auf den auf russisch geführten Dialog. Ein ... ein Hubschrauberpilot, der mit der AWACS-Iljuschin sprach. Ein hastiger, erregter Ausbruch. Worum ging es? Worum nur ...? Ein nicht identifiziertes Radarziel ... von den Radarschirmen der Iljuschin verschwunden ... *in Ihrem Sektor,* hörte Gant fröstelnd.

Er war geortet worden – er oder García; das machte keinen Unterschied. Gant hörte weiter zu und wußte, daß der alarmierte Hubschrauber jetzt steigen und versuchen würde, ihn wiederzufinden. Aber die von den Bergen zurückgeworfenen vielfältigen Radarechos würden keine klare Ortsbestimmung zulassen. Zumindest mußte er hoffen, daß das der Fall sein würde.

Wo war der andere Hubschrauber? Sein Pilot hatte weder Kurs

noch Standort angegeben. Wo? *Südost,* hörte Gant, dann folgte eine Entfernungsangabe. Ein Blick auf die Kartendarstellung zeigte ihm, daß die Mil nahe genug war, um ihnen gefährlich werden zu können. Gant war sich darüber im klaren, daß er auf den Radarschirmen der Iljuschin in einem Luftraum aufgekreuzt sein mußte, in dem kein Hubschrauberflug gemeldet war oder erwartet wurde. Er war lange genug sichtbar gewesen, um genau geortet zu werden – aber auf dem Radarschirm fehlte seine Kennung, die ihn als sowjetischen Hubschrauber identifizierte, neben dem Zielzeichen. Für die Iljuschin war er damit . . . *verdächtig.* Wenn sie erst wirklich nach ihm zu suchen begann . . .

Gant wünschte sich, er wäre allein, ohne García, der ohnehin schon nervös und überdreht war. Falls die Sache wirklich in ein Versteckspiel ausartete, hatte er weder Zeit noch Kraft genug, um auf García und seine Besatzung zu achten.

Weitere Stimmen in seinem Kopfhörer: zwei Rufzeichen und Standorte. Eine Routinepatrouille erhielt Anweisung, den Sektor zu überfliegen, *in dem zwei nicht identifizierte Ziele* . . . Die Antworten der Piloten klangen jungenhaft aufgeregt. Keiner von ihnen konnte sich vorstellen, welches nicht identifizierte Flugzeug so tief in den afghanischen Luftraum eingedrungen sein sollte; wahrscheinlich war das Ganze ein falscher Alarm, der durch ein defektes Freund-Feind-Gerät ausgelöst worden war – aber es war eine interessante Übung, diese Maschinen aufzuspüren, ein nächtliches Suchspiel, das Spaß machte . . .

«Major . . .?»

«Halt die Klappe, García!» knurrte Gant in das in Kopfhöhe in seiner Halterung steckende Handfunkgerät. «Bleib dicht hinter mir.»

Er drückte den stumpfen Bug der Mil nach unten. Der Hubschrauberschatten glitt über helle Schneefelder und wurde vom Dunkel eines engen Tals aufgesogen. Gant hielt sich im Bereich des Bodenechos wie ein Igel, der unter eine schützende Laubschicht kriecht, und ging mit der Geschwindigkeit auf 165 Stundenkilometer zurück. «Heckenspringen» – wie im Lehrbuch. Ohne Instrumente, ohne Systeme; nur nach Sicht und im Vertrauen auf seine Reflexe. Gant fühlte die erregende Gefahr seines Sturzfluges.

Der Zeiger des Höhenmessers ging verblüffend schnell zurück. García hinter ihm schien langsamer zu sinken.

Los, komm schon, García!

Er fing die Mil ab. Steilwände auf beiden Seiten des engen Tales warfen den Rotorlärm zurück. Gant huschte ein langes, tief eingeschnittenes, schluchtartiges Tal hinunter, an dessen Ende Sterne leuchteten, weil dort das Gelände abfiel. Sie überflogen die Berge im Osten Panjschirs mit Nordostkurs und befanden sich im Augenblick natürlich nicht mehr auf der Ideallinie. Garcías Mil tanzte in seinen Spiegeln wie ein Kork in einem Wildbach.

Hier unten herrschte Funkstille. Gant war in die Tiefe getaucht und dadurch fast wie ein tieftauchendes U-Boot entkommen. Aber hier unten war es finster, und er hatte keine Ahnung, wo die Raubfische steckten, die Jagd auf ihn machten. Solche Sicherheit war ein zweischneidiges Schwert.

Sterne, Schneefelder, flacher werdender Talboden. Eine kleine Ansammlung von Lichtern östlich von ihm. Vor dem klaren Sternenhimmel zeichnete sich kein Schatten ab, der eines der Suchflugzeuge hätte sein können.

Funk – nichts. Auf der Karte stellte er seinen genauen Standort fest: 160 Kilometer nordöstlich von Kabul, 85 Kilometer von dem Luftwaffenstützpunkt Parwan entfernt. Funk . . .?

Funk.

Wieder eine russische Stimme. Eine mobile Horchstation, verdammt noch mal! Nahe, *viel zu nahe!*

Langley hatte dem Bordcomputer alle großen Radarstationen, sämtliche Flugplätze und alle Hubschraubereinheiten der sowjetischen Frontluftflotte eingegeben; ebenfalls gespeichert waren alle Luftlandeeinheiten, die Hubschrauber einsetzten, und sämtliche Aufklärungsflugzeuge mit ihren gewöhnlichen Überwachungsstrecken. Die Satellitendiagnose ihres Kurses und seiner Gefahren war umfassend, brillant und beinahe vollständig . . .

. . . bis auf mobile Radar- und Horchstationen: schwer aufzuspüren, kaum zu zählen, über die Berge verteilt – hauptsächlich im Süden und Westen Afghanistans.

Gant mußte versuchen, Zeit zu gewinnen, indem er seine zur Tarnung zurechtgelegte Story erzählte. Er mußte weitere Gefahren riskieren, um eine unmittelbare Bedrohung abzuwehren. Deshalb antwortete er sofort, noch bevor seine Stimme sich ganz von diesem Schock erholt hatte.

Rufzeichen, Identifizierung, Sprachroutine, eine gute Story. Erzählen Sie ihnen alles auf einmal. Das wird ihnen so bekannt vorkommen, daß sie Ihre Angaben vielleicht gar nicht überprüfen werden. Aber Gant wußte, daß sie's tun würden. Irgend jemand würde sie überprüfen. Auf diese Weise stand ihr Einsatz unter einem Unstern ...

Das sowjetische Hauptquartier befand sich in der UdSSR – im Hauptquartier des Militärbezirks Turkestan –, aber Kabul war groß genug, um seine Story widerlegen zu können, ohne dort zurückfragen zu müssen. Gant konnte behaupten, auf einem inoffiziellen, *privaten* Flug zu sein, aber ...

In seinen Spiegeln huschte Garcías Mil über die wenigen schwachen Lichter, über die schemenhaften Umrisse eines Lastwagens mit Kastenaufbau hinter einer Bruchsteinmauer hinweg. Nur ein Lastwagen ...! Die Stab- und Schüsselantennen waren gut zu erkennen. Gants passive Sensoren fingen Radaremissionen auf. Er *hörte* den Funk.

«... identifizieren Sie sich bitte sofort. Sie sind bei uns nicht gemeldet. Kommen.»

Beinahe höflich. Sein Hubschrauber sprang wie ein übers Wasser hüpfender Stein weiter.

«... der hundertfünften Garde-Luftlandedivision in Kabul unterstellt», behauptete Gant. «Transport wichtiger Geheimsachen von Kabul nach Alma-Ata. Mehr darf ich Ihnen nicht mitteilen, Station vier-sieben-sechs. Kommen.»

Gants Augen suchten den schwarzen, mit Sternen übersäten Himmel ab. Er überwachte seine Instrumente ganz automatisch, wünschte sich nichts mehr, als die übrigen Sensoren und das Radargerät benützen zu dürfen, und wußte genau, daß es jetzt darauf ankam, seine Story zu untermauern ... Bei diesem Einsatz – selbst bei dem, den er später zugeben würde – war es nur natürlich, nach Sicht zu fliegen.

Die anderen warteten irgendwo dort draußen wie Haie, die Blut wittern oder eine Bewegung im Wasser wahrnehmen wollten – und die Horchstation konnte sie auf ihn hetzen, sobald sie mit seinen Antworten nicht zufrieden war. Gant konnte keinem der Flugzeuge davonfliegen. Er war nicht einmal schneller als jede andere *Hind.*

Vor ihm ragten Berggipfel auf. Deckung! Er suchte den Himmel ab: die Lücken zwischen den Bergen im Westen, dann im Nordwesten – *da*! Gant schluckte trocken. Rote und grüne Lichter, die keine Sterne, sondern winzige Positionslampen an zwei im Mondschein glänzenden Rümpfen waren.

Cockpitlichter, Positionsleuchten, glänzendes Metall. Keine drei Kilometer entfernt.

«Major . . .!»

«Ich sehe sie!» knurrte er ins Handfunkgerät. «Überlaß die Sache mir, García. *Ende.*»

Geschwindigkeit der Lichter und metallisches Glitzern vor dem Sternenhintergrund? Mils – Kampfhubschrauber wie seiner. Gant riß sich von ihnen los und suchte den Himmel ab . . . keine Jäger, nur die beiden Hubschrauber. Zwei gegen zwei . . . *los, los, schluckt die Story!* Vorerst hatte noch niemand Alarm geschlagen und die Hubschrauberpatrouille aufgefordert, sie abzufangen.

Gant erhöhte seine Geschwindigkeit auf 195, dann auf 200 Stundenkilometer und überzeugte sich im Spiegel davon, daß García mithielt.

Vor ihnen tauchten die Gipfel des Kwaja-Mohammed-Gebirges auf und versprachen Sicherheit vor Entdeckung. Aber die anderen wußten jetzt, daß er hier war. Falls sie seine Story nicht schluckten und ihn unbehelligt weiterfliegen ließen, würden sie ihn wiederfinden wollen. Auf wie vielen Radarschirmen erschien er unterdessen? Die beiden Mils hatten ihn, die Iljuschin hatte ihn, wie viele Jäger . . .? Sie *mußten* ihm seine Story glauben!

«Hubschrauber zwo-sieben-null-vier, bitte bestätigen Sie Ihren Abflugort. Kommen.»

Nachforschungen. Nicht allzu intensiv, aber trotzdem: Nachforschungen. Garcías Bild in den Spiegeln glich einer Wespe innen an der Windschutzscheibe: gefährlich ablenkend. Die 24 A folgte ihm getreulich, aber er war für sie *verantwortlich.* Die Lichter der beiden Mils links von ihm schienen nähergekommen zu sein . . .

Gant legte seine *Hind* D nach rechts und hüpfte wie ein Floh über einen Felsgrat. Die näherkommenden Hubschrauber gerieten vorübergehend außer Sicht. Er folgte einem engen, hohen Paß, auf dem Schnee leuchtete, so daß sein eigener Schatten ihn auf weißem Grund zu verfolgen schien. Hervorragende Sichtverhältnisse für die Verfolger; zugleich schwieriges Gelände für Ausweichmanöver.

Er behielt seine Höhe und den bisherigen Kurs bei. Im Augenblick kam es lediglich darauf an, die Anfrage der mobilen Station zu beantworten, bevor andere Stimmen die Frage aufnahmen und auf Antwort drängten.

«Abflugort Hauptflugplatz Frontluftflotte in Kabul. Kommen.»

«Danke, zwo-sieben-null-vier. Bleiben Sie auf dieser Frequenz.»

«Station vier-sieben-sechs, ich habe den Auftrag, Funkstille zu bewahren. Können wir die Sache abschließen? Kommen.»

«Tut mir leid, zwo-sieben-null-vier. Parwan hat Ihren Flugplan nicht vorliegen. Wir müssen in Kabul nachfragen. Kommen.»

Gant bildete sich ein, Macs Nervosität an den hochgezogenen Schultern des Bordschützen vor ihm zu erkennen. Die enge Paßhöhe blieb hinter ihnen zurück. Gant vergewisserte sich mit einem Blick auf die bewegliche Karte, in welches weite Tal er jetzt hinabsank.

In Kabul nachfragen ...

Er zögerte, bevor er alles auf eine Karte setzte.

«Station vier-sieben-sechs, können Sie nicht ein Auge zudrükken?» Gant wußte, daß er sich allmählich im Funkschatten befand. Aber er mußte der Horchstation eine plausible Erklärung geben, bevor die Verbindung abriß; er mußte erreichen, daß die drohende Verfolgung abgeblasen wurde.

Gant stieg plötzlich. Er flatterte wie ein aufgeschreckter Vogel aus seiner Deckung, hing dann am klaren Nachthimmel und hatte die Berge tief unter sich. Rechts hinten folgte García ihm wie ein im Wasser aufsteigender Kork. Gant verringerte seine Geschwindigkeit auf 150 Stundenkilometer, um den Eindruck zu erwecken, er wolle das Gespräch in aller Ruhe fortsetzen. Wer sie beobachtete, kannte ihren Standort jetzt genau. Im Augenblick verzichtete

Gant auf jegliche Tarnung. *Die anderen durften nicht in Kabul zurückfragen ...*

Er überlegte, ob er sein Radargerät einschalten sollte, um feststellen zu können, wie viele Maschinen in ihrer Nähe waren, und verzichtete dann doch darauf. Wie schlecht ihre Chancen standen, würde sich früh genug herausstellen, wenn ihre Geschichte aufflog. Der nächste Punkt der sowjetischen Grenze lag jetzt weniger als 150 Kilometer nordwestlich von ihnen.

Gant holte tief Luft.

«Station vier-sieben-sechs», wiederholte er, «und wer sonst noch dort draußen ist: Könnt ihr nicht ein Auge zudrücken?» Er suchte den Himmel ab. Die beiden Mils schienen es nicht eilig zu haben, zu ihnen aufzuschließen – noch nicht. «Ich ... hört zu, wir haben kein Geheimmaterial an Bord. Im Augenblick sind wir leer. Verstanden? *Leer.* Kommen.»

Gant spürte, daß ihm der Schweiß auf der Stirn stand. Seine linke Hand, die den Blattverstellhebel losgelassen hatte, zitterte vor nervöser Anspannung. Nicht zuviel, er hatte nicht zuviel gesagt, noch nicht.

«Hubschrauber zwo-sieben-null-vier, erläutern Sie das bitte näher. Kommen.» Das war wieder die Stimme des Diensthabenden der Horchstation, der im Auftrag seines Vorgesetzten – bestenfalls ein Leutnant – nachfragte. Die Mils blieben vorerst abwartend auf Distanz.

«Ich ... dies ist ein Privatflug. Wenn ihr in Kabul rückfragt, kriege ich Scherereien mit einigen *sehr* hohen Tieren. Ich ... dürfte eigentlich nicht hier sein. Seid also diskret, ja? Kommen.»

Die *Hind* D schwirrte knapp unterhalb ihrer Dienstgipfelhöhe langsam durch die dünne Luft. In etwa eineinhalb Kilometer Entfernung erkannte Gant die beiden sowjetischen Hubschrauber, deren Schatten unter ihnen über Fels und Schnee, über Grate und Gletscher huschten. Hoch über sich sah er vor dem sternenglänzenden Dunkel die Silhouette einer schnellen Maschine – MiG oder Suchoi –, die seinen Kurs in vielleicht 12 000 Meter Höhe kreuzte. Er schwamm langsam weiter, und die Raubfische hatten seine Witterung, seine Bewegung aufgenommen.

Eine Minute Funkstille.

«Zwo-sieben-null-vier . . .» Die neue Stimme ließ Gant zusammenzucken. «Sind Sie auf einem Einkaufsflug? Kommen.»

Einer der beiden aufschließenden Kampfhubschrauber war inzwischen auf 500 Meter herangekommen und hatte Gant damit längst in Reichweite seiner Kanone und seiner Raketen. Er wakkelte mit seinen Stummelflügeln – wie ein Hund, der freundlich schwanzwedelnd einen Artgenossen begrüßt. Gant bewegte seinen Steuerknüppel, um den Gruß zu erwidern.

«Richtig!» antwortete er hörbar erleichtert. «Ich bin froh, daß mich endlich jemand versteht. Vielen Dank. Kommen.»

Der nächste der beiden sowjetischen Hubschrauber querte Gants Kurs mit leichter Überhöhung. Pilot und Bordschütze, die mitgehört haben mußten, winkten ihm beide zu. Gant hielt in Siegerpose den linken Daumen hoch. Die anderen verstanden jetzt, daß er sich auf einem Schmuggelflug für hohe Offiziere befand. Flüge dieser Art, die anfangs ungern gesehen, dann ignoriert und zuletzt sogar gefördert worden waren, fanden stets unter einem Deckmantel fiktiver Geheimhaltung statt. Gant konnte unterwegs sein, um Pornovideos aus dem Hauptquartier abzuholen – oder eine Ladung Schallplatten, kistenweise Wodka, kubanische Zigarren, Frauen . . . ja, vor allem Frauen, die zu Parties eingeflogen oder ausgetauscht wurden, wenn die einheimischen Mädchen, die Geliebten oder die zuletzt importierten Nutten nicht mehr attraktiv genug waren. Der Bordschütze der sowjetischen Mil glaubte vermutlich, Gant sei mit sechs oder acht Frauen nach Alma-Ata unterwegs, um sie gegen «Frischfleisch» einzutauschen. Deshalb winkte er dem Amerikaner grinsend zu.

Dann kam der zweite Hubschrauber näher, als wolle er die aufkeimende Hoffnung zerstören. Gant schluckte trocken. Aber der andere Pilot winkte ebenfalls, bevor die beiden Mils sich zurückfallen ließen. Der Patrouillenführer berichtete der mobilen Horchstation, der Iljuschin und der MiG, die über sie hinweggeflogen war, mit welchem Auftrag sie unterwegs waren. Phantastische Einzelheiten wurden neidvoll lachend verbreitet . . .

Es klappte! Die anderen waren zufrieden.

«Toll, wie du das geschafft hast, Major! Sie hauen ab!»

«Schon gut, García!» knurrte Gant, der über Funk hörte, wie

die andere Besatzung erleichtert durcheinanderschwatzte, und zugleich spürte, wie Mac und er selbst ebenfalls aufatmeten.

«Tut mir leid, daß wir euch belästigt haben, zwo-sieben-null-vier», sagte die ursprüngliche Stimme hörbar amüsiert. «Weidmannsheil! Ende.»

«Okay, wir müssen unsere Glückssträhne ausnützen», sagte Gant ins Handfunkgerät. «Noch vierzig Minuten bis zur Grenze. Aber wir müssen mit weiteren Störungen rechnen.»

«Warum?» fragte García enttäuscht.

«Vielleicht kennen diese Piloten solche Flüge aus eigener Erfahrung – sie haben unsere Story geschluckt. Aber irgendein mißtrauischer kleiner Parteigenosse an Bord der Iljuschin könnte auf die Idee kommen, Kabul nach uns zu fragen, um ganz sicherzugehen. Dann fliegt unsere Story auf! Deshalb müssen wir hellwach bleiben.»

«Mm-hmm.»

Gant beobachtete, wie die beiden sowjetischen Mils links unter ihm zurückblieben. Sie flogen nach Westen – nach Parwan zurück. Selbst wenn die anderen nicht sofort, nicht in der nächsten halben Stunde Verdacht schöpften, würden sie's irgendwann *wissen.* Lange bevor sie Baikonur erreichten und auf dem Rückflug sein konnten, würde irgend jemand ihre Angaben überprüft haben ... und dann würden die anderen ihnen auflauern. Gant knirschte hörbar mit den Zähnen, bevor er die Mil auf die Berge zujagte, hinter denen der Grenzfluß Oxus nach Nordwesten strömte.

Eisiger Wind heulte über die gefrorenen Marschen. Filip Kedrow mußte sich schwankend gegen ihn stemmen, als er die lange Planke von der verrottenden Pier zu dem alten Hausboot hinuntertappte, das kaum mehr als ein gerade noch schwimmfähiges Wrack zu sein schien. Er betrat zitternd das Bootsdeck und rieb sich vor Kälte, Dankbarkeit und echter Erleichterung die behandschuhten Hände. Der Wind umheulte den Rumpf des Hausboots und trieb nasse Schneeflocken durch Lücken zwischen den Deckplanken und Risse in der Kabinenwand.

Er schloß die Tür hinter sich und klemmte ein schräggestelltes Brett unter die Klinke. Die Gewalt der Windstöße ließ die Kabinentür in den Angeln klappern. Kedrow schaltete seine Taschenlampe ein, deren schwacher Lichtschein ihm die Treppe zeigte. Dann polterte er die Stufen hinab und hatte bei jedem Knarren Angst, er könnte fallen und sich den Hals brechen. Das Hausboot ächzte und stöhnte im Brausen des Windes, bis Kedrow den Eindruck hatte, es breche im nächsten Augenblick auseinander.

Das kleine, niedrige Boot war offenbar seit Jahren nicht mehr benützt worden. Kedrow hatte keine Ahnung, wem es früher gehört haben mochte, aber das war auch unwichtig. Entscheidend war, daß es für seine Zwecke geeignet war. Lang, niedrig, kahnartig und gerade noch stabil genug, um Schutz vor dem schlimmsten Wetter zu bieten. Im gelblichen Lichtschein seiner Taschenlampe sah er, daß die Wolldecken auf seinem Lager feucht waren: Schneeregen war durch Risse im Holz eingedrungen und hatte sie durchnäßt. Kedrow ließ das Licht der Taschenlampe durch die Kabine gleiten. Er war allein.

Kedrow nahm den Rucksack von den Schultern und legte ihn mit der Taschenlampe auf den massiven Holztisch in der Mitte der kleinen Kabine. Die Fenster waren nasse, leere, dunkle Quadrate. Er zog rasch die dünnen Vorhänge beider Fenster an Backbord und Steuerbord zu und steckte sie mit Sicherheitsnadeln zusammen; das ging rasch und mühelos, weil er's schon mehrmals geübt hatte. Sein keuchender Atem war lauter als das gedämpfte Heulen des Windes, und die Atemfeuchtigkeit bildete auf jeder Fensterscheibe eine Art Zielkreis. Als er fertig war, kehrte er an den Tisch zurück und zündete die darauf stehende Petroleumlampe an. Sie rauchte und erfüllte die Kabine mit stechendem Qualm, der ihn zum Husten brachte.

Kedrow zog den Transponder aus seinem Rucksack. Das Gerät sah wie ein Transistorradio aus: billig, *made in USSR*, wenig zuverlässig und deshalb noch unauffälliger als ein japanisches Fabrikat. Seine billige Aufmachung deprimierte ihn, als nehme sie das Versagen des Geräts vorweg und beweise, daß die Amerikaner keine sonderlich hohe Meinung von ihm hatten und sich nicht allzuviel Mühe geben würden, um ihn hier rauszuholen ... *hör auf! Hör endlich damit auf!*

Heute war der früheste Termin, an dem sie kommen konnten – aber heute war Dienstagabend. Falls sie vorhatten, ihn zu retten, falls sie ihn rausholen wollten, würden sie in dieser Nacht kommen. Kedrow erfaßte ihren Zeitplan instinktiv, ohne zuverlässige Informationen zu besitzen. Die Amerikaner rechneten damit, seine Fotos – die er in den Farbdosen in seiner Garage hatte zurücklassen müssen – im Fernsehen zeigen und der Presse zur Verfügung stellen zu können, um der Weltöffentlichkeit vorzuführen, was in Baikonur geplant war ... und um den Start zu verhindern. Sie mußten ihn bis Donnerstag in den Westen holen: Folglich war dies die erste und zugleich die letzte Nacht, in der sie kommen konnten ...

... und nicht kommen würden ... *Nein, hör endlich auf, dich damit verrückt zu machen!*

Das billige Gehäuse des Transponders machte es Kedrow unmöglich, sich die darin versteckte komplizierte Elektronik vorzustellen. Selbst wenn er ihn einschaltete, würde er nicht wissen, ob das Gerät funktionierte – obwohl dann eine Kontrolleuchte brennen sollte –, weil nichts zu hören sein würde. Der Transponder sendete lediglich eine Trägerwelle, die nur seine Retter empfangen konnten. Science-fiction! Kedrow starrte dieses Spielzeug an, das bestimmt nicht funktionieren würde. Die Amerikaner hatten es ihm nur geschenkt, damit er beruhigt weiterarbeitete.

Kedrow wollte seufzen, aber dann wurde ein Schluchzen daraus. Er merkte, daß er am ganzen Leib zitterte, und lenkte sich dadurch ab, daß er sich um die Petroleumlampe kümmerte, den Docht putzte und sich dann in der Kabine umsah. Er hatte einige der größten Risse abgedichtet und hier die Lampe, Essen und Bier versteckt. Ein kalter Schauder lief ihm über den Rücken, als er daran dachte, wie knapp er der GRU entkommen war, und er steckte seine Hände unter die Achseln. Stunde um Stunde in klirrender Kälte: den ganzen Tag lang und bis in den Abend hinein, bis er endlich diesen letzten sicheren Zufluchtsort erreicht hatte. Er war völlig übermüdet ...

... und deshalb so nervös, so ängstlich! Aber dieser Erklärungsversuch ging im Heulen des Windes, im Knarren des alten, halb verfaulten Holzes unter. Kedrow sank auf die Koje und hatte das Gefühl, die letzten Reste seiner erwartungsvollen Vorfreude und der wiedergewonnenen Wärme verflüchtigten sich.

Er rollte sich auf der Koje zusammen, ohne auf das Transistorradio zu achten, das vor seinen hochgezogenen Knien lag. Wenig später begann er vor Selbstmitleid zu schluchzen. Es war 20.30 Uhr. Kedrow weinte, ohne zu merken, wie die Zeit verstrich.

Katja Gretschkowa nahm ihre Brille ab und rieb sich die Augen. Dann warf sie einen Blick auf die Wanduhr. 20.40 Uhr. Sie reckte sich gähnend und empfand dabei eine Mischung aus Müdigkeit und Befriedigung. Katja stand auf, zündete sich eine Zigarette an und ging durch ihr kleines Büro, das sie sich mit Wiktor Schikin geteilt hatte. Sie hatte Kopfschmerzen, aber auch dieses dumpfe Pochen konnte ihre Zufriedenheit nicht mindern.

Sie blieb am Fenster stehen, betrachtete ihren Schreibtisch im weißen Lichtkegel der Bürolampe und starrte die Schatten ihrer altmodischen Scherenkonstruktion auf der Jalousie an. Danach konzentrierte sie sich wieder auf den Schreibtisch, als wolle sie ihn zur Beweissicherung aufnehmen, um den Grund für ihre Zufriedenheit zu dokumentieren. Schikin hatte sie gelegentlich – in aller Freundschaft – damit aufgezogen, daß sie so pedantisch, so völlig konzentriert arbeitete. Als ob sie sich aus dem Leben in ihre Arbeit flüchten wolle, hatte er einmal gesagt, und war verstummt, als er auf ihrem Gesicht den Schmerz sah, den sie nicht verbergen konnte.

Katja paffte hastig ihre Zigarette. Der kleine Raum war verqualmt, und im Aschenbecher häuften sich die Kippen. Sie wollte nicht über all diese Dinge nachdenken; zumindest nicht im Augenblick. Ihre Arbeit brachte ihr keinen Trost mehr, bedeutete keine Fluchtmöglichkeit mehr – und Schikin hätte niemals verstanden, daß sie sich auf der Flucht vor einer Selbsterkenntnis, nicht vor dem Charakter ihres Mannes oder einer gescheiterten Ehe befand. Sie hatte plötzlich entdeckt, was für ein Mensch Hauptmann Juri Gretschkow wirklich war, und seitdem sie wußte, wie oberflächlich und gleichgültig er sein konnte, empfand sie nur noch Verachtung für ihn.

Nach wochenlangen Auseinandersetzungen und Schweigeperioden, in denen sie sich auseinandergelebt hatten, war es Katja schließlich gelungen, sich aus Alma-Ata nach Baikonur versetzen zu lassen. Sie hatte dort eine kleine Wohnung gefunden und versucht, ein neues Leben zu beginnen, was nicht leicht gewesen war, weil sie ihre neue Selbsterkenntnis erst verarbeiten mußte. Daß sie solche Forderungen an ihn gestellt, solche Erwartungen in ihn gesetzt, solche Idealvorstellungen gehegt hatte! Und daß er das Bild, das sie sich von ihm gemacht hatte, so gründlich zerstört hatte!

Aber das alles hatte sich gegeben.

Nüchterne Befriedigung darüber, daß sie ihre Arbeit gut und erfolgreich tat, hatte ihr Halt gewährt. Und die Entlarvung Juris – die pedantisch genaue Auflistung seiner Fehler und Schwächen – als eines Mannes, der keineswegs ihrem Idealbild entsprach, hatte ihr geholfen, ihre Selbsterkenntnis zu ertragen. Ihre Arbeit brachte ihr Unabhängigkeit; sie machte Katja fleißig, aktiv, clever – ein schmeichelnderer Spiegel, als ihre Ehe jemals gewesen war. Jetzt genoß sie diese Befriedigung, ohne sonderlich durch Erinnerungen oder Selbsterkenntnis beeinträchtigt zu sein.

Sie glaubte entdeckt zu haben, wo der Spion Kedrow sich versteckt hielt.

Katja setzte sich wieder an ihren Schreibtisch. Der Schwanz des Hundes klopfte gegen ihr linkes Bein, als er aus seiner Ecke herüberkam. Sie tätschelte seinen Kopf, streichelte seinen Nacken und spürte seine feuchte Nase in ihrer Handfläche. Dabei betrachtete sie erneut die vor ihr ausgebreitete Landkarte.

Sie schüttelte den Kopf und setzte ihre Brille auf, deren Gläser im Lampenlicht glitzerten. Dann beugte sie sich nach vorn, als wolle sie etwas überprüfen. Ja, genau dort . . .

Die Gretschkowa kannte die Marschen. Sie hatte sie oft genug durchwandert, um sich das Kartenbild dreidimensional vorstellen zu können. Baumgruppen, kleine Inseln. Sumpfgebiete, Hochstände, Jagdhütten – einige aus der Zeit vor der Oktoberrevolution wurden jetzt von hohen Offizieren benützt –, alte, verrottende Boote, leerstehende Bauernkaten, sogar ganze verlassene Dörfer ...

Kedrows Bücher und Karten waren neben ihrem Schreibtisch aufgestapelt. Mit Hilfe seiner Landkarten und Notizen hatte sie das in Frage kommende Gebiet immer mehr eingekreist, bis sie auf diesen Punkt gestoßen war, der jetzt unter ihrem Zeigefinger lag. Die Stelle, an der ein altes, halb verrottetes Hausboot lag, war auf einer primitiven Skizze in einem seiner Notizbücher deutlich zu erkennen.

Katja hatte Mühe, ihre Ungeduld zu bezähmen, obwohl sie recht gut wußte, daß sie bis Tagesanbruch warten und zuvor Priabin ihre Entdeckung melden mußte.

Zum Glück hatte sie darauf verzichten können, den alten Silokomplex zu durchstreifen. Die frischgemalten Warntafeln, die Tatsache, daß sie die mit Stacheldraht eingezäunte Sperrzone selbst mit ihrem KGB-Dienstausweis nicht hatte betreten dürfen, und die wortkargen Auskünfte der aufgestellten Wachposten hatten ihr deutlich gezeigt, daß Kedrow dort gewesen und wieder verschwunden war.

Katja schrak aus ihren Gedanken auf, als der Hund im Traum blaffte.

Sie mußte Priabin informieren.

Katja betrachtete den Hund. Wenn sie vorsichtig, ganz vorsichtig war ... Sie besaß eine Dienstwaffe; sie konnte damit umgehen. Sie hatte Gummistiefel, eine Taschenlampe, einen Spürhund, der nicht alles vergessen haben konnte, was seine Vorfahren einst beherrscht hatten, ein Auto, eine Karte.

Sie lächelte – vor Aufregung verkrampft, vor Nervosität zitternd.

Heute nacht, heute nacht, *heute nacht* ...

Sie räusperte sich. «Komm, Mischa! *Gassi!*» rief sie aus. Der Hund kam schwerfällig auf die Beine und wedelte freudig mit seinem Schwanz.

Eine weiße Ebene, durch die sich ein zugefrorener Fluß schlängelte, lag vor dem Hubschrauber und seinem Schatten, der über den Schnee huschte, während die Mil wie ein dunkles Insekt darüberschwebte. Gant flog in kaum zehn Meter Höhe. Sein augenblicklicher Standort war wieder nur ihm bekannt. Aus dem mitgehörten Funkverkehr auf der Einsatzfrequenz ging nicht hervor, daß sich noch irgend jemand für ihn interessierte. Im Augenblick war er in Sicherheit.

Garcías Hubschrauber blieb dicht hinter ihm; er huschte, sprang und tanzte im Zickzack übers Gelände. García hatte sich von der belebenden Wirkung der Gefahr anstecken lassen, so daß er jetzt hellwach und selbstbewußt war und instinktiv, sogar leidenschaftlich flog. Trotzdem belastete er Gant: jemand, auf den er aufpassen mußte, und jemand, dessen Fehler tödlich sein konnten.

Auf der beweglichen Kartendarstellung befand sich der Punkt, der seinen Standort bezeichnete, weit im Norden des Panjschir-Tals und des Luftwaffenstützpunkts Parwan – etwa 85 Kilometer von der sowjetischen Grenze entfernt. Genau nördlich vor ihm lag die wichtige Straße von Faisabad nach Masar-i-Scharif, die parallel zu dem weiten Tal des Oxus verlief, der die eigentliche Grenze bezeichnete. Dort wurde das Land flacher, bot weniger Verstecke und war dichter besiedelt, was sich durch Straßen, Eisenbahnlinien, Dörfer, Bewässerungskanäle, Flugplätze und Militärlager zeigte. Die Seidenstraße nach Samarkand.

Gant warf einen Blick auf die Borduhr, betrachtete erneut die Karte und schaute dann nach draußen. Die Berge blieben in den Spiegeln zurück; das Land vor ihm wurde ebener. Braune, kahle Felsen ragten aus dem Schnee, und dann befand sich plötzlich ein Zeltlager unter und neben ihnen: dunkle Zelte wie die gekrümmten Rücken gewaltiger Tiere, die sich in Schnee und Sand einzugraben versuchten. Der Fluß glitzerte im Mondlicht.

Am liebsten hätte Gant sein Radargerät eingeschaltet, das hier außerhalb der Berge wieder wirkungsvoll arbeiten würde, aber er durfte nicht riskieren, elektronische Emissionen zuzulassen, die genau angepeilt werden konnten. Er war noch 1200 Kilometer von Baikonur entfernt, und es war kurz vor 21 Uhr. Er mußte es vor Tagesanbruch schaffen – er mußte vor der Morgendämmerung wieder über der Grenze sein . . . Gant unterdrückte jeglichen Gedanken an den stundenlangen Rückflug, der bei Tageslicht durch den afghanischen Luftraum führen würde. Ihm blieben noch etwa neun Stunden Zeit, in denen er sich längst auf dem Rückflug befinden mußte. *Schneller, schneller!* drängte eine warnende Stimme in seinem Inneren, während seine Hand am Gasdrehgriff zuckte und seine Augen zu den Leistungshebeln über seinem Kopf aufblickten.

Plötzlich eine russische Stimme, die ihn zusammenzucken ließ.

... die Standortmeldung einer MiG in etwa 30 Kilometer Entfernung. Auch die AWACS-Iljuschin und die Hubschrauber mußten sich irgendwo in diesem Gebiet aufhalten. Bisher hat niemand Alarm geschlagen, sagte sich Gant.

Sie haben dir deine Story abgenommen. Er nahm die Hand von der Instrumententafel, wo seine Finger fast die Schalter des Radargeräts berührt hatten. *Nein ...*

Jenseits einer niedrigen Hügelkette begann das weite, fast ebene Urstromtal des Flusses. Gant war sich darüber im klaren, daß er jetzt im Seitensichtradar auszumachen war, weil die störenden Bodenechos hier weit schwächer als im Gebirge waren. Der Hubschrauberbug glänzte im Mondschein.

Was war, wenn die MiG alarmiert wurde, wenn die Iljuschin ihn wiederfand? Würde die Besatzung des Aufklärers darauf verzichten, ihn genauer unter die Lupe nehmen zu lassen? Würde sie sich an seine Story erinnern, ein paar anzügliche Bemerkungen machen und ihren Routineflug fortsetzen?

Weitere russische Stimmen aus dem Lautsprecher. Die beiden Hubschrauber. Weniger als 15 Kilometer entfernt; *noch weniger*, während sie sich meldeten. Warum? Gant hatte sie lange nicht mehr gehört – aber er hatte sich in den Bergen versteckt, und aus dem Funkgerät war lange nur das Rauschen atmosphärischer Störungen gekommen. Woher sollte er also wissen, was die anderen zueinander gesagt hatten?

Er mußte zwischenlanden.

Gant begutachtete das Gelände. Bisher brauchte er noch keinen Treibstoff aus Garcías Mil. Das Land unter ihm war kahl und unwirtlich. Sollte er dort landen, um die Situation in Ruhe analysieren zu können, ohne den anderen Gelegenheit zu geben, seinen Standort zu bestimmen?

Die *Hind* übersprang einen Grat, und das Gelände stieg erneut an, als er eine schneebedeckte Hügelkette ansteuerte. Der Oxus und die Grenze lagen unmittelbar hinter diesen Hügeln am Ende des Koktscha-Tals, durch das nur zur Zeit der Schneeschmelze Wasser strömte. Gant drückte auf einige Knöpfe, so daß der Computer die Verteilung der Wachttürme, Militärlager, Radarstationen, Horchposten und Patrouillen in diesem Gebiet einblendete. Auch die Grenze hob sich jetzt als farbig markierte Linie ab.

Also irgendwo im Trockental des Koktschas, wo die beiden Mils unter einem Überhang oder in einer engen Geländefalte in Deckung gehen konnten, bis Gant Zeit gehabt hatte, die Situation zu analysieren. Die anderen waren ihnen zu nahe – und das bestimmt nicht zufällig! Sie interessierten sich doch weiterhin für ihn, obwohl sie ihn im Augenblick nicht finden konnten.

Er stieg höher, weil er keine Scharte sah, durch die er hätte fliegen können. Er mußte steigen, um über die Hügel hinwegzukommen, und wurde damit wieder im Radar sichtbar. Der Schatten seines Hubschraubers verfolgte ihn über Schneefelder und kahle Felsgrate hinweg.

Nervöse Spannung ließ Gants Haaransatz prickeln und seine Schultern schmerzen. Er steigerte die Geschwindigkeit auf 280, 290 Stundenkilometer und sah García und ihre beiden Schatten hinter sich über die kahlen Hügel rasen. Gant fühlte sich wie auf dem Präsentierteller. Die MiG und die Mils waren vielleicht nicht imstande, ihn zu orten, aber die Iljuschin konnte seine Position genau feststellen – und er erleichterte ihr diese Aufgabe durch seine hohe Geschwindigkeit. Langsamer . . .

Gant nahm die Leistung zurück, so daß sich die Geschwindigkeit der Mil rasch auf etwa 150 Stundenkilometer verringerte. García hätte ihn beinahe überholt, bis auch er langsamer geworden war. Die Hügel zogen unter ihnen vorbei. Die MiG, die irgendwo dort draußen lauerte, ging Gant auf die Nerven. Sie war knapp 30 Kilometer entfernt – nur eine Minute, wenn man einen Kurswechsel und eine vorsichtige Annäherung einkalkulierte. Ein richtiges Katz-und-Maus-Spiel . . .

Dann war's plötzlich soweit. Er hörte seine Position – ohne Anruf, ohne Rufzeichen – so deutlich, als lese er sie selbst von seiner

Karte ab. Die AWACS-Iljuschin hatte nicht aufgehört, sich für ihn zu interessieren. Im Gegensatz zu den Hubschraubern, die ihn angeflogen hatten und lachend abgedreht waren, hatte das Aufklärungs- und Frühwarnflugzeug wegen seines wichtigen Auftrags stets einen GRU-Offizier an Bord – den eigentlichen Kommandanten der Maschine.

Die MiG wiederholte und bestätigte seine Position, seinen Kurs und seine Geschwindigkeit.

«Sie sind hinter uns her», berichtete Gant García mit grimmiger Ruhe, die ihn selbst überraschte. Im Gegensatz zu seiner Stimme zitterten seine Hände. «Wir müssen uns verstecken – aber zuerst will ich mich umsehen.»

Er schaltete sein Radar ein, so daß die bewegliche Karte vom Bildschirm verschwand, der jetzt grün wurde. Am Nordwestrand des Bildschirms erschien sofort die Iljuschin. Die beiden Mils befanden sich südwestlich von ihm – über fünf Minuten entfernt, was ein beruhigender Vorsprung war. Die Grenze vor ihm war zunächst noch nicht alarmiert; dort befand sich nichts in der Luft, was ihn am Überflug hätte hindern können. Aber die MiG, die MiG . . .

Gant schaltete auf Blickfelddarstellung um. Die Zahlenwerte für Kurs, Geschwindigkeit, Flughöhe und Entfernung der MiG vor ihm wurden an die Cockpitscheibe geworfen. Danach mußte der Jäger sie in einer Minute und vierzig Sekunden eingeholt haben. Gant stellte das Radar ab, aber das Bild der zielbewußt dem Mittelpunkt des Radarschirms zustrebenden MiG blieb auf seiner Netzhaut zurück.

Er fegte über einen Hügelrücken hinweg; Garcías Hubschrauber hüpfte wie ein Floh hinter ihm her. Dann lag das lange wasserlose Koktscha-Tal vor ihm, das fast zwei Kilometer breit zum Oxus und zur Grenze hinunterführte. Es war so weit, daß die MiG darin manövrieren konnte. Gant verfluchte sein Pech, während er die Talwände und das trockene Flußbett absuchte. Felsen, Überhänge, Vorsprünge, Terrassen. Die MiG würde ihre Geschwindigkeit erhöht haben, sobald sie von ihrem Radar verschwunden waren, und die Iljuschin würde sie führen. Das Zusammentreffen war unvermeidbar.

Gant schaltete die Kartendarstellung wieder ein und suchte verzweifelt nach einem engeren Seitental, das Platz für zwei Hubschrauber bot, aber für die MiG zu eng war. Nichts. Er knatterte weiter auf die nur noch etwa 50 Kilometer entfernte Grenze zu.

«García, wir brauchen schnellstens eine Stelle, wo wir landen können!» sagte er ins Handfunkgerät. «Wir trennen uns – du nimmst die Ostseite des Tals, ich bleibe auf der Westseite, damit wir zwei ... Ziele bilden.»

«Gant – er weiß, wo wir sind, stimmt's?»

«Richtig.»

«Okay, dann wollen wir Verstecken spielen!»

García war hörbar nervös, obwohl er sich bemühte, selbstbewußt zu wirken. Er schien ihre Lage noch nicht recht erfaßt zu haben. Gant fragte sich, ob seine Stimmung umschlagen würde, sobald die MiG auftauchte.

Die *Hind* A verlor sich aus seinen Spiegeln, als García die gegenüberliegende Talseite ansteuerte; ihre Umrisse verschwammen vor dem Hintergrund aus Fels und Schnee. Die Tarnbemalung ließ sie fast völlig unerkennbar werden, so daß Gant die Augen zusammenkneifen mußte, um sie noch zu erkennen. Wie er selbst hatte García seine Geschwindigkeit stark vermindert, was dazu beitrug, ihn weniger kenntlich zu machen. Ausgezeichnet! Gant beobachtete die Talwand links neben sich und wartete.

Da schoß plötzlich die MiG – ein einsitziger Jabo MiG-23 *Flogger* – übers Tal hinweg, legte sich in die Kurve, daß ihre Rumpfunterseite geisterhaft vom Mond erhellt wurde, und verschwand sofort nach Osten. Sekunden später stieg ein neuer Stern am schwarzen Himmel auf, wendete und kam zurück.

«Nichts, García?»

«Nicht das geringste.»

Gant beobachtete den Himmel über dem Tal. Ein matt glänzender Stern schoß im Sturzflug auf sie herab. Gant empfand ein seltsames Gefühl von Neid, das im nächsten Augenblick in Besorgnis umschlug, und spürte die Überlegenheit des MiG-Piloten, sein lässiges, sorgloses Selbstbewußtsein. Die *Hind* war der *Flogger* in keiner Beziehung gewachsen. Während die MiG etwa zehn Kilometer vor ihnen ins Tal eintauchte, würden die Mils – nach Anweisungen der Iljuschin – sich beeilen, zu ihnen aufzuschließen. Bei Höchstgeschwindigkeit brauchten sie etwas über zwei Minuten, um den Punkt zu erreichen, an dem er kurz sein Radargerät eingeschaltet hatte. Dann saßen García und er in der Falle.

Die MiG-23 schoß das Tal entlang auf sie zu. Ein weiterer Vorbeiflug zur Kontrolle, überlegte Gant. Danach würde der Pilot versuchen, über Funk mit ihnen Verbindung aufzunehmen. Jetzt konnten sie sich nicht mehr verstecken; ihr Bluff mußte durchgehalten werden – und Erfolg haben.

«Alle Waffenschalter auf *ein* – für alle Fälle», forderte er García fast lässig auf.

Auch Mac hatte mitgehört, denn er drehte sich nach ihm um und reckte dann den linken Daumen hoch. Große Augen, weiße Zähne in einem blassen, vom Helm umschlossenen Gesicht. Mehr war von Mac nicht zu erkennen.

Die MiG befand sich einen Augenblick auf gleicher Höhe mit ihnen. García sah ein dunkles Cockpit, als sei die Maschine führerlos. Dann röhrte sie davon, um sofort in eine hochgezogene Kehrkurve überzugehen. Auf dem Infrarotschirm des Piloten würden sich zwei helleuchtende Punkte abzeichnen – je einer auf beiden Talseiten. Der MiG-Pilot konnte zufrieden sein: Er hatte die Ziele erfaßt und wußte darüber hinaus, daß er Unterstützung hatte. Gant drehte den Kopf zur Seite. Auch diesmal war der neue Stern am Nachthimmel gut zu beobachten.

«Alle Waffensysteme unter meiner Kontrolle», ordnete er an und fügte hinzu: «García, du tust nichts, bevor ich's dir sage, okay?»

«Verdammt noch mal, Gant, was *können* wir überhaupt tun?»

Garcías mühsam bewahrte Fassade bröckelte allmählich ab. Die Nähe der Felsen, die Geschwindigkeit und Bewaffnung der MiG, die Bedrohung durch die herankommenden Mils ... alle diese Faktoren würden sich immer stärker auswirken. Er war bereits entnervt, obwohl er vermutlich noch glaubte, Aufregung statt Angst zu empfinden. Aber sein Selbstvertrauen schwand zusehends.

«Schon gut, García. Du landest einfach, sobald du kannst, wo du kannst. Komm mir bloß nicht in die Quere!» Das war seine einzige Anweisung für García, die einzige vernünftige Aufforderung: *Reiß mich nicht mit dir in den Tod!*

Der neue Stern schien erneut vom Himmel zu fallen. Gant ignorierte die schemenhaften Umrisse von Garcías Mil und ihren verschwommenen Schatten. Auf der sowjetischen Einsatzfrequenz war Stimmengewirr zu hören. Der Stern fiel mit erschreckender Geschwindigkeit.

Die *Flogger* tauchte etwa fünf Kilometer hinter ihnen ins Tal ein, während Gant die selbstbewußte, mißtrauische Stimme ihres Piloten in seinem Kopfhörer hatte.

«Nicht identifizierte Hubschrauber – Sie befinden sich ohne Freigabe in einem Flugbeschränkungsgebiet. Geben Sie Ihre Kennung und Ihren Flugauftrag an. Kommen.»

Die MiG erschien in Gants Spiegel, folgte der Talmitte und wurde rasch größer. Er sah zu García hinüber. Der andere Hubschrauber hielt ebenfalls Kurs und Geschwindigkeit; er blieb möglichst dicht an den Felswänden, vor denen seine Umrisse verschwammen.

Gant antwortete sofort, denn er wußte, daß ihre Story überprüft worden war und sich als erfunden herausgestellt hatte. Irgend jemand an Bord der Iljuschin mußte sich danach erkundigt haben – rein routinemäßig, für alle Fälle.

Der MiG-Pilot ließ sich nicht täuschen.

«Nicht identifizierter Hubschrauber – versuchen Sie's noch mal. Kundus verlangt Ihre positive Identifizierung für Parwan. In Kabul liegt kein Flugplan von Ihnen vor. Geben Sie bitte Ihr Ziel und Ihren Flugauftrag an. Kommen.»

Die mit geringstmöglicher Geschwindigkeit fliegende MiG-23 wurde in Gants Spiegel nur allmählich größer. Der Pilot flog in ihrer Höhe das Tal entlang und beobachtete sie, während er auf Antwort wartete.

«Mein Auftrag fällt unter die höchste Geheimhaltungsstufe des Armeeoberkommandos Kabul», behauptete Gant, obwohl er wußte, daß ihm das niemand abnehmen würde. «Warum, zum Teufel, interessieren Sie sich so sehr für uns, Genosse? Kommen», fügte er hinzu. Während er wartete, blickte er rasch zu Garcías *Hind* A hinüber, die gleichmäßig weiterflog.

Die MiG befand sich auf gleicher Höhe mit ihnen.

Wir müssen den Mann rausholen, sagte Anders' Stimme in seinem Kopf. *Er ist unsere einzige Trumpfkarte. Wir haben keinerlei Beweise dafür, was die Sowjets in Baikonur vorhaben. Ohne ihn können wir ihnen nichts nachweisen ...*

«Kabul ist nicht bereit, sich für euch zu verbürgen, *Genosse*. Dort ist nichts von einem Nachtstart zweier Mi-24 bekannt. Identifizieren Sie sich bitte. Kommen.»

Aus der Stimme des MiG-Piloten sprach forsche, leicht verächtliche Ironie; sie beruhigte – aber warum?

Die MiG, die ihre Überziehungsgeschwindigkeit nicht unterschreiten durfte, hatte sie langsam überholt. Dann stieg sie plötzlich steil – für alle Fälle, als habe ihr Pilot sich in diesem Augenblick an die Bewaffnung der beiden Hubschrauber erinnert. Sie wurde in einer Kehrkurve hochgezogen, blitzte im Mondschein wie ein Hai auf und setzte sich erneut in gleicher Höhe hinter sie.

... Deserteure oder auf eigene Faust operierende Schwarzhändler! *Das* dachte der MiG-Pilot! Illegalität, nicht unbefugtes Eindringen. Gewinnsucht, nicht Spionage. Gant starrte in seine Spiegel. Im Mondschein glitzerten der schlanke Rumpf der MiG-23 und zwei weiter entfernte Punkte: die sowjetischen Hubschrauber. Wahrscheinlich wurden unterdessen weitere Maschinen zusammengezogen – oder vielleicht doch nicht? Die selbstbewußt, fast amüsiert klingende Stimme des MiG-Piloten? Vielleicht war noch kein allgemeiner Alarm ausgelöst worden ...

Was sollte er mit der *Flogger* anfangen?

Sein Verstand blieb kühl und gelassen; sein Körper war erhitzt, aber eher hellwach als nervös. Gants Nervosität war einer nach Taten dürstenden Spannung gewichen. Als er jetzt antwortete, klang seine Stimme leicht nervös und *fast* bittend.

«Hören Sie, Genosse, erkundigen Sie sich bei den höchsten Stellen in Kabul – bei den allerhöchsten ... und entschuldigen Sie mich gleich bei ihnen, weil ich sie in diese Sache hineingezogen habe. Kommen.»

Wir müssen den Start am Donnerstag verhindern, und dies ist die einzige Möglichkeit dazu.

«Tut mir leid, Genosse – Sie müssen sich was Besseres einfallen lassen. Kabul weiß nichts von Ihnen. Parwan verlangt Auskunft darüber, warum Sie von der kürzesten Route abgewichen sind, und Kundus will, daß Sie dort zur Überprüfung landen. Steigen Sie sofort auf dreitausend Meter und nehmen Sie Kurs auf Kundus. Bestätigen Sie Ihre voraussichtliche Ankunftszeit. Und denken Sie daran, daß ich Sie im Auge behalte! Kommen.»

Die MiG befand sich wieder auf gleicher Höhe mit ihnen – zwischen ihm und García. Gants eisige Zweifel wirkten sich plötzlich lähmend aus. Der Schwenkflügeljäger befand sich nur einige hundert Meter rechts neben ihm. Sein Pilot war wachsam, aber er rechnete offenbar nicht mit Schwierigkeiten. Für ihn waren sie Deserteure oder Schwarzhändler: Leute, die man verachtete, vielleicht sogar ignorierte.

«Verstanden. Steige auf dreitausend und nehme Kurs auf Kundus. Voraussichtliche Ankunftszeit... in sechzehn Minuten.»

«Sie werden von den beiden Hubschraubern hinter Ihnen begleitet. Bilden Sie eine geschlossene Viererformation mit ihnen, sobald sie bei Ihnen sind, verstanden? Kommen.»

«Verstanden.»

Gant warf einen Blick auf die Kartendarstellung. Die MiG stieg erneut steil weg und verbrauchte dabei wieder unmäßig viel Treibstoff. Ihre Einsatzreichweite...? Würde sie in ein, zwei Minuten nach Parwan oder Kundus zurückkehren müssen, um dort zu tanken? Dann war vermutlich bereits eine weitere MiG oder Suchoi als Ablösung unterwegs. Er beobachtete die *Flogger* und wünschte sich, sie würde zurückkehren, anstatt wegzufliegen. Vor seinem inneren Auge tauchten Bilder auf, die von Zerrspiegeln zurückgeworfen zu werden schienen. Die sowjetische Grenze war etwa 15 Kilometer von ihnen entfernt; Kundus lag 65 Kilometer weit im Südwesten.

«Scheiße...» flüsterte er vor sich hin. Sie konnten die MiG-23 unmöglich abschütteln, und falls sie tanken mußte, würde sie nicht wegfliegen, bevor ein anderer Jäger eingetroffen war. Die beiden sowjetischen Mils waren deutlich in seinen Spiegeln sichtbar.

Gant umklammerte den Steuerknüppel fester, zog den Blattverstellhebel nach oben und stieg aus dem Tal in den dunklen Himmel. Sein Kopf war dabei zur Seite gedreht, weil er beobachten wollte, ob García ihm folgte.

«Skipper, wär's jetzt nicht Zeit, mit Langley zu sprechen?» schlug Mac vor.

«Ich denke nicht daran!» knurrte Gant. «Wir . . .»

Er sprach nicht weiter, als Garcías *Hind* A, die sich wie seine Mil im Steigflug befand, plötzlich scharf abdrehte. Die einer Sternschnuppe gleichende MiG-23 schien schneller zu sinken, als habe das Abdrehen des Hubschraubers ihren Piloten alarmiert. Der Jäger setzte sich in einer engen Kurve hinter sie. Als der Pilot jetzt sprach, klang seine Stimme wegen der hohen Beschleunigungskräfte gepreßt.

«Behalten Sie Ihren bisherigen Kurs bei – steigen Sie auf dreitausend Meter und warten Sie auf Ihre Eskorte. Ich wiederhole: Kurs beibehalten und auf dreitausend Meter steigen. Haben Sie verstanden? Kommen.»

García kam außer Sicht. Gant stieg schneller, damit sein Gesichtsfeld sich erweiterte. Er stellte fest, daß die beiden zu ihnen aufschließenden Mils ebenfalls stiegen. Und er sah die MiG-23 unter sich im Steigflug heranschießen. Hatte ihr Pilot García nach seiner engen Kurve bereits wieder erfaßt?

«García! Komm zurück, verdammt noch mal!» brüllte Gant ins Mikrofon des Handfunkgeräts. Aber García antwortete nicht. Die MiG erreichte Gant, schoß an ihm vorbei und hängte sich hinter García, der seine Geschwindigkeit auf ungefähr 250 Stundenkilometer erhöht hatte – bei weitem nicht genug. Der MiG-Pilot war vielleicht etwas überheblich, aber dieser Aufgabe bestimmt gewachsen. Gant spürte, wie seine Magennerven sich verkrampften. Macs Stimme protestierte.

«Kehren Sie auf Ihren bisherigen Kurs zurück und behalten Sie ihn bei. Verlassen Sie Ihren gegenwärtigen Kurs. Setzen Sie Ihre Geschwindigkeit herab. Warten Sie auf Ihre Eskorte. Haben Sie verstanden? Kommen.»

Die beiden Maschinen rasten von Gant weg und wurden dabei rasch kleiner. In den wenigen Sekunden, seitdem García aus ihrer Zweierformation ausgeschert war, weil er offenbar die Nerven verloren hatte, war ihr Abstand bereits um einen halben Kilometer größer geworden. Die MiG-23 jagte hinter ihm her. Die beiden sowjetischen Hubschrauber kamen mit Höchstgeschwindigkeit näher, als witterten sie Blut. Vor García ragten Hügel auf, zwischen denen er sich vielleicht verstecken konnte. Möglicherweise hatte er sich zur Flucht entschlossen, um das Überraschungsmoment und die Nähe dieses Deckung gewährenden Geländes auszunützen ... Nein. Er hatte einer Panikreaktion nachgegeben.

Und seine Reaktion war falsch.

Gant erhöhte seine eigene Geschwindigkeit, raste über das zwei Kilometer breite Tal hinweg und suchte dabei wie ein in die Enge getriebenes Tier verzweifelt Deckung. Er wußte, was passieren würde; er sah die Ereignisse voraus – und war in Gedanken bereits über sie hinweg, so daß er sich auf *sein* Überleben, *seine* Flucht konzentrieren konnte.

«Skipper ...!» protestierte Mac.

«Nein», wehrte er ausdruckslos ab.

Alle drei sowjetischen Maschinen wurden durch García abgelenkt und achteten im Augenblick nicht auf ihn.

Wohin?

Beide Talseiten wurden von stellenweise verschneiten Felswänden gebildet. Nirgends ein Fluchtweg; nirgends eine enge Schlucht, die ihm Schutz vor der MiG geboten hätte. Die Stimme ihres Piloten verfolgte García: mahnend, befehlend, drohend ...

... drohend. Nur noch wenige Sekunden.

«García, flieg um Himmels willen langsamer!» rief Gant, obwohl er wußte, daß seine Aufforderung nicht befolgt werden würde. Aber er stellte damit Mac und zugleich einen Teil seines eigenen Ichs zufrieden.

In wenigen Sekunden würden alle ihre Bildschirme blind sein. Diese Chance mußte er nutzen! Er suchte die kahlen Felswände ab.

«Sieh zu, ob du was findest, verdammt noch mal!» sagte seine Stimme in Macs Kopfhörer.

Drohung. Herausforderung.

Gant konnte kaum noch vorausdenken. Sein Überlebenstrieb war übermächtig. Er war erwischt worden und mußte jetzt irgendwie überleben. Suchen, *weitersuchen* ...

Die letzte Warnung.

Der Feuerstrahl eines gezündeten Raketentriebwerks: nicht größer als ein aufflammendes Streichholz. Die *Flogger* hatte eine ihrer AA-8-Lenkwaffen mit Infrarotsuchkopf abgeschossen. Obwohl Gant damit gerechnet hatte, obwohl er davon überzeugt gewesen war, daß es dazu kommen würde, war er im Augenblick wie gelähmt.

Ich habe Befehl, Sie abzuschießen, wenn Sie sich meinen Anweisungen widersetzen... Gant glaubte, die Stimme des MiG-Piloten zu hören, der García gewarnt hatte. *Sie befinden sich in einem Gebiet mit Flugbeschränkung*... *Ich eröffne das Feuer, falls Sie nicht*...

Einer der wenigen russischen Brocken, die García jemals gelernt hatte, kam durch den Äther, als das Raketentriebwerk aufflammte. *Leckt mich am Arsch!* Garcías Stimme klang unnatürlich hoch.

Such dir ein Versteck, laß dich nicht ablenken, such weiter...

Gants Mil hing im Schwebeflug über dem einsamen Tal mit den kahlen Felswänden. Nirgends ein Versteck! Er *mußte* Garcías *Hind* A beobachten, während die Luft-Luft-Rakete wie ein brennender Pfeil auf sie zuschoß. Die AA-8 suchte nur kurz nach einem Wärme abstrahlenden Gegenstand über dem kalten Fels – dann steuerte sie ihr Ziel an.

Im Augenblick der Detonation schien eine weiß-orangerote Wolke den gesamten Himmel auszufüllen. Brennender Treibstoff strömte wie ein Wasserfall auf die Felsen herab. Die auseinandergesprengte *Hind* A, aus der brennender Treibstoff floß, raste sich überschlagend gegen den Hügel vor ihr, platzte noch weiter auf und verfiel dann. Gant hatte sein Nachtglas aus der Halterung in der Cockpittür gerissen. Er sah die Schreckensszene klar und deutlich vor sich. Die zersplitterten Rotorblätter flogen nach allen Richtungen davon; große Fetzen der Rumpfbeplankung sprangen ab; brennender Treibstoff floß wie Lava den Hang hinunter.

Mein Treibstoff, *mein* Treibstoff...

Er konnte an nichts anderes mehr denken, nachdem er diese Tatsache bis zum Augenblick der Detonation ignoriert hatte. Gant dachte nicht an Garcías Tod, nicht an den Tod Lanes und Koopers, nicht einmal an die Lebensgefahr, in der er selbst schwebte – er dachte einzig und allein daran, daß seine Treibstoffreserve in

Flammen aufgegangen war. Jetzt konnte er trotz seines eigenen Zusatztanks Baikonur nicht mehr erreichen ... und konnte nie mehr zurück.

Noch während er Mac «Heilige Muttergottes!» flüstern hörte, wurde ihm klar, daß der MiG-Pilot das Unternehmen *Habicht* endgültig zum Scheitern verurteilt hatte. Er war umzingelt; für ihn gab es keine Fluchtmöglichkeit mehr – selbst ein Fluchtversuch wäre jetzt sinnlos gewesen.

Gant blieb wie gelähmt im Schwebeflug.

8

Die Oase

Eine Öffnung zwischen den Felsen.

Gant betätigte mehrere Schalter, denn er wußte, daß er sich damit nicht mehr schaden konnte, daß er weit über der schützenden Oberkante der Felswände war, daß ihre Bildschirme durch die Nova der Detonation und des Brandes von García Mil blind waren – und daß er ohnehin erledigt war, wenn es ihm nicht gelang, innerhalb der nächsten Augenblicke eine Öffnung zwischen den Felsen zu finden. Er atmete erleichtert auf, als die wichtigsten Bildschirme des Hubschraubers zu neuem Leben erwachten: in Grün- und Rottönen, mit blinkenden Lampen und Leuchtdioden, die alle Systeme betriebsbereit meldeten.

Die Infrarotanzeige glühte wie ein Sonnenaufgang. Auf dem Grün des Radarschirms zeichneten sich noch fliegende Metalltrümmer, herabfließender Treibstoff und schemenhafte Zielechos ab. García Hubschrauber explodierte auf seinen Bildschirmen weiter.

Etwas Schwarzes in der mondhellen Felswand. Der Anzeige nach rund 700 Meter entfernt. Oder war das nur eine Nachwirkung des Detonationsblitzes auf seiner Netzhaut?

Gant ließ die *Hind* D wie einen Felsblock in das Tal fallen, das für ihn jetzt Sicherheit verkörperte – zumindest für die nächsten

Minuten. Er sah und hörte Mac im Bordschützenabteil, ohne jedoch auf ihn zu achten. Gant konzentrierte sich darauf, sich selbst und die Maschine zu retten. Er hatte nur Augen für die Realität des gähnenden schwarzen Lochs, das jetzt größer wurde – also keine optische Täuschung ... Ein Überhang, eine Höhle, eine Felsspalte. Sicherheit.

Einschränkung! Sackgasse. Er ließ sich wie ein Schaf in einen Pferch treiben.

Wichtiger aber als alles andere: verstecken!

Gant sah mit Felsen übersäte Geröllfelder, Spalten und das tief eingeschnittene Trockenbett eines Flusses; auch der Höhlenboden war voller Felsblöcke.

Er schob sich mit der *Hind* näher an die Felswand der östlichen Talseite heran, beobachtete dabei ständig die Spiegel und suchte auch den Himmel über sich ab. Nichts, noch nichts ...

Gant brauchte Zeit, um nachdenken, planen, einen Ausweg finden zu können: eine Denkpause, in der er nicht zu fliegen brauchte. Er drehte den Hubschrauber langsam in Richtung Höhleneingang und ließ ihn allmählich darauf zutreiben.

«Breite neunzehn Meter ... Höhe sechs Meter dreißig, Skipper», sagte Macs Stimme in seinem Kopfhörer. Die Höhlenöffnung war also breit und hoch genug – allerdings nur knapp.

«Okay, Mac.»

Gant wendete auf der Stelle und suchte die Felskante über ihnen, das Tal in ihrer Umgebung und den sternenklaren, mondhellen Himmel ab. Keine Schatten, keine Silhouetten, nichts. Er hielt den Hubschrauber im Schwebeflug vor der Höhlenmündung an.

«Infrarotscheinwerfer ein!» sagte er laut, zog die Infrarotbrille über seinen Helm nach unten und rückte sie zurecht. Vor ihm tat sich eine graue Welt auf, die durch den IR-Scheinwerfer gespenstisch erhellt wurde. Gant staunte über die Größe der Höhle: der Hohlraum erweiterte sich vom Eingang aus und wich nach allen Seiten bis über die Reichweite des IR-Scheinwerfers hinaus zurück.

Gant ließ die Mil, deren Fahrwerk fast die Felsblöcke berührte, langsam vorwärtsschweben. Er war sich vor allem der Rotorblätter über seinem Kopf bewußt. Die Maße des Höhleneingangs standen ihm so klar vor Augen, als habe er sie schriftlich vor sich. Macs Stimme gab ihm halblaute Anweisungen, mehr nach links oder rechts zu steuern. Die Bildschirme leuchteten; er beobachtete sie immer wieder hastig mit dem abergläubischen Eifer eines Kindes, das Ritzen zwischen Gehsteigplatten meidet, weil sie Unglück bringen.

Vor ihnen glitzerte Eis. Der Höhleneingang klaffte, als wolle er sie verschlingen.

Jetzt!

Er unterdrückte ein Frösteln. Im Infrarotlicht bildeten die Rotorblätter einen Kegel, der jedoch nicht die Felswände berührte. *Nicht berührte ...* Mac war schon in der Höhle; dann folgte er selbst. Der Triebwerkslärm und das Knattern der Rotorblätter wurden von den Höhlenwänden zurückgeworfen. Im blassen, geisterhaften Licht des IR-Scheinwerfers wirkte das Höhleninnere wie das düstere Hauptschiff einer schlechtbeleuchteten Kathedrale. Durch seine Brille sah Gant Eiszapfen, Felsbrocken auf unebenem Boden und ein in der Höhe verschwimmendes Höhlendach. Er atmete langsam aus. Mac entleerte seine Lungen stoßweise.

«Kalt hier drin», war sein einziger Kommentar.

Gant drehte die Mil im Schwebeflug langsam um ihre Achse. Er schaltete den IR-Scheinwerfer aus und schob die Brille wieder hoch. Die Nacht vor dem Höhleneingang war mondhell.

«Mac?»

«Ich kann nichts hören, Skipper. Ich sehe mich mal um.»

Gant ging tiefer, bis die *Hind* sicher auf ihrem Fahrwerk stand. Er stellte die beiden Gluschenko-Triebwerke ab und wartete, bis die Rotorblätter zum Stillstand kamen. Die Stille schien fast greifbar zu sein, als die letzten Geräusche verstummt waren. Er öffnete die Cockpittür und fühlte sofort die beißende Kälte. Mac stieß die Luke des Bordschützenabteils auf und kletterte aus der Maschine.

Gant nahm seinen Helm ab. Die Höhle um ihn herum war fast erschreckend groß. Er sprang mit eingeschalteter Taschenlampe zu Boden. Vor ihm wackelte der Lichtstrahl von Macs Lampe bereits auf den Höhleneingang zu. Gant machte eine kreisförmige Bewegung mit der starken und trotzdem unzulänglichen Taschenlampe, als versuche er, ein lauerndes Raubtier zu entdecken. Er sah im Lampenlicht einen gefrorenen Wasserfall glitzern. Über ihm waren weder der Mond noch Sterne zu sehen; lediglich am Höhleneingang zeigte sich ein Stück Nachthimmel.

Sein Kopf dröhnte noch immer vom Rotorenlärm, als habe er die *Hind* tagelang ohne Pause geflogen. In Wirklichkeit waren sie zweieinhalb Stunden in der Luft gewesen. Gant lehnte sich einen Augenblick an den Hubschrauberrumpf; sein rechter Arm und die Hand, mit der er den Steuerknüppel umklammert hatte, waren noch fast gefühllos.

«Mac? Okay?» sagte er leise in das Handfunkgerät, das er aus der Cockpithalterung mitgenommen hatte.

«Skipper . . .» Macs heiseres Flüstern klang in der Stille übernatürlich laut. «Ich höre die MiG – sie kehrt anscheinend um und kommt hierher zurück. Mein Gott, ist mir *kalt*!» Sein Tonfall besagte genug. Er brauchte kaum hinzuzufügen: «Was hat García sich eigentlich dabei gedacht, verdammt noch mal?», damit Gant seine starke Reaktion verstand. Nachdem Gant seine Lampe ausgeschaltet hatte, konnte er Mac wie leidend zusammengekauert am Höhleneingang erkennen.

«Okay, Mac, okay», antwortete er beruhigend, obwohl seine Stimme ebenfalls leicht zitterte. «Okay . . .»

In der Dunkelheit hörte er die MiG-23 wieder heranheulen.

«Sie kommt!» meldete Mac zähneklappernd. «Skipper . . . verdammt noch mal, hast du's *gesehen*?»

«Ich hab's gesehen.»

Die *Flogger* heulte das Tal entlang, so daß der Lärm ihrer Triebwerke sich an den Felswänden brach und in die Höhle schwappte. Aber er wurde fast augenblicklich wieder schwächer. Gant überlegte sich, daß die MiG jetzt schon fünf, sechs Minuten bei ihnen war und vermutlich bereits über die Hälfte ihrer Einsatzreichweite zurückgelegt hatte. In weiteren fünf Minuten würde sie nach Kundus zurückfliegen müssen, um dort zu tanken – aber zuvor würde eine andere Maschine sie hier ablösen. Sie würden nach wie vor in der Höhle festsitzen, aber Gant konnte seine Entscheidung selbst dann nicht bedauern, als der Triebwerkslärm der MiG-23 von den Höhlenwänden widerhallte. Er hätte dem Jäger und seinen Lenkwaffen niemals entfliehen können; das war auch García nicht geglückt...

«Er ist einfach zerplatzt», murmelte er ins Mikrofon seines Handfunkgeräts.

«Und was bedeutet das für *uns?*» fragte Mac weinerlich vom Höhleneingang her. «Skipper, unsere Lage ist *beschissen*!»

«Schon möglich. Was ist mit den Hubschraubern?»

«Ich höre einen, vielleicht beide ... nein, nur einen.»

«Okay, ich komme nach vorn und sehe selbst nach.»

Nachdem Gant einige Schritte weit gegangen war, drehte er sich nach der *Hind* um. Die Bordinstrumente im Cockpit leuchteten schwach, aber die Masse des Hubschraubers befand sich in völliger Dunkelheit. Er war von außen nicht zu sehen – oder zumindest nur mit Hilfe eines Infrarotscheinwerfers. Der Höhleneingang glich einem erstaunt aufgerissenen Mund mit blassen Lippen. Am Nachthimmel glitzerten Sterne. Mac hockte auf der rechten Seite zwischen Felsblöcken und blickte durch das sperrige Noctron-Nachtsichtgerät, dessen Reichweite bei hellem Mondschein über 500 Meter betrug. Gant konnte die heranschwebende Mi-24 hören.

«Die zweite hat nach Süden abgedreht», flüsterte Mac, als Gant ihn erreichte. «Dieser Kerl fällt uns gleich auf den Kopf, wenn er nicht bald langsamer wird!» Er duckte sich tiefer zwischen die Felsen.

Gant sah sich um. Ein IR-Scheinwerfer konnte die *Hind* vielleicht gerade erreichen.

«Laß mich mal sehen!»

«Klar.» Mac hielt ihm das Nachtsichtgerät hin. Seine Stimme klang jetzt wütend, aufgebracht. Er schien imstande zu sein, die Erkenntnis, daß ihre Treibstoffreserve in Flammen aufgegangen war, durch seinen Zorn über García Tod zu tarnen. Der Gedanke an den Treibstoff ließ Gant frösteln; die Dunkelheit umgab ihn wie das unwirtliche Land, in dem er gestrandet war.

Er beugte sich vorsichtig aus dem Schatten.

Der Kampfhubschrauber, dessen Tarnanstrich im Mondschein um so fleckiger wirkte, schwebte östlich der Talmitte. Er war ein Zwilling der Mil hinter ihnen: eine Mi-24 D. Also keine Luftlandetruppen, nur die Besatzung ... nein, ohne Zusatztank konnte dieser Typ darüber hinaus bis zu acht Soldaten transportieren. Gant beobachtete den Hubschrauber. Die Kabinentür blieb geschlossen. Der stumpfe Hubschrauberbug wandte sich ihnen zu. Die Lufteinlässe der Gluschenko-Propellerturbinen glichen Insektenaugen über den im Mondlicht spiegelnden Cockpitscheiben. Der Lärm ihrer Triebwerke übertönte das Geräusch der außer Sichtweite fliegenden MiG-23.

Nur noch Minuten, überlegte Gant. Wegen der Felsen konnte er die sowjetische Einsatzfrequenz nicht mehr abhören. Wenn es nur eine Lücke, ein kurzes Intervall zwischen dem Abflug der *Flogger* und dem Eintreffen ihrer Ablösung gäbe! Er konnte nicht einmal den Funkverkehr zwischen der Mil und ihrem Stützpunkt mithören. Wenn sie nur weitere Hubschrauber, nicht weitere Jäger entsandten ... Jäger waren als Spürhunde ziemlich ungeeignet. Gant glaubte zu wissen, daß die Sowjets weitere Hubschrauber schicken würden. Dieser Kampfhubschrauber und die MiG-23 hatten zweifellos schon Verstärkung angefordert. Ihre Piloten mußten aufgeregt einen Abschuß und das vorläufige Verschwinden des zweiten Ziels gemeldet haben ... ja, die Sowjets würden weitere Hubschrauber entsenden.

Zusatztanks? Die *Flogger* hatte einen unter dem Rumpf, aber keine Tiptanks. Durch ihren Einsatz im Tiefflug mußte ihr Aktionsradius erheblich beeinträchtigt worden sein. Sie würde jeden Augenblick zurückfliegen müssen ...

Er sah die MiG wie einen hellen Stern hoch übers Tal dahinziehen. Dann ging sie auf Südwestkurs und war fast augenblicklich verschwunden.

Möglicherweise forderte der Pilot *erst jetzt* weitere Hubschrauber an ... Sein Erfolg, das erschreckende Hochgefühl, einen echten Abschuß – wahrscheinlich der erste dieses Piloten – erzielt zu haben, mußte ihn zunächst leicht verwirrt haben, bevor er streng nach Vorschrift handelte und Verstärkung anforderte.

«Höchstens eine Viertelstunde, wenn alle meine Vermutungen zutreffen», murmelte Gant vor sich hin. Ja, bestenfalls eine Viertelstunde.

Der Kampfhubschrauber schwebte in zehn Meter Höhe über

dem felsigen Talboden. Allein. Vierhundert Meter von ihrem Versteck entfernt. Gant hatte den Verdacht, mit seinen Annahmen zu optimistisch gewesen zu sein und zu viele Faktoren zu ihren Gunsten ausgelegt zu haben. Trotzdem sah er keinen Ausweg mehr.

Die Nachtkälte drang durch Gants dünnen Overall. Aber das Gefühl der Einsamkeit, der Verlassenheit war noch eisiger. Er mußte es irgendwie abwehren, bevor es ihn lähmte.

«Die Kabinentür!» knurrte Gant.

«Was sollen wir jetzt tun?»

Sie beobachteten den Hubschrauber. Mac wollte anscheinend das Nachtsichtgerät, aber Gant setzte es nicht ab. Er stellte das 135-mm-Objektiv schärfer ein. Das Gesicht des russischen Bordwarts wurde sichtbar, als der Mann sich aus der Kabinentür beugte. Gant sah den schrägen Strich eines Gewehrlaufs hinter der Schulter des Mannes und konzentrierte sich wieder auf das schemenhaft erkennbare Cockpit. Vorn der Bordschütze, hinter ihm der Pilot: beide in ihrer Unbeweglichkeit fast maskenhaft starr. Er beobachtete erneut die Kabinentür. Der Bordwart rutschte mit umgehängtem Gewehr Hand über Hand ein dickes Seil hinunter ...

... gefolgt von einem ... von *zwei* Soldaten mit flachen Stahlhelmen. Die Mil behielt ihre für den Schwebeflug mit Bodeneffekt günstige Höhe bei. Die Gestalten der drei Männer verschwammen in dem durch den Rotorstrahl aufgewirbelten Staub; dann tauchten sie daraus auf – alle drei mit Kalaschnikows bewaffnet –, verteilten sich und bewegten sich auf eine rechts von ihnen liegende kleinere Höhle zu.

Gant sah auf seine Uhr. Hatte die Mil die drei Bewaffneten abgesetzt, weil ihr Pilot jeden Augenblick mit dem Eintreffen von Verstärkung rechnete? War die Hubschrauberbesatzung übereifrig – oder wußte sie bestimmt, daß Hilfe unterwegs war? Weitere Kampfhubschrauber mußten in zehn, zwölf Minuten eintreffen ... vielleicht auch schon in einer Minute.

«Hol die Gewehre, Mac», flüsterte er.

«Was ...?»

«Die Indianer kommen, Mac – hol die Gewehre!»

Mac hastete in die Dunkelheit davon. Gant hörte ihn stolpern und halblaut fluchen, bis er dann plötzlich verstummte, weil er an die Nähe der drei Russen dachte. Gant beobachtete, wie sich der Abstand zwischen den drei Männern und ihrem Hubschrauber vergrößerte. Dann studierte er wieder das Cockpit. Infrarotsensor, der auf die von den Triebwerken abgestrahlte Wärme ansprach. Den würden sie natürlich benützen – und den Laser-Entfernungsmesser ebenfalls. Wäre er jetzt auch nur einen Schritt aus der Höhle ins Freie getreten, hätten sie ihn gesehen. Mit bloßem Auge kaum zu erkennen, aber auf dem Infrarotschirm eine verschwommene Gestalt, die wärmer als ihre Umgebung war.

Reiß dich zusammen, verdammt noch mal, *reiß dich zusammen!* forderte er sich selbst auf und biß die Zähne zusammen, damit sie nicht unkontrolliert klapperten. Irgendwo über der Wüste zwischen hier und Baikonur würde ihm der Treibstoff ausgehen. Dann saß er dort ebenso fest wie in dieser Höhle. Im Augenblick konnten sie weder nach Süden, Westen noch Osten; nur der Norden stand ihnen vielleicht offen. Im Osten überragte der Hindukusch die Dienstgipfelhöhe der *Hind:* Seine Gipfel waren unüberwindbar – und hinter ihnen lag ohnehin nur China. Im Norden lag die sowjetische Grenze, die er überqueren konnte, um irgendwo zwischen dem Oxus und Baikonur wegen Treibstoffmangels notlanden zu müssen ...

Reiß dich zusammen!

Gant umklammerte das Nachtsichtgerät mit beiden Händen.

Die drei Bewaffneten waren in den Spalten und Schatten zwischen den Felsen verschwunden. In Wirklichkeit waren sie damit von der Mi-24 abgeschnitten, die durchs Nachtsichtgerät betrachtet weniger bedrohlich als zuvor, sondern eher als ein Ziel wirkte.

Mac kam zurückgehastet, aber ihre Pistolen und die beiden Kalaschnikows waren so veraltet wie Pfeil und Bogen. Mac grunzte etwas Unverständliches und gab eines der Gewehre seinem Piloten, der weiter das Ziel vor ihnen anstarrte.

Gants Wahrnehmungsbereich verengte sich. Er atmete gleichmäßig, aber beschleunigt. Das Knattern der Rotorblätter der Mi-24 war ohrenbetäubend laut. Die drei abgesetzten Bewaffneten waren nicht wiederaufgetaucht.

Gant sah auf die Uhr.

«Es gibt einen Ausweg», murmelte er. «Das Ziel abschießen!»

«Was dann, Skipper?» fragte Mac und blickte von dem Nachtsichtgerät auf, das Gant ihm zurückgegeben hatte. «Was tun wir, wenn wir die Mil abgeschossen haben?»

«Wir überqueren die Grenze.»

«Und machen dort eine Notlandung, weil uns der Treibstoff ausgeht?» Macs Stimme klang empört. «Ich hab' dich nie für einen von diesen Typen mit selbstmörderischen Ambitionen gehalten. Warum tust du jetzt so?»

Gant starrte ihn an. «Uns bleibt nichts anderes übrig – es sei denn, du möchtest dich ergeben?»

«Nein, aber ...»

«Am besten ergeben wir uns gleich, Mac. Falls die das zulassen. Vielleicht wollen sie uns auch abknallen wie García ...» Er hörte Mac stoßweise und ängstlich atmen. «Wartest du auf einen Befehl oder machst du freiwillig mit?»

«Okay, Skipper», sagte Mac nach längerer Pause widerstrebend, fast eingeschnappt.

«Gut, dann los – und du kannst zeigen, wie gut du wirklich bist, Mac!»

Sie stolperten in die finstere Höhle zurück, weil sie nicht wagten, ihre Lampen einzuschalten. Das durch die Instrumentenbeleuchtung schwach erhellte Cockpit ragte verschwommen über ihnen auf. Mac verfehlte beim ersten Versuch eine Stufe und kletterte dann ins Bordschützenabteil. Gant schloß leise seine Tür. Der Lärm der vor der Höhle schwebenden Mil war noch zu hören, bis er seinen Helm aufsetzte und das Handfunkgerät in die Halterung zurücksteckte.

Vor Mac flammten Leuchtanzeigen in ordentlichen, parallelen Reihen auf.

«Mac?»

«Ja?»

«Nach dem Abschuß siehst du zu, daß du an den Höhleneingang kommst. Ich will nicht, daß dort jemand auf uns lauert ... mit einer Kalaschnikow könnte man uns runterholen.»

«Verstanden!»

Gant hatte feuchte Hände. Er betätigte einen Schalter, um das mit einem Restlichtverstärker aufgenommene Fernsehbild auf den Hauptbildschirm zu bringen. Gespenstisch. Die Mi-24 glich einem in einem Sandsturm tanzenden Derwisch. Die Wände am Höhleneingang begrenzten eine winzige Bühne, auf der er den Kampfhubschrauber sah.

Und etwas Warmes . . .

Schemenhafte Umrisse vor der Mil, nur ein Schatten auf dem Fernsehbild, aber ein schimmerndes Leuchten auf dem Infrarotschirm darüber. Einer der drei Russen! Diese Anzeige machte Gant nervös, bis er sich aus Selbsterhaltungstrieb dazu zwang, sie zu ignorieren.

«Dort vorn ist niemand», sagte er heiser. «Du konzentrierst dich auf den Hubschrauber, Mac.»

«Klar, Skipper.»

Das flackernde, warme Bild veränderte sich, als der Mann die Höhle betrat. Seine Umrisse leuchteten heller – und deutlich menschenähnlicher. Dann wichen sie zur Seite aus, als sei dem Mann eingefallen, daß er sich vor dem Höhleneingang abheben müsse.

«Mac?»

«Augenblick noch, Skipper.»

Nur noch wenige Schritte, dann mußte der Eindringling den Widerschein der Leuchtanzeigen an der Cockpitverglasung sehen. Gant hielt den Atem an. Mac würde sich für eine der Lenkwaffen mit Infrarotsuchkopf entschieden und die Blickfelddarstellung eingeschaltet haben.

Die Mi-24 schwebte weiterhin inmitten ihres kleinen Sandsturms. Sie hielt ihre Höhe, aber sie würde bald steigen, weil der aufgewirbelte Staub bis ans Cockpit reichte und dem Piloten die Sicht nahm. Die Gestalt auf dem Infrarotschirm kam weiter lautlos auf sie zu. Macs Leuchtanzeigen ließen erkennen, daß er schußbereit war.

«Feuer frei!» flüsterte Gant schließlich.

Die Mil begann zu steigen. Macs Atem kam stoßweise, während er verfolgte, wie die Wärme abstrahlende Gestalt sich wieder in Richtung Bildschirmmitte bewegte.

Abschuß.

Gant hörte die Zündung gleichzeitig mit dem Hornsignal in seinem Helm, das ihm anzeigte, daß Macs Infrarotvisier und sein Entfernungsmesser das Ziel erfaßt hatten. Der Feuerstrahl der Jagdrakete erhellte die gesamte Höhle, die sich im nächsten Augenblick mit Abgasschwaden füllte. Gant sah unheimlich angestrahlte Eiszapfen hoch über sich, das gewaltige Höhlendach ...

... und den vom Feuerschein angestrahlten und zur Bewegungslosigkeit erstarrten Uniformierten. Dann löste die Lenkwaffe sich vom Stummelflügel der *Hind*, so daß der Hubschrauber merklich schwankte. Ihr Feuerschweif raste auf den Höhlenausgang zu, während etwas, das im grellen Licht nicht deutlich zu erkennen war, von ihr abfiel. Im schwächer werdenden Feuerschein zogen Rauchschwaden durch die Höhle, während die kleine Flammenzunge nach draußen verschwand. Auf dem Hauptbildschirm, der das mit dem Restlichtverstärker aufgenommene Fernsehbild zeigte, raste die Flammenzunge auf den massigen sowjetischen Hubschrauber zu.

Die Mi-24, deren Rotor sich drehte und deren augenähnliche Lufteinlässe in die Höhle zu starren schienen, verschluckte die Jagdrakete. Auf Gants Bildschirm öffnete ihr Rumpf sich wie zu einem stummen Schrei, schwankte in der Luft, zerplatzte und flog nach allen Seiten auseinander. Metallteile prasselten am Höhleneingang herab, wo der verbrannte Russe liegen mußte, auf den Mac jetzt zulief. Das Höhleninnere erschien Gant so fremdartig, als seien die Felsen um ihn herum in Brand geraten.

Gants Finger drückten hastig auf einige Knöpfe, um eine andere Zündung einzuleiten. Sein Magen rebellierte hörbar. Die Rotorblätter über ihm begannen sich langsam zu drehen. Der weiße Lichtfinger von Macs Taschenlampe tastete wie ein unruhig gehaltener Blindenstock vor ihm her. Die Rotorblätter wurden schneller, und ihr Knattern hallte von den Höhlenwänden wider. Die *Hind* wurde nur mehr von den Bremsen gehalten. Gants Hände umklammerten Steuerknüppel und Blattverstellhebel. Auf dem Hauptbildschirm zeichnete sich ein Leuchten ab, ohne daß ein klar umrissener Gegenstand zu erkennen gewesen wäre.

Am Höhleneingang tauchte ein Schatten auf, dessen Umrisse sich deutlich vor dem Feuerschein abhoben. Mac war sichtlich überrascht; er fing sich jedoch sofort, und seine Waffe spuckte

Feuer, bevor der Schatten sich duckte und seitlich verschwand. Dann winkte Mac den Hubschrauber dringend nach vorn.

Die *Hind* drängte vorwärts, als Gant die Bremsen löste. Sie rollte den sanft abfallenden Höhlenboden hinab, sprang über ein ausgetrocknetes Bachbett und näherte sich dem Ausgang. Der Feuerschein der brennenden Überreste der sowjetischen Maschine wurde heller und verwandelte das Staurohr des Fahrtmessers in eine glitzernde Lanze. Flammen und Rauchschwaden wogten um Gant, als sei er dabei, in ein Flammenmeer zu fliegen. Mac kam geduckt herangerannt. Gant hörte, wie er die Kabinentür aufschob. Wie viele Bewaffnete waren noch dort draußen? Macs Stiefel polterten über den Kabinenboden hinter Gant. Die Tür blieb offen.

Die sowjetische Mi-24 war völlig zerstört; ihre Überreste brannten noch, aber die Flammen sanken bereits in sich zusammen. Gant zog die *Hind* darüber hinweg und stieg aus der Rauchwolke in die mondhelle Nacht auf. Er schaltete das Funkgerät ein und überlegte, was er sagen sollte. Ein trügerisch ruhiger Augenblick.

Gant nahm die Schüsse kaum wahr, obwohl er weiter unten einen Mann zwischen den Felsen kauern sah. Er sah Mündungsblitze und hörte die Schüsse vage gegen den Rumpf prasseln. Kalaschnikow auf Dauerfeuer eingestellt. Mondschein erhellte das Cockpit. Dann ein Aufschrei in Gants Kopfhörer . . . ein lauter Schrei?

Mac fiel aus dem schwebenden Hubschrauber, als wolle er sich auf den Russen stürzen, der jetzt bewegungslos dalag. Dann schlug er in einer Staubwolke auf. Seine Kalaschnikow bohrte sich, wie um die Todesstätte zu markieren, neben ihm in den Boden.

«Mac!» hörte Gant sich wieder und wieder rufen. «Mac! Mac! Mac!»

Mac hatte den letzten überlebenden Russen erschossen, der ihre Lügen als einziger hätte widerlegen können. Aber der Russe hatte Mac tödlich getroffen – weil *er* unachtsam gewesen war, weil er nicht schneller gestiegen war.

Die Angst war stärker als die Vorwürfe, die Gant sich machte;

war stärker als alles andere. *Überleben!* Er setzte seine Meldung auf der sowjetischen Einsatzfrequenz ab – mit gespielter Begeisterung, ein durch Schockwirkung gedämpfter Jubelruf.

«Ich hab' das Schwein erwischt!» rief er aufgeregt in dem Russisch, das er von seiner Mutter gelernt hatte. «Ich hab' die Deserteure abgeschossen!»

«Gut gemacht, Ilja!» hörte er sofort, als sei seine gespielte Aufregung ansteckend. «Du Glückspilz!» Nach kurzer Pause eine Frage: «Und deine Position, Mann?»

Gant gab ohne zu zögern die Koordinaten durch. Macs zerschmetterter Leib lag in der Nähe des Russen auf dem Talboden, aber Mac hatte nichts bei sich, was seine Identifizierung ermöglicht hätte ... die anderen würden stundenlang brauchen, um festzustellen, daß der unbekannte Tote nicht zu identifizieren war. Gant litt unter der Rolle, die er jetzt spielen mußte. Der Wunsch, mit Höchstgeschwindigkeit zu flüchten, um durch Schnelligkeit zu überleben, ließ sich nur schwer unterdrücken.

«Wir sind in vier Minuten bei dir – Glückspilz!» bestätigte der sowjetische Pilot.

«Verstanden. Ende.»

Gant schaltete das Funkgerät aus. Obwohl er Übelkeit in sich aufsteigen fühlte, zwang er sich dazu, erneut einen Blick auf die ausgebrannten Trümmer der Mi-24 zu werfen. Wenn er Glück hatte, war selbst dort nichts übriggeblieben, was ihn verraten konnte – nur die Erkennungsmarken, die wahrscheinlich so beschädigt waren, daß sie nur im Labor gelesen werden konnten ... Und er hatte *mindestens* vier Minuten Vorsprung!

Er holte die Kartendarstellung auf den Hauptbildschirm und blendete die Verteilung von Radaranlagen, Wachttürmen, Militärlagern, Dörfern, Kleinstädten, Horchposten und Raketenstellungen ein. Im weiten Oxus-Tal und auf den bereits in der Sowjetunion liegenden Bergen waren vor allem Verteidigungseinrichtungen mit großer Reichweite installiert, die ein Hubschrauber leicht unterfliegen konnte ...

Treibstoff.

Ein Blick auf die Treibstoffanzeigen. Bei sparsamster Fluggeschwindigkeit konnte er noch knapp 650 Kilometer weit fliegen, bevor der Zusatztank leer war. Dann war er noch etwa 500 Kilometer von Baikonur entfernt – irgendwo in der Wüste Kysylkum in Usbekistan. Diese Erkenntnis wirkte sich lähmend aus. Er würde es niemals bis Peschawar schaffen – durch ganz Afghanistan! –, sobald auch nur einer der Toten oder der ausgebrannte Hubschrauber identifiziert war. Er saß hier fest.

Angst stieg in ihm auf. *Los, verschwinde, bevor Kundus einen ausführlichen Bericht verlangt! Bevor sich jemand fragt, wo deine Meldung bleibt.*

Überleben.

Seine Hände bewegten sich fast automatisch und richteten den Bug der *Hind* auf. Gant blieb tief, um den Radarschatten des Tals auszunützen, während er seine Geschwindigkeit steigerte. Er gab dem Druck seiner Todesangst nach. In sechs Minuten konnte er jenseits der Grenze in der Sowjetunion sein. Er dachte nicht an die vor ihm liegenden Stunden, sondern konzentrierte sich ganz auf die nächsten Minuten. Er war nicht besiegt, er hatte nicht verloren – noch nicht. Und er würde überleben.

160, 180, 200 Stundenkilometer ... Die *Hind* fegte das weite Tal hinab und zog dabei eine kleine Staubfahne hinter sich her, die von einem einzelnen Reiter hätte stammen können. Bewegung, Vorwärtsbewegung schien immerhin eine Chance zu versprechen. Und Gant hatte etwas im Hinterkopf, *irgend etwas* ...

Er konnte es noch nicht fixieren – aber es half ihm, ruhiger über die nächsten Minuten nachzudenken.

21.14 Uhr Ortszeit.

Selbst der Gedanke, daß er Baikonur niemals erreichen würde, konnte seinen Drang nach Norden nicht aufhalten. Umzukehren hätte den sicheren Tod bedeutet: Er hatte fünf der anderen auf dem Gewissen. Alle fünf Freunde, Bekannte oder Kameraden anderer Leute ...

Der Norden versprach mehr. Vor allem Zeit, in der sich die Umstände ändern konnten, in der sie sich vielleicht zu seinen Gunsten beeinflussen ließen und in der sein vorerst noch vager Gedanke ausreifen konnte. Er betrachtete erneut die Treibstoffanzeigen. Vielleicht fast 700 Kilometer, bevor die Tanks leer waren.

Nicht genug ...

Präsident Calvin wies mit einer Handbewegung auf die Bildschirme, die eine Wand des Oval Office einnahmen. Der Wintersonnenschein, der durch die getönten Scheiben fiel, machte die Fernsehbilder blasser und unwirklicher. Trotzdem erkannte der CIA-Direktor sie noch so mühelos wieder, als seien sie persönliche Hoffnungen und Erinnerungen.

«Verdammt noch mal, geben wir eine Unmenge Geld aus, damit sie *das* lernen?» fragte Calvin aufgebracht, während er anklagend auf die Raumfähre *Atlantis* zeigte, in deren Ladebucht zwei Astronauten in weißen Raumanzügen vor dem Satelliten schwebten, den sie reparierten. «Na los, ich verlange eine Antwort – von Ihnen, Bill, oder von Ihnen, Dick –, warum unser Land Milliarden von Dollar dafür ausgeben sollte, daß diese Kerle lernen, wie man Spionagesatelliten repariert?» Der Präsident starrte die beiden wütend an. «Die sollten lieber lernen, wie man russische Autos instandsetzt! *Damit* könnten sie was anfangen! Das Ding dort oben ist ungefähr so fortschrittlich wie ein Traktor – und keineswegs mehr so nützlich!»

Auf dem Bildschirm neben der *Atlantis* Szenen aus Baikonur: Weltweit ausgestrahlte Bilder des sowjetischen Fernsehens ... *friedliches Raumfahrtunternehmen ... wie das der amerikanischen Raumfähre ... zum Auftakt künftiger Gemeinschaftsunternehmen wird die sowjetische Raumfähre* Raketoplan *am Donnerstag starten ... gleichzeitig mit der Vertragsunterzeichnung kommt es am Freitag zu einem Rendezvousmanöver der beiden Raumfähren ...* Die eingeblendeten Untertitel schienen Calvin noch wütender zu machen und die übrigen Anwesenden zu verhöhnen.

Auf anderen Bildschirmen Szenen aus einer in Angst lebenden Welt. Angsterfüllt, ängstlich, allmählich wieder hoffnungsvoller ... *in aller Welt lebt wieder Hoffnung* ... Calvin schüttelte fast beschämt den Kopf. Das hatte er erst vor wenigen Wochen in seinem Bericht zur Lage der Nation vor dem Kongreß gesagt. Seine Naivität!

Die Atmosphäre im Oval Office war von Calvins Scheitern geprägt, obwohl sein Schreibtisch und der Fußboden mit Erfolgsmeldungen übersät waren. Der Präsident wußte, daß sein Zorn nur ein Bluff war, mit dem er das Eingeständnis seines Scheiterns hinauszuzögern versuchte. Dick Gunther wußte, daß das Spiel aus war, und der CIA-Direktor wußte es ebenfalls. Das besagten ihre Mienen nur allzu deutlich. Gant, auf den sie ihre ganze Hoffnung gesetzt hatten, war verschwunden.

Calvin hob den Kopf, als er hörte, daß der Direktor sich räusperte.

«Tut mir leid, Mr. Präsident», murmelte der CIA-Direktor. Mit diesen Worten hatte er vor etwas über zehn Minuten das Arbeitszimmer des Präsidenten betreten. Als Calvin ihn jetzt anstarrte, senkte er den Kopf.

«Schon gut, Bill», warf Gunther ein. «Damit ist die Sache erledigt. Mehr können wir eben nicht tun.»

«Wirklich nicht, Dick?» fragte Calvin aufgebracht. «Übermorgen bringen die Russen einen Killersatelliten in eine erdnahe Umlaufbahn, und sie behaupten, wir könnten *nichts* dagegen unternehmen? Lassen Sie sich was einfallen, verdammt noch mal!»

Gant lebte höchstwahrscheinlich nicht mehr. Das in Pakistan entlang der afghanischen Grenze patrouillierende AWACS-Flugzeug hatte den Kontakt zu den beiden Hubschraubern verloren. Gant war in einem Strudel aus sowjetischem Funkverkehr und Flugbewegungen verschwunden. Er mußte entdeckt, enttarnt und jetzt erledigt worden sein. Mit dieser Nachricht war der Direktor zu Calvin gekommen. In Washington war der Dienstagvormittag vorbei. Am Donnerstag würde Calvin in Genf unterschreiben müssen, wenn er sich nicht den Zorn der ganzen Welt zuziehen wollte.

Das Telefon klingelte. Calvin fuhr zusammen und griff nach dem Hörer, um den erwarteten Anruf entgegenzunehmen. Er schaltete den Verstärker ein und legte den Hörer auf die Gabel des Geräts. Die anderen sollten ruhig mithören! Calvin sprach mit dem amerikanischen Chefunterhändler in Genf.

«Ja, Frank . . . Ja, das finden wir alle, Frank . . . Mich interessiert, wie's bei Ihnen aussieht.» Giordellos Mitgefühl und sein betroffener, hoffnungsloser Tonfall irritierten Calvin.

«Aber, Mr. President, angesichts . . .»

«Hören Sie, Frank, wie sieht mein genauer Zeitplan in Genf aus?» Er wich den Blicken Gunthers und des Direktors aus.

Nach kurzer Pause begann Giordello den protokollarischen Ablauf herunterzubeten.

Calvin seufzte schwer.

Katja erinnerte sich an ihren Vater wie an die Gebete ihrer Kindheit. Sie erinnerte sich an sein Arbeitergesicht in der örtlichen Parteizeitung, auf einer riesigen Plakattafel am Rande des gepflasterten Stadtplatzes. Der Blick ihres Vaters war fast entschuldigend gewesen, als frage er: *Weshalb bin ich hier, was habe ich getan, um das zu verdienen?* Wie ein Verbrecher, nach dem steckbrieflich gefahndet wurde.

Die zugefrorenen Wasserflächen der vereisten Marschen glitzerten im Mondschein. Sie bewegte sich nur langsam, und ihr geringes Tempo schien die Nachtkälte noch spürbarer zu machen. Ein schwacher Windhauch wehte ihr entgegen. Irgendwo in der Dunkelheit schrie ein Nachtvogel. Vor sich hatte Katja einen sehr schmalen waagrechten Lichtstreifen, der von einem senkrechten geschnitten wurde: Licht, das durch Ritzen zwischen den verrottenden Planken des Hausboots fiel.

Dies ist meine Litanei, sagte sie sich erneut. Der erste *neue* Moskwitsch, auf den sie drei Jahre hatten warten müssen, nachdem das Übersoll, das ihr Vater in seiner Fabrik für Arbeiterschuhe erfüllt hatte, ihm ein Anrecht darauf verschafft hatte – Übersoll und natürlich Linientreue. Ein Vorbild für seine Arbeitskollegen. *Was habe ich hier zu suchen?* Der nachdenkliche, fast ängstliche Gesichtsausdruck ihres Vaters auf dem Plakat hatte ihn endgültig als keineswegs heldenhaft abgestempelt.

Spartanisch schlicht; unzuverlässig; blau: der Moskwitsch. Vom Frühjahr bis zum Spätherbst schwer zum Anspringen zu bewegen. Von November bis März unbenutzbar. Die Scheibenwischer zwei Tage nach der Auslieferung gestohlen. Das Reserverad eine Woche später. Der Stolz und die Freude ihres Vaters. *Womit habe ich das verdient? Warum gerade ich?* Wie immer von der Großzügigkeit der Partei überwältigt.

Sie sah auf ihre Armbanduhr. Die Erinnerungen trübten ihre Wachsamkeit nicht. Kurz vor 23 Uhr. Der Lichtschein, der aus dem Hausboot kam, lockte sie an. Riedgras raschelte steif, schabte an ihren Gummistiefeln und brach gefroren ab. Auch der Hund, der hechelnd und zitternd neben ihr herlief, ließ eine Spur aus abgeknickten Halmen zurück. Das Boot war jetzt keine fünfzig Meter mehr von ihr entfernt. Der Hund knurrte, als erneut ein Nachtvogel schrie, so daß Katja ihn beruhigen mußte. Sie kletterte von der mit Riedgras bewachsenen Erhebung, die sie erstiegen hatte – eine der zahlreichen winzigen Inseln in den Marschen –, wieder herab. Weit im Osten erhellte der blasse bläuliche Schimmer der zahllosen Bogenlampen des Kosmodroms und der besetzten Startrampe den Nachthimmel.

Katja Gretschkowa zitterte in ihrem Wintermantel. Sie hatte trotz des hochgeklappten Pelzkragens ein kaltes Gesicht, und ihre Strickmütze schien nur wenig gegen die beißende Kälte zu helfen.

Auf dem Schulweg war sie einen Monat lang Tag für Tag an dem nachdenklichen Gesicht ihres Vaters vorbeigekommen. Ihre Freundinnen hatten manchmal darüber gelacht oder aus Neid oder Verachtung geschwiegen. Schließlich war ihr Vater nur ein Fabrikarbeiter, der kein Recht hatte, dort oben in einer Reihe mit Lehrern, Wissenschaftlern, Ingenieuren und hohen Beamten zu hängen.

Die Kälte des Eises drang durch die Sohlen ihrer Gummistiefel und die zwei Paar Wollsocken, die sie vorsichtshalber angezogen hatte. Der Lichtschimmer, der durch die Ritzen des Hausboots fiel, zog Katja mit magischer Gewalt an. Sie erreichte den Steg, an dem das Boot vertäut lag, und ließ den Lichtstrahl ihrer Taschenlampe über die zum Teil schon verrottete Holzkonstruktion huschen. Das Holz würde vielleicht knarren, aber der Wind und die gegen den Bootsrumpf schlagenden Eisschollen würden hoffentlich lauter sein ...

Katja stieg langsam, ganz langsam zum Steg hinauf. Als der Wind plötzlich nachließ, hörte sie, daß sie keuchend atmete. Dann pfiff der Wind wieder eiskalt durch ihre Kleidung und spornte sie an, sich zu beeilen. Die breiten Hundepfoten rutschten und kratzten neben ihr her, und Mischas Keuchen war lauter als ihre eigenen Atemzüge. Sie bückte sich auf die Höhe des Brettersteges, der zum Boot hinüberführte, packte den Hund am Halsband und ließ ihn sich hinlegen. Als sie sich wieder aufrichtete, wedelte er freundlich, blieb aber liegen.

«Braver Hund», flüsterte sie, worauf er noch rascher wedelte. Dann schlich sie weiter auf das Hausboot zu. Sie hielt ihre Pistole in der Hand, aber ihr behandschuhter Zeigefinger war fast zu dick, um durch den Abzugsbügel der Makarow zu passen. Der aus den Ritzen fallende Lichtschein wurde deutlicher, einladender.

Eine Bohle knarrte. Katjas Jugenderinnerungen verflogen. Sie verlagerte langsam ihr Gewicht auf den anderen Fuß und hörte das Holz wie erleichtert knarren. Der Hund lag gehorsam dort, wo sie ihn zurückgelassen hatte. Sie schlich auf Zehenspitzen weiter und war jetzt kaum noch ein Dutzend Meter von dem Boot entfernt. Einige der Ritzen waren so breit, daß sie dahinter einen Schatten erkennen konnte, der sich bewegte. Das Herz schlug ihr bis zum Hals.

Ihre Aufregung legte sich, als sie das Hausboot erreichte. Sie kniete auf dem Steg nieder, um durch die breiteste Ritze schauen zu können, und starrte mit zusammengekniffenen Augen hindurch. Ihre Gummistiefel rieben sich leise quietschend aneinander. Die Pistole in ihrer Rechten lag unbeachtet auf dem verrottenden Holz.

Kedrow.

Ihr Puls begann erneut zu jagen. Der Mann hielt einen Becher in der Hand. Hinter seiner Schulter war ein Rucksack zu erkennen. Auf der Tischplatte vor ihm lag ein Transistorradio.

Sie hatte ihn aufgespürt!

Ihre Befriedigung wärmte sie wie kochendheißer Kaffee, als sie den Mann jetzt erneut begutachtete. Nase, Mund, Profil, Stirnglatze. Alles genau wie auf dem Foto, das sie sich eingeprägt hatte. Sie sah nochmals genau hin: Radio, Becher, Kedrow, Radio, Becher, *Kedrow ...*

Die kahle Landschaft zog unter dem Rumpf der *Hind* vorbei. Sand wirbelte von Dünen auf, über die der Schatten des Hubschraubers hinweghuschte. Entfernung nach Baikonur: knapp 650 Kilometer. Standort: Usbekistan, im Amudarja-Tal, das der Oxus auf seinem

Lauf zum Aralsee gebildet hatte. Auf allen Seiten nur Sanddünen und schwarzer Himmel, an dem Sterne wie Diamanten glitzerten. Weit im Norden waren Schleierwolken zu erkennen.

Gant wußte, daß seine Flucht bald zu Ende sein würde. Auf der beweglichen Karte schien die Wüste unendlich groß zu sein. Seine Galgenfrist war abgelaufen. Die Idee, die er im Hinterkopf zu haben glaubte, hatte keine konkreten Formen angenommen. Gant hatte sich selbst getäuscht: Es gab keine Lösung seines Problems. Er fröstelte, als er an Macs zerschmetterten Leichnam dachte und sich Vorwürfe machte, weil er ihn zurückgelassen hatte.

Im Norden, jenseits des weiten Flußtals, erstreckte sich eine zerklüftete Felsenlandschaft. Im Süden, jetzt in den Rückspiegeln sichtbar, lag eine Hochebene, auf der häßliche graue Felsen aus dem Sand ragten. Nach der Überquerung der Grenze war es Gant gelungen, in der stark gegliederten Landschaft zu verschwinden. Sein gegenwärtiger Standort war unbekannt – und würde es auch bleiben.

Die Treibstoffanzeigen standen auf LEER. Alle.

Gant hatte das Gefühl, seine Körpertemperatur steige ständig. Seine Arm- und Brustmuskeln zuckten nervös, die Magennerven verkrampften sich. Der die *Hind* darstellende weiße Punkt, der sich beängstigend langsam über die Karte bewegte, war bereits wenig mehr als eine Illusion. Als wäre er bereits abgestürzt.

Über dem vietnamesischen Dschungel war seine Phantom von einer Luftabwehrrakete getroffen worden. Sie hatte zu brennen begonnen ... so wie jetzt war seine Körpertemperatur gestiegen, er hatte die Flammen im Spiegel gesehen und gespürt, daß die Maschine auseinanderzubrechen begann, daß sie bald explodieren würde. Und er hatte den Schleudersitz betätigt ...

Er war mit dem Leben davongekommen, obwohl er dem Tod ins Auge geblickt hatte. Diese Maschine würde nicht mit ihm in Flammen aufgehen; sie würde ihn jedoch zur Notlandung in der Wüste zwingen, in der er dann sterben würde.

Gant verringerte seine Geschwindigkeit. Der Hubschrauber glitt sehr langsam neben seinem Schatten her, als ob er eine elegante Abschiedsvorstellung geben wolle. Sein Schatten wanderte über Fels und Sand. Irgendwo im Süden, im Flußtal, ließ ein schwacher

Lichtschein auf ein Lager oder ein Dorf schließen ... irrelevant. Gant merkte, daß ihm der Schweiß ausbrach. Vielleicht noch zehn Kilometer, vielleicht noch zwanzig oder gar fünfzig, lockte seine innere Stimme ... nicht hier, nicht in dieser Einsamkeit. Schräg vor ihm ein schwach brennendes Lagerfeuer. Die Nomaden würden ihn ohne zu zögern umbringen – allein wegen seiner Waffen. Weiter, nur weiter, nicht in diesem Gebiet, nicht in ...

Seine Arme schmerzten vor nervöser Anstrengung, und sein Magen rebellierte. Stirn und Rücken waren schweißnaß. Er hockte nach vorn gebeugt auf seinem Sitz, als kämpfe er gegen einen beginnenden schweren Herzanfall an. Weiter, nur weiter, *nicht in diesem gottverlassenen Gebiet* ...

Die Vergangenheit lief wie ein Film rasend schnell vor seinem inneren Auge ab: Die junge Vietnamesin brannte erneut wie eine Fackel; die Phantom explodierte; die MiG-31 Firefox versuchte, ihn über dem Eismeer abzuschießen.

Er stöhnte laut auf.

Gant brachte seine Hände und Füße dazu, die *Hind* im Schwebeflug stillzuhalten. Aufgewirbelter Sand, dessen Schleier fast hypnotisierend wirkten, raubte ihm die Sicht, bis er fast in eine Art Trancezustand verfiel ...

Irgend etwas, irgend etwas ...

Maschine, Maschine ... Firefox, Phantom, Schulflugzeug ... noch früher, noch bevor er Uniform getragen hatte. Gant stöhnte laut, biß die klappernden Zähne zusammen und hielt Blattverstellhebel und Steuerknüppel mit schmerzenden, fast gefühllosen Händen umklammert. Irgend etwas ...

Ein Sprühflugzeug ... auf der Landstraße, zu einer Tankstelle rollend ... auf der Straße landend und langsam an die Zapfsäule rollend, um zu tanken ... das *erste* Flugzeug, das er aus der Nähe gesehen hatte ... seine Samstagsarbeit in der Tankstelle an einer wenig befahrenen Straße – und dann war plötzlich ein Flugzeug vorgefahren! Und der Pilot hatte ihn aufgefordert: *Putz die Scheibe, sieh nach dem Reifendruck* ...

... und hatte das Flugzeug an der Zapfsäule aufgetankt!

Die *Hind* stieg aus dem aufgewirbelten Sand senkrecht in die sternenklare Nacht auf. Während Gant sie dort im Schwebeflug hielt, zitterte er am ganzen Körper vor Erleichterung. Jetzt hatte er sich doch an das Irgendwas in seinem Hinterkopf erinnert ... an ein leichtes einmotoriges Flugzeug, das von einem ehemaligen Militärpiloten geflogen wurde, der mit dem Nachkriegsamerika unzufrieden war. Ein durchs Land ziehender Pilot, der von Sprühflügen lebte ... und mit unnachahmlicher Arroganz auf einer Landstraße in Iowa landete, um an die nächste Tankstelle zu rollen.

Gant schaltete die Kartendarstellung auf den kleinsten Maßstab um. Der weiße Punkt, der seinen Standort bezeichnete, veränderte seine Lage sprunghaft. Gant suchte die Karte in verzweifelter Hast nach Anzeichen menschlicher Besiedlung ab. Nicht nach Lagern, sondern nach Dörfern, Kleinstädten, Straßen, Eisenbahnen, irgend etwas.

Der Teufel sollte diese Leere holen! Im Norden, Osten und Westen wurde das Land flacher und noch leerer. Der mächtige Strom zog sich wie ein blauer Python über die Landkarte. Gant befand sich nach wie vor in dem breiten Urstromtal, aber nicht in der Nähe des Flusses oder einer Straße. Er ließ die Kartendarstellung weiterlaufen und sah grünes Weideland, wo die Wüste in die gemäßigte Zone überging. Die *Hind* setzte sich wieder in Bewegung und wurde schneller.

Der Hubschrauber, der Gant noch vor wenigen Augenblicken wie eine zerbrechliche Eierschale vorgekommen war, schien ihn jetzt wieder wie ein schützender Panzer zu umgeben. Der Nachthimmel war dunkel und lichtlos – ohne den Widerschein eines Autoscheinwerfers auf der Straße, die jetzt nur wenige Kilometer nordöstlich von ihm liegen konnte. Wo, wo?

Gant orientierte sich an der Eisenbahnlinie auf der Karte, zu der die Straße fast parallel verlief. Der weiße Punkt, der die *Hind* darstellte, befand sich etwas links davon, aber ganz in der Nähe. Die Straße schlängelte sich gemeinsam mit Fluß und Eisenbahn in Richtung Aralsee. Entlang dieser Straße ...

Die Straße war wichtig. Benzin.

Er versuchte zu grinsen. Die Treibstoffanzeigen standen nun schon seit Kilometern auf LEER.

«Wir schaffen's, das verspreche ich dir!» murmelte er.

Die *Hind* raste über die Wüstenlandschaft. Als Gant die nächste Düne übersprang, sah er in der Ferne Mondschein auf einem Fluß glitzern.

Soviel er beurteilen konnte, hatte er gefunden, was er auf der Karte gesucht hatte. Und nun begann er nur zu befürchten, er werde es doch nicht mehr schaffen.

Das durchdringende Piepsen des Funkgeräts weckte Priabin auf. Als er aufschreckte, wurde ihm klar, wie lächerlich seine Situation war: Er war in seinem vor dem Dienstgebäude geparkten Wagen eingenickt. In seinem Büro, das nahm er undeutlich wahr, brannte noch Licht. Priabin tastete am Instrumentenbrett nach dem Mikrofon und erwartete halbwegs, daß sein Hund sich hinter dem Fahrersitz aufrichten und ihm den Hals oder das Ohr lecken würde. Aber der Hund war mit Katja unterwegs. Er umklammerte das Mikrofon, drückte die Sprechtaste und sagte:

«Priabin. Ja?»

Ihre Stimme klang atemlos, aufgeregt. Priabin war sehr enttäuscht. Er wünschte sich weitere Informationen über Rodin, aber er wußte, daß Katja sich wegen Kedrow meldete.

«Ich hab' ihn gefunden!» Sie kreischte beinahe. «Ich hab' Kedrow in den Marschen entdeckt! Genosse Oberst – ich weiß, wo er ist!»

Priabin sah zu den beleuchteten Fenstern seines Dienstzimmers auf. Sicherheitserwägungen lasteten schwer auf ihm – aber auch sein Selbsterhaltungstrieb.

«Katja . . . Augenblick, ich bin auf dem Parkplatz. Warten Sie, bis ich im Büro den Scrambler benützen kann . . .»

«Genosse Oberst!» protestierte sie geradezu empört. «Ich . . .»

«Katja!» unterbrach er sie scharf. «Der Wagen ist nicht abhörsicher!» Die GRU, das Militär – alles, was mit Kedrow zusammenhing, konnte gefährlich sein. «Warten Sie eine Minute, Katja, dann können wir unbesorgt miteinander reden.»

«Gut, ich warte», antwortete sie automatisch.

Priabin ließ das Mikrofon fallen und stieß die Fahrertür auf. Er hastete ins Gebäude und erschreckte den Wachposten in der Eingangshalle, der sich jedoch sofort wieder fing und lässig grüßte, als er den Obersten erkannte.

«Katja?» fragte er atemlos, nachdem er im Büro den Scrambler eingeschaltet hatte. «Katja, erzählen Sie mir alles!»

Kedrow – Wiktor ... Auch zwischen ihnen gab es Querverbindungen, wie ein Zusammenhang mit Rodin und *Blitz* bestand. Alles paßte zusammen; seine Zukunft war wieder gesichert. Katja hatte saubere Arbeit geleistet!

Priabin schaltete seine Schreibtischlampe ein und studierte die vor ihm liegende Karte der Salzsümpfe. Während er Notizblock und Bleistift zu sich heranzog, sagte Katja: «Ich hab' *gewußt*, daß er hier sein würde!»

«Gut gemacht, sehr gut gemacht, *kluges* Kind!» lobte er sie erleichtert. Seine durch Schlafmangel und die Wärme im Auto bewirkte Müdigkeit war schlagartig von ihm abgefallen. Er fühlte sich wie neugeboren. An Rodin konnte er vorläufig nicht heran, aber dafür hatte er Kedrow, der etwas über *Blitz* wußte! Damit hatte er die Lösung in der Hand. Priabin hörte gespannt zu, ließ sich Einzelheiten wiederholen, nur um sie noch mehr zu genießen, und zeichnete die genaue Position des Hausboots in die Karte auf seinem Schreibtisch ein. Als Katja fertig war, sagte er lachend: «Sie tun zunächst gar nichts, verstanden? Nein, widersprechen Sie mir nicht! Diese Sache ist zu wichtig ... und auch zu gefährlich. Ich rufe sofort Dudin an; ich komme mit ihm und seinen Leuten zu Ihnen hinaus, und wir nehmen ihn gemeinsam fest. Nur so haben wir die *Garantie*, daß wir ihn fassen.»

«Ja, Genosse Oberst», antwortete Katja, die sich mit vernünftigen Sicherheitsvorkehrungen abfinden mußte. «Aber kommen Sie bitte schnell!»

«Keine Angst, wir beeilen uns! Sie bleiben einfach im Auto sitzen und hören sich die Paul-Simon-Kassette an, die Sie letzte Woche bei einem Schwarzhändler gekauft haben, bis wir kommen. Einverstanden?»

«Ja, Genosse Oberst», bestätigte sie zurückhaltend.

Priabin schaltete das Funkgerät aus. Er würde dafür sorgen, daß Katjas Verdienste in dieser Sache von den zuständigen Stellen anerkannt wurden – wie er die Festnahme Kedrows für seine Rückkehr in die Moskauer Zentrale nützen würde.

Das Telefon klingelte. Priabins euphorische Stimmung verflog schlagartig. Er nahm hastig den Hörer ab und meldete sich mit barscher Stimme.

«Genosse Oberst?» Michail war am Apparat.

«Hören Sie, Michail, ich bin sehr beschäftigt! Halten Sie mich bitte nicht auf, ja? Ihren Bericht können Sie später . . .»

«Ich habe zwei wichtige Meldungen, Genosse Oberst», unterbrach Michail ihn. «Wir haben versucht, Sie zu erreichen, aber Sie sind . . .»

«Ja, ja, schon gut!» knurrte Priabin. «Was gibt's Wichtiges?»

Er bebte vor Ungeduld.

«Der General hat seinen Sohn vor fast einer Stunde angerufen, um sich zu vergewissern, daß der Junge morgen früh mit der ersten Maschine nach Moskau fliegt.»

«Warum?»

«Als der Alte hier gewesen ist, hat er *seinen Sohn verprügelt*! Er ist fuchsteufelswild gewesen! Wir haben nicht mitbekommen, worum es gegangen ist – aber jetzt wissen wir's: Der Junge soll morgen nach Moskau abgeschoben werden.»

«Verdammt noch mal», sagte Priabin halblaut, ohne jedoch, wie Michail, enttäuscht zu sein. «Das war's dann wohl», meinte er resigniert seufzend.

«Noch etwas, Genosse Oberst!» fuhr Michail drängend fort. «Er will Sie sprechen . . . das Muttersöhnchen, nicht der Vater.»

«Woher wissen Sie das?»

«Er muß rausgekriegt haben, daß wir sein Telefon abhören – er hat einfach den Hörer abgenommen und mit uns gesprochen. Angeblich hat er Ihnen was Wichtiges mitzuteilen!»

«Mitzuteilen . . .?» wiederholte Priabin gespannt.

«Und er hat gesagt, er müsse Sie noch heute abend sprechen, weil er – wie uns sicher bekannt sei – morgen mit der ersten Maschine nach Moskau fliege.»

Blitz . . . Rodins Anruf mußte mit *Blitz* zusammenhängen!

«Wann hat er mit Ihnen gesprochen?»

«Vor zweiundfünfzig Minuten, Genosse Oberst.»

«Was tut er seitdem?»

«Er packt – anscheinend ganz gelassen. Und er scheint auf Sie zu warten, als sei er überzeugt, daß Sie kommen.»

«Gut, ich komme!» entschied Priabin. «Sofort!»

«Noch etwas, Genosse Oberst. Er will Sie nicht einlassen, sondern Sie sollen von hier aus, wo er Sie sehen kann, mit ihm telefonieren.»

«Warum?»

«Keine Ahnung», gab Michail zu.

Priabin wußte, was er zu tun hatte. Dudin und einige seiner Leute konnten Katja zu Hilfe kommen und Kedrow überwachen, bis er selbst dort draußen eintraf. Aber zuerst mußte er sich anhören, was der junge Rodin zu sagen hatte!

«Ich hab's dir versprochen, Wiktor», murmelte er, während er darauf wartete, daß am anderen Ende abgehoben wurde. «Ich hab's versprochen ...»

Mitternacht.

Gant trat das linke Pedal, um den Anstellwinkel des Heckrotors zu verringern, brachte den Steuerknüppel in Mittelstellung, hielt seine Flughöhe mit dem Blattverstellhebel in der linken Hand und horchte auf das Pfeifen der Gluschenko-Triebwerke. Er war sich seiner winzigen Korrekturbewegungen und vor allem des Triebwerkslärms bewußt, während die *Hind* in zehn Meter Höhe über einer Tankstelle schwebte.

An der Hauptverbindungsstraße zwischen Urgentsch und Taschaus. Eine Tankstelle, deren Kassenhäuschen mit Brettern verschalt war und zwischen deren Betonplatten hohes Unkraut wuchs, das vom Rotorstrahl zu Boden gedrückt wurde. Entlang der Straße hatte Gant lediglich einige geparkte Lastwagen gesehen, deren Fahrer vermutlich in ihren Kabinen schliefen, und einige wenige fahrende Autos beobachtet.

Sie war geschlossen. Zehn Meter unter der *Hind* war das mit Brettern verschalte Kassenhäuschen. Zapfsäulen mit eingehängten Schläuchen, ein moosbewachsenes Wellblechdach, eine Holzgarage mit schief in den Angeln hängenden Toren, ein ebenerdiges Holzhaus, hinter dessen Fenstern ...

. . . ein schwacher Lichtschein hinter einem halb durchsichtigen Vorhang! Gant atmete erleichtert auf. Nicht unbeleuchtet, nicht verlassen . . . Er setzte die *Hind* sofort auf, spürte, daß die Räder den Boden berührten, daß der Hubschrauber einen kleinen Freudensprung machte, und stellte mit den Leistungshebeln den Boden-Leerlauf ein.

Das niedrige Wohnhaus – eigentlich nur eine Hütte – hatte einen Anstrich nötig und wirkte so heruntergekommen, daß Gant es für unbewohnt gehalten hatte. Die Haustür wurde von innen geöffnet. Ein Mann in wattierter Jacke und schwarzer, ausgebeulter Hose stand im Licht von Gants Hauptscheinwerfer und hielt sich schützend eine Hand vor die Augen. Gant ließ den Scheinwerfer auf den Mann gerichtet: auf den Tankwart, den Verwalter, was er war, spielte keine Rolle; entscheidend war das Benzin in den Tanks unter dem brüchigen Beton.

Energisch auftreten! ermahnte sich Gant. Am Ball bleiben! Seine nervöse Spannung verhinderte, daß er wirkliche Erleichterung empfand.

Der Mann trat ins Licht hinaus und bewegte dabei den Arm, als wehre er Insekten oder wiederholte Schläge ab.

Gant stellte die Leistungshebel wieder auf Flug-Leerlauf, drückte den Steuerknüppel nach vorn und zog den Blattverstellhebel, bis die Mil unsicher ruckend vorwärtsglitt. Er beobachtete die Zapfsäulen, beobachtete die Kante des Wellblechdachs, beobachtete den Rotorkegel. Als er die *Hind* so nahe wie möglich an die Zapfsäulen herangebracht hatte, stellte er die beiden Triebwerke ab und betätigte die Rotorbremse.

Putz die Scheibe, sieh nach dem Reifendruck. Er grinste. Die Mil stand wie ein übergroßes, groteskes Fahrzeug an der Tankstelle. Aufgewirbelter Staub setzte sich langsam. Gant konnte vorerst nicht mehr tun, als die Treibstoffanzeigen zu betrachten und zu den Zapfsäulen hinüberzusehen. Auf einer stand in kyrillischer Schrift *Super.* Statt Kerosin konnte er auch Benzin tanken, ohne die Triebwerke sofort zu beschädigen. Er *mußte* es tun.

Der Tankstellenverwalter – hier im sowjetischen Zentralasien konnte er sogar der Besitzer sein – bückte sich ungewöhnlich tief, um unter den Rotorblättern hindurchzugehen. Dabei befanden die

Enden der stehenden Blätter sich mehr als drei Meter über seinem Kopf! Als er sich dem Cockpit näherte, stieß Gant seine Tür auf und sprach ihn an, um Herr der Lage zu bleiben und kein Mißtrauen aufkommen zu lassen.

«Die Anzeigen spielen verrückt – ich hab' keinen Treibstoff mehr! Tut mir leid, Genosse, daß ich Sie aus Ihrer wohlverdienten Ruhe aufgeschreckt habe . . .» Er grinste breit, aber sein Gesichtsausdruck zeigte, daß er rasche, ohne Fragen gewährte Hilfe erwartete. «Ihr Zeug muß genügen, bis ich nach Hause komme – volltanken!»

Der Mann, der jetzt zu ihm aufsah, war ein Usbeke mit hagerem, dunklem, unrasiertem Gesicht.

«Wer zahlt?» fragte der Mann, der weder Wind noch Kälte zu spüren schien. Er sprach russisch, aber die Frage war wegen seines starken Akzents kaum zu verstehen.

«Keine Angst, Sie kriegen Ihr Geld, Genosse!» Gant beugte sich aus seiner Tür, um dem Usbeken seine Fliegerkombi mit den Rangabzeichen vorzuführen – und die Makarow in der Pistolentasche an seiner Hüfte. «Ich schreibe Ihnen eine Quittung, verstanden? Die werden Sie doch hoffentlich lesen können?» fügte er spöttisch hinzu. Aber der Usbeke blieb unbeeindruckt; er wirkte sogar widerstrebender als zuvor. Offenbar gehörte die Tankstelle ihm, so daß er den Verlust selbst hätte tragen müssen. Deshalb knurrte Gant: «Die Armee zahlt, Genosse!»

Er sprang aus dem Cockpit und baute sich vor dem einen halben Kopf kleineren Usbeken auf, der unwillkürlich zusammenzuckte. Gant lächelte noch, aber seine Hand ruhte leicht auf der noch geschlossenen Pistolentasche. Nach den Treibhaustemperaturen im Cockpit drang die schneidende Nachtkälte fast ungehindert durch seinen dünnen Overall. Auf der Straße waren in der Ferne Autoscheinwerfer zu sehen; ein Fahrzeug tauchte aus einer Senke auf. Die Fahrbahn mußte mit Bodenwellen durchsetzt sein, denn die Scheinwerfer wippten mehrmals heftig auf und ab.

Gant beugte sich über den Rumpf der *Hind*, als stehe er vor einem Auto, und öffnete den Tankstutzen.

«Hier, Genosse – volltanken! Und den Zusatztank in der Kabine ebenfalls.» Er behielt eine Hand an der Pistolentasche und hatte die andere herausfordernd in die Hüfte gestemmt. «Ihr Schlauch ist nicht lang genug», stellte er nonchalant fest. «Sehen Sie zu, daß Sie ein Verlängerungsstück und einen Trichter finden. Los, los, Genosse!»

Der Tankstellenbesitzer schien noch kleiner zu werden. Er wandte sich schulterzuckend ab, nahm einen Verlängerungsschlauch von einem Haken an der Außenwand des Kassenhäuschens, holte einen großen Blechtrichter vom Regal und steckte das Rohr der Zapfpistole leise fluchend in den Schlauch, der nun bis zur *Hind* reichte. Die Scheinwerfer des näherkommenden Wagens streiften den Hubschrauber. Der Trichter klapperte im Füllstutzen, dann schaltete der Tankwart die Pumpe durch einen Druck auf den Hebel ein. Die Autoscheinwerfer kamen näher. Hinter ihnen wurden dunkle Umrisse erkennbar: ein Lastwagen. Der Usbeke sah ohne wirkliches Interesse von seiner Arbeit auf. Gants Hände verkrampften sich, ballten sich zu Fäusten, und sein Gesicht verzog sich, als wolle er im nächsten Augenblick einen Protestschrei ausstoßen. Militär?

Zivil.

Gant seufzte hörbar erleichtert auf. Die stundenlangen Anstrengungen, Radarstationen, Flugzeugen, Hubschraubern, Städten und Dörfern auszuweichen, hatten ihn ermüdet. Jetzt richtete er sich auf, als könne er diese Müdigkeit leugnen. Der Lastwagen bog von der Straße in die Tankstelle ab. Der Usbeke stieß einen Laut aus, der anzudeuten schien, daß er das Fahrzeug kannte. Der Wagen hielt, und Gant hörte, wie die Handbremse angezogen wurde.

Der junge Mann, der fast augenblicklich auf der Beifahrerseite ausstieg, trug Armeeuniform. Gants Puls begann zu jagen. Der Uniformierte grinste; er stand mit in die Hüften gestemmten Händen da und betrachtete die *Hind* an der Zapfsäule.

Uniform? *Wie?*

Die LKW-Plane flatterte im eisigen Wind. Der Fahrer, der zu einem schmuddeligen Overall eine Lammfellweste und eine Stoffmütze trug, stieg ebenfalls aus. Nur sein Beifahrer trug Uniform.

Und kam näher . . .

Ein Russe, kein Usbeke. Weiße Haut im Mondschein, weiße

Zähne, eine zum Gruß erhobene weiße Hand, ein ziemlich junger Hauptmann, der gähnte und seine steif gewordenen Glieder reckte. Der Fahrer blieb wie aus Respekt zwei Schritte hinter ihm. Der junge Mann grinste erneut. Gant starrte wie hypnotisiert die Schulterstücke des Offiziers an.

Schon aus fünf Meter Entfernung sah Gant, daß der Hauptmann dem militärischen Geheimdienst GRU angehörte ...

... und ging mit entwaffnendem Lächeln und ausgestreckter Hand auf den Jüngeren zu.

Der GRU-Hauptmann ergriff seine Hand und schüttelte sie. Dabei schien er leicht zusammenzuzucken, als er fühlte, wie eisig Gants Hand war. Um ihn herum roch es nach Kohl – vermutlich die Fracht des Lastwagens.

Wie kam ein GRU-Hauptmann dazu, aus *diesem* Fahrzeug auszusteigen?

Kohl, Zwiebeln, erdige Kartoffeln. Gants Nervosität schien seinen Geruchssinn zu schärfen. Er zwang sich dazu, sich nicht in irrelevanten Einzelheiten zu verlieren. Der Hauptmann war sichtlich neugierig – nicht mißtrauisch, aber trotzdem wissensdurstig. Ein Militärhubschrauber – *hier?*

Auch Gant trug Hauptmannsuniform, aber der GRU-Offizier würde als selbstverständlich voraussetzen, daß er Auskünfte verlangen konnte.

«Sie sind weit von daheim fort, Genosse!» sagte Gant mit gespielter Herzlichkeit.

«Das wollte ich auch gerade sagen!» antwortete der Hauptmann lachend. Er ließ Gants Hand los. «Ein Hubschrauber an einer *Tankstelle*? Sie sind wohl der Spaßvogel Ihrer Staffel?»

«Mir ist der Sprit ausgegangen», beschwerte Gant sich.

«Weit von daheim fort? Nicht so weit wie Sie, Mann! Ich fahre nur per Anhalter nach Buchara und von dort aus weiter nach Samarkand.» Seinem Dialekt nach war er Weißrusse – ein Angehöriger der Herrenrasse. Auch Gants Dialekt – der seiner Mutter – war unverkennbar. «Sie sind Georgier, stimmt's?» fügte der junge Hauptmann hinzu.

«Richtig», bestätigte Gant. «Aus Surami, einem kleinen Thermalbadeort.» Er zuckte mit den Schultern.

«Nicht am Schwarzen Meer?»

Gant nickte nur.

«Kenne ich leider nicht», fuhr der Hauptmann fort. «Ein ziemlich kleines Nest, was?»

«Allerdings!» Gant bemühte sich um leichten, ungezwungenen Tonfall unter Offizierskameraden. Dann fragte der Hauptmann jedoch: «Afghanistan, wenn ich mich nicht irre?» Sein Blick wurde schärfer, während er Gant studierte, als gehe er im Geiste eine Liste möglicher Erklärungen durch. Die nächtliche Uhrzeit und die zurückgelegte Entfernung erinnerten Gant plötzlich wieder daran, daß die *Hind* Hunderte von Kilometern außerhalb Afghanistans verdächtig wirken mußte.

Dann fiel ihm ein, welche Story er ursprünglich hatte erzählen wollen. *Wohin war er unterwegs? Woher kam er?* Das Oberkommando in Alma-Ata lag 1300 Kilometer weiter östlich. Gants Story war auf den ersten Blick als Lüge zu erkennen!

Unter ihrem kameradschaftlichen, humorvollen Dialog drohte seine Angst zu einem reißenden Strom zu werden. Gant fröstelte. Der Wind schien aufzufrischen. Aber die beiden Usbeken schienen dagegen immun zu sein. Sie standen rauchend in der Nähe der Zapfsäulen. Gant hörte seine Zähne klappern und sah den Hauptmann grinsen.

«Adamow», stellte der andere sich vor.

Wie heiße ich? Seine Identität steckte in seiner Brusttasche bei seinen Papieren.

Wie heiße ich?

Er hatte seinen Decknamen vergessen.

Die Augen des Hauptmanns glitzerten mißtrauisch.

9

Des Pudels Kern

«Kommen Sie, wir versuchen, einen Kaffee zu kriegen. Dieser usbekische Schwachkopf kann Ihren Hubschrauber allein betanken – mein Fahrer leistet ihm dabei Gesellschaft.»

Gant war sich darüber im klaren, daß Adamows Aufforderung, mit der er auf die Holztüre deutete, vor allem den Zweck hatte, den Augenblick des Verdachts in die Länge zu ziehen. Wie lange würde der Pilot noch brauchen, um sich vorzustellen ... um eine Erklärung für seine Anwesenheit zu geben?

«Was zum Teufel haben Sie überhaupt auf einem Gemüselaster zu suchen, Genosse?» fragte Gant und rang sich ein Lachen ab. «Nicht gerade das richtige Transportmittel für einen GRU-Offizier, was?» Seine Handbewegung und sein Lächeln waren freundlich, harmlos,während sein Tonfall fragte: *Wer sind* Sie *überhaupt, Mann?*

Der Hauptmann wirkte leicht verwirrt, was jedoch daran liegen mochte, daß er sich über Gants etwas gönnerhaften Tonfall ärgerte. Schließlich hätte eher er selbst gönnerhaft auftreten können.

«Ich komme gerade von einem Einsatz auf dem Lande», antwortete er, während seine Hand weiter auf Gants Schulter lag und ihn nach der Hütte umdrehte, in der hinter schmuddeligen dünnen Vorhängen ein schwacher Lichtschein zu erkennen war. Der Wind brachte das Wellblechdach über ihnen zum Klappern und ließ die herabhängenden Rotorblätter der *Hind* erzittern. «Manche dieser verdammten Moslems machen Schwierigkeiten – sie wollen nicht gegen ihre islamischen Brüder in Afghanistan kämpfen ... Sie wissen ja, wie die Kerle sind. Schweine!» Der GRU-Hauptmann spuckte verächtlich aus. «Wir haben ein paar von ihnen an die Wand gestellt ... *einige der Verschwörer und Aufrührer sind kriegsrechtlich abgeurteilt und durch Erschießen hingerichtet worden»*, verbesserte er sich feierlich. Seine Augen glitzerten zufrieden. Dann rülpste er, und Gant merkte zum ersten Mal, daß der andere getrunken haben mußte. «Alles streng nach Vorschrift!» sagte Hauptmann Adamow grinsend. «Peng!» Er hob die rechte Hand, als halte er eine Pistole, und krümmte den Zeigefinger. «Peng! Peng!»

Gant unterdrückte einen Schauder angesichts dieser Pantomime, während Adamow ihm einen kameradschaftlichen Rippenstoß versetzte. «Der Rest ist strafversetzt worden», fügte er hinzu. «Allerdings mit ein paar zusätzlichen GRU-Leuten unter ihren Offizieren . . .»

«Wo . . .» Gant räusperte sich und sah zu der Zapfsäule hinüber, deren Zählwerk sich drehte, während seine Tanks volliefen. «Wo ist das gewesen, Genosse?» Der Lastwagenfahrer und der Tankstellenbesitzer unterhielten sich weiter in rasendem Tempo auf Usbekisch. Täuschte Gant sich, wenn er den Eindruck hatte, die beiden starrten sie haßerfüllt an? Er schüttelte den Kopf. Adamow wirkte verwirrt.

«Wo hat's dieses kleine Problem gegeben?» erkundigte Gant sich.

«Oh, in der Kaserne außerhalb von Chiwa. Frisch eingezogene Wehrpflichtige. Sie hatten einige ihrer Offiziere als Geiseln genommen – alle voller Haschisch und voller Drohungen.» Er grinste. «Und sie haben Forderungen gestellt, aber das kennt man ja!» Adamow seufzte theatralisch. «Kein allzugroßer Widerstand, nachdem wir ihnen die Lage erklärt hatten und ihr Drogenrausch abgeklungen war.»

«Wie kommt's, daß Sie jetzt hier sind? Das muß doch ein Großunternehmen gewesen sein?» Gant zuckte so nonchalant mit den Schultern, wie das bei der Kälte möglich war.

«Wie meinen Sie das?» protestierte Adamow, als habe er den Verdacht, er solle ausgehorcht werden.

Gant begriff, was der andere nicht zugeben wollte. Der GRU-Hauptmann hatte sich die Genehmigung verschafft oder erschlichen, ein paar Tage Urlaub in Samarkand zu machen, bevor er zu seiner Dienststelle zurückkehrte. Deswegen war er verwundbar, aber gefährlich blieb er trotzdem.

«Gut, dann wollen wir versuchen, einen Kaffee zu kriegen», stimmte Gant lässig zu. «Ich heiße übrigens Truschkowski», fügte er hinzu, weil ihm sein Deckname jetzt mühelos einfiel. Der andere nickte, als finde er die allmählich zum Vorschein kommende Identität des anderen beruhigend.

Ein heimlicher Blick auf seine Armbanduhr: 0.20 Uhr. Vergeudete Zeit! Aber er wußte, daß er sich weiter darum bemühen mußte, seine Story glaubwürdig erscheinen zu lassen.

«Sie haben heute wohl schon früher Schluß gemacht, hmmm?» fragte er mit gespielter Herzlichkeit.

Adamow starrte ihn mit neuerwachtem Mißtrauen an, bevor er dann breit grinste.

«Richtig, Mann! Ich hab' schon früher Schluß gemacht!» Er zielte mit der imaginären Pistole und drückte ab. Adamow lachte. «Das *gefällt* mir! Schon früher Schluß gemacht ...» Der eisige Wind trug sein Lachen fort, nachdem es Gant aufgerüttelt hatte.

Adamow hatte Spaß an den Erschießungen gehabt – vielleicht hatte er sogar Sonderurlaub erhalten, weil er sich dabei so bewährt hatte? Gant lief ein kalter Schauder über den Rücken.

«Ich erkenne die Abzeichen auf Ihrer Mil», sagte der Hauptmann plötzlich. «Sie sind eigentlich in Alma-Ata stationiert, nicht wahr?» Er wartete keine Antwort ab, bevor er hinzufügte: «Dann kennen Sie wohl auch den alten Georgi Karpow? Er muß zur gleichen Zeit wie Sie nach Kabul versetzt worden sein – wahrscheinlich sogar in der selben Staffel ... Wie geht's dem alten Georgi, hmmm?»

Der GRU-Hauptmann war an der dreistufigen Treppe zum Windfang der Hütte stehengeblieben. Staub wirbelte um die beiden Männer. Adamows Augen glitzerten im Mondschein. Gant wurde von einem einzigen Gedanken beherrscht ...

Wer war Georgi Karpow?

Der Laser-Killersatellit, das eigentliche Herz des Unternehmens *Blitz*, war – noch immer in Einzelteilen – ins Montagegebäude überführt worden. Der Hauptspiegel, das Laserrohr, die Energieversorgung ... jedes Teil war für Generalleutnant Pjotr Rodin ein Grund zu harter, glasklarer Befriedigung. Jedes Bauteil erschien ihm so vielsagend wie die Erinnerung an die Beförderungen, die ihm im Laufe seiner langen Dienstzeit zuteil geworden waren.

Als Rodin sich an diesem Abend zum zweiten Mal rasiert hatte, um ganz und gar untadelig auszusehen, hatte er sein besorgtes Gesicht im Spiegel angestarrt – und sich gefragt, wie andere seinen Sohn betrachten mochten. Sahen sie so deutlich wie der Vater das schwächliche Kinn, die vollen, weichen Lippen und die blasse, zarte Haut? Sahen auch sie in ihm das Ebenbild seiner Mutter ...?

Nein, natürlich nicht, hatte er sich gesagt – sagte er sich jetzt. Niemand hier draußen kannte ja seine Frau. Nur sehr wenige seiner Offizierskameraden kannten diese stille, mausgraue Gestalt überhaupt, die wenig bleibende Eindrücke hinterließ ...

... und die seinen einzigen Sohn verdorben hatte.

Nicht mehr daran denken!

Rodin konzentrierte sich ganz bewußt auf die Einzelteile der Laserwaffe. In der kommenden Nacht würde der Killersatellit in die Ladebucht der Raumfähre abgesenkt werden, deren Luken sich schließen würden, bevor die Raumfähre zu der bereitstehenden Trägerrakete hinausgeschleppt wurde. *Darauf* kam es jetzt an! Sein Sohn durfte ihn nicht ablenken: Waleri hatte es nicht *verdient*, daß er zu diesem Zeitpunkt an ihn dachte.

Selbst die Anwesenheit Serows konnte ihm diesen Augenblick des Triumphs nicht verderben. Der GRU-Kommandeur stand rechts neben Rodin, während links neben dem General ein Techniker mit einem Fernsehgerät auf einem fahrbaren Tischchen stand. Das Elektrokabel führte durch die kleine Gruppe von Offizieren und Wissenschaftlern hindurch und verschwand irgendwo im Hintergrund. Auf dem Fernsehschirm war die blau-weiß-grüne Erde vor dem Hintergrund des nachtschwarzen Weltraums zu sehen. Afrika lag grün und braun vor seinem Blick.

Dann wurde auf eine andere Kamera umgeschaltet, die den Laderaum der amerikanischen Raumfähre *Atlantis* zeigte. Zwei Astronauten, die lange Sicherungsleinen hinter sich herzogen, arbeiteten an dem von der *Atlantis* eingefangenen defekten Satelliten.

In weniger als 36 Stunden würde die sowjetische Raumfähre in eine erdnahe Umlaufbahn gebracht werden. Dabei konnte nichts schiefgehen, solange alles planmäßig verlief. Dabei *durfte* nichts schiefgehen ...

... auch wenn der Schwerlastaufzug des Startturms defekt geworden war. Er sollte die Raumfähre auf die Trägerrakete des

Typs G heben – und stand jetzt zur Reparatur in der Hydraulik. Aber Rodin vertraute den Technikern, die ihm versichert hatten, die Raumfähre sei am Donnerstag morgen startbereit. Sie *würde* ihre Umlaufbahn erreichen, wenn in Genf der Vertrag unterzeichnet wurde ...

... so daß *Blitz* am Freitag ausgelöst werden konnte!

Trotzdem ließ sich Rodin den Zeitplan nochmals bestätigen, um nicht den geringsten Zweifel aufkommen zu lassen. Weißbekittelte Zivilisten nickten eifrig, murmelten Zustimmung. Offiziere bestätigten ihre Aussage mit nickenden Köpfen, mit Uniformen, Rangabzeichen und Ordensschnallen. Rodin war zufrieden, obwohl seine behandschuhten Fingerspitzen vor Ungeduld prickelten.

«Ich danke, Genossen.»

Er wandte sich an Serow. Plötzlich stand sein Sohn wieder im Vordergrund seines Bewußtseins. Warum hatte er das Bedürfnis, Serow gegenüber Erklärungen abzugeben? Warum *fürchtete* er diesen Mann?

Rodin räusperte sich, bevor er den GRU-Offizier ansprach.

«Das Oberkommando verlangt Zusicherungen, was Ihren verschwundenen Techniker betrifft, Serow», sagte er mit halblauter harter Stimme. «Ich bin angerufen und eigens auf den Sicherheitsaspekt aufmerksam gemacht worden. Sie wissen, was ich meine?»

Serow machte ein finsteres Gesicht, als er den herausfordernden Tonfall hörte, sagte aber nur: «In zwei Stunden kann ich Ihnen über den Sicherheitsaspekt Bericht erstatten, Genosse General. Meine Leute sind eben dabei, alles auf den neuesten Stand zu bringen.»

«Ausgezeichnet.» Rodin lächelte schwach über Serows zusammengekniffene Lippen.

«Von Ihrem Sohn sind hoffentlich keine weiteren Störmanöver zu befürchten, Genosse General?» erkundigte der Oberst sich im nächsten Augenblick. «Ich bin mit Ihrem Vorhaben einverstanden, ihn in ein paar Stunden nach Moskau zu verfrachten.»

«Sie sind damit *einverstanden* ...?»

Serow sprach weiter, als habe der General nichts gesagt: «Der KGB überwacht Ihren Sohn diskret, aber er hat bisher nichts unternommen – und dürfte auch weiterhin untätig bleiben.»

«Ihre Leute scheinen doch richtig gehandelt zu haben», bestätigte Rodin, dem es nicht gelang, ein leichtes Zittern seiner Stimme zu verbergen.

«Danke, Genosse General», antwortete Serow ironisch.

Rodin wandte sich von dem GRU-Kommandanten ab und warf erneut einen festen Blick auf die Raumfähre *Raketoplan* und die Baugruppen der Laserwaffe, die seine Autorität zu untermauern schienen. Die Raumfähre mußte pünktlich starten; ihr Start mußte technisch *perfekt* ablaufen und mit der Unterzeichnung dieses Schandvertrages in Genf zusammenfallen ... Danach würden sie den Greisen im Kreml ihre wahre Macht demonstrieren! Danach hatten der Verteidigungsminister, das Oberkommando und ihre Parteigänger im Politbüro es in der Hand, eine Verdreifachung oder gar Vervierfachung der Hauhaltsmittel für die Entwicklung von Weltraumwaffen durchzusetzen. Und *er* würde ihnen diese Möglichkeit verschafft haben ...

Blitz versprach eine Wiederauferstehung der schwindenden Macht der Armee. Vorstellungen von Gewalt und Macht durchliefen Rodin und machten ihn trunken wie schwerer Wein.

«Lassen Sie mich rüberkommen», drängte Priabin halblaut und starrte in Waleri Rodins Apartment hinüber. Selbst ohne Fernglas war zu erkennen, daß der junge Mann übel zugerichtet war. «Wir müssen von Mann zu Mann miteinander reden – diese Telefonierei ist lächerlich!»

«Ich habe die Tür abgeschlossen und verriegelt.»

Alkohol und Drogen: Damit hatte Rodin etwa eine halbe Stunde vor Priabins Eintreffen wieder angefangen. Der junge Mann war hörbar verzweifelt, aber noch ungebrochen. Und Priabin konnte ihn am Telefon nicht aushorchen.

«Sie stehlen mir meine Zeit!» knurrte Priabin. Michail murmelte etwas, das er nicht verstand.

«Tatsächlich?» fragte der junge Mann leichthin, fast verächtlich.

«Wozu haben Sie mich rufen lassen? Was wollen Sie?»

Der KGB-Oberst starrte zu Rodin hinüber. Einen Joint zwischen den Fingern, einen Cognacschwenker in der Hand. Im Hintergrund leise Musik, in deren Takt er sich wiegte.

«Mit Ihnen reden.»

«Als wir zuletzt miteinander gesprochen haben, wollten Sie nichts sagen. Was ist diesmal anders, *Süßer*?» Priabin empfand ein gewisses Mitgefühl für den Jungen, aber er unterdrückte es, auch als er Rodin bei diesem beleidigenden Wort wie nach einer Ohrfeige zusammenzucken sah. Jetzt berührte er sogar sein geschwollenes Gesicht. «Was wollen Sie also?» fragte Priabin grob. «Wollen Sie Anzeige gegen Ihren *Angreifer* erstatten? *Wer hat Sie so zugerichtet?*»

«Das wissen Sie genau – Ihre Leute haben sogar zugesehen!» kreischte Rodin plötzlich ins Telefon. «Spielen Sie bloß nicht den *Dummen!*» Der Aufschrei eines kleinen Jungen auf dem Spielplatz: schmerzlich, drohend und zugleich wehleidig. Priabin sah ihn einen großen Schluck Cognac nehmen und dann mit dem Handrükken über die Lippen fahren. Dann paffte der junge Mann nervös seine zerdrückte Zigarette.

«Reden wir also lieber über *Blitz*?»

Rodin schüttelte sichtlich verängstigt den Kopf. «Nein! Ich möchte mit Ihnen über Sascha reden . . .»

«Warum gerade über ihn?» fragte Priabin rasch, ohne recht zu wissen, ob sein professioneller Instinkt ihm diese Frage eingab. «Schließlich ist der kleine Schwule tot und . . .»

«Sie reden genau wie mein Vater!»

Die beiden Männer hinter Priabin bewegten sich, weil das durchdringende Kreischen bis an ihr Ohr drang. Priabin zuckte schmerzlich zusammen; er hatte einen Fehler gemacht.

«Aha, ich bin also genau wie Ihr Alter», stellte er spöttisch fest. Anna zupfte wie ein aufdringliches Kind an seinem Ärmel. Er hatte nicht einmal gemerkt, daß die Erinnerung an sie den Raum erfüllte. Priabin hatte plötzlich ein schlechtes Gewissen, während er mit dem Telefonhörer am Ohr durchs Fernglas auf dem Stativ blickte und brutal fortfuhr: «Darüber haben wir bereits gesprochen, Rodin. Über Sie und Ihren Alten. Was tut Ihr Vater im Augenblick? Was tut er *jetzt*?»

Anna, laß mich in Ruhe! flüsterte er der Gestalt aus seiner Erinnerung zu. Nicht jetzt, nicht ausgerechnet jetzt... Sie war natürlich da, ihn zu bewegen, Rodin nicht zu zerbrechen, sondern Verständnis für ihn zu haben – um ihn daran zu erinnern, wie allein Waleri Rodin war, wie verzweifelt. Nicht jetzt, Anna, *nicht jetzt...*

Rodins Mund stand offen; dann schloß er ihn mit listiger Miene, als beiße er auf etwas Eßbares. Anna, Wiktor... Wiktor war der Grund, daß Priabin dem jungen Mann dort drüben so hartnäckig, so erbarmungslos zusetzte. Er durfte nicht aufhören, er durfte Wiktor nicht im Stich lassen. Rache für Wiktor war erreichbar. Es würde ihm niemals gelingen, Annas Tod an dem amerikanischen Piloten Gant zu rächen – Wiktor mußte genügen.

«Ich bin gefährlicher als Sie, Waleri, merken Sie sich das!» flüsterte er in den Telefonhörer. «Ich habe einen toten Stellvertreter auf *meinem* Gewissen – nicht nur einen zweitklassigen Schauspieler, der Ihr Liebhaber gewesen ist.»

Und er wußte, daß er instinktiv richtig gehandelt hatte, als Rodin fast schreiend antwortete: «Er hätte ein großer, ein ganz großer Schauspieler werden können!»

«Weil er *Ihnen* geschmeichelt hat?» erwiderte Priabin automatisch. Er sah die nächste Zeile vor sich, als lese er ein Drehbuch. «Weil er im *Bett* gut gewesen ist? Mein Gott, er muß wirklich gut gewesen sein, wenn er *Ihnen* das hat vorspielen können!» Seine Verachtung war überzeugend gespielt. Zugleich hatte er dabei den Eindruck, Anna starre ihn vorwurfsvoll an. Und er sah ihr Gesicht im Augenblick nach ihrem Tode, als er sie an sich gedrückt hatte. Priabin zuckte zusammen, hätte beinahe laut protestiert, beherrschte sich aber und lauschte.

In der kurzen Pause schien Rodin sich beruhigt zu haben, denn er stellte gelassen fest: «Ganz wie mein Vater.»

«Was wollen Sie von mir, Waleri, wenn ich wie Ihr Vater bin?» Priabins Stimme klang weicher, fast besänftigend. Annas flehendes Gesicht wich ins Dunkel zurück.

«Ich wollte bloß mit jemand reden», murmelte der junge Rodin undeutlich.

«Weshalb wollten Sie, daß ich komme, Waleri? Warum gerade in diesem Augenblick, wenn Sie weggeschickt werden sollen?»

«Weil ich gewußt hab', daß *Sie* kommen würden», antwortete Rodin verträumt. Er hob sein Glas zu einem spöttischen Toast und leerte es auf Priabins Wohl. «Ich hab' gewußt, daß Sie kommen würden», wiederholte er.

Priabin war sich darüber im klaren, daß ihm nicht mehr viel Zeit blieb. Der Junge hatte keine Angst mehr. Er mußte irgendwie wachgerüttelt werden, was Priabin nur mit seiner Stimme und durch seine Erfahrung schaffen konnte. Nein, du darfst dich nicht einmischen, Anna.

«Was hat der Papi gesagt, Waleri?» erkundigte er sich sarkastisch. «Warum hat er Sie zusammengeschlagen? Nur weil Sie schwul sind – oder um Ihnen einen Vorgeschmack von dem zu geben, was Ihnen bevorsteht?» Priabin spürte, daß die beiden anderen gespannt und sorgenvoll zuhörten. Annas totes Gesicht erschien ihm wie ein Warnsignal. *Verschwinde!*

«Was . . .?» flüsterte Rodin schockiert.

«Hat er sich von Ihnen losgesagt? Hat er Ihnen erklärt, daß er Sie nie wieder aus der Scheiße ziehen wird? Das hat er Ihnen doch mit den Fäusten gesagt, stimmt's? Können Sie sich vorstellen, wie's Ihnen auf der Akademie ergehen wird? Er will Sie *kurieren*, Waleri, nicht wahr? Er glaubt, daß Sie nach ein paar Abreibungen zur Vernunft kommen und sich eine hübsche junge Frau suchen werden, was?» Priabin lachte spöttisch. «Wahrscheinlich glaubt er, daß . . .»

«Halt's Maul, halt's Maul, *halt's Maul* . . .» Rodin war einem Zusammenbruch nahe. Ohne Protektion durch seinen Vater hatte er an der Frunse-Militärakademie überhaupt keine Zukunft! Der junge Mann ließ sich schluchzend aufs Bett sinken, wobei ihm der Telefonhörer entglitt, und schlug die Hände vors Gesicht. Nach scheinbar endlos langer Pause griff er wieder nach dem Hörer und sagte mit leiser, ausdrucksloser Stimme: «Sie haben recht, Polizist – Sie haben recht! Er will nichts mehr mit mir zu tun haben. Papi hat sich von seinem bösen kleinen Jungen losgesagt . . .»

«Dann reden Sie mit mir», schlug Priabin ihm vor. Nein! verbesserte er sich im nächsten Augenblick. Nicht sanft – noch nicht. «Ich kann mir nicht leisten, meine Zeit zu vergeuden, Waleri.» Die vernünftige Methode – nüchtern und geschäftsmäßig. Ein vielbeschäftigter Mann, der dringende Termine hat. «Haben Sie verstanden? Falls Sie mir nichts zu erzählen haben, muß ich dieses Gespräch leider beenden.»

Das Schweigen dauerte so lange, daß Priabin sich vor der Antwort des jungen Mannes zu fürchten begann.

«Nein», sagte Rodin schließlich, «tun Sie's nicht.»

«Warum nicht?»

«Ich möchte mit Ihnen reden – ich habe Ihnen etwas mitzuteilen.» Er blickte dabei nicht auf. «Ich ... Sie können rüberkommen. Ich schließe die Tür auf.»

«Ich habe keine Zeit zu verlieren», sagte Priabin, dem es schwerfiel, weiterhin den Gleichgültigen zu spielen.

«Ich halte Sie nicht unnötig auf.» Rodin hob den Kopf und blickte in die Nacht hinaus. «Ich weiß, für welche Informationen Sie sich interessieren ... Vielleicht packe ich sogar aus, wenn Sie rüberkommen!»

Die Holztreppe unter Gants Stiefeln fühlte sich gefährlich rutschig an. Gant sah zu seinem Hubschrauber hinüber, als suche er nach einer raschen Fluchtmöglichkeit. Die beiden Usbeken blieben in der Nähe der *Hind*, als hätten sie den Auftrag, sie zu bewachen. Gant fühlte sich hilflos. Er konnte nicht einfach weglaufen, einfach *morden* ...

Er öffnete seine zu Fäusten geballten Hände, sah Adamow direkt ins Gesicht und grinste spöttisch.

«Georgi *wer*?» fragte Gant herausfordernd. «Wer ist dieser Georgi, Genosse?»

«Georgi Karpow? *Den* kennen Sie doch bestimmt?» meinte der andere lachend.

Gant schüttelte den Kopf. Er beobachtete Adamows Hand, die Pistole an seinem Gürtel, die Hand, die Waffe, die Hand ... die sich langsam öffnete, an der Pistolentasche vorbeiglitt und gehoben wurde, um nach dem Mützenschirm zu greifen. Gant zuckte mit den Schultern.

«Ich hab' noch nie von ihm gehört, Genosse – und sie wahrscheinlich auch nicht», stellte Gant ruhig fest. Dann fügte er rascher hinzu: «Was ist los mit Ihnen, *Polizist*?»

Die Hand verließ den Mützenschirm und schlug auf Gants Schulter, als solle er verhaftet werden. Dann lachte Adamow.

«Ich dachte, er sei nach Alma-Ata versetzt worden ... hab' allerdings seit Jahren nichts mehr von ihm gehört.» Er schüttelte sich. «Los, Mann, wir müssen aus diesem *verdammten* Wind raus!»

«Klar», sagte Gant nach einem weiteren Blick zu seinem Hubschrauber hinüber. Er ließ sich von Adamow zum Eingang schieben.

«Können Sie mich vielleicht ein Stück mitnehmen?» schlug Adamow vor, als Gant nach der Türklinke griff. Dann rutschte er auf einem lockeren Brett aus und kicherte.

Adamow war halb betrunken! Als er sich umdrehte, hielt der GRU-Hauptmann ihm eine silberne Taschenflasche im Lederfutteral unter die Nase.

«Gut zum Kaffee – gut gegen Bakterien aller Art!» Er grinste. «Ich hab' unterwegs schon anfangen müssen, sonst wär' der Gestank dieses Usbekenschweins nicht auszuhalten gewesen!» Adamows Daumen wies auf den Lastwagenfahrer. «Los, los, mach endlich die verdammte Tür auf ... ich erfriere!»

Gant betrat die kleine Diele hinter der Tür. Holzboden und -wände; kein Teppich, kein Wandschmuck.

«Wie, zum Teufel, soll ich dich mitnehmen können?» fragte er.

«Warum nicht?» wollte Adamow wissen. Er wartete keine Antwort ab, sondern rief laut: «Kommt raus, kommt raus, wer immer ihr seid!»

Seine Faust schlug gegen die dünne Holzwand, die ächzte, als protestiere sie.

Die Tür wurde geöffnet. Auf der Schwelle erschien eine schwarz verschleierte alte Frau, die jetzt zur Seite trat, als bemühe sie sich, nicht zu existieren. Gant stolzierte an ihr vorbei, wie Adamow es von Hauptmann Truschkowski von der Front-Luftflotte erwartet hätte. *Mitnehmen*, wiederholte seine innere Stimme unaufhörlich. Er konnte, er *durfte* Adamow nicht umbringen ...

... aber es gab keine andere Lösung. Er vergeudete hier nur kostbare Zeit. Keine andere Lösung ...

Die Alte verschwand in der Küche, nachdem Adamow ihr grob befohlen hatte, schnellstens Kaffee zu kochen. Gant sah sich in dem niedrigen Raum um, dessen gesamte Einrichtung aus einem abgetretenen Teppich, einem Holztisch mit vier Stühlen und einem alten Sessel neben dem Ölofen bestand. Der GRU-Hauptmann ließ sich in den Sessel fallen, der eine Staubwolke von sich gab und vor Altersschwäche knarrte.

«Bruchbude», murmelte er verächtlich. Dann hielt er Gant die Flasche hin. «Oder lieber nicht im Dienst?» fragte er spöttisch. «Schlecht für dein Sehvermögen bei Nacht, was?»

Ölflecken auf den Sessellehnen, auf der geschrubbten Tischplatte. Gant sah sich suchend um, als wolle er dieser Frage ausweichen. Er durfte eigentlich nichts trinken – und wußte, daß er's trotzdem würde tun müssen, um Adamow betrunken – gefügig – zu machen.

«Willst du'n Schluck?» erkundigte Adamow sich.

«Klar, warum nicht?» antwortete Gant, griff nach der angebotenen Flasche, setzte sie an die Lippen und tat so, als nehme er einen großen Schluck. Dann fuhr er sich mit dem Handrücken über den Mund, hustete dabei und schüttelte den Kopf, als geniere er sich wegen der Alkoholmenge, die er angeblich getrunken hatte.

Du kannst ihn nicht umbringen, das geht nicht einfach so, du kannst die Leiche nicht beseitigen ... du mußt noch abwarten ... Er trat ans Fenster, zog den dünnen Vorhang zurück und blickte nach draußen, wo der Tankstellenbesitzer eben den Schlauch einhängte. Fertig! Die Tanks waren voll. Gant mußte sich beherrschen, um nicht erleichtert aufzuseufzen.

Die Schwarzverschleierte kam zurück und stellte zwei Blechbecher mit starkem Kaffee auf den Tisch, ohne die Männer anzusehen. Gant erkannte, daß sie keineswegs vorgab, nicht zu existieren, sondern daß die Unbekannten für sie so unwichtig waren wie Papierfetzen, die der Wind über den Hof trieb. Adamow schimpfte hinter ihr her, weil sie ihm seinen Kaffee nicht am Ofen serviert hatte, stemmte sich aus dem Sessel hoch und trat schwankend an den Tisch.

Der usbekische Tankstellenbesitzer kam mit schräg gegen den Wind gelehntem Oberkörper zur Hütte zurück. Adamow gesellte sich zu Gant. Schnapsfahne, eine Hand auf seiner Schulter, ein

Grinsen aus nächster Nähe, glasiger Blick. Die vertraute, etwas weinerlich klingende Stimme.

«Komm Genosse, du hast doch Zeit genug, um mich nach Samarkand mitzunehmen ... Klassepuffs in Samarkand, Spitzenclubs für Touristen!» Adamow brüllte vor Lachen, während er Gant mehrmals kräftig auf den Rücken schlug. «Außerdem», fuhr er dann fort, indem er sich vertraulich gegen den anderen lehnte, «schätze ich, daß du mich nicht gut abweisen kannst, hmmm? Was würde das Oberkommando sagen, wenn rauskäme, daß du hier gewesen bist? Was dann, Genosse? Welches *Spiel* spielst du eigentlich?»

Sein kräftiger, dicker Zeigefinger, der Abzugsfinger, tippte gegen Gants Brustbein: sechsmal, siebenmal, achtmal, um seinen Verdacht zu unterstreichen.

Gant bekam die Hand zu fassen und bog sie zurück. Adamow stieß einen Schmerzensschrei aus.

«Laß das, *Genosse*!» fauchte Gant. «Und hör auf, mich *auszufragen*!» Er ließ Adamows Handgelenk los. Der andere hob sofort die Hand, als wolle er zuschlagen, und ließ sie dann sinken, als er das drohende Glitzern in Gants Blick sah.

«Ja, ja, schon gut», knurrte Adamow. «Der Teufel soll dich und deinen Auftrag holen!» Er wandte sich vom Fenster ab.

Gant reagierte blitzschnell. Seine Handkante traf Adamows Nacken, noch während der GRU-Hauptmann sich abwandte. Kaffee spritzte; dann schepperte der Blechbecher über den schmutzigen Fußboden. Adamows Blick war noch glasiger, als Gant ihn jetzt von hinten stützte.

Der Usbeke betrat mürrisch vor sich hinstarrend den Raum. Der bewußtlose Adamow atmete laut keuchend wie ein Betrunkener. Gant hievte ihn etwas höher und knurrte den Tankstellenbesitzer an: «Er ist betrunken, verstanden?» Der Usbeke nickte, rieb sich das stoppelbärtige Kinn und zuckte dann mit den Schultern.

«Ich will mein Geld», verlangte er in stark dialektgefärbtem Russisch. Er streckte eine Hand aus, um seine Forderung zu unterstreichen.

«Die Armee zahlt», behauptete Gant. Der Mann versperrte ihm den Weg. Adamows Gewicht lastete auf ihm. Draußen stand die

Hind mit vollen Tanks. Zwei Minuten, bis alle Systeme betriebsbereit waren. Der leere, freie Himmel war nur zweieinhalb Minuten von ihm entfernt.

Gant ließ Adamow in den Sessel fallen, in dem der GRU-Hauptmann wie die Puppe eines Bauchredners liegenblieb. Der Usbeke kniff die Augen zusammen und tastete seinen Gürtel ab, als suche er nach einer Waffe, die er verlegt hatte. Gant zog den Reißverschluß der linken Brusttasche auf, um einen Notizblock mit Kugelschreiber hervorzuholen.

«Komm her!» forderte er den Tankstellenbesitzer auf, nahm am Tisch Platz und begann eine Quittung zu schreiben. Jedes Blatt trug das Abzeichen der Front-Luftflotte und die Nummer seiner Staffel. Gant knurrte den Usbeken nur noch einmal an, um ihn nach der gelieferten Benzinmenge zu fragen. Dann riß er das Blatt ab und gab es dem Mann. «Hier – eine amtliche Quittung! Noch Fragen?» Seine Hand ruhte leicht auf seiner Hüfte – knapp über der Pistolentasche.

Der Tankstellenbesitzer schüttelte widerstrebend den Kopf. Er faltete die Quittung mit resignierter Miene zusammen und steckte sie in eine Tasche seiner sackartigen Hose. Dann wischte er sich die Hände an der Jacke ab, als habe er sie sich beschmutzt.

«Ausgezeichnet», meinte Gant zufrieden. «Ich nehme meinen Kameraden mit – das kannst du dem Lastwagenfahrer sagen.» Er zog Adamow mühelos hoch und bewegte sich mit ihm zur Tür. «Los, aufmachen!» Der Usbeke beeilte sich, seinen Befehl auszuführen. Gant schleppte den bewußtlosen Hauptmann in die Diele hinaus, riß die Haustür auf und stolperte mit Adamow die wenigen Stufen hinunter.

«Scheißpassagier!» brüllte Gant in den Wind, wobei er zu dem Lastwagenfahrer hinübersah. «Der Kerl ist stinkbesoffen und kann nicht mehr stehen!» Der Fahrer lehnte aus dem Führerhaus und rauchte; er schüttelte den Kopf und grinste darüber, wie Gant sich mit Adamow abmühte – und wohl aus Erleichterung darüber, daß er den Offizier nicht mehr mitzunehmen brauchte. «Du hättest nicht zulassen dürfen, daß er so viel trinkt!» knurrte Gant ihn an, Aber der Fahrer zuckte nur gleichmütig mit den Schultern.

Gant lehnte Adamow gegen den Rumpf der *Hind*, riß die Kabinentür auf und schob den Bewußtlosen in die Kabine. Er schaute auf seine Armbanduhr. 0.35 Uhr. Gant kletterte hinauf, zwängte sich an dem Zusatztank vorbei, der einen großen Teil der Kabine ausfüllte, und zerrte Adamow zu einem der Klappsitze. Nachdem er den GRU-Hauptmann angeschnallt hatte, benützte er einen weiteren Gurt dazu, ihm die Hände zu fesseln. Zuletzt knebelte er Adamow mit ... Macs Schal, der noch auf dem Boden lag. Er nahm dem Russen die Pistole ab, verdrängte die Erinnerung an Mac, sprang aus der Maschine und knallte die Kabinentür hinter sich zu. Adamow konnte ihm nicht mehr gefährlich werden: Er war gefesselt, geknebelt und entwaffnet.

Er kletterte fröstelnd ins Cockpit. Der Lastwagenfahrer beobachtete ihn aus dem Führerhaus, der Tankstellenbesitzer von der Treppe aus. Gant griff nach den Bedienungshebeln, warf einen Blick auf die Instrumentenkonsole und begann mit den Startvorbereitungen.

Seine Hände umfaßten, ergriffen oder berührten, kippten, drehten oder drückten, um die Mil zu neuem Leben zu erwecken. Das Hilfstriebwerk war eingeschaltet geblieben. Gant betätigte den Startknopf der ersten Propellerturbine und stellte den Leistungshebel über seinem Kopf auf Boden-Leerlauf ein. Das Triebwerksgeräusch wurde von einem dumpfen Heulen zu einem hellen Pfeifen. Er drückte auf den zweiten Startknopf und verstellte den zweiten Leistungshebel. Die Geräuschentwicklung wiederholte sich. Die anfangs noch herabhängenden Rotorblätter begannen sich zu drehen und bildeten einen schimmernden flachen Kegel. Die *Hind* schwankte jetzt, als könne sie es nicht mehr erwarten, in die Luft zu kommen.

Gant schaltete die bewegliche Kartendarstellung ein. Die Rotorblätter wirbelten Staubwolken auf, und die Sicht aus dem Cockpit verschlechterte sich. Zwei Minuten ... Die *Hind* rollte unter dem Wellblechdach über den Zapfsäulen hervor, als er von der Bremse ging.

Er blickte nach beiden Seiten und dann nach oben. Alles klar. Weit genug von dem Wellblechdach und der Freileitung entfernt. Gant drückte den Steuerknüppel, trat das linke Pedal, damit die

Mi-24 in den Wind gedreht blieb, zog den Blattverstellhebel und fühlte die *Hind* abheben, während der Wind sie durchrüttelte. Er erhöhte seine Geschwindigkeit, stieg rasant mit über zehn Metern pro Sekunde und sah den mondhellen Erdboden unter sich zurücksinken. Baikonur lag fast genau nördlich seines gegenwärtigen Standorts. Die Borduhr zeigte 0.40 Uhr. Wenn Gant sich beeilte, blieb ihm gerade noch genug Zeit – *gerade noch!* –, um vor Tagesanbruch mit Kedrow über die Grenze zu kommen.

Priabin hätte den jungen Rodin am liebsten verprügelt, wie sein Vater es bereits getan hatte. Kedrow hielt sich irgendwo draußen in den Marschen versteckt und wartete nur darauf, festgenommen zu werden. Und Waleri Rodin, der ihn wie versprochen eingelassen hatte, schien es lediglich darauf anzukommen, ihr Gespräch zu verlängern. Er sehnte sich nach Gesellschaft.

«Reden wir endlich über *Blitz*, ja?» knurrte der KGB-Oberst den jungen Mann an. Er trank einen Schluck von dem Whisky, den Rodin ihm eingeschenkt hatte, und bemühte sich, ganz ruhig zu bleiben.

Waleri Rodin hob ruckartig den Kopf. Priabin seufzte innerlich, als Rodin mit den Schultern zuckte und dann weitersprach, als sei der Oberst eine Art Beichtvater für ihn. Und Priabin war ja in den Augen des jungen Mannes tatsächlich der einzige *ungefährliche* Besucher. Lächerlich . . .

Priabin fühlte den Sender und das winzige Mikrofon an seinen Rippen.

«. . . und stellen Sie sich vor, ich soll zu den *Suchoputnije Wojska*, den Erdkampftruppen – genauer gesagt zur Panzertruppe! Ich soll Berufsoffizier werden, deshalb die Militärakademie . . .» Er schürzte hilflos verärgert die Lippen. «Berufsoffizier!» wiederholte er fast blökend.

«Aber warum?» fragte Priabin.

«Damit ich ein richtiger Mann werde, versteht sich!» erwiderte Rodin hohnlachend. «Ich soll in seine Fußstapfen treten! Außerdem werde ich auf diese Weise elegant aus Baikonur entfernt . . .»

«Wozu das?» erkundigte Priabin sich allzu eifrig.

Rodin blinzelte ihm übertrieben nachdrücklich zu. «Dazu kommen wir noch, alles zu seiner Zeit.»

«Wozu *jetzt*, meine ich. Was soll dieser Wechsel der Waffengattung? Warum sind Sie bei der GRU, wenn Ihr Alter Sie als Panzeroffizier sehen möchte?»

Der junge Mann trank einen Schluck Cognac. Er war keineswegs nüchtern, aber irgendwie Herr der Lage. Priabin konnte ihn nicht unter Druck setzen; er konnte nicht fort, obwohl er ständig an Katja, Kedrow, Dudin und seine Leute dachte, sondern mußte bleiben, bis er Waleri Rodin zum Sprechen gebracht hatte.

«Die meisten seiner alten Kameraden im Oberkommando sind in der Nachrichtendienstlichen Hauptverwaltung – da hat's sich so ergeben. Und er hat sich darauf verlassen können, daß seine Kumpane mich überwachen würden.» Rodins Lachen klang zynisch, verächtlich. «Und hier in der Provinz kann er mich persönlich im Auge behalten. Er kann mich mit *Spitzeln* umgeben!»

«Und jetzt hat er Ihrer Meinung nach die Nase voll?» Geduld, sagte Priabin sich, nur Geduld!

«Allerdings!» Rodin starrte in seinen Schoß, während er wie ein Buddha im Sessel hockte. «Ich hab' Ihnen doch erzählt, daß ich am liebsten Maler geworden wäre?» Als er aufsah, nickte Priabin scheinbar interessiert. «Meine Mutter hat sich eines Tages ein Herz gefaßt und ihn darauf angesprochen, als er auf Urlaub zu Hause gewesen ist. Er hat mich bloß spöttisch angesehen und wie ein Richter genickt; er hat sogar gelächelt, aber auch sein Lächeln ist kalt gewesen . . .» Rodin machte eine Handbewegung, als wolle er düstere Erinnerungen vertreiben. «Dann ist er mit meinen Arbeiten zu den besten Fachleuten, zu Akademiemitgliedern gegangen, um sie beurteilen zu lassen! Eine ganze *Woche* lang! Zuletzt hat er uns einen *mit Maschine geschriebenen* Abschlußbericht vorgelesen: das Original für mich, den Durchschlag für meine Mutter . . .»

«Und die Fachleute haben bestätigt, daß . . . Sie nicht genug Talent haben?» fragte Priabin mitfühlend leise.

Der junge Mann nickte aufgebracht. «Richtig, das haben sie gesagt! Keine vier Wochen später bin ich zum Wehrdienst eingezogen worden. Keine Theaterbesuche mehr, das Taschengeld streng kontrolliert, keine Parties und vor allem ‹keine Freunde bestimmter Couleur›, wie er's ausgedrückt hat. Sein Sohn durfte nicht erfolglos sein, deshalb hat er mich in die Armee gesteckt, wo man als Generalssohn *unmöglich* versagen kann!»

«Das tut mir leid», murmelte Priabin schließlich.

«Jetzt kann ich mich auf einiges gefaßt machen, was?» meinte Rodin zynisch. «Sobald er mich preisgibt, bin ich verloren.» Er schluckte ängstlich. «Wirklich *verloren* . . .»

«Warum will er seinem eigenen Sohn das antun? Auf der Frunse-Militärakademie erwartet Sie die Hölle auf Erden, sobald die anderen mitkriegen, daß Ihr Alter Ihnen seinen Schutz entzogen hat!» Priabin zuckte zusammen, als Anna plötzlich in seine Gedanken zurückkehrte. «Ein Schwuler ohne Beziehungen ist dort doch nur ein Punchingball. Das weiß *er* so gut wie Sie! Warum tut er Ihnen das an?»

«Weil ich was *weiß* und nicht dichtgehalten habe!» jammerte Rodin.

«Warum hat er Sascha liquidieren lassen?»

«Weil ich Sascha davon erzählt habe! Begreifen Sie das denn nicht? Darüber darf man mit keinem Menschen reden!»

«So wichtig kann gar nichts sein», behauptete Priabin, der leicht nach vorn gebeugt in seinem Sessel saß und Rodin gespannt beobachtete. «Was ist denn angeblich so wichtig?» Er stand auf und ging zu dem anderen Sessel hinüber. Rodin schien vor ihm zurückzuweichen, als er sich über ihn beugte.

«Wollen Sie's wirklich wissen? Obwohl's so gefährlich ist?» fragte Rodin mit seltsamer, wilder Verschlagenheit. «Tatsächlich? Haben Sie keine Angst davor?»

«Erzählen Sie mir ruhig davon.»

Rodin setzte seine nackten Füße auf den Teppich. Priabin trat zur Seite und beobachtete, wie der junge Mann im Bademantel den Raum durchquerte und vor dem Kassettenfach über seinem Videorecorder stehenblieb. Priabin hielt unwillkürlich den Atem an.

Der junge Mann hielt eine säuberlich beschriftete Videokassette hoch. Sein Gesicht glänzte, seine Augen leuchteten. «Wollen Sie wirklich wissen, *warum*? Dann sehen Sie her!»

Er legte die Kassette ein, stellte das Fernsehgerät an und ließ den Videorecorder laufen. Priabin, der ihn gespannt beobachtete, fühlte sich schwindelig vor Aufregung.

Als die ersten Bilder erschienen, war er zutiefst verwirrt und enttäuscht. Er verstand nichts. Auf dem Fernsehschirm erschien das Bild der Erde aus dem Weltraum. Rodin stand wie ein eifriger, beflissener Lehrer neben dem Fernsehgerät, auf dem seine linke Hand ruhte, und beobachtete Priabin. Dann schwebte die neueste amerikanische Raumfähre ins Bild: ein großer weißer Vogel über dem Stillen Ozean. Priabin begriff noch immer nichts. Diese Bilder wurden seit über einer Woche weltweit im Fernsehen gezeigt ... Was sollte er mit ihnen?

Du wirst auf die Probe gestellt, sagte er sich. Aber er hatte das Gefühl, durchgefallen zu sein. Er starrte Rodin forschend an.

Die Raumfähre schwebte wie ein riesiger Albatros über dem Pazifik.

«Was hat das zu bedeuten?» fragte er schließlich – auf sich selbst wütend; er hatte Angst, Rodin wisse am Ende doch nichts!

«Das ist das Unternehmen *Blitz*, Sie dämlicher *Bulle*!» antwortete Rodin spöttisch. «Können Sie's nicht mal *erraten*?»

«Finden Sie ihn, Serow – noch heute nacht!»

Gennadi Serows Gesichtsausdruck zeigte nicht mehr, als daß er Generalleutnant Rodins Befehlsgewalt anerkannte. Der GRU-Kommandeur ließ sich nicht einmal flüchtig anmerken, was er über das fast beleidigende zehnminütige Kreuzverhör durch Rodin und die an Besessenheit grenzende Angst des anderen wegen des untergetauchten Computertechnikers dachte.

Rodin hatte ihn in diesem eisigen Wind stehenlassen, der ihm ins Gesicht blies, so daß er die Augen zukneifen mußte, während er ihm mit Fragen zugesetzt hatte. Der General schien die Kälte gar nicht zu spüren, als sie einander auf der Freitreppe zum Offizierskasino gegenüberstanden. Als Serow gekommen war, um Rodin wie befohlen über die Sicherheitsanlagen zu unterrichten, war er nicht einmal hineingebeten worden. Er war sich wie ein Laufbursche vorgekommen, als er seine Meldung hier draußen hatte erstatten müssen.

«Jawohl, Genosse General», antwortete Serow in neutralem Tonfall. «Wir tun unser möglichstes.» Rodin und die anderen, denen an der Geheimhaltung von *Blitz* lag, waren natürlich nervös, weil Kedrow noch nicht gefaßt war – und *er* sollte die Sache wieder ins Lot bringen. Unter seiner scheinbaren Ruhe kochte Serow vor Wut.

«Ich glaube nicht, daß Kedrow eine Gefahr für unser . . . Unternehmen darstellt», wandte er bescheiden ein. Im Gegensatz zu deinem Sohn! dachte er.

«Darüber haben Sie nicht zu entscheiden, Serow!» knurrte Rodin und zog sich die Handschuhe wie vor dem Spiegel glatt. «Bringen Sie ihn zum Schweigen, bevor der KGB ihn aufspürt!»

«Ich glaube nicht, daß der KGB . . .»

«Ich will nicht hören, was Sie glauben! Der KGB fahndet ebenfalls nach ihm – aber *Sie* müssen ihn schneller aufspüren. Heute nacht! Lassen Sie zusätzliche Hubschrauberstreifen fliegen, setzen Sie noch mehr Leute ein.»

«Ja, Genosse General.»

Rodin beugte sich über ihn. Sein Gesicht schien sekundenschnell gealtert zu sein. Es war vom Wind schmal und blaß; jetzt wirkte es auch müde und verhärmt. Serow genoß diesen Schwächeanfall des Alten.

«Hören Sie, Serow», forderte Rodin ihn auf, während er seinen Arm umklammert hielt, «mein Sohn . . .» Serow mußte sich beherrschen, um nicht zusammenzuzucken. Als ob der Alte seine Gedanken gelesen hätte! «. . . mein Sohn *muß* heute nach Moskau zurückkehren, um dort die Militärakademie zu besuchen. *Heute*, verstanden?» Die Hand schüttelte Serows Arm. Ein Ausdruck von Stärke, der seltsam bittend wirkte. «Er reist natürlich unter Überwachung. Er spricht mit niemand und . . .» Rodin machte eine Pause, bevor er hervorstieß: «Ihm darf nichts *passieren*, Serow!» Seine Hand ließ Serows Arm los.

«Genosse General, er ist keinen Augenblick gefährdet gewesen!» behauptete Serow nachdrücklich.

«Gut. Das glaube ich Ihnen, aber . . . der Junge ist in Moskau besser aufgehoben.» Der General hatte seine menschliche Anwandlung bereits überwunden. «Konzentrieren Sie sich jetzt auf diesen Kedrow!» befahl er scharf.

«Genosse General, ich versichere Ihnen, daß wir alles menschenmögliche ...»

Rodin kehrte ihm wortlos den Rücken zu und verschwand im Kasino. Serow starrte ihm wütend nach, aber er war in Gedanken schon wieder bei Waleri Rodin. Irgend etwas mußte mit dem Jungen geschehen. Priabin war jetzt bei ihm, redete mit ihm. Er hatte ihn seit dem Tod des Schauspielers überwachen lassen ... Priabin war kein Dummkopf ... Was würde er tun, wenn er durch den jungen Rodin von *Blitz* erfuhr?

Ja, natürlich! Er würde die Tragweite seiner Entdeckung erfassen und sofort erkennen, daß er die Unterstützung der KGB-Zentrale brauchte – und die Nikitins und seiner Bande im Politbüro!

Serow war entsetzt. Wenn Priabin sein Handwerk verstand, konnte er aus diesem kleinen Schwulen fast mühelos alles rausholen! Und *das* mußte unter allen Umständen verhindert werden!

«Rufen Sie sie an!» knurrte er.

«Wen, Genosse Oberst?» fragte der Chauffeur verwirrt.

«Das Team, das den Sohn des Generals überwacht – wen sonst, Idiot?» fauchte Serow. «Los, los, Beeilung!»

«Was hat das zu bedeuten?» fragte Priabin zögernd. «Ich ... verstehe nicht, was Sie damit meinen.»

Rodins junges, verwundbares Gesicht trug einen ärgerlichen Ausdruck. Er war wichtig, sein Geheimnis war wichtig – aber nur, wenn Priabin kapierte! Rodin wollte wieder ein bißchen angeben, wie er's Sascha gegenüber getan hatte.

«Was hat das zu bedeuten?» äffte er Priabin mit quäkender Stimme nach. Er schlug frustriert auf das Fernsehgerät, aber die amerikanische Raumfähre schwebte unbeirrt weiter über dem blauen Pazifik. «Das bedeutet, daß *Vorstecker* nur die Waffe bezeichnet ... und *Blitz* der Deckname für ihren *Einsatz* ist! Deshalb soll ich für den Rest meines Lebens bestraft werden, Priabin, deshalb ist Sascha ermordet worden – weil ich die Katze aus dem

Sack gelassen habe! Die schöne, teure, wundervolle amerikanische Raumfähre *Atlantis* ist nur eine *Zielscheibe*! Die Laserwaffe soll eingesetzt werden, um sie im Weltraum zu *vernichten . . . eine Erprobung unter Einsatzbedingungen*, das ist der Witz dabei!» Rodin fuhr sich mit dem Handrücken über die Stirn. «Begreifen Sie jetzt, was auf dem Spiel steht? Warum Papa seinen kleinen Jungen nicht mehr liebhat? Haben Sie's endlich kapiert?»

Priabin starrte die lautlos im Weltall schwebende Raumfähre an. «Das . . . das können sie nicht tun», brachte er schließlich hervor.

Waleri Rodin lachte.

«Stellen Sie sich nicht dämlich, Priabin!» sagte er spöttisch. «Natürlich können sie's! Die Sache wird als bedauerlicher, tragischer Unfall getarnt. Die Amerikaner haben keine Ahnung, was passiert ist – oder können nichts beweisen, falls sie einen bestimmten Verdacht hegen sollten. Die Raumfähre wird *atomisiert*!»

«Aber *wozu*?» fragte Priabin hilflos. «Warum?»

«Warum – warum wohl?» erkundigte Rodin sich sarkastisch. «Heute abend begreifen Sie sehr langsam, Priabin – oder sind Sie immer so begriffsstutzig?» Er kam zu seinem Sessel zurück, ließ sich hineinfallen und zündete sich mit zitternder Hand eine Zigarette an. «Um den alten Trotteln im Kreml ein für allemal zu zeigen, wer in Wirklichkeit das Heft in der Hand hat. Wer dann den Befehl erteilt – wen kümmert's? Wichtig ist nur, daß es passieren soll. Nach dem *Grund* dafür kann nur ein Polizist fragen!» Der junge Mann zuckte mit den Schultern. «Vielleicht wollen sie sicherstellen, daß trotz der Vertragsunterzeichnung alles beim alten bleibt. Was die alten Weiber in Moskau sich in bezug auf Landwirtschaft, Schulen, medizinische Forschung, Konsumgüter, Autos für jede Familie und höheren Lebensstandard für alle vornehmen, ist dann Makulatur, weil die Armee wieder einmal den Löwenanteil beanspruchen kann. Sie hat die Laserwaffe; sie hat bewiesen, daß sie damit umgehen kann. Dieses Projekt wird niemals aufgegeben, weil die Machtgierigen im Politbüro sich eine Scheibe von *diesem* Kuchen werden abschneiden wollen!»

Rodin betrachtete Priabins entsetzten Gesichtsausdruck, den er offenbar befriedigend fand, und spuckte einen Tabakkrümel aus.

«Sie werden alle benötigten Forschungsmittel bewilligen und sie

Laserwaffen bauen lassen, so viele sie nur wollen – wie's der amerikanische Präsident täte, wenn seine Militärs diese Waffe hätten! Niemand wird es wagen, das Laserwaffenprojekt einzuschränken oder aufzugeben, sobald es seine *Fähigkeiten* demonstriert hat, stimmt's? Dazu brauchen sie nur *das* vom Himmel zu holen!» Rodin zielte wie mit einer Waffe auf den Bildschirm. «Peng! Kapiert?» fügte er ruhiger hinzu. «Verstehen Sie jetzt, was ich meine?»

Priabin schüttelte den Kopf. «Warum?» konnte er nur murmeln. Er dachte an das Mikrofon, das er am Körper trug, stellte sich Michail und Anatoli in dem dunklen Raum auf der anderen Straßenseite vor und ahnte ihren Schock, ihr Bewußtsein, gefährliche Informationen zu besitzen. Ihr Gespräch war auf Tonband aufgezeichnet worden, aber ohne Rodin blieb es unverständlich. Priabin wußte noch nicht, wie er die Sache anpacken sollte, er war sich nur darüber im klaren, daß er den Jungen in Person brauchte – in Moskau.

Bewährte Vernehmungstechnik unterdrückte seine eigenen Ängste und Phantasien. Als er seine Frage wiederholte, bemühte er sich, verständnislos, begriffsstutzig zu wirken.

Rodin grinste zufrieden.

«Worum geht's eigentlich *immer,* Polizist? Um *Macht*...» Seine Handbewegung umfaßte den Raum, das Apartment und die Vorrechte, die sich auf die Welt außerhalb der Fenster erstreckten, außerhalb von Baikonur. «Dies alles sind Privilegien, die auf Macht basieren... auf der Macht, Lieferungen umzuleiten, Lieferanten unter Druck zu setzen, Parteifunktionäre und Schwarzhändler zu erpressen. Das alles ist Ihnen jedoch bekannt, denn diese Möglichkeiten haben sogar *Sie.* Aber Macht ist das noch nicht, sondern nur eine Art Spiel. Mein Vater spielt nie. Er will wahre Macht, nicht nur lächerliche Privilegien.»

Priabin klammerte sich an diese Analyse, an den nüchternen Verstand, der sie lieferte, an den fast gelangweilten Tonfall Rodins. Er klammerte sich daran, weil er an nichts anderes zu denken wagte.

«Danach strebt der General also – nach wahrer Macht?»

Rodin schüttelte den Kopf.

«Die besitzt die Armee bereits, aber es geht darum, diese Macht zu erhalten. Begreifen Sie das denn nicht?» Er schüttelte erneut den Kopf, als wolle er Priabin wegen seiner Begriffsstutzigkeit tadeln. «Papa hat mir viel erzählt», fuhr er ironisch fort, «weil er ein *Publikum* gebraucht hat. Meine Mutter lebt in Moskau, und ihr hätte er ohnehin nichts davon erzählt. Ich bin sein Publikum gewesen; mir hat er seine Motive auseinandergesetzt.» Er drückte seine Zigarette aus und murmelte spöttisch herausfordernd: «Haben Sie sich niemals gewünscht, den Gang der Dinge steuern, entscheidend beeinflussen zu können?»

Aus Priabins Miene sprachen Verblüffung und Ungläubigkeit. Er war sich darüber im klaren, daß das Unternehmen *Blitz* Erfolg haben würde. Trotzdem behielt er diesen Gesichtsausdruck bei, um Rodin zum Weitersprechen zu animieren, indem er ihm den Eindruck vermittelte, der Überlegene zu sein.

«Nein», behauptete er als Antwort auf Rodins herausfordernde Frage, als gestehe er damit eine Anomalität ein.

«Und deshalb haben sie Sascha einfach ermorden lassen.»

Rodin zuckte wie von einem Schlag getroffen zusammen. Sein schmales Gesicht verfinsterte sich, und Priabin glaubte, in seinen Augen Tränen glitzern zu sehen. «Dieses ewige Gequatsche ist langweilig», sagte der junge Mann abrupt. «Lieber lege ich eine Platte auf ...»

Der KGB-Oberst sah von seinem Sessel aus zu, wie Rodin zur Stereoanlage ging.

«Was Ihnen wohl gefällt, Polizist?» murmelte der andere vor sich hin. Sein Zeigefinger glitt suchend über die Rückentitel der Plattenalben. «Ah, wie wär's damit? Aus Ihrer Zeit, schätze ich.»

Rodin zog die Schallplatte aus ihrer Hülle und legte sie auf den Plattenteller. Sekunden später zuckte Priabin innerlich zusammen, als habe der junge Mann seinen schwachen Punkt erkannt und lege es nun darauf an, ihn seinerseits weichzumachen.

Anna. Der Song war natürlich von Dylan. Das amerikanische CBS-Album, keine billige Kopie. Nicht der politische Dylan, den Anna stets bevorzugt hatte, sondern der Dylan, den Priabin selbst aufgelegt hätte ...

Er war blaß geworden: wegen des Schocks, den diese Erinnerungen für ihn bedeuteten – und wegen der Ähnlichkeit seiner eigenen Geschichte mit der Gegenwart. Anna und dieser verdammte Rollstuhl, der Bestandteil des Waffensystems der MiG-31 geworden war. Ein Rollstuhl für Schwerstbehinderte, der durch Gehirnströme gesteuert wurde, war für ein Waffensystem zweckentfremdet worden ... ebenso wie sein Erfinder Baranowitsch. Priabin schüttelte den Kopf, als könne er sich so von seinen allzu deutlichen Erinnerungen befreien.

... if I could only hear her heart a-softly pounding ...

Priabin sah auf seine Uhr. Gleich Viertel nach eins. Er hatte das Gefühl, die Zeit laufe ihm davon. Kedrow, Rodin, das Gewicht seiner Informationen, er war wie gelähmt.

... and if only she was lying by me ...

Der Song tat weh.

Die Raumfähre schwebte im Weltall. Priabin versuchte, sich auf sie zu konzentrieren, aber es wollte ihm lange nicht gelingen. Als die Platte ausgeklungen war und er endlich sprach, hatte Rodin wieder Platz genommen und die nächste Zigarette bereits zur Hälfte geraucht.

«Das dürfen sie nicht tun!» stellte Priabin fest. «Das dürfen wir nicht zulassen ... das können wir uns nicht *leisten*!» Er zündete sich ebenfalls eine Zigarette an und blies den Rauch gegen die stuckverzierte Decke. «Wir können uns dieses Projekt nicht leisten, das wissen Sie so gut wie ich», sagte er. «Unser Land steht vor dem Bankrott. Sind sie denn verrückt, daß sie das nicht sehen? Weshalb würden wir sonst den verdammten Vertrag unterzeichnen?»

«Ich widerspreche Ihnen keineswegs.»

«Wir alle brauchen eine Atempause, verdammt noch mal! Unsere ganze Wirtschaft ist zerrüttet – die Leute haben's satt, immer nur leere Geschäfte vorzufinden und ohnehin kein Geld zu haben ... so einfach ist die Sache nämlich! Die Armee darf sie nicht wieder bescheißen!»

«Oh?» meinte Rodin hochmütig. «Das darf sie nicht, was?»

«Wir müssen sie daran hindern!» stieß Priabin hervor. Seine Gedanken befanden sich in wildem Aufruhr. Vielleicht konnte er eine verschlüsselte Meldung nach Moskau schicken, aber die würde man ihm nicht ohne weiteres glauben ... Und an wen sollte er sie schicken – vielleicht gleich an den Generalsekretär? Der Verteidigungsminister würde aufgefordert werden, zu dieser Meldung Stellung zu nehmen, falls sie nicht gleich als Hirngespinst eines Geisteskranken abgetan wurde ... Und dann würden sie ihn umbringen wie Sascha und Wiktor! Was konnte er nur *tun*?

Er warf Rodin einen prüfenden Blick zu.

Eine Welle der Erleichterung durchflutete ihn. *Rodin flog heute nach Moskau.* Er brauchte lediglich mit der selben Maschine zu fliegen – und in Moskau konnte er irgend etwas unternehmen, um die Verantwortlichen von der Wahrheit seiner Behauptungen zu überzeugen, mit Rodin als Zeuge, als lebendem *Beweis.*

«Nicht ich», wehrte Rodin ab, dessen Miene sich verfinstert hatte.

«Sie *müssen* ...»

«Und damit Selbstmord begehen? Verpiß dich, Bulle!»

«*Was* muß ich? Das soll wohl ein Witz sein?»

«Das ist für Sie der einzige Ausweg ...» Er ließ den Satz vielsagend unvollendet.

«Schluß jetzt, Priabin!» Rodin stand auf, stellte das Fernsehgerät mit einer raschen, zustoßenden Bewegung seiner rechten Hand ab und wandte sich erneut an Priabin. «Vergessen Sie einfach, was ich Ihnen erzählt habe – sonst landen Sie und ich dort, wo Sascha schon ist!»

«Nein! Wir wissen jetzt beide davon – und wir müssen etwas dagegen unternehmen.»

«Sie sind ja verrückt! Wollen Sie Selbstmord begehen? Sie brauchen bloß an Sascha zu denken ... den haben sie *so* umgebracht!» Er schnalzte mit den Fingern. «Ich will weiterleben.»

«Hören Sie mir gefälligst zu!» Priabin hielt die Oberarme des jungen Mannes umklammert. «Sie sind nach Moskau unterwegs; Sie brauchen nur zu tun, was man von Ihnen erwartet. Ich besorge mir einen Platz in der selben Maschine ... so kommen wir beide rechtzeitig genug nach Moskau, um diesen Wahnsinn zu verhindern!» Rodin schüttelte den Kopf, indem er beschämt den Teppich anstarrte. «Wenn die Amerikaner den Verdacht hätten, ihre Raumfähre sei von uns vernichtet worden, würden sie den Atomkrieg auslösen! Wollen Sie das etwa?» Kedrow hat ihnen von der Laserwaffe berichtet, dachte er. Sie werden *wissen*, daß . . .

«Unsinn», wehrte Rodin ab.

«Ihr Vater und seine Kameraden sind übergeschnappt. Wir müssen sie an der Durchführung ihres Vorhabens hindern.» Er hatte Rodin energisch an den Armen gerüttelt.

Katja und Kedrow in den Sümpfen . . . Dudin war jetzt ebenfalls in diese Sache verwickelt. Kedrows Aufenthaltsort mußte geheimgehalten werden, bis Priabin aus Moskau zurückkam. War er dort draußen sicher? Jedenfalls würde er alles noch in dieser Nacht veranlassen müssen. Gleich halb zwei. Er würde sich beeilen müssen. Das Flugticket würde leicht zu beschaffen sein . . . er konnte es schaffen!

«Na?» fragte er.

«Nein.»

«Sie müssen mir helfen», sagte er.

«Die anderen bringen mich um.»

«Nicht, wenn wir *siegen*!» widersprach Priabin eindringlich.

«Mein Vater läßt mich liquidieren, wenn er jemals erfährt, daß ich ihn verraten habe. Das ist Ihnen doch wohl klar?»

Rodin starrte unverändert in die windige Nacht hinaus. Priabin hörte deutlich, wie der Wind um die Ecken des Gebäudes heulte und durch die enge Straße pfiff.

«Er kann Ihnen nichts mehr anhaben – dann nicht mehr.»

«Das behaupten *Sie*.»

Priabin wurde von Ungeduld erfaßt; seine Vernehmungstechnik ließ ihn im Stich. Wenn er noch länger blieb, würde er die falschen Dinge sagen, die Rodins ablehnende Haltung erst recht verstärken mußten.

«Hören Sie, ich gehe jetzt . . .»

Der junge Mann drehte sich ruckartig um.

«Wem wollen Sie davon erzählen?» schrie er – sein Gesicht war leichenblaß, und die Sehnen an seinem Hals traten deutlich hervor.

«Keinem Menschen *hier* – halten Sie *mich* für verrückt? Ich muß nur einiges erledigen.»

«Sie fliegen also auch nach Moskau?»

«Ja.»

«Dann soll Sie der Teufel holen!» kreischte Rodin.

«Sie haben's mir erzählt, weil Sie Angst davor gehabt haben», sagte der KGB-Oberst beschwichtigend. «Denken Sie darüber nach. Ich kann Ihnen das Leben retten!»

«Gar nichts können Sie! Los, los, verschwinden Sie – *raus mit Ihnen, verdammt noch mal!»*

«Denken Sie darüber nach!» forderte Priabin ihn ebenso laut auf. «Schließen Sie hinter mir ab, melden Sie sich nicht am Telefon und *denken Sie darüber nach!»*

Priabin wandte sich ab, nahm seinen Mantel aus der Diele mit, öffnete die Wohnungstür und trat in den Flur hinaus. Er seufzte vor Angst und Schwäche, während er sekundenlang mit erhobenem Kopf an der Tür lehnte. Auf seiner Stirn standen große Schweißperlen.

Eigentlich durfte er Rodin jetzt nicht alleinlassen. Aber er konnte Anatoli und Michail nicht mit in diese Sache hineinziehen. Sie hatten das Tonband und mußten in Deckung bleiben, bis der Sturm sich gelegt hatte.

Priabin setzte sich in Bewegung und hastete die Treppe hinab. Solange er nicht wieder bei Rodin war, würde er sich jeden Augenblick Sorgen machen.

10

Auf Kollisionskurs

Das Anzeigelämpchen des Empfängers leuchtete nicht. Kedrow hatte den in seinem billigen Transistorradio versteckten Transponder nicht eingeschaltet. *Warum nicht?*

Der weiße Punkt auf der beweglichen Kartendarstellung stand still; er schwebte im Nordwesten des Sumpfgebiets knapp außerhalb des äußersten Sicherheitsperimeters des Baikonur-Komplexes. Achtzig Kilometer vom Ostufer des Aralsees, dreißig Kilometer von den Salzsümpfen entfernt. Die *Hind* bebte wie ein gezügeltes, ungeduldiges Pferd, während Gant sie zehn Meter über der aufgewühlten dunklen Oberfläche des Stausees schweben ließ. Vom Wind gepeitschte Bäume umgaben den kleinen See wie eine hölzerne Palisade. Der Hubschrauber wäre am Ufer unter den Bäumen nicht zu sehen gewesen; trotzdem konnte Gant sich nicht dazu entschließen zu landen, die Triebwerke abzustellen und auf Kedrows Antwort auf seinen Anruf zu warten.

Seine Hände, seine Füße, ja sein ganzer Körper schienen an den ständigen kleinen Korrekturen beteiligt zu sein, die erforderlich waren, um die *Hind* über dem Wasserspiegel schwebend zu halten. Er sah auf die Borduhr. Ankunft um 2.10 Uhr am Mittwoch morgen. Ihm blieben noch etwa fünf Stunden Dunkelheit ...

... Aber er empfing keine Transponderantwort. Gant hatte sein Ziel erreicht – und Kedrow meldete sich nicht!

Der Nordwestsektor des Baikonur-Komplexes war für Gants Annäherung ausgewählt worden, weil er den Salzsümpfen am nächsten war und zugleich am wenigsten überwacht wurde. Die Überwachungsanlagen von Baikonur schienen wie die Vegetation zur Wüste hin immer spärlicher zu werden; vielleicht glaubten die Verantwortlichen auch, der Aralsee stelle eine Art natürliches Hindernis für Eindringlinge dar. Winzige Badeorte wie dieser, Entenjagdreviere in den Sümpfen, die Seenplatte und die weiten Kiesstrände dienten der Erholung zehntausender von Menschen, die in dem sowjetischen Raumfahrtkomplex mit den dazugehörigen Schlafstädten arbeiteten und wohnten.

Gant beobachtete den taktischen Bildschirm mit seinen zahlreichen Leuchtpunkten, deren Bewegungsschema er bereits analysiert hatte. Hubschrauberpatrouillen. Aus CIA-Berichten ging hervor, daß in Baikonur lediglich eine Staffel Kampfhubschrauber des Typs Mi-24 stationiert war. Mit diesen zusätzlichen Hubschraubern hatte niemand gerechnet ...

Der Zweck der Aktion war klar: Kedrow, der amerikanische Spion, sollte aufgespürt werden. Vor einigen Minuten, als Gant noch im Tiefstflug den Aralsee überquert hatte, hatte der einsetzende Funkbetrieb ihm Sorgen gemacht. Wurde er etwa erwartet? Jetzt glaubte er nicht mehr daran. Die über Funk abgesetzten Routinemeldungen der Hubschrauber standen in auffälligem Gegensatz zu der Eile, mit der die Lichtpunkte durcheinanderflitzten. Sie suchten, weil Kedrows Verschwinden entdeckt worden war, nicht weil sie wußten, daß er von einem Hubschrauber abgeholt werden sollte.

Gant ging vorsichtig tiefer. Der Hubschrauber strich in geringer Höhe über den Stausee hinweg, dessen Wasser durch den Rotorstrahl aufgewirbelt wurde, und flog den schmalen Uferstreifen an. Gant konzentrierte sich auf die Enden der Rotorblätter, die den jungen Fichten gefährlich nahekamen. Dann setzte das Fahrwerk auf; er konnte die Triebwerke abstellen. Als ihr Pfeifen verstummte, hörte Gant den Wind um sein Cockpit heulen.

Aus seinen Helmkopfhörern drang ein unablässiger Strom von Anweisungen und Meldungen. *Nichts zu sehen, hier nicht, hier auch nicht ... ein paar Jugendliche, anscheinend ein Schwarzhandelslager ... nichts, nein, gar nichts ...* Sie hatten Kedrow noch nicht aufgespürt und wußten offenbar nicht, wo sie ihn suchen sollten.

Gant beobachtete die an den Grenzen des Sicherheitsbereichs eingesetzten Hubschrauber. Auch sie meldeten sich, aber sie behielten ihre konventionelle Rolle bei, denn wegen des bevorstehenden Weltraumstarts war die Abschirmung von Baikonur verstärkt worden. Der dem Badeplatz am nächsten stehende Hubschrauber war sieben bis acht Kilometer entfernt und würde in rund fünf Kilometer Abstand östlich an ihm vorbeifliegen, um den Südabschnitt der Sicherheitszone zu erreichen. Der nächste Hubschrauber folgte dann nach etwa zwanzig Minuten. Auf der Erde interessierten ihn lediglich die stationären und mobilen Radaranlagen, deren Positionen er jederzeit auf dem Bildschirm einblenden konnte. In dieser Nacht waren auffällig viele in Betrieb.

Er würde sich zwischen ihnen hindurchschlängeln, sie unterfliegen müssen. Aber bevor er dazu ansetzen konnte, mußte er die Identität seines Hubschraubers verändern. Gant öffnete die Cockpittür und biß die Zähne zusammen, als der schneidend kalte Wind ihn anfiel. Er löste die Gurte, mit denen eine längliche Schachtel hinter seinem Sitz befestigt war, kletterte mit ihr aus der Maschine und verfluchte sein Pech mit dem Wind.

Er kniete neben dem Hubschrauber und öffnete die Schachtel. Selbstklebende Plastikstreifen, nicht haltbar genug ... die Schablonen und Sprühdosen waren bei diesem Wind nicht zu gebrauchen. Da hatte er vor sich alles, was er brauchte, um die *Hind* in einen GRU- oder KGB-Hubschrauber zu verwandeln, die entsprechenden Staffelabzeichen, die Eintragungsnummer, die speziellen Erkennungszeichen ...

... und sie waren wertlos. Gant stand auf, klappte die Schachtel zu und warf sie enttäuscht hinter seinen Sitz. Er schlug mit der Faust gegen den Rumpf der Mi-24 und biß die Zähne zusammen.

In der Ferne östlich von sich hörte er einen Hubschrauber vorbeiknattern – wie erwartet. Gant schlug erneut mit der Faust gegen den Rumpf. Schließlich kletterte er wieder ins Cockpit und hockte zusammengesunken auf seinem Sitz. Die Glühwürmchen auf dem taktischen Bildschirm schwirrten noch immer ziellos durcheinander. Gants Hand zitterte, als er nach der Hör-Sprech-Garnitur griff; dann setzte er sie mit einem Ruck auf. Der Funkverkehr war lebhaft: *Anfrage, Bestätigung, Meldung, Beschreibung, Antwort, Befehl, Position, Hinweis, Meldung ... nichts zu finden, brechen Suche ab, auch hier nichts, nichts, nichts* ... Seine Hände waren zu Fäusten geballt. Er erkannte jetzt, daß er in den letzten Stunden – seit dem Abschuß von Garcías Mil – von der Hoffnung gezehrt hatte, Kedrow stelle kein Problem dar. Es war darum gegangen, zu ihm vorzudringen – *nicht, ihn aufzuspüren* ...!

Nichts, nichts, nichts ...

Wo steckte der verdammte Kerl?

Gant starrte die Karte an, bemühte sich, die Lichtpunkte, welche Hubschrauber darstellten, zu ignorieren, und blendete das Computermodell der Radar- und Horchstationen ein. Er wußte, daß er sich zwischen ihnen hindurchschlängeln konnte, und selbst die gelegentlichen Patrouillen mit Geländefahrzeugen oder Panzerspähwagen würden leicht zu täuschen sein. Die Nacht war voller Mil-Hubschrauber, so daß er vielleicht gar nicht aufgefordert werden würde, sich zu identifizieren. Außerdem hatte er das richtige Rufzeichen – nur Kedrow hatte er nicht!

Er schaute auf die Borduhr. 2.29 Uhr. Seit seiner Ankunft waren bereits zwanzig Minuten verstrichen! In etwa fünf Stunden wurde es hell – und über 1500 Kilometer zurück nach Afghanistan bedeuteten mindestens fünf Stunden Flugzeit.

Wie lange durfte er hier noch warten? Sein Verstand, von Ängsten und Zweifeln durcheinandergewirbelt, schreckte vor der Antwort zurück. In wenigen Minuten schon wäre sein Zeitplan so überschritten, daß er sich bei Tageslicht noch über sowjetischem Gebiet befinden müßte.

Noch immer wurde kein Lichtsignal durch die Transponderantwort ausgelöst. Kedrows Sender antwortete nicht; er konnte nicht am vereinbarten Treffpunkt sein.

Wo steckte der Kerl?

«Was macht er?» flüsterte Priabin.

«Er ist eben aufgewacht – er hat geschlafen», fügte Katja hinzu, als wundere sie sich über Kedrow. «Er hat sich wie ein ängstliches Kind unter der Decke verkrochen. Da – schauen Sie selbst!» Sie tippte auf den Monitor, von dem aus sich ein Kabel durchs Schilf und über den halb verfallenen Bootssteg bis zu der Kamera mit dem bleistiftdünnen Objektiv schlängelte, das durch eine Ritze in den Planken des Hausboots gesteckt worden war. Einer von Dudins Leuten hatte sich angeschlichen und festgestellt, daß die Kamera unbemerkt installiert werden konnte. Das war vor über einer Stunde gewesen. Jetzt ließ sich das Kabineninnere aus einem halben Kilometer Entfernung auf einem Schwarzweißbildschirm beobachten.

Priabin rieb sich die behandschuhten Hände, um sie zu wärmen – vielleicht auch, um eine Art hämischer Freude auszudrücken. In der Mitte des runden Bildschirms bewegte sich Kedrow auf der schmalen Koje und sah auf seine Uhr. Priabin tat es ihm unwillkürlich nach. Kurz vor drei Uhr. Kedrow reagierte eigenartig auf die Uhrzeit: Er setzte sich ruckartig auf, war sichtlich zu Tode erschrocken – spürte er die Kamera, die sein Versteck umzingelnden Männer?

In der Ferne knatterte ein Hubschrauber vorbei. GRU-Patrouillen. Sie waren zahlreicher, als Priabin erwartet hatte. Suchten sie *ihn*, den Mann auf dem Bildschirm? Zusätzliche Sicherheitsmaßnahmen wegen des bevorstehenden Starts? Priabin war nervös, denn er wußte, daß er den Wettlauf noch immer verlieren konnte ...

... Rodin. Er mußte so schnell wie möglich zu ihm zurück. Das Ticket für den Morgenflug lag am Aeroflot-Schalter bereit. Kedrow mußte festgenommen und anderswo versteckt werden. Katja würde ihn dort bewachen – sobald er Dudin beschwichtigt hatte.

Kedrow stand auf, trat an den Tisch und beugte sich über irgend etwas. Priabin kniff die Augen zusammen. Ja, über ein ganz normales, billiges Transistorradio. Aber Kedrow starrte es wie hypnotisiert an und und zitterte dabei sichtbar. Was hatte er bloß? Er riß die Rückwand des Geräts ab, so daß die gedruckte Schaltung zum Vorschein kam, berührte sie, studierte sie, als hänge seine Zukunft von ihr ab, sah auf die Uhr, betrachtete das Radio, schaute wieder auf die Uhr ...

«Genosse Oberst ...» begann Dudin.

«Nicht *jetzt*, Dudin!» knurrte Priabin und konzentrierte sich erneut auf Kedrows merkwürdiges Benehmen.

Uhr, Radio ... im Inneren des kleinen Radios glühte irgend etwas, obwohl Priabin nicht gesehen hatte, daß der Mann es eingeschaltet hätte. War ihm das entgangen?

«Hat er's eingeschaltet?» flüsterte er Katja zu.

«Was ...?»

«Haben Sie gesehen, daß er das Radio eingeschaltet hat?» Er mußte lauter sprechen, weil ein zweiter Hubschrauber an ihnen vorbeiflog – näher als der vorige. Ihr Beobachtungsposten war unbeleuchtet, und Dudins Männer ließen ihre Funkgeräte ausgeschaltet – und das nicht nur, um Kedrow nicht zu alarmieren. Priabin konnte es sich nicht leisten, die GRU auf die Falle, die er Kedrow gestellt hatte, aufmerksam zu machen.

Katja schüttelte den Kopf. «Nein, davon habe ich nichts gesehen», erklärte sie.

«Schade, daß wir kein Mikrofon installiert haben. Warum hat er die Rückwand des Geräts abgenommen?»

Kedrow schüttelte das Radio, als frage er sich, ob es auch funktioniere. Offenbar gab es keinen Ton von sich. Eine der Batterien fiel heraus, dann folgte die zweite. Kedrow, der zuerst besorgt gewirkt hatte, stellte das Radio grinsend auf den Tisch zurück. Er wirkte ein wenig ruhiger, obwohl seine Sorgenfalten nicht verschwunden waren. Er sah wieder auf seine Uhr, starrte das Radio an, blickte auf die Uhr ...

Priabin beugte sich auf dem vor dem Monitor stehenden Klapphocker nach vorn. Um ihn herum raschelte gefrorenes Riedgras geisterhaft im Wind. Das Knattern des Hubschraubers verhallte in der Ferne. Das Radio ...

Im Inneren des geöffneten Transistorradios glühte noch immer irgend etwas. Ohne Batterien? Kedrow war vom Tisch zurückgetreten; er hatte sich auf die Koje gesetzt, ohne den Tisch aus den Augen zu lassen. Sein Schatten fiel nicht mehr über das Transistorradio. Woher kam der Strom – ohne Batterien? Es hätte nicht funktionieren dürfen ...

... aber es funktionierte.

Priabins Hand umklammerte Katjas Arm. Sie holte erschrocken tief Luft. Er schüttelte aufgeregt ihren Arm.

«Das ist kein Radio!» flüsterte er aufgeregt.

«Wie bitte?»

Das Gerät funktioniert, aber nicht als Radio, überlegte Priabin. Wie?

Dann wußte er's plötzlich.

Das Gerät war eine Art Sender, dessen Kontrolleuchte lediglich sein Funktionieren anzeigte. Was gesendet wurde, war unhörbar!

«Es ...» Priabin mußte sich räuspern. «Er ... er steht mit irgend jemand in Verbindung!»

Kedrow erwartete, gerettet zu werden. *Er wartete darauf, abgeholt zu werden!*

«Wie?» konnte Katja nur fragen. Dudin, der zugehört hatte, kauerte neben ihnen.

Wie sollte irgend jemand bis hierher vordringen? Eine verrückte Idee. Trotzdem stand Priabins Entschluß fest. «Wir schnappen ihn uns, allein oder gemeinsam mit seinen Rettern!» entschied er mit triumphierendem Unterton in der Stimme.

Serow stand am Fenster des Raums, von dem aus er Waleri Rodins Apartment überblicken konnte – des Raums, in dem bis vor wenigen Stunden Priabins KGB-Überwachungsteam stationiert gewesen war. Er hatte seinen Mantel angelassen und die behandschuhten Hände auf dem Rücken zusammengelegt, während er auf die andere Straßenseite hinüberstarrte. Priabins Leute hatten kaum Spuren hinterlassen: lediglich schwache Gerüche und den Eindruck, in diesem Raum seien bis vor kurzem Menschen gewesen.

Priabin. Alles lief auf die Frage hinaus: *Ist Priabin gefährlich?* Wieviel wußte er bereits? Serow hatte die Personalakte des für den Werkschutz in Baikonur zuständigen KGB-Obersten eingesehen. Der Mann hatte ein bewegtes Leben hinter sich – die Sache mit der Toten, das Firefox-Fiasko, sein Überleben eines Vorfalls, der zu seiner Degradierung, vielleicht sogar zu seiner Hinrichtung hätte führen müssen . . . Priabin war ein Überlebenskünstler – und ein schwieriger, schwer zu durchschauender Mann. Er war Serow ein Rätsel und deshalb gefährlich.

Vielleicht mußte schon demnächst etwas gegen ihn unternommen werden. Etwas so Endgültiges wie der Akt, der sich in der Wohnung gegenüber abspielen würde.

«Die Tür ist offen», flüsterte eine scheinbar körperlose Stimme aus dem Lautsprecher des kleinen Funkgeräts, das Serow am Aufschlag seines Uniformmantels hängen hatte.

«Weitermachen», sagte er halblaut. Das Rauschen des Funkgeräts schien das Zimmer statisch aufzuladen. Serow hob sein Nachtglas an die Augen und beobachtete den auf seinem Bett liegenden jungen Rodin.

Das Team war in der Wohnung. Schloßknacker, zwei Muskelmänner und ein Arzt, der Rodin die Überdosis der Droge beibringen sollte, für die Serow sich in den nächsten Minuten entscheiden würde. Jetzt waren sie in der Diele. Der junge Rodin lag von Alkohol und Rauschgift benommen auf seinem Bett: im Drogenrausch, handlungsunfähig, *gefährlich* . . .

Serow zuckte zusammen, als die Tür hinter ihm geöffnet wurde, und drehte sich aufgebracht um. Ein junger Funker mit seinem Gerät entschuldigte sich verlegen.

«Genosse Oberst, Sie wollten . . .» begann er.

Der ihn begleitende ältere Sergeant meldete knapp: «Das von Ihnen angeforderte Funkgerät, Genosse Oberst!»

«Ja, gut . . . bauen Sie's auf – dort *drüben* in der anderen Ecke.»

Serow wandte sich ruckartig ab und kam gerade noch rechtzeitig, um zu sehen, wie Rodins Schlafzimmertür geöffnet wurde. Die vier Männer trugen schwarze Zivilkleidung und hatten sich mit Sturmhauben getarnt. Zwei, drei Mann und der Arzt . . .

. . . Rodin setzte sich auf, schien etwas gehört zu haben, wurde von einem der Männer festgehalten, während ein anderer ans Fenster trat und den Vorhang zuzog. Serow war enttäuscht, auf diese Weise von dem Drama, das sich dort drüben abspielte, ausgeschlossen zu sein, und drehte sich unwillig nach den beiden Uniformierten hinter ihm um.

«Wir sind soweit, Genosse Oberst», meldete der Sergeant leise.

«Nicht jetzt!» knurrte Serow, während seine rechte Hand nach seinem Herzen zu greifen schien. Dann fügte er ruhiger hinzu: «Noch einen *Augenblick*, Sergeant.»

«Jawohl, Genosse Oberst.» Der Sergeant polterte davon.

Serow nahm die Hand von dem an seinem Mantel hängenden Funkgerät. Er starrte die zugezogenen Vorhänge an, als erwarte er, auf ihnen ein Schattenspiel zu sehen. Die vier Männer des Teams waren vertrauenswürdig – ebenso wie die beiden hinter ihm. Er riskierte nichts, wenn er sie einsetzte, um den Sohn des Generals liquidieren zu lassen. Sie waren seine Kreaturen.

General Rodin würde sein unversöhnlicher Feind sein, falls er jemals die Wahrheit über den Tod Waleris erfuhr – aber das war äußerst unwahrscheinlich.

Serow erinnerte sich an den kalten Blick, mit dem der General ihn gemustert hatte: Die glitzernden Augen hatten genau erkannt, daß Serow imstande war, den jungen Rodin zu vernichten. Sobald der Alte von seinem Tod erfuhr, würde er als Täter wahrscheinlich Serow vermuten.

Dann also Selbstmord . . . Serow rieb sich nachdenklich das Kinn. Hinter ihm wurde ein Streichholz angerissen; der Sergeant und der Funker zündeten sich eine Zigarette an. Serow rümpfte die Nase, als der beißend scharfe Qualm bis zu ihm drang, beobachtete die Vorhänge auf der anderen Straßenseite und sah auf seine Armbanduhr. 3.10 Uhr. Rodin war nicht geknebelt worden, damit sich später im Mundbereich nicht etwa Druckstellen nachweisen ließen.

«Warum, warum, warum ...?» frage Rodins Stimme aus dem Lautsprecher – nicht *Wer? Wer sind Sie, was wollen Sie von mir?*

Serow konnte der Versuchung nicht widerstehen, darauf zu anworten: «Sie wissen genau, warum!»

«Wer ... wer?» stammelte Rodin. Dann riß er sich zusammen. «Serow? Sind Sie's, Serow? Wo stecken Sie? Was wollen Sie, Mann?» Das war Frage und Bestechungsversuch zugleich.

«Ja, ich bin's, Rodin. Ich bin auf der gegenüberliegenden Straßenseite – von wo aus Priabin Sie hat beobachten lassen.» Hinter ihm unterdrückte der Sergeant ein prustendes Lachen. «Sie erinnern sich doch an Ihren Freund Priabin? Und Sie wissen, worüber Sie mit ihm gesprochen haben ...?»

«Sie haben mich beobachten lassen?» Rodins Stimme klang entsetzt, als sei er sich über sein bevorstehendes Ende im klaren.

«*Alle* haben Sie beobachtet, mein Lieber.»

«Um Himmels willen! Ich hab' nichts verraten!» behauptete der junge Mann. «Mein Vater ... er kann nicht wollen, daß Sie das tun, er kann's nicht wollen ...!»

«Er weiß nichts davon.»

«Dann können Sie's nicht tun!» Hysterische Erleichterung, eine sich fast überschlagende Stimme. «Dazu bräuchten Sie seinen *Befehl* ...!»

«Für Sicherheitsfragen bin ich zuständig.»

«Ich hab' nichts verraten!»

«Das glaube ich Ihnen nicht ...»

«Ich hab' nichts verraten!»

Serow horchte sekundenlang auf Rodins keuchenden Atem, bevor er entschied: «Los, fangt an!» Und während der junge Mann entsetzt zu protestieren versuchte, fügte er laut hinzu: «Sorgt dafür, daß es wie Selbstmord aussieht. *Selbstmord!»*

Er starrte auf die Vorhänge. Ein leichter Schlag gegen den Hinterkopf oder ins Genick, um Rodin bewußtlos zu machen ..., um ihn zum Verstummen zu bringen.

Durch eine in die Speiseröhre eingeführte Kanüle würde Rodin Whisky oder Cognac eingeflößt werden – und danach irgendein Schlaf- oder Beruhigungsmittel, das der Arzt im Spiegelschrank im Bad oder in der Nachttischschublade entdeckt hatte. Keine Überdosis Heroin oder Kokain, sondern ein offenkundiger Selbstmord durch mit Alkohol hinuntergespülte Schlaftabletten.

Serow behielt das Fenster auf der anderen Straßenseite im Auge. Die Vorhänge waren noch immer zugezogen. Seine Leute würden das Licht ausmachen und die Vorhänge aufziehen, bevor sie die Wohnung verließen. Bei Tageslicht würde irgend jemand aus diesem Haus den Toten auf seinem Bett entdecken. Alles sehr ordentlich, sehr befriedigend.

«Fertig, Genosse Oberst!» meldete eine Lautsprecherstimme über seinem Herzen.

«Danke. Ist die Bühne aufgebaut?»

«Beinahe.»

«Beeilt euch – aber vergeßt nichts! Gut gemacht. Ende.» Er drehte sich nach dem Funker um, der wie sein Sergeant rasch Haltung annahm: von den Ereignissen auf der gegenüberliegenden Straßenseite beeindruckt, vielleicht sogar eingeschüchtert. «Rufen Sie Hauptmann Pertschik!»

Eine halbe Minute später war die Verbindung hergestellt. Serow griff nach dem hingehaltenen Mikrofon, drückte die Sprechtaste und verlangte: «Einen vollständigen Bericht, Pertschik. Schnell! Eine Ihrer berühmten Zusammenfassungen! Wir müssen diesen Kedrow schnappen – was steht als Tip des Küchenchefs auf der Speisekarte?»

«Eine Empfehlung des Küchenchefs, Genosse Oberst: Lassen Sie die gesellschaftlichen Kontakte unberücksichtigt, die sexuellen Kontakte sind ebenfalls nicht sehr ergiebig, und Verstecke bei guten Freunden stehen nicht auf der Karte ... Aber der Küchenchef empfiehlt Ihnen dringend Hobbies und Freizeitbeschäftigungen aus der letzten Zeit.»

«Und ...?»

«Wir haben uns mit dem Verhalten des Mannes befaßt und jede seiner Bewegungen im vergangenen Monat unter die Lupe genommen. Dabei sind wir auf eine Fahrradwerkstatt – in Wirklichkeit ein Schwarzhandelszentrum – in Tjuratam gestoßen, aber Kedrow war nicht dort, und der KGB hat den Ladenbesitzer vor zwei Tagen festgenommen.»

«Dann kann er nichts gewußt haben, sonst wäre Kedrow inzwischen geschnappt», stellte Serow fest. «Was können Sie sonst noch empfehlen?»

«Vogelbeobachtung, Genosse Oberst», antwortete Pertschik knapp. «Draußen in den Sümpfen, wo wir auf Entenjagd gehen.»

«Hat er sich vom KGB Ausweise für Sperrgebiete ausstellen lassen? Oder von uns?»

«Für solche Kleinigkeiten ist der KGB zuständig, Genosse Oberst.»

«Häufig?»

«Wir haben fast ein Dutzend solcher Ausflüge gezählt», bestätigte Pertschik. «In den Sümpfen gibt's überall Verstecke: alte Boote, Ansitze, Jagdhütten und so weiter ...»

«Danke, das reicht für den Anfang. Die Hubschrauber sollen sich auf das Sumpfgebiet konzentrieren.» Serow warf im Licht der nächsten Straßenlaterne einen Blick auf seine Armbanduhr. 3.25 Uhr. «Ordnen Sie das sofort an! Irgendwo muß er schließlich sein – warum nicht dort? Jedenfalls kennt er die Gegend. Sofort, Pertschik!»

«Jawohl, Genosse Oberst.»

«Ende.»

Serow kehrte dem Fenster den Rücken zu. «Sie räumen hier auf, Sergeant», knurrte er, während er die Tür öffnete. «Vielleicht wird hier heute oder morgen ein Szenenwechsel fällig.»

Gant blickte von seinen starr gefalteten Händen auf. Er hatte es vorgezogen, anstatt allein im Cockpit zu hocken hier hinten Gesellschaft zu haben – selbst wenn ihm gegenüber der geknebelte und gefesselte Hauptmann ihn nur haßerfüllt anstarrte.

Adamows Blick schien ständig zu fragen *Wer sind Sie?* Aber der Mann befürchtete offenbar nichts Schlimmes. Gant wirkte niedergeschlagen, nicht bedrohlich.

Gant stand auf, öffnete die Kabinentür, kletterte aus der Maschine und schnitt Adamows haßerfüllten Blick ab, indem er die Schiebetür zuknallte. Er zog seine Lammfelljacke fester um sich und lehnte einen Augenblick lang seufzend am Rumpf der Mil, bevor er einen Blick ins Cockpit warf. Das Hilfstriebwerk lief weiter;

die Instrumente waren beleuchtet. Zwei Minuten bis zum Start, wenn er sich jetzt dazu entschloß ... Warum eigentlich nicht?

Im Cockpit brannte die Kontrolleuchte des Transponders! Gant kletterte hastig hinein. Kedrow hatte sein Gerät eingeschaltet – vielleicht schon vor zehn Minuten ... Gant mußte einen von Norden nach Süden verlaufenden Suchstreifen abfliegen, bis seine Instrumente Kedrows Sender genau geortet hatten ...

Los! Triebwerke anlassen, Leistungshebel nach vorn, Rotorblätter in zögernder, dann schneller werdender Bewegung. Gant veränderte die Einstellung des taktischen Bildschirms. Glühwürmchen. Mehr als zuvor, in einem kleinen Schwarm konzentriert. Kedrow war keine 30 Kilometer entfernt. *Dort*, wo der Schwarm am dichtesten war. Irgend jemand hatte eine Durchsuchung des weitläufigen Sumpfgebietes angeordnet.

Er stellte das Funkgerät an. Auf der Sicherheitsfrequenz für Baikonur herrschte reger Funkverkehr. Anscheinend wurden auch Fahrzeuge eingesetzt, wenngleich die meisten Meldungen von Hubschraubern kamen. Schon nach wenigen Sekunden hörte Gant den Namen *Kedrow* – und holte erschrocken tief Luft. Er nahm plötzlich an einem Wettrennen zu Kedrows Versteck teil.

Gant verfolgte die Rufzeichen und die danach abgesetzten Meldungen. Die Hubschrauber setzten GRU-Truppen in den Sümpfen ab. Er schaltete auf einen kleineren Maßstab um. Der Computer zeigte ihm lediglich zwei Mils in der Nähe der beiden kleinen Inseln. Falls Kedrow tatsächlich *am vereinbarten Treffpunkt* wartete, hatte Gant noch eine Chance. Bestenfalls Minuten ...

Gant stellte die Leistungshebel auf Flug-Leerlauf, zog Blattverstellhebel und Steuerknüppel leicht an und fühlte die *Hind* in dem böigen Wind über den jungen Fichten schwanken. Das aufgewühlte Wasser versank unter ihm. Nach der ersten Peilung flog er nach Süden und wartete darauf, daß ein Lichtpunkt auf der Kartendarstellung ihm Kedrows genaue Position anzeigte.

Beeil dich! drängte seine innere Stimme. In dem fraglichen Gebiet hielten sich noch immer nur zwei Hubschrauber auf.

«Alle bereit?» fragte Priabin atemlos. Dudin nickte und räusperte sich.

«Wie befohlen, Genosse Oberst», bestätigte er. Katja stampfte mit den Füßen, um sich warmzuhalten; ihre Hände hatte sie unter die Achseln gesteckt. Ihr Gesicht war blaß und verfroren.

«Gut getarnt? Vielleicht kommt ein Hubschrauber, vielleicht jemand zu Fuß ...»

«Selbstverständlich», bestätigte Dudin hörbar gekränkt. Über ihnen flog langsam ein GRU-Hubschrauber mit blinkenden Positionslichtern vorbei. Die anderen hatten ihre Fahndung verstärkt. Auch sie mußten Kedrow hier versteckt glauben.

Priabin fürchtete, er könne in letzter Minute um seinen Erfolg betrogen werden.

«Sie rühren sich nicht von der Stelle, Dudin – Sie lassen den oder die Retter herankommen und bleiben dicht hinter ihnen.»

«Verstanden, Genosse Oberst.»

«Katja, Sie haben ihn aufgespürt; Sie dürfen mitkommen. Dudin, Sie melden sich erst über Funk, wenn Sie jemand kommen sehen.»

«Wird gemacht! Rechnen Sie mit mehreren?»

«Keine Ahnung», gab Priabin zu. Er warf erneut einen Blick auf den Bildschirm. «Sobald ich melde, daß wir drinnen sind und Kedrow haben, lassen Sie Ihre Leute die Kamera und das Kabel abbauen. Ich will nicht, daß wir uns *dadurch* verraten!»

«Soll ich den Hund aus dem Auto holen, Genosse Oberst?» fragte Katja.

«Nein. Kedrow scheint unbewaffnet zu sein ... Los, wir schnappen ihn uns!»

Priabin trat hinter der als Windschutz aufgespannten knatternden Plane hervor, verließ die Buschgruppe, in der sie vor Entdekkung sicher gewesen waren, und trat nach wenigen Schritten vorsichtig aufs Eis. Der böige Wind ließ ihn taumeln. Das Eis knackte beängstigend. Während Katja zu ihm aufschloß, sah er auf seine Armbanduhr. 3.24 Uhr. Er lief leicht nach hinten geneigt weiter und spürte, daß die Mantelzipfel ihm um die Beine schlugen. Katja hastete mit schußbereiter Pistole neben ihm her.

Sie erreichten den Bootssteg. Priabin stieg vorsichtig die morschen Stufen hinauf, verlagerte zögernd sein Gewicht und hütete sich, das Geländer anzufassen. Als er dann oben kauerte, folgte Katja ihm fast geräuschlos. Sie atmete hastig und aufgeregt.

Ein Hubschrauber flog in kaum hundert Meter Höhe über sie hinweg. Kedrow mußten diese ständigen Überflüge nervös machen ... Priabin wäre am liebsten vorwärtsgestürmt und hätte mit der Waffe in der Hand die Kabinentür aufgestoßen, um sich seine Beute zu sichern ...

... und blieb dennoch unbeweglich, weil er an Rodin dachte.

Er spielte mit lächerlich hohem Einsatz. Kedrow, seine möglichen Retter ... Rodin und *Blitz*. Katja, die hinter ihm Schutz vor dem Wind suchte, sah fragend zu ihm auf.

«Was gibt's?»

«Was ...?» Das alles war zu riskant. Er hatte sich von der Aussicht auf völligen Erfolg blenden lassen. «Ich ...» Priabin schüttelte den Kopf. «Nichts. Los, weiter!» Der Wind blies ihn wie einen Fetzen Papier auf das Hausboot zu. Wenn er sich sehr beeilte ...

Priabin rannte über den Bootssteg, sprang aufs Deck des Hausboots und zog die Makarow aus der Pistolentasche. Er hob den rechten Stiefel und trat wütend gegen die Tür, als sei er um den Lohn seiner Bemühungen gebracht worden. Die Tür flog splitternd und krachend auf. Priabin stolperte die wenigen Stufen hinab. Kedrows Schatten wurde größer und wieder kleiner, als ein Windstoß die Petroleumlampe flackern ließ.

«Kedrow – Sie sind *erledigt*!»

Kedrow war sprachlos und völlig überrascht, als er Katjas zierliche Gestalt hinter Priabin auftauchen und auch ihre Pistole auf sich gerichtet sah. Sein Mund öffnete und schloß sich, als sei er ein Goldfisch. Priabins Hand lag auf Katjas Schulter.

Katja gab Kedrow ein Zeichen, die Hände auszustrecken, und legte ihm Handschellen an. Er brachte keinen Laut heraus.

Der KGB-Oberst stand am Tisch und tippte das Transistorradio mit dem Pistolenlauf an.

«Funktioniert ohne Batterien, wie ich sehe», murmelte er wissend. Kedrows leichenblasses, verzerrtes Gesicht konnte unmöglich noch blasser werden. Aber er sprach.

«Wie . . .?»

«Wir wissen, daß jemand zu Ihnen kommt», antwortete Priabin. «Und jetzt warten wir gemeinsam auf ihn, wenn's Ihnen recht ist.»

Eine halbe Stunde konnte er noch warten. Doch wiederum setzten die Sorgen ein. Rodin . . . Ich hätte Michail anweisen sollen, Rodin zu bewachen, bei ihm zu bleiben.

Die Sorgen ließen Priabin nicht los. Um sich abzulenken, knurrte er Kedrow an: «Was wissen Sie über das Unternehmen *Blitz*, Sie dreckiger kleiner Spion?»

«Gar nichts!» behauptete Kedrow prompt, als habe er die Antwort eingeübt. «Wovon reden Sie überhaupt?»

«Sie wissen etwas, Kedrow – Sie wissen etwas», murmelte Priabin. «Ich sehe es Ihnen an.» Er fühlte sich ruhiger.

Bis vier Uhr könnte er auf Kedrows Besuch warten . . .

. . . ab dann mußte Rodin für ihn *absoluten* Vorrang haben.

Seine Geschwindigkeit betrug nicht mehr als 150 Stundenkilometer. Die *Hind* zog im Tiefstflug über die Kanäle, Straßen und Gleisanlagen eines verlassenen Silokomplexes dahin. Der Komplex war Anfang der siebziger Jahre aufgegeben worden, als sämtliche Transportwege für Raketen unter die Erde verlegt worden waren. Wie aus Satellitenaufnahmen hervorging, hatte sich hier seit über fünfzehn Jahren nichts mehr verändert.

Kedrows Transponder war jetzt keine fünf Minuten mehr entfernt. Gant warf einen Blick auf die Kartendarstellung. Er hatte den kleinsten Maßstab gewählt, damit die durch zahllose Satellitenaufnahmen ermittelten markanten Geländemerkmale deutlicher hervortraten. Vor dem weißen Punkt, der seinen Hubschrauber darstellte, zog sich der dunkle Lauf eines seichten Flüßchens durch die Landschaft. Gant ließ die *Hind* aus einer Senke steigen. Auf der Karte schwirrten wieder Glühwürmchen umher, die das Bordradar mit zunehmender Flughöhe erfaßte. Funkbefehle und -meldungen jagten sich. Das konnte knapp, verdammt knapp werden . . .

Riedgras wogte wie Korn unter dem Rumpf der Mi-24, als Gant sich den Salzsümpfen näherte. Ein Transporthubschrauber, ein schwerer Mil Mi-8 *Hip*, hatte das GRU-Suchkommando an Bord genommen und bewegte sich fast parallel zu Gants *Hind.* Gant ließ seine Maschine über eine niedrige Uferböschung bis fast auf den Wasserspiegel des Flüßchens sinken, das sich in das Sumpfgebiet schlängelte. Unter ihm glitzerte Eis wie Spiegelscherben.

Der Wald aus verlassenen Starttürmen und die Lichter des anderen Hubschraubers kamen außer Sicht. Geschwindigkeit über Grund: 140 Stundenkilometer. Uhrzeit: 3.42 Uhr. Nirgends Positionslichter, sondern nur kalt glitzernde Sterne. Gant war in Schweiß gebadet. Zielentfernung: 6,5 Kilometer. Auf beiden Uferböschungen ragte gefrorenes Riedgras auf wie die Stacheln einer fleischfressenden Pflanze, die sich über dem Hubschrauber schließen zu wollen schien.

Aus Gants Kopfhörer drangen Rufzeichen, Meldungen und Anweisungen. Er wußte, daß die anderen ihn bisher nicht geortet hatten, noch nicht ...

Ein KGB-Hubschrauber auf einem Routineflug – damit würde er sich herauszureden versuchen. Bis seine Angaben, die wegen der auf ihren Radarschirmen fehlenden Flugnummer Verdacht erregen mußten, überprüft waren, konnte er mit seinem Mann bereits auf dem Rückflug sein ... *sei bloß da, Kedrow, sei bloß da, du Dreckskerl!*

Als die Uferböschungen niedriger wurden, warf Gant einen Blick nach links. Ja, die Positionslichter hatten sich weiter entfernt, aber die Mi-8 schien jetzt einen kleinen Vorsprung gewonnen zu haben. Vor ihm eine niedrige Baumgruppe. Die *Hind* stieg ein wenig ...

... und drehte ruckartig ab, als die Rotorblätter eines anderen Hubschraubers im Mondlicht glitzerten, während gefährlich nahe vor Gant ein beleuchtetes Cockpit sichtbar wurde. Er wich der Mi-2 *Hoplite* im Steigflug nach rechts aus – und war damit in 150 Meter über Grund auf sämtlichen Radarschirmen der näheren Umgebung sichtbar.

Aus dem Kopfhörer drang eine erregte Stimme: wüste Flüche, dann eine aufgebrachte, aber ohne bestimmten Verdacht geäußerte Frage, aus der zugleich Angst und Erleichterung sprachen.

«... beruhigen Sie sich, Genosse», hörte Gant sich mit zusammengebissenen Zähnen sagen. In seinem Spiegel erkannte er, daß die andere Mil drehte, damit ihr Pilot hinter ihm hersehen konnte. Unter der *Hind* zogen Eisflächen und Riedgras vorbei. «... schließlich ist nichts passiert», fügte er beruhigend hinzu. «KGB-Flug Alpha drei. Ihr schwirrt ja in der Gegend rum wie ein gottverdammter Heuschreckenschwarm ...» Dann hörte er ...

«... Zweck des Fluges?»

«Der geht euch nichts an ... wir haben eben auch Hubschrauber, Genosse.» Er flog weiter, sah die Mi-2 in seinem Spiegel zurückbleiben und beobachtete, wie sie langsam wieder drehte, als wolle sie entlang ihrer ursprünglichen Route weitersuchen. Gant hörte, wie einer ihrer beiden Piloten den Beinahe-Zusammenstoß meldete und dabei seine Angaben wiederholte. Jetzt würden die Nachforschungen beginnen. Er ging auf fünfzehn Meter herab, um von den Radarschirmen zu verschwinden.

Kleine Inseln, mit Schilf durchsetzte Eisflächen, verkrüppelte Bäume. Positionslichter auf beiden Seiten, aber Kurs haltend, nicht näherkommend. Oder befand die Mi-8 sich etwa doch auf Kollisionskurs? Gant fühlte sich schwach. Er zwang sich, auf die Karte zu blicken, nicht immer wieder auf die Borduhr zu starren und die über die Geländedarstellung verteilten Glühwürmchen zu ignorieren.

Der weiße Punkt auf der Karte näherte sich zwei kleinen Inseln, von denen eine an eine zusammengerollt schlafende Katze erinnerte, während die andere nierenförmig war: der vereinbarte Treffpunkt! Gant veränderte den Kontrast, um die Qualität des Fernsehbildes auf dem Hauptbildschirm zu verbessern. Graue Umrisse leuchteten unwirklich auf. Er übersprang einen niedrigen Höhenzug – Geschwindigkeit 110 Stundenkilometer –, zog den Schatten der *Hind* wie ein schwarzes Cape über eine Eisfläche und starrte angestrengt nach rechts ... ja?

Er mußte sichergehen, auch wenn er dabei wieder auf die Radarschirme geriet: Gant stieg 30, 40, 50 Meter höher, bis die Form der kleinen Insel eindeutig zu erkennen war. Vor ihm die zusammengerollte Katze; dahinter das nierenförmige Inselchen mit dem schemenhaft erkennbaren alten Bootssteg.

Gant ließ die Mi-24 durchsacken, als wolle er das glitzernde Eis durchbrechen. Vor dem Hintergrund des Sternenhimmels wurden die Positionslichter um ihn herum unsichtbar. Der weiße Punkt, der die *Hind* darstellte, stand so still wie der Stern von Bethlehem. Er war am Ziel!

Er schoß vorwärts, blieb ganz, ganz tief und sah das Schilf unter sich wogen. Im Vordergrund verkrüppelte Bäume auf leicht erhöht liegenden Punkten. Gant verringerte seine Geschwindigkeit, schätzte Entfernungen ab, beobachtete die Bildschirme, warf einen Blick auf den Radarhöhenmeser, sah nach beiden Seiten. Wo waren die Lichter der Mi-8? Nicht zu sehen. Er ging in den Schwebeflug über, setzte mit der *Hind* auf und ließ sie über den gefrorenen Boden vorwärtsrollen, bis die kümmerlichen Fichten sie völlig zu umgeben schienen. Dann stellte er die Triebwerke ab.

Stille.

Dann der Wind . . .

. . . und sonst nichts. Aus der Luft war die stehende, abkühlende *Hind* nicht sehr auffällig. Und das Schilf auf dem Boden erreichte fast die Höhe des Hubschrauberrumpfs. Das war Deckung genug.

Gant öffnete die Cockpittür, ohne an den sicher gefesselten und geknebelten Adamow auch nur einen Gedanken zu verschwenden. Er zog eine Kartenskizze aus seinem Overall, warf einen Blick auf den in seine Armbanduhr eingebauten Marschkompaß und orientierte sich. Die kleinen Inseln lagen knapp einen Kilometer südwestlich von ihm.

Da flammten Suchscheinwerfer vor ihm auf, nahmen ihm die Sicht auf die Bäume, die auf der Insel stehen mußten. Als die Mi-8 heranknatterte, drückte Gant sich gegen den Rumpf der *Hind*.

Der Transporthubschrauber zog in 200 Meter Entfernung an ihm vorbei; er bewegte sich auf den Strahlen seiner senkrecht nach unten gerichteten beiden Scheinwerfer wie auf Stelzen und hatte etwas im Wind Schwankendes unter sich hängen . . . eine Strickleiter! Gant hörte einen Hund, mehrere Hunde bellen und sah sich wild um, bis er merkte, daß das Bellen aus dem Hubschrauber kam . . . Die Hunde waren noch an Bord, aber die Kabinentür stand weit offen, so daß Hunde, Männer, Waffen zu erkennen waren.

Die Mi-8 zog langsam weiter. Offenbar hatte man den abgestellten Hubschrauber nicht entdeckt. Gant sah eine dick vermummte Gestalt die Strickleiter hinabklettern – keinen halben Kilometer von ihm entfernt. Männer und Spürhunde wurden an den vorgesehenen Stellen abgesetzt ... die Suche nach Kedrow war angelaufen ...

Los!

Gant kletterte und rutschte die wenigen Meter auf die nächste Eisfläche hinunter, wobei Schilf und Riedgras wie Stahl an seinen Beinen scharrten. Seine Hand lag am Griff seiner Pistole ... Die Kalaschnikow! Er kehrte um, arbeitete sich – bereits schwer atmend – wieder den Hang hinauf und öffnete die Kabinentür. Haßerfüllt staunte ihn Adamows weißes Gesicht an. Gant kletterte in die Maschine, nahm eines der Gewehre aus seiner Halterung, überprüfte das Magazin, wog die Waffe prüfend in den Händen und zwang sich, Adamow optimistisch grinsend zuzuzwinkern, bevor er ausstieg.

Diesmal bewältigte er den sanft geneigten Hang bis zur Eisfläche rascher und leichter. Er trabte weiter, lehnte sich mit gesenktem Kopf gegen den Wind und hielt das Gewehr mit beiden Händen vor der Brust fest. Weniger als ein Kilometer. 3.50 Uhr.

Sei bloß da!

Auf der Rückfahrt zu seiner Dienststelle saß Gennadi Serow vorn neben dem Chauffeur. Über Funk eingehende Routinemeldungen überspülten ihn wie ein warmes Vollbad. Die Hubschrauber, Fahrzeuge und Suchtrupps hatten Kedrow noch nicht aufgespürt. Aber sie würden ihn finden – und falls nicht, war Generalleutnant Pjotr Rodin genügend abgelenkt, sobald sein Sohn tot aufgefunden wurde ... Serow setzte sich etwas auf. Hatte er's etwa getan, um Rodins Zorn von sich abzulenken? Nein, es gab weit gewichtigere Gründe, aber es machte Spaß, sich ein so ... so *gemeines* Motiv als Grund für einen Mord vorzustellen.

Sein Dienstwagen rollte durch die leeren Straßen von Leninsk, der Akademikerstadt Baikonurs, und fuhr aus Tjuratam kommend nach Südosten zum GRU-Hauptquartier, einem Komplex aus weißen Gebäuden in der Nähe des Hotels Kosmonaut. Serow genoß diese räumliche Trennung der GRU von den militärischen Kommandobehörden; Abstand deutete Unabhängigkeit an. Im Norden, ins gleißende Licht Hunderter von Scheinwerfern getaucht, deren Widerschein die Sterne verblassen ließ, lag der Raumfahrtkomplex.

Funkgespräche, Routinemeldungen. Der GRU-Oberst seufzte. Kedrow war im Grunde unwichtig; er verdankte seine scheinbare Wichtigkeit nur der Angst des Generals. Ein Dutzend Hubschrauber und hundert oder mehr Männer, die nach diesem erbärmlichen kleinen Scheißkerl suchten! Sogar draußen in den Sümpfen. Pertschik konnte damit eine gute Idee gehabt haben; vielleicht aber auch nicht ...

Er schloß die Augen. In der Dunkelheit hinter seinen Lidern funkelten Einzelheiten der Meldungen wie Juwelen. Plötzlich riß Serow die Augen auf und beugte sich ruckartig vor. Sein Fahrer sah zu ihm hinüber, als rechne er damit, neue Anweisungen zu erhalten.

«Was ...?» fragte Serow.

Sein Chauffeur hielt ihm das Mikrofon hin. Serow drückte auf die Sprechtaste und verlangte: «Wiederholen Sie Ihre letzte Meldung, Hubschrauber ...» Er wandte sich dem Fahrer zu und schnalzte ungeduldig mit den Fingern. «Hubschrauber sieben», fügte er hinzu, sobald er das Rufzeichen erfahren hatte. Der Chauffeur hielt am Randstein und zog ratschend die Handbremse an. «Hubschrauber sieben, wie hat Ihre Meldung gelautet?» blaffte Serow. «Hier Serow, verstanden? Ihre *Meldung!*»

Seine Finger trommelten auf dem Instrumentenbrett. Durch die Windschutzscheibe, die wegen seiner plötzlichen Erregung leicht beschlagen wurde, sah er das Kriegerdenkmal am Ende des Boulevards aufragen. Sie waren keine zwei Minuten mehr von ihrem Dienstgebäude entfernt. Trotzdem hatte der Fahrer recht daran getan, erst einmal zu halten, bis diese Sache geklärt war. Hatte er sich etwa verhört?

«... Hubschrauber, von dem wir nichts wissen, steht zwischen niedrigen Bäumen – mit abgestellten Triebwerken, scheinbar ohne Piloten», berichtete Nummer sieben weiter. Serow überlegte, weshalb er bei dieser Meldung aufgeschreckt war. Sie war merkwürdig. Er schwieg. Der Pilot fügte hinzu: «Ein Kampfhubschrauber, Genosse Oberst. Keiner von unseren. Eine fremde Maschine ...»

«Welche Abzeichen trägt er?» wollte der GRU-Oberst wissen. «Können Sie sie erkennen?» Ein nicht identifizierter Kampfhubschrauber? Von *außerhalb* nach Baikonur geflogen?

«Ein Heeresflieger, Genosse Oberst», meldete der Pilot, dessen geisterhafte Stimme die Bedeutung der verlassenen Mi-24 noch zu unterstreichen schien. «Keiner von uns oder vom KGB – auf einer Spritztour, Genosse Oberst?»

«Reden Sie keinen Unsinn!» In einem Standort wie Baikonur war so etwas jedoch möglich: unreife Mutproben und dumme Disziplinarverstöße aus Langeweile. Für die GRU gehörten sie zum Dienstalltag. Aber mit einem Kampfhubschrauber? Trotzdem fügte Serow hinzu: «Los, landen Sie bei ihm und sehen Sie nach – Tempo, mein Lieber!»

Er warf seinem Fahrer das Mikrofon zu und rieb sich nachdenklich das Kinn.

«Weiter, Wassili!» Der Chauffeur fuhr an. Das Kriegerdenkmal kam näher und ragte als riesiger Schatten vor ihnen auf. Sollte er die Mil umstellen lassen, wie seine Intuition ihm einzugeben schien? Nein, abwarten ...

Die Limousine umrundete das unbeleuchtete Denkmal und überquerte den Platz. Das Funkgerät zischte leise. Was hatte die Meldung zu bedeuten?

«Genosse Oberst!» Eine andere Stimme, vielleicht die des Kopiloten.

«Was gibt's?» fragte Serow knapp.

«Genosse Oberst, in der Kabine haben wir einen gefesselten GRU-Offizier entdeckt! Er behauptet, entführt worden zu sein, Genosse Oberst!»

Serow hätte am liebsten laut gelacht.

«Soll das ein Witz sein?» Serow fügte hinzu: «Holen Sie ihn ans Funkgerät! Und fordern Sie Unterstützung an, damit dieser Hubschrauber umstellt werden kann. *Beeilung!* Holen Sie diesen Idioten ans Mikrofon!»

Wassili pfiff leise durch die Zähne. Serow glaubte zu spüren, wie sich ihm vor Neugier und Erregung die Nackenhaare sträubten. Was ging dort draußen vor, verdammt noch mal? Seine Finger trommelten immer rascher gegen das Instrumentenbrett, während die Limousine durch den Hof rollte und dann unter dem Torbogen des GRU-Hauptquartiers hielt. Serow hatte nicht einmal einen Blick für das Hotel oder die Fenster von General Rodins Suite übrig.

«*Wo bleibt dieser Idiot?*» brüllte Serow ins Mikrofon.

Gant hielt das Gewehr gegen die Brust gedrückt, während er sich zwang, die freie Eisfläche, über die sein Weg führte, zu beobachten. Leer, mattschimmernd, als werde sie aus großer Tiefe angestrahlt. Menschenleer. Er hob erneut sein Nachtglas an die Augen. Mondlicht und Sternenschein wurden verstärkt. Er suchte das Eis vor sich mehrmals sorgfältig ab.

Er sah nichts, aber auf diesen Eindruck durfte er sich nicht verlassen. Irgendwo dort vorn konnten Männer auf der Lauer liegen oder einem festgelegten Suchschema folgend näherkommen. Gant blickte auf seine Armbanduhr. 3.58 Uhr. Seine Annäherung war langsam und vorsichtig, aber zugleich «vorschriftsmäßig», nicht instinktiv gewesen. Was hatte er übersehen? Er studierte den Bootssteg und das Hausboot durchs Glas. In der Kabine brannte Licht – das mußte Kedrow sein! Dies war der vereinbarte Treffpunkt. Gant suchte erneut das Eis ab und betrachtete dann die Klumpen aus Schilf, Riedgras, Unterholz und niedrigen Bäumen, in denen sich eine ganze Armee hätte verstecken können. Ihn fröstelte, wenn er an die einen halben Kilometer hinter ihm stehende *Hind* dachte. Sie erschien ihm wie eine sichere Zuflucht, die er mutwillig verlassen hatte.

Gant trat langsam aus dem Schilf aufs Eis hinaus. Die Zeit drängte, und er hastete über den gefrorenen Sumpf auf den Bootssteg zu, bis er den Schatten der unter seinem Gewicht ächzenden morschen Holzkonstruktion erreicht hatte. Er beobachtete Positionslichter in der Ferne und hörte den Wind – aber keine Hunde. Die Mi-8 hatte nach einem bestimmten Raster Hundeführer abgesetzt, die Kedrow suchen würden. Konnte er die Hunde hören? Gant horchte mit angehaltenem Atem in den Wind hinein. Entfernte Rotorgeräusche, sonst nichts.

Er stieg die Stufen hinauf, kauerte sich oben zusammen und fror plötzlich, als sei er nackt. Das Gewehr, das seine kältestarren Hände wie Krallen hielten, erschien ihm unwirklich. Das Hausboot lag nur wenige Meter von ihm entfernt, so daß er die Ritzen, aus denen Licht drang, deutlich sehen konnte. Gant suchte seine Umgebung erneut mit dem Nachtglas ab. Nichts. Er rannte geduckt über den Bootssteg, dessen Planken jeden seiner schnellen Schritte ankündigten, und betrat vorsichtig das Deck. Als er auf die Kabine zuschlich und sich bückte, hatte er das Gefühl, an Erfahrung gewonnen zu haben – als habe er in den letzten Augenblicken eine ganze Ausbildung absolviert. Er blickte durch eine Ritze im Holz, ohne etwas zu erkennen, näherte das Auge dann dem Spalt zwischen den dünnen Vorhängen und sah ...

... Kedrow. Das mußte er sein! Vor ihm auf dem Tisch ein Transistorradio mit geöffneter Rückwand: der miniaturisierte Transponder. Der Mann war erledigt, das sah man ihm an. Er starrte mit hängendem Kopf zu Boden, so daß sein Gesicht im Schatten lag; seine mutlos gefalteten Hände schienen zu signalisieren, daß er nicht mehr an seine Rettung glaubte. Gant empfand Erleichterung, spürte die Minuten seit dem Verlassen der Mil drängen und fühlte, daß ein Erfolg in Reichweite war. Er richtete sich auf, war mit wenigen leisen Schritten an der Tür und legte eine Hand auf den abblätternden Lack, bevor sie tieferrutschend nach der Klinke tastete. Die Tür knarrte, als er sie aufstieß.

Gant betrat die enge, schwach beleuchtete Kabine. Er schrak zusammen, als plötzlich Rotorblätter ganz in der Nähe knatterten, sah Kedrows Gesichtsausdruck, als der Russe zu ihm aufblickte, und wurde gewarnt – aber nicht rasch genug, denn im gleichen Augenblick bohrte sich ihm etwas Hartes, Metallisches in den Rücken. Eine Hand griff nach seinem Gewehr und hielt es am Lauf fest, bevor Gant sich umdrehen konnte. Und aus den Schatten im Hintergrund der Kabine tauchte eine junge Frau mit schußbereiter Pistole auf. Sie wirkte ängstlich, überrascht, und doch höchst zufrieden. Kedrow war entsetzt. Gant ließ das Gewehr los, das ihm aus den Händen gerissen wurde. Der Hubschrauber schien draußen in den Schwebeflug übergegangen zu sein. Der kleine Raum drohte über ihm zusammenzustürzen. Das Unternehmen *Habicht* war erledigt, geplatzt. Erledigt. Wie er selbst.

«Amerikaner?» fragte eine Männerstimme hinter ihm. Der metallische Gegenstand stieß in seinen Rücken, um Gant zu warnen. Keine Bewegung! sagte er sich. Deine Hände wären nicht schnell genug. «Wir haben Sie erwartet – wir alle, aber vielleicht aus unterschiedlichen Gründen», fuhr der Mann in tadellosem Englisch fort. «Drehen Sie sich bitte um . . . langsam, ganz langsam.»

Draußen war der Hubschrauber gelandet; seine Triebwerke wurden leiser. Eine laute Stimme brüllte Befehle. Diese Aktivitäten schienen die junge Frau zu überraschen. Gant ließ die Hände sinken und drehte sich langsam um.

KGB. Die Schulterstücke eines Obersten auf seinem Mantel. Etwa Gants Alter.

Der Gesichtsausdruck des Obersten verschwamm wie unter hohem Druck und wurde dann zu einer wilden, labilen Maske. Die Augen brannten, und Gant erkannte . . .

. . . Priabin. Das Mädchen Anna, das an der Grenze gestorben war . . . die letzte Szene, in der dieser Mann die Tote neben ihrem Fluchtauto in den Armen gehalten hatte . . . Priabin, ihr Geliebter.

«Gant», sagte er. Dann nochmals: «Gant.» Seine Stimme klang wie die eines Mannes, der seinen Feind bereits getötet hat. Priabin seufzte. Sein Haß war unverkennbar, aber sein Blick wirkte seltsam gelassen. Er lächelte sogar, als er seine Makarow hob, nachdem er zwei Schritte zurückgetreten war. Als er auf Gants Gesicht zielte. Priabin lächelte; aus seiner Miene sprachen Ruhe und Befriedigung. Er schien seinen Schock so rasch überwunden zu haben, als sei er lediglich ein unwichtiges Zwischenstadium; auch seinen Haß schien er überwunden zu haben. Und beinahe auch den Schuß, den er abgeben wollte.

«Gant», seufzte er nochmals. Sein Zeigefinger krümmte sich um den Abzug der Pistole.

DRITTER TEIL

ZUFLUCHT
VOR DEM STURM

‹You and I, we've been through that,
And this is not our fate;
So, let us not talk falsely now –
The hour is getting late.›

BOB DYLAN, *All along the Watchtower*

11

Eine feste Burg

Katja begriff nicht, was sie sah. In ihrem Kopf wirbelten Überlegungen und Befürchtungen durcheinander. Die Tatsache, daß die beiden Männer sich erkannt hatten, gab ihr Rätsel auf.

Dann aber tauchte der Name aus den Tiefen ihres Gedächtnisses auf. Er wurde durch das Krachen der vom Wind aufgewehten Kabinentür fixiert, während Katja ihre eigene Pistole hob, um Priabins eigenartige Befriedigung auszulöschen. *Gant.* Dieser Amerikaner ... der Agent, der ... der Mann, der die Schuld am Tode von ... unmöglich!

Der hereinheulende Wind ließ den schmalen, niedrigen Raum erzittern, als wollte er die zwischen den beiden Männern herrschende Spannung wiedergeben. Katja spürte ein Kratzen im Hals vom Qualm der flackernden Petroleumlampe, die scheinbar miteinander ringende Schatten über Wände und Decke warf. Priabins Pistole zitterte, aber sie hatte ihr Ziel gefunden: den Magen des Amerikaners, dann seine Brust, zuletzt die Stirn.

Die Tür knallte erneut und schreckte Katja aus ihrer Betäubung auf. Priabin stand mit ausgestreckten Armen da und zielte auf den Kopf des Amerikaners. Er beugte sich leicht nach vorn, während sein Zeigefinger sich um den Abzug krümmte ...

Der amerikanische Agent ... *ihr* Gefangener.

«Nein!» schrie sie mit einer Stimme, die dünner und höher als der Wind war.

Priabins Hand zitterte. Der Amerikaner drehte den Kopf nach ihr um, als nehme er ihre Anwesenheit erst jetzt wahr. Dann konzentrierte er sich wieder auf Priabin, der nun Katja anstarrte.

«Nein! Nein! *Nein!*» schrie sie mit sich überschlagender Stimme. Ihre Pistole war schußbereit erhoben; sie stand in geduckter Haltung da und wußte, daß ihr Gesicht von panischer Angst verzerrt war. *«Nein ...!»*

Priabin drehte sich ganz nach ihr um.

Der Amerikaner stand unbeweglich.

Ihre Blicke konzentrierten sich auf etwas anderes. Beide starrten Kedrow an, der mit verschränkten Armen und hochgezogenen Knien auf der Koje hockte. Ihr eigentliches *Objekt* in diesem Raum; *beide* Männer ...

«Nein!»

Hatte der Amerikaner etwas unternehmen wollen? Ja, er ließ jetzt wieder die Hände sinken, und seine angespannte Miene erschlaffte. Seine blassen Augen glitzerten kalt, als er Katja verwirrt anstarrte. Sie reckte ihre Pistole etwas weiter vor. Gant seufzte abgrundtief. Priabins Gesicht war schmal und verkniffen, weil er sich um seine Rache gebracht sah.

«Bitte ...», flüsterte sie, spürte Müdigkeit wie eine Woge über sich hinwegfluten und wußte nicht, was sie als nächstes tun sollte.

Plötzlich eine scheppernde Lautsprecherstimme: drängend und befehlend. Aus dem Sprechfunkgerät auf dem abgenutzten, fleckigen Holz der Tischplatte.

Köpfe bewegten sich; Gesichter veränderten ihren Ausdruck. Die Stimme aus dem Funkgerät sprach weiter. Die Miene des Amerikaners drückte jetzt bitteren Zorn über seine Gefangennahme aus. Sie hatten ihn gefangengenommen; sie hatten es *geschafft*! Und *sie* war daran beteiligt gewesen ... Er war gekommen ...

... um Kedrow zu retten, diese jämmerliche Gestalt, die zusammengesunken auf der schmalen Koje an der Kabinenwand hockte. Während der Amerikaner in fast entspannter Haltung vor ihnen stand und Priabin zur Besinnung gekommen zu sein schien, wirkte Kedrow wie vor den Kopf geschlagen. Er reagierte nicht einmal auf die fordernde Lautsprecherstimme des Funkgeräts.

«Melden Sie sich!» knurrte Priabin, während seine Pistole – jetzt allerdings weniger bedrohlich – den Amerikaner in Schach hielt. «Es ist Serows Stimme», fügte er überflüssigerweise hinzu.

Katja streckte die linke Hand aus, bis ihre Fingerspitzen das Funkgerät berührten. Aus dem Lautsprecher kamen scharfe Befehle. Sie warf Priabin einen ängstlichen Blick zu.

«Genosse Oberst, Sie wollten ihn ...» stieß sie hervor.

«Erschießen. Ohne mit der Wimper zu zucken», antwortete er

mit seltsam ruhiger Stimme, in der Enttäuschung mitschwang. «Aber machen Sie sich deswegen keine Sorgen mehr ...»

Katja zögerte, wandte sich ab und griff nach dem Funkgerät. Es war vorbei – wie ein Alptraum, aus dem sie Priabin geweckt hatte. Sie zitterte. *Dieser* Amerikaner ... der Mann, der den Tod von Priabins Geliebter auf dem Gewissen hatte!

«Was soll ich sagen, Genosse Oberst?» fragte sie.

«Er ist *unser* Gefangener, verstanden?» sagte Serows Lautsprecherstimme nachdrücklich. «Diese Sache betrifft die GRU, *nicht* den KGB!»

Kedrow hielt sich schützend die Hände über den Kopf, als träfen ihn die Worte wie Keulenschläge. Er zitterte am ganzen Körper.

Hundegebell. Der Amerikaner zuckte zusammen. Er fuhr sich unsicher zögernd mit dem Ärmel seiner Fliegerjacke über Stirn und Augen. Priabin nahm Katja behutsam das Funkgerät aus der Hand.

«Hier Priabin», meldete er sich energisch. Sein Blick ruhte abwechselnd auf dem Amerikaner und auf Kedrow.

Katja beschränkte sich darauf, ihre Pistole routinemäßig auf Gant zu richten; ihr Zittern nahm zu.

Gant starrte Kedrow an und hatte beim Anblick seiner Niedergeschlagenheit das Gefühl, wie in einem Spiegel sich selbst zu sehen. Er hörte Hundegebell aus nächster Nähe, wollte sich danach umdrehen und wurde im nächsten Augenblick von hinten angesprungen und umgestoßen. Eine Männerstimme rief scharfe russische Befehle. An Deck liegend hob Gant den Kopf und sah den offenen Rachen, die heraushängende Zunge und die weißen Reißzähne eines großen Schäferhundes über sich. Er hörte den Hund aufgeregt heulen, sah sein Kettenhalsband blinken und merkte, wieviel Kraft der bewaffnete Uniformierte aufwenden mußte, um den scharfen Hund zurückzuzerren.

Dmitri Priabin trat so ruhig wie möglich von dem Hund zurück, ohne den Daumen von der Sprechtaste des Funkgeräts zu nehmen. «Weg mit dem verdammten Köter!» brüllte er den Hundeführer an. «Raus damit, verdammt noch mal!»

Priabin dachte an Rodin, das Flugticket, die Maschine nach Moskau und sah alles in unerreichbarer Ferne verschwinden. Als er Gant beobachtete, der sich im Liegen einen Arm vors Gesicht hielt, wallte sein Zorn erneut in ihm auf. Annas Gesicht war inden flackernden Schatten des kleinen Raumes allgegenwärtig. Er wollte Gant noch immer umbringen. O ja, er wollte den Mann töten, der ...

Das Heulen des Schäferhundes verstummte. Sein Führer hatte Respekt vor Priabins Uniform und Dienstgrad – vor sonst gar nichts. Die Rangabzeichen des KGB-Obersten hielten ihn zurück.

«Hier ist alles unter Kontrolle, Serow», knurrte Priabin ins Mikrofon. «Und der Amerikaner ist *mein* Gefangener!» Er grinste unsicher, aber nur solange er Katja ansah, die mit hochgezogenen Schultern neben ihm stand und auf den Schäferhund zielte. Sein Grinsen verschwand, als sein Blick erneut auf den Amerikaner fiel. Er schüttelte den Kopf. «Wo sind Sie, Serow?»

Der andere antwortete nicht gleich. «Sie tun *nichts*, Priabin, verstanden?» befahl er dann scharf. «Ich übernehme hier das Kommando.»

«Natürlich.» Priabin zwang sich dazu, gelassen, scheinbar zuversichtlich zu antworten. «Wir warten auf Sie. Ende.» Er ließ das Funkgerät sinken. «Verschwinden Sie mit Ihrem verdammten Köter!» fauchte er den Hundeführer an. «Ihr Chef ist hierher unterwegs ...» Priabin grinste sarkastisch. «Er hat was gegen *Hunde*!»

Der hechelnde Hund wurde hinausgezerrt. Draußen ertönten gelegentlich Pfeifsignale.

«Sie wollen ihn doch nicht etwa ...?» begann Katja.

Priabins Pistole war wieder auf Gant gerichtet, der sich langsam aufrappelte.

«Was?» Priabin starrte seine Hand, starrte die Makarow an. «Verdammt noch mal, *nein*!» brüllte er – mehr aus Protest gegen seine Handlungsunfähigkeit, als um Katja zu beruhigen. «Schon gut, schon gut», murmelte er dann und schüttelte bedauernd den Kopf. «Serow kann ihn lebend haben – auch wenn *Ihnen* das nicht viel nützen wird, Gant.»

Der Amerikaner zuckte lediglich mit den Schultern.

Serows hastiger Auftritt wirkte geradezu theatralisch. Er schien von Priabins Gesichtsausdruck überrascht und mit der offensichtlichen Festnahme zweier Männer zufrieden zu sein. Die beiden Soldaten, die er mitgebracht hatte, blieben an der Tür stehen, bis er einen von ihnen neben Gant postierte. Serow schob den Tisch beiseite und baute sich in der Mitte des Raumes auf.

«Kedrow, der verschwundene Techniker», stellte er fest, indem er auf die zusammengesunkene Gestalt deutete.

«Kedrow», bestätigte Priabin förmlich. «Seine Festnahme ist Leutnant Gretschkowa zu verdanken.»

Serow schaute kurz zu Katja hinüber, nickte, als habe sie ihm eine Routinemeldung überbracht, starrte erneut Kedrow an und konzentrierte sich zuletzt auf Gant.

«Wie haben Sie ...?» fragte Priabin wider Willen.

«Wir haben seinen Hubschrauber entdeckt», antwortete Serow. «Eine sehr direkte Methode – nicht wirklich raffiniert.» Gants Schweigen und sein hoffnungsloser Gesichtsausdruck schienen ihm zu gefallen. «Wer ist der Kerl, Priabin?»

«Er ist ... Amerikaner.»

«Natürlich! *Mehr* haben Sie nicht festgestellt?»

«Ich weiß, wer mein Gefangener ist, falls Sie das meinen», erwiderte Priabin. «Er heißt Mitchell Gant – früher Major Gant, United States Air Force ... Kommt Ihnen sein Name nicht wenigstens entfernt bekannt vor, Serow?»

Der GRU-Oberst drehte sich aufgebracht um. Dann stand ihm vor Staunen der Mund offen. Priabin lächelte zufrieden.

«Sie kennen ihn also?»

«Der?» Er machte erneut auf dem Absatz kehrt. «Er? Er ist *dieser* Amerikaner?»

«Allerdings, Serow! Offenbar sollte er Kedrow hier rausholen. Sie brauchen Kedrow noch vor der Vertragsunterzeichnung.»

Serow starrte Priabin an. «Seit wann wissen Sie, daß er für die Yankees spioniert hat?» fragte er mißtrauisch.

«Wir sind rein zufällig auf ihn gestoßen», behauptete Priabin wenig überzeugend. «Im Zug einer Drogenfahndung ...»

«Einfach so? Sie sind über einen amerikanischen Spion *gestolpert*, was? Wieviel wissen die Amerikaner?»

«Schwer zu sagen. Jedenfalls genug, um Kedrow von Gant rausholen zu lassen.»

Serow machte eine nachdenkliche Pause. «Gut, wir nehmen die beiden mit – wir müssen feststellen, wieviel die Amerikaner wissen!

Sie, Priabin ... und Sie, Leutnant, sind zu beglückwünschen. Sie haben die Geheimhaltung gewahrt, denn die Yankees haben offenbar nichts in der Hand, sonst hätten sie sich nicht um diesen Dreckskerl bemüht!» Er wandte sich an seine Leute. «Los, abführen!»

Priabin studierte Gants deprimierten Gesichtsausdruck, aus dem Wut und Angst verschwunden waren. Er versuchte, Befriedigung darüber zu empfinden, daß Gant bestimmt nicht mehr lange leben würde. Aber diese Befriedigung wollte sich nicht einstellen.

Rodin. Waleri Rodin. *Blitz.* Darauf kam es jetzt an! Er mußte Serow begleiten, seinen Bericht erstatten und so rasch wie möglich verschwinden, um die Morgenmaschine nach Moskau zu erreichen. Wirklich Pech, daß Serow jetzt auf Gant gestoßen war! Serow war gefährlich, obwohl die beiden Festgenommenen ihn im Augenblick ablenkten. Die Wichtigkeit, die gewaltige Bedeutung des Unternehmens *Blitz* lastete schwer auf Priabins Schultern. Er mußte ruhig und besonnen handeln und dafür sorgen, daß er rasch zu Rodin kam.

Er folgte Serow und Katja aus der Kabine und zog wegen der niedrigen Tür unwillkürlich den Kopf ein. Der Wind warf sich gegen ihn. Gant und Kedrow waren von bewaffneten GRU-Angehörigen umringt, die sie zu einem in der Nähe stehenden Hubschrauber Mi-8 eskortierten. Gant hatte verloren, Kedrow hatte verloren.

Er mußte gewinnen.

Kein Sieg mehr möglich, *jetzt* nicht mehr!

Priabin kämpfte gegen einen Würgreiz an. Er hielt sich den Mund mit seiner behandschuhten Hand zu, versuchte zu schlukken und spürte, wie sein Magen erneut rebellierte – vor Entsetzen und in wachsender Angst um seine eigene Person. Die Dietriche baumelten unbeachtet vom Zeigefinger der anderen Hand. Als sein Klingeln und Klopfen unbeantwortet geblieben war, hatte er Schlimmes vermutet – aber nichts so Schlimmes.

Rodins bläulich verfärbte Haut war kalt. Neben seinem unordentlichen Bett lag ein verräterisches Tablettenröhrchen. Aber

Priabin glaubte dem Schein nicht – das war alles zu offenkundig. Die anderen *wußten*, was er mit Rodin besprochen hatte ...

Priabin trat vom Bett zurück, verließ unsicher das Schlafzimmer, machte hastig das Licht aus und war darauf gefaßt, sofort fliehen zu müssen. Das Wohnzimmer lag im ersten Dämmerlicht des heraufziehenden Tages, als er an dem Fenster stand, durch das er Rodin beobachtet hatte. Auf der anderen Straßenseite vereinzelt Licht, aber in den meisten Wohnungen war es noch dunkel. Es war 6 Uhr – zwei Stunden vor dem Start der Morgenmaschine. Priabin hatte Rodin abholen wollen und ihn tot aufgefunden.

Keine blauen Flecken, aber der Rachenraum war leicht gerötet. Priabin wußte, was hier geschehen war – und wer den Mord befohlen hatte. Serow, der den Eindruck erweckt hatte, als erkenne er an, daß der KGB Gant und Kedrow gefaßt hatte, und Priabin sogar mit gespielter Herzlichkeit nach Hause geschickt hatte, damit er seinen wohlverdienten Schlaf bekomme. Damit er hierher fahren und sehen konnte, daß die Ermordung des jungen Rodin als Selbstmord getarnt worden war.

Jetzt war er mit dem Geheimnis von *Blitz* allein. Gant war unwichtig; die Erinnerung an Anna spielte im Augenblick keine Rolle. Es ging um Priabin selbst – um Leben oder Tod, wie er sich widerstrebend eingestand. Serow hatte ihn in der Hand; Serow wußte bereits alles ...

Dann verschwinde! Sieh zu, daß du die Maschine nach Moskau erwischst! Hau ab – *sofort!*

Beweise ...?

Sie *müssen* dir zuhören!

6.05 Uhr. Ruf den Flughafen an, laß dir bestätigen, daß die Maschine pünktlich abfliegt, und verschwinde. Eine *Falle.* Dieser Gedanke drängte sich ihm auf. Serows Leute konnten bereits vor dem Haus, schon auf der Treppe sein. Priabin sah aus dem Fenster ... nein, noch nicht ... ruf den *Flughafen* an!

Seine behandschuhte Hand nahm den Telefonhörer ab. Am anderen Ende schien es ewig zu klingeln. «Die Maschine nach Moskau!» stieß er hervor, als eine der Hostessen des Aeroflot-Schalters sich endlich meldete. «Fliegt sie heute wie ...?»

«Alle heutigen Flüge sind gestrichen worden.»

«Hören Sie, hier spricht Oberst Priabin vom KGB», knurrte er, obwohl er den Grund für die Streichung bereits ahnte. «Auf meinen Namen ist ein Platz in der Maschine nach Moskau reserviert. Wann fliegt sie?»

«Tut mir leid, Genosse Oberst. Sämtliche Flüge sind gestrichen worden – aus den üblichen Sicherheitsgründen. Routinesache, Genosse Oberst. Tut mir leid, wenn Sie . . .»

«Ich habe heute eine äußerst wichtige Besprechung in Moskau!» blaffte Priabin.

Ihr Tonfall wurde frostiger. «Bedaure, Genosse Oberst – wir halten uns nur an unsere Anweisungen.»

Er begriff, daß weitere Einwände zwecklos gewesen wären. «Ich verstehe», murmelte er. «Stufe Grün ist einen Tag früher ausgelöst worden. Vielen Dank.» Er ließ langsam den Hörer sinken, während er in Gedanken bereits beim nächsten Schritt war.

Er mußte weg von hier. Stufe Grün, die üblichen Sicherheitsvorkehrungen, die jeden Start in Baikonur begleiteten. Der gesamte Komplex wurde von der restlichen Sowjetunion abgeschottet: keine Flüge von und nach Baikonur, keine Züge, keine Fernmeldeverbindungen. Aber diese Vorverschiebung um 24 Stunden – daran war Serow schuld.

Damit war er bereits in Baikonur eingesperrt, von Moskau abgeschnitten. Es gab keinen Grund außer *Blitz*, die Sicherheitsmaßnahmen einen ganzen Tag früher in Kraft zu setzen; es konnte keinen anderen geben. Priabin bemühte sich, logisch zu denken, aber dieser Versuch machte ihn noch ängstlicher. Er wußte nur, daß er keinen *Beweis* in der Hand hatte, weil sein einziger Zeuge zum Schweigen gebracht worden war . . .

Das Tonband! Er war mit Mikrofon und Minisender ausgerüstet gewesen – sein Gespräch mit Rodin war auf Band aufgenommen worden! Michail hatte das Tonband; Priabin hatte es nach Moskau mitnehmen wollen. Es war eine Art Beweis – zumindest ein Anstoß für weitere Ermittlungen.

Michail. Priabin sah auf die Uhr. Michail war jetzt bestimmt zu Hause und verhielt sich wie befohlen möglichst unauffällig. Das Tonband . . .

Kein Flug, keine Züge, kein Funk, kein Telefon. Die Straßen ... vielleicht mit dem Auto? Er brauchte nur bis zur nächsten KGB-Dienststelle in ... in *Aralsk* zu kommen – etwas über zwei Stunden Fahrt. 6.13 Uhr, beeil dich!

Die Angst verringerte sich auch durch das erregende Gefühl, endlich *etwas* tun zu können, nicht merklich. Priabin verließ die Wohnung, wie er sie vorgefunden hatte. Der junge Tote erschien ihm jetzt nicht mehr so fern, so unnahbar: Er hatte seine Stimme auf Tonband; er konnte noch beweisen, daß *Blitz* existierte. Priabin hastete in die Diele hinaus und öffnete vorsichtig die Eingangstür. Der Korridor war menschenleer.

Er ging rasch, aber nicht zu schnell die Treppe hinunter. Der Hausmeister, der vermutlich für Serow arbeitete, sollte nicht auf ihn aufmerksam werden und sich nicht merken, wann der KGB-Oberst das Gebäude verlassen hatte.

Im Grau des heraufdämmernden Tages wehte ihm ein eisiger Wind entgegen. Beeil dich ...

Gennadi Serow bedauerte, Kedrow und den Amerikaner alleinlassen zu müssen, um einen kurzen Besuch zu machen. Sie waren zum Mittelpunkt des Spiels, zum Beweis des Erfolgs geworden. Sie bewiesen, daß die Amerikaner nichts beweisen konnten – daß die Geheimhaltung nach wie vor funktionierte. Und Kedrow mit seinem deprimierten Gesicht gefiel Serow, reizte ihn. Er würde den Spion Kedrow wie einen Fisch ausnehmen; er würde ihn mit Drogen oder Gewalt filetieren – die Methode spielte keine Rolle, es kam lediglich auf die Ausführung an.

Serow stieg aus seinem Dienstwagen. Der Wind jagte Wolkenfetzen über den heller werdenden Himmel. Einer von Priabins Leuten, die das kleine Schwein Rodin überwacht hatten, lebte in dem etwas heruntergekommenen Wohnblock, vor dem der GRU-Oberst ausgestiegen war. Serow marschierte rasch zum Eingang, nachdem er seinem Chauffeur und den drei Männern im zweiten Wagen ein Zeichen gegeben hatte, vorerst sitzenzubleiben.

Er stieß die Glastür auf und betrat die mit Teppichboden ausgelegte Eingangshalle. Ein dünner Nylonboden, aber immerhin Teppichboden – hier wohnten Angehörige der Sicherheitskräfte, einige Techniker, Betriebsleiter. Ihnen standen dieser Teppichboden, zwei Schlafzimmer pro Familie und die Nähe eines *Berioschka*-Ladens und eines Restaurants zu. Und Autos, wie der Parkplatz vor dem Gebäude zeigte. Darüber hinaus gab es hier einen Hausmeister, der Serows Anwesenheit taktvoll ignorierte, sobald er nach einem Blick auf seine Uniform wußte, wen er vor sich hatte.

Die Aufzugtür öffnete sich. Er fuhr in den zweiten Stock hinauf.

Im Korridor begegnete ihm eine Frau, die aus der Wohnungstür kam, an der er hatte klingeln wollen, und sich von ihrer Freundin verabschiedete. Eine unscheinbare, ängstliche, kummervolle Frau in Schwarz mit zwei bedrückten Kindern. Serow ließ die drei an sich vorbei, las den Namen *Schikin* an der Wohnungstür, hinter der sie verschwanden, und ... lächelte.

Er merkte, daß eine andere Frau ihn beobachtete. Nicht eigentlich besorgt, eher neugierig. Serow berührte mit dem in der Rechten gehaltenen Handschuh grüßend seinen Mützenschirm.

«Ist Ihr Mann – KGB-Oberleutnant Michail Schubin – zu Hause?» fragte er knapp.

«Genosse Oberst, ich ...» begann die Frau. Sein Tonfall hatte nicht entwaffnend freundlich klingen sollen, und diese Wirkung war auch nicht eingetreten. Ihr Blick war wachsam, sogar schon etwas besorgt.

«Sie müssen doch wissen, ob er zu Hause ist», drängte Serow. «Ich heiße Serow – ich bin der hiesige GRU-Kommandeur», fügte er lässig hinzu. «Ich möchte Ihren Mann sprechen.»

Er war bereits über die Schwelle getreten. In der Diele vermengten sich Schlafzimmergeruch, Kochdunst und Zigarettenrauch. Serow war schon fast an der Frau vorbei, als sie ihm plötzlich den Weg vertrat und dicht vor ihm her den mit Linoleum belegten Flur entlangging. Er amüsierte sich darüber, wie sie am liebsten vor ihm hergerannt wäre, um ihren Mann zu warnen ...

In der beengten Wohnküche saß Schubin noch ungekämmt mit einer dampfenden Tasse Kaffee am Küchentisch. Auf dem Schoß hatte er einen kleinen Jungen, der ein Spielzeugauto auf der aufgeschlagenen neuen *Prawda* hin und her schob. Darunter lag eine

Tischdecke – sauberes Leinen, nicht etwa Wachstuch oder gar Zeitungspapier. Serow registrierte genau alle Details, die ihm Dienstgrad, Gehalt und Vorrechte des am Tisch Sitzenden verraten hätten, wenn sie ihm nicht schon bekannt gewesen wären. Die Frau trat an den Herd und drehte das Gas unter einem Eierkochtopf kleiner.

«Michail», begann sie vorwurfsvoll, «Oberst Serow ist gekommen, um mit dir ...»

Schubin setzte den Kleinen auf den Tisch. Sein Blick war unruhig und ausweichend. «Genosse Oberst», begrüßte er Serow mit einem Nicken, das fast eine Verbeugung war. «Was kann ich ...»

Serow hob abwehrend die Hand und nahm am Küchentisch Platz, ohne die Aufforderung dazu abzuwarten. Der KGB-Offizier setzte sich ebenfalls und nahm seinen Sohn wieder auf den Schoß. Seine Frau kümmerte sich angelegentlich um die Eier, die längst hartgekocht sein mußten.

«Ich will gleich zur Sache kommen, Schubin», begann Serow, räusperte sich und legte seine Handschuhe auf den Tisch neben das jetzt unbeachtete Spielzeugauto.

«Kaffee, Genosse Oberst?» fragte die Frau vom Herd aus.

«Ja, danke. Schwarz.»

Schubin zündete sich eine Zigarette an und paffte sie nervös. Serow war der Überzeugung, Priabin habe ihn eingeweiht – oder es gab eine Aufzeichnung des Gesagten – und offenbar auch gewarnt. Auf Michails Gesicht erschienen strenge, tiefe Falten, so sehr bemühte er sich, gelassen zu wirken. Serows Blick glitt von seinem Haar über seinen Bademantel, unter dem sein Schlafanzug sichtbar war, und nach unten zu seinen abgetretenen Filzpantoffeln. Lauter Schwächen, Nachteile. Serow hätte beinahe geseufzt, weil er voraussah, mit welcher Leichtigkeit er bekommen würde, was er haben wollte.

Die Frau servierte ihm den Kaffee in einer Tasse, nicht in einem Keramikbecher, wie ihr Mann ihn benützte.

«Zucker?»

Er hob abwehrend die Hand. Schubin trank nervös einen Schluck Kaffee. Serow wandte sich an ihn: «Sie und einer Ihrer

Kollegen haben bis in die frühen Morgenstunden eine bestimmte Wohnung überwacht, nicht wahr?»

Der KGB-Offizier schluckte trocken und versuchte den Kopf zu schütteln. Sein kleiner Sohn hatte nach seinem Auto und einem von Serows Handschuhen gegriffen. Serow hielt seine Hand fest, nahm ihm den Handschuh weg und drückte dabei fest zu. Der Kleine stieß einen Schrei aus und begann zu weinen. Schubin starrte ihn wie gelähmt an, bis seine Frau ihm den Jungen wegriß, ihn zu trösten versuchte und die schmerzende Hand küßte.

«Warum antworten Sie nicht?» faßte Serow nach. Die Frau war mit dem Kind ans Fenster zurückgewichen; sie blieb jedoch in der Küche, und ihre Anwesenheit erleichterte Serow die Arbeit. «Na?»

«Ich . . . Genosse Oberst, Sie sollten sich an Oberst Priabin wenden. Er ist mein Vorgesetzter und . . .»

Serow schlug mit der Faust auf den Tisch, daß der Kaffee überschwappte und Flecken auf dem Tischtuch und der Zeitung hinterließ.

«Ihr Vorgesetzter ist möglicherweise ein Verräter!» brüllte er los. «Ich rede mit *Ihnen*, Schubin – verstanden? Mit Ihnen!»

Der Junge weinte. Serow hob abwehrend die Hand, als seine Mutter ihn hinauszutragen versuchte. Der Mann ihm gegenüber war aschfahl geworden.

«Genosse Oberst, ich . . . ich . . .»

«Sie haben nur einen Befehl ausgeführt, das ist mir klar. Jetzt führen Sie einfach meine Befehle aus. Was ist zwischen den beiden vorgegangen?»

«Ich weiß es nicht, wirklich nicht.»

«Ein Tonband, Mann! Sie wollen mir doch nicht weismachen, daß Oberst Priabin mit Leutnant Rodin gesprochen hat, ohne das Gespräch aufzunehmen? Seid ihr beim KGB wirklich so nachlässig?» Serow schüttelte gespielt vorwurfsvoll den Kopf. «Natürlich nicht! Also – worüber haben die beiden gesprochen?»

«Genosse Oberst, meine Familie . . .»

«Ganz recht!» bestätigte Serow nickend. «Ihnen bleibt gar nichts anderes übrig. Los, raus mit der Sprache!»

«Das Gespräch ist aufgezeichnet worden, aber . . .»

«Ja?»

«Wir ... ich meine, wir haben nicht mitgehört!» Das klang glaubhaft. Der Mann hatte ein Tonband, aber er hatte es nicht abgehört und wußte wenig oder gar nichts. Das spielte allerdings keine Rolle. Er würde mit Priabin und den anderen liquidiert werden, sobald *Blitz* angelaufen war. Vielleicht konnte man ihn sogar am Leben lassen, aber Priabin mußte ausgeschaltet werden. «Wir wissen *nichts*, Genosse Oberst!»

«Warum ist Leutnant Rodin überwacht worden? Nein, bleiben Sie sitzen – das Band können Sie mir später holen. Sie haben's *hier*, was?» Schubin nickte. «Ich will wissen, was hier in den letzten Wochen vorgegangen ist – der Sohn eines Generals unter Überwachung? Ein GRU-*Offizier* wird vom KGB bespitzelt? Höchst ungewöhnlich! Los, raus mit der Sprache!»

Alles verletzte ihn zutiefst: jede neue Einzelheit, die ihm den ... *sybaritischen* Lebensstil seines Sohnes vor Augen führte, wirkte sich als tiefer Schock aus.

Diese *Gewänder* hinter den Lamellentüren des Einbaukleiderschranks! Grelle Farben, Seide, enggeschnittene Lederhosen, die Hemden an Frauenblusen erinnernd, die Schuhe, sogar die fast dekadenten Hausschuhe, die Bade- und Hausmäntel – jedes Stück beleidigte seine Augen, während er hilflos weiter die Garderobe seines Sohnes sichtete. Dies war nicht die Garderobe eines *Mannes,* eines *Soldaten* ...

Er schob die Türen so heftig zu, daß sie fast aus ihren Schienen gesprungen wären. Er konnte nicht länger in diesen ... Spiegel des Privatlebens seines Sohnes blicken. Als er sich abwandte, fiel sein Blick auf das Bett. Er hatte Waleris Körper mit der Tagesdecke verhüllt, aber es nicht über sich gebracht, sein Gesicht zu bedekken. Selbst als er jetzt den Toten anstarrte, wurde sein Zorn keineswegs geringer. Sein Sohn ... sein *Sohn*! Waleri! *So* zu leben und zu sterben ...!

Er wandte den Blick von den kalten Zügen seines Sohnes und stapfte aus dem Schlafzimmer ins Bad und riß die Wandschränke auf. Cremes, Make-up, Puder und ... Drogen. Das Silberlöffelchen an seiner dünnen Silberkette: wie ein *Orden* getragen, verdammt noch mal! Wie ein Orden getragen . . .

Er griff nach einer Handvoll der kleinen Päckchen. Weißes Pulver. Er riß die Plastikhüllen auf, bekam das weiße Zeug auf die Hände, bis er wie ein Bäcker aussah . . . ließ Wasser laufen, wusch sich die Hände, wusch das Kokain ab.

Angst hatte ihn hierhergeführt. Angst um . . . ja, um Waleri, aber vor allem Angst *vor* Serow. Angst um Waleri – und nun hatte er ihn *so* vorgefunden . . .

Sein Kopf sank herab, als wolle er sich übergeben; seine Arme zitterten, als er sich auf den Waschbeckenrand stützte. Er spürte, wie Haß seinen Körper erbeben ließ, als leide er an Schüttelfrost. Haß auf Waleri, auf all diese Cremes, Puder, Farben, Parfüms und Drogen, von denen seine Gedanken nicht mehr loskamen. Er hatte keinen Schlaf gefunden, aber das hatte nicht an dem bevorstehenden Start, nicht einmal an *Blitz*, sondern nur an seinem Sohn gelegen. Und jetzt hatte er einen Blick ins Privatleben seines Sohnes geworfen, das ihn zu verspotten schien.

Warum hatte Waleri das getan? Welche Angst, welcher Schmerz oder welche Verzweiflung hatte ihn dazu getrieben? Warum nur? Wovor hatte Waleri Angst gehabt?

Liebe . . .? Er schluchzte laut. Diese Vorstellung entsetzte ihn, aber er konnte ihr nicht ausweichen. Liebe? Er starrte den ins Bekken schießenden Wasserstrahl an und stöhnte. Liebe . . .? Waleri sollte diesen *Schauspieler* geliebt haben? Ausgeschlossen!

Während das Bad sich mit dem Dampf des vergeudeten heißen Wassers füllte, gewann er allmählich die Fassung zurück. Er drehte das Wasser ab, verließ das Bad, ging ins Wohnzimmer und nahm den Telefonhörer ab.

Ein Krankenwagen – ohne nähere Erklärungen. Die Mutter des Jungen mußte benachrichtigt werden. Die Todesnachricht würde ihr das Herz brechen, das seit vielen Jahren nur noch für Waleri geschlagen hatte. Aber das war eine Pflicht, deren Erfüllung ihm leichtfiel. Er würde sie benachrichtigen, sobald . . .

Er wählte und starrte dabei aus dem breiten Wohnzimmerfenster auf die fleckige Betonfassade des Gebäudes auf der gegenüberliegenden Straßenseite, über die kaltes Sonnenlicht flimmerte.

Dmitri Priabin zitterte wie im Fieber und schlang die Arme um seinen Oberkörper. In dieser Haltung lehnte er kraftlos an seinem Wagen.

Die Frau beobachtete ihn aus einem Fenster der Wohnung. Zuvor hatte sie ihn nicht eingelassen, hatte vorgegeben, Michail sei nicht zu Hause und habe ihr nicht gesagt, wann er zurückkommen werde. Dann war die Realität hinter ihren fadenscheinigen Ausflüchten zum Vorschein gekommen: Priabin erinnerte sich an ihre Stimme durch die einen Spalt weit geöffnete Wohnungstür – *Bitte gehen Sie, gehen Sie weg, lassen Sie uns um Himmels willen in Ruhe, warum können Sie uns nicht in Ruhe lassen?*

Er hatte Michails Gegenwart dicht hinter der Tür gespürt. Das Schluchzen der Frau hatte erstickt geklungen, als presse sie ihr Gesicht an die Brust ihres Mannes. Priabin hatte mit der Faust gegen die wieder geschlossene Tür geschlagen, obwohl er Verständnis für die Bitte der Frau hatte. Der Lärm hatte Wiktors Frau – *Witwe* – dazu gebracht, ihre Wohnungstür zu öffnen. Sie hatte ihm einen anklagenden Blick zugeworfen und sich dann wortlos in ihre Wohnung zurückgezogen, in der neugierige Kinderstimmen rasch verstummten.

... gehen Sie weg, wir können Ihnen nicht helfen, Genosse Oberst ...

Er hatte nicht einmal gegen Michails Worte aufbegehrt, sondern einfach die Angst akzeptiert, die aus ihnen sprach.

... hat das Tonband, Genosse Oberst. Bitte gehen Sie weg ...

Er hatte nichts. Der Chrom des Wagens glitzerte im kalten Sonnenschein. Priabin konnte nicht aufhören zu zittern. Nur Serow konnte Michail und seine Frau so sehr eingeschüchtert haben, daß sie nicht einmal wagten, seinen Namen auszusprechen. Es mußte Serow gewesen sein, der jetzt das Tonband hatte und damit wußte, daß Priabin über das Unternehmen *Blitz* informiert war.

... und Dmitri Priabin *wußte* mit absoluter Gewißheit, daß Serow die Ermordung Waleri Rodins befohlen hatte. Er hatte es natürlich gleich gewußt, aber dies war die Bestätigung. Serow würde Michail wie Wiktor liquidieren lassen – und er würde ... ja, Serow würde auch ihn ermorden lassen.

Seine Angst konzentrierte sich. Serow war sein Feind; Serow

mußte er fliehen; Serows Vorhaben mußte er verhindern. Priabin hatte bereits versucht, zu funken oder zu telefonieren – beides ohne Erfolg, weil Baikonur vollständig von der Außenwelt abgeschirmt war. Er konnte weder die Moskauer Zentrale noch die keine 150 Kilometer nordwestlich von hier liegende nächste KGB-Dienststelle in Aralsk erreichen. Er konnte nur ...

... hinfahren, nach Aralsk fahren, die über Baikonur liegende Abschirmung durchbrechen und sich von Aralsk aus mit der Zentrale in Verbindung setzen. Ohne Beweise, ohne einen Fetzen Beweismaterial? *Fahr los!* versuchte er sich selbst zu befehlen und hörte seine innere Stimme sagen: *Nur noch einen Augenblick, bis ich mich ein bißchen erholt habe ... steig ein, vielleicht überwachen sie Michails Wohnung, um dich abzufangen, wenn du das Tonband abholen willst!*

Auf diese Idee war er bisher nicht einmal andeutungsweise gekommen. Er versuchte sich dazu zu zwingen, sich nicht allzu auffällig nach Fenstern und geparkten Wagen umzusehen. Dann stieg er in den Wolga, ließ den Motor an, legte den ersten Gang ein und sah sich nach allen Seiten um, als beobachte er die Straße, bevor er anfahre. Beim zweiten Blick in den Rückspiegel sah er sie ...

Zwei undeutlich erkennbare Gestalten in einem kleinen, unauffälligen hellbraunen Polski Fiat. Unter seinem Heck quoll weißlicher Auspuffqualm hervor. Vor wenigen Augenblicken war sein Motor noch nicht gelaufen. Sie hatten gewußt, daß er kommen würde; sie hatten hier auf ihn gewartet.

Priabin gab Gas, aber nicht zu heftig, und fuhr auf die fast leere Staatsstraße hinaus, die zwischen Fluß und Eisenbahn nach Westen und dann nach Nordwesten führte. An ihrem Ende – jenseits von Aralsk, Orenburg, Kuibyschew und Rjasan – lag Moskau ... fast 2500 Kilometer weit entfernt. Priabin schluckte trocken und versuchte sich auf Aralsk zu konzentrieren. Er brauchte lediglich die dortige KGB-Dienststelle zu erreichen ...

Wo waren wohl die Straßensperren errichtet worden? Wo würde er angehalten werden? Anhalten würden sie ihn bestimmt ... der braune Wagen folgte ihm mit fast lässiger Gewissheit. Priabin befand sich in einer für ihn gänzlich neuartigen Lage: in der eines ... Straftäters, eines Gejagten. Er wußte nicht, was er unter diesen Umständen tun sollte: Er hatte nie die Erfahrung gemacht, ein Mann ohne Dienstgrad und Autorität zu sein. *Was soll ich bloß tun, verdammt noch mal?*

Priabin kam an einem Restaurant vorbei, in dem er einst mit Wiktor und dessen Frau gegessen hatte, erinnerte sich daran, an der jetzt geschlossenen Tankstelle getankt zu haben, und sah die dahinter ausgehobenen Baugruben, aus denen niemals die geplanten Wohn- oder Fabrikgebäude emporgewachsen waren. Dann lag bedrückend weites, offenes Land vor ihm, umgab ihn auf allen Seiten.

Nowokasalinsk! sagte er sich plötzlich. Bis dorthin reichte der Hochsicherheitsbereich bei Stufe Grün entlang dieser Straße nach Westen. Großer Gott, warum war ihm das nicht schon früher eingefallen? Er fuhr nicht schneller als achtzig, obwohl seine angespannten Nerven ihn dazu drängten, mit Vollgas zu fliehen. Er mußte vorgeben, es nicht eilig zu haben; er mußte die Illusion wahren, er befinde sich auf einer ganz gewöhnlichen Dienstfahrt.

Neunzig. Priabin verringerte den Druck aufs Gaspedal. Die Heizung des Wolgas schien noch schlechter als sonst zu funktionieren: Ihn fröstelte trotz seines Uniformmantels. Der braune Wagen blieb weiter im Rückspiegel sichtbar. Priabin warf einen Blick auf die Autouhr. 9.17 Uhr . . . drei Stunden, seitdem er in Waleri Rodins Schlafzimmer gewesen war, seitdem er die Leiche des jungen Mannes entdeckt hatte – *drei vergeudete Stunden!* Telefon, Funk, der Versuch, die Zentrale zu erreichen – er hatte fast augenblicklich gewußt, daß er nicht durchkommen würde, aber er hatte es hoffnungsvoll immer wieder versucht.

Nur um sich jetzt von der GRU beschattet auf dieser Straße wiederzufinden und genau zu wissen, daß die Sicherheitsmaßnahmen der Stufe Grün ihn an der Weiterfahrt hindern würden. Er würde nur bis Nowakasalinsk kommen, keinen Meter weiter.

Schon wieder neunzig . . . Priabin verringerte seine Geschwindigkeit, ohne darüber nachzudenken. 9.19 Uhr. Ungefähr 15 Kilometer von den Wohnblöcken entfernt, noch rund 40 Kilometer zu fahren – wozu die Mühe. *Noch vierzig.*

Er dachte kaum noch an Gant. Eigenartigerweise erschien der Amerikaner ihm jetzt fast unwichtig. Serow hatte Gant, der so gut wie tot war. Hatte er sich vielleicht nie an ihm rächen wollen? Doch, doch ... er hatte nur nie mit dieser Möglichkeit gerechnet ... und jetzt mußte er an sich selbst denken. Waleri Rodins Leiche auf dem Bett stand ihm deutlicher vor Augen als Annas leblose Gestalt in seinen Armen. Rodin war der Beweis für Serows Macht und seine Entschlossenheit: Wenn er wegen *Blitz* ermordet worden war, würde Serow auch Priabin beseitigen lassen.

Hellbraunes Auto, das runde blaue Loch in Annas blasser Stirn, Rodins entspannte Körperhaltung, Serow, der ihn beobachtete, Kedrows kindlich verzweifelter Blick, hellbraunes Auto, Rodins Leichnam, hellbraunes Auto, hellbraunes Auto ... Er hätte am liebsten am Straßenrand gehalten, vielleicht sogar ein Gebet gestammelt, wie er's als kleiner Junge getan hatte – Tod seines Vaters, Verlust eines Lieblingshasen, Diebstahl aus der Geldbörse seiner Mutter –, aber irgendwie hielt er den Wagen auf der Straße, setzte seine zwecklose Vorwärtsbewegung fort.

Vor dem Hintergrund der schmaler werdenden Straße zeichnete sich eine Ansammlung schwarzer Silhouetten vor dem blassen Himmel ab. Die Fahrzeuge sperrten die Straße; Priabin erkannte eine mit rot-weißen Kegeln begrenzte Gasse und sogar eine Sperre. Ein Lastwagen, Männer in gelben Regenjacken, die Markierungskegel aufstellten, vier, fünf Militärfahrzeuge ... sogar ein Kantinewagen: ein heruntergekommener grauer Anhänger mit seitlich angeordneter Theke. Auch dort wieder Männer.

Ziegelmauer. Aufprall. Priabin durchzuckte es eisig, als stehe ihm tatsächlich ein Auffahrunfall bevor. Also nicht erst in Nowokasalinsk. *Hier* – sie warteten eigens auf ihn ... Serows GRU-Schergen.

Der hellbraune Wagen hinter ihm wurde ebenfalls langsamer, um den bisherigen Abstand zu wahren. Vor ihm schwenkte einer der Offiziere die Arme, als wolle er Umfang und Bedeutung dieser Straßensperre betonen. Priabin wußte, daß seine Fahrt zu Ende war. Er brachte den Wolga 2500 Kilometer von der Moskauer Zentrale entfernt zum Stehen.

12

Einzelhaft

Kedrows auf einem Lehnstuhl festgeschnallte Gestalt wirkte angespannt und widerspenstig, als kämpfe sie gegen die Fragen an, die durch seinen Kopf summten und surrten. Auf seiner Stirn standen tiefe Falten, weil er sich zu konzentrieren, zu leugnen versuchte. Er war gespannt wie eine aufgezogene Uhrfeder und trotzdem völlig hilflos – ein Gegensatz, der Serow amüsierte und befriedigte. Kedrows Lippen und Zunge schienen seiner Willenskraft nicht mehr zu gehorchen: Er konnte nicht anders, als die Fragen der Vernehmungsoffiziere zu beantworten.

Kedrows Pupillen waren unnatürlich geweitet, wenn man berücksichtigte, daß er mit dem Gesicht zum Fenster saß. Sein Blick war zu glänzend und dabei völlig ungläubig – wie stets bei solchen Vernehmungen unter dem Einfluß von Wahrheitsdrogen – *Warum rede ich? Ich will nicht reden!* Diese Unfreiwilligkeit, diese kindische Schwäche und Unfähigkeit war jedesmal wieder ein befriedigendes Schauspiel. Serow besaß Kedrow und den Amerikaner; er hatte ihnen alles – selbst ihren Willen – genommen. In Kedrows Fall beherrschte er sogar den Verstand des Mannes.

Serow rieb sich sein erst vor kurzem rasiertes Kinn. Er war mit den Erfolgen, die er in dieser Nacht erzielt hatte, sehr zufrieden. Rodin, Kedrow, der amerikanische Pilot – dessen Geschichte er von diesem Idioten Adamow gehört hatte, der gefesselt in der Kabine der Mi-24 aufgefunden worden war. Die Stücke waren wie Glückskarten gefallen. Serow war zuversichtlich, sogar ein wenig aufgeregt. Er wußte, daß er auch Priabin bald in seiner Gewalt haben würde. Sobald die Zeit dafür reichte, würde der Amerikaner ... *ausgenommen* werden, bis er alles preisgegeben hatte, was er wußte.

«Wie lange spionieren Sie schon für die Amerikaner, Kedrow?»

«Was haben Sie ihnen verraten?»

«Wieviel wissen Sie?»

«. . . Ihre Funksprüche abgesetzt?»

Serow beobachtete, wie der Gefesselte seinen Mund, der ihm

nicht länger gehörte, zu beherrschen versuchte. Dann begann der Spion hilflos, sich mit stotternder Stimme selbst zu belasten.

«... Fahrradgeschäft ... verstehen Sie nicht? ... amerikanisches Gerät ...»

Einer seiner Leute, der hinter dem sich windenden Kedrow stand, deutete mit einem Schulterzucken an, wie einfach diese Vernehmung sei. Der GRU-Oberst nickte leicht, um anzudeuten, daß er seine Belustigung teile.

«... jede, jede Woche ... weiß nicht, kann mich nicht ... *erinnern* ... hab' ihnen gesagt, gesagt ... nein, *nichts* gesagt ... hab' ihnen gesagt, wann, wann ... Ankunft aus Semipala ... patalinsk ... palatinsk ...» Sein Hemd war durchgeschwitzt, sein Gesicht schweißnaß. «... wissen *nichts,* gar ... alles ...!»

«Erzählen Sie uns, was die Amerikaner wissen.»

«Welche Termine, welche Zeiten kennen sie?»

Und so würde es weitergehen. Allerdings nicht mehr lange. Er sah auf seine Armbanduhr. 9.49 Uhr. «*Blitz?*» fragte der GRU-Oberst scharf, weil seine Ungeduld seine bisherige Befriedigung beeinträchtigte. «Was wissen Sie über *Blitz*? Was haben Sie dem KGB über *Blitz* erzählt?»

Kedrow sah nicht einmal zu ihm hinüber, sondern starrte weiter blicklos geradeaus. Aber er beantwortete seine Fragen, ohne zu zögern.

«... nichts ... nicht gefragt, nichts, hab's ihm gesagt ... weiß nichts, weiß, *weiß*! ... gehört – auf dem Klo gehört! – gehört, nichts gesagt ...» Seine Stimme brabbelte weiter, während der Mann sich hilflos in seinen Fesseln wand.

Priabin hatte seine Informationen also von Rodin, nur von Rodin. Ein weiteres Puzzleteilchen, das sich befriedigend einfügen ließ. Nachdem Serow angedeutet hatte, daß er keine weiteren Fragen mehr habe, sah er einen seiner Leutnants an der Tür stehen und ihn mit einer dringenden Bewegung hinausbitten. Er machte den anderen ein Zeichen, die Vernehmung fortzusetzen, und ging zur Tür.

«Was gibt's?» knurrte er und schloß die Tür, hinter der Kedrow weiterbrabbelte.

«Genosse Oberst, General Rodin ist *hier*!» Im ersten Augenblick verstand Serow nicht, weshalb der Leutnant so besorgt wirkte. Dann fiel es ihm wieder ein.

«Beruhigen Sie sich! Sie wissen von nichts, verstanden? Und wenn Sie sich nicht zusammenreißen können, gehen Sie ihm aus dem Weg. Verstanden?» Ausschuß – ständig hatte er's mit Ausschuß zu tun! Dieser Kerl hatte mitgeholfen, den jungen Rodin zu liquidieren – und jetzt machte er sich Sorgen, weil der Alte aufkreuzte! «Wo ist der General?»

«In Ihrem Dienstzimmer, Genosse Oberst.»

«Danke. Verschwinden Sie und trinken Sie einen Kaffee, Mann! Und hören Sie auf, sich in die Hose zu machen. Los, los . . .»

Serow entließ ihn mit einer Handbewegung und drehte sich nach der Treppe um. Warum sollte er auf den Aufzug warten, wenn er nur in den nächsten Stock wollte? Unterwegs setzte er eine Miene auf, aus der Begeisterung und Erfolg sprachen: Wenn er sein Dienstzimmer betrat, mußte es so aussehen, als wolle er Rodin melden, Kedrows Vernehmung sei sehr erfolgreich gewesen. Was der General ihm zu erzählen hatte, würde dann wie eine kalte Dusche für seine Begeisterung wirken müssen.

Serow betrat sein Arbeitszimmer mit strahlendem Lächeln.

«Genosse General, Kedrow packt rückhaltlos aus!» begann er, indem er über den hochflorigen Teppichboden schritt. Rodin stand am Fenster und starrte auf den Platz hinunter. «Die Amerikaner sind offenbar informiert, aber sie haben keine *Beweise,* keinen . . .» Er machte eine Pause, bevor er scheinbar betroffen fortfuhr: «Was haben Sie, Genosse General? Sie . . . ist Ihnen nicht gut? Bitte . . .» Er wies auf einen Besuchersessel. Rodins Gesicht war aschfahl: eine Trauermaske. Er hatte seinen toten Sohn gesehen. «Was ist passiert, Genosse General? Was gibt's?»

Rodin hielt Serows Arm umklammert – vielleicht nicht nur haltsuchend.

«Waleri . . .» Mehr brachte er nicht heraus.

«Ihr Sohn, Genosse General. Ja, was ist los . . .?»

«Mein Sohn ist tot.»

Rodin ließ Serows Arm nicht los, so daß der GRU-Oberst keinen dramatischen halben Schritt von dem Alten zurücktreten konnte.

«Tot ...? Das verstehe ich nicht ...»

Rodins Augen tasteten sein Gesicht ab, wie die Fingerspitzen eines Blinden einen Text in Blindenschrift lesen. Serow ließ Schock, Besorgnis, Mitgefühl erkennen. Dann gab Rodin seinen Arm frei und drehte sich wieder nach dem Fenster um.

«Selbstmord», flüsterte er. Serow sackte etwas in sich selbst zusammen. Er wunderte sich über seine nervöse Anspannung.

«Selbstmord? Wie können Sie ...?»

«Ich hab' ihn *gesehen*!» jammerte Rodin. «Ich hab' ihn tot aufgefunden.» Er drehte sich nach Serow um. «Wer? *Warum?* Was hat ihn dazu gebracht? Wer ist dafür verantwortlich?» Der General wandte sich ruckartig ab. Sonnenlicht umgab seine Gestalt mit einer Aura. «Sind Sie's gewesen, Serow?»

«Ich ...?»

«Indem Sie diesem Schauspieler zugesetzt, ihn liquidiert haben? Oder dieser KGB-Oberst? Wer hat ihn in den Tod getrieben?»

«Ihr Sohn ist vernommen, vielleicht sogar unter Druck gesetzt worden ...»

«Dieser *Priabin*!» knurrte der Alte. «Was will er? Warum hat er sich für Waleri interessiert? Im Zusammenhang mit einer Drogenfahndung?»

«Vielleicht. Vielleicht auch wegen einer anderen Sache.»

Rodin drehte sich rasch um. «*Blitz?* Das kann ich nicht glauben ...»

«Wer weiß, was er vermutet, General?»

«Dann stellen Sie's fest!»

«Sollen wir ihn verhaften?»

«Ja, wenn's sein muß. Wenn er, *wenn* er ...» Seine Stimme versagte, und er wandte sich erneut ab. «Stellen Sie fest, ob er dafür verantwortlich gewesen ist, Serow.»

«Zu Befehl, Genosse General!»

«Ich will ... mein Sohn wird nach Moskau überführt und dort mit militärischen Ehren beigesetzt, verstanden? Sie treffen die nötigen Vorbereitungen. Von irgendwelchen ... Unregelmäßigkeiten darf nicht einmal andeutungsweise die Rede sein. Er ist in Ausübung seines Dienstes gestorben – ist das klar?»

«Völlig, Genosse General.»

«Ich will wissen, ob dieser Mann den Selbstmord meines Sohnes verschuldet hat, Serow.»

«Das werden Sie erfahren, Genosse General.»

Danach folgte langes Schweigen. Serow trat leise an seinen Schreibtisch, während Rodin angestrengt aus dem Fenster starrte. Mit seinen hängenden Schultern und dem etwas schiefgelegten Kopf wirkte er plötzlich gebrechlich. Serow blätterte in den Meldungen auf seinem Schreibtisch.

Afghanistan? Er überflog die Meldung rasch. Das war's also ... sonst hätte er's nicht geschafft. Offenbar war sein Tankhubschrauber abgeschossen worden – das paßte zu Adamows verrückter Story, die Mi-24 sei an einer Tankstelle am Amudarja betankt worden. Serow grinste. Der Amerikaner war weitergeflogen, hatte nicht aufgegeben. Wie verzweifelt die Yankees auf der Suche nach Beweisen sein mußten, wie verzweifelt ...

Er hob den Kopf. Rodin starrte ihn an.

«Ich möchte diesen Amerikaner sehen – *den* Amerikaner.» Sein Gesicht hatte wieder den gewohnten leicht hochmütigen Ausdruck angenommen.

«Wie Sie wünschen, Genosse General.»

«In welcher Verfassung ist er?»

«Müde und niedergeschlagen – deprimiert, Genosse General, nicht mißhandelt.»

«Wie schätzen Sie ihn charakterlich ein?»

«Ein zäher Bursche. Bei ihm werden wir Zeit brauchen.»

«Und er ist völlig allein gewesen?»

«Ihr letzter verzweifelter Schachzug, Genosse General. Davon bin ich überzeugt. Sie wissen etwas, aber ohne Beweise sind sie machtlos. Deshalb mußten sie versuchen, Kedrow rauszuholen, anstatt ihn hier schmoren zu lassen.»

«Ihre Fahndung nach weiteren Amerikanern ist nicht eingestellt worden?»

«Nein, sie geht weiter. Aber ich bin sicher, daß ...»

«Gut, gut.» Rodin seufzte, als sei er in Gedanken wieder woanders. «Dann ist *Blitz* also nicht gefährdet – aber dieser Mann, dieser KGB-Oberst ... er könnte reden?»

«Mit wem, Genosse General? Wir haben Stufe Grün ausgelöst.

Er ist abgeschnitten – sozusagen in einer Festung gefangen. Er kann keine Verbindung zur Außenwelt aufnehmen.»

«Verhaften Sie ihn trotzdem!» knurrte Rodin. «Lassen Sie Priabin sofort verhaften!»

Präsident John Calvin blieb auf dem oberen Absatz der Passagiertreppe der Airforce One stehen und winkte den Fernsehkameras und den Fotografen, die ihn mit einem Blitzlichtgewitter verabschiedeten, noch einmal zu. Er unterdrückte das Gefühl, hier in einer Schmierenkomödie aufzutreten, das ihm auf der Fahrt vom Weißen Haus zur Andrews AFB zugesetzt hatte. Noch während er sich auf diesen Spießrutenlauf zwischen den Kameras vorbereitet hatte, war er sich wie ein Schauspieler vorgekommen, der sein Drehbuch verloren hat. Aber jetzt konnte er die von ihm erwartete Rolle spielen.

Er winkte lächelnd. Das Blitzlichtgewitter hielt an, und obwohl er den Kameras am liebsten den Rücken zugekehrt hätte, hielt er ihnen lächelnd stand. Die First Lady war bereits an Bord – gemeinsam mit Außenminister Remsburg, Dick Gunther, den Stabschefs, seinen Beratern und seinem Pressesprecher. Alle ... die ganze Bande von Lügnern und Schauspielern.

Er hatte seine Rede ohne Stocken oder unvorhergesehene Pausen gehalten, aber sie hatte ihn angestrengt. *Meine amerikanischen Mitbürger ... am Donnerstag werden wir Geschichte machen ...* Hohn und Spott. Er blickte über die Kameras hinweg zu den in einiger Entfernung stehenden Neugierigen hinüber: ein Meer aus anonymen schwarzen, braunen und weißen Gesichtern. *Meine amerikanischen Mitbürger, ich reise nach Genf, um den größten Verrat zu begehen, den je ein Amerikaner an seinem Land verübt hat ...*

Calvin winkte zum letzten Mal, zog dann den Kopf etwas ein und verschwand im Inneren der Airforce One. Uniformen, Anzüge, militärische Ehrenbezeugungen, Händedrücke. Die blasse, erleichterte Miene seiner Frau. Er klopfte ihr auf die Schulter und ging an ihrem Platz vorbei auf Remsburg und Dick Gunther zu.

«Nichts ... gar nichts?» fragte er scharf.

«Mr. President, jetzt sind's zwölf Stunden her, daß ...» begann

Dick Gunther. Der CIA-Direktor gesellte sich wie ein Mann zu ihnen, der sich seiner Aufnahme nicht sicher ist. Sein Gesicht war eingefallen; seine Lider waren vor Schlafmangel geschwollen. Calvin betrachtete ihn mit dem Widerwillen, mit dem er in diesem Augenblick sein eigenes Spiegelbild angestarrt hätte.

«*Zwölf* Stunden! Und Sie wissen noch immer nicht mehr? Was passiert dort drüben, verdammt noch mal?»

Die Operatoren und Techniker dieser fliegenden Kommandozentrale machten bewußt einen weiten Bogen um die kleine am Kartentisch versammelte Gruppe. Hohe Offiziere standen unschlüssig im Hintergrund. Calvin sah, daß seine Frau Danielle ihn sorgenvoll beobachtete, als fürchte sie, er sei krank oder habe sich überanstrengt. Auch der Kommandant der Airforce One wartete im Hintergrund: eine weitere unschlüssige Gestalt in Uniform. Sie *alle* wußten, was gespielt wurde, verdammt noch mal!

«Wir haben keinen Funkspruch erhalten . . . überhaupt nichts, Sir», berichtete der Direktor. Remsburgs Hamsterbacken zitterten, als er bedauernd den Kopf schüttelte. Gunther zuckte lediglich mit den Schultern.

«Dann habe ich also nichts in der Hand?»

«Sie könnten versuchen, mit Nikitin zu reden, wenn Sie vor der Vertragsunterzeichnung mit ihm zusammentreffen», schlug Gunther vor. «Auf Zeit spielen . . . einfach behaupten, wir wüßten alles . . . vielleicht sogar eine Fernsehansprache, um seinen Bluff zu entlarven?»

«Damit käme ich nie durch, Dick – das wissen Sie so gut wie ich!» Calvin blickte über ihre Köpfe hinweg und fauchte den Kommandanten an: «Warum, zum Teufel, fliegen wir nicht endlich los, Colonel?» Der Luftwaffenoffizier grüßte wortlos und verschwand. Die Stabschefs versammelten sich um den Kartentisch wie an einem Grab. Calvin lief ein eisiger Schauer über den Rükken. Sie verachteten ihn bestimmt schon – aber er konnte nicht auf Zeitgewinn setzen . . . nicht einmal das. Die Weltöffentlichkeit forderte seine Unterschrift. «Okay, okay, setzen wir uns also.»

Als er sich neben Danielle niederließ und ihre Hand tätschelte, warf er einen Blick aus dem Fenster. Die Menge war jetzt zu einer anonymen fernen Masse geworden, aber er spürte ihren Druck ebenso stark, als umgebe sie das Flugzeug auf allen Seiten.

Ohne Beweise konnte er die Vertragsunterzeichnung nicht hinausschieben. Ohne Beweise ...

Die Airforce One rollte zum Start; Calvin schluckte trocken, als fürchte er, luftkrank zu werden – oder habe Angst vor einem Unfall beim Start. Danielle griff nach seiner Hand.

Calvin schüttelte trübselig den Kopf, als wolle er dadurch dem Anrollen des Flugzeugs entgegenwirken. Morgen würde er mit Nikitin zusammentreffen ... Er sah auf seine Uhr: *heute,* am Mittwoch. Es war 0.10 Uhr am Mittwoch morgen. Heute in Genf. Nur 24 Stunden vor der Vertragsunterzeichnung ... und er konnte Nikitin weder hinhalten noch bluffen, noch zum Aufdecken seiner Karten auffordern, weil der sowjetische Generalsekretär dann in einer Fernsehansprache verlangen würde, der amerikanische Präsident solle der verzweifelten Welt erklären, warum er sich weigere, den von Milliarden erwarteten Abrüstungsvertrag zu unterzeichnen. Und solange er keine Beweise vorlegen konnte, würden die Laserwaffen wie eine Science-fiction-Erfindung wirken; Nikitin würde über seine Anschuldigungen lachen.

Er hatte versagt, restlos versagt. Er hatte versagt und war im Stich gelassen worden. Diese Männer um ihn herum hatten ihn im Stich gelassen: Sie waren nur durch Zufall auf das gutgehütete Geheimnis der Russen gestoßen. Gant hatte ihn im Stich gelassen, indem er irgendwo auf halber Strecke wegen Treibstoffmangels abgestürzt war. *Alle* hatten ihn im Stich gelassen!

12.00 Uhr – 24 Stunden vor dem Raumfährenstart ... nein, 28 Stunden, verbesserte Priabin sich fieberhaft. Der Start sollte mit der Vertragsunterzeichnung in Genf zusammenfallen, und Baikonur war ... *es waren 29 Stunden!* Der Zeitunterschied zwischen Baikonur und Genf betrug vier Stunden, und der Start war für morgen nachmittag angesetzt. Priabin fuhr sich mit einer Hand durch sein bereits zerzaustes Haar und wunderte sich darüber, wie genau er es mit der Zeit nahm. Die Zeit spielte schließlich keine Rolle mehr.

Er sah, daß Katja jede seiner Bewegungen verfolgte – wie ein treuer Hund oder ein sprungbereites Raubtier? Sein Hund schlief erschöpft zusammengerollt in einem wuscheligen Haufen vor dem Heizkörper. Wann war Katja mit ihm zurückgekommen? Vor einer halben Stunde – bevor sie über *Blitz* informiert worden war. Eine Zeit der Unschuld.

«Tut mir leid», stieß er hervor. «Ich hätte Ihnen nichts davon erzählen sollen ... Ich habe Sie in Gefahr gebracht.»

Katja schüttelte den Kopf. «Das spielt keine Rolle», murmelte sie, aber Priabin spürte, daß es ihr nicht recht war, daß er ihr sein Geheimnis anvertraut hatte. Sonnenschein fiel über seinen Schreibtisch und ihre blassen Hände, die sie auf der Schreibtischplatte gefaltet hielt, über ihre Beine, die in hautengen Jeans steckten und die sie übereinandergeschlagen hatte. «Jetzt spielt's keine Rolle mehr ...»

Er trat neben sie und griff nach ihrer Schulter. Katja zuckte zusammen. «Doch, es spielt eine Rolle!» widersprach er mit zusammengebissenen Zähnen. «Es ist wichtiger als alles andere auf der Welt!»

Sie starrte ihn fast wild an. «Was, zum Teufel, wollen Sie dann dagegen unternehmen, Genosse Oberst?» Er ließ ihre Schulter los, als habe er einen elektrischen Schlag bekommen, und Katja drehte sich ganz nach ihm um. «Dudin behauptet, erkältet zu sein, der Funkraum ist versiegelt und wird bewacht, Sie können lediglich Ortsgespräche führen, die Ausfallstraßen sind gesperrt ... *Ich* kann nichts tun – und was haben *Sie* vor?»

Priabin, der wieder ans Fenster getreten war, drehte sich nach Katja um. Ihre lauten Stimmen schienen den Hund neugierig, sogar ängstlich gemacht zu haben. Sein Schwanz klopfte einen leisen Trommelwirbel am Heizkörper.

«*Es tut mir leid*, daß ich Ihnen davon erzählt habe; es ... es ist mir einfach so rausgerutscht ... Bitte glauben Sie mir, Katja, daß ich *Sie* keineswegs in diese Sache hineinziehen wollte!» Er fuhr sich erneut durchs Haar und begann auf und ab zu marschieren. «Ich weiß nur nicht, was ich tun soll! Ich *kann* auch gar nichts tun!»

An der Straßensperre war er höflich, aber bestimmt aufgefordert worden, zu wenden und nach Baikonur in seine Dienststelle zurückzufahren. GRU-Angehörige unter dem Befehl eines jungen Hauptmanns . . ., aber das hatte nichts zu besagen gehabt. Die Uniformierten hatten ihre Handfeuerwaffen deutlich sichtbar getragen und durch ihre Haltung signalisiert, daß sie ihren Auftrag, Priabin aufzuhalten, unter allen Umständen erfüllen würden. Sogar ein Hubschrauber war aufgetaucht und hatte ihn auf der Rückfahrt in die Stadt begleitet. Alles war ganz einfach gewesen . . . Kehren Sie bitte um, Genosse Oberst, so ist's recht.

Und er war umgekehrt. Und er hatte hier gesessen und einen Notizblock vollgekritzelt wie ein Psychiater, der Alpträume protokolliert – mit Einfällen und Plänen, die sich unmöglich in die Tat umsetzen ließen –; er war auf und ab gelaufen oder hatte Kaffee getrunken und geraucht. Die Luft in seinem Dienstzimmer war blau von Zigarettenrauch. Aber alles vergebens! Es gab keine Lösung. Er konnte Baikonur nicht verlassen, und Serow, der wußte, wieviel *er* wußte, würde bald die Initiative ergreifen.

Er trat ans Fenster. Jedes der Autos dort unten, jeder der vielen ihm unbekannten Wagen, konnte seine Dienststelle überwachen. Serow brauchte sich nicht zu beeilen, denn schließlich saß er hier fest! Priabin stöhnte laut und sah auf Katjas Gesicht Überraschung und Verachtung zugleich, als er sich nach ihr umdrehte.

«Was erwarten Sie eigentlich von mir, verdammt noch mal?» erkundigte er sich schuldbewußt. «Was *kann* ich überhaupt tun?» Sein lahmer Faustschlag auf die Schreibtischplatte war eine schwache Bekräftigung. «Entschuldigung», murmelte er mit einer unschlüssigen Handbewegung. «Tut mir leid, Katja. Manchmal wünsche ich mir fast, Gants Unternehmen wäre geglückt!» Er starrte sie an. «Und Sie wissen, wie schwer mir *diese* Überlegung fällt!»

«Können wir denn *gar nichts* tun?» Sie hob die Hände, als wolle sie sich ergeben.

«Was?» fragte er schreiend laut. «*Ich,* nicht wir – kann *ich* denn gar nichts tun? Das ist mein Problem – Sie halten sich da raus!»

«Aber ich *weiß* doch davon!»

«Dann vergessen Sie's wieder!» Er rieb sich den Kopf, begann wieder auf und ab zu gehen und scheuchte den alten Hund mit einer Handbewegung auf seinen Platz zurück. Plötzlich blieb er vor der Wandkarte stehen, hielt den Kopf leicht zur Seite geneigt und umfaßte sein Kinn mit der rechten Hand.

«Was suchen Sie?» wollte Katja schließlich wissen. Als Priabin keine Antwort gab, stand sie auf und trat neben ihn.

«Nach Aralsk sind's etwas über hundertfünfzig Kilometer», murmelte er, als denke er laut nach. «Mir bleibt noch reichlich ein Tag ... sagen wir ein halber Tag, wenn ich mich nachts verstecken will.»

«Wie?» fragte sie knapp.

«Ich muß hinmarschieren.» Er wandte sich an Katja. «Ich kann nicht untätig dasitzen und das Unvermeidliche abwarten.» Seine weit aufgerissenen Augen schienen durch sie hindurchzublicken.

«Das schaffen Sie nicht – nicht in einer Nacht, nicht in vierundzwanzig Stunden.»

«Ich kann aber nicht bleiben!» knurrte er. «Ich will nicht wie der arme Rodin enden! Durch ‹Selbstmord› mit Tabletten oder einen Sturz aus dem zehnten Stock! Serow *weiß*, daß ich alles weiß – begreifen Sie das nicht, Katja?» Er hatte sie an den Oberarmen gepackt und schüttelte sie wie ein ungehorsames Kind, mit dem er die Geduld verloren hatte. «Ich hab' schreckliche Angst, Katja, und muß irgendwas unternehmen. Ich habe Angst um mich, um Sie, sogar um Kedrow – ich habe Angst um die ganze Welt, wenn diese Verrückten sich durchsetzen!» Er merkte nicht mehr, wie schmerzhaft sein Griff war. «Angst um die ganze verdammte Welt!»

«Dmitri!» schrie sie. Priabins Blick kehrte zu ihr zurück: Er spürte ihre Arme, ließ sie los und schüttelte den Kopf, als bemühe er sich, wieder klar denken zu können.

Katja rieb sich vorsichtig die Oberarme.

«Entschuldigung, ich ...»

«Schon gut.» Sie zwang sich dazu, ihre Hände von den Armen zu lassen. «Das schaffen Sie nicht», wiederholte sie. «Die Strecke ist zu weit.»

«Dann muß ich eben ein Auto, einen Lastwagen oder einen gottverdammten Traktor stehlen, sobald ich den Sicherheitsbereich hinter mir habe!»

Sie trat zwei Schritte von ihm zurück, dachte über seinen verzweifelten Plan nach und hatte Angst um ihn.

«Ich brauche Proviant, Winterstiefel, meine Pistole ... Sie kümmern sich bitte um den Hund?»

Katja nickte geistesabwesend. Sie war sich darüber im klaren, daß er irgend etwas unternehmen mußte, aber sie konnte sich nur einen Fehlschlag und seinen Tod vorstellen. *Blitz* erschien ihr noch immer irreal – zumindest weniger real als die Feindseligkeit Serows. Aber sie konnte nicht klar *denken,* solange er unaufhörlich redete!

«... einen Rucksack, eine gute Karte ... am besten schlage ich mich durch die Sümpfe ... fünf bis sechs Kilometer pro Stunde ... wenn ich bis hierhin fahre ...»

Unten vor dem Gebäude fuhr ein Lastwagen vor. Ein olivgrüner Militärlaster.

«... wann kann ich ungefähr hier sein? Hmm, um acht, halb neun außerhalb des Sperrgebiets. Ich muß mehr über das dortige Gelände, über die Sicherheitsmaßnahmen in Erfahrung bringen ...»

Soldaten, GRU-Angehörige, kletterten unter der hochgeschlagenen Plane hervor: sechs Soldaten und ein Offizier, der auf dem Beifahrersitz gesessen hatte.

«Dmitri ...»

«... landwirtschaftlich genutztes Gebiet ... folglich müßte ich weiter nach Westen, wenn ich ein Fahrzeug finden will – vielleicht bis zu dieser Straße hier.»

«Genosse Oberst ...»

Die Soldaten blickten zu den Fenstern auf und schwärmten dann aus, um die beiden Ausgänge zu besetzen. Der Offizier und zwei Soldaten marschierten zum Haupteingang. Katja drehte sich so hastig um, daß Priabins Teleskop ins Wanken geriet.

«... eine Kolchose, ja? Richtig, hier liegt noch eine – wie weit entfernt?»

«Genosse Oberst!» schrie sie.

Priabin drehte sich sichtlich verblüfft nach ihr um. «Was gibt's denn?»

«Es ist zu spät – sie sind da!»

«W-wer?» stotterte Priabin betroffen. Katja starrte ihn wortlos an. Sein Gesichtsausdruck zeigte, daß er allmählich begriff, was sie gesagt hatte. Er trat mit eckigen Bewegungen neben sie ans Fenster – gerade noch rechtzeitig genug, um die Dreiergruppe im Gebäude verschwinden zu sehen.

«Was sollen wir tun?»

«Sie müssen verschwinden! Los, raus mit Ihnen, Katja! Sie haben nichts mit dieser Sache zu schaffen – Sie gehen in Ihr Dienstzimmer und tun so, als hätten Sie die ganze Zeit über gearbeitet. Los, *beeilen Sie sich!*»

Er hielt sie am Arm gepackt und schob sie vor sich her zur Tür.

«Aber was wird aus Ihnen?»

Priabin schüttelte den Kopf. «Das hängt davon ab, was sie von mir wollen . . . *Sie* wissen jedenfalls von nichts, verstanden?»

«Was soll ich tun, wenn Sie verhaftet werden . . .?»

«Nichts! Sie können *nichts* tun, außer den Kopf einzuziehen.» Mischa stand auf und schüttelte sich mit hängender Zunge. «Nehmen Sie den Hund mit», forderte Priabin Katja auf. Er öffnete die Tür, schob sie mit dem Hund ins Vorzimmer hinaus und knurrte seine Sekretärin an: «Leutnant Gretschkowa ist nicht hier gewesen – ich bin den ganzen Vormittag allein gewesen, verstanden?»

Seine Sekretärin, die ihn verblüfft angestarrt hatte, nickte wortlos.

«Ich muß . . .» begann Katja.

«Nichts, begreifen Sie doch, Katja – nichts! Verschwinden Sie endlich.»

Dmitri Priabin schloß die Vorzimmertür hinter ihr und spürte, daß ihm der Schweiß auf der Stirn stand. Seine Sekretärin, die Witwe eines KGB-Offiziers, starrte ihn besorgt an.

«Wir bekommen Besuch – von der GRU. Vielleicht wollen sie mit mir reden, vielleicht werde ich abgeholt . . . bloß eine Routinepanik!» Er rang sich ein zittriges Grinsen ab. «Nichts, worüber Sie sich den Kopf zerbrechen müßten. Aber denken Sie daran, daß ich keinen Besuch gehabt und nicht einmal mit Ihnen gesprochen habe!» Priabin, zu seiner Tür zurückgegangen, hielt die Klinke in der Hand und sah sich nach seiner Sekretärin um, die nervös nickte. «Sie stellen sich einfach dumm, Katja. Der GRU-Offizier will *mich* sprechen. Schicken Sie ihn einfach zu mir hinein.» Er nickte ihr aufmunternd zu, lächelte schwach und schloß die Tür hinter sich.

In seinem Dienstzimmer starrte Priabin die Wandkarte mit tiefstem Bedauern an, bevor er sich in den Drehsessel fallen ließ, sich hastig eine Zigarette anzündete und eine entspannte Haltung einzunehmen versuchte, um glaubhaft den Überraschten spielen zu können . . .

. . . das Gesicht seiner Sekretärin, dann die massive Gestalt des GRU-Offiziers, der sie beiseitedrängte. Zwei Soldaten folgten ihm in den Raum. Priabins Sekretärin murmelte eine Entschuldigung, und er nickte ihr beruhigend zu, bevor er sich an den GRU-Major wandte. Ein Major . . . das bedeutete Verhaftung.

«Was gibt's, Genosse Major? Was hindert Sie daran, sich anmelden zu lassen?» erkundigte er sich mit gespielter Lässigkeit – und mit einer gewissen Schärfe, die ihm half, seine Angst zu überwinden.

«Oberst Priabin?» fragte der Major ungerührt: seiner Autorität sicher, aber an bestimmte Regeln gebunden. Ein Scherge Serows.

«Allerdings! Was wünschen Sie, Genosse Major? Wie Sie sehen, bin ich ziemlich beschäftigt.» Priabin deutete auf seinen Schreibtisch, zog an der Zigarette und blies den Rauch gegen die Decke. «Brauchen Sie zwei Mann Eskorte, nur um mit mir zu sprechen?»

«Oberst Priabin, ich muß Sie bitten, uns zur GRU-Dienststelle zu begleiten . . .» Der Major ignorierte Priabins Versuch, ihn zu unterbrechen. «Oberst Serow wünscht Sie zu sprechen.»

«Oh? In welcher Sache denn?»

«Zu weiteren Auskünften bin ich nicht befugt, Genosse Oberst», wehrte der Major steif ab. «Sollten Sie sich weigern, mitzukommen . . .»

«Ich verstehe, Genosse Major – ich bin verhaftet!» brüllte Priabin los. Die beiden Soldaten beobachteten ihn aufmerksam, als er aufsprang. Er fühlte sein Selbstbewußtsein rasch schwinden. «Verhaftet!» wiederholte er mit fester Stimme. «Lächerlich!»

Dieser Scherge war nicht sein Feind, und er hatte das ungleiche Duell satt. Damit vergeudete er lediglich Zeit und Energie. Er würde all seine Geistesgaben, all seine Kraft und Gerissenheit für seine Begegnung mit Serow brauchen, der sein eigentlicher Feind war. Wenn er sein Leben retten wollte ...

«Kommen Sie, wir gehen, Genosse Major!» knurrte Priabin. «Na, wird's bald? Ich kann nicht den ganzen Tag lang warten – los, gehen wir endlich!»

Sie waren bereits daran, ihn fertigzumachen. Vielleicht würde es Schläge geben, vielleicht auch nicht; Demütigungen, Drogen, Hunger, halbes Ertränken ... das Ganze konnte Wochen oder Stunden dauern. Die Methode blieb ihnen überlassen. Er stand vor der Wahl, so lange wie irgend möglich auszuhalten oder gleich zusammenzuklappen. Wofür er sich entschied, war nicht weiter wichtig, denn das Ende war vorausbestimmt: Nachdem er wie der arme Teufel Kedrow, dessen Rettung ihm mißglückt war, kaputtgemacht worden war, würden die verbliebenen Reste beseitigt werden müssen.

Gant beobachtete, wie seine ineinanderverkrampften Hände zitterten – nicht nur vor Kälte, sondern auch vor Angst. Er fror, er hatte Hunger – beides gleich unangenehm –, und die Zellenwände schienen in seiner Phantasie immer näher zusammenzurücken. Er wartete auf das erste Verhör, die ersten Schmerzen oder den Persönlichkeitswandel, der durch Drogen hervorgerufen werden würde. Gant zitterte noch heftiger. Er wußte, daß er zuviel nachdachte ... Und noch schlimmer war, daß er sich eingestand, daß seine Lage aussichtslos war.

Die Tür! Er konnte ein erleichtertes Aufseufzen – die Angst folgte ganze Sekunden später – nicht unterdrücken, als die Zellentür geöffnet wurde. Die Erinnerung an die Grube, in der ihn der Vietcong in einem vietnamesischen Dorf gefangengehalten hatte, verflog wieder. Er blickte fast mitleiderregend eifrig auf.

Essensgeruch. Einer der beiden war mit einer Maschinenpistole bewaffnet und blieb im Hintergrund, während der andere das Essen brachte. Dünne Kohlsuppe, die im nächsten Augenblick über den Rand des Blechnapfs schwappte und über Gants Fliegerkombi lief und einen Ärmel seiner Lederjacke tränkte ... Er stieß einen unterdrückten Wutschrei aus und wäre beinahe aufgesprungen.

Der Uniformierte mit der Maschinenpistole riß seine Waffe hoch. Gant sackte entlang der eiskalten Wand zusammen, hielt die Hände gegen seine Oberschenkel gepreßt und war auf Schläge oder Tritte gefaßt. Der Wärter neben ihm grinste; sein bewaffneter Kollege strahlte Vorfreude aus. Gant zuckte unwillkürlich zusammen. Der Wärter öffnete vor sich hinlachend seinen Hosenschlitz und begann auf Gants einzige Wolldecke zu urinieren. Gant blieb unbeweglich hocken und starrte die Flecke auf seinem Overall an. Der Wärter pfiff vor sich hin, als benütze er eine öffentliche Bedürfnisanstalt. Beide Männer beobachteten Gant erwartungsvoll.

Dann war der Wärter fertig.

«Hätt' mehr Bier trinken sollen!» rief er nach hinten, während er seinen Reißverschluß zuzog.

«Was du Pissen nennst, ist sowieso keine Kopeke wert.»

Die Beiläufigkeit dieser Demütigung war schlimmer als eine Tracht Prügel. Eine klare Feststellung: Du hörst zu existieren auf.

«Willst du auch mal?»

«*Ihn* bepissen, meinst du? Nö, das heben wir uns für später auf.»

Gant starrte in den gekachelten Flur hinaus, von dem er durch die offene Tür einen rechteckigen Ausschnitt sah. Die beiden hatten die Tür offengelassen, um ihn weiter zu unterminieren. Die Tatsache, daß Gant wußte, was sie damit bezweckten, half ihm nicht weiter. Der Urin stank, aber Gant bewegte sich nicht. Draußen im Korridor waren Stiefel, ein regelmäßiges Quietschen und Stimmengemurmel zu hören.

Die fahrbare Krankentrage kam genau vor Gants Zellentür zum Stehen. Er erkannte Kedrows Profil, sah seinen wild starrenden Blick und hörte das kaum verständliche Lallen des noch immer unter Drogenwirkung Stehenden. Gant wußte, was ihm damit vor Augen geführt werden sollte: So sieht auch *deine* Zukunft aus! Zwei Wärter in weißen Kitteln warfen einen Blick in seine Zelle. Kedrow brabbelte, kreischte, leugnete, gestand, willigte ein, lehnte ab ...

In der Zelle schien es dunkler geworden zu sein. Gant stöhnte leise, umschlang seinen Oberkörper mit den Armen und ließ den Kopf hängen. Er wußte, daß ihn der Tod erwartete. Sobald sie alles aus ihm herausgeholt hatten, was er wußte, auch den letzten Rest an Informationen.

Kedrow . . .

Gant stöhnte laut. Wut und Zorn wären zwecklos gewesen. Er hatte keine Zukunft, nicht als er selbst. Keine Zukunft . . .

Auf dem stählernen Laufgang vor den hohen Fenstern hatte er das Gefühl, endlich imstande zu sein, nicht nur auf das Hauptmontagegebäude und seinen Inhalt, sondern auch auf die jüngsten Ereignisse herabzublicken. Jenes entsetzte und entsetzliche Schweigen am anderen Ende der Telefonverbindung mit Moskau, das angehalten hatte, bis er gefürchtet hatte, sein Kopf könnte darunter zerspringen. Als auf seine Fragen keine Antwort gekommen war, hatte er schließlich widerstrebend aufgelegt. Er *hatte* ihr sagen wollen, es sei Selbstmord gewesen – und er hatte ihr den vermutlichen Grund dafür nennen wollen –, aber dann hatte er es doch nicht über sich gebracht . . .

Er versuchte, sich auf die Szene unter ihm zu konzentrieren, um auf andere Gedanken zu kommen. Uniformen, weiße Kittel, die Raumfähre *Raketoplan,* die Laserwaffe – jetzt montiert und bei der letzten Überprüfung –, Uniformen, Uniformen . . . Die Wiederholung, die Bilder, die Augen und Gedanken füllten, ließen ihn wieder klar denken. Er konnte sich Waleri allmählich als . . . als einen Soldaten vorstellen. Das Odium seiner jüngsten Vergangenheit fiel von ihm ab wie Taubenkot von der Statue irgendeines Helden. Ja, eine gereinigte Statue . . . ja, so würde er ihn in Erinnerung behalten. Er atmete leichter, und seine Brust schien sich zu weiten, als atme er frische, kühle Morgenluft ein. Auch sein Verstand war wieder hellwach und aufnahmefähig.

Rodin sah sich um und winkte einen in der Nähe stehenden Technischen Offizier heran. Der Oberst mit Mütze, Schal, Mantel und Handschuhen hatte erst vor kurzem den Laufgang betreten. Sein breites Gesicht war von der draußen herrschenden Kälte gerötet. Trotz seiner Sorgen lächelte Rodin ihm entgegen: Er begrüßte in ihm einen Mann, der seine Geheimnisse, seine Auffassungen und seine Herkunft teilte.

«Na, Suslow? Wie steht's mit dem Expreßaufzug am Startturm? Na, Mann, na?»

Suslow, der noch nach Atem rang, grinste triumphierend. «Ja, er funktioniert wieder, Genosse General – einwandfrei!»

Die hinter Rodin versammelte kleine Gruppe Technischer Offiziere umringte Suslow und gratulierte ihm. Der General wandte sich ab, umklammerte mit beiden Händen das Geländer und betrachtete die Raumfähre, in deren Frachtraum der Killersatellit transportiert werden sollte. Die Laserwaffe war jetzt fertig montiert. Rodins Blick glitt über ihre einzelnen Bestandteile: Gastanks, Spiegel, Röhre und Nukleargenerator, der erst unmittelbar vor dem Aussetzen des Satelliten aktiviert werden sollte.

«Voll einsatzbereit ...» murmelte der General. Suslow stand neben ihm, umfaßte ebenfalls das Geländer und blickte wie Rodin aufs gelobte Land hinab.

«Ja, Genosse General», bestätigte er geistesabwesend. «Wir liegen wieder im Zeitplan.»

Rodin drehte sich nach ihm um. «Wir müssen uns an die Vorgaben des Politbüros halten», wies er Suslow widerstrebend an. «Der Start soll mit der Vertragsunterzeichnung zusammenfallen – wegen der Fernsehübertragung. Um zwölf Uhr in Genf ... unsere Raumfähre soll um diese Zeit ihre Kreisbahn erreichen. Das haben Nikitin und die anderen alten Weiber so gewünscht.» Er lächelte Suslow beruhigend zu. «Keine Angst, Juri – *hier* ist ein offenes Wort nicht gefährlich!» Er drehte sich erneut nach der hinter ihm auf dem Laufgang wartenden Gruppe von Offizieren um.

«Bilder!» sagte Rodin und schnalzte mit den Fingern, als sei ihm eine originelle Idee gekommen. «Ich möchte, daß ab sofort Dokumentarfotos gemacht werden, Juri. In Politbüro und *Stawka* gibt's Männer, die nichts verstehen, was sie nicht im Bild sehen!» Die Offiziere seines Stabes lächelten mit Verschwörermiene. «Ja, und andere werden genießen wollen, was wir als Augenzeugen miterlebt haben. Das Einladen der Laserwaffe, das Frachtabteil, die an Bord gehende Besatzung, der Start selbst ... alles!» Er sah auf seine Armbanduhr. «*Mittagessen*, meine Herren!» kündigte er mit gezwungener Heiterkeit an. «Später bleibt zum Essen kaum mehr Zeit!»

«Ja, ja!» fauchte er ungeduldig, während seine Augen Marschall Saizew, den Verteidigungsminister, anfunkelten. «Dies ist weder der rechte Ort noch der rechte Zeitpunkt für Pressionsversuche, Genosse Marschall.» Nikitins Stimme klang warnend. Seine Handbewegung umfaßte den Privatsalon im Abfertigungsgebäude, sein uniformiertes und ziviles Gefolge und die Reporter in der hintersten Ecke des Raumes. «Was ich zu bewilligen bereit bin, bewilligt auch das Politbüro . . .»

«Aber, Genosse Generalsekretär, der revidierte Haushaltsansatz entspricht nur einem Bruchteil der tatsächlich benötigten Mittel!»

«Hören Sie auf damit, Saizew. Sollen wir mit *Lasern* Flüsse umleiten, Wüsten bewässern und Menschen ernähren? Sie bekommen ausreichende Mittel für Forschung und Entwicklung, sobald wir der Überzeugung sind, daß Sie sie *brauchen*!» Seine Handbewegung schnitt jeglichen Protest ab. Nikitin ließ den Minister stehen und starrte aus dem Fenster auf das von Schneewällen gesäumte Vorfeld des Moskauer Flughafens Domodedowo hinaus. Eine dick vermummte Menschenmenge hatte sich versammelt – oder war herangekarrt worden –, um bei seinem Abflug zugegen zu sein. Nikitin war sich bewußt, daß er vor einem historischen Flug stand, von dem er vermutlich Hoffnung heimbringen würde. So würden es auch die Amerikaner – und mit ihnen große Teile der Weltöffentlichkeit – sehen.

Obwohl Saizew oft den Realisten spielte, würde er die verdammte Armee natürlich bis zum letzten Atemzug verteidigen. Deshalb hatte Nikitin ein Ablenkungsmanöver gebilligt: die Entwicklung der Laserwaffe. Die Militärs konnten mit ihrem neuen Spielzeug spielen und es größer und besser machen – während das Volk aß und fernsah. Ja, das war ein guter Handel gewesen – und den Amerikanern gegenüber zugleich ein im Ärmel versteckter Trumpf. Eigentlich fast ein Idealzustand . . .

. . . wenn Saizew und seine Kumpane nicht wieder mehr Geld gefordert hätten – und das ausgerechnet jetzt!

«Wir müssen los», erklärte er dem Fenster und dem wolkenverhangenen Himmel dahinter. Nikitin drehte sich nach dem Verteidigungsminister um. «Ja, ja», beschwichtigte er ihn fast tolpatschig. «Nicht so *böse*, Genosse Marschall! Sie werden sehen, daß ich recht behalte . . .» Er schlug Saizew herzhaft auf die Schulter und sah zu den wartenden Reportern hinüber. «Kommen Sie, stellen Sie sich für die Fotos neben mich.» Er winkte den Politikern, Beamten und Offizieren seiner Begleitung zu. «Los, los, wir wollen uns für die Nachwelt knipsen lassen!» Der Generalsekretär lachte schallend. Dann stieß er Saizew an. «Und vergessen Sie nicht, zu lächeln, Genosse Marschall. Wir sind hier auf einer Hochzeit, nicht auf einer Beerdigung!»

13

Der Schlüssel zum Gefängnis

Serow zündete sich umständlich eine weitere Zigarette an. Sein breites, stumpfes Gesicht schüchterte allein durch seine Umrisse und Linien ein. Seine Augen funkelten. Priabin erkannte einen Stimmungsumschwung bei dem GRU-Kommandeur. Die beiden saßen sich seit über einer Stunde in Serows Dienstzimmer gegenüber, und Priabin war bisher neutral unkooperativ gewesen.

«Langsam hab' ich's satt mit Ihnen, Priabin», stellte Serow nachdrücklich fest, indem er sich nach vorn beugte, so daß das schräg einfallende Sonnenlicht seinen Gesichtsausdruck noch verstärkte. Ärger, Frustration, Ungeduld. Auf der anderen Seite konzentrierte Priabin sich auf seine Rolle: die des unschuldig Verdächtigten, eines Mannes von Autorität.

«Was wollen Sie noch, Serow?» fragte er beinahe verächtlich. «Wie oft soll ich Ihnen noch sagen, daß ich nicht weiß, wovon Sie reden? Ja, ich habe Rodin aufgesucht, nein, ich habe ihm nicht zugesetzt, ja, sein Tod tut mir leid, nein, es ist um Drogenhandel gegangen.» Er hob die Hände. «Was erwarten Sie sonst noch von mir?» Priabin beugte sich nach vorn und spielte seinerseits den Verärgerten. «Wann wird eigentlich anerkannt, daß ich unseren Freund Gant gefaßt habe – *und* diesen Kedrow?»

Priabin lehnte sich mit dem Ausdruck selbstgefälliger Überlegenheit zurück und zündete sich ebenfalls eine Zigarette an . . .

Vorsichtig, damit er den Rauch nicht zu gierig einsog. Dies war seine erste Zigarette, seitdem er sein Dienstzimmer verlassen hatte.

«Sie blöder kleiner Scheißkerl», murmelte Serow, indem er Priabin aufgebracht und verächtlich anstarrte.

«Sind Sie mit Ihren Fragen fertig, Serow? Ich hab' viel zu tun – genau wie Sie. Kann ich jetzt gehen?»

«Nein, Sie bleiben!» knurrte Serow.

Priabin wollte aufstehen. «Ich halt's für sinnlos, hier . . .»

«Hinsetzen!» brüllte Serow so laut, daß Priabin unwillkürlich zusammenfuhr. «Setzen Sie sich, Sie eingebildeter kleiner Scheißkerl, damit ich Ihnen erzählen kann, was von jetzt an passieren wird!»

Priabin gab sich größte Mühe, mit einer gewissen Nonchalance die Schultern zu zucken. Serow war körperlich bedrohlich; seine Vernehmungsmethode war einfach und brutal, altmodisch und direkt: Sie machte angst. Priabin setzte sich langsam, schlug die Beine übereinander, streifte Zigarettenasche in den Porzellanaschenbecher auf dem Schreibtisch und blickte zu Serow auf.

«Gut, machen Sie schon weiter, Serow. Was regt Sie so auf – ein Autoritätskonflikt? Sind wir uns gegenseitig ins Gehege gekommen?»

Serow blieb stehen. «Einen Autoritätskonflikt kann's nicht geben, denn Sie verdanken *Ihre* Autorität einzig und allein mir!»

«Aha. Was haben Sie dann, zum Teufel? Schlafstörungen? Ist das der Grund für Ihre . . .»

«Ein kleiner Klugscheißer, was?» Serow nahm seufzend Platz. «Soll ich Ihnen erzählen, was einem *Ihrer* Gefangenen zugestoßen ist?» Er lächelte humorlos. «Kedrow hat's leider nicht überstanden. Er hat uns alles erzählt, aber ich weiß nicht, wie geistesverwirrt er aufwachen wird. Trotzdem . . .» Er zuckte mit den Schultern. «Wir haben rausgekriegt, seit wann er für die Amerikaner gearbeitet, was er ihnen verraten . . . und sogar was er von dem Unternehmen *Blitz* mitbekommen hat.»

«Von *welchem* Unternehmen?»

«Zu gut einstudiert, Priabin – zu gut. Ich *weiß*, daß Sie mit Rodin darüber gesprochen haben – ich hab' das Tonband von Ihrem Freund Michail. Ich weiß *alles*!»

«Schön für Sie, Serow.» Priabin konnte nicht verhindern, daß seine Stimme zitterte, und Serow schlug hämisch lachend mit der flachen Hand auf den Schreibtisch.

«Soll ich Ihnen sagen, warum wir uns über eine Stunde lang duelliert haben?»

«Wahrscheinlich macht's Ihnen Spaß.» Priabin drückte sorgfältig seine Zigarette aus.

Serow nickte. «Das auch», gab er zu, «wenn ich reichlich Zeit habe. Aber in Ihrem Fall hat mich interessiert, wie lange Sie leugnen würden, das zu wissen, was Sie tatsächlich wissen. Offenbar ziemlich lange.» Er zupfte sich nachdenklich an der Unterlippe. «Jetzt weiß ich sicher, daß Sie mit allen Mitteln versuchen werden, diese Nachricht unter die Leute zu bringen, stimmt's?»

«Wie bitte?»

«Sie wollen's irgend jemand erzählen, nicht wahr? Sie wollen das schlimme Geheimnis, das Sie entdeckt haben, jemand anvertrauen: der Moskauer Zentrale, dem Politbüro . . . meinetwegen dem einbalsamierten Lenin in der Kremlmauer! Deshalb sind Sie an der Straßensperre gewesen; deshalb haben Sie zu funken versucht. Sie hätten zu mir kommen, mir alles berichten und mir einreden müssen, Sie stünden voll und ganz auf unserer Seite. Warum haben Sie das nie versucht?»

Priabin räusperte sich. «Darauf bin ich nicht gekommen», antwortete er leise.

Serow lachte meckernd und schlug erneut auf den Schreibtisch. «Ihr Parteischönlinge seid doch alle gleich!» spottete er. «In Ihrer schneidigen Uniform halten Sie sich wohl für unsterblich, was? Aber die nützt Ihnen jetzt nichts mehr, Freundchen!» Er unterstrich seine Worte, indem er wieder und wieder auf den Schreibtisch schlug. «Dafür kriegen Sie zwanzig Jahre – wenn Sie nicht gleich ganz verschwinden. Auch *Sie* können verschwinden, lautet unser Motto!» Er mußte vor Lachen husten. «Wie wir jetzt weitermachen, hängt ganz von Ihnen ab», fuhr Serow fort. «Wollen Sie das Wahrheitsserum? Soll Rodin glauben, sein Sohn sei durch Ihre

Vernehmungen in den Tod getrieben worden? Oder wollen Sie ... auspacken?»

«Was soll ich Ihnen denn erzählen?» erkundigte sich der KGB-Oberst fast beiläufig.

«Oh, ich dürfte Ihnen nicht trauen, stimmt's?» wehrte Serow ab. «Sie würden noch nachträglich versuchen, Schwierigkeiten zu machen. Nein, am besten schaffe ich Sie mir jetzt vom Hals.» Er faltete die Hände hinter dem Kopf und lehnte sich in seinen knarrenden Schreibtischsessel zurück. «Sie sind mir zu überlebenstüchtig, Priabin. Ich kann Sie nicht leiden – ich hab' Sie noch nie ausstehen können.» Seine Stimme klang nachdenklich. «Wie Sie's geschafft haben, diesen Scheiß mit der MiG-31 zu überleben, werd' ich nie begreifen! Wahrscheinlich haben Sie alle Schuld Ihrer toten Freundin in die Schuhe geschoben. Und anstatt sich hier zurückzuhalten und Ihre restliche Dienstzeit in allen Ehren hinter sich zu bringen ...» Er setzte sich auf, stützte die Ellbogen auf den Schreibtisch und starrte Priabin forschend an. «Wissen Sie, was mit Ihnen los ist? Sie können nichts auf sich beruhen lassen, stimmt's?»

«Darf ich aufstehen?» fragte Priabin nach kurzer Pause.

Serow zuckte gleichmütig mit den Schultern. «Warum nicht? Wir sind ziemlich fertig, was? Zumindest *Sie* sind's.»

Priabin kam langsam hoch und prüfte die Belastbarkeit seiner Beine, bevor er sich in Bewegung setzte. Er trat ans Fenster, blieb neben Serow stehen und sah hinaus. Serow drehte sich nach ihm um und beobachtete ihn sichtlich belustigt. Er wußte, daß der andere hilflos war.

«Wollen Sie aus dem Fenster springen?» fragte Serow vertraulich. «Sie könnten's schlimmer treffen, alter Junge – weit schlimmer!» Er sah Priabin frösteln. «Auch *wir* haben unsere Serbski-Institute und unsere Arbeitslager. Ich glaube nicht, daß Sie daraus zurückkommen werden – falls Sie überhaupt so weit kommen!» Er sprach nicht lauter als zuvor. Sein Tonfall war der eines Richters, der das Urteil verkündet. Angst, wirkliche Angst durchzuckte Priabin. Serow hatte tatsächlich vor, ihn zu liquidieren!

«Für Sie gibt's keinen Ausweg mehr», murmelte Serow. «Keinen Ausweg ...»

Priabin warf sich herum. Serow grinste breit. Priabins Hand klatschte gegen seine leere Pistolentasche. Der GRU-Oberst hob spöttisch lachend die Hände, als ergebe er sich. Er wollte sich vor Lachen ausschütten. Priabin hatte keinen Plan, keine Ahnung, keine ...

Waffe!

Er raffte den schweren, langen Brieföffner vom Schreibtisch und drückte ihn Serow neben der Halsschlagader in die Haut. Im nächsten Augenblick hatte er Serow die Pistole abgenommen und trat zurück, als der GRU-Oberst wütend nach ihm trat. Priabin brachte den Schreibtisch zwischen Serow und sich, hielt den anderen mit seiner Pistole in Schach und bemühte sich, die Leere zu überwinden, die nach seiner Verzweiflungstat plötzlich in seinem Kopf herrschte.

Serow tupfte sich mit dem Taschentuch den Hals ab, drehte sich mit seinem Stuhl um und starrte Priabin verächtlich an.

Priabin saß vorsichtig auf seinem Stuhl, hielt Serows Pistole in beiden Händen und umklammerte sie fast ungelenk, um sein Zittern zu unterdrücken. Mit großer Mühe gelang es ihm schließlich, die Waffe auf Serow zu richten. Hinter Serow erstreckten sich Krane, Hochspannungsmasten, Leitungen und Radarantennen bis zu dem undeutlich erkennbaren fernen Horizont, der keine Fluchtmöglichkeit versprach. Alles Gelände dort draußen gehörte der Armee: Quadratkilometer auf Quadratkilometer.

«Verdammter Idiot! Damit kommen Sie nicht im geringsten weiter! Für Sie gibt's keinen Ausweg. Ist Ihnen das nicht klar? Sie sind *so gut wie tot!*»

Das Dienstzimmer, das sie sich mit Schikin geteilt hatte, kam ihr bedrückend eng vor. Sein Tod schien ebenso im Raum zu stehen wie ihr Bewußtsein, wer seine Mörder gewesen waren. Ein Prolog zu Priabins persönlicher Tragödie. Dann glaubte sie plötzlich, ihren Mann in Uniform und spöttisch lächelnd als Vertreter der Armee neben sich stehen zu sehen. Die Erinnerung an ihn überzeugte sie mehr als alles andere vom Wahrheitsgehalt von Priabins wildesten Behauptungen und Befürchtungen. Ein so phantastisches

Unternehmen wie *Blitz* hätte bei ihrem Mann atemlose Begeisterung hervorgerufen. Sie erinnerte sich nur allzugut an seine verächtlichen Äußerungen über Politiker, über die Zivilbevölkerung ... über alle außerhalb der Armee.

Priabin war der Überzeugung, sie verwirklichten ihre gefährlichste Phantasie – und Katja konnte nicht umhin, ihm zu glauben.

Sie stand von ihrem Schreibtisch auf. «Warum hat er's mir *erzählen* müssen?» Ihr Verstand machte Priabin Vorwürfe. Versuchte sie damit, die Tatsache zu bemänteln, daß sie helfen wollte? Und daß sie große Angst um ihn hatte? Der Hund blickte auf. Sie knurrte ihn an, sich nicht zu bewegen. Es war *sein* Hund! Ihre Hände waren zu Fäusten geballt, als wolle sie um sich schlagen. Sie war sich noch nie so ... so *hilflos* vorgekommen.

Priabin hatte sich ihre Unterstützung gesichert – und das ganz bewußt! Er hatte gewußt, daß sie ihm helfen würde, wenn sie konnte, und sich auf diese Tatsache verlassen. Sie hätte untertauchen sollen, aber statt dessen schwebte sie trotz aller Sorgen um sich selbst in panischer Angst um ihn. Es durfte keinen Krieg geben. Doch was konnte sie *tun*? Priabin war nicht mehr zu helfen, weil Serow ihn jetzt hatte, und sie allein konnte Baikonur so wenig verlassen, wie das Priabin geglückt war.

Sie setzte sich rasch hinter ihren Schreibtisch und zündete sich mit zitternden Fingern eine Zigarette an.

Was *konnte* sie nur tun?

Telefon! Ihr Herz schien einen Schlag auszusetzen.

Ihre Festnahme ...? Von Priabin belastet ...? Serow ...?

Sie riß den Hörer von der Gabel. «Gretschkowa!» meldete sie sich mit hoher Stimme und hielt den Hörer mit beiden Händen gegen ihre Wange, als erwarte sie eine Todesnachricht.

«Katja, sind Sie's? Was ...?» Seine Stimme klang nervös. Aber er war's tatsächlich! Wie ...?

«Genosse Oberst!»

«Ja ... Sind Sie allein, Katja?»

«Ja, warum? Wie können Sie ...?»

«Hören Sie mir zu!» Seine Verzweiflung war eindeutig. Hatte er den anderen von ihr erzählt? «Hören Sie mir nur zu, Katja! Nein,

sagen Sie *nichts*!» Sie bildete sich ein, irgendwo im Hintergrund halblautes Lachen zu hören.

«Was ist los?» fragte sie bittend.

«Ich brauche Ihre Hilfe – ich brauche sie dringend, Katja. Sofort!» Er machte eine Pause, aber sie brachte kein Wort heraus, so daß er zuletzt fragte: «Katja – sind Sie noch da?» Im Hintergrund hörte sie erneut ein Lachen. Wer lachte so? Dann wußte sie's plötzlich: Serow war dort!

Falle, Trick, Täuschung . . .

«Ja, ich bin hier», antwortete Katja. Sie fühlte sich sehr kalt, aber ganz ruhig. Serow würde an einem anderen Apparat mithören, jedes Wort genießen und beobachten, wie sein Gefangener seine Komplizin köderte, indem er bewies, daß sie von *Blitz* wußte!

«Hören Sie, Katja, Sie sind die einzige, die mir helfen kann!» rief er aufgeregt und ängstlich aus. «Sie *müssen* mir helfen!»

«Ich kann Ihnen nicht helfen, Genosse Oberst», antwortete sie mit dumpfer, leerer Ruhe in der Stimme.

«Sie *müssen* aber!» heulte er beinahe. Im Hintergrund wieder Serows halblautes Lachen. «Sie sind meine einzige Hoffnung, Katja!»

«Ich kann Ihnen nicht helfen, Genosse Oberst», wiederholte sie. «Ich weiß nichts; ich kann nichts tun.»

«Katja – *bitte*!»

«Ich kann Ihnen nicht . . .» begann sie, als Serow triumphierend loswieherte und sie ihn brüllen hörte:

« . . .vor Angst die Hosen voll . . . hab' gewußt, daß das passieren würde . . . hätte mich fragen sollen . . . Ratten verlassen das sinkende . . .» Wieder das Lachen, in dem die Worte untergingen, so daß Katja sich nur noch an Serows Tonfall halten konnte.

Täuschung . . .?

Aber er hatte nicht, er hatte nicht . . . Serow lachte über *ihn*, über ihre abweisende Haltung . . . das war kein Trick.

«Genosse Oberst, *Genosse Oberst!* Was gibt's? Was wollen Sie?» Dann fügte sie besonnener hinzu: «Was kann ich tun, um Ihnen zu helfen?»

Das Schweigen zwischen ihnen drohte unerträglich zu werden.

Katja hörte Priabins keuchende Atemzüge, während er zur Ruhe zu kommen versuchte. Das Lachen im Hintergrund war verstummt. Was hatte er getan, was war ihm geglückt?

«Danke», sagte er schließlich.

«Können Sie sprechen?» fragte sie.

«Was? Ja, ja – Serow ist natürlich hier ... Ich habe seine Pistole.»

«Was?»

«Wahr.» Sein Tonfall klang beinahe belustigt. «Wie man sich vorstellen kann, ist er darüber ein bißchen verärgert ... So vergeuden wir nur Zeit! Ohne Ihre Hilfe komme ich hier nicht raus. Wollen Sie mir ...?»

«Ja, das verspreche ich Ihnen. Was ich auch ...»

«Ich möchte, daß unser Überwachungshubschrauber startklar gemacht wird. So schnell wie irgend möglich. Sie gehen selbst hin und sorgen dafür, daß das gemacht wird. Lassen Sie sich nichts einreden, sondern veranlassen Sie, daß die Maschine betankt und überprüft dasteht – auf *meinen* Befehl!»

«Ja, ja ...»

«Und bringen Sie eine Unteroffiziersuniform hierher in Serows Büro. Keine Angst, Serow wird seine Leute veranlassen, Sie nicht aufzuhalten – nicht wahr, alter Freund?» fügte er boshaft hinzu, ohne eine Antwort zu erhalten. «Jedenfalls wird er's tun. Haben Sie das alles verstanden?»

«Ich begreife nicht, wozu ...»

«Verdammt noch mal, das brauchen Sie nicht zu begreifen – *tun* Sie's einfach!» sagte Priabin aufgebracht. Aber dann fügte er beschwichtigend hinzu: «Nein, nein, tut mir leid, Katja – aber tun Sie bitte, was ich verlangt habe. Zuerst die Sache mit dem Hubschrauber. Er muß augenblicklich startklar sein ... Und dann besorgen Sie die Uniform, verstanden?»

Von allen Fragen, die ihr durch den Kopf gingen, drängte sich Katja jetzt die scheinbar unwichtigste auf.

«Welche ... welche Größe soll die Uniform haben?»

«Größe?» knurrte Priabin, als spreche er mit einer merkwürdig begriffsstutzigen Schülerin. «Natürlich die des amerikanischen Piloten!»

«Ein brillanter Plan!» stellte Serow sarkastisch fest. Sein Drehsessel knackte, als er sich in behaglich entspannter Haltung zurücklehnte. Priabin, der wieder auf seinem Stuhl saß, hielt die Pistole wie zuvor mit beiden Händen umklammert. Serow beobachtete ihn spöttisch. «Brillant», wiederholte der GRU-Oberst seufzend. Sonnenstäubchen wirbelten auf, als er eine wegwerfende Handbewegung machte. «Sie schaffen's nicht, Priabin, das garantiere ich Ihnen! Sie sind bereits ein Nervenbündel, Mann. So schaffen Sie's nie!»

«Maul halten, Serow! Nehmen Sie den Hörer ab.»

Serow schüttelte den Kopf. «Noch nicht – vielleicht überhaupt nicht», murmelte er. «Hören Sie mir zu, Lehrersöhnchen . . .»

«Sie halten mich für weich, weil mein Vater kein Proletarier mit schwieligen Händen wie Ihrer gewesen ist? Falls Sie überhaupt wissen, *wer* er gewesen ist!»

Serows Augen glitzerten, aber dann lachte er schallend. «Sie sind nur ein kleiner Junge in einer Erwachsenenwelt! Der kleine Mitja, Mamas schöner Liebling . . . Sie schaffen's nie! Aber ich sorge dafür, daß sie ein stillgelegtes Bergwerk als letzte Ruhestätte bekommen, damit Sie's ruhig und friedlich haben. Das verspreche ich Ihnen!»

«Sie sollen den Hörer abnehmen!» brüllte Priabin.

Der andere schüttelte den Kopf. «Nein, noch nicht. Es ist schon halb drei, Priabin. Die Zeit arbeitet für mich. Sie können dieses Gebäude nicht ohne mich verlassen: Sie würden aufgehalten – oder meine Leute würden wenigstens bei mir zurückfragen. Deshalb können Sie mich zu nichts zwingen, nicht einmal dazu, den Hörer abzunehmen. Ist das klar, Priabin? Sie haben zu existieren aufgehört, als Sie diesen Raum betreten haben.»

Priabin sprang auf und nahm den Hörer ab. «Lassen Sie den Amerikaner herbringen – *sofort*!»

Serow schüttelte erneut den Kopf. «Diese Ungeduld!» seufzte er sichtlich amüsiert. Selbst mit einer Schußwaffe in der Hand wirkte Priabin machtlos, als sei Serow gegen Kugeln gefeit. «Setzen Sie sich, Priabin – Sie sehen lächerlich aus.»

Priabin ließ den Hörer sinken und nahm gehorsam Platz. Die Pistole lag jetzt harmlos auf seinen Knien.

«Was haben Sie überhaupt?» fragte Serow. «Eine Frau, die Sie vielleicht liebt – in dieser Situation ist Liebe kein allzu sicheres Fundament, würde ich sagen –, läßt Ihren Hubschrauber startklar machen. Wohin wollen Sie damit? Nach Aralsk, wenn ich richtig vermute?» Er grinste, als Priabin verlegen den Blick senkte. «Aha! Aber Sie brauchen einen Piloten – und einen Augenzeugen. Gut, ich nehme den Hörer ab, aber um selbst zu telefonieren ... Nein, Sie können einfach weiter mithören.»

Er wählte rasch. Priabin hatte das Gefühl, die Situation gerate unaufhaltsam außer Kontrolle. Serow nickte ihm zu, die Hörmuschel aufzunehmen.

«Ponomarow? ... Gut. Wie geht's Ihrem Patienten – nein, dem *Spion*! ... Ja, ich möchte einen Bericht.»

Priabin hörte angstvoll zu.

«Es dauert noch mindestens vierundzwanzig Stunden, bis er wieder ansprechbar ist. Frühestens am Freitag kann er weitervernommen werden – aber *behutsam*, Genosse Oberst, ohne Anwendung von Drogen. Manche Ihrer Leute sind wirklich zu ... Verstand könnte irreparabel...»

«Danke, Ponomarow», knurrte Serow schließlich. «Ich habe keine Zeit für Moralpredigten. Bewahren Sie ihn sicher für uns auf. Er steht doch unter Bewachung?»

«Ihre Leute sind hier, ja.»

«Gut. *Danke*, Ponomarow!» Er knallte den Hörer auf die Gabel und breitete grinsend die Hände aus, als wolle er seine Unschuld beteuern. «Ihren Zeugen können Sie also abschreiben! Merken Sie, wie Ihnen das zusetzt, Priabin? Was für ein Schlag das ist? Sie fallen schon auseinander!»

«Lassen Sie den Amerikaner herbringen – *sofort*!»

Serow rieb sich das Kinn, kratzte sich an der Nase und zupfte sich schließlich an der Unterlippe, bis sein quälend langes Schweigen in Priabins Ohren dröhnte. Er fuhr sich mit den Händen über sein kurzgeschnittenes Haar und zupfte sich sogar an den Ohrläppchen. Priabin hob seine Waffe und zielte damit auf die breite Stirn des noch immer lächelnden GRU-Obersten.

«Lassen Sie Gant holen», verlangte er mit überraschend fester, ruhiger Stimme. «Auf der Stelle, Serow! Sie wissen, daß ich vor nichts mehr zurückschrecke. Sie haben mich in eine aussichtslose Lage gebracht – aber *Ihre* ist nicht viel besser.» Priabin beobachtete, wie Serow nachdenklich die Augen zusammenkniff. «Ich werde Sie nicht am Leben lassen, damit Sie sich dafür rächen können, daß ich einen Narren aus Ihnen gemacht habe, stimmt's? Wenn *Sie* ausgeschaltet sind, habe ich vielleicht sogar Aussicht auf eine rasche standrechtliche Erschießung auf Rodins Befehl, nicht wahr?»

«Hören Sie ...» begann Serow. Er verstummte, als Priabin die Hand hob.

«Denken Sie darüber nach! Ich erschieße Sie – zum Beispiel im Ringen um Ihre Pistole – und rufe dann den General an, damit er herkommt. Ich unterstelle mich dem Kriegsrecht. Anstatt Ihnen die Waffe zurückzugeben, könnte ich Sie abknallen und mir selbst einen etwas zivilisierteren Tod sichern. Na, was halten Sie davon?»

«Rodin glaubt bereits, Sie hätten seinen Sohn zum Selbstmord getrieben.»

«Dann sage ich ihm die Wahrheit – ich habe gesehen, wie Sie ihn umgebracht haben. *Ihre* Leute ... Glauben Sie, daß er Beweise verlangen wird. Mich würd's nicht überraschen, wenn er bereits den schrecklichen Verdacht hätte, Waleri könnte ...» Priabin brachte den Satz nicht zu Ende. «Das ist nicht weiter wichtig. Jedenfalls wissen Sie jetzt, daß *Sie* nicht ungeschoren davonkommen.»

Aus Serows Miene sprachen Haß und Bestürzung. Er rieb sich hastig das Gesicht, ohne Priabin etwas vorspielen zu wollen. Er hatte keine Angst, denn er wußte, daß er es schaffen würde, unverletzt und am Leben zu bleiben. Aber er konnte besiegt werden!

«Sie... Sie kleiner *Scheißkerl*!» knurrte er.

In Priabin, dessen eisige Gelassenheit jetzt erschöpft war, stiegen wieder die alten Ängste und Befürchtungen auf. Katja, Gant ...

... ausgerechnet Gant! Aber er würde den Amerikaner eigenhändig erschießen, sobald er ihn nicht mehr brauchte! Er *mußte* ihn umbringen. Priabin warf einen Blick auf seine Armbanduhr. 14.40 Uhr. In wenigen Stunden war es dunkel ... Mittwoch ... 24 Stunden vor ...

«Nehmen Sie den Hörer ab», befahl er Serow. «Lassen Sie Gant heraufbringen, damit ... damit Sie ihn selbst vernehmen können. Los, los, tun Sie's! Sie wissen, daß ich nichts mehr zu verlieren habe. Nehmen Sie den Hörer ab!»

Gant, der zusammengekauert in einer Ecke seiner Zelle hockte, schrak hoch, als die Tür krachend aufflog. Er blickte ängstlich auf.

«Steh auf!» bellte der Offizier, der auf der Schwelle stand und die Arme in die Hüfte stemmte. Hinter ihm erkannte Gant schemenhaft einen bewaffneten Uniformierten. «Du sollst aufstehen!» kreischte der Offizier beinahe. Ja, jetzt begann die Vernehmung – mit Drogen oder Schlägen.

Gant kam langsam, unsicher auf die Beine und kämpfte vergebens gegen die Schwäche an, die seinen Körper kraft- und blutlos gemacht zu haben schien.

«Mitkommen!» blaffte der Offizier. Der Wachposten, der sein Gewehr mit beiden Händen schräg vor der Brust hielt, trat zurück, damit Gant die Zelle verlassen konnte, und achtete darauf, daß der Abstand zwischen ihnen stets gleichblieb. «Vorwärts! Zum Aufzug – schnell zum Aufzug!» Der Offizier hatte seine Pistole gezogen. Gant schlurfte in den Korridor hinaus, ohne die Kraft zu haben, seine gegenwärtige Verfassung zu kaschieren.

Der Offizier rammte ihm seine Pistole in den Rücken, als sie den Lift betraten. Gant stand mit dem Gesicht zur Tür, ohne auf die Zahlen zu achten, die aufleuchteten und erloschen, als sie nach oben fuhren. Dann öffnete sich die Tür und gab den Blick auf einen Korridor mit Spannteppichen frei. Er wurde vorwärtsgestoßen. Der Wachposten trieb ihn mit Kolbenstößen vor sich her.

«Halt!» rief der Offizier wie eine Parodie seiner selbst. Er klopfte an die Tür am Ende des Korridors, horchte und öffnete sie. «Los, rein mit dir!»

Im Vorzimmer war niemand, nicht einmal eine Sekretärin. Der Offizier wirkte verblüfft, klopfte aber an die innere Tür. Gant hörte eine Stimme, die er eigentlich hätte erkennen müssen, und sah den Offizier die Tür öffnen.

«Der Häftling ist zur Stelle, Genosse Oberst!» meldete er zakkig. Dann drehte er sich um und winkte Gant heran. Der Wachposten stieß ihm fast beiläufig seinen Gewehrkolben in den Rücken. Gant stolperte auf eine Stimme zu, die jetzt antwortete:

«Danke, Genosse Leutnant – ich brauche Sie nicht mehr. Sie können Ihren Dienst fortsetzen.»

«Müßte Ihr Vorzimmer nicht . . .» begann der Offizier.

«Lassen Sie das *meine* Sorge sein, Genosse Leutnant. Abtreten!»

Gant war an dem Offizier vorbeigeschlurft und stand jetzt Serow gegenüber, den er vor dem hellen Fenster nur undeutlich erkannte. Nach der Dunkelheit in der Zelle blendete ihn diese Helligkeit, so daß er mit tränenden Augen blinzeln mußte. Als die Tür hinter ihm geschlossen wurde, nahm er die Anwesenheit eines weiteren Offiziers wahr.

Tür geschlossen . . . Stimmungswechsel; Spannung, Aufregung, sogar Wut. Aber sie richtete sich nicht gegen ihn, das spürte er mit dem Instinkt eines Gejagten. Gant war plötzlich wieder hellwach, empfand Hoffnung, witterte Gefahr. Was war mit diesem Raum, mit diesen beiden los? Wer war . . .?

«Gant!»

Er erkannte Priabin . . . und der KGB-Oberst hatte die Pistole gezogen. Priabin, der ihn erschießen wollte. Er starrte den Mann gelähmt und sprachlos an, als fürchte er eine Wiederholung ihrer letzten Begegnung.

«Gott sei Dank!» hörte er dann. Serow . . .? Nein, Priabin.

Serow ließ sich mit erhobenen Händen in seinen Sessel fallen. Seine Stimme verriet Nervosität und unterdrückten oder verrauchten Zorn.

«So, jetzt haben Sie also Ihren Piloten! Was nun? Es ist schon drei Uhr. Ich bin bereits ungewöhnlich lange mit Ihnen allein. Wir haben zwei wichtige Anrufe abgewimmelt, und die Vermittlung dürfte eine ganze Liste von Routineanrufen haben . . .» Er seufzte theatralisch und ließ langsam die Hände mit gespreizten Fingern auf den Schreibtisch sinken. Gant sah verblüfft von einem zum anderen, als Serow noch spöttischer hinzufügte: «Ich habe sogar meinen Sekretär mit einem erfundenen Auftrag weggeschickt – aber er kommt bestimmt bald zurück. Jede Sekunde kann irgend jemand hereinkommen, Priabin. Was tun Sie dann?» Er triumphierte fast – obwohl er in Priabins Gewalt zu sein schien, wie Gant allmählich erkannte. «Und wo bleibt Ihre Freundin, hmmm? Alles geht nicht *schnell* genug, Priabin!»

«Ruhe, Serow – Sie langweilen mich», wehrte Priabin ab. Er trat auf Gant zu und verzog unwillkürlich das Gesicht, als er die Flecken auf dem Overall und den Schmutz an den Händen des Amerikaners sah. Sein Blick verriet Besorgnis wegen der Erschöpfung und Niedergeschlagenheit, die aus Gants Augen sprachen. «Wie fühlen Sie sich?» fragte er auf englisch. «Soweit in Ordnung?»

«Kann sein», antwortete Gant auf russisch. Priabin nickte, als erinnere er sich jetzt deutlicher an ihn. «Was wird hier gespielt?» fragte der Amerikaner, indem er auf Serow deutete, der sie beide beobachtete.

«Sie sind jetzt wieder mein Gefangener», erklärte Priabin ihm.

Von einer Zelle in die andere . . .? Nein, hier lag etwas anderes in der Luft – als ob Serow der Gefangene sei, was natürlich nicht stimmen konnte.

«Sie haben *Pilot* gesagt», stellte Gant an Serow gewandt fest. «Warum übergeben Sie mich diesem Kerl? Er will mich liquidieren.»

«Das wollen wir alle, mein Lieber, aber Oberst Priabin . . .» Serow zündete sich eine Zigarette an. «Der Genosse Oberst hat Verwendung für Sie, bevor er Sie umbringt – und das will er noch immer. Darüber sind Sie sich vermutlich im klaren?»

Gant sah zu Priabin hinüber und erkannte, daß der andere recht hatte. Er fühlte seinen Körper zu neuem Leben erwachen. Dieser Raum war ein Gefängnis, aber er wußte nicht recht, auf welcher Seite der Gitterstäbe er stand.

«Also?» fragte er Priabin.

«Nicht, wenn Sie mir helfen, Gant – dann nicht.»

«Nein, das nehme ich Ihnen nicht ab», stellte Gant fest. Priabin mochte die besten Vorsätze haben, aber der Tod dieser Frau würde ihn zuletzt doch abdrücken lassen.

«Ich biete Ihnen die einzige Chance, Gant!» fauchte Priabin. «Sie tun gefälligst, was ich Ihnen sage!»

«Was denn?»

«Sie fliegen mich hier raus – natürlich in Begleitung von Oberst Serow.»

«Weshalb? Wozu brauchen Sie *mich*?»

«Sagen Sie's ihm, Priabin – warum denn nicht?» forderte Serow ihn spöttisch auf.

Priabin sah hastig auf seine Uhr – wie schon mehrmals, seitdem Gant Serows Dienstzimmer betreten hatte.

«Gut, meinetwegen ... Ich kann das Sperrgebiet Baikonur nicht verlassen, weil der Start bevorsteht – ja, der Raumfähre mit der Laserwaffe. Sie haben eine, *wir* haben eine, die heute nacht an Bord gebracht wird. Ich muß dringend zur nächsten KGB-Dienststelle – aber bis dorthin sind's hundertfünfzig Kilometer, verstehen Sie?»

Gant schüttelte den Kopf. «Wer hindert Sie daran?»

«Ich», stellte Serow gelassen fest.

«Warum wollen Sie dorthin?»

«Weil ich den Start verhindern muß!» rief Priabin aus. Er sah erneut auf seine Armbanduhr. 15.01 Uhr. «Begreifen Sie das denn nicht?»

«Natürlich begreift er nichts, Priabin. Ist das nicht ein bißchen zuviel erwartet?»

Priabins finstere Miene hellte sich auf. «Ah, Sie wissen natürlich nichts von dem Unternehmen *Blitz*! Unsere Militärs wollen den Killersatelliten einsetzen!»

«Wogegen?» fragte Gant nach langem Schweigen.

«Gegen die amerikanische Raumfähre! Wenn Sie mir nicht helfen, wird die *Atlantis* am Freitag atomisiert. Genügt Ihnen das als Erklärung dafür, warum ich dringend mit Moskau sprechen muß?»

Gant spürte, daß ihm der Mund offenstand.

«Reißen Sie sich zusammen, Mann!» blaffte Priabin ihn an. «Sie fliegen unseren Überwachungshubschrauber nach Aralsk – so heimlich wie Sie reingekommen sind. Verstanden?»

Der Amerikaner nickte. Dieser Mann setzte ihn in eine Mil; er verhalf ihm zur Flucht. Gant beherrschte sich, um sich seine Erleichterung nicht anmerken zu lassen. Er verkrampfte die Hände hinter seinem Rücken.

«Er überlegt bereits angestrengt, wie er daraus *seinen* Vorteil ziehen kann, Priabin», warf Serow ein.

«Dann sind Sie schon zu zweit!» knurrte der KGB-Oberst. Erneut ein Blick auf die Armbanduhr. 15.03 Uhr. «Wir schaffen's, Serow – auch wenn Sie . . .»

Jemand klopfte an die Tür. Priabin fuhr zusammen und zielte jetzt auf die Tür. Serow richtete sich sofort wie sprungbereit auf.

«Achten Sie auf *ihn*!» verlangte Priabin.

Als Gant an den Schreibtisch trat, hörte er draußen eine Frauenstimme.

«Genosse Oberst?» Dann: «Dmitri!»

Priabin beeilte sich, die Tür aufzureißen, zog Katja herein und knallte die Tür hinter ihr zu. Die Gretschkowa trug eine Uniform unter dem Arm. Sie betrachtete mit großen Augen den Raum und schien die Spannungen und Gefahren zu wittern, die er für alle außer Serow zu enthalten schien. Ihre Hand lag besitzergreifend besorgt auf Priabins Arm. Er schien nichts davon zu merken, als er sich jetzt an den Amerikaner wandte.

«Ziehen Sie diese KGB-Uniform an, Gant. Sie müßte ungefähr die richtige Größe haben – schnell!» Er sprach die junge Frau an. «Der Hubschrauber, Katja?»

Sie nickte beruhigend. «Unsere Leute haben gemeckert, weil Sie ohnehin keine Freigabe erhalten würden . . . aber er steht startklar bereit. Ich habe Ihnen gesagt; daß Sie die entsprechenden Papiere mitbringen würden.»

«Gut gemacht! Für die Freigabe ist dann *er* zuständig!» Er deutete mit der Pistole auf Serow. «Was geht draußen vor?» fragte er dann. «Sind Sie angehalten oder kontrolliert worden?»

«Ich bin durch den Hintereingang reingekommen, ohne einen Menschen zu sehen. Wir könnten auf diesem Weg . . .»

«Nein, nein, wir fahren mit dem Aufzug in die Tiefgarage zu seinem Wagen. Eine kleine Gruppe, die dienstlich unterwegs ist. Los, Gant, beeilen Sie sich, Mann!»

«Was ist mit dem Kerl, den ich abholen sollte – brauchen wir den nicht?»

«Er ist nicht transportfähig. Folglich wird mein Wort genügen müssen, nicht wahr?» Seine finstere Miene hellte sich auf. «Nein, damit müssen sie sich *nicht* begnügen, stimmt's, Serow?» Er trat an den Schreibtisch, riß nacheinander alle Schubladen auf und entdeckte in der untersten drei Tonbandkassetten, die er triumphierend hochhielt. «*Unsere* Kassetten – von Michail gekennzeichnet!» Seine euphorische Stimmung war gefährlich, weil sie ihn alle Vorsicht vergessen ließ und ihm suggerierte, er habe das Spiel bereits gewonnen. Jetzt drückte er Katja die Kassetten in die Hand. «Sind Sie fertig, Gant?»

«Ja.» Er nahm in der Unteroffiziersuniform Haltung an, um sich begutachten zu lassen.

«Ja, das genügt», stellte Priabin fest. «Los, wir müssen weiter! Serow, Sie gehen neben mir. Gant und Katja folgen uns – *beide* bewaffnet. Eine falsche Bewegung – aber Sie wissen selbst, was dann passiert. Wegen Gant brauchen Sie sich keine Sorgen zu machen, Katja – er hat alles Interesse daran, uns zu helfen. Aber Sie nehmen ihm die Pistole ab, sobald wir beim Hubschrauber sind, verstanden?»

«Ja, Genosse Oberst.»

«Finden Sie nicht auch, daß diese Komödie jetzt lange genug gedauert hat?» meinte Serow grinsend.

«Stehen Sie auf!» knurrte Priabin ihn an.

Gant sah keine Bewegung von Serows Hand, während der GRU-Oberst sich erhob, aber im nächsten Augenblick schrillten im Flur – im ganzen Gebäude! – Alarmglocken los. Priabin stand wie gelähmt da. Gant stieß Serow beiseite, tastete nach dem Alarmknopf, der in einer der von Priabin geöffneten Schubladen sein mußte, fand ihn – und konnte den Lärm trotzdem nicht abstellen.

Serow knallte die Schublade zu und klemmte Gants linke Hand ein. Der Amerikaner stieß einen Schmerzensschrei aus, während er Serow mit der Pistole niederschlug, die Priabin ihm gegeben hatte.

«Nein!» jammerte Priabin entsetzt.

Gant tastete mit schmerzverzerrtem Gesicht weiter das Innere der Schublade ab. Er entdeckte einen zweiten Knopf und drückte ihn. Die Alarmglocken verstummten.

Dann untersuchte er seine Hand, hielt sie in der Rechten und bewegte prüfend die Finger. Nur Hautabschürfungen und Prellungen. Die Stille war geradezu ohrenbetäubend. Irgendwie würde er's schaffen müssen, trotz der schmerzenden Hand die Mil zu fliegen. Serow, der eine Platzwunde an der Schläfe hatte, war befriedigenderweise in seinem Sessel zusammengesackt.

«Nein ...», flüsterte Priabin. Diesmal klang seine Stimme bittend.

Einrichtungsgegenstände. Ein verschwommenes Bild, als Gant sich rasch umsah. Tablett mit Flaschen und Gläsern, Stühle, Papierkorb, Akten, *Papier* ...!

Zigarettenrauch, Feuerzeug ...

«Helfen Sie mir!» brüllte er Priabin an.

«Wobei?» fragte der andere benommen.

Gant griff nach dem Tischfeuerzeug und leerte den Papierkorb auf den Teppich aus. Katja, die ihn mit zusammengekniffenen Augen beobachtet hatte, nahm die beiden Wodkaflaschen vom Tablett. Sie gab eine davon Priabin und zog mit fast komischen Verrenkungen den Korken aus ihrer Flasche. Priabin folgte ihrem Beispiel und zog den festsitzenden Korken mit den Zähnen heraus.

«Der Kerl hat gesoffen, das Zeug verschüttet, sich eine Zigarette angezündet, wir haben Alarm gegeben, aber den Brand selbst gelöscht ...» Das war Erklärung genug. Sie schütteten Wodka über den Schreibtisch und den Inhalt des Papierkorbes. Gant ließ das Tischfeuerzeug aufflammen. Priabin kippte den letzten Schuß Wodka auf Serows Uniformbrust.

«Jetzt!» rief Gant aus und setzte den Wodka in Brand. Flammen züngelten über den Schreibtisch, tropften auf den Teppich und schlugen aus dem Papierkorb hoch. Er riß Serow aus dem Sessel. «Bewegung!» verlangte er. «Was ist mit dem Feuerlöscher, verdammt noch mal?»

Katja riß ihn aus der Wandhalterung, schlug den Knopf ein und spritzte wild um sich. Gant warf dem benommen dastehenden Priabin seine Pistole zu und schleppte den halb bewußtlosen Serow zur Tür. Der Mann ließ alles willenlos über sich ergehen. Gant öffnete die Tür und sah hinaus ...

Zwei Wachposten stürmten mit schußbereiten Gewehren ins Vorzimmer. Aber sie wirkten eher neugierig als bedrohlich und sahen bereits den Brandherd hinter ihrem Vorgesetzten. Gants Hand schmerzte heftig. Er trug eine KGB-Uniform wie die beiden anderen auch ... drei KGB-Angehörige und der halb bewußtlose Serow.

«Besoffen!» brüllte er. «Hat sein eigenes Büro in Brand gesteckt – Zigarette!» Die Männer nickten. Gant drehte sich um. Die junge Frau hatte das Feuer gelöscht. Beißender Qualm erfüllte den Raum. «Zurück, der Oberst braucht einen Arzt – los, los, Beeilung!»

Sie wichen zurück, um Gant mit ihrem Unverständliches vor sich hinmurmelnden Vorgesetzten, Priabin, der den beiden folgte, und Leutnant Gretschkowa vorbeizulassen. Gant schob Serow, dessen Füße nachschleiften, vor sich her.

Der Leutnant hastete von der Treppe aus den Korridor entlang. Er sah die Vierergruppe, seine zurückweichenden Leute und seinen zusammengesackten Vorgesetzten – und wurde mißtrauisch. Er hatte Serow auf das leere Vorzimmer angesprochen; er hatte einen Zwischenfall erwartet, aber keinen Brand.

«Halt!» rief er atemlos. «Was geht hier vor? Warten Sie! Was ist mit...?» Er verstummte, als er sah, daß Priabin – ein Häftling! – eine Pistole in der Hand hielt. Dann schien ihm etwas zu dämmern. Er hob seine Pistole.

«Ein Schuß, und Ihr Oberst ist *ein toter Mann*!» warnte Gant ihn scharf. Die beiden Wachposten schienen ebenfalls zu begreifen, was hier vorging. Priabin drückte die Mündung seiner Pistole gegen Serows Kopf. Gant spürte, wie der Mann, den er stützte, sich vor Entsetzen versteifte.

«Das ist unser Ernst!» brüllte Priabin. «Zurück! Laßt uns durch!»

Gant schleppte Serow wie eine lebensgroße Puppe zum Aufzug. Er wußte, daß sie überall sein würden: in der Tiefgarage, im ganzen Gebäude ... Niemand hatte den Alarm offiziell für beendet erklärt: Die Entwarnung durch einen Anruf war ausgeblieben. Serows Stiefel bremsten auf dem Teppichboden.

«Das ist unser Ernst, wir erschießen ihn!» drohte Priabin dem Offizier und den beiden Wachposten.

«Macht die Tür frei!» bellte Gant heiser. Seine Arme taten ihm weh, er hatte seinen eigenen Schweißgestank in der Nase, und sein Herz jagte. *«Schneller!»*

«Weg mit den Gewehren – und mit Ihrer Pistole, Leutnant.»

Der Aufzug erschien Gant plötzlich als Stahlsarg, in den sie freiwillig traten. Priabin hatte auf den Rufknopf gedrückt. Die Waffen lagen durcheinander auf dem Teppichboden. Die drei GRU-Angehörigen standen neben dem Aufzug. Der Leutnant blickte die Treppe hinab und hoffte offenbar auf Unterstützung. Katja hielt ihre Pistole auf sie gerichtet.

Ein Klicken, dann öffneten die Aufzugtüren sich leise rumpelnd.

Leer!

Unglaubliches Glück, das jedoch bedeutete, daß sie unten erwartet werden würden ... Priabin schob die Waffen mit einem Fuß in die Kabine und half Gant dann, Serow hineinzuschieben. Der GRU-Oberst versuchte, sich zu befreien, aber Gant schlang ihm knurrend von hinten einen Arm um den Hals. Serow leistete keinen Widerstand mehr.

Katja trat rückwärts in die Kabine, wobei ihre Pistole auf die drei Männer gerichtet blieb. Priabin drückte auf den Tiefgaragenknopf und hielt ihn gedrückt. In dem beengten Raum nahm Gant noch peinlicher wahr, daß er stank. Er atmete keuchend und merkte, daß ihm der Schweiß in die Augen lief. Priabin, auf dessen Gesicht sich alle seine Befürchtungen abzeichneten, beobachtete gespannt die Stockwerksanzeige über der Tür. Die Lämpchen blinkten auf und erloschen, aber der Aufzug glitt weiter nach unten ...

«Wir werden bestimmt erwartet», sagte Gant warnend. Priabin nickte wortlos.

Der Aufzug hielt ruckend; seine Tür glitt auf. Die Eiseskälte der Tiefgarage drang in die Kabine und ließ Gant frösteln. Serow knurrte etwas Drohendes. Priabin riß ihm den Kopf hoch. Serows Augen waren haßerfüllt zusammengekniffen.

«Gant?»

«Klar, ich gehe voraus ...»

Das Kellergeschoß war still, scheinbar menschenleer.

«Dmitri, was ist, wenn ...» begann Katja.

«Nicht denken!» unterbrach Gant sie. «Es muß klappen!» Er packte Serow etwas fester, um ihn vor sich herschieben zu können. «Gewehre», sagte er knapp und nickte zu den Waffen auf dem

Kabinenboden hinunter. Seine Stimme schien sich in den kalten Weiten zwischen Stahlbetonpfeilern zu verlieren. Gant horchte nach draußen. Er konnte keine Schritte rennender Männer hören.

Ein Scharren von Metall auf Metall. Ein Gewehrlauf auf der Motorhaube eines zehn, zwölf Meter von ihm entfernten Wagens. Weitere Soldaten – fünf bis sechs Mann – und zwei Offiziere. Alle in Deckung und schußbereit.

Er drückte Serows Körper wie einen Schild an sich, spürte seine eigene Verwundbarkeit und war sich aller lebenswichtigen Organe unter seiner dünnen Haut bewußt.

Der erste Schuß hallte durch die Tiefgarage, brach sich an den Betonwänden und wurde dutzendfach zurückgeworfen. Die Kugel riß Betonsplitter aus der Wand neben Gants Gesicht. Staub stieg ihm in die Augen, und er fühlte seine Wange brennen.

«Feuer einstellen!» befahl ein Offizier durch einen Handlautsprecher, der seine Stimme verzerrte. «Idiot, damit gefährden Sie den *Oberst*!» fügte er unnötigerweise hinzu. Dann richtete er seinen Lautsprecher auf Gant. «Halt, stehenbleiben! Weg mit den Waffen! Hier kommen Sie nicht raus!»

Als Gant zu antworten versuchte, mußte er husten.

«Platz da – wir haben nichts zu verlieren!» hörte er Priabin rufen. «Versuchen Sie nicht, uns aufzuhalten, sonst ist Serow ein toter Mann! Das wäre Ihre Schuld, Genosse Hauptmann! Denken Sie darüber nach!»

Er stand neben Gant und hielt jetzt ein AKMS-Gewehr an Serows Kopf.

«Dmitri, in diesem Wagen stecken die Schlüssel!» hörte Gant Katja ausrufen.

«Los, hin mit ihm», flüsterte Priabin dem Amerikaner energisch zu. Gant nickte und schleppte Serow so gewalttätig mit, daß der GRU-Oberst eher einem abgeschleppten Betrunkenen als einem Schild glich. Seine Absätze scharrten über den Beton. Der Geruch nach Benzin und Auspuffgasen, als Katja den Wagen anließ, nach dem Gant sich bisher nicht umzusehen gewagt hatte. Der Hauptmann und seine Leute schienen auf dem Sprung zu sein und konnten ihnen durch instinktive Reaktionen gefährlich werden.

«Serow ist einen Kopf kürzer, wenn ich abdrücke!» brüllte Priabin. «Keine Bewegung, verstanden? Keinen *Schritt*!»

Serow versuchte sich aufzurichten. «Laßt sie gehen!» befahl er seinen Leuten. «Haltet sie nicht auf!»

Gant spürte die Karosserie des Wagens an seinem Rücken und merkte, daß die Autotür hinter ihm offen war. Er zerrte Serow auf den Rücksitz. Serow wollte sich befreien, aber Priabin stieß ihn mit dem Gewehrlauf zurück und fiel fast auf ihn. Gant ächzte unter dem Gewicht der beiden Männer. Priabin knallte die Tür zu, und der Wagen schoß im selben Augenblick mit aufheulendem Motor und quietschenden Reifen vorwärts.

Die Soldaten wichen zur Seite, weil sie nicht wußten, was sie tun sollten, als die Limousine auf sie zuschoß. Der Hauptmann brachte sich mit knapper Not durch einen Sprung in Sicherheit.

«Duckt euch!» drängte Priabin. Katja beugte sich tief übers Lenkrad. «Wir fahren nicht weit – höchstens drei Kilometer.»

Der Wagen ruckte am Beginn der Rampe. Er röhrte ins schwindende Tageslicht hinauf, rumpelte über den gepflasterten Hof und raste durch den Torbogen auf den Platz mit dem Kriegerdenkmal zu. Der Verkehr war schwach, und Katja schlängelte sich geschickt durch die wenigen anderen Fahrzeuge, bis sie eine zweispurige Schnellstraße erreichten.

Priabin war aufgeregt, in Hochstimmung. Er lachte und stieß Serow das Gewehr, das er auf den Knien hielt, in die Rippen. Er studierte seinen Gefangenen mit wilder Befriedigung. Seine Miene verfinsterte sich, als er dann zu Gant hinübersah. Er schüttelte den Kopf, als wolle er eine Erinnerung verdrängen.

«Sie können . . .?»

Gant hielt seine linke Hand in der Rechten. Sie war bereits intensiv verfärbt. Er bewegte die Finger, um Priabin zu beruhigen.

«Ich kann fliegen», antwortete er lediglich, bevor er wieder aus dem Heckfenster sah.

«Zwei Personenwagen und ein Laster», sagte Katja mit zusammengebissenen Zähnen.

«Wir sind unsterblich, solange wir dieses Schwein bei uns haben», versicherte Priabin ihr. «Schalten Sie das Funkgerät ein, Katja, damit wir wissen, was sie vorhaben.»

Nach dem Einschalten flogen Befehle und Gegenbefehle, Vorschläge und Warnungen durch den Wagen und erhöhten die nervöse Spannung seiner vier Insassen. Stimmen vermuteten, daß die Flüchtenden zu dem KGB-Hubschrauber unterwegs seien; andere hielten nichts von dieser Möglichkeit und verlangten Straßensperren; wieder andere betonten, in erster Linie gelte es, Serows Leben zu retten. Gant beobachtete, daß die Personenwagen und der Laster hinter ihnen stets den gleichen Abstand hielten. In der Ferne war hinter einigen Bürogebäuden der erste Hubschrauber am dunkler werdenden Abendhimmel zu erkennen.

Die modernen Gebäude machten ebenerdigen Bauten hinter Stacheldrahtzäunen Platz, die zu weitläufigen Militärlagern zu gehören schienen. Katja bog nach rechts auf eine Zufahrtsstraße ab. Das erste Verfolgerfahrzeug war nur mehr 200 Meter hinter ihnen. Über Funk hörte Gant den Befehl, die Schranke zu öffnen und den Wagen nicht anzuhalten. Hohe Zäune, abgestellte Flugzeuge. Die Schranke am Wachgebäude stand offen; Wachposten traten zurück – fast wie beim Besuch eines hohen Funktionärs. Der Wagen raste an ihnen vorbei, schleuderte in der Kurve und fuhr wieder geradeaus. Flugzeughallen, Werftgebäude, Kontrollturm, Fahrzeuge und Flugzeuge.

Vor dem Hangar, auf den Katja zufuhr, stand ein Militärlastwagen. Die Soldaten bildeten unschlüssige kleine Gruppen; ihr Offizier sprach aufgeregt in sein Handfunkgerät. Die Verfolgerfahrzeuge kamen näher, als Katja den Fuß vom Gas nahm. Weiße Gesichter starrten in den Wagen, um sich davon zu überzeugen, daß Serow noch lebte.

Katja fuhr in den Hangar und bremste vor einem leichten Transporthubschrauber Mil Mi-2. Unbewaffnet, klein, verwundbar und 100 Stundenkilometer langsamer als ein Kampfhubschrauber Mi-24. Gant spürte, wie seine Hände vor Enttäuschung zitterten.

Er öffnete die Autotür, stieg in die spannungsgeladene Atmosphäre des Hangars aus und konzentrierte sich auf die vor ihm liegenden Minuten.

«Können Sie . . .?»

«Ja, verdammt noch mal!» brüllte er Priabin an. «Schaffen Sie den Kerl in die Maschine – und passen Sie auf die anderen auf!»

Sie standen alle hinter dem Wagen, dessen Masse ihnen Deckung vor den am Halleneingang aufmarschierten Soldaten bot, die noch immer nicht recht zu wissen schienen, was sie unternehmen sollten.

«Lange dauert's nicht mehr», murmelte Gant, der sich davor scheute, diese Deckung zu verlassen, «bis jemand den klaren Befehl erteilt, uns alle zu erschießen.» Weitere Soldaten kletterten von dem Lastwagen, der sie verfolgt hatte. Gleichzeitig knatterte ein Hubschrauber heran. Das KGB-Bodenpersonal war nirgends zu sehen. Der Hubschrauber konnte in zwei Minuten flugklar sein, falls niemand daran gedacht hatte, irgendein wichtiges System zu sabotieren ...

Das mußte er überprüfen, aber er konnte seinen Körper nicht dazu zwingen, sich in Bewegung zu setzen.

«Wir müssen los», sagte Gant halblaut wie zu sich selbst. «Sie schaffen ihn in die Kabine. Ich brauche weitere zwei Minuten, in denen Sie für mich aufpassen müssen, verstanden?»

Priabin nickte wortlos. Er war auffällig blaß. Katja zitterte.

Sie beobachteten die Soldaten, während sie sich langsam auf den Rumpf der stillen Mi-2 zubewegten. Ihr Metall war kalt unter Gants rückwärts ausgestreckter Hand. Er tastete nach dem Griff der Kabinentür und spürte an der Rückseite seiner Beine eines der Räder des Fahrgestells.

«Los, rein mit euch!»

Dann bewegte er sich rasch, vergaß die anderen und war sich nur seiner eigenen waffenlosen Verwundbarkeit bewußt. Er schob die Pilotentür zurück, kletterte ins Cockpit – wobei er zwei, drei Sekunden lang mindestens einem Dutzend Kalaschnikows den Rücken zudrehte – und knallte die Tür zu, als sei er hinter ihr in Sicherheit.

Ein polnischer Lizenzbau: WSK/Mil Mi-2. Ein beengtes einsitziges Cockpit mit vollständiger, vertrauter Instrumentierung. Ein moderner Hubschrauber. Zwei Minuten! Elektrik, Hydraulik – ein, ein, ein, ein ...

Gant sah nach links zu dem offenen Hangartor hinüber. Wenn

es blockiert wurde? Dazu ließen sich Lastwagen verwenden; draußen standen zwei. Die Instrumentenkonsole leuchtete, und die Hydrauliksysteme seufzten, als der Betriebsdruck erreicht wurde. *Darauf* würden die anderen bestimmt kommen.

Festes Dreibeinfahrwerk ... Höhe der Mi-2 etwa 3,5 Meter, Höhe eines Lastwagens mindestens drei Meter, lichte Höhe des Hangartores nicht mehr als neun, zehn Meter ... knapp, aber zu schaffen ...

... außer *sie schlossen das Tor!*

Zündung.

Gant starrte das zweiflüglige Hallentor wie hypnotisiert an. Sie würden bestimmt darauf kommen, sobald die Rotorblätter sich zu drehen begannen und bewiesen, daß er ein Pilot war, der den Hubschrauber fliegen konnte. Darauf *mußten* sie kommen!

Zündung der zweiten Isotow-Propellerturbine. Leistungshebel. Der Heckrotor hatte sich zu drehen begonnen, und über Gants Kopf setzten die drei Rotorblätter sich langsam in Bewegung. Dann wurden sie schneller.

Die Soldaten liefen auf Befehl auseinander. Keine Lastwagen, aber die riesigen Torflügel wurden zugeschoben. Die Rotorblätter über Gant wurden zu einer glitzernden Scheibe, und die Mi-2 ruckte vorwärts, bis er sie wieder abbremste. Gants linke Hand am Blattverstellhebel schmerzte und war steif, aber sie war beweglich genug. Er verstellte die Leistungshebel über seinem Kopf, bewegte den Steuerknüppel nach vorn, zog den Blattverstellhebel leicht an und ging von der Bremse. Die Mil schwebte über dem Betonboden des Hangars.

«Gant! Sie schließen das Tor!» hörte er in seinem Kopfhörer Priabins vor Angst schrille Stimme.

Die Lücke, durch die der Abendhimmel sichtbar war, hatte sich merklich verkleinert. Der Luftraum vor dem Tor war ebenso unbekannt und gefährlich wie die finstere Höhle, in der er die *Hind* versteckt hatte. Der Rotordurchmesser der Mi-2 betrug fast 15 Meter ...

Er drückte den Steuerknüppel nach vorn und zog den Blattverstellhebel hoch. Der Hubschrauber schwirrte wie eine aufgeschreckte Libelle ins Tageslicht. 15 Meter, 14,5 Meter ... *15 Meter!*

Das Fahrwerk streifte den Betonboden, die Lücke vor Gant wurde enger, die Torflügel glitten schwerfällig aufeinander zu, um Gant den Weg abzuschneiden. Er konzentrierte sich völlig auf sie. Priabins Stimme war ein ununterbrochener Warn- und Protestschrei, den er ignorierte.

Gants Konzentration war so stark, daß er die Schüsse, den entsetzten Aufschrei und den Knall der auffliegenden Kabinentür kaum hörte – alles laute Geräusche, die ihn jedoch kaum erreichten.

Während Gant die Fluglage der Mil mit winzigen Bewegungen korrigierte, sah er in seinem Spiegel eine sich auf dem Hallenboden abrollende Gestalt, ohne sie jedoch identifizieren zu können. Die Rotorblätter ... die Lücke zwischen den Torflügeln ... 15 Meter, 15 Meter, 15 Meter ... Die Szene schien jetzt zur Bewegungslosigkeit erstarrt zu sein, und Gant hatte den Eindruck, nur der Hubschrauber bewege sich. Er saß mit angehaltenem Atem verkrampft auf seinem Sitz und wartete auf den ersten schweren Schlag, das Zersplittern eines Rotorblatts ... 15 Meter, *15 Meter ...*

Im Freien!

Letztes Tageslicht, kurzer Waagrechtflug, *das Hallentor im Spiegel.*

Gant legte die Mil in eine Steilkurve und stieg mit Höchstleistung, als die Soldaten zu schießen begannen. Er war in Schweiß gebadet, und seine verletzte Hand begann wie Feuer zu brennen. Sein nicht mehr ausschließlich aufs Fliegen konzentrierter Verstand sagte ihm, daß ihr Fluchtversuch mit diesem kleinen, unbewaffneten Hubschrauber aussichtslos war.

Er hörte Priabins Stimme.

«Sie ist *schwer* verletzt ... das Schwein hat sie angeschossen!»

14

Mit dem Rücken an der Wand

Gant konnte nicht weiter als zwei Minuten vorausdenken. Eine Uhr in seinem Kopf registrierte eine Sekunde nach der anderen. Er war außerstande, über die zwei Minuten Vorsprung hinauszublicken, die er vor jeder organisierten Hubschrauberverfolgung hatte. Acht Sekunden davon waren bereits verstrichen. Er gewöhnte sich rasch an die Leichtheit, die Beweglichkeit dieser Mi-2 – ein Typ, den er noch nie geflogen hatte.

Er drückte den Steuerknüppel leicht nach vorn, ohne auf die Schreckensschreie zu achten, die in das winzige Cockpit drangen. Trotzdem durfte er die Bordsprechanlage nicht einfach abschalten, nur um Priabin und die stöhnende Verletzte nicht länger hören zu müssen. Die Erdoberfläche unter ihm verschwamm in der Abenddämmerung. Gant schaltete das Radar ein und konzentrierte sich sofort darauf, während er die Geräusche aus der Kabine zu überhören versuchte.

In 200 Meter über Grund – wo sie dich sehen können, sagte er sich ärgerlich – ging er in den Schwebeflug über und ließ die Mil sich langsam um die eigene Achse drehen. Ein Blick auf den Radarschirm, ein Blick in die Dämmerung hinaus, wieder ein Blick auf den Radarschirm ...

... ein Leuchtpunkt, der einen Patrouillierenden Kampfhubschrauber bezeichnete, der bereits seinen Kurs änderte, um ihn abzufangen. Sonst war noch nichts in der Luft. Gant drückte den Blattverstellhebel nach unten und ließ die Mi-2 sinken. Aus seinem Kopfhörer drang Priabins jammernde Stimme.

«Gant, wir müssen landen! Ich kann die Blutung nicht zum Stehen bringen ...» Dann irgend etwas über *Bauch, großer Blutverlust, ganz blaß, kaum bei Bewußtsein – Schmerzen* ... «Sie müssen landen, wir müssen Katja ins Krankenhaus schaffen!»

«Serow ist abgehauen!» knurrte Gant aufgebracht. «Sie haben nicht aufgepaßt – jetzt haben wir *nichts* mehr!»

«Halt's Maul!»

«Ich denke nicht daran! Hör zu, Priabin, wir sind erledigt.

Diese Mühle ist *unbewaffnet*! Und jede Krähe ist schneller, verdammt noch mal!»

Gant schaltete die bewegliche Kartendarstellung ein, die jetzt den Hauptschirm füllte. Die Karte war erstaunlich detailliert – immerhin ein Vorteil, denn so konnte Gant um so leichter irgendwo verschwinden.

Für wie lange? Wozu? Sein Pessimismus siegte über aufkeimende Hoffnungen. Priabins Proteste und Forderungen drangen weiter aus Gants Kopfhörer, während er die Mi-2 nach Süden flog – auf die alte Stadt, die Straße nach Moskau und den Fluß, der möglicherweise Deckung bot. Irgendwo mußte er stark gegliedertes Gelände finden, dessen Bodenechos die Radargeräte der Jäger verwirrte. Gant wußte, daß ihm keine andere Wahl blieb. Das Ganze war eine Frage der Zeit: 38 der 120 Sekunden Freiheit waren bereits verstrichen.

Er stellte sich vor, wie die Triebwerke der alarmierten Kampfhubschrauber warmliefen, verdrängte diesen Gedanken wieder und stellte das Radar ab. Der einzelne Hubschrauber verfolgte sie nicht; er wartete auf neue Befehle, auf das Wolfsrudel. Die kleine Mil schwirrte in zehn, zwölf Meter Höhe über verschneite Felder und einzelne Holzhäuser hinweg.

Gant studierte die Instrumentenkonsole des Hubschraubers. Ein Aufklärer in vertrauter Konfiguration: Kameras, Fernsehkamera mit Restlichtverstärker, Infrarotsensoren, weder Defensiv- noch Offensivsysteme, lediglich Aufzeichnungsgeräte. Die Kartendarstellung bewegte sich mit und zeigte mehrmals Einzelheiten, die Sicherheit versprachen, um dann rasch wieder verworfen zu werden. Die Lichter Tjuratams leuchteten links voraus und im Südosten; in seinem Spiegel war Baikonur in weiße Lichtschleier getaucht.

Jetzt hatten sie nichts mehr, nur noch Priabins unglaubwürdige Story. Und sie brauchten – sie hatten es gehabt, solange Serow ihr Gefangener gewesen war! – eindeutiges Beweismaterial. Dieses Unternehmen *Blitz* . . . Gant mochte nicht daran denken. Die Russen waren dazu entschlossen; sie würden ihr Vorhaben ausführen; sie würden damit Sieger bleiben. Er konnte nicht vernünftig darüber nachdenken, deshalb dachte er gar nicht daran, aber er begriff, daß er allein dieses Unternehmen nicht würde verhindern können.

Er beobachtete auf der Karte, wie er sich immer weiter von dem KGB-Hangar entfernte. Unterdessen waren 62 der 120 Sekunden unwiederbringlich verstrichen. Er war müde, hungrig und durch den Schock der Flucht in Geist und Körper noch immer teilweise gelähmt.

«Gant?. . . Gant, hörst du mich?»

«Ja», antwortete er knapp.

«Sie ist bewußtlos . . . sie stirbt, glaub' ich . . . wir müssen umkehren und landen. Ich lotse dich zum Zentralkrankenhaus – bitte, flieg zurück, bevor's zu spät ist!» Priabins Stimme klang seltsam, als drücke sie eine weit zurückliegende Krise aus. Gant erinnerte sich an die finnische Grenze, an die Tote, die in Priabins Armen lag. Die Sterbende dort hinten war Anna, nicht die junge KGB-Angehörige, deren Vorgesetzter – und vielleicht auch Liebhaber – Priabin war.

«Nein», sagte er nachdrücklich fest.

«*Ja*, verdammt noch mal!» kreischte Priabin los.

Gant schaltete das Radar ein. Keine Leuchtpunkte vor ihm. Vor dem Lichtschein der Stadt hoben sich Hochspannungsleitungen und Antennenmasten ab. Er hielt sich weiter an die speziell für Tiefflüge – auch bei Nacht – vorbereitete Karte, um auf das Bordradar verzichten zu können.

«Nein. Sie stirbt, das hast du selbst gesagt. Damit kannst du weder sie noch dich retten. Du hast sie auf dem Gewissen, Priabin», fügte er mitleidslos hinzu. «Du hast dort hinten Scheiß gebaut – und die Kleine hat's erwischt. So was kommt eben vor.» Er wollte einen Wutausbruch provozieren, denn er brauchte Priabins Scharfsinn, nicht seine fiebrige, schuldbewußte Einbildungskraft.

Und Priabin schäumte, fluchte, verwünschte, bettelte. Die Mil schwirrte langsam nach Süden, verschwand in Senken und war durch Bodenechos getarnt. Gant wartete darauf, die Militärfrequenz einstellen zu können, denn er mußte wissen, wann die Jagd begann und wie sie organisiert wurde. Priabin fand schließlich keine Worte mehr, verstummte schweratmend, begann zu schluchzen und murmelte dann beruhigende Worte, die der Bewußtlosen galten.

Gant holte langsam tief Luft und schaltete das Funkgerät ein. Aus dem Kopfhörer drang wildes Stimmengewirr. Befehle, Bestätigungen, Anweisungen – bis sich dann eine Stimme durchsetzte, die nicht Serows zu sein schien, selbst wenn sie wutverzerrt gewesen wäre. Eine ältere Stimme, die knappe Befehle erteilte. Die Jagd hatte begonnen.

Die beiden ersten Kampfhubschrauber starteten und flogen mit nahezu Höchstgeschwindigkeit nach Süden. Ihre Besatzungen würde es nicht stören, wenn sie die Mi-2 dabei zunächst überholten. *Sofort abschießen, Feuer auf erkanntes Ziel frei, es darf keine Überlebenden geben, sofort Feuer eröffnen* ... die Litanei entnervte ihn. Gant schaltete das Funkgerät wieder aus. Er war sich darüber im klaren, daß die Jäger ihn irgendwann aufspüren würden. Mit vollen Tanks und nur zwei Passagieren war die Mi-2 bestenfalls ... wie schnell? 220, 230 Stundenkilometer? Zweihundertdreißig. Das Westufer des Aralsees? Nicht einmal bis dorthin. Gant stöhnte laut.

Priabin war inzwischen verstummt. Gant schaltete das Funkgerät wieder ein. Standorte, Geschwindigkeiten, Höhen, Kurse: alles kam sofort aus den Lautsprechern, als erstatteten die Jäger *ihm* Bericht. Sobald die Suche systematisch organisiert war, würden sie vermutlich die Frequenz wechseln, aber vorläufig konnte der Koordinator es sich noch nicht leisten, seine Besatzungen selbständig suchen zu lassen.

«Priabin!» sagte Gant laut und starrte die Instrumentenkonsole an, als biete sie ihm einen Ausweg. Am Helmrand hatte er plötzlich Schweißperlen auf der Stirn. «Priabin, verdammt noch mal!»

«Was?» Priabins Stimme klang kummervoll dumpf.

«Wir brauchen Beweise!» stellte Gant fest, obwohl seine Idee noch unausgereift war. «Stimmt's? Beweise ...» Er klammerte sich an diesen Gedanken. «Video, Infrarot – *Kameras*, hab' ich recht? Videoübertragung – Reichweite?»

«Was?»

«Welche *Reichweite* hat der Scheißsender?» blaffte Gant.

«Kann ... kann ich nicht genau sagen. Hundert, hundertfünfzig Kilometer, schätze ich.»

«Wird er zur Direktübertragung von Videoaufnahmen benützt?»

«Manchmal ...»

Gant zog die Mil hoch und über eine Hochspannungsleitung hinweg. Vor ihm eine Straße mit Autos, deren Scheinwerfer in Bodenwellen nickten und in Kurven in die dunkle Landschaft hinausleuchteten. Die Dunkelheit wirkte gefährlich.

Nichts in den Spiegeln. Die zwei Minuten waren verstrichen. Zweieinhalb Minuten. Bei Höchstgeschwindigkeit waren die Jäger nur noch eine Minute hinter ihnen zurück. Vielleicht eineinhalb Minuten. *Schneller!*

«Kann die nächste KGB-Dienststelle in Aralsk diese Bilder empfangen?» fragte Gant weiter.

«Weiß ich nicht ...»

«Dann red mit ihr!» verlangte Gant. «*Du* mußt mit deinen Leuten reden. Hast du dort hinten ein Funkgerät?»

«Ja, aber ... welche Bilder? Gant, was ...»

«Vielleicht ein paar Aufnahmen ...» Seine Stimme klang erleichtert. Priabin würde ihm die verschiedenen Kameras, Recorder und den Sender in der Kabine beschreiben müssen ... Großer Gott, Priabin würde sie *bedienen* müssen!

Die Mi-2 stand fast in fünf Meter Höhe über einem dunklen, verfallenden Holzbau. Scheune oder Lagerhaus. Seine Masse tarnte das Radarecho des Hubschraubers. In seinem Kopf wirbelte alles durcheinander, und seine atemlos keuchende Stimme war bis zur Unverständlichkeit heiser. Nur noch eine Minute! warnte die Uhr in seinem Kopf.

«Montagegebäude ... Raumfähre ... Laserwaffe an Bord?» Er wartete keine Antwort ab. «Aufnahmen – *Bilder*! Durchs Tor ... durchs Dach ... Fähre und Waffe, mehr brauchen wir nicht ... nach Aralsk übermitteln ... Beweise, andere wissen davon, Moskau – *alle* ... vielleicht hält uns das am Leben ... sobald das Geheimnis verraten ist, sind wir vielleicht sicher ... Montagegebäude ...»

Seine Stimme versagte.

«Gant? *Gant?*»

«Ja?»

«Das ist Wahnsinn – ist dir das klar? Ich kann's nicht!»

«Vergiß sie!» antwortete er schreiend laut. «Vergiß die Frau – sie ist *tot*, Priabin ... wir sind alle tot, wenn wir uns nicht schnellstens eine Rückversicherung verschaffen, kapiert? Ich kann uns nicht rausfliegen, ich bin nicht Superman. Kann der KGB in Aralsk eine Übertragung empfangen?»

Priabin antwortete nicht gleich. «Ich erkundige mich», sagte er dann. Als ob er damit einen Verrat begehe, wiederholte er wütend: «Ich *erkundige* mich danach!»

«Bitte sofort», forderte Gant ihn mit einem Seufzer auf, den er nicht unterdrücken konnte. Fast hätte er noch etwas Mitfühlendes über die Sterbende gesagt, aber dann hielt er sich doch zurück. Priabins Trauer und sein schlechtes Gewissen waren hinderlich, vielleicht sogar gefährlich.

Gant hielt die Mil im Schwebeflug zwei Meter über dem Boden, während er nachdachte.

Nicht durchs Tor ... die Trägerrakete war bereits am Startturm, so daß das Tor geschlossen sein würde. Dann vom Dach aus. Durch die Oberlichter ... Videokamera und sogar Infrarotausrüstung ... Priabin würde aussteigen und Fotos mit Infrarotfilm machen müssen, falls er nicht ...

«Hast du dort hinten eine Filmkamera oder eine tragbare Fernsehkamera?»

«Äh ... ja, wahrscheinlich.» Priabin suchte offenbar. «Ja, eine Videokamera.»

«Okay, die ist für dich. Ich nehme die Fernsehkamera.»

«Kommst du damit zurecht?»

«Hoffentlich!»

Gant hatte das Bedienungspult studiert. Scheinwerfer, Kamera, Schalter – ja.

«Gant, wir ...» protestierte Priabin.

«Nicht *jetzt*!»

Er stellte den Kartenabschnitt ein, den er brauchen würde. Das Montagegebäude mit der Raumfähre und dem Killersatelliten lag knapp 20 Kilometer nordöstlich von ihnen. Gant betrachtete die

Entfernung und die Hindernisse eigenartig gelassen. Ein Kranz aus Raketensilos, ein Gewirr von Straßen und Bahngleisen, Versuchseinrichtungen, Fabriken, Geräteparks ... Sperrgebiete wie Bestandteile eines riesigen Minenfeldes. Er sah nach draußen und suchte den Nachthimmel nach Positionslichtern ab. Noch nichts.

«Ist die Frau angeschnallt?» fragte er nüchtern.

«Ich ...»

«Wenn du ihr Schmerzen ersparen willst, sorgst du dafür, daß sie sich nicht bewegen kann», forderte Gant ihn nachdrücklich auf. «Hast du schon mit Aralsk gesprochen?»

«Unsere Leute sind empfangsbereit. Ich habe ihnen erklärt, daß der hiesige Sender defekt ist. Aber sie wissen noch nicht, *was* sie sehen werden.»

«Sie sollen die Bilder sofort nach Moskau übermitteln. Können sie das?»

«Selbstverständlich!»

«Sie sollen sich auch dafür bereithalten. Uns bleibt sicher nicht viel Zeit, verstanden?» Gant bemühte sich, Vertrauen zu Priabin zu haben. Priabin würde mit ihm zusammenarbeiten – möglicherweise. Priabin wollte sein eigenes Leben retten – möglicherweise. Aber die Tote oder Sterbende – wie hatten sie ihn verändert? «Hast du verstanden?» drängte er. «Bist du bereit?»

«Nein», antwortete Priabin sofort. «Aber wir ziehen am gleichen Strang, Gant – zumindest im Augenblick und nur durch einen verrückten Zufall. Ich will diesen Wahnsinn auch verhindern ... und dabei kann mich nichts beeinflussen», fügte er hinzu, als ahne er Gants Bedenken.

«Okay. Sprich mit Aralsk und halt dich bereit, die Videokamera zu benützen.»

Los!

Gant suchte den mondhellen Nachthimmel ab. Nichts. Keine Lichter, keine Insektensilhouetten. Windstöße trafen die Maschine. Gant warf einen Blick auf die Karte. Die Mil setzte sich in sechs, sieben Meter Höhe nach Nordosten in Bewegung – weg von der Straße nach Moskau, auf das Hauptmontagegebäude von Baikonur zu.

«Ich hätte nicht hierher kommen sollen müssen, Serow – ich hätte nicht *kommen* sollen *müssen!*»

Serows gebrochener Arm lag in einer aus einem Uniformgürtel improvisierten Schlinge. Sein Gesicht war vor Schmerzen aschfahl; seine bullige Erscheinung schien durch seine Verletzung irgendwie geschrumpft zu sein. Rodins Stimme hallte durch den leeren Hangar. Die GRU-Angehörigen – Mannschaften wie Offiziere – hatten sich respektvoll, sogar etwas nervös zurückgezogen. Rodin schlug sich mit der ausgezogenen rechten in die behandschuhte linke Hand.

«Ich ... Genosse General, ich bedaure, daß ...»

«Halten Sie den Mund, Serow – bevor Sie etwas sagen, das Ihre Unfähigkeit bestätigt!» Rodins Handschuh klatschte in seine Hand. Auch sein Stab stand in einiger Entfernung von den beiden in der Nähe des offenen Hallentores, durch das der Amerikaner die Mil geflogen hatte und *entkommen* war! Der General räusperte sich aufgebracht. «Die Flüchtigen *werden* innerhalb einer Stunde gefaßt, Serow. Dieser Gant ... den scheinen Sie ebenso unterschätzt zu haben wie Priabin. Sie haben sich von den Kerlen *entführen* lassen!» Er ließ seinem Zorn freien Lauf und schlug Serow den Handschuh ins Gesicht. «Sie ...»

Irgendein unerklärlicher Instinkt sagte Rodin, daß Serow etwas mit Waleris Tod zu tun gehabt hatte.

«Sie werden festgenommen oder liquidiert», fuhr er eisig fort, als sei sein zweites Ich lediglich mit Sicherheitsmaßnahmen für das Unternehmen *Blitz* befaßt. «Es darf jetzt keine Pannen mehr geben, Serow. Sie kommen mit uns zur Leitstelle und koordinieren von dort aus die Fahndung. Sie *müssen* gefunden werden!»

«Genosse General, mein Arm ...»

Rodin winkte hochmütig ab. «Zum Arzt können Sie später gehen. Sie kommen *jetzt* mit. Ihnen unterstehen vier Kampfhubschrauber und acht weitere Hubschrauber sowie Armee- und GRU-Einheiten. Damit müssen Sie die Flüchtigen aufspüren – *kommen Sie*!»

Der General machte auf dem Absatz kehrt und stolzierte an seinem Stab vorbei, der sich ihm anschloß, in den Abend und den eisigen Wind hinaus. Er blickte zu den Sternen auf. Irgendwo dort draußen stellte ein kleiner Hubschrauber eine Gefahr dar. Kritisch – aber der Amerikaner würde bestimmt innerhalb der nächsten Stunden gefaßt werden ... vor Mitternacht, bevor die Raumfähre mit der Laserwaffe zur Startrampe transportiert wurde, würden Gant und Priabin in Haft oder tot sein. Rodin stieg in seinen Dienstwagen, dessen Tür von seinem Fahrer aufgehalten wurde.

«Zur Leitstelle!» blaffte er. «Schnell.» Als er sich zurücklehnte, fiel sein Blick auf Serow, der in der Kälte auf seinen eigenen Wagen wartete. Er schlug dem Fahrer auf die Schulter. «Warten Sie!» knurrte er und drehte sein Fenster herunter. «Serow!» rief er. «Kommen Sie her!»

Serow legte die wenigen Meter sichtlich widerstrebend zurück. Er beugte sich wie ein alter Mann zu dem geöffneten Fenster hinab.

«Genosse General?»

«Wohin sind die drei unterwegs, Serow? Was haben sie vor?»

«Telefon ... Funk?» antwortete Serow schwerfällig. «Priabin will sicher mit seiner Moskauer Zentrale sprechen.»

«Richtig! Von wo aus?»

«Aralsk ist die nächste Dienststelle mit ...»

«Dann unternehmen Sie etwas gegen Aralsk! Mir ist's egal, was Sie tun – schließen Sie die Dienststelle, beschlagnahmen Sie die Geräte, jagen Sie das Büro in die Luft, wenn's sein muß –, aber sorgen Sie dafür, daß Aralsk unbenutzbar ist. Verstanden?»

«Ja, Genosse General – sofort!»

«Abfahren», wies Rodin seinen Chauffeur an.

Der Scheinwerfer unter dem Rumpf der Mil Mi-2 brannte. Das zehn mal zehn Zentimeter große Fernsehbild über der Instrumentenkonsole zeigte das unebene Gelände, über das der Hubschrauber flog, mit grobkörniger Ungenauigkeit. Gant schaltete die Kamera aus. Das Gerät war für die Suche nach beweglichen Zielen – Menschen oder Fahrzeuge – konstruiert; es müßte für Aufnahmen vom Dach des Montagegebäudes taugen. Noch elf Kilometer bis zum Ziel. Geschwindigkeit über Grund 60 Stundenkilometer.

Noch zehn Minuten. In seinem Kopfhörer waren gelegentlich

die Stimmen von Jägern zu hören – und Serows Stimme: eigenartig schwach und alt, aber offenbar von Verzweiflung beflügelt. Die andere Stimme war verstummt. Die Suche nach ihnen konzentrierte sich jetzt auf den Süden und Westen, wohin sie logischerweise hätten flüchten müssen. Gant folgte den Geländekonturen im Tiefstflug, aber er hatte jetzt den Wall aus Raketensilos, Radargeräten zur Bahnverfolgung und Hochspannungsmasten am Rande des militärischen Startgeländes nördlich von Tjuratam erreicht.

Hochspannungsmasten begleiteten die Straße, die er entlangflog. Gant schlüpfte unter den Leitungen hindurch und überquerte eine weitere Straße, danach eine doppelgleisige Bahnlinie. Mit eingeschaltetem Scheinwerfer und im Langsamflug in geringer Höhe war die Mi-2 kein gejagtes Wild mehr; sie schien statt dessen zu den Jägern zu gehören. Nur der böige Wind machte Gant noch Schwierigkeiten: Er ließ den leichten Hubschrauber schwanken und machte ihn schwer steuerbar.

«Priabin?» fragte Gant halblaut. «Ist Katja . . . wie geht's ihr?» Seine Frage nach der jungen Frau bedeutete für ihn dasselbe, als klopfe er auf Holz oder drücke die Daumen.

«Wieder bewußtlos», berichtete Priabin traurig. «Gant . . .»

«Fang nicht wieder davon an!»

«Aber nachher . . .!»

«Nachher verstecken wir uns», erklärte Gant ihm. «Serow würde uns . . . *dich* auf der Stelle erschießen lassen. Ich wäre vielleicht wertvoll – du nicht. Du hast ihn reingelegt, deshalb würde er dich ohne Rücksicht auf Verluste liquidieren. Ist das klar?»

«Ja, ja, verdammt nochmal, Gant, ich verstehe», antwortete Priabin leise, als fürchte er, belauscht zu werden.

Noch sechs Kilometer . . .

Ein Lichtermeer, das an die Flutlichtanlage eines Stadions erinnerte. Die Montagegebäude für Sojus-Raumkapseln, Trägerraketen des Typs G, Satellitenendmontage, Saljut-Raumstationen und Raumfähren . . . Laserwaffen-Endmontage . . . Ziel. Fünf Kilometer und fünf Minuten entfernt. Gant spürte, daß er nervöser wurde.

Über Funk weitere Meldungen der Jäger, Befehle, Anweisungen, neue Kurse ... Gant hatte inzwischen eine recht gute Vorstellung von der Verteilung aller sich meldenden Hubschrauber. Sie hatten die Grenzen des Suchgebiets erreicht und kehrten jetzt um; sie waren dabei, das Netz um ihn herum zuzuziehen.

Noch zwei Kilometer.

Nach ihrem Coup würde es keine Flucht geben. Falls sie ihn überlebten, konnten sie sich nur verstecken.

«Aralsk», sagte er barsch, um seine Nervosität zu tarnen. «Noch empfangsbereit?»

«Ja.»

«Und du weißt, was du zu tun hast?»

«Ja.» Die Stimme eines kleinen Jungen – widerstrebend, aber gehorsam.

«Es geht um den Killersatelliten. Du fängst ihn mit dem Zoom ein und behältst ihn im Bild. Zuerst die Raumfähre, dann die Laserwaffe im Frachtraum, verstanden?»

«Wir brauchen keine ...»

«Verdammt noch mal, du sollst tun, was ich dir sage! Wir brauchen soviel Munition wie irgend möglich! Du machst einfach deine Aufnahmen – klar?»

«Verstanden», bestätigte Priabin knapp. Nach kurzer Pause fragte er: «Gant?»

«Was gibt's?»

«Mir ist eben eingefallen, wie liebend gern ich dich umbringen würde.»

Gant fuhr zusammen. «Solchen Blödsinn kann ich nicht brauchen, Priabin. Nicht hier und jetzt. Sieh zu, daß du die Aufnahmen in den Kasten kriegst!»

Noch knapp ein Kilometer. Weniger als eine Minute. Gant erkannte das Hauptmontagegebäude bereits deutlich vor sich. Einige Lastwagen, die Lokomotiven, von denen die Raumfähre zur Startplattform geschleppt werden würde, und ameisengroße Soldaten in der Nähe ihrer Fahrzeuge. Ein halber Kilometer. Gant schaltete den Scheinwerfer unter dem Rumpf der Mil aus, weil er jetzt bei hell beleuchtetem Gelände Verdacht erregen mußte. Der kleine Hubschrauber steuerte das wie eine stark gegliederte Felswand vor ihm aufragende riesige Gebäude an. Gant zog die Maschine allmählich höher, bis er über die ungeheure Fläche des Wellblechdachs hinwegsehen konnte.

Ein rascher Blick nach unten zeigte ihm Soldaten, die ohne sonderliches Interesse zu ihm aufsahen, gelbe Lokomotiven und nebeneinander aufgefahrene Lastwagen. Dann verschwand die Mil hinter der Dachkante, und er hatte nur noch die gewaltige Dachfläche vor und um sich. Gant flog langsam, ganz langsam einen durch Wellblechtafeln gebildeten V-förmigen Einschnitt entlang – auf der Suche nach dem richtigen Oberlicht.

Der Kanal zwischen den beiden Dachschrägen schien endlos lang zu sein, so gering war die Vorwärtsgeschwindigkeit der Mi-2. Das Knattern der Rotorblätter wurde so laut zurückgeworfen, daß Gant Mühe hatte, Priabins in sein Lippenmikrofon gebrüllte Anweisungen zu verstehen.

Zwölf Oberlichter waren bereits hinter ihnen zurückgeblieben. Auch Priabin zählte sie mit, indem er sich aus dem geöffneten Kabinenfenster lehnte. Aber er mußte es jedesmal schließen, wenn er sich verständlich machen wollte.

«Raumfähre . . . mittleres Gebäude . . . Laserwaffe . . . Frachtabteil. Mitte, *Mitte* – achtzehn Fenster! Achtzehn!»

Gant strengte sich an, ihn zu verstehen, und bemühte sich, ihm zu glauben. Er mußte über dem richtigen Oberlicht stehen; er mußte die Raumfähre und ihre Fracht auf seinem winzigen Bildschirm *sehen* können. Dann mußte er die Kamera laufen lassen, während er sie im Wind jonglierte, der zwischen den beiden Wellblechschrägen hindurchheulte.

«Verstanden», antwortete er. «*Eins-acht*, achtzehn.»

Vierzehn, fünfzehn – dicht davor.

Siebzehn. Der Hubschrauber schien wie ein Modell in seinem Windtunnel zu hängen: schwankend, unruhig, aber nicht fliegend. Siebzehn . . . achtzehn . . . *achtzehn.* Gant hielt die Mi-2 im Schwebeflug. Das Oberlicht bestand wie erwartet aus undurchsichtigem Milchglas.

«Achtzehn!» brüllte er.

«Achtzehn!» bestätigte Priabin, dessen Stimme in Wind und Hubschrauberlärm beinahe unterging.

«Fertig?» Nach Gants Schätzung mußte das Oberlicht genau unter einem der Räder des Dreibeinfahrwerks liegen.

«Ja!»

«Kamera?»

«Fertig!»

«Los!»

Gant horchte angestrengt nach draußen, ohne jedoch zu hören, wie Priabin aus der Maschine auf das Wellblechdach sprang. Dann sah er eine zusammengekrümmte, fast liegende Gestalt unmittelbar vor dem Bug der Mi-2. Flatternder Mantel, abrutschende Stiefel, schiefhängende Kamera, das Gesicht bleich vor ängstlicher Spannung. Priabin winkte den Hubschrauber mit verzweifelten Bewegungen von sich weg. Gant kam seiner Aufforderung mit großem Aufwand an Energie und Adrenalin nach, bis Priabin zu winken aufhörte und statt dessen einen Daumen hochhielt.

Jetzt!

Er ließ die Mil nach rechts sacken. Er hörte das Klirren, mit dem das Oberlicht unter dem Rad zerbarst, und fühlte den Widerstand, der zu überwinden war, als er den Hubschrauber wieder aufrichtete. Fernsehschirm. Priabin winkte wie ein aufgeregter kleiner Junge. Gant studierte das Sucherbild. Zersplittertes Glas, verbogene Metallstreben . . .

Scharfeinstellung.

Da.

Gant hielt den Atem an. Das Bild auf dem winzigen Fernsehschirm schwankte, verschwamm und wurde wieder scharf. Die Klappen des Frachtabteils der Raumfähre standen gähnend weit offen; darüber hing wie ein Ameisenbär an einem Kran die Laserwaffe. Auf frischer Tat ertappt.

Er sah Priabin am anderen Ende des Oberlichts, das unter dem Fahrwerk der Mi-2 zersplittert war, seine Videokamera ansetzen und die Szene unter ihnen filmen. Gant schaltete den Videorecorder ein und hielt das Bild mit größter Anstrengung ruhig, obwohl seine Muskeln bereits schmerzten, weil die Böen schwer auszugleichen waren. Das Videoband lief . . . Beweismaterial . . . er hatte's geschafft . . . er hatte *Beweise!*

Dann der Alarm, gerade als Gant sich selbst ermahnte, nicht

übermütig zu werden. Und die ersten Schüsse aus dem Inneren des Montagegebäudes. Gestalten, die wie Ameisen durcheinanderliefen und nicht zu wissen schienen, ob sie flüchten oder sich wehren sollten. Der Alarm würde auch die herankommenden Kampfhubschrauber erreichen: Höchstgeschwindigkeit, Ziel bekannt ... abschießen, abschießen, *abschießen!* Die nächste Mi-24 war etwa eineinhalb Minuten entfernt ... Schüsse schlugen in den Rumpf der Mil ein oder surrten als Querschläger davon. In ihrer Panik riskierten die Wachen, daß der schwer getroffene Hubschrauber durchs Dach auf ihre Raumfähre stürzte.

Priabin war zurückgewichen, als die ersten Schüsse fielen. Gant blinkte mit dem Scheinwerfer: Das vereinbarte Zeichen, daß er an Bord zurückklettern solle. Priabin hob einen Arm, um zu zeigen, daß er verstanden habe, und verschwand nach hinten. Der Hubschrauber schwankte unter einer besonders heftigen Bö, und die Kamera zeigte einige Sekunden lang nur das Wellblechdach, bis Gant es schaffte, sie erneut auf die Raumfähre und den Killersatelliten zu richten. Ein heißes Erfolgsgefühl durchflutete ihn, ließ seinen Atem stocken und machte ihn schwach. Er hörte kaum, wie Priabin die Kabinentür hinter sich zuknallte.

Im nächsten Augenblick sprang ein dunkler Schatten vor ihm über die Dachkante: der erste Kampfhubschrauber. Gant hatte das Gefühl, er reagiere wie ein alter Mann, aber seine Maschine hüpfte bereits wie ein Floh zur Seite. Der große Hubschrauber schien sich auf die Mi-2 stürzen zu wollen, die jedoch zurücksank und dann wie ein kleiner, beweglicher Gegner auswich, als die Bugkanone des anderen das Feuer eröffnete. Leuchtspurgeschosse blendeten Gant durch ihre Nähe.

«Gant!» rief Priabin erschrocken und verstummte dann hilflos.

Die Mi-2 huschte die gegenüberliegende Dachschräge hinauf, als flüchte ein Schoßhündchen vor einer Bulldogge. Gant ließ den Hubschrauber von dem Montagegebäude weg in den Nachthimmel steigen. Der Kampfhubschrauber folgte ihm verbissen und gab weiter kurze Feuerstöße aus seiner Maschinenkanone ab.

Gant schaltete das Bordradar ein. Es hatte keinen Zweck, sich noch länger verstecken zu wollen; er mußte die Jäger sehen – und erkannte zugleich aus dem Augenwinkel heraus blinkende Positionslichter kaum einen halben Kilometer rechts von ihnen.

«*Sendung*!» brüllte er. «Bestätigt Aralsk den Empfang?»

«Ja – *ja*!» antwortete Priabin nach kurzer Pause ebenso laut. «Sie wollen wissen, was das ist!» fügte er fast belustigt mit vor Aufregung heller, jungenhafter Stimme hinzu.

«Sie sollen die Bilder weiterübermitteln!» verlangte Gant, der wieder den Radarschirm beobachtete. Jetzt waren es schon drei mit dem Kampfhubschrauber, der noch immer mit Leuchtspurmunition schoß. Gant geriet für kurze Zeit in einen Scheinwerferkegel, als er im Sturzflug nach unten ging und unter einer Hochspannungsleitung hindurchflog. Entnerven, *entnerven!* sagte er sich – und spürte dabei, daß seine Hände zitterten und er in Schweiß gebadet war. «Sie sollen sie *sofort* weiterübermitteln!» Er hatte das Gefühl, seine eigene Angst bis Aralsk zu projizieren. *«Sofort!»*

In seinen Spiegeln sprang die schwere *Hind* D – der Typ, mit dem er nach Baikonur gekommen war – über die Leitung und nahm wieder die Verfolgung auf. Gant versuchte die Entfernungen abzuschätzen.

Der Kampfhubschrauber war mit vier Raketenbehältern zu je 32 panzerbrechenden Raketen ausgerüstet: 132 Chancen, einen Volltreffer zu erzielen. Die erste Salve zischte links an dem leichten Hubschrauber vorbei. Entfernung 1200 Meter... fast außer Reichweite. Die kleinere Mi-2 war im unteren Geschwindigkeitsbereich wendiger als die *Hind*. Gant flog ein langgestrecktes niedriges Lagerhaus an, um es zwischen sich und die Jäger zu bringen, die ihm jetzt schon zu viert auf den Fersen waren. Und sie würden bald Verstärkung erhalten, wie er über Funk mitbekam. Er raste und kurvte durch die Schluchten des Lagerhauskomplexes.

«... abgerissen», hörte er im Kopfhörer.

«Was?» fragte Gant schreiend laut. Die Triebwerke des Hubschraubers heulten und kreischten, als er ruckartig abdrehte. Er fühlte den ganzen Rumpf erzittern. Er flog weiter nach Osten und bemühte sich, so enge Kurven wie irgend möglich zu fliegen. Die Sterbende in der Kabine war hoffentlich bewußtlos, sonst mußte die Kurvenbeschleunigung ihr gräßliche Schmerzen verursachen.

«Die Verbindung ist *abgerissen*!» schrie Priabin. Die Rückspiegel waren sekundenlang leer, als seien sie allein am Himmel.

«Abgerissen? Wie denn?»

«Mitten im Satz unterbrochen. Als sie mit der Übermittlung nach Moskau beginnen wollten.»

«Vergiß deine Kollegen in Aralsk. Die können uns nicht mehr helfen.»

«Warum nicht?»

«Weil sie *tot* sind!» antwortete Gant brutal ehrlich.

Jetzt war das eine Videoband der einzige noch existierende Beweis. Am Ende des durch zwei Gebäudefronten gebildeten langen Korridors erschien eine *Hind*, die eine weitere Raketensalve abschoß. Gant riß die Mi-2 hoch und sah die Raketen wie ein Bündel Feuerwerksraketen unter ihrem Rumpf vorbeizischen. Zwei, drei von ihnen detonierten, als sie Mauern streiften; die Treibsätze der weiterfliegenden Raketen erloschen plötzlich.

Gant zog den Hubschrauber übers Dach des nächsten Gebäudes, sackte dahinter ins Dunkel zurück und erhöhte seine Geschwindigkeit. Die *Hind* wurde erneut in seinen Spiegeln sichtbar, manövrierte sich schwerfällig ins Freie und kam dann mit erschreckender Geschwindigkeit heran.

Sie schien jetzt Geduld gelernt zu haben. Sie beschattete ihn lediglich. Als Gant seine Geschwindigkeit steigerte, wurde die *Hind* ebenfalls schneller, ohne den Versuch zu machen, ihn einzuholen. Gant stieg 100 Meter höher, als wolle er andeuten, daß er sich ergebe. Er war jetzt gut sichtbar, hatte die übrigen Kampfhubschrauber auf seinem Radarschirm – alle nahe, allzu nahe – und ließ die Mi-2 wie einen fallenden Stein dem Erdboden entgegenstürzen.

«... *stirbt*!» hörte er Priabin ausrufen. Es spielte keine Rolle mehr, daß Schmerz und Hoffnungslosigkeit ihn wieder übermannt hatten – jetzt nicht mehr.

Gant konnte die *Hind*, die ihm im Nacken saß, nicht abschütteln. Der Kopilot gab Serow in ununterbrochener Folge Positionsmeldungen durch, die ihn wie einen aufgespießten Schmetterling festnagelten. Die Dunkelheit bot keinen Schutz; der Tiefstflug war keine Waffe mehr. Sie hatten ihn und schlossen mit nahezu Höchstgeschwindigkeit zu ihm auf.

Er näherte sich der weitläufigen Antennenkonzentration östlich des Kontrollzentrums und südlich des Hauptstartgeländes. Vereinzelte Lichter, schwach beleuchtete Straßen und Licht hinter den Fenstern von Hütten, Wohncontainern und sogar Wohnwagen. Ein seltsamer Vorort von Baikonur. Das Gelände glich einem Minenfeld, das Hubschrauberrotoren gefährlich werden konnte – aber es bot auch Deckung. Außerdem waren die Bodeneinrichtungen zu wertvoll, als daß die Jäger riskieren durften, sie durch einen unbedachten Angriff zu beschädigen.

Als habe der Pilot der Mi-24 hinter Gant die Gedanken des Amerikaners erraten, schoß er eine Raketensalve ab. Ein Aufblitzen, dann rasten die Feuerschweife der ungelenkten Raketen, die er im Spiegel sah, aus der Nacht auf ihn zu.

Gant betätigte Steuerknüppel und Blattverstellhebel gleichzeitig. Zu nahe, zu nahe ...

Auf dem großen Bildschirm im Lagezentrum bezeichneten Leuchtpunkte Gant und seine beiden unmittelbaren Verfolger: ein roter Punkt stellte die Mi-2 dar, ein grüner und ein blauer bezeichneten die Position der Kampfhubschrauber. Die schwachrote Spur des ersten Punktes auf der Landkarte zeigte, daß er soeben den Telemetriekomplex erreicht hatte. Rodin, der nur Augen für die Karte hatte, schien das aufgeregte Stimmengewirr um ihn herum kaum wahrzunehmen.

Serow, der neben Rodin stand, hatte seinen Kopfhörer nur halb auf dem rechten Ohr sitzen, damit er hören konnte, was der General sagte. Sein gebrochener Arm ruhte in einer improvisierten Schlinge; sein Gesicht war blaß und überanstrengt. Rodin hatte erneut den Befehl über die Jäger übernommen, ohne Serow deswegen zum Arzt zu entlassen.

«Dieser Amerikaner ist clever – gefährlich clever», murmelte Rodin mit einem Blick auf Serow hinunter.

«Wir haben ihn, Genosse General», behauptete der GRU-Oberst, der nicht mehr die Energie aufbrachte, um etwas anderes als eine untergeordnete Rolle zu spielen. «Er bewegt sich sehr langsam.»

«Solange er über diesem Gebiet ist, können wir ihn nicht abschießen», stellte Rodin nachdrücklich fest. «Vor dem morgigen Start dürfen wir dort keine Schäden riskieren – das versteht sich wohl von selbst», fügte er in verächtlichem Tonfall hinzu. Er rieb sich das Kinn, während ihn Anweisungen, Meldungen, Befehle und Rückmeldungen umschwirrten. «Schicken Sie zwei Streifenfahrzeuge los. Ihr Gewehrfeuer müßte ihn aus dem Gebiet vertreiben. Er muß höhergehen und weiterfliegen. Dann haben wir ihn!»

Die Leuchtpunkte auf der Landkarte schienen sich kaum noch zu bewegen. Gant und die beiden Kampfhubschrauber hinter ihm arbeiteten sich langsam – wie Soldaten in einem Minenfeld – durch das Antennengewirr des Telemetrie- und Bahnverfolgungsnetzes hindurch. Die beiden anderen Mi-24 blieben außerhalb dieses Gebiets, warteten auf ihren Einsatzbefehl und sollten melden, wann sie freies Schußfeld hatten. Der Amerikaner konnte nicht unbegrenzt lange dort bleiben. Wenn seine Verfolger sich nicht abschütteln ließen, hatten sie ihn, sobald er dieses Gebiet verließ.

Serow konzentrierte sich auf eine Stimme, die aus seinem Kopfhörer drang, nickte gelegentlich, machte trotz schmerzverzerrter Miene ein zufriedenes Gesicht und meldete Rodin:

«Die KGB-Dienststelle Aralsk ist . . . unbenutzbar. Auf Dauer. Zweifellos ein Terroranschlag», fügte er mit einem Anflug seiner früheren Tüchtigkeit hinzu.

«Was haben Ihre Leute entdeckt?»

«Eine Aufzeichnung der mit der Überwachungskamera des Hubschraubers gemachten Aufnahmen.»

«Sie ist aber noch nicht . . .?»

«Nein, die Weiterübermittlung ist unterbunden worden. Meine Leute haben die Aufzeichnung vernichtet. Außerhalb von Baikonur gibt es keinerlei Beweise mehr.»

«Gut!» Rodin nickte befriedigt. «Dann ist der Schaden eingegrenzt.»

Irgend etwas auf dem großen Bildschirm erregte seine Aufmerksamkeit. Gants Mil flog jetzt schneller, schlug Haken und machte Ausweichbewegungen wie eine in die Enge getriebene Ratte; die beiden Kampfhubschrauber folgten ihr schwerfällig durch oder über die vor ihnen aufragenden Hindernisse. Die Stimme des ersten Mi-24-Piloten klang atemlos aufgeregt. Rodin drückte sich seinen Kopfhörer mit beiden Händen auf die Ohren, als versuche er, die Meldungen geheimzuhalten.

«Er hat eine Leitung überspringen müssen ... Augenblick! Dahinter liegt eine freie Fläche ... Soll ich ihn dort abschießen?» rief die Stimme erregt. «Jetzt steigt er ... dreißig, vierzig Meter ... freies Schußfeld ...»

«Nein!» brüllte Rodin in sein Mikrofon. «Warten Sie noch! Er muß über freiem Gelände sein!»

«... dreht jetzt ab, enge Steilkurve ... über freiem Gelände ... *jetzt!* Er fliegt denkbar enge Rechts-Links-Kurven – warum? Das Schußfeld ist frei – *frei*!»

«Sie müssen sich Ihrer Sache *absolut* sicher sein!» ermahnte Rodin ihn scharf. «Schäden sind *unbedingt* zu vermeiden. Sie sollen nur den Amerikaner abschießen – *nicht* unser Projekt.» Dann wartete er wieder. Er starrte die Landkarte an, hörte die Stimme und hielt den Kopfhörer an die Ohren gepreßt.

«... steigt, will mich abschütteln, ich folge ihm. Ja ... nein, beinahe, ja ... steigt und kurvt, sinkt jetzt, steigt wieder, Kurve, enge Steilkurve, ja, nicht mehr ...» Der Pilot wartete darauf, eine der unter den Stummelflügeln aufgehängten Lenkwaffen einsetzen zu können. Aus dieser Entfernung konnte er die Mi-2 unmöglich verfehlen, aber er wartete auf den optimalen Zeitpunkt, während Gant sich wie ein Fisch an der Angel schlängelte und wand.

Rodin seufzte laut.

«... engere Kurve, im Sinkflug ... jetzt steigt er wieder, gleich haben wir ihn – Steilkurve, folgen, dann ...» In diesem Augenblick hörte Rodin einen dumpfen Schlag. Er war so unüberhörbar wie die Besorgnis in der Stimme des Piloten, die jetzt zu einem Entsetzensschrei wurde. Sekunden später brach auch dieser Schrei ab.

«Was ist los?» brüllte Rodin ins Mikrofon. «Was ist passiert?»

«... abgestürzt», hörte er wenig später undeutlich.

«Flugmanöver bei hoher Beschleunigung ... wie in der ersten Zeit in Afghanistan», murmelte er. «Der Amerikaner hat ihn zu schnellen engen Kurven verleitet, für die unsere Maschinen einfach nicht gebaut sind, und der Hauptrotor hat das Heck gestreift ... Das hab' ich schon früher in den Bergen passieren gesehen – *aber er hat nicht daran gedacht!* Er hat sich den eigenen Arsch abgesäbelt, die Rotorblätter zersplittert, Genosse General.»

«Ist er ...?»

«Beim Aufschlag in Flammen aufgegangen, Genosse General», bestätigte der Pilot. «Daran ist der Amerikaner schuld!» Das war ein empörter Aufschrei.

Rodin riß sich die Hör-Sprech-Garnitur vom Kopf und warf sie beiseite. «Liquidieren Sie den Amerikaner!» forderte er Serow wütend auf. «Wie Sie's schaffen, ist mir egal! Ich will, daß er *sofort* unschädlich gemacht wird!»

Das Wrack des abgestürzten Kampfhubschraubers war in lodernde Flammen gehüllt. Gant, dessen Körper nach seinen gewagten Flugmanövern vor nervöser Anspannung schmerzte, schlängelte sich mit der Mi-2 durch eine Gruppe von Radarantennen.

Leuchtspurgeschosse zischten glühend am Cockpit vorbei, und der Hubschrauberrumpf erzitterte und schwankte, als er Treffer abbekam. Gant bemühte sich, die Mi-2 zu stabilisieren, und wartete nervös auf den nächsten Feuerstoß.

Gant wechselte mehrmals den Kurs, obwohl er damit rechnen mußte, daß der Hubschrauber durch den Beschuß schwere, vielleicht sogar tödliche Schäden erlitten hatte. Sein Instinkt bewog ihn zu Ausweichbewegungen, während sein Verstand seinen Körper, das Cockpit und die Kabine erforschte. Mit dem Hubschrauber stimmte irgend etwas nicht ... sein Schatten mußte beobachtet worden sein, und einer der Kampfhubschrauber hatte auf gut Glück hinter ihm hergeschossen ... irgend etwas stimmte nicht mehr! Gant hatte den Eindruck, in einem Wagen zu sitzen, dessen Bremsen nachließen und dessen Lenkung schwammig wurde.

Die Ruderpedale zeigten nicht mehr die gewohnte Wirkung: Der Hubschrauber zog immer stärker nach links. Gant trat in die Ruderpedale, aber die Mil reagierte kaum und war kaum noch steuerbar.

Unmittelbar darauf verließ er den Antennenwald bereits wieder. Dieser Typ verfügte über ein verbessertes Radarwarngerät, das

Gant zeigte, daß er von keinem der Kampfhubschrauber hinter ihm mit dem Bordradar erfaßt wurde. Er hatte sie vorläufig abgeschüttelt, wie er gehofft hatte.

Die Mi-2 gierte fast im Zickzackflug, während er sich abmühte, sie wieder auf Kurs zu bringen: nach Südosten auf die Straße und den Fluß zu, bis zu dem Baikonur reichte. Dunkelheit, weite Flächen, spärliche Besiedlung – diese Faktoren hatten Gant dazu bewogen, den Versuch zu machen, dort seine Verfolger abzuschütteln. Und danach ... ja, was dann?

... nirgends ein Radarkontakt. Die Verfolger waren noch immer nicht wieder auf seiner Fährte. Rechts voraus zeigte sich der Lichtschein Tjuratams, aber um Gant herum herrschte Dunkelheit. Es dauerte mehrere Sekunden, bis er den stumpfen Hubschrauberbug mühsam wieder in Kursrichtung gebracht hatte. Südost. Die Mi-2 flog jetzt viel zu langsam, viel zu schwankend. Wenn die restlichen drei Kampfhubschrauber zusammenwirkten, wenn Rodin sie mit Überlegung statt im Zorn führte, mußten sie ihn aufspüren, bevor er zehn Kilometer weit gekommen war.

«Gant, was soll der Scheiß? Kannst du nicht endlich damit *aufhören*?» brüllte Priabin ihm in die Ohren.

Sein Funkgerät war verstummt. Die anderen hatten auf eine unbekannte Frequenz umgeschaltet. Er hatte sie verloren, wie sie ihn verloren hatten.

«Halt's Maul, Priabin – halt die Klappe!»

«Katja ist ... sie *schwimmt* in Blut!» protestierte Priabin entsetzt. «Das hast *du* ihr angetan!»

«Das spielt jetzt keine Rolle mehr», antwortete Gant nach längerer Pause. «Mit dieser Mühle kommen wir keine zehn Kilometer mehr. Sie ist zusammengeschossen, Priabin. Kapiert? Wir sind erledigt!»

15

Die Enge des Käfigs

Der eisige Wind schien den kurz aufblitzenden Sonnenschein vor sich her übers Vorfeld des Genfer Flughafens Cointrin auf das Rednerpult, die Militärkapelle, die Ehrenkompanie, das Empfangskomitee und die Airforce One zuzutreiben. Die Glasfronten der Flughafengebäude warfen Lichtsplitter zurück, die Calvins müden, brennenden Augen wehtaten.

Nach dem Abspielen der Nationalhymmne hörte er die Stille, die sich nach allen Seiten auszubreiten schien, bis der Wind sie ausfüllte. Calvin warf einen Blick auf seine Rede und blickte dann ziellos in die Runde. Dann sah er die Kameras – ganze Batterien von Kameras mit Teleobjektiven und tragbaren, auf Schultern ruhenden Fernsehkameras –, gab sich einen Ruck und setzte eine optimistische Miene auf.

Calvin begann seine Rede. Unter ihm und auf einer Seite des Podiums mit dem Rednerpult waren Remsburg, die Stabschefs, Danielle und der amerikanische Chefunterhändler Giordello wie zu einem Gruppenbild aufgestellt. Vor sich hatte er die Ehrenkompanie, die Militärmusik und die Kameras: den Rest der Welt. Er zwang sich dazu, mit tiefer, kräftiger, ehrlicher Stimme zu sprechen, und fügte seiner Rede die Zutaten wie ein sorgsamer, aber unehrlicher Koch hinzu, während ihm Einzelheiten seiner grausigen Zwangslage durch den Kopf gingen.

«. . . und die Völker der Erde sollen wissen, daß dies eine Zeit der Hoffnung ist – wie einer meiner illustren Amtsvorgänger einst gesagt hat, haben wir *nichts zu fürchten, als die Angst selbst.* Ich bitte Sie alle, dessen eingedenk zu sein . . .» Der Wind schien ihm die Worte aus dem Mund zu reißen, so daß Calvin seine eigene Stimme kaum hörte. Er blickte nervös zu seiner Frau hinunter, die ihm zulächelte. Danielle, die seine Unschlüssigkeit spürte, nickte ihm rasch, kaum merklich zu, er solle weitersprechen.

«Sie alle haben mitverfolgt, wie die nuklearen Arsenale unserer beiden Nationen offengelegt, abgezogen und demontiert worden sind. Dies ist kein Spiel, kein durchsichtiges Wahlmanöver, *son-*

dem wir meinen's ernst!» Auf einer Wahlversammlung wäre diese Aussage mit explosivem Jubel und Applaus begrüßt worden. Hier – im Wind und dem flüchtig zurückgekehrten Sonnenschein – wurde sie von den anwesenden Diplomaten nur höflich beklatscht.

«In den vergangenen Wochen und Monaten haben Sie oft gehört, wie wichtig dieser Ort und dieser Zeitpunkt sind. Das kann ich nur bekräftigen – und mit den Worten des großen Dichters Charles Dickens hinzufügen, daß ‹wir die Welt beginnen müssen›. Wir wollen Sie gemeinsam beginnen! Ich danke Ihnen, und Gott segne Sie alle.»

Nach kurzer Pause hob er die Rechte und winkte. Ein Ertrinkender, so sah er sich selbst. Ein Mann des Schicksals, so besagte seine Miene. Calvin verließ das Rednerpult und begab sich in den Kreis der zu seiner Begrüßung erschienenen in- und ausländischen Würdenträger. Eine Kolonne schwarzer Mercedes-Limousinen, die ihn an einen Leichenzug erinnerte, fuhr langsam vor. Er schüttelte mit automatischer Herzlichkeit zahllose Hände, lächelte und verstand es, auch dabei staatsmännisch würdevoll zu wirken.

Auf den Kotflügeln der schwarzen Limousinen waren Stander montiert: die Flagge seines Landes, Hammer und Sichel, das Blau der Vereinten Nationen, das Schweizerkreuz und die Fahne der Stadt Genf mit Adler und Schlüssel. Die gleichen Fahnen flatterten und knatterten an den Masten vor dem Abfertigungsgebäude. Adler und Schlüssel – der amerikanische Adler und der Gefängnisschlüssel. Dieser Vergleich drängte sich ihm unwillkürlich auf.

John Calvin stieg in den für ihn bereitstehenden Mercedes und spürte, daß er wie ein Invalide in die weichen Polster sank. Danielle griff nach seiner Hand, als wolle sie ihm gratulieren und ihn zugleich trösten. Er umklammerte ihre Hand und klopfte damit in gemessenem Tempo auf seinen Oberschenkel, als gebe er damit den Takt für einen kurzen, noch verbleibenden Zeitraum an.

Die Fichtenschonung überraschte ihn, weil sie ihn aus der Dunkelheit wie ein lebendes Wesen anzuspringen schien. Gant zog die Mi-2 hoch, hinderte sie daran, nach links auszubrechen, und setzte über die Bäume hinweg, als seien sie ein Hindernis auf einem Parcours. Danach verringerte er seine Geschwindigkeit noch weiter, bis der Hubschrauber fast stationär war. Die Maschine zog ständig nach links, und die Pedalwirkung war erheblich beeinträchtigt. Gant wußte nur allzugut, daß er die Mil nicht mehr lange in der Luft würde halten können. Fünf Kilometer oder fünf Minuten – nicht mehr. Die Mi-2 war erledigt.

Der passive Radarempfänger schwieg. Die Jäger hatten seine Fährte verloren. Vielleicht glaubten sie ihn noch in Baikonur, hielten es für unvorstellbar, daß er durchs Netz geschlüpft sein könnte. Auch das Funkgerät blieb stumm. Gant konnte die neue Frequenz der anderen nicht suchen, denn dazu hätte er die rechte Hand vom Steuerknüppel nehmen müssen. Statt dessen war er ständig damit beschäftigt, den fast unsteuerbar gewordenen Hubschrauber in der Luft zu halten. Und er wußte, daß die Jäger ihn bald aufspüren würden ... ein Auto oder Fuhrwerk auf der Straße, ein Kolchosbauer, der in die Nacht hinaushorchte, kläffende Hunde oder aufgeschrecktes Vieh ... irgend etwas würde ihn verraten.

Gant hielt die Mil in einer kurzen Atempause, in der die Pedalwirkung wieder da war, im Schwebeflug. Was tun? Ihm war nicht wohl bei dem Gedanken, die Mi-2 aufzugeben, selbst wenn sie gefährlich beschädigt war, aber er wußte, daß er nirgends ein Versteck finden würde, in dem er die Maschine untersuchen und vielleicht sogar instandsetzen konnte. Die Verfolger würden ihn aufspüren, sobald er für längere Zeit landete.

Die Mil aufgeben ... *zu Fuß* weitermarschieren? Ein Auto, irgendein Fahrzeug auftreiben und die 1500 Kilometer *bis in die Türkei oder nach Pakistan fahren?* Oder nur bis zur nächsten *noch funktionierenden* KGB-Dienststelle – und was hatte er dort zu erwarten? Was war, wenn Priabin sich nach erfolgreicher Übermittlung mit demselben Gesichtsausdruck wie auf dem Hausboot nach ihm umdrehte ...? Gant lief ein kalter Schauder über den Rücken.

Was tun?

Der Wind hatte eine Zeitlang nachgelassen, aber jetzt rüttelte eine Bö die Maschine durch, als wolle er sich wieder in Erinnerung bringen. Das Heck schwang zur Seite, der Bug gierte heftig, und als Gant die Drehbewegung mit den Pedalen korrigieren wollte, war der schmale dunkle Streifen der windgepeitschten Fichtenschonung augenblicklich gefährlich nahe. Ein Zittern durchlief den Rumpf der Mi-2. Der Hubschrauber geriet außer Kontrolle: Er drehte sich schneller und schneller um seine eigene Achse ... Nord, West, Süd, Ost, Nord, West ... er würde im nächsten Augenblick steuerlos am Rande der Schonung abstürzen.

Gant, der einen Aufschlagbrand fürchtete, unterbrach die Treibstoffzufuhr und betätigte den elektrischen Hauptschalter. Um nicht in die Bäume zu geraten, war er jetzt darauf angewiesen, mit Autorotation zu fliegen – er mußte den Absturz *steuern* ... Er ließ die Mil die letzten Meter durchsacken, spürte, wie das Fahrwerk aufsetzte, abknickte und wegbrach ..., sah die Rotorblätter wie Dreschflegel auf die Bäume einschlagen und beobachtete mit einem raschen Blick über die Schulter, wie das Heck in die Fichten geriet, einige Bäume knickte und dabei aufgerissen wurde. Dann zersplitterte eines der Rotorblätter: Die Mi-2 kippte mit einem letzten Ruck halb zur Seite und blieb liegen.

Stille.

Das Ganze hatte nur wenige Sekunden gedauert. Er hatte nichts gedacht, sich nichts vorgestellt, nur darauf gewartet, das die Maschine zum Stillstand kam. Er hatte gewußt, daß er bei einem Absturz aus geringer Höhe nicht verletzt oder getötet werden würde; dies war lediglich das Ende der Mil gewesen.

Dann holte er keuchend tief Luft – immer wieder. Und hörte Priabins Stimme in seinem Kopfhörer. Eine zittrige Stimme, die nur flüstern konnte.

«Gant? Gant – ist bei dir alles in Ordnung?»

Gant blickte durch die erstaunlicherweise unbeschädigt gebliebene Cockpitverglasung zu abgesplitterten Fichtenästen hinauf. Durch eine kleine Lücke war der schwach mondhelle Sternenhimmel sichtbar. Keine breite Schneise im Baumteppich der Schonung ... gut.

«Nichts passiert», murmelte er geistesabwesend, bevor er an die vor ihm liegenden Minuten dachte. «Alles in Ordnung. Und bei dir?»

«Bei mir auch, glaub' ich. Aber Katja ... sie ist nicht ...»

Die junge Frau mußte dem Tode nahe sein. Sobald sie gestorben war, würde Priabin ihn wieder dafür verantwortlich machen. Das konnte gefährlich werden. Gant verdrängte diesen Gedanken, schob die Cockpittür zurück und fröstelte, als ein Kälteschwall hereindrang. Er schnallte sich los, kletterte mühsam nach oben aus der Maschine und sprang zu Boden.

Gant blickte nach oben. Getarnt? Beinahe. Der Hubschrauber war schräg nach vorn geneigt seitlich zwischen die Bäume geraten. Einige der Fichten waren niedergedrückt worden und hatten sich wieder aufgerichtet; andere waren abgeknickt oder standen jetzt schief. Falls die Absturzstelle nicht aus Zufall entdeckt wurde, war sie bis Tagesanbruch kaum zu sehen.

Die Kabine vor dem abgebrochenen Heck war ebenfalls unbeschädigt geblieben. Gant drehte sich rasch um, als die Kabinentür geöffnet wurde, nahm dann seinen Helm ab und warf ihn weg. Er horchte in die Nacht hinaus, obwohl seine Ohren noch vom Druck der Kopfhörer summten. Zuerst die Schreie aufgeschreckter Vögel, dann das Rauschen des Windes in den Fichtenwipfeln. Sonst nichts. Die Jäger hatten seine Fährte verloren. Priabins Gesicht war eine blasse, flehende Maske in der Kabinentür. Gant erkannte, daß Priabins Schock ihn behindern würde. Das war ihm immer mehr zuwider, aber er fand sich damit ab, die Prioritäten des anderen noch für kurze Zeit akzeptieren zu müssen. Er wollte Katja nicht sehen, als ob er zu ihrem verzweifelten Zustand beigetragen habe ...

Das hatte er auch, wie er sich eingestand.

Gant kletterte in die dunkle Kabine der Mi-2. Katja, die auf einem der Klappsitze lediglich durch einen Bauchgurt gesichert gewesen war, hatte sich nicht festhalten können, sondern war bei Gants ruckartigen Ausweichbewegungen nach vorn, nach hinten und zur Seite geschleudert worden. Ihre Kleidung und der Sitz waren mit Blut getränkt; ihre Arme hingen schlaff herab, und die Beine waren unbeweglich ausgestreckt.

Gant war sich darüber im klaren, daß er Wichtigeres zu tun hatte, als sich um die Sterbende zu kümmern. Für sie war Priabin zuständig.

Als er sich neben sie kniete, war ihr leises Stöhnen im Gegensatz zu der feierlichen Stille, die bisher geherrscht hatte, geradezu ohrenbetäubend laut. Gant mußte sich abwenden, als sie quälend langsam den Kopf hob, wobei Priabins Hand unter ihrem Kinn lag, und aus einer Wasserflasche zu trinken versuchte. Auch ihr Gesicht war blutverschmiert, so daß ihr Mund dunkel vergrößert zu sein schien. Gant hörte, wie Priabin immer wieder ihren Namen murmelte. Er brachte es nicht über sich, Priabin zu erklären, daß sie jetzt weiter mußten.

Karten, Taschenlampe, das Gewehr, Leuchtpistole, vielleicht sogar ein Funkgerät ...? Falls die Geräte sich nicht ausbauen ließen, mußte er zumindest hören, was die anderen taten. Gant wußte, daß er hier kostbare Zeit vergeudet hatte, auch wenn er sich dieser Erkenntnis schämte. Die junge Frau lag im Sterben – er mußte überleben. Er sprang auf den Waldboden hinunter und horchte erneut. Nichts, nur das Rauschen in den Bäumen. Gant hielt sich seine Armbanduhr dicht vors Gesicht. 18.15 Uhr.

Er kletterte ins Cockpit zurück, riß die zusammengefalteten Karten aus der Tasche neben dem Sitz, fand die Taschenlampe und nahm das Gewehr aus der Halterung über dem Pilotensitz. Dann war das Funkgerät an der Reihe. Nur Batteriebetrieb ... wenn das Gerät nicht beschädigt war, wenn die Antenne nicht abgerissen war ... Gant sortierte die Codekarten in der Halterung neben dem Funkgerät. Der KGB-Pilot, der die Mi-2 sonst flog, hatte die Militärfrequenzen unter seine eigenen Codes gekritzelt ... Mittwoch ... Nach kurzem Zögern schaltete Gant das Funkgerät ein. Stimmen erfüllten das Cockpit.

Gant erfaßte fast augenblicklich, weshalb die Jäger auf einer falschen Fährte waren. Ein nicht identifiziertes Flugzeug? Nein, ein Fahrzeug auf der von Norden nach Süden verlaufenden Straße jenseits von Dschusaly – über 20 Kilometer nordöstlich von ihm. Was war passiert? *Streife hat versucht, einen Lastwagen anzuhalten – Sperre durchbrochen, Streifenfahrzeug beschädigt, Verfolgung unmöglich ... Alle Hubschrauber sofort zu Planquadrat ...*

Schwarzhändler, betrunkene Soldaten, Diebe – unwichtig. Entscheidend war, daß sich auf diese Weise eine Lücke aufgetan hatte, durch die sie schlüpfen konnten. Diese Chance *mußten* sie nutzen!

Gant hörte weiter gespannt zu. Die drei verbliebenen Kampfhubschrauber hatten den neuen Auftrag bereits bestätigt und waren nach Nordosten unterwegs, wo der Lastwagen die Straßensperre durchbrochen hatte. Serow, dessen Stimme Gant mühelos erkannte, war übereifrig und in seinem Drang, das Blatt wieder zu seinen Gunsten zu wenden, allzu leichtgläubig. Gant hörte noch einen Augenblick lang zu und schaltete dann das Funkgerät aus.

Als er aus dem Cockpit kletterte, hielt er Gewehr, Landkarten, Taschenlampe und Leuchtpistole an sich gedrückt. In seiner Jakkentasche steckte eine Tafel Schokolade, die er zufällig entdeckt hatte. Er blieb stehen und horchte, ohne etwas zu hören, legte seine Ausrüstung auf den Waldboden und stieg widerstrebend in die Kabine.

Selbst unter verzweifelten Umständen, das erkannte Rodin jetzt, konnte Machtausübung befriedigen. Seine aufgebrachte Stimme drängte, forderte Unmögliches und stieß sogar Drohungen aus, und sein Gesicht war von Zorn gerötet, aber keiner der anderen wagte, angesichts seiner Entschlossenheit – seiner Macht! – auf seinen Einwänden zu beharren.

«Der Start findet in neuneinhalb Stunden statt», wiederholte er nachdrücklich. «Nicht morgen nachmittag, meine Herren, sondern vor Tagesanbruch. Eine Stunde später wird die Laserwaffe in ihre Umlaufbahn gebracht, um so schnell wie möglich eingesetzt zu werden. Ist das klar?» Rodin erwartete keine Antwort, sondern fuhr rasch fort: «Sie alle haben Ihre Aufgaben, Ihre Zuständigkeiten. Sehen Sie zu, daß Sie ihnen gerecht werden! Es ist jetzt . . .» Er sah auf seine Armbanduhr. «. . . achtzehn Uhr einunddreißig. Der Start wird auf vier Uhr festgesetzt. Ich danke, meine Herren, ich danke!»

Ihre Stiefel polterten über die Gitterroste des Laufgangs, auf dem er sie zusammengerufen hatte. Rodin kümmerte sich nicht weiter um ihre Gesichter, die sie vermutlich schneiden würden. Er hatte seine Befehle erteilt. Es handelte sich lediglich darum, die Startvorbereitungen von 24 auf neuneinhalb Stunden zu komprimieren. Das war zu schaffen . . .

Es *mußte* zu schaffen sein! Der Amerikaner war noch immer

nicht gefaßt, und Rodin traute Serow nicht mehr recht zu, ihn wirklich zur Strecke zu bringen. Sein Gefühl, vor weiteren, größeren Mißerfolgen zu stehen, hatte sich verstärkt. Er wußte, daß es seine Pflicht gewesen wäre, die *Stawka* in Moskau auf dem laufenden zu halten, aber damit wollte er bewußt noch warten. Sein Ziel stand ihm klar vor Augen: Er mußte das Unternehmen *Blitz* verwirklichen, bevor er *irgend jemand* erreichte. Möglicherweise hatte Priabin Gant davon überzeugt, daß es am besten sei zu versuchen, mit dem gestohlenen Hubschrauber eine KGB-Dienststelle anzufliegen.

Ihre ... ihre *Freiheit* saß wie ein Stachel in seinem Fleisch. Solange die beiden nicht gefaßt waren, beengte und behinderte sie ihn und ließ ihm lediglich die Illusion, handeln zu können, in seinen Entscheidungen frei zu sein. Sie hatten Beweise für die alten Männer im Politbüro – vor allem für Nikitin, *den Sozialreformer, die offene Hand unserer Gesellschaft*, wie die *Prawda* ihn immer wieder bezeichnete! Nikitin und die anderen würden mit entsetzt erhobenen Händen zurückweichen; sie würden sich von der Armee und ihrer Laserwaffe distanzieren und die Verteidigungsfähigkeit Rußlands weiter verringern. *Die offene Hand unserer Gesellschaft* ... Tand, Fernsehgeräte, Autos, Fertiggerichte – *das* bot Nikitin dem Volk, das nichts anderes zu *wollen* schien ...

Rodin schüttelte den Kopf, um wieder klar sehen zu können. Direkt unter ihm befand sich die Laserwaffe im Laderaum der Raumfähre. In wenigen Minuten würde das Signal für den Transport zur Startplattform gegeben werden. Im Normalfall dauerte die Fahrt mindestens zwölf Stunden, zu denen weitere drei für das Aufsetzen der Raumfähre auf die Trägerrakete kamen. Rodin hatte befohlen, diese 15 Stunden auf höchstens sieben zu verkürzen. Die Betankung dauerte zwei Stunden, die letzte Überprüfung eine weitere halbe Stunde. Dann der Start! In neuneinhalb Stunden. *Unmöglich!* hatten sie gesagt. *Ich bestehe darauf!* hatte er geantwortet.

Unter ihm heulten und röhrten die schweren Lokomotiven, die den Raumfährentransporter zu ziehen hatten. Sekundenlang ein Stilleben, weil alle gespannt zusahen. Dann setzte der riesige Transporter sich langsam in Bewegung: Zentimeter für Zentimeter, eine Handbreit, einen halben, dann einen ganzen Meter ... schwacher Jubel verhallte in den Weiten des Hauptmontagegebäudes. Rodin blickte nach oben, wo das zersplitterte Oberlicht daran erinnerte, daß der Amerikaner hier wie ein Vandale eingebrochen war, um Beweismaterial zu stehlen. Dieser Anblick bestätigte Rodin in seiner Entscheidung.

Die *Stawka* würde seine Handlungsweise billigen, und Nikitin und die anderen würden zuletzt auch einsehen, daß er richtig gehandelt hatte. Aber Rodin war Realist genug, um seinen Optimismus wieder einzuschränken. Selbst wenn sie's nicht verstanden, war er nicht bereit, sein Land wehrlos zu machen, wie es die Amerikaner mit ihrem taten. Darin fand er jetzt ein beruhigendes Zielbewußtsein.

«Ich will wissen, welchen Fluchtweg sie benützen wollen – sofort!»

Drogen – nein. Schläge – nein. Elektroden – nein. Isolationsfolter – *nein*, zu langwierig. Serow wünschte sich nichts mehr, als seine bewährten Methoden anwenden zu können. Priabin hatte er unterschätzt, weil er so jungenhaft wirkte und in der Vergangenheit grobe Schnitzer gemacht hatte. Hier bei Kedrow lagen die Dinge anders ... Sein gebrochener Arm pochte schmerzhaft, aber Serow hätte nur allzu gern die Faust geballt und immer wieder ins Gesicht des hilflos vor ihm Liegenden geschlagen. Trotzdem beherrschte er sich. Er mußte Kedrow ohne sonstige Hilfsmittel allein durch Persönlichkeit und Willenskraft zum Sprechen bringen.

Kedrow blinzelte mehrmals. Sein Adamsapfel bewegte sich, als er wieder und wieder schluckte. Karbolduft und die übrigen verhaßten Krankenhausgerüche erfüllten das kleine Zimmer, in dem Kedrows frühere Persönlichkeit halbwegs wiederhergestellt worden war. Die Ärzte hatten seinen Körper entgiftet und dafür gesorgt, daß er wieder klar denken konnte.

«Ich weiß nichts», flüsterte Kedrow schließlich mit heiserer Stimme. «Ich weiß wirklich nichts.» Er schüttelte langsam den Kopf, um seine Aussage zu unterstreichen.

«Sie *müssen's* wissen!» knurrte Serow ungehalten. Dann beherrschte er sich wieder. «Der Amerikaner sollte *Sie* abholen. Sie müssen die *Fluchtroute* kennen!»

«Ich ... weiß nichts», seufzte Kedrow. Angst schien seine Schwäche überwinden zu können, blieb dann aber doch unwirksam. Seine Augen waren feucht und trüb, seine Haut wirkte beinahe durchsichtig.

Der GRU-Oberst hatte Mühe, ein Zittern zu unterdrücken. Der Lastwagen, der die Straßensperre durchbrochen hatte, hatte sich als Fehlalarm herausgestellt – *Betrunkene!* Sie waren zuletzt von der Straße abgekommen und in einen Graben gerast – er würde dafür sorgen, daß sie ins Arbeitslager kamen! Afghanistan war noch zu gut für sie! Er hatte Rodin noch nicht Meldung erstattet: Der Gedanke, daß Kedrow den Fluchtweg kennen müsse, war ihm als rettender Strohhalm erschienen. Und der Mann wußte *nichts!*

Er mußte etwas wissen ...

«Sie wissen es», murmelte er mit einer Stimme, die er kaum als seine erkannte. «Sie wissen etwas, Kedrow, Sie müssen etwas wissen!»

Kedrow schüttelte erneut den Kopf: langsam, übermüdet, wie ein Kind, das keine Geschichte mehr hören, sondern schlafen will. Verdammt noch mal, hatte er sich nur *deswegen* in wahnwitzigem Tempo von der Leitstelle hierher fahren lassen? Vor zehn Minuten waren die Betrunkenen gestellt worden; seit zehn Minuten hatten die Hubschrauber und Fahrzeugstreifen die Suche nach den Verschwundenen wiederaufgenommen ... zehn vergeudete Minuten. Kedrow hörte ihn kaum, nahm seine Anwesenheit kaum wahr.

«Ich weiß nichts», bestätigte Kedrow.

«Wer ist Ihr amerikanischer Kontaktmann gewesen? Wie ist er rein- und rausgekommen?»

«Zug ... Auto? Keine Ahnung. Er hat Orlow das Funkgerät gebracht und ist nie mehr aufgetaucht ...» Kedrow war jetzt bereit, offen zu reden. Das bestätigte, daß er die Wahrheit sagte. Natürlich wußte er nichts!

«Was ist mit den anderen?» fragte Serow scharf. «Wie sind Sie überhaupt angeworben worden? Doch nicht von dem Alten?»

«Nein. Vor einigen Jahren ... in Moskau, als ich dort meine Schwester besucht habe. Ich wollte Geld, viel Geld ...» Er lächelte, bevor er fortfuhr: «Ich habe meine Ware angeboten, die Amerikaner waren zum Kauf bereit ... die Laserwaffe ist nur eine Dreingabe gewesen.» Kedrow machte eine Pause und hatte plötzlich Tränen in den Augen. Aber er schien nicht zu merken, daß sie ihm übers Gesicht liefen, als er murmelnd fortfuhr: «Ich wollte nach Amerika. Dort hätte ich alles bekommen, was ich mir erträumt hatte ...» Er schüttelte den Kopf. «Ich hab' nicht gewußt, wer kommen würde, wie sie kommen würden, auf welchem Weg sie mich erreichen würden – ich hab' nur gewußt, daß sie die Fotos und meine Aussage brauchten ...» Während seine Tränen unvermindert weiterflossen, hörte er einfach zu sprechen auf, ohne Serow anzusehen.

Hoffnungslos! Serow stürmte aus dem kleinen Raum und knallte die Tür hinter sich zu. Ohne auf den strammstehenden GRU-Posten zu achten, marschierte er den Korridor entlang zum Aufzug, der ihn in die Tiefgarage bringen würde, in der Priabin und der Amerikaner ...! Serow starrte zu Boden, ohne die Grüße Entgegenkommender zu erwidern. Gant und Priabin hatten ihn ... unterminiert. Er mußte sie fassen, er *mußte* einfach!

Gant sah auf seine Uhr. Eine Viertelstunde ... er wußte, daß die anderen ihren Irrtum inzwischen erkannt haben mußten. Die Suche würde weitergehen. Ihre Chance zur Flucht war vertan. Und er konnte Priabin noch immer nicht zum Mitkommen überreden oder sich dazu zwingen, den Russen zurückzulassen. Diese Unschlüssigkeit, diese ungewohnte Lethargie war ihm selbst unbegreiflich.

Priabin saß ihm in der Dunkelheit auf der anderen Seite von Katja Gretschkowas Leichnam gegenüber. Er hatte ihr Gesicht mit einer der in der Kabine hängenden Parkas bedeckt.

«Mir reicht's, Gant. Ich bin ab sofort nicht mehr im Rennen.»

«Verdammt noch mal, Priabin, ich *brauche* dich!» wiederholte er zum zehnten oder zwölften Mal. «Du mußt mir helfen, diesen Film rauszuschaffen.» Im reflektierten Mondlicht war undeutlich zu sehen, daß Priabin den Kopf schüttelte.

«Nein, ich muß dir keineswegs helfen. Das wäre ohnehin sinnlos.» Seine Stimme klang vorwurfsvoll, als er fragte: «Warum müssen um dich herum immer wieder Menschen *sterben*, Gant?»

«Wenn du hierbleibst, stirbst du auch. Hör zu, Priabin, wir müssen diesen Film zu einer KGB-Dienststelle bringen, damit die Aufnahmen nach Moskau übermittelt werden können. Mehr verlange ich gar nicht, Mann!»

Priabin schüttelte erneut den Kopf. «Ich kann nicht, Gant. Ich bin zu müde dazu . . .» Er seufzte, aber Gant hörte ein unterdrücktes Schluchzen heraus. Draußen war alles still – wie lange noch? «Serow hat sie erschossen, um selbst am Leben zu bleiben. Ist das nicht auch dein Allheilmittel – am Leben bleiben? Aber da mache ich nicht mit, Gant . . . Menschenleben sind hier zu entbehrlich, ich fühle mich kalt und leer, und meine Haut kommt mir zu dünn vor. Verstehst du das? Ich komme *nicht* mit.»

«Ich *brauche* dich, verdammt noch mal!»

Tatsächlich? In Gants Kopf blitzte eine Erinnerung auf, um wie eine Sternschnuppe zu erlöschen. Wirklich?

«Nein, Gant, du brauchst niemand.»

«Hast du Katja . . .? Ist sie deine . . .?»

«Ich hab' sie gerngehabt, Gant, sonst nichts. Und jetzt ist sie tot. Zuerst Anna . . . und nun Katja. Ich glaube nicht, daß wir das Morden beenden können, und will's gar nicht mehr versuchen.»

«Wenn sie dich erwischen, bringen sie dich um, das steht fest.»

«Schon möglich. Sie haben auch alle anderen umgebracht – sogar den armen Schwulen . . . oder vielleicht ist das meine Schuld gewesen? Ja, das bin ich gewesen, glaub' ich . . . Warum verschwindest du nicht endlich, Gant?» knurrte er plötzlich, als werfe er unerwünschten Besuch hinaus. «Sieh zu, daß du am Leben bleibst. Wer weiß, vielleicht schaffst du's sogar!» Er lachte kurz und leise.

«Reiß dich zusammen, Priabin, du kannst nicht hierbleiben!»

«Gant – verschwinde einfach, ja? Ich bin müde, ich bin erledigt. Und ich glaube nicht, daß irgend jemand außer den Amerikanern den Gang der Dinge noch aufhalten könnte. Ich bezweifle, daß *Nikitin* es täte, wenn er davon wüßte . . . vielleicht hätte er gar nicht die Macht dazu.»

Gant sprang auf. «Dann soll dich der *Teufel* holen, Priabin!»

knurrte er. Er hängte sich das Gewehr um, steckte die Taschenlampe ein und überzeugte sich, daß er seine übrige Ausrüstung – aber vor allem die beiden Videokassetten – in den Parkataschen verstaut hatte. Er fröstelte, aber er war hellwach. «Der Teufel soll dich holen!» wiederholte er, anstatt Priabin alles Gute zu wünschen oder ihm einfach Lebewohl zu sagen.

«Laß dir's gutgehen, Gant», murmelte Priabin. «Viel Glück.»

Der Amerikaner blieb noch einen Augenblick in der Kabinentür stehen. «Du wolltest mich umbringen», sagte er dann.

«Jetzt nicht mehr. Ich wäre nicht mehr dazu imstande. Der Tod ist hier zu real. Das Ganze ist eine Art Spiel gewesen, bis ich auf *Blitz* gestoßen bin. Jetzt ist alles zu real . . .»

«Bleib am Leben, Priabin.» Gant sprang zu Boden und blieb verschwunden. Priabin hörte ihn nicht einmal davongehen.

Er starrte zwanghaft die Parka an, unter der Katja lag, aber vor seinem inneren Auge sah er die verschneite Straße, den Grenzübergang und das blasse Gesicht der Toten, die er an seine Uniform gedrückt hielt: Anna. Er war an ihrem Tod schuld gewesen; er hatte auch Katja den Tod gebracht, indem er sie eingeweiht hatte. Auch Waleri Rodins Tod war seine Schuld: Serow hatte ihn ermorden lassen – aber nur weil der junge Mann mit *ihm* gesprochen hatte, weil *er* ihn ausgehorcht hatte . . . deshalb hatte er Waleri getötet – zum Tode verurteilt.

Die Nacht war kalt und still. Priabin wußte, daß es noch Stunden dauern konnte, bis er entdeckt wurde. Er klopfte auf der Suche nach Zigaretten seine Taschen ab.

Dabei entdeckte er die Kassetten, die Serow Michail abgenommen und die Katja, die sie hatte aufbewahren sollen, ihm im Aufzug des GRU-Gebäudes wieder zugesteckt hatte. Gant hätte sie mitnehmen müssen . . . unwichtig. Auch Gant würde nicht weit kommen. Sein Fluchtversuch verschaffte ihm lediglich die Illusion von Freiheit. Er würde noch in dieser Nacht geschnappt werden, das stand fest.

Priabin fand seine Zigaretten und zündete sich mit unbeholfenen Bewegungen rasch eine an. Was hatte er Gant vorgeworfen? *Um dich herum sterben Menschen.* Aber das stimmte nicht. Sie starben um *ihn* herum. Er war der Schuldige. Jetzt mußte er sich finden lassen – mußte sich ergeben. Bis sie kamen, konnte er zumindest versuchen, etwas Ruhe zu finden.

Der Jeep wirkte fast harmlos, wenn man seine Umrisse vor dem Lichtschein Tjuratams im Westen sah. Die beiden Soldaten, die ihn dort abgestellt hatten, waren damit beschäftigt, das Gelände zu beiden Seiten des Dammes abzusuchen, auf dem die unbefestigte Straße durch die bewässerten Felder führte. Ihre Taschenlampen bewegten sich willkürlich wie Hände, deren Bewegungen eine angeregte Unterhaltung begleiten.

Gant kauerte in einem Bewässerungsgraben, drückte seinen Körper an die Böschung und beobachtete den 50 Meter von ihm entfernten russischen Jeep. Das Motorengeräusch des herankommenden Fahrzeugs hatte ihn plötzlich angefallen, als er die Straße entlangetrabt war und dabei selbst gut zu erkennen gewesen wäre. Er hatte sich schweratmend in den nächsten Graben geworfen und mit Händen und Füßen ein Abrutschen verhindert, während Kieselsteine und Erdbrocken aufs Eis auf der Grabensohle gepoltert waren.

Es war fast 20 Uhr. Er war etwa zehn Kilometer von der Fichtenschonung entfernt, in der er die Mi-2 zurückgelassen hatte . . .

. . . und Priabin. Gant weigerte sich, an den Zurückgebliebenen und seine Motive zu denken. Das hätte seine eigene Entschlossenheit schwächen können. Er beobachtete den Jeep, sah die Scheinwerfer über Sand, Lehm und Eis näherschwanken und wartete. Seine verkrampften Finger waren kältestarr, ihr Griff schwach. Stimmen erklangen, dann wandten die Taschenlampen sich einander zu, als suchten sie Trost oder Gesellschaft, und begannen ihren Rückweg. Rufe, Flüche, unfreundliche Bemerkungen über Vorgesetzte und den eisigen Wind.

Einer der drei verbliebenen Kampfhubschrauber war in geringer Höhe an Gant vorbeigeflogen, ohne ihn jedoch mit seinem nach unten leuchtenden Suchscheinwerfer zu erfassen. Er war nach Südosten davongeknattert.

Ein mit zwei Mann besetzter Jeep. Gant wurde sich erstmals des Gewehrs zwischen seinem Körper und der Grabenwand bewußt.

Ein Militärfahrzeug mit Funk. Damit wäre er nicht mehr isoliert, sondern wüßte, wo die anderen waren. Er hörte die Stimmen der beiden Soldaten, die jetzt an ihrem Fahrzeug standen und aus einer Flasche tranken. Sie waren 50 Meter von ihm entfernt. Wenn er aus dem Graben kletterte, mußte er diese Strecke in deckungslosem Gelände zurücklegen – oder er mußte sich zutrauen, die beiden auf 50 Meter mit einem gewöhnlichen Gewehr ohne Nachtsichtgerät tödlich zu treffen.

Gant schob sich höher, bis seine Ellbogen auf dem Grabenrand lagen. Er hielt das Gewehr in den Händen. Der Mond trat hinter einer Wolke hervor, erhellte die Gant zugewandte Seite des Jeeps und ließ Einzelheiten hervortreten: Tarnbemalung, das Segeltuchverdeck, silbern glänzendes Glas. Einer der Soldaten war halb verdeckt, aber deutlich sichtbar, der andere hob sich als Silhouette vor dem Lichtschein Tjuratams ab. Zwei gute Ziele. Gant legte an, zielte sorgfältig und spürte, wie der Druck auf die Ellbogen seine Unterarme zittern ließ.

Sollte er wirklich? Machte er dadurch nicht erst recht auf sich aufmerksam? Aber ein Fahrzeug bedeutete Beweglichkeit. Achtzig, neunzig, hundert Kilometer in der Stunde, auf großen Straßen, die Tarnung, daß er einen Militärjeep fuhr, bereits Uniform trug und Russisch sprach. Er zielte erneut, während eine blecherne Stimme aus dem Funkgerät des Jeeps drang.

Die beiden Soldaten stiegen blitzschnell ein. Noch während sie die Türen zuknallten, sprang bereits der Motor an. Der Jeep setzte sich in Bewegung. Gant hätte abdrücken, das Fahrzeug beschädigen und die Männer erschießen können, aber er tat es nicht, sondern fluchte wortlos vor sich hin. Der Jeep röhrte lärmend über den Damm davon. Er hatte zu lange gewartet ...

Er richtete sich auf. Der Jeep war wegen der Höhe des Damms bereits außer Sicht. Trotz seiner tiefen Enttäuschung legte Gant den Kopf schief und horchte, doch er hörte lediglich den Wind pfeifen. Die Kampfhubschrauber und die Mi-8 mit ihren Soldaten an Bord waren anderswo. Die landwirtschaftlich genutzten Flächen südlich des Flusses lagen außerhalb des Sicherheitsbereichs, auf den sich ihre Suche konzentrierte. Vielleicht stellte dieser Damm gerade die äußere Begrenzung dar?

Gant erstieg müde den Damm. Nach einem kurzen Rundblick kniete er mit einer der Landkarten nieder, beleuchtete sie mit der Taschenlampe, fand den Damm, fand die gewünschte Richtung – West, hinter dem Jeep her – und stellte fest, wo die nächsten Häuser standen. Fünf, sechs Punkte und der Name einer Kolchose. Ein Auto?

Er blickte nach Nordwesten, wo der Horizont strahlend hell leuchtete. Dort befehligte General Rodin nicht nur die Jagd nach ihm, sondern sorgte bestimmt dafür, daß das Unternehmen *Blitz* beschleunigt wurde. Um wieviel ließ sich der normale Zeitablauf straffen? Um die Hälfte? Nein, bestenfalls um ein Drittel. Das bedeutete, daß er bis Tagesanbruch, bis zur Morgendämmerung Zeit hatte. Für 1500 Kilometer . . .

Er stand benommen auf, schwankte im Wind und hielt sich gewissermaßen an dem Gewehr fest. Die Kolchose lag etwa fünf Kilometer westlich von ihm: eine Ansammlung unterschiedlich großer Gebäude mitten in den Feldern. Wohngebäude, Stallungen, Scheunen – und vielleicht ein Personen- oder Lastwagen.

Gant zwang seine Beine dazu, sich in Bewegung zu setzen; er zwang sich zu einem raschen Trab trotz der lähmenden Enttäuschung und dem schwer auf ihm lastenden Gefühl, daß doch alles vergeblich sei. Ein Fahrzeug bedeutete größere Beweglichkeit und bot ihm Möglichkeiten, am Leben zu bleiben, die er zu Fuß nicht besaß. Damit kam er keine 1500 Kilometer, vielleicht nicht einmal 150 weit, aber es war besser, als marschieren zu müssen. Mit einem Auto konnte er doppelt solange, dreimal länger als zu Fuß in Freiheit und am Leben bleiben.

In Rodins Gegenwart schien sein Ellbogen mehr zu schmerzen – wie eine alte Wunde, die auf einen unmittelbar bevorstehenden Wetterwechsel reagiert. Er hielt ihn jedoch nicht mit der anderen Hand schützend umfaßt, nicht vor Rodins grauen, fast fanatisch starren Augen. Der verdammte alte Kerl hatte wirklich etwas Verrücktes an sich, obwohl Serow wie die übrigen Anwesenden der Überzeugung war, der General habe recht, wenn er das Unternehmen *Blitz* so schnell wie irgend möglich durchzuziehen versuche.

Mittwochabend, 20.50 Uhr. Serow roch den Ozongeruch von hundert Bildschirmen, Tastaturen und Speichern. Lange Reihen von Technikern an Bildschirmarbeitsplätzen zogen sich gestaffelt bis fast unter die Deckenleuchten hinauf. Über die riesige Wandkarte, vor der Rodin und er standen, zog die amerikanische Raumfähre *Atlantis* langsam ihre Bahn wie eine müde Fliege: wie eine vergiftete, dem Tode nahe Fliege ...

«Wo steckt er jetzt, Serow?» fauchte Rodin, dessen kalte graue Augen den kleineren Mann durchbohren zu wollen schienen. «Wo sind Ihr Amerikaner und sein kleiner KGB-Freund? Sie sind doch nicht zufällig hergekommen, um mir zu melden, daß Sie die beiden geschnappt haben?» Beinahe gleichgültig, beinahe scherzend ... beinahe.

Serow schüttelte mit ernster Miene den Kopf. «Noch nicht, Genosse General», antwortete er bedauernd, aber zuversichtlich. «Ihre Festnahme ist natürlich nur noch eine Frage der Zeit.»

«Das will ich hoffen!» Trotzdem hatte Rodin im Grunde genommen weder Zeit noch Lust, sich Gedanken über Gant und diesen Schwachkopf Priabin zu machen. Die links von der großen Wandkarte angeordneten Bildschirme zeigten den Transport der Raumfähre zur Startplattform, die wartende Trägerrakete und die in ihrer Unterkunft schlafende Besatzung. Die Raumfähre *Atlantis* zog auf der Karte ihre wellenförmige Bahn über Afrika hinweg. «Hoffentlich», murmelte Rodin und drehte sich nach einem seiner Leute um, mit dem er zuvor über Möglichkeiten, wie man das Anbordgehen der Besatzung beschleunigen konnte, diskutiert hatte. Serow wartete darauf, entlassen zu werden, und fuhr zusammen, als sein Name aus den Deckenlautsprechern hallte.

«Oberst Serow, bitte zur Leitstelle ... Oberst Serow, bitte zur Leitstelle.»

Er nickte dem General zu und hastete zum Ausgang. Ein kalter Betonkorridor, dann eine eiserne Wendeltreppe; er mußte vorsichtig sein, damit er sich nicht den Arm anschlug. Zum Glück konnte er den Ellbogen jetzt wieder schützend umfassen. Serow lief den schmalen Korridor entlang, stieß die Tür der Leitstelle auf und erschreckte damit ein halbes Dutzend seiner Leute. Auch hier Ozongeruch, Terminals, Funkgeräte und eine große Karte. Rodin hatte die Jagd auf Gant wieder ihnen übertragen.

«Ist . . .?» begann er.

Der GRU-Leutnant nickte. «Ja, Genosse Oberst, der Hubschrauber ist am Boden entdeckt worden . . . hier!» Sein Zeigefinger tippte auf einen Punkt südlich des Flusses.

«Gut gemacht!» stieß Serow atemlos hervor. «Sind sie noch bei ihrem Hubschrauber?»

«Priabin, der KGB-Oberst, ist dort, Genosse Oberst.»

«Aber Gant nicht?»

Der Leutnant schüttelte wortlos den Kopf.

«Was hat Priabin zu sagen?» frage Serow.

«Wir stehen in Funkverbindung, Genosse Oberst. Vielleicht möchten Sie selbst . . .?»

«Ich will nur das *Wesentliche* hören, Mann!» brüllte Serow ihn an.

«Entschuldigung, Genosse Oberst . . .» Der Leutnant senkte den Kopf und meldete hastig: «Er hat gesagt, er habe dort auf unsere Leute gewartet. Genau das hat er gesagt, Genosse Oberst! Die Frau, die Sie angeschossen haben, ist tot. Der Hubschrauber ist wie vermutet durch das Feuer unserer Kampfhubschrauber beschädigt worden. Der Amerikaner hat vor etwa zweieinhalb Stunden notlanden müssen. Gant hat das Videoband mit den hier gemachten Aufnahmen bei sich und ist bewaffnet zu Fuß geflüchtet. Priabin weiß nicht, wohin er wollte, und behauptet, das sei ihm völlig gleichgültig . . .»

«Er ist also *zu Fuß* unterwegs?»

«Ja, Genosse Oberst.»

«Das ist unser Glück! Ist Ihnen klar, was das bedeutet? Er ist so gut wie gefaßt. Zu Fuß kann er uns nicht entkommen! Wir haben ihn, wir haben ihn! Geben Sie an *alle* durch, daß ich ihnen zwei Stunden Zeit lasse, den Amerikaner aufzuspüren. Zwei Stunden!»

Serow unterdrückte ein triumphierendes Grinsen, als er sich abwandte und die Leitstelle verließ. *Jetzt* würde er Rodin Meldung machen . . .

Willensstärke und Entschlußkraft hatten sich gegen ihn gewandt und zehrten an seiner Kraft, als sie ebenfalls abnahmen. Seine Einbildungskraft verbrauchte selbstmörderisch viel Energie. Seine Beine waren bleischwer geworden, und er fühlte sich schwindelig, als habe er seit Tagen nichts mehr gegessen. Die Erkenntnis, daß seine Plackerei sinnlos war, daß er's nicht mehr sehr viel weiter schaffen würde, wartete auf der Schwelle seines Bewußtseins und stieß langsam die Tür auf.

Mondlicht schimmerte auf zugefrorenen Bewässerungsgräben. Wolken bewegten sich wie große dunkle Schultern, die ihre Kraft gegen unsichtbare Widerstände einsetzten, über den Himmel. Das Gewehr schlug Gant beim Laufen immer wieder gegen die bereits wunden Rippen. Die anderen – die junge Tote und der KGB-Offizier, den er kaum kannte und der ihn hatte umbringen wollen, sogar Serow und die übrigen Verfolger – blieben immer weiter hinter ihm zurück. Überanstrengung und Hoffnungslosigkeit ließen ihn keinen klaren Gedanken mehr fassen. Vor ihm lag nichts anderes als die nächsten schweren Schritte; hinter sich hatte er lediglich die wenigen bereits zurückgelegten Kilometer.

Gant blieb torkelnd stehen und starrte wild um sich, als habe ihm jemand «Halt!» zugerufen. Er sank auf die Knie, schaltete die Taschenlampe ein und beleuchtete damit die abgegriffene, oftmals gefaltete Karte. Sein Blick verfolgte den Weg, den er zurückgelegt hatte: weite Felder, eine kleine Schonung, eine schmale, klapprige Brücke über einen Bewässerungskanal, zwei kleinere Übergänge über Bewässerungsgräben . . . und dann dieses Wäldchen? Gant stellte verblüfft fest, daß er seine Umgebung in den letzten Minuten nicht mehr bewußt wahrgenommen zu haben schien. In diesem Zustand hätten sie ihn jeden Augenblick schnappen können . . .

Er fröstelte. Der Wind wurde immer kälter, und sein Körper erschien ihm klein und verwundbar. Der Fahrweg war ein heller, mondbeschienener Streifen zwischen dunklen Bäumen. Sterne glitzerten kalt. Gant stand langsam wie ein alter, arthritischer Mann auf.

Eine Wolke schob sich vor den Mond und erschreckte Gant beinahe. Er hielt sich seine Uhr dicht vor die Augen, um sie ablesen zu können. Es war bereits 20.55 Uhr. Ihm lief erneut ein kalter Schauder über den Rücken: eine Reaktion auf die Tatsache, daß er außerstande war, sich an die letzte halbe Stunde zu erinnern.

Wie lange war es schon her, daß der Jeep mit den beiden Soldaten weggefahren war?

Gant fühlte sich jetzt wacher: Der Schock über seine Erinnerungslücke schien ihn wachgerüttelt zu haben. Er kniff die Augen zusammen und betrachtete die schwachen, aber wärmeren Lichter, die zwischen den Fichtenstämmen aufblitzten. Das mußten die Gebäude der Kolchose sein. Er blickte an sich herab und stellte wie überrascht fest, daß er noch immer die KGB-Uniform trug, die Katja mitgebracht hatte. Er dachte an Priabin und gelangte zu dem Schluß, daß er keine Gefahr darstelle, weil er nicht wissen konnte, wohin Gant wollte.

Er bewegte sich vorsichtig, mit neuer Wachsamkeit weiter, blieb im Schatten der Bäume und mied den jetzt wieder mondhellen Fahrweg. Die Bäume öffneten sich allmählich wie dunkle Vorhänge und gaben den Blick auf niedrige Zweckbauten frei, die trotz der brennenden Lichter verlassen wirkten. Zwei, drei, fünf, ein halbes Dutzend scheinbar willkürlich verstreuter Bauten. Sieben Gebäude, alle einstöckig, einige ziemlich groß, das größte schwarz und unbeleuchtet. Irgendwo spielte ein Radio. Sonst kein menschlicher Laut, keine Bewegung. Hinter zahlreichen Fenstern – viele davon in einem Gebäude – brannte Licht. So sehr Gant sich auch anstrengte, sah er nirgends ein Fahrzeug. Statt dessen nahm er jetzt weitere beleuchtete Fenster mit dichteren Vorhängen wahr und hörte weitere Radios und Fernsehgeräte laufen. Die Gebäude vor ihm erfüllten sich mit Leben und Gefahr.

Gant stand auf, lehnte sich an eine Fichte und studierte das Gelände, die Entfernungen, die Gebäude und ihre Lage zueinander. Er horchte nochmals aufmerksam, setzte sich dann in Bewegung und rannte in geduckter Haltung, mit entsichert vor der Brust getragenem Gewehr auf die dunkle Scheune zu. Während seines Spurts wartete Gant nur auf den ersten neugierigen Anruf, der zum Alarmruf werden würde. Der Jeep mußte hier vorbeigekommen sein und die Kolchosbewohner aufgefordert haben, die Augen offenzuhalten . . .

Seine Schulter prallte schmerzhaft gegen die Holzwand der Scheune, deren überspringendes Dach tiefen Schatten warf. Gants Atemzüge waren laut, viel zu laut, und er bemühte sich, sein Keuchen so gut wie möglich zu unterdrücken, indem er die Zähne zusammenbiß und tief durchatmete. Er legte ein Ohr an die ungehobelten, kalten Bretter, ohne den geringsten Laut in der Scheune zu hören. Die nächsten beleuchteten Hütten standen 40, 50 Meter entfernt. Sie bildeten einen unvollständigen, nicht ganz symmetrischen Halbkreis, als habe ein Architekt mit dem Bau einer Stadt begonnen und nicht einmal eine vollständige Straße zuwegegebracht. Eine verfallende, einsame Siedlung. Gant schob sich die Bretterwand entlang, hielt das Gesicht abgewandt und bemühte sich, im Schatten unter dem Dachvorsprung zu bleiben.

Er erreichte ein Fenster mit von innen weiß überstrichenen Scheiben, rüttelte daran, konnte es nicht öffnen und schlich weiter. In der Mitte der langen Seitenwand entdeckte Gant das nächste Fenster. Er hob die Arme – das Gewehr hing jetzt über seinem Rücken – drückte kräftig dagegen. Der Fensterrahmen knarrte so laut, als wolle er die Kolchosbauern in ihren Hütten alarmieren. Gant, dessen Wange am Fensterrahmen lag, hielt den Atem an und horchte aufmerksamer. Er fürchtete Hundegebell oder das Geräusch einer sich öffnenden Tür und glaubte bereits, eine fragende Stimme zu hören, die Alarm schlagen würde, sobald sie den an der Scheunenwand lehnenden Unbekannten entdeckte.

Als alles still blieb, stieß er langsam, ganz langsam das knarrende, protestierende Fenster auf. Gant roch Benzin wie einen starken, belebenden Drink. Fahrzeuge! Ihm schlug auch Öldunst entgegen, bevor der kalte Wind die Gerüche mit sich forttrug. Er zog sich hoch, schob den Oberkörper durchs Fenster und blieb wie vor Erschöpfung gestrandet auf dem Fensterbrett liegen. Im Inneren der Scheune war es stockfinster. Gant schaltete seine Taschenlampe ein, hielt sie in der ausgestreckten rechten Hand und ließ ihren schwachen Lichtstrahl zuerst über den Boden in seiner Nähe wandern.

Kanister, leere Dosen, Schrott aller Art, eine Werkbank, Betonfußboden. Eine wie ein Grab gähnende Montagegrube. Ölflecken. Irgendwo draußen gackerten aufgeschreckte Hühner. Kam dort jemand . . .? Sein erschöpfter Körper begann zu zittern. Die Hühner beruhigten sich wieder und verstummten schließlich. Gant atmete erleichtert tief durch.

Der riesige Stollenreifen und die rote Flanke eines Traktors, ein gewaltiger Pflug, der massive Aufbau eines Mähdreschers ... unbrauchbar. Ein Lastwagen mit Plane ... daneben ein Kleinlaster mit offener Ladefläche ... ja. Er ließ den schwachen Lichtstrahl langsam, fast liebevoll über den kleinen grauen Lastwagen gleiten. Benzingeruch? Ein Fahrzeug ... der Lichtstrahl schwankend auf der Suche nach ... da, Benzinkanister! Fahrzeug, Treibstoff.

Gant wurde bewußt, daß seine Beine noch im Freien hingen. Er stützte sich auf die Arme, begann das linke Bein hochzuziehen und hörte seinen Stiefel über das rauhe Holz scharren. Ein Windstoß pfiff um die Ecke der großen Scheune. Gleichzeitig war das Kläffen eines Hundes zu hören, als renne das Tier bereits auf ihn zu. Und eine barsche Männerstimme, die den Hund zurückrief oder ihm einen Befehl gab.

Wieder der Hund – wo? *Wo ...?* Er sah sich in verzweifelter Hast um. Irgendwo links von ihm, wo die Hütten einen Halbkreis bildeten ... von dorther kam auch die Männerstimme ... eine Tür hatte sich geöffnet, eine, zwei Männerstimmen, das Kläffen des Hundes ...

Gant kauerte im Schatten des Gebäudes und hörte das Gespräch der beiden Männer und das tiefe beständige Knurren des Hundes. Seine Gedanken kreisten unaufhörlich um den Kleinlaster hinter ihm. Aber er wußte, daß der Hund kommen, daß der Mann möglicherweise bewaffnet sein würde – zumindest mit seiner Stimme, die andere alarmieren oder den Hund auf ihn hetzen konnte. Gant wußte, daß er verschwinden mußte ...

Der Hund scheuchte die Hühner auf, wieder das Kläffen, sein Besitzer verabschiedete sich von dem Mann, mit dem er an der Tür gesprochen hatte, er rief seinen Hund, der folglich nicht angeleint sein konnte – *hierher, verdammt noch mal, bei Fuß!* –, die Stimme kam näher, das Pfeifen des Mannes wurde lauter. Los, weg von hier! Das Knurren des Hundes. Gant starrte seine Stiefel an. Er hatte bereits seine Witterung hinterlassen; er mußte möglichst weit fort, bevor der Hund sie aufnahm.

Gant stolperte aus dem Schatten der Scheune und rannte geduckt durchs Mondlicht, das wie ein blaßsilberner Teppich vor ihm lag. Er wagte nicht, eine Pause zu machen, um zu horchen, ob er verfolgt wurde. Selbst als er das Dunkel des Waldrandes erreichte, blieb er nicht stehen – so sehr beherrschte ihn der Gedanke an den Hund, seine Freiheit, seine Stärke und seine Schnelligkeit. Panische Angst erfüllte ihn. Er konnte nicht aufhören zu rennen.

Gant torkelte atemlos unter die Bäume. Er lehnte schweratmend an einem Fichtenstamm und sah sich um. Ein schmaler Waldstreifen neben dem schnurgeraden Fahrweg. Als Windschutz für weitere Gebäude, für die nächste Kolchose? Hunde?

Er ließ sich auf die Knie nieder und starrte mit zusammengekniffenen Augen ins Dunkel, ohne Lichter zu erkennen. Dann richtete er sich auf und trabte vorsichtig weiter, als wolle er seine Belastbarkeit oder seine Willenskraft testen – oder beide. Der Hundebesitzer mußte die Witterung, die sein Hund aufgenommen hatte, als belanglos abgetan und das offene Fenster – falls er es überhaupt bemerkt hatte – für einen Zufall gehalten haben. Jedenfalls war die befürchtete Verfolgung ausgeblieben. Vorerst befand er sich noch in Sicherheit. Er trabte beruhigt weiter.

Das Gebäude wies auf einer Seite einen Anbau auf. Es wirkte scheunenartig, aber es war breiter und niedriger als die Scheune der Kolchose – und ebenfalls unbeleuchtet. Gant stellte fest, daß die großen Torflügel abgeschlossen waren, und schlich zu dem Anbau hinüber. Eine Reihe hochliegender Fenster. Dahinter weite Felder. Wozu diente dieser alleinstehende Bau? Als Maschinenstation, als Lagerhaus ... ein Fahrzeug? Unwahrscheinlich; nicht so weit von der Kolchose entfernt.

Im höheren Gras in Gebäudenähe stieß Gant mit der Stiefelspitze an eine Blechdose: eine leere Öldose. Er hörte etwas und sah dann, daß ein Stück der Wellblechwand des Anbaus sich gelockert hatte und vom Wind bewegt wurde. Gant horchte angestrengt, hörte keinen weiteren Laut, bog die Wellblechtafel keuchend zur Seite, ließ sich auf die Knie nieder und kroch durch die Lücke. Er roch und schmeckte Rost. Und er roch *Benzin* ... nein! Paraffin ...? Auch Öl, Gummi, Staub, Beton.

Seine Augen gewöhnten sich an den schwachen Lichtschein, der durch die verstaubten Fenster fiel. Büchsen auf Stahlregalen, Werkzeug, Ölfässer, Niederdruckreifen ... ein Fahrzeug! Gant hielt wieder seine Taschenlampe in der Hand. Ihr schwacher Lichtfinger glitt durch den Raum und zeigte ihm die Tür. Eine Werkstatt, eine Garage – eine *weitere* Garage? Er hastete zur Tür, drückte die Klinke herab, stieß die Tür auf und warf den Lichtstrahl wie eine Herausforderung in die Dunkelheit.

Ölfässer, Werkzeugwagen – seine Kehle war wie ausgedörrt, er konnte nicht schlucken – ein Metallblatt? Drähte glitzerten wie Spinnenfäden. Das durch die Giebelfenster hereinfallende Mondlicht war schwach; er mußte warten, bis seine Augen sich daran gewöhnt hatten. Die Taschenlampe beleuchtete weitere Gegenstände. Ein weiteres messerartiges Blatt, das in der Dunkelheit hing. Drähte, die mattglänzende Flanke irgendeiner Maschine.

Propellerblätter. Der Rumpf eines Flugzeugs. Es war, es war ... heiliger Himmel, es war fast *jenes* Flugzeug! Er sah deutlich die von der unbefestigten Straße aufsteigende Staubwolke, sah sich selbst als Jungen von seinem Buch aufblicken und verblüfft von seinem Stuhl vor dem Kassenhäuschen der kleinen Tankstelle aufstehen ... *jenes* Flugzeug. Ein alter Doppeldecker mit Kolbenmotor – genau wie das Sprühflugzeug, mit dem er den ersten Flug seines Lebens hatte machen dürfen.

Sein Mund war vor Aufregung trocken, als ihm bereits Tränen der Enttäuschung in den Augen standen. Er hatte die Teile des Flugzeugpuzzles identifiziert und gesehen, daß der Motor ausgebaut neben dem Rumpf auf dem Betonboden lag und von Rudern und Klappen wie von Wrackteilen umgeben war. Dort stand ein Flugzeug, aber er konnte nicht damit fliegen.

Er würde es niemals in die Luft bekommen.

16

Und siehe, der Phönix

Der Botanische Garten lag unter einer weißen Schneedecke; die Glasfenster in den Eisenrahmen seiner Treibhäuser waren angelaufen wie die Fenster vorbeifahrender Busse und kaum durchsichtig. Jenseits des Gartens lag der Genfer See. Verteidigungsminister Saizew rieb sich das Kinn mit der linken Hand und umfaßte seinen Ellbogen mit der Rechten, während er die schneebedeckten Berggipfel betrachtete. Eine fast philosophische Pose, die jedoch für die vom Fernsehen übertragenen Feierlichkeiten in der Galerie des Genfer Völkerbundpalastes gut geeignet war.

Dann kehrte er der Aussicht den Rücken zu. Er konzentrierte sich wieder auf seinen Kollegen, den sowjetischen Außenminister Wladimir Schiskin, der neben ihm stand. Schiskin hatte sich weniger überzeugend als Saizew für die Aussicht interessiert. Sein breites, blasses Gesicht – Saizew blickte auf ihn herab, denn Schiskin war einen Kopf kleiner – trug den wachsamen Ausdruck eines in die Enge getriebenen Tieres. Schiskin hatte natürlich informiert werden müssen. Da er im Politbüro nach Saizew der prominenteste Befürworter des Standpunkts der Armee war, war es leider unumgänglich gewesen, ihm die Vorverlegung des Raumfährenstarts mitzuteilen. Schiskin würde die Aufgabe zufallen, Nikitin einzuweihen und dann zu beschwichtigen.

«Du bist also damit zufrieden?» wiederholte Schiskin. «Das ist keine Verzweiflungstat?»

«Nein, es ist keine.» Saizew lächelte spöttisch. «Ist das *deine* Frage, Wladimir Jurijewitsch, oder stammt sie von einem anderen Mitglied unserer kleinen Gruppe? Ist dir aufgetragen worden, sie zu stellen?»

«Sie ist ... Ausdruck eines allgemeinen Unbehagens, mein Freund. Eines allgemeinen Unbehagens.» Saizew warf einen Blick auf den Monitor links neben ihnen. Im vorderen Teil der Galerie versicherten Nikitin und der amerikanische Präsident die Weltöffentlichkeit ihrer besten Absichten. Saizew wandte sich ab. Das in der Abenddämmerung vor ihm liegende Genf mit den Bergen gefiel ihm besser.

«Ja, ich verstehe», antwortete er. «Und bist du dir unserer Gruppe sicher?» Er beobachtete Schiskins Augen. Sein Blick war skeptisch – wie die Haltung seiner Freunde. Natürlich auch ängstlich. Aber Schiskin und die anderen waren keine Deserteure – noch nicht.

«Ganz sicher!»

«Dann kannst du sie beruhigen, daß Rodin genau weiß, was er tut – und daß er dabei die volle Rückendeckung des Oberkommandos besitzt.»

Was tat Rodin wirklich? War er in Panik geraten? Möglich ... und in letzter Minute vor Beginn des Unternehmens *Blitz* auch verständlich. Trotzdem wünschte Saizew, er hätte selbst mit Rodin gesprochen. Was passierte eigentlich in Baikonur? War dort vielleicht *doch* nicht alles in Ordnung?

Er rieb sich erneut das Kinn, und sein nachdenklicher Blick fiel auf den Monitor, aus dessen Lautsprecher die Stimmen Nikitins – der aus diesem Anlaß Englisch sprach – und Calvins wie die zweier kleiner Jungen drangen, die in entfernten Ecken eines Zimmers hocken und durch ein Schnurtelefon miteinander sprechen.

«Denk an den Phönix», murmelte er.

«Wie bitte?»

«An den Vogel Phönix. Die Armee darf nicht zu Asche verbrennen, nur um sich aus ihr erheben zu können ... nicht wahr, Wladimir Jurijewitsch?»

«Ich verstehe nicht, was ...»

«Wirklich nicht? Wir sind hier, du und ich und die anderen, weil die alten Männer in die Wüste geschickt worden sind. Die Politik hat sich verändert. Nikitin hat von einer Armee des einundzwanzigsten Jahrhunderts mit modernster Ausrüstung geträumt – bevor er beschlossen hat, Spielsachen unters Volk zu streuen! Er bricht seine feierlichsten Versprechen, um die Schaufenster füllen zu können! Computerspiele statt Raketen!» Saizew lächelte über seine eigene Redseligkeit. «Er will, daß der Phönix sich verbrennt und *nicht* aus der Asche aufersteht. Das müssen wir verhindern! Sonst spricht die Geschichte ihr Urteil über uns.»

Schiskin nickte gefügig. «Du hast recht, mein Freund.» Er seufzte. «Wir sind *alle* deiner Meinung.»

«Gut, gut ...» Saizew nickte zufrieden. «Wir schaffen's!» verkündete er. «Wir können uns keinen Mißerfolg leisten», fügte er hinzu. «Und ein Fehlschlag ist undenkbar.» Ja, er hatte den angemessen zuversichtlichen Tonfall gefunden. Seine Pranke schlug auf die Schulter des Außenministers. «Kopf hoch, Wladimir Jurijewitsch, Kopf hoch! Wir sind fast am Ziel!»

Er sah undeutlich, daß es 22.05 Uhr war. Er begriff nicht, weshalb er die Zeiger der altmodischen Wanduhr trotz seiner Benommenheit so deutlich wahrnahm. Sie beschäftigten ihn einen Augenblick lang mehr als seine Schmerzen, mehr als seine Angst vor Serows zügelloser Wut.

Priabin sackte erneut zusammen. Serows Stiefelspitze traf seine Rippen. Der Schmerz machte sich langsam, unwiderstehlich in seinem benommenen, desorientierten Bewußtsein bemerkbar. Keiner der anderen rührte ihn an – nur Serow. Keiner stellte ihm Fragen, nicht einmal Serow. Anfangs hatten seine Leute Priabin noch festgehalten, aber nach dem zweiten Hagel von Schlägen – er konnte nur die rechte Faust benützen – und der zweiten Serie Fußtritte, mit denen er den Zusammengebrochenen bearbeitet hatte, mußten Serows Männer ihn nur immer wieder hochzerren, damit Serow sich an ihm austoben konnte.

Keine Fragen, nur Schläge und Fußtritte, bis Priabin vor Schmerzen benommen war. Er sah Gant aus der Kabine der Mi-2 springen und verschwinden – immer und immer wieder, wie auf einer endlosen Filmschleife. Meistens sah er jedoch Annas totes Gesicht, Rodins schlaffe Gestalt auf dem Bett, Katjas Leichnam unter der Parka. Im Laufe der Zeit wurden diese wiederkehrenden Bilder zu einer Erklärung für die Mißhandlungen. Er hatte sie verdient...

... und obwohl sie schrecklich waren, gestattete er keinem Teil seiner selbst Kampf oder Gegenwehr. Er nahm seine Strafe willig hin.

Bis er dann plötzlich hochgerissen und auf die Füße gestellt wurde. Jeder Teil seines Körpers protestierte gegen diese Bewegung. Die beiden Uniformierten bauten sich mit ihm vor Serow auf, und Priabins Körper krümmte sich in Erwartung weiterer Schmerzen ängstlich zusammen.

«Setzt ihn auf einen Stuhl!» brüllte Serow. Seine rechte Faust mit den aufgeplatzten Fingerknöcheln schoß auf Priabin zu, der wegzuducken versuchte. Serow lachte.

Priabin spürte, daß er wie ein Sack auf einen Stuhl geworfen wurde, den andere Hände am Zurückkippen hinderten. Die Kanten und Winkel des Stuhles riefen neue Schmerzen hervor. Sein zusammengesunkener Körper kam nur langsam wieder zu Bewußtsein. Er sah auf. Serow, den er deutlich erkannte, beobachtete ihn, während er mit der blaugeschlagenen rechten Hand behutsam den linken Ellbogen umfaßte.

Die Wanduhr . . . zwei Zeiger . . . 22.10 . . . Wo war er?

Er sah sich langsam, vorsichtig um. Drei GRU-Uniformen mit anonymen Gesichtern . . . nein, eines davon gehörte dem Leutnant, der ihn zurückgebracht hatte. Und Serow. Ein Raum mit Bildschirmen, Funkgeräten und einer großen Landkarte. Eine getönte, fast undurchsichtige Glasscheibe ließ einen weit größeren Raum mit zahlreichen Lichtern und ansteigenden Sitzreihen erkennen. Kontrollzentrum . . .?

«Wohin ist er unterwegs, Priabin?» hörte er Serow fragen – und fand diese Einmischung störend. Sein Körper schien die stechenden, wellenförmigen Schmerzen allmählich in einen gleichmäßigen dumpfen Schmerz umzuwandeln. Er betastete seine Rippen. Schmerzen, aber kein Stechen, wenn er atmete. Also nichts gebrochen.

«Wer?» antwortete er automatisch. Seine Stimme war heiser. Er zog vorsichtig sein Taschentuch heraus und spuckte hinein. Wie ein Schwindsüchtiger: hellrotes Blut im Speichel. «Wer?» wiederholte er.

«Das wissen Sie selbst!» Serows Stimme klang müde, als sei der eigentliche Zweck ihrer Begegnung bereits erreicht. «Der Amerikaner. Wohin will er?»

Priabin schüttelte behutsam den Kopf. Die Schmerzen schienen von einer Schläfe zur anderen zu schwappen.

«Keine Ahnung.»

«Warum sind *Sie* nicht mitgegangen?»

«Keine Ahnung.» Priabin tupfte sich die geschwollenen Lippen mit dem Taschentuch ab, starrte die Blutflecken an und fuhr sich übers gefühllose Kinn. «Ziemlich blöd, was?»

Serow beugte sich knurrend auf seinem Stuhl nach vorn. «Was ist mit Ihnen los, Priabin? Wo *sind* Sie, verdammt noch mal?»

Priabin zuckte mit den Schultern und bereute diese schmerzhafte kleine Geste sofort. «Nirgends», murmelte er benommen. «Nirgends . . .»

«Bringt ihn her!» befahl Serow und stand so plötzlich auf, daß sein Stuhl umfiel. «Er soll sich die Karte ansehen. Vielleicht bringt sie sein Gedächtnis auf Trab! Los, los, Priabin – nehmen Sie uns ein bißchen Arbeit ab ... sagen Sie uns, wo er Ihrer Meinung nach ist. Solange Sie noch können!»

Während Priabin auf seinem Stuhl durch den Raum vor die Karte getragen wurde, sah er auf einem der Bildschirme die Startvorbereitungen. Der strahlend hell beleuchtete Startturm, die bläulichweiß angestrahlte riesige Trägerrakete. Wo Gant war, spielte jetzt keine Rolle mehr – es war gänzlich unwichtig geworden ...

Der Lichtstrahl der Taschenlampe genügte für sein eingeengtes Bewußtsein. Er suchte nicht nach einem Lichtschalter und bückte sich nach keiner der Handlampen, deren schwarze Gummikabel sich über den Hangarboden schlängelten. Er hatte Angst vor mehr Licht – nicht weil es durch die Oberlichter dringen und seine Anwesenheit verraten konnte, sondern weil er sich davor fürchtete, den ganzen Hangar auf einmal überblicken zu können. Außerhalb der Reichweite des schwachen Lichtstrahls lag immerhin noch irgendeine Hoffnung.

Gant bewegte sich langsam, vorsichtig um den Flugzeugrumpf. Seine Untersuchung hatte etwa fünf Minuten gedauert, weil er sie bewußt hinausgezögert hatte. Die Taschenlampe hatte deprimierende Einzelheiten beleuchtet, als sie über den skelettierten Rumpf, den zerlegten Motor und die demontierten Klappen hinweggeglitten war. Trotzdem war er bei diesem polnischen Lizenzbau der Antonow An-2 geblieben, denn er fürchtete sich davor, weiter ins Dunkel vorzudringen ...

... zu Schraubenblättern, Flügelvorderkanten, Streben, Klappen, der Flanke eines zweiten Flugzeugrumpfes. Er hatte große Angst davor, den zweiten Doppeldecker zu inspizieren, der sich vielleicht als noch weniger flugfähig als der erste erweisen würde. Deshalb wartete er darauf, daß seine Enttäuschung abklang. Das war nur eine Frage der Zeit. Solange ihn kein neuer, schwererer Schlag traf, würde sein Selbsterhaltungstrieb sich wieder durchsetzen.

Gant beleuchtete seine Armbanduhr mit der Taschenlampe. 22.20 Uhr. Er richtete den Lichtstrahl nach vorn und ließ ihn über die Propellerblätter, die Motorverkleidung – *Motorverkleidung!* –, Rumpf, Heckleitwerk, fast schon an der Grenze der Reichweite des Lichtstrahls ... dann den Betonboden gleiten, bewegte ihn vor und zurück und suchte verzweifelt nach demontierten, abgebauten Teilen.

Nichts, *alles komplett!*

Mondschein.

Die Dunkelheit hatte fast eine halbe Stunde lang angedauert, und Gant hatte sie dankbar begrüßt. Jetzt hatten die Wolken den Mond wieder freigegeben, so daß er durch eine Fensterreihe in der rückwärtigen Giebelwand schien und ihn zusammenzucken ließ, als sei die Hallenbeleuchtung eingeschaltet worden. Im Mondlicht wirkte die zweite An-2 gespenstisch unrealistisch. Gant bückte sich nach einer der Handlampen, um seine Taschenlampe zu schonen, und zog ihr Kabel hinter sich her. In ihrem Licht machte er sich daran, die Antonow zu inspizieren.

Triebwerk. Propellerturbine mit 1400 PS. Vollständig, intakt. Gant bewegte sich den Rumpf entlang. Er bückte sich, reckte die Handlampe nach vorn und starrte in die Kabine. Die An-2 war wie der andere Doppeldecker als Agrarflugzeug eingerichtet: zwei Sprühflugzeuge, die in diesem Hangar überwinterten und bis zum Frühjahr generalüberholt wurden. Das Metall des Chemikalientanks glitzerte im Dunkel der Kabine. Gant setzte seinen Rundgang fort.

Die offenstehende Klappe und das leere Fach dahinter ließen ihn frösteln, als nehme er die Kälte erst jetzt wieder wahr. Es wäre zu gut gewesen, um wahr zu sein, zu gut ... die Batterie war ausgebaut. Gants Faust schlug wütend ans Heck der Antonow. Ein dumpfes Dröhnen, als sei der ganze Rumpf hohl.

«Scheiße!» sagte er angewidert. «Scheiße, Scheiße ...» Immer wieder, bis er sich gefangen hatte. Such die Batterie, sie muß irgendwo hier sein, bau sie ein und ... Aber das reichte bereits weit genug in die Zukunft, um die Perspektive seines Bewußtseins zu erweitern, so daß er diese Idee nicht weiter verfolgte. Statt dessen brach er zu einer Besichtigungstour auf. Er schoß das lange Kabel der Handlampe auf, während er zu dem ersten Flugzeugrumpf zurückging, und bewegte sich vorsichtig, aber rasch.

Gant ging an dem motorlosen Doppeldecker vorbei und steuerte auf die Tür zu, durch die er aus dem Anbau gekommen war. Im Lichtschein der Handlampe sah er rechts davon eine Werkbank stehen. Ein weißes Pulver, kein Staub, bedeckte sie – DDT? Jedenfalls eine Chemikalie, die von den Flugzeugen ausgebracht worden war . . . Daneben ein Kupfertank mit offenem Einfüllstutzen auf einem Holzgestell. Gant öffnete eine Tür.

Der langgestreckte Anbau enthielt offenbar eine Reihe von Büro- und Betriebsräumen. Gant betrat den ersten: eine kleine Kantine, in der noch benützte Kaffeetassen auf dem Tisch standen. Er rieb mit einem behandschuhten Finger über die Kaffeeflecken auf der Tischplatte, griff nach einem aufgerissenen Zukkerbeutel und stellte fest, daß der Rest Zucker weich war. Folglich konnte er nicht schon seit Tagen oder gar Wochen hier gelegen haben. Auch die Kaffeeflecken ließen sich leicht wegreiben. Alles deutete darauf hin, daß die beiden Antonows jetzt täglich gewartet und instandgesetzt wurden.

Er sah zu den mondhellen Fenstern auf, bevor er einen Blick auf seine Uhr warf. 22.30 Uhr. Wann wurde es hell? Gegen 7.30 Uhr, aber die Mechaniker kamen vielleicht erst um . . . Er verdrängte diesen in die Zukunft weisenden Gedanken ärgerlich. Wo schliefen sie? Nicht hier, sonst hätten sie ihn längst gehört, in der Kolchose? Er wandte sich ab und verließ den Raum.

Der nächste Raum, der durch ein Rolltor mit dem Hangar in Verbindung stand, war etwa dreimal so groß wie die Kantine. In einem geöffneten Container lag ein neuer Neunzylindermotor – warum hatten sie ihn nicht schon eingebaut? Eine Drehbank, Luftschraubenblätter in Kisten, ein Kompressor.

Der dritte Raum war abgeschlossen. Die verblichene Schablonenschrift an der Tür kennzeichnete ihn als Funkraum. Gant machte sich nicht die Mühe, das Schloß aufzubrechen. Die vierte Tür war wieder offen. Gants Handlampe zeigte ihm Regale mit Aktenordnern, Handbüchern, Ringheftern und Karteikästen. Ein uralter Schreibtisch mit zwei Drahtkörben, die mit *Eingang* und *Ausgang* bezeichnet waren. Gant blätterte im Licht der Handlampe in den Papieren, die sie enthielten. Weitere Fragen gefährdeten seine scheinbare Gelassenheit. Es handelte sich nicht nur um die Batterie, sondern um die Frage, ob die zweite An-2 lufttüchtig war, ob er mit ihr ... aufhören!

Gant wollte nicht in diesem Raum bleiben, der das Büro des Chefingenieurs sein mußte, aber die Suche nach der fehlenden Batterie der Antonow war vergebens, wenn er hier nicht die Antwort auf die Fragen fand, denen er bisher ausgewichen war. In dem Karteikasten auf dem Schreibtisch entdeckte er schließlich ein Bündel ausgefüllter Vordrucke, deren Durchschläge noch nicht abgetrennt waren. Die Formulare enthielten sämtliche Defekte der An-2 und die durchgeführten Instandsetzungsarbeiten. Das *mußte* die zweite Antonow gewesen sein ...

Seine Hand blätterte fieberhaft in den Papieren auf dem Schreibtisch. Er war vom Einbrecher zum Vandalen geworden, der nicht mehr versuchte, die Tatsache geheimzuhalten, daß er hiergewesen war. Ja ...? Nein, nein, nein, nein – ja! Die Werksnummern stimmten überein: Er hatte die Werksnummer der motorlosen An-2 gefunden! Die Instandsetzungsarbeiten waren an der anderen Maschine, die offenbar lufttüchtig war, durchgeführt worden!

Gant knallte den Karteikasten zu, klemmte ihn sich unter den Arm und verließ das Büro. Der Hangar kam ihm bereits vertraut vor – auch wenn Wolken den Mond verdeckten, so daß er ganz auf die Handlampe angewiesen war. Er durchquerte ihn hastig und zuversichtlich.

Der Mond schien wieder, als Gant die zweite Antonow erreichte. Er beeilte sich jetzt, als ließen die mondhellen Fenster bereits das Tageslicht ahnen. 22.35 Uhr. An verschiedenen Bauteilen hingen Stoffähnchen, zu denen jeweils ein Formblatt mit den Einzelheiten der durchgeführten Reparatur gehörte. Lediglich am Batteriefach hing nur ein Fähnchen mit der Aufschrift *Achtung!* Gant kniete vor dem Karteikasten, blätterte die Formulare durch und las ...

Batterie: Betriebszeit abgelaufen, defekt. Die Eintragung stammte vom Vortag. Gant beleuchtete das Fahrwerk der An-2. Die Reifen waren neu, aber sie hatten mindestens einen Start und eine Landung hinter sich ... Die Maschine mußte einen Probeflug gemacht haben, zu dem die Batterie der zweiten Antonow verwendet worden war!

Wo stand diese verdammte Batterie? Gant umklammerte den Karteikasten wie einen Rettungsring. Das Flugzeug *war* erprobt worden; dann war die Batterie ausgebaut worden – warum? Weil sie ebenfalls defekt war? Nein, nur das nicht! Gant kam langsam auf die Beine, bewegte sich auf die entgegengesetzte Hangarfront zu und zog das Lampenkabel hinter sich her. Er stieg über das Kabel hinweg, mit dem die Maschine geerdet war, zog das Lampenkabel darunter hindurch und ging weiter. Schließlich entdeckte er eine Tür mit der Aufschrift *Batterieraum.* Gant schluckte laut, obwohl sein Mund trocken war.

Die Tür war nicht abgeschlossen. Er beleuchtete die Werkbank und das summende Ladegerät, das ihn mit einem roten Zyklopenauge anzustarren schien. Gant zögerte, weil er sich fürchtete, einen Blick auf die Ladeanzeigen des Geräts zu werfen. An das Ladegerät waren zwei Batterien angeschlossen: Eine fabrikneue und eine gut erhaltene gebrauchte.

Gant starrte die Anzeigen an.

Die neue Batterie hing offenbar erst seit wenigen Stunden am Ladegerät. Die leicht zitternde Nadel des Voltmessers stand noch weit unten. Die zweite, die zweite ... ihre Nadel befand sich etwa in der Mitte der Skala. Die zweite Batterie war halb geladen.

Nicht *genug*! Es würde noch Stunden, ganze *Stunden* dauern, bis diese Batterie die Propellerturbine der zweiten Antonow starten konnte. Mindestens drei, vier Stunden, zu lange, viel zu lange.

Er sah die Handlampe zittern, als drohe ihr Licht zu erlöschen, und konnte seine Hand nicht ruhighalten.

Teleskop. Rodins Züge, seine Fragen und selbst die Besorgnisse, die schemenhaft hinter ihnen zu erkennen waren, erschienen ihm wie durch ein umgedrehtes Fernrohr betrachtet – wie durch sein Teleskop, das Waleri Rodin in seinem Dienstzimmer berührt hatte, als er versehentlich das Unternehmen *Blitz* erwähnt hatte. Priabin betastete sein eigenes geschwollenes Gesicht, während er den General betrachtete. Die Wanduhr mit dem hastigen Sekundenzeiger stand auf 23.50 Uhr. Daß Serow ihn zusammengeschlagen hatte, war nun fast zwei Stunden her. Priabin wunderte sich selbst über seine neugewonnene Gelassenheit. Ihm war alles gleichgültig – sogar die zögernden, unbehaglichen Fragen dieses alten Mannes in bezug auf den Tod seines Sohnes.

Rodin war hereingestürmt, als Priabin schon endlos lange vor der Computerkarte gesessen hatte, ohne auf Serows Fragen zu antworten. *Was haben Sie aus ihm rausgekriegt?* hatte er beim Anblick von Priabins Gesicht gefragt. *Das hat nichts mit dem Verhör zu tun, das ist eine Privatangelegenheit gewesen,* hatte Serow spöttisch geantwortet. *Genosse General ...*

... raus mit Ihnen, Serow, lassen sie mich allein mit ihm reden, Ihre Leute sollen verschwinden – raus!

Die Fragen waren langsam, zögernd in Priabins Verstand getropft, der sie wie eine Dachschräge das Regenwasser nicht festhalten konnte. Erst nach einiger Zeit wurde ihm klar, daß die meisten Fragen Waleri Rodin gegolten hatten.

Die Bildschirme der Leitstelle reflektierten Rodins Gemütsverfassung nur allzu deutlich. Die Startplattform, die langsame Fahrt der Raumfähre *Raketoplan* auf ihrem Transporter, der Startturm, die gleißenden Scheinwerfer. Jetzt befand die Raumfähre sich auf dem Aufzug, der sie heben und auf die Trägerrakete setzen würde. Rodin war von dieser Szene so fasziniert, daß er den Tod seines Sohnes zumindest vorläufig vergessen zu haben schien.

«Dann läuft also alles plangemäß?» fragte Priabin höhnisch. Aber wegen seiner geschwollenen Lippen klangen die Worte undeutlich, mitleiderregend.

Rodins Augen glitzerten. Er hielt sein energisches Kinn mit einer Hand umfaßt, während die andere mit einer wegwerfenden Bewegung auf die Bildschirme deutete. Trotzdem schien ihm unbehaglich zumute zu sein.

«Ganz recht, Priabin – ganz recht», bestätigte er gelassen. Vielleicht hatte Priabin sich getäuscht. Dies war die Stunde von Rodins Triumph ... und trotzdem? Seine Fragen nach Waleri hatten so geklungen, als stelle er sie, um jemand anderem einen Gefallen zu tun. Waleris Mutter? Lebte sie noch?

Priabin wollte sich keine Fragen mehr stellen. Er wollte nur unbeteiligt, gleichgültig sein. Für ihn war ohnehin alles zu Ende. Der junge Rodin, Katja, Anna – auch Gant, wo immer er stekken mochte – alle tot. Hör also auf, den Polizeibeamten zu spielen! forderte er sich selbst auf. Aber die Fragen ließen ihn nicht los.

«Sie sind übergeschnappt!» reizte er den anderen. Rodins wütend aufblitzende Augen erinnerten ihn an körperliche Gewalt, aber er fuhr trotzdem fort: «Die Sache kommt raus, Genosse General – selbst in *unserer* taubstummen Gesellschaft kommt sie raus! Dann haben Sie den Yankees für die nächsten fünfzig Jahre unbezahlbare Propaganda geliefert!» Er versuchte zu lachen, aber daraus wurde ein bellendes Husten, bei dem er sich zusammenkrümmte. Als er mit tränennassen Augen aufblickte, sah er Rodins verächtliche Miene.

«Ihr Körper ist so stark wie Ihre Überzeugungen», stellte der General gelassen fest, bevor er sich erneut den Bildschirmen zuwandte.

Priabin schluckte trocken.

«Er hat Ihren Sohn ermordet», murmelte er. Rodin reagierte nicht gleich; dann fuhr er jedoch herum, und Priabin sah, daß sein Gesicht aschfahl war. «Serow hat Ihren Sohn ermordet oder ermorden lassen. Das wissen Sie doch, nicht wahr? Sie müssen es zumindest . . .»

«Kein Wort mehr!» wütete Rodin, dessen Lippen in seinem bleichen Gesicht bläulich wirkten. Er schien sich auf Priabin stürzen zu wollen, zwang sich dann aber dazu, stehenzubleiben. «Sie verstehen überhaupt nichts, Priabin», rief er dann aus, «nicht einmal *andeutungsweise*!»

«Aber Sie wissen oder vermuten es?» Priabin ließ nicht locker.

«Und was kümmert Sie das, Priabin? Weil Sie Ihr eigenes erbärmliches Leben retten wollen? Um mich als Schutzschild zwischen sich und Serow zu stellen?» Er schnaubte verächtlich. «Serow will Sie standrechtlich erschießen lassen.»

«Das liegt auf der Hand, wenn Sie mir diese Bemerkung gestatten wollen, Genosse General.»

«Und Sie möchten den tollwütigen Hund mit sich ins Verderben reißen?» Dann fügte Rodin leiser hinzu: «Die junge Frau ist Ihre Geliebte gewesen, nehme ich an?»

Priabin schüttelte den Kopf, ohne auf die Schmerzen zu achten. «Nein, ich hab' sie nur gerngehabt», sagte er müde.

«Was erwarten Sie sich dann davon, daß Sie Serow beschuldigen?»

Auf dem Bildschirm sah Priabin, daß die Raumfähre bereits fast senkrecht aufgerichtet war, um hydraulisch auf die Trägerrakete gehoben zu werden. Sein Magen verkrampfte sich bei der Vorstellung, daß der Start nun in vier, fünf Stunden erfolgen konnte.

«Serow ist mir scheißegal», behauptete er gleichmütig mit den Schultern zuckend.

«Worum geht's Ihnen sonst. Immer vorausgesetzt, daß ich Ihnen das mit Serow glaube.»

«Nur um die Wahrheit.» Rodin schnaubte erneut verächtlich und wandte sich wieder dem Bildschirm zu.

Priabin staunte über sich selbst. Weshalb und seit wann interessierte ihn diese Sache wieder? Warum wollte er, daß Gant die Flucht gelang? Wohin? Zu einer KGB-Dienststelle? Lächerlich! Darüber wollte er nicht nachdenken; die Zukunft erschien ihm zu vage, sein Verstand war zu erschöpft. Aber wenn Rodin gegen Serow vorging, würde die Jagd auf Gant weniger energisch betrieben werden. Serow war der Sklaventreiber – wenn er abgelöst wurde, konnte eine Lücke entstehen, durch die Gant schlüpfen konnte ...

«Nur um die Wahrheit», wiederholte er, obwohl er fürchtete, damit nicht zu Rodin vorzudringen, der nur Augen für den Bildschirm hatte. Die Raumfähre schien in nicht ganz senkrechter Stellung stehengeblieben zu sein. Eine Startverzögerung?

«Was?» murmelte Rodin geistesabwesend, irritiert.

«Er hat Ihren Sohn ermorden lassen!» rief Priabin. «Was wollen Sie dagegen unternehmen?»

«Was haben Sie ...?» Der General drehte sich mit wutverzerrtem Gesicht nach ihm um.

«Er hat Ihren Sohn ermordet, wie er dessen Freund, den kleinen Schauspieler, ermordet hat! Soll ich's Ihnen buchstabieren? E-r-m-o-r-d-e-t, *ermordet!* Er ist ein tollwütiger Hund, das haben Sie selbst gesagt. Ihr Sohn hat Ihr kostbares Geheimnis ausgeplaudert. Ihr Sohn sollte nach Moskau fliegen, stimmt's?»

«Ja.»

«Und ich wollte ihn begleiten! Er ist einverstanden gewesen, dort auszusagen! Das hat Serow gewußt oder vermutet, deshalb hat er ihn beseitigt. Wie man Abfall in den Müllschlucker wirft. Er hat ihn ermorden und seinen Tod als Selbstmord kaschieren lassen! Und *dagegen* wollen Sie nichts unternehmen?»

Rodin stand unbeweglich, aber sein Körper schien leicht zu zittern.

Rache ist ein gutes Motiv, sagte Priabin sich mit eisiger Gelassenheit. Sieh zu, daß Serow beseitigt wird, mehr kannst du ohnehin nicht erreichen. Serow muß ausgeschaltet werden.

Die Tür wurde geöffnet. Serow kam mit ausdrucksloser Miene herein. Der General drehte sich mit den steifen Bewegungen eines Roboters nach ihm um. Hatte Serow sie belauscht? Seine Miene verriet nur Eile, als kenne er nichts als seine Dienstpflichten.

«Genosse General», drängte er respektvoll, «wir brauchen diese Computerkonsolen, diese elektronische Karte. Die Fahndung ist behindert, solange wir unsere Leitstelle nicht benützen können, Genosse General.»

Die Stille pochte in Priabins Ohren. Rodin starrte Serow an, ohne sich zu bewegen. Dann sah er zu Priabin hinüber. Seine Augen glichen ausdruckslosen grauen Kieseln, seine Lippen waren zu einer schmalen Linie zusammengepreßt.

«Gut, weitermachen», sagte er schließlich zu Serow. «Spüren Sie ihn auf – finden Sie diesen Amerikaner!»

«Bestimmt, Genosse General, ganz bestimmt.»

«Das will ich für Sie hoffen, Serow.» Rodin wandte sich abrupt an Priabin und knurrte: «Oberst Priabin, Sie kommen mit mir!»

«Aber, Genosse General . . .»

«Keine Widerrede, Serow. Der Oberst ist jetzt *mein* Gefangener.»

Er richtete die abgeblendete Lampe auf sein Handgelenk. Mitternacht. Dann leuchtete er nochmals den Chemikalientank in der

Kabine der Antonow aus. Trocken, sauber, geruchlos und ohne Spuren der im vergangenen Jahr versprühten Pflanzenschutzmittel. Gant nickte energisch. Die Sache würde klappen, wenn es ihm gelang, die Maschine irgendwie zu betanken. Der Chemikalientank faßte etwa 1200 Liter – mehr als die Tanks in den oberen Flügeln der An-2. Gant schätzte die Reichweite der Antonow auf 800 Kilometer; durch diesen improvisierten Zusatztank würde sie sich mehr als verdoppeln.

1800 Kilometer. Pakistan oder Türkei. Über die Grenze. Er hatte Atembeklemmungen, während er nochmals die Zahlen durchging. Die Befriedigung, die er dabei empfand, wärmte ihn beinahe.

Die Flügeltanks waren voll. Jetzt brauchte er nur noch das Treibstofflager zu finden, das irgendwo außerhalb des Hangars liegen mußte. Wahrscheinlich hinter der Halle, wo Gant auch eine unbefestigte Startbahn vermutete. An diesem Punkt versagte seine Vorstellungskraft. Er konnte das Flugzeug nicht aus dem Hangar rollen, ohne das Triebwerk anzulassen. Durch den Lärm konnten . . .

. . . und falls er dadurch auf sich aufmerksam machte, würde er keine Zeit mehr haben, den Tank zu füllen.

Gant richtete sich in gebückter Haltung auf, kletterte aus der Kabine und zog das Lampenkabel, das auf den Betonboden klatschte, hinter sich her. Er konnte die Klappen nicht überprüfen, weil sie elektrisch betätigt wurden. Aber er hatte alles überprüft, was mechanisch – durch Seilzüge – betätigt wurde: Höhenruder, Seitenruder, Steuerknüppel und Ruderpedale. Er hatte sich im Pilotensitz mit der Antonow vertraut gemacht und befriedigt festgestellt, daß sie große Ähnlichkeit mit dem Doppeldecker hatte, in dem er als Junge hatte mitfliegen dürfen. Gant wußte, daß die An-2 fliegen würde – aber nur 800 Kilometer weit, wenn er nicht zusätzlichen Treibstoff an Bord nahm. Die halbe Strecke bis zur Grenze . . .

Er schaltete die Handlampe aus und durchquerte den ihm unterdessen vertrauten Hangar in blassem Mondschein. Er sperrte die ins Hallentor eingelassene Tür auf, trat ins Freie, zitterte in der eisigen Kälte und war sofort wieder hellwach. Der Wind heulte hinter ihm her, als er um die Ecke des Hangars bog. Gant setzte sich in Bewegung und rannte.

Die Batterie brauchte noch zwei, drei Stunden, bis sie voll geladen war. Früher durfte er sie nicht einbauen. Wenn er die Batterie bei den ersten Startversuchen leerorgelte, war er verloren. Zunächst mußte er sich um Treibstoff kümmern.

Maschendrahtzaun, ein kleines Viereck, in der Mitte eine Plane. Gant rüttelte an dem mit Kette und Vorhängeschloß gesicherten Tor. Er brauchte etwas, um die Kette zu sprengen oder das Schloß zu knacken – irgendein Werkzeug aus dem Hangar. Gant bückte sich, um festzustellen, was sich unter der losen, im Wind knatternden Plane verbarg.

TURBINENBRENNSTOFF ... Gant hielt den Atem an, bis der Wind ihm das Blechfaß mit der kyrillischen Aufschrift erneut zeigte. Ganz deutlich: TURBINENBRENNSTOFF. Der Größe der Plane nach mußten dort etwa 30 Fässer lagern. Gant richtete sich auf und betrachtete den Maschendrahtzaun. Es hatte keinen Zweck, ihn zu überklettern; er mußte das Schloß knacken, um das Tor öffnen zu können. Der Gedanke an diesen kleinen Gewaltakt befriedigte ihn.

Er hatte den Treibstoff gefunden, den er brauchte. Wenn er die Pumpe des Chemikalientanks benützte, um den Brennstoff durch einen Schlauch in die Flügeltanks zu fördern, konnte der improvisierte Zusatztank funktionieren; er *würde* funktionieren. Gant wandte sich ab, um in den Hangar zurückzugehen. 0.10 Uhr. Mit etwas Glück konnte er gegen vier Uhr ...

Gant blieb horchend stehen. Er hatte sich nicht getäuscht: Der Wind trug Motorengeräusch zu ihm herüber. Dem Klang nach handelte es sich um ein kleineres Fahrzeug, das rasch näherkam. Er hastete geduckt auf die Seitenwand des Hangars zu. Als der Mond hinter einem großen Wolkenberg verschwand, sah Gant wild tanzende Scheinwerfer eines von der Kolchose herüberkommenden Fahrzeugs. Die Scheinwerferstrahlen streiften die Fichten, den Hangar. Gant kauerte sich im Schatten der Halle zusammen.

Der Motor wurde abgestellt. Gant hörte, wie die Handbremse ratschend angezogen wurde. Und er hörte zwei Stimmen, sogar das genüßliche Gähnen eines Mannes und das Murren des anderen über die Nachtkälte. Während einer der Männer am Hallentor rüttelte, schien die Stimme des anderen sich zu entfernen. Großer Gott, wenn er einen Rundgang um die Halle machte! Gant hatte das Gewehr im Hangar gelassen, aber er zog die Pistole – Priabins Makarow –, die er aus dem Hubschrauber mitgenommen hatte, und lud sie durch. Dieses Geräusch war so laut, daß er unwillkürlich den Atem anhielt. Großer Gott . . .

«. . . hier drin Flugzeuge?» hörte er.

«Das haben die Faulenzer behauptet. Hätten sie uns schließlich gleich sagen können!»

«Hast du die Schlüssel?» Der zweite Mann war zu seinem Begleiter zurückgekehrt. Der Lauf der Makarow an Gants Backe war eisigkalt. Er wich noch weiter in den Schatten zurück und behielt die Hallenecke im Auge.

«Gut, sehen wir uns mal um!»

Ein metallisches Klicken, als das Vorhängeschloß am Hallentor aufgesperrt wurde, knarrendes Holz und das Grunzen eines Mannes, der gegen den Winddruck ankämpfen mußte, um einen der Torflügel öffnen zu können.

«He, die kleine Scheißtür ist die ganze Zeit offen gewesen!» rief einer der beiden aus.

Gant hörte den Torflügel gegen die Hallenwand krachen. Er bemühte sich zu verstehen, was im Hangar gesprochen wurde, und legte sogar ein Ohr an die Wand, aber die Stimmen waren zu undeutlich. Wenn die beiden sein Gewehr fanden, wenn sie errieten, wozu seine Vorbereitungen dienten . . .

Hinter dem Fenster über Gant flammte Licht auf und ließ ihn zusammenzucken. Er sah sich wild um. Ganz in seiner Nähe lag ein leeres Ölfaß im bereiften Gras. Gant steckte die Pistole weg, trat aus dem Schatten, rollte das Faß unters Fenster und stellte es auf. Dann kletterte er mit der entsicherten Pistole in der rechten Hand auf das Blechfaß, um einen Blick in die Halle werfen zu können.

Er mußte sich sofort wieder ducken, weil einer der Uniformierten den Kopf in seine Richtung drehte. Nachdem er mit angehaltenem Atem gewartet hatte, hob er erneut vorsichtig den Kopf. Zwei GRU-Uniformen vor der lufttüchtigen Antonow; vielleicht sogar die beiden Männer, die er auf dem Damm hätte erschießen können. Wahrscheinlich waren sie auf ihrer Streifenfahrt erneut in der Kolchose vorbeigekommen, hatten diesmal von der Halle mit den beiden Flugzeugen gehört ... und wollten sich selbst davon überzeugen, daß die Maschinen nicht flugklar waren?

Gant beobachtete, wie einer der beiden Männer – ein Obergefreiter, der Streifenführer war – nach draußen verschwand. Der zurückbleibende Soldat zündete sich eine Zigarette an, zog eine Schnapsflasche aus seiner Parka und nahm einen kräftigen Schluck. Gant stieg leise von seinem Ölfaß und schlich zur Hallenecke, um zu horchen.

«... keines von beiden soll fliegen können ... angeblich fehlen Teile, Genosse Hauptmann. Ich weiß aber nicht, welche! Tut mir leid, Genosse Hauptmann ...» Der Obergefreite lehnte mit dem Mikrofon in der rechten Hand an der Jeeptür und kratzte sich mit der Linken den Nacken. «Richtig, das hat der Ingenieur gesagt. Keines der beiden kann fliegen ... Wie bitte, Genosse Hauptmann? ... Verstanden, bis auf weiteres. Ende.» Er warf das Mikrofon auf den Fahrersitz. Gant zog sich hastig in den Schatten zurück. Ihm wurde beinahe schlecht, als er den Obergefreiten rufen hörte: «Iwan, der Hauptmann sagt, daß wir bis auf weiteres hierbleiben sollen! Wir sollen eine Pause machen, aber trotzdem wachsam bleiben. Mir nur recht!»

Bis auf weiteres.

Er saß hier fest und konnte nicht an die An-2 heran, außer er erschoß die beiden. Und wenn er das tat, lockte er die Jäger erst recht auf seine Fährte. Sobald eine ihrer regelmäßigen Meldungen ausblieb – *zur vollen Stunde, jede halbe Stunde, jede Viertelstunde* –, würden die Kampfhubschrauber kommen, weil sie dann sicher wußten, wo er steckte. Er durfte die beiden nicht erschießen. Er konnte überhaupt nichts tun.

«Wir sind bei X minus drei Stunden, und der Countdown geht weiter!»

Wilder Jubel, als sei damit eine gewaltige Woge nervöser Anspannung freigesetzt worden, die jetzt durchs Kontrollzentrum brandete. Priabin spürte ihre Wucht fast körperlich. Auf allen Bildschirmen befand die Raumfähre sich jetzt auf ihrem Platz auf der mehrstufigen Trägerrakete. Der jubelnde Beifall hielt an: ohrenbetäubend und übertrieben. Sogar Priabins Bewacher grinste breit, während er an seiner Zigarette zog. Priabin ließ seine Zigarette, die der Mann ihm gegeben hatte, achtlos verglimmen.

Rodins Lautsprecherstimme klang etwas blechern, aber sie trug seine Erregung trotzdem bis in den hintersten Winkel des Kontrollzentrums.

«Meine Herren, wir liegen in der Zeit», verkündete der General. Erneuter Beifall, als er das Offenkundige feststellte und sich darin sonnte. Priabin konnte ihn auf seinem erhöhten Platz sehen, von dem aus er sein Reich überblickte. «In etwa zwei Minuten beginnt die Betankung der Trägerrakete mit flüssigem Wasserstoff. Unmittelbar danach geht die *Raketoplan*-Besatzung an Bord. Danke, meine Herren – und weiter so!» Wieder Applaus. Der Jubel legte sich nur zögernd.

Auf einem der Bildschirme wurde gezeigt, wie die dreiköpfige Raumfährenbesatzung das Fahrzeug bestieg, das sie zur Startplattform bringen würde. Priabin beobachtete die Männer in ihren Raumanzügen, von denen jeder einen weißen Klimakoffer in der Rechten trug, und zog kräftig an seiner Zigarette. Die Schmerzen im Gesicht und am Körper hatten etwas nachgelassen. Rodin hatte ihn sogar von einer Krankenschwester versorgen lassen, die seine Schürf- und Platzwunden desinfiziert und festgestellt hatte, daß er eine angebrochene Rippe davongetragen hatte. Er trug ein großes Pflaster auf der Stirn, aber das Brennen des Antiseptikums und der Adrenalinlösung, mit der die Blutungen gestillt worden waren, war inzwischen abgeklungen.

Rodin hatte mit ihm gesprochen: mißtrauisch, gelegentlich voller Groll, dann wieder gleichgültig. Aber obwohl er Priabin bewachen ließ, hatte er ihn weder einsperren lassen noch Serow übergeben – als wolle er ihm seinen Erfolg demonstrieren, als solle Priabin alle Phasen des Unternehmens *Blitz* miterleben. Und trotzdem wirkte Rodin manchmal geistesabwesend, als denke er an seinen Sohn.

Priabin schrak aus seinen Gedanken auf. Rodin hatte seine verglaste Kanzel verlassen und kam auf ihn und seinen Bewacher zu, der Haltung annahm. Der General bewegte sich steif, fast wie bei einer Parade, als sei er sich der Tatsache, daß er beobachtet wurde, nur allzu deutlich bewußt. Trotzdem reagierte er kaum auf die lächelnden, grüßenden Männer, die seinen Weg säumten. Er marschierte geradewegs auf Priabin zu und blieb vor ihm stehen.

«Kommen Sie», forderte er Priabin auf, nachdem er den Posten mit einer Handbewegung entlassen hatte. Priabin ging neben ihm her.

Sie stiegen die Stufen zwischen den Konsolen und ihren Operatoren hinauf. Um sie herum summte es von Anweisungen, wiederholten Bestätigungen, Anfragen und Rückmeldungen. Priabin mußte sich anstrengen, um mitzubekommen, was Rodin mit ruhiger, fremdartig klingender Stimme sagte.

«... ein dringendes Fernschreiben ... vor zwei Stunden gekommen ... hab's erst jetzt lesen können ... meine Frau ...» Priabin wollte seinen Ohren nicht trauen; noch unglaublicher erschien ihm der Tonfall dieser Mitteilungen. Die Startvorbereitungen interessierten ihn plötzlich nicht mehr. «... Krankenhaus ... Überdosis Schlaftabletten ... meine Frau ... Zustand soll kritisch sein ...»

Priabin blieb neben dem General auf dem obersten Absatz stehen. Trotz der Klimaanlage hing hier oben dichter Zigarettenqualm. Das Stimmengewirr klang bedrückend dumpf; die stickige Luft war unangenehm warm. Unglaublich! Rodin wirkte unsicher, wie betäubt und ratlos. Priabin blickte rasch zu der getönten Glasfront der Leitstelle hinauf. Jetzt, *jetzt* konnte er Serow erledigen, solange Rodin unter Schockwirkung stand. *Jetzt ...!*

Irgend etwas ließ ihn aus dem Halbschlaf aufschrecken. Trotz seiner Benommenheit wußte er sofort, daß er keinen Laut von sich geben durfte. Er rieb sich das Gesicht und blinzelte, bis er wieder klar sehen konnte. Das blasse Licht des schon tiefstehenden Mondes beleuchtete das Hangartor mit dem davor abgestellten Jeep. Und die kleinere Tür, aus der jetzt einer der Uniformierten trat, der sich gemächlich räkelte.

Ein Pfeifton aus dem Funkgerät hatte den Mann gerufen und Gant geweckt. Jetzt drang eine blecherne, ungeduldig klingende

Stimme aus dem Lautsprecher. In der eisigen Luft war jedes Wort des Obergefreiten zu verstehen. Der Wind hatte nachgelassen, und die Wolken segelten majestätisch über den Nachthimmel.

Gant hörte zu. Ein verrosteter roter Traktor mit riesigen Hinterrädern bot ihm noch bessere Deckung als der Schatten der Fichten, unter denen er in seine Parka gehüllt hockte. Zur Untätigkeit verdammt. Er konnte die beiden nicht erschießen, weil er sich dadurch verraten hätte, er konnte die Antonow nicht erreichen, er konnte die Batterie nicht einbauen, er konnte den Chemikalientank nicht mit Treibstoff füllen, er konnte die An-2 nicht mit dem Traktor zu den Fässern schleppen – obwohl die Zugmaschine dazu diente, wie ihre Schleppstange bewies. Die Teile des Puzzles lagen um ihn herum verstreut, und Gant kannte die Lösung, aber ihm waren die Hände gebunden.

Er sah auf seine Armbanduhr. 2.04 Uhr. Die Wachposten meldenten sich alle halbe Stunde oder wurden gerufen. Routine. Niemand schien sie wieder auf Streife schicken zu wollen. Gant hatte sich für die Stellung neben dem Traktor entschieden, weil er von dort aus die Straße zur Kolchose, den Himmel im Norden, wo die Kampfhubschrauber herkommen würden, den Hangar und den Jeep beobachten konnte. Trotzdem war er hier zur Untätigkeit verdammt. Nur die Batterie wurde weiter geladen – das war der einzige Fortschritt.

Der Uniformierte stand fast 40 Meter von ihm entfernt; trotzdem verstand Gant ihn mühelos.

«... totenstill, Genosse Hauptmann ... Ja, wir sind regelmäßig Streife gegangen.» Die beiden hatten die etwas wärmere Halle nur verlassen, um ans Funkgerät zu gehen. Sie hatten befehlsgemäß kein Licht gemacht, sondern sich mit Taschenlampen beholfen. «Deswegen hab' ich mich auch ein bißchen verspätet, Genosse Hauptmann ... Ich bin eben von meinem Rundgang zurückgekommen. Nirgends was zu sehen. Scheint die falsche ... Jawohl, Genosse Hauptmann, selbstverständlich!» Gant spürte, wie die einseitige Unterhaltung ihn schläfrig machte, und rieb sich die Arme, um wieder wach zu werden. «Ich, Genosse Hauptmann? ... Wieder auf Streife und den Gefreiten hierlassen? Jawohl, Genosse Hauptmann!»

Der Obergefreite nahm tatsächlich kurz Haltung an, bevor er das Mikrofon mit einem halblauten Fluch auf den Fahrersitz warf. Er verschwand kurz in der Halle, um den Befehl seines Vorgesetzten weiterzugeben, kam ins Freie zurück und setzte sich in den Jeep. Der Motor heulte auf; dann holperte der Wagen mit wild tanzenden Scheinwerfern in Richtung Kolchose davon. Das Motorengeräusch verhallte. Der zweite Uniformierte, der kurz an die kleine Tür gekommen war, trat in den Hangar zurück und knallte die Tür hinter sich zu.

Gant stand unbeholfen auf und machte einige Kniebeugen, um seine verkrampften, ausgekühlten Beine zu lockern. Plötzlich war er nicht mehr müde. Er durfte keine Zeit mehr verlieren. Schon nach zwei Uhr. Seine Rechte schlug gegen den Riesenreifen des Traktors wie auf die Schulter eines alten Freundes.

Er rannte geduckt die 40 Meter bis zur Seite des Hangars und hielt die Makarow für den Fall schußbereit, daß ...

Die in das Hallentor eingelassene kleine Tür ließ sich nicht öffnen. Gant atmete tief durch, lief weiter um den Hangar herum und näherte sich dem Anbau von hinten her. Dort schlüpfte er wieder unter der lockeren Wellblechtafel hindurch, bewegte sich vorsichtig an leeren Fässern, Dosen, Kisten und den dicken Reifen vorbei und ließ seine Taschenlampe nur einmal kurz aufblitzen, um die Türklinke zu finden. Als seine Hand auf ihr lag, wagte er kaum zu atmen, versuchte sich daran zu erinnern, ob die Tür beim ersten Mal gequietscht hatte – *nein* –, und öffnete sie langsam. Im Halbdunkel des Hangars raschelte etwas. Gant wartete hinter der nur halbgeöffneten Tür und erfühlte die Details seiner Umgebung eher, als daß er sie sah. Blasses Mondlicht fiel auf die vordere Antonow.

Gant schlüpfte in die Halle hinaus und sah, daß die Tür der kleinen Kantine einen Spalt weit offenstand. Durch diesen Spalt fiel ein schwacher, gelblicher Lichtschein. Das Rascheln ...? Anscheinend blätterte der Mann, den er würde erschießen müssen, in einer Illustrierten. Gant war sich darüber im klaren, daß er den Mann nicht niederschlagen, fesseln und in der Stunde, die noch vor ihm lag, bewachen konnte. Nein, er mußte ihn erschießen.

Er schlich auf Zehenspitzen weiter, machte nach jedem lautlosen Schritt eine Pause, hielt die Makarow schußbereit und stieß mit der linken Hand die Tür auf. Der Lichtkegel einer Taschenlampe; eine auf der fleckigen Tischplatte aufgeschlagene Illustrierte; die Gestalt des aufspringenden Soldaten. Gant ließ sich nicht durch einen Blick ins Gesicht des Mannes ablenken, sondern schoß zweimal rasch nacheinander.

Der Uniformierte schien im Zeitlupentempo zusammenszusakken, aber das Bewußtsein, getötet zu haben, ließ Gants normales Zeitgefühl abrupt zurückkehren. Der Mann fiel nach vorn gegen den Tisch, dessen Metallfüße quietschend über den Fußboden scharrten, rutschte ab und brach zwischen Tisch und Stuhl zusammen. Und blieb unbeweglich liegen.

Gant wartete, bis das ohrenbetäubende Echo der beiden Schüsse in seinem Kopf verhallt war. Vorbei. Er empfand nichts. Der Mann war für ihn nur eine Stimme, dann eine dunkle Gestalt gewesen. Er lag mit dem Gesicht nach unten, und Gant wußte nicht einmal, wie es aussah. Auf dem Tisch lagen die alte Illustrierte und ein Handfunkgerät – seine Verbindung mit dem Jeep, mit Baikonur.

Er verließ rasch den Raum, schloß die Tür hinter sich und durchquerte den Hangar, um in den Batterieraum zu gelangen. Dort leuchtete er die Voltmesser mit der schon merklich nachlassenden Taschenlampe an. Beinahe, beinahe – jedenfalls würde die Ladung ausreichen, wenn er ... Seine Gedanken überstürzten sich, und er ordnete sie wie ein Blatt Karten.

Büro des Chefingenieurs. Gant nahm die Handlampe an ihrem langen Kabel mit, um das Schlüsselbrett neben der Tür zu inspizieren. Auf einem Schlüsselanhänger stand *Traktor.* Er riß ihn vom Haken, fand den Zündschlüssel der An-2 und steckte beide ein. Danach suchte und fand er im Lagerraum ein handliches Brecheisen. Ein Mittel, um ins Treibstofflager zu gelangen ... zwei Punkte waren abgehakt.

Gant drehte sich mit der Lampe im Kreis, ging in die Hocke, leuchtete in die unteren Regalfächer und fand schließlich, was er suchte: einige Meter Gummischlauch. Er zog ihn triumphierend hinter leeren Fässern und Kanistern hervor, die Sprühmittel enthalten hatten. Mit dem Schlauch kehrte er zu der Antonow zurück, die ihm bereits vertraut erschien, und stellte im Cockpit fest, mit welchen Schaltern die Pumpe des Chemikalientanks aktiviert wurde. Nur zwei Schalter – *Strom ein/aus, Pumpe ein/aus* – und eine Kontrolleuchte. Er kletterte in die Kabine zurück und sah, daß das Ausflußrohr des Tanks durch den Kabinenboden geführt war.

Er sprang aus der Maschine. Ja, es endete dort mit einem Stutzen, an dem er den Schlauch anschließen konnte, um die Flügeltanks nachzufüllen. Und er konnte den Tank mit demselben Schlauch über den oberen Stutzen füllen. Gant warf den zusammengerollten Schlauch in die Kabine der Antonow.

Handpumpe. Oder womit der Tank sonst gefüllt wurde – wo?

2.20 Uhr. Keine Pumpe. Gant machte erneut einen Rundgang durch den Hangar und suchte jeden Winkel ab. Nirgends eine Pumpe. 2.25 Uhr. Er war sich des Handfunkgeräts in seiner Tasche bewußt, das die Verbindung mit dem Jeep, mit Baikonur, mit ... Serow herstellte, und glaubte, auch die Videokassette und die Kassette aus Priabins Kamera zu spüren.

Er ging zum Tor. Da er sich noch immer nicht dazu überwinden konnte, die Deckenbeleuchtung einzuschalten, ließ er die Handlampe am äußersten Ende ihres Kabels auf dem Boden liegen. Der Obergefreite hatte das Vorhängeschloß nicht wieder angebracht, so daß Gant nur die Handkurbel zu drehen brauchte, damit die beiden Flügel rumpelnd auf ihren Metallschienen auseinanderglitten. Bläßlicher Mondschein fiel in die Halle. Gant öffnete das Tor bis zum Anschlag.

Dann blickte er zu dem unter den Fichten abgestellten Traktor hinüber. Die Handpumpe konnte draußen bei den Treibstofffässern unter der Plane liegen. Darüber konnte er sich später Gedanken machen. Jetzt kam es darauf an, das Flugzeug aus dem Hangar zu ziehen.

Gant spurtete über die mondhelle Fläche. Er kletterte auf den Fahrersitz des Traktors, steckte den Zündschlüssel ins Schloß, hielt den Atem an und drehte den Schlüssel nach rechts. Der Motor stotterte und starb wieder ab. Dieser Vorgang wiederholte sich noch zweimal. Das Motorengeräusch klang in der nächtlichen Stille alarmierend laut. Gant blickte unwillkürlich mehrmals nach hinten, wo in etwa eineinhalb Kilometer Entfernung die Kolchose lag.

Der Motor sprang an, stotterte noch und lief dann viel zu schnell. Gant löste die Handbremse, hörte die Drehzahl zurückgehen und fuhr unter den Bäumen heraus auf den Hangar zu.

Gant fuhr den Traktor vor die nur schemenhaft erkennbare zweite Anatonow, zog die Handbremse an, stellte den Motor ab und kletterte vom Fahrersitz. Er holte sich die Handlampe, inspizierte damit die Schleppstange und stellte fest, daß ihre Gabelenden genau in die Schleppösen an der Querstrebe des Doppeldeckerfahrwerks passen mußten. Kurze Zeit später hatte er den Traktor so einrangiert, daß Gabelenden und Schleppösen sich berührten.

2.38 Uhr. Gant fühlte sich vor Erleichterung einen Augenblick schwach und schwindelig, aber dann hob er die Schleppstange und ließ sie einrasten, so daß Traktor und Flugzeug miteinander verbunden waren. Er blieb kurz stehen und versuchte, die einzelnen Aufgaben wieder wie ein Blatt Karten zu ordnen. Schlauch, Gewehr, Schlüssel, Treibstoff – Pumpe? – Traktor . . . 2.40 Uhr. Batterie . . . Nachdem er den Zusatztank gefüllt hatte, würde er die große Batterie auf den Traktor wuchten und zu der Antonow fahren müssen. Dieser Aufgabe fühlte er sich eigentlich nicht gewachsen. Letzten Endes ging es darum, ob er die Batterie auf den Traktor und ins Flugzeug heben konnte – mit brutaler Kraft . . .

. . . denk jetzt nicht daran, *jetzt nicht*! Er kletterte erneut auf den Fahrersitz, sah sich nach der An-2 um, sprang wieder zu Boden und löste das Erdungskabel vom Fahrwerk, um die Krokodilklemme und das Kabel mit einer leichtsinnig sieghaften Geste von sich zu werfen.

Dann saß er wieder auf dem Traktor, ließ den Motor an und fuhr langsam, ganz langsam aufs offene Tor zu. Gant hielt das Lenkrad geradezu wütend umklammert, aber er lenkte den Traktor trotzdem gefühlvoll durch die Tormitte. Fünf Meter, vier . . . der Traktor befand sich im Freien.

Gant sah sich rasch um, bevor er sich auf den rechten Außenspiegel verließ, in dem er den rechten Flügel der An-2 – den längeren oberen Flügel – beobachtete, beobachtete, beobachtete . . . er hielt den Atem an, ihm wurde schwindelig, so sehr konzentrierte er sich . . . beobachtete . . .

Durch!

Er atmete stöhnend aus. Die Antonow rollte sanft ins Freie. Gant lenkte den Traktor sofort in weitem Bogen auf das Treibstofflager hinter dem Hangar zu.

«Meine Herren, eine *nochmalige* Verkürzung des Countdowns – wir haben jetzt X minus fünfzig Minuten.»

Diffuser brausender Jubel von jenseits der getönten Glasscheibe.

«Stellt das verdammte Ding *ab*!» kläffte Serow. «Verdammt noch mal, wie kann man bloß so *kindisch* sein?» Irgend jemand schaltete das einzige Gerät, das Bilder aus dem Kontrollzentrum zeigte, und danach den Wandlautsprecher aus. Serow zog wütend an seiner Zigarette. Der Aschenbecher vor ihm quoll von zerdrückten und verdrehten Kippen über. «Laßt Opa Rodin sein Spiel weiterspielen – *ihr* habt hier eure *Arbeit* zu tun!»

Jenseits der getönten Glasscheibe verebbte der Jubel. Alle waren müde, frustriert und nervös, aber keiner mehr als Serow. Kindische Wutausbrüche waren zwecklos – und irgendwie doch notwendig. Er machte eine Handbewegung.

«Schon gut, schon gut – zurück an die Arbeit, zurück an die Arbeit!» Wie eine besorgte Glucke. Es war nicht ihre Schuld – aber *er* würde zur Verantwortung gezogen werden, wenn es ihnen nicht gelang, den amerikanischen Piloten aufzuspüren und festzunehmen.

Serow warf einen Blick auf die Wanduhr. 3.10 Uhr. Verdammt noch mal, schon drei Uhr vorbei! Gant befand sich seit kurz vor 16 Uhr auf der Flucht – seit fast zwölf Stunden.

Wäre Priabin noch *sein* Gefangener gewesen . . . nun, ob er dann noch leben würde, war zumindest zweifelhaft, gestand Serow sich grinsend ein . . ., aber warum Rodin ihn wie einen Hofnarren in seiner Nähe duldete, mochte der Teufel wissen. Drohte ihm von dorther Gefahr? Offensichtlich hielt Rodin Priabin nicht mehr für den Mörder seines Sohnes. Wäre das der Fall gewesen, hätte er seinen Anblick nicht ertragen und ihn einsperren oder gar erschießen lassen.

Serow klopfte auf seine Jackentasche. Die Tonbandkassetten, die seine Leute Priabin wieder abgenommen hatten. Sollte er sie Rodin geben oder nicht? Sie bewiesen eindeutig, daß Waleri Rodin unter dem Druck des Verhörs, das Priabin mit ihm angestellt hatte, zusammengebrochen war und in seiner Verzweiflung Selbstmord verübt hatte, nicht wahr? Vielleicht sollten sie eingesetzt werden?

Er trat an die getönte Glasscheibe. Rodin, der inmitten seines Stabes vor der riesigen Telemetriekarte mit der wellenförmigen Bahn der amerikanischen Raumfähre stand, war leicht auszumachen. Er gestikulierte mit weit ausholenden Armbewegungen – völlig übergeschnappt. Wo steckte Priabin? Hatte Rodin ihn endlich zum Teufel geschickt?

Nein, er saß dort unten – noch immer unter Bewachung. Und er spielte Karten mit seinem Bewacher und zwei Technikern in weißen Kitteln. *Karten!* Diese Szene war geradezu surreal. Was hatte er dort zu suchen? Warum war er noch immer da?

Serow wollte sich nicht eingestehen, daß Priabin ihm Sorgen machte und ihn entnervte.

Die Funkmeldungen, die Berichte seiner Suchmannschaften erfüllten die abgestandene Luft der Leitstelle mit ihrer eigenen beunruhigenden Hektik. Priabin beschäftigte Serow noch einen Augenblick lang, dann trat Gant an seine Stelle. Er mußte den Amerikaner fassen! Gant war das Faustpfand, die Grundlage jedes Waffenstillstands. Sogar der Rettungsanker, wie Serow sich mit großem Widerstreben eingestand.

Aber bisher waren alle diese Meldungen und Berichte inhaltlich leer, *negativ ...!*

Seine Leute saßen wie ausgescholtene Schüler über Funkgeräte, Bildschirme und Karten gebeugt. Der in einer Ecke auf Rollen stehende große Bildschirm mit der Computerkarte war nicht moderner oder aufschlußreicher als eine leere Wandtafel in einem Klassenzimmer. Serow marschierte darauf zu, baute sich vor der Karte auf und studierte sie mit zusammengekniffenen Augen.

Die Computerkarte, die von einem Operator an einer Konsole

ständig auf dem neuesten Stand gehalten wurde, zeigte das Gebiet südwestlich von Baikonur. Quadrate, Kreise und Dreiecke, die Suchmannschaften darstellten, krochen auf dem Bildschirm durcheinander wie Fliegen an einer hellen Wand. Serow erkannte den Fluß, der in weitem Bogen dem unteren Kartenrand zuströmte, die alte Stadt mit ihren in die Wüste hinausgreifenden Vororten und das von Bewässerungskanälen durchzogene landwirtschaftlich genutzte Gebiet. Kolchosen, Schutzwälder, Fahrwege und Straßen, die sich mit Gräben und Kanälen kreuzten, alleinstehende Gebäude und Hütten; Scheunen, Lagerhäuser, Geräteschuppen, Hühnerställe und Garagen. Jedes einzelne Gebäude war dargestellt. Und trotzdem hätte Serow am liebsten mit der rechten Faust zugeschlagen – mit der er Priabins hübsche Larve demoliert hatte – und die Karte in einen bunten Scherbenhaufen verwandelt.

Auf der Karte waren alle ihm zur Verfügung stehenden Soldaten, GRU-Angehörige und sogar Polizeibeamten – er hatte Priabins KGB ausgeschlossen und einige dieser Leute *vorbehaltlich weiterer Ermittlungen*, wie er es spöttisch ausgedrückt hatte, unter Hausarrest gestellt –, alle Streifenwagen und Hubschrauber dargestellt. Unterschiedliche Blautöne kennzeichneten die bereits abgesuchten Planquadrate. Diese Farbflecken gingen an vielen Stellen ineinander über. Bald würde die ganze Karte blau eingefärbt sein und verkünden, daß der Amerikaner entkommen war.

Serow weigerte sich, diese Möglichkeit zu akzeptieren.

«Was können wir denn noch tun?» explodierte er und sah zukkende Schultern, hochfahrende Köpfe. Zwei, drei blickten ihn sofort an; die anderen waren vorsichtiger. Aber seine Worte drückten weniger Wut als Frustration aus. «Sagt mir, was wir falsch machen, Jungs! Was, zum Teufel, haben wir *übersehen*?»

Jetzt blickten alle zu ihm hinüber – alle bis auf den Operator, der weitere Standortmeldungen einzugeben hatte. Nichts zu sehen, ergebnislos, nichts, nichts ... *und trotzdem ist er irgendwo dort draußen!*

«Na?» faßte Serow betont barsch nach. «Was haben wir übersehen?»

«Nichts, Genosse Oberst.» Das war der Leutnant, der ihm die

Entdeckung der Mi-2 gemeldet und ihm dann Priabin gebracht hatte.

«Nichts?» wiederholte er beißend scharf und konnte nur mit Mühe einen weiteren Wutanfall unterdrücken. *«Nichts?»*

«Genosse Oberst, so gründlich und mit solchem Aufwand haben wir noch nie gefahndet!» Der junge Offizier hatte widerstrebend die Rolle des Sprechers übernommen. «Wir haben alles berücksichtigt. Er hat kein Fahrzeug – wir haben dort draußen alles kontrolliert, was Räder hat. Er kann nicht zu Fuß nach Leninsk oder Tjuratam gelangt sein ...» Der Leutnant zuckte hilflos mit den Schultern.

«Schon gut. Ich will niemand kritisieren ...» begann Serow. Dann brüllte er jedoch los: «Scheiße, verdammt noch mal! Die ganze Technik, der ganze Aufwand, die ganze Fahndung – was haben wir bisher davon? Nichts, weniger als nichts!» Er kehrte ihnen den Rücken zu und marschierte durch den Raum auf die getönte Glasscheibe zu. Priabin fiel ihm sofort ins Auge. Er spielte noch immer Karten. *Der Kerl lachte ihn aus!*

Serow drehte sich mit wutverzerrtem Gesicht nach seinen Leuten um. Gant war zu Fuß unterwegs, das stand fest, oder hatte sich irgendwo verkrochen. In den Kolchosen durchsuchten sie ihre Schlafzimmer, ihre Kleiderschränke und ihre Aborte nach ihm. Alles war bereits durchsucht oder wurde durchsucht. Einfach lächerlich, unglaublich, daß keine Spur von ihm zu finden sein sollte!

«Fragen Sie die anderen», verlangte Serow heiser. Das war ein Eingeständnis von Ratlosigkeit oder Schwäche, das jedoch nicht zu umgehen war. «Fragen Sie jeden Soldaten, jeden Offizier, jeden Fahrer und jeden Piloten dort draußen ... ich will *Ideen!* Rufen Sie nacheinander jeden einzelnen und verlangen Sie Vorschläge.»

«Genosse Oberst, das dauert mindestens ...»

«Mir ist scheißegal, wie lange das dauert!» donnerte Serow. «Sie sollen die Leute vor Ort fragen! Los, los – fangen Sie schon an!»

Gant war von der Arbeit an der Handpumpe in Schweiß gebadet. Er machte nur Pausen, um sich mit dem Jackenärmel über die

Stirn zu fahren oder einen Blick auf seine Armbanduhr zu werfen. Nichts anderes interessierte ihn; die kalte, kahle Landschaft um ihn herum war ihm gleichgültig. Er dachte auch nicht mehr an das Handfunkgerät in der Brusttasche seiner Parka. Er hatte den Chemikalientank in der Kabine der An-2 schon fast voll Kerosin gepumpt.

3.32 Uhr. Gant warf einen Blick auf die Füllstandsanzeige. Er hatte 1100 Liter Treibstoff in den Chemikalientank gepumpt. Um ihn herum lagen leere Blechfässer wie achtlos weggeworfener Abfall. Verschüttetes Kerosin tränkte das Erdreich. Die zurückgeschlagene Plane raschelte und knatterte bei gelegentlichen Windstößen. In der Ferne waren hie und da Hubschrauber vorbeigeflogen – stets im Norden. Seitdem der Jeep weggefahren war, hatte Gant keine Autoscheinwerfer mehr gesehen.

Er hielt sich lange mit beiden Händen den Rücken, während seine Atmung allmählich wieder normal wurde. Schließlich ging er wieder an den Traktor. Bei dem Gedanken an die Batterie und ihr Gewicht wurde ihm schwach. *Du kannst sie heben, du kannst*... Sein Blick streifte die Antonow. Bald, sehr bald.

Seine Hand berührte den Zündschlüssel des Traktors. In diesem Augenblick kam ein Pfeifen aus dem Funkgerät in seiner Brusttasche; er zuckte zusammen. Aus dem Lautsprecher kam eine Stimme. Sie forderte den toten GRU-Gefreiten auf, sich zu melden. Sie verlangte Vorschläge von ihm . . .?

Gant durfte nicht wagen, den Anruf zu beantworten.

Seine Augen suchten in verzweifelter Hast den Nachthimmel ab, beobachteten einzelne Sterne und rechneten damit, daß sie sich bewegen, zu Positionslichtern werden würden. Aber sie taten es nicht.

«Bestätigen Sie . . .»

Sie kannten den Namen des Mannes, seinen Dienstgrad, seine Personenkennziffer. Sie wollten ihn sprechen, ihn ausfragen.

Er durfte nicht antworten.

Aber wenn er's nicht tat, würden sie kommen . . .

17

Feuer in der Nacht

Er durfte nicht antworten.

Gant drehte den Zündschlüssel nach rechts, und der Motor des Traktors heulte auf. In diesem Lärm ging die dünne, drängende Stimme aus dem Handfunkgerät unter. Er legte den ersten Gang ein und drehte das Lenkrad mit einer Kraft, die ihn überraschte und zugleich beruhigte. Die Batterie schien noch größer und schwerer geworden zu sein. Sie beherrschte seine Gedanken. Während er den Hangar entlangfuhr, suchte er ständig den Himmel ab. Nur Sterne, nur verblassender Mondschein ...

Die Stimme war wieder zu hören. Obwohl sie ihre Aufforderung ständig wiederholte, erschien sie Gant nicht mehr bedrohlich. Er bog in den Hangar ab. Einer der mächtigen Hinterreifen walzte etwas platt, das laut knirschte, und der Oberflügel der demontierten Antonow streifte das Fahrerhaus. Vor Gant war die Tür des Batterieraumes sichtbar, als er die Scheinwerfer der Zugmaschine einschaltete. Jetzt spielte es keine Rolle mehr, ob er Licht machte, Gant bremste und kletterte von seinem Traktor.

Als er den kleinen Raum betrat, in dem das Motorengeräusch nur abgeschwächt zu hören war, merkte er, daß das Funkgerät verstummt war. Er hielt es sich kurz ans Ohr – nein, nichts. Gant hätte es am liebsten wie einen nicht mehr tickenden Wecker geschüttelt, aber dann steckte er es wieder in seine Brusttasche. Er sah auf die Armbanduhr. 3.38 Uhr. Es hatte angefangen: Verdacht, Erkenntnis, Gegenmaßnahmen.

Er atmete tief durch, bevor er die Anzeige des Ladegeräts prüfte. Die Batterie war fast voll. Er löste die Kabel, tastete nach dem Tragegriff und versuchte die Batterie zu heben ... sie bewegte sich kaum eine Handbreit, als er daran ruckte. Er stöhnte laut und trat einen Schritt zurück. Die Batterie stand auf einem Holzgestell einen halben Meter über dem Boden. Wenn er sie fallen ließ, konnte ihr Gehäuse zersplittern ...

Los, los, *weiter*! forderte er sich wütend auf. *Versuch's wenigstens!*

Gant trat hinter das Gestell und schob die Batterie nach vorn. Sie rutschte zögernd bis zum Rand, schien darüberkippen zu wollen und blieb dann doch stehen. Schweiß lief ihm in die Augen, als er wieder nach vorne kam. Er packte den Tragegriff mit beiden Händen und zerrte daran. Die Batterie rutschte von ihrem Gestell und landete mit scheußlichem Krachen auf dem Betonboden. Gant untersuchte sie im Licht der Taschenlampe, konnte aber keine Beschädigung feststellen. Er schleppte die Batterie tief gebückt am Tragegriff aus dem Batterieraum und über den staubigen Boden zu dem Traktor. Seine Lungen pfiffen wie ein Blasebalg.

Dies war die letzte Hürde, die letzte Aufgabe. Er umschlang die Batterie mit beiden Armen, sammelte alle Kraft und kam langsam mit ihr hoch. Er torkelte unter ihrem Gewicht, fiel fast gegen den Traktor und rammte seine schwere Last gegen das Fahrerhaus, gegen den Türrahmen, *ins* Fahrerhaus ... nach Atem ringend, mit schmerzendem Rücken und gefühllosen Armen.

Im nächsten Augenblick überfiel ihn wieder das Bewußtsein, in welcher Gefahr er schwebte, und löste einen Magenkrampf aus, unter dem er sich fast zusammenkrümmte. Gant zwang sich dazu, ins Fahrerhaus zu klettern. Der Krampf ließ nach, als er langsam Gas gab. Er fuhr aus dem Hangar und fürchtete sich fast davor, zum Himmel aufzublicken. Sterne, Mond, Dunkelheit. Am Himmel und in der weiten Landschaft bewegte sich nichts. Gant fuhr um den Hangar herum auf das deutlich sichtbare Flugzeug zu und hielt dicht daneben.

3.43 Uhr.

Er fuhr den Traktor Zentimeter für Zentimeter rückwärts an das offene Batteriefach im Heck der Antonow heran. Seine Hände lagen leicht auf dem Lenkrad, sein rechter Fuß berührte das Gaspedal feinfühlig. Gant sah über die Schulter nach hinten. Näher, noch näher.

Dicht genug!

Gant stellte den Motor ab und sprang zu Boden. Er würde die Batterie in ihr Fach heben müssen, bevor er sie anschließen konnte. Wieviel Zeit blieb ihm noch dafür? *Das ist scheißegal, wenn du sie nicht reinkriegst!* Er stellte sich mit leicht gespreizten Beinen hinter das Fahrerhaus, umschlang die Batterie erneut mit beiden

Armen, packte zu, daß seine Schultergelenke knackten, und hob sie hoch. Dann drehte er sich unter der Last torkelnd und setzte die Batterie auf den Rand ihres Faches. Er sackte nach vorn, während er sich verzweifelt bemühte, sie nicht wieder zurückrutschen zu lassen. Dann würde er sie nicht halten können, dann würde er mit ihr zu Boden gehen . . .

In seiner Angst glaubte er zu spüren, daß die Batterie aus dem Fach zu kippen drohte. Er stemmte sich mit letzter Anstrengung gegen sie, schob sie tiefer in ihr Fach und fühlte sie schließlich in die flache Wanne gleiten, die den Unterteil ihrer Halterung bildete. Gant ließ seine Hände auf der Batterie ruhen, um sie zu beruhigen, während ihm der Schweiß ausbrach, als sei er keine Folge dieser Anstrengung, sondern der nachher eingetretenen zitternden Schwäche.

3.46 Uhr.

Wo waren die anderen jetzt? Verdacht oder Erkenntnis? Sogar schon Gegenmaßnahmen? Wahrscheinlich irgendwo zwischen Erkenntnis und Gegenmaßnahmen. Verdammt knapp . . .

X minus 14 Minuten.

Die Countdown-Uhr im Sicherheitsraum war erneut vorgestellt worden, als Rodin die Startvorbereitungen nochmals um einige Minuten hatte kürzen lassen. Serow blickte zur Wanduhr auf. Sie schien kaum etwas mit diesem Raum und der Tätigkeit seiner Leute zu tun zu haben – als ob die getönte Glasscheibe zwischen Leitstelle und Kontrollzentrum völlig undurchsichtig geworden sei.

«Warum nicht?» fragte Serow. «Warum können Sie ihn nicht erreichen?» Er sah dabei zur Decke auf, als gehe ihn das Ganze eigentlich nicht viel an.

Aber warum nahm er die Countdown-Uhr am Rande seines Blickfeldes so deutlich wahr? Sie hatte nichts mit dem Amerikaner zu schaffen. Noch 13 Minuten und 30 Sekunden. Es war 3.40 Uhr; Serow hatte vor Müdigkeit gerötete Augen und fühlte sich wie zerschlagen. Trotzdem war sein Gehirn unvermindert aktiv; es arbeitete wie elektrisiert in geradezu hektischem Tempo.

Serow kehrte der Countdown-Uhr den Rücken zu.
«Na?» fragte er scharf.
«Keine Ahnung, Genosse Oberst», gab der Mann zu.
«Und in dieser Halle haben *zwei* Flugzeuge gestanden?»
«Ja, Genosse ...»
«*Sie* haben sich davon überzeugt, daß sie nicht flugfähig sind?» unterbrach Serow ihn.
«Der Chefingenieur hat mir erklärt ...»
«Was hat er *genau* gesagt?» 3.41 Uhr. Die Zeit schien immer schneller zu laufen. *«Genau!»*

Von allen seinen Leuten, die über Funk aufgefordert worden waren, sich zu melden, hatte nur einer nicht reagiert: ein GRU-Gefreiter, der zwei Flugzeuge zu bewachen hatte.

«Eines ist halb zerlegt gewesen – das haben wir mit eigenen Augen gesehen.»
«Und das *zweite*?» fragte Serow scharf.
«... Batterie am Ladegerät ...», hörte er nur, denn in Gedanken war er im Wettlauf mit der Zeit der Erklärung des anderen weit voraus.
«Dann ist's also *nur* die *Batterie*!» stellte Serow nachdrücklich fest. Vor seinen Augen drehte sich alles, und die Glaswand schien jetzt völlig undurchsichtig zu werden. «Mit einer geladenen Batterie könnte die Maschine *fliegen*!»
«Genosse Oberst, ich bin kein ...»
«Sie sind ein Idiot!» brüllte er mit Triumph in der Stimme. Im selben Augenblick hatte er jedoch das Gefühl, eisige Hände legten sich um seinen Hals. Gant konnte bereits, er konnte ... verdammt noch mal, der Amerikaner hatte ein *Flugzeug*! «Idiot!» stieß Serow hervor. «Und jetzt können wir Ihren Kameraden nicht erreichen – halten Sie's vielleicht für entfernt möglich, daß er *tot* ist?» Er winkte ab. «Stellen Sie den Komiker ab!» verlangte er von dem Mann an der Funkkonsole. «Verbinden Sie mich mit dem Chefingenieur der Kolchose – mit irgend jemand, der weiß, was mit diesem Flugzeug los ist! Aber beeilen Sie sich!»

Die Stimme des Funkers, der die Kolchose rief. Als ob um diese Zeit jemand wach wäre, der sich melden würde! Das war ein Fehler gewesen ...

«Streichen Sie diesen Anruf!» rief Serow und überraschte dadurch seine Leute und sich selbst.

Amerikaner ... Flugzeug, das nur eine Batterie brauchte ... 3.43 Uhr ... eine Stimme aus einem anderen Funkgerät: einer der Hubschrauber meldete sich ... die Karte mit verschwimmenden Farben, die sekundenlang zu einer weißen Fläche wurden ... Kampfhubschrauber ...

«Weisen Sie ...» Serow mußte sich erst räuspern. «Weisen Sie diesen Hubschrauber an, mich *sofort* abzuholen! Weisen Sie den *nächsten* Hubschrauber an, mich hier abzuholen – und die anderen sollen ... die Flugzeughalle der Kolchose ansteuern. Schnell, *schnell*, Mann!» Seine Stimme klang atemlos. «Fragen Sie, wie schnell die anderen an der Halle sein können und wie lange es dauert, bis ich abgeholt werde. Los, los *beeilen* Sie sich!»

Serow nahm hastig Mantel, Mütze und Handschuhe von dem Stuhl an der Glaswand, auf dem er seine Sachen vor langer Zeit deponiert hatte. Dabei fiel sein Blick auf Priabin, der in dieser Sekunde zu ihm aufsah. Von den Karten in seiner Hand ...

Er hätte beinahe die zur Faust geballte Hand gehoben, um Priabin zu drohen, um ihn zu zerschmettern. Aber er beherrschte sich. Priabins Zeit würde bald kommen. Zuerst war der Amerikaner an der Reihe.

«Beeilung!»

3.44 Uhr. Zehn Minuten bis zum Start.

Priabin konnte Serows massive Gestalt, seine düstere Miene hinter der getönten Glasscheibe nur undeutlich erkennen. Dann verschwand der andere. Etwas von der Hast, mit der sein Schatten verschwand, teilte sich Priabin mit. Was Serow vorhatte, mußte ihn oder Gant betreffen. Nur einer von ihnen kam in Frage. Er fuhr zusammen, als eine Stimme aus den Deckenlautsprechern hallte.

«Neun Minuten und dreißig Sekunden, Uhr läuft.»

Serow kam aus der Tür unter der getönten Glasscheibe der Leitstelle gestürzt: in atemloser Eile, fast wie ein Besessener. Und trotzdem hatte er einen Blick und ein rasches, gieriges Lächeln für Priabin übrig. Es konnte sich nur um Gant handeln.

Serow marschierte mit zweien seiner Leute im Schlepptau auf

einen der Ausgänge des Kontrollzentrums zu. Er trug seinen Mantel über dem Arm, hielt die Mütze in der Hand und beeilte sich, als fürchte er, zu einem Termin zu spät zu kommen. Priabin sah zu Rodin und seinem Stab hinüber. Der General hatte Serows hastiges Verschwinden gar nicht wahrgenommen.

Serow hatte Gant gefunden oder wußte zumindest, wo er ihn schnappen konnte. Und er schien sich seines Erfolges sicher zu sein. Ein triumphierendes Grinsen. Priabin wurde aus seiner Mattigkeit wachgerüttelt. Rodin hatte ihn einfach stehengelassen, nachdem er ihm den Selbstmordversuch seiner Frau anvertraut hatte. Der General war weggegangen und hatte seither kein Wort mehr mit Priabin gesprochen. Der Countdown, der bevorstehende Start beherrschte ihn völlig.

Und jetzt war auch Serow anderweitig beschäftigt. Rodin würde starten, und Serow würde Gant einfangen. Das Unternehmen *Blitz* würde stattfinden.

Gant löste die Bremse. Die Antonow An-2 setzte sich zögernd, fast schwerfällig in Bewegung und rollte holpernd über Sand und steifgefrorenes Gras auf die nicht ganz ebene Startbahn zu. Der Wind war schwach, weniger als fünf Knoten, und kam schräg von vorn. Kein Problem.

Er schob den Leistungshebel weiter nach vorn. Das Flugzeug rumpelte über Bodenunebenheiten. Der Triebwerkslärm erfüllte das enge Cockpit und hallte durch den schmaler werdenden Rumpf hinter ihm. Die Umgebungskarten in kleinem Maßstab lagen aufgeschlagen auf dem Kopilotensitz und wurden von einer Leselampe trübe beleuchtet. Unter ihnen lag noch ein Schulatlas, den Gant in einem Türfach entdeckt hatte und dessen Verwendungszweck er sich nicht vorstellen konnte. Auf einer Karte in lächerlich großem Maßstab war im Umkreis von Hunderten von Kilometern nur Wüste eingezeichnet. Aber Gant zerbrach sich darüber nicht den Kopf.

Er beugte sich nach vorn und verrenkte sich fast den Hals, um den Nachthimmel abzusuchen. Noch immer keine Glühwürmchen zwischen den Sternen. Er schien weiter Glück zu haben, *mußte* weiter Glück haben . . .

Während die Maschine ans Ende der Startbahn holperte, beobachtete Gant die Nadel des Drehmomentmessers. Tjuratam und Baikonur erzeugten am rechten Horizont eine künstliche Morgendämmerung. Er wendete, indem er die Ruderpedale trat und die altmodische, primitive Steuersäule mit beiden Händen festhielt. Altmodisch, aber vertraut.

Gant spürte, daß die Niederdruckreifen auf der Startbahn standen, daß die Triebwerksleistung für einen Start ausreichte und daß der Schraubenstrahl das Seitenleitwerk traf; er spürte die Klappen und alle übrigen Einzelheiten der alten Antonow. Er war startbereit. Nach dem Abheben würde er rasch in den Weiten um Baikonur verschwinden. Er erhöhte die Triebwerksleistung, beobachtete den Sternenhimmel mit seinen wenigen Wolken, löste die Bremse und hätte beinahe einen Schrei ausgestoßen, als er das Flugzeug anrollen fühlte.

Er schaltete das Funkgerät ein.

... bewegliche Lichter, noch bevor er eine Frequenz wählen konnte. Sie waren da! Gant sah die Positionslichter größer werden, als der Kampfhubschrauber aus dem Dunkel herabstach *und sich vor ihn setzte.*

Eine Stimme aus dem Lautsprecher des Funkgeräts. Er hatte es mit kalten, gefühllosen Fingern automatisch eingestellt. Der Anruf hallte durch das lärmerfüllte Cockpit.

Serows Stimme.

«Major Gant, Sie bringen das Flugzeug jetzt zum Stehen! Sie halten augenblicklich an!»

Die Mil Mi-24 vergrößerte den Abstand etwas und ging vor ihm tiefer. Sie blockierte die Startbahn. Ihr Fahrwerk war ausgefahren. Allein die Räder konnten genügend Schaden anrichten ... Serow würde ihn zweifelsohne mit dem Hubschrauber rammen, falls er nur auf diese Weise am Start gehindert werden konnte. Und im Rotorstrahl des großen Kampfhubschraubers konnte Gant sich nicht auf Stabilität und Auftrieb der An-2 verlassen. Er konnte *nicht* starten.

«Sie halten an und stellen das Triebwerk ab! Sie steigen aus dem Flugzeug ...»

Gant erkannte Serow in der geöffneten Kabinentür des schwebenden Hubschraubers. Mikrofon und Lautsprecher. Zwingende Befehle.

Wegen des aufgewirbelten Staubes begann das Triebwerk zu stottern. Die Antonow rollte kaum noch. Serow wollte ihn lebend, wollte sich diesen Triumph nicht entgehen lassen.

Gant sah den Hangar, den im Staub bräunlich verfärbten, tief am Himmel stehenden Mond, die schwach leuchtenden Sterne, die vor ihm verschwimmende Startbahn, das Treibstofflager.

Das Cockpit um ihn herum schien zu schrumpfen. Die Landkarten, der lächerliche Schulatlas, dessen aufgeschlagene Seiten einen großen Teil der Sowjetunion zeigten, alle Instrumente – Funkgerät, Kreiselkompaß, Höhenmesser – *wertlos!* Triebwerküberwachungsinstrumente ... Feuerlöscher, Leuchtpistole ...

«Sie halten jetzt an, steigen aus und nehmen dabei die Hände hoch!»

Im Funk Rufzeichen, Bestätigungen, hörbare Vorfreude in jeder Stimme. Alle waren mit Höchstgeschwindigkeit zu dem über Funk bekanntgegebenen Punkt unterwegs. Eisige Panik erfaßte Gant. Ihm blieben noch zwei Minuten, bevor der nächste Kampfhubschrauber eintraf – vielleicht sogar weniger, bevor die erste Fahrzeugstreife auf den Platz rollte. Generalalarm. Alle Einheiten sammeln! Knappe Befehle.

Zwei Minuten ... Die eine Mi-24, deren graue Rumpfunterseite in der Staubwolke über ihm schwebte und ihm die Sicht versperrte, reichte bereits aus. Aufgewirbelte kleine Steine trommelten gegen Rumpf und Cockpitverglasung der Antonow, deren Triebwerk stotterte.

«... steigen Sie aus!»

Der Kampfhubschrauber schwebte in kaum fünf Meter Höhe und hielt sich bereit, jeden Fluchtversuch zu verhindern. Er hing in der Dunkelheit und blockierte die Startbahn. Fünf Meter über Grund, nicht höher ...

Die Idee kam zögernd, als presse Gant eine alte, fast trockene Zitrone aus ...

Hangar, Treibstofflager, die herumliegenden leeren Fasser, verschütteter Treibstoff, *die vollen Fässer.*

Gant ließ das Flugzeug langsam, scheinbar harmlos von der

Startbahn rollen. Die Mi-24 blieb ständig etwas seitlich vor ihm: wachsam, aber selbstbewußt und zuversichtlich. Serow war mit dem Mikrofon in der Hand in der Kabinentür des Hubschraubers zu erkennen. Er machte Gant gebieterische Handzeichen.

Der Pilot der Mil verstand seine Sache. Serow nahm an, das Verlassen der Startbahn signalisiere, daß der Amerikaner aufgebe. Gant spürte das Rumpeln des Fahrwerks auf unebenem Boden und schob das Seitenfenster zurück, ohne auf den hereinwirbelnden Staub zu achten. Seine Geschwindigkeit betrug weniger als 15 Stundenkilometer; die An-2 bewegte sich nur noch im Kriechtempo. Serow winkte ihm zu, er solle in Richtung Halle weiterrollen.

«Halten Sie jetzt!»

Rufzeichen, Bestätigungen, Standortmeldungen, Entfernungen. Nicht mehr als eineinhalb Minuten. Es mußte jetzt sein.

Gant griff nach der Leuchtpistole und zog den Hahn zurück. In der Ferne schlingerten Scheinwerfer auf dem Fahrweg durch ein Wäldchen. Die Mi-24 schwebte in fünf Meter Höhe am Rande des Treibstofflagers . . . noch eine Sekunde, zwei Sekunden, genau darüber – *jetzt!*

Er schoß mit der Leuchtpistole zwischen die dichtgestapelten Treibstoffässer. Die entzündlichen Dämpfe glühten wie leuchtender Nebel auf, bevor mit einem Schlag das ganze Treibstofflager in Flammen stand.

Orangerote Flammenzungen. Gant bekam vor Rauch und Staub kaum noch Luft. Seine Augen tränten. Ein brüllendes orangerotes Inferno. Serow, dessen Uniform brannte, war einen Augenblick deutlich sichtbar, bevor er nach vorn in die Flammen kippte. Der Hubschrauber schwankte; dann stürzte auch er in das Flammenmeer.

Gant beobachtete ihn im Rückspiegel, während er mit Vollgas vom Brandherd wegrollte. Die Mil sank ins Feuer wie ein müder Vogel in sein Nest. Ein Vogel Phönix. Aber Serow würde sich *nicht* aus der Asche erheben.

Die Antonow holperte über die Startbahnbegrenzung. Er startete nach Westen und sah die erste leichte Senke der unebenen Bahn auf sich zukommen. Links von ihm durchzuckten die grellen

Lichtblitze detonierender Munition das unter dichtem Rauch liegende orangerote Flammenmeer, in dem der Hubschrauber auseinanderbrach. Dort lebte niemand mehr.

Gant beobachtete den Fahrtenmesser. Siebzig Stundenkilometer. Die leichte Senke lag hinter ihm. Achtzig Stundenkilometer. Der orangerote Feuerschein spiegelte sich im Luftschraubenkreis, der einen Spiegel bildete. Das Cockpit und Gants Hände am Steuerhorn waren in dasselbe rötliche Licht getaucht. Ein falsches Morgenrot. Die An-2 hob ab und stieg langsam, aber gleichmäßig. Hundert Stundenkilometer, 120, 140, 160. Hundert Meter hoch.

Er ging unterhalb der Radarhöhe in den Geradeausflug über. In einer halben Minute würde er den Kurswechsel nach Südwest vornehmen, sobald alle, die ihn vom Boden aus beobachtet haben konnten, beschwören würden, er sei genau nach Westen abgeflogen. Auf allen Seiten lag helle Wüste unter ihm. Die wenigen dunklen Fichtenwälder erinnerten an die Überreste einer verschütteten Festungsanlage. Das Feuer unter ihm blieb im Spiegel sichtbar, auch als es schon längst nicht mehr das Cockpit erhellte.

Rechts von ihm, im Norden, stieg eine Feuersäule auf, als reflektiere ein gigantischer Spiegel die Flammen, in denen der Hubschrauber verbrannte.

Start. Nicht abgebrochen. *Start!*

Er lebte, aber er hatte bereits verloren. Die Russen hatten die Raumfähre mit der Laserwaffe an Bord gestartet. Das Unternehmen *Blitz* war angelaufen.

Ein Riesenfeuerwerk. Aber die Wirklichkeit ließ diesen Vergleich farblos erscheinen. Priabins Blick hing wie der aller übrigen Anwesenden an den auf eine Wand projizierten riesigen Bildern vom Start. Die von innen heraus beleuchtete Rauchsäule, das Wegklappen des Startturms, die wogenden Qualmwolken und das beängstigende Röhren der gewaltigen Triebwerke schienen etwas verlangsamt zu sein, so daß er spürte, welche Massen dort gehoben und beschleunigt wurden. Allen Anwesenden schien der Atem zu stocken.

Eine Lautsprecherstimme kommentierte die Ereignisse. *Feststoff-*

triebwerke gezündet ... Rakete hebt ab ... Orbiter Kutusow *ist frei vom Startturm ...*

Der einsetzende Jubel erinnerte Priabin an einen sich langsam öffnenden riesigen Mund. Das Geräusch entwickelte sich im Zeitlupentempo wie die Bilder auf der Leinwand. Er hatte Atembeschwerden.

... Haupttriebwerke arbeiten gut ... X plus vier Sekunden ...

Das projizierte Bild sprang, als die Triebwerke der ersten Stufe der Trägerrakete aus dem Aufnahmebereich der Kamera glitten, deren Funktion jetzt von einer weiter entfernten Kamera übernommen wurde. Die in den Nachthimmel aufsteigende Rauch- und Flammensäule blendete so stark, daß kaum Einzelheiten zu erkennen waren – auch die Raumfähre auf der 100 Meter hohen Nadel war unsichtbar. Die Kameras schwenkten nach oben, als würden sie durch den Jubel und die gegenseitigen Gratulationen im Kontrollzentrum angehoben.

Die Erfolgsmeldungen gingen weiter. *X plus fünfzig Sekunden.* Mach 1. *Eine Minute und zwanzig Sekunden bis zum Absprengen der ersten Stufe ...* Kutusow, *ihr seht noch immer gut aus ...* Wie merkwürdig, daß dieser ganze Startjargon so amerikanisch, so sehr eine Imitation von Ereignissen in Florida und Texas war!

Priabin blickte zu der Leitstelle auf, in der Serow den Rest seines Teams zurückgelassen hatte. Gestikulierende Arme und Hände. Alle Anzeichen von Zorn und Überraschung. Jetzt zwei Männer, die sich gegenüberstanden und wütend anzubrüllen schienen.

... Höhe fünfundzwanzig Kilometer, und ihr seht gut aus, Kutusow. Auf der großen Leinwand war die Rauchspur dünn und wenig eindrucksvoll geworden; die orangerote Flamme an ihrer Spitze war kaum noch zu erkennen. *X plus zwei Minuten, Abtrennung der ersten Stufe ... Boden hier* Kutusow *– bereit zur Abtrennung ... Brennschluß erste Stufe.*

Priabin sah erneut nach oben und stellte fest, daß die erregten Auseinandersetzungen in der Leitstelle weitergingen. Auf der Leinwand war zu erkennen, wie die riesige erste Stufe der Trägerrakete abgesprengt und die zweite gezündet wurde.

Priabin wandte sich von der Leinwand ab und ignorierte die

Stimmen, um sich auf Serows Leute zu konzentrieren. Was hatten der offenkundige Schock und die Bestürzung der GRU-Angehörigen zu bedeuten? Gant...? Priabin wandte sich an seinen Bewacher, der interessiert die Bahn der *Kutusow* im Vergleich zu den Sinuskurven der *Atlantis* verfolgte.

«Ich möchte in die Leitstelle hinauf», erklärte er ihm.

Der Uniformierte zuckte mit den Schultern. «Wie Sie wünschen», sagte er dann. «Aber ich muß mitkommen, Genosse Oberst.» Priabin nickte wortlos und ging voraus. Der Wachposten marschierte mit klickenden Absätzen hinter ihm her, überholte ihn dann und öffnete ihm die Tür der Leitstelle.

Aus dem Lautsprecher eines Funkgeräts drang eine hohe entsetzte Stimme. «...brennt noch immer. Nein, *dort* lebt keiner mehr! Mit der ganzen Besatzung verbrannt! Was anderes können nur Schwachköpfe glauben!»

«Beruhigen Sie sich doch!» forderte der Leutnant die Stimme auf, die ihn beleidigt hatte. Was war...?

«Was geht hier vor, verdammt noch mal?» fragte Priabin einen Obergefreiten mit Funkerblitzen auf den Ärmeln. Er schüttelte ihn aufgeregt. «Was ist passiert?»

«...der amerikanische Schweinehund hat den Oberst erledigt...» Das war alles, was Priabin von der gemurmelten Antwort des Mannes verstand.

Eine wilde, sogar beschämende Freude erfaßte ihn. Er begriff sofort die Konsequenzen dieser Tatsache – und war froh darüber. Serow war tot. Hatte Gant ihn erledigt?

«Wie? Wie, Mann, wie?» Er schüttelte den Obergefreiten erneut, während der Leutnant mißtrauisch die Augen zusammenkniff. Serow war *tot!*

«Ihr amerikanischer Freund hat ein Treibstofflager in die Luft gejagt», knurrte der Leutnant, «und den Hubschrauber des Obersten in Brand gesetzt!» Er war sichtlich durcheinander.

«Und Gant... der Amerikaner?» fragte Priabin weiter.

«Weg – weggeflogen! Aber wir haben ihn bald!»

Die Handbewegung des Leutnants umfaßte die Computerkarte und den Operator an der dazugehörigen Konsole, der weiter Positionsmeldungen eingab und als einziger von Serows Leuten nicht sichtbar auf die Vernichtung des Kampfhubschraubers reagierte. Auf der Karte surrten die Lichtpunkte wie aufgeschreckte Glühwürmchen durcheinander: kleine, durch einen Insektenmord erregte Lichter. Kleine Lichter, aber riesige, unbeholfene und schwerfällige Versuche, ein Netz zu bilden, aus dem Gant längst entkommen war.

Jedenfalls hatten sie ihn aus den Augen verloren – das stand bereits fest. Priabin dachte an die Videokassetten, die Gant bei sich hatte, und an Gants Ziel. Türkei oder Pakistan. Mit einem Flugzeug würde Gant versuchen, es ganz zu schaffen – 1500 Kilometer weit!

Der Leutnant telefonierte mit Rodin. Priabin wollte ihm beruhigend eine Hand auf den Arm legen. Der junge Offizier fuhr zurück und fauchte den an der Tür stehenden Wachposten an: «Dieser Mann ist Ihr Gefangener – bewachen Sie ihn gefälligst!» Der Posten murmelte etwas Unverständliches und baute sich demonstrativ neben Priabin auf.

Priabin hörte Rodins Stimme. Der Leutnant war blaß. Er hatte minutenlang gebraucht, um bis zu dem triumphierenden General vorzudringen. Jetzt ließ er den Hörer sinken und murmelte: «Er kommt rauf.»

Das verkleinerte Bild der Wandkarte des Kontrollzentrums zeigte die Bahn der *Kutusow* in Rot: genau auf Kurs, ohne Abweichungen. Demnächst würde der Orbiter seine OMS-Triebwerke zünden; in weiteren 40 Minuten würde er seine Umlaufbahn erreichen und mit den Vorbereitungen für das Aussetzen der Laserwaffe aus seinem Laderaum beginnen. Gant war 1500 Kilometer und viele Stunden zu spät.

Rodin stieß die Tür auf. Hinter ihm erschienen vier oder fünf weitere Offiziere, die jedoch nur Komparsen waren, die einem Star assistierten. Sein Gesicht war vor Wut verkniffen, und seine blassen Augen glitzerten. Er nahm Priabins Anwesenheit kaum zur Kenntnis, als er sich jetzt vor dem Leutnant aufbaute.

«Was soll das? Was ist *passiert*?»

«Genosse General, der Amerikaner . . .»

«*Das* haben Sie mir bereits gemeldet!» brüllte Rodin. «Wo ist der Amerikaner jetzt?»

Der Leutnant zuckte hilflos mit den Schultern. «Genosse General, er ist ... er ist verschwunden.»

Rodin drehte sich nach seinen Offizieren um, die jetzt hereindrängten. «Ich hab' *gewußt*, daß das passieren würde – hab' ich euch, hab' ich *ihn* nicht davor gewarnt?» Niemand widersprach. Rodin schien auch keine Befriedigung über Serows Tod zu empfinden. Priabin sah auf die Wanduhr. Seit dem Start waren fast zehn Minuten vergangen; vor etwa sechs Minuten war ihm die Aufregung in der Leitstelle aufgefallen. Der General ballte in hilfloser Wut die Fäuste.

«Jetzt sitzen wir auf dem trockenen», stellte Priabin fest. Rodins Kopf fuhr hoch, als sei er geschlagen worden. Sein mißtrauischer, ablehnender Gesichtsausdruck verflüchtigte sich nur langsam, als er Priabin erkannte.

«Und er weiß es», antwortete Rodin schließlich, wobei er sich mit der rechten Faust in die linke Handfläche schlug. «Und das *weiß* er verdammt genau!» bekräftigte Rodin, in dessen Tonfall eine gewisse Bewunderung mitzuschwingen schien. Dann wandte er sich an den für die Computerkarte zuständigen Operator. «Zeigen Sie uns den größten Bereich! ... Nein, noch größer! Im größten Maßstab!»

Die Finger des Mannes flogen über die Tasten. Das Kartenbild veränderte sich, als werde ein Zoomobjektiv von größter auf kleinste Brennweite gedreht. Der optische Eindruck entsprach dem, den die Kosmonauten gehabt hätten, wenn sie sich beim Start umgesehen hätten. Als der Operator wieder aufblickte, war am linken Kartenrand die Ostküste des Kaspischen Meeres zu erkennen, gelbe Wüste bildete die untere Hälfte, der Aralsee glich einer großen Pfütze, und in der Südostecke ragten Gebirge auf. Das dargestellte Gebiet war jetzt Hunderttausende von Quadratkilometern groß.

Rodin studierte die Karte, bevor er sich an Priabin wandte.

«Sie glauben, daß er gewonnen hat?» Das war im Grunde genommen keine Frage.

«Nein», gab Priabin zu. «Ich glaube, daß er verloren hat.»

Wie um seine pessimistische Diagnose zu bestätigen, kam die Stimme des Orbiterkommandanten aus dem Wandlautsprecher.

«Baikonur, hier *Kutusow.* Melde OMS-Brennschluß ...» Die Stimme erwärmte Rodins eisige Miene.

«Wahrscheinlich haben Sie recht», meinte er mit einem Blick auf die Karte. «Irgendwo dort draußen steckt er!» fügte der General hinzu.

«Im Tiefflug und auf wechselnden Kursen», antwortete Priabin. «So findet ihn niemand.» Er hörte, wie befriedigt seine Stimme klang, aber er bereute seinen Tonfall nicht. Und Serow war *tot*!

«Glauben Sie?» fragte Rodin.

Der General schien in ihm jetzt einen Gegner zu sehen, der ihm Respekt abnötigte. Und der geschlagen und liquidiert werden würde ... Die Augen des Alten glitzerten kalt und bösartig. Waleri *und* Serow waren tot. Sein Sohn lastete ihm nicht mehr auf dem Gewissen.

Trotzdem nickte Priabin betont lässig.

«Ja, das glaube ich», bestätigte er, trat dichter an Rodin heran und deutete auf die Karte. «Nach Westen hin ist's noch mindestens drei Stunden dunkel. Im Tiefflug ist er von keinem Radargerät zu erfassen, und das ganze Gebiet ist nur spärlich besiedelt. Er ist der beste Pilot, den sie haben – das wissen *wir* nur allzu gut! Er ist verschwunden, Genosse General.»

Rodin überlegte, bevor er plötzlich mit den Fingern schnalzte. «Treibstoff! Er hat das Treibstofflager in Brand gesetzt, sagen Sie.» Er sprach mit dem Leutnant. «Wieviel Treibstoff hat er an Bord genommen? Los, Mann, *wissen* Sie's?»

«Der größte Teil des Lagers ist vernichtet worden ... außerhalb des Brandherdes sind einige leere Fässer gefunden worden ... das Flugzeug ist ohnehin betankt gewesen, Genosse General, so daß er ...»

«Na, ich möchte wetten, daß er reichlich Treibstoff mitgenommen hat! Sie auch, Priabin?»

«Sie sind also meiner Überzeugung?» lautete Priabins Gegenfrage.

Rodin nickte. «Ja, der Amerikaner versucht, über die Grenze zu entkommen.»

«Und das bedeutet», stellte Priabin aufgeregt fest, «daß Sie das Unternehmen *Blitz* verschieben müssen, bis er gefaßt ist!»

«Ich denke nicht daran, irgend etwas zu verschieben.»

«Aber wenn er nicht geschnappt wird, spielt's keine Rolle, *wie lange* seine Flucht dauert! Er hat die *Beweise*!»

«Dann muß er gefunden werden!»

«Sie müssen das Unternehmen abbrechen.»

«Nein!» widersprach Rodin mit Donnerstimme. «Der Amerikaner muß *gefunden* werden!»

«Das wird Ihnen nicht gelingen, Genosse General.»

«Und warum nicht?» fragte Rodin scharf. «Er fliegt eine alte Antonow – ein Sprühflugzeug, eine lahme Krähe! Wie soll er damit den Wettflug gegen den Tagesanbruch gewinnen?» Der General warf einen nachdenklichen Blick auf die Karte. «Meiner Schätzung nach muß er auf jeder Route, für die er sich entscheiden könnte, mindestens eine Stunde bei Tageslicht fliegen.» Er drehte sich wieder nach Priabin um. «Folglich werden wir unserem Freund eine Falle stellen – mit sämtlichen Flugzeugen und Hubschraubern, die wir auftreiben können. So schlagen wir ihm im Süden und Westen die Türen vor der Nase zu.» Rodin wirkte zuversichtlich. «Na, Genosse Oberst?»

«Ich verstehe», sagte Priabin nach langem Schweigen. «Sie wollen ihm auflauern. Aber . . .»

«Nichts aber! Wir spüren ihn auf – und erledigen ihn.» Rodin nickte dem Leutnant zu. «Sie führen die Suche im Raum Baikonur fort. Vielleicht ist sein Flugzeug bei der . . . Explosion beschädigt worden. Die größere Suchaktion wird dann von mir koordiniert.»

«Jawohl, Genosse General!»

Rodin wandte sich an seine Offiziere. «Meine Herren, wir müssen unsere Laserwaffe stationieren – gehen wir?» Das klang geradezu fröhlich, als hege er nicht den geringsten Zweifel, daß Gant abgefangen werden könne.

Priabin mußte sich eingestehen, daß er ebenfalls nicht daran zweifelte. Gant wollte bestimmt in die Türkei; er würde es nicht wagen, über Afghanistan zurückzufliegen. Und im Westen hatte er die gesamte Luftmacht der Militärbezirke Kaukasus und Transkaukasus gegen sich: Flugzeuge, Raketen und Kampfhubschrauber. Die dringende Notwendigkeit, Gant vom Himmel zu holen, würde ihren Erfolg garantieren. Bei Tagesanbruch würde Rodin die amerikanische Raumfähre vernichtet haben – von diesem Augenblick an konnte die ganze Sowjetunion sich nicht mehr leisten, Gant am Leben zu lassen.

Rodin machte eine Handbewegung, mit der er alles außer dem Unternehmen *Blitz* und Gant vom Tisch zu wischen schien.

«Sie kommen mit, Oberst», knurrte er und verließ als erster den Raum.

In dem indirekt beleuchteten Badezimmerspiegel wirkte sein Gesicht ungesund, übertrieben blaß. Calvin betrachtete es prüfend und nahm sich vor, an die Augentropfen zu denken, damit seine Augen morgen nicht blutunterlaufen waren. Er runzelte die Stirn. Nikitin und seine Leute würden warten, bis sie das Weiße in seinen Augen sahen; sie hatten es nicht eilig, das Feuer zu eröffnen. Er rieb sich das Kinn. Morgen würde er sich besonders sorgfältig rasieren. Wenn er schlief – notfalls mit Tabletten –, würden die dunklen Ringe unter seinen Augen vielleicht verschwinden. Andernfalls ließ sich mit Make-up nachhelfen.

Auf dem Ball, den der Schweizer Bundespräsident zu Ehren der Staatsbesucher gegeben hatte, hatte er mit der molligen Frau des Gastgebers Walzer getanzt. Das sprühende Feuer ihres Brillantschmucks hatte Calvin beinahe hypnotisiert.

Aufforderung zum Tanz – zu einer Narrenposse! Und er war sehenden Auges ins Unglück gerannt. In Wirklichkeit war das Ganze eine sowjetische Illusion gewesen, die ihn wie der Brillantschmuck der Schweizer Präsidentengattin geblendet hatte. Der verlockende Preis waren Frieden und ein Platz in der Geschichte gewesen. Er hatte gierig nach beidem gegriffen . . . und beides verloren.

Calvin schüttelte den Kopf. Nein, du behältst deinen Platz in der Geschichte! sagte er sich. Du hast bloß die Rolle gewechselt: vom Helden zum Schurken. Dich vergessen sie nicht, alter Junge, niemals . . .

Die amerikanischen Raumfähren und Satelliten besaßen nur noch Schrottwert, seitdem die Sowjets an diesem Abend ihre Raumfähre *Raketoplan* gestartet hatten. Seit diesem Augenblick konnten sie ungestraft tun, was sie wollten: Satelliten vernichten, die *Atlantis* abschießen, was sie wollten. Er konnte sie nicht daran hindern. Er hatte keine Beweise, es *gab* keine Beweise!

In der kühlen, windstillen Wüstenluft vor Tagesanbruch machte der Kerosingeruch Gant etwas benommen. Das leer laufende Triebwerk der Antonow übertönte das Surren der Pumpe und das leise Zischen, mit dem der Treibstoff durch den Schlauch strömte. Gant mußte das Triebwerk im Leerlauf arbeiten lassen, um die Pumpe betreiben zu können, die Kerosin aus dem Chemikalientank in die Flügeltanks förderte. Er war zweieinhalb Stunden von Baikonur entfernt, hatte 650 Kilometer zurückgelegt – und war noch fast 200 Kilometer vom Kaspischen Meer entfernt.

Er stand auf, reckte sich, bis Müdigkeit und Verkrampfung sich lösten. Die über 800 noch vor ihm liegenden Kilometer, die drei Stunden Flugzeit entfremdeten ihn von Vergangenheit und Zukunft. Die anderen würden ihn nicht finden, solange er im Dunkeln über unbewohnte Landstriche flog; und er brauchte sich noch keine Gedanken darüber zu machen, daß sie ihm bei Tagesanbruch eine Falle stellen würden.

Der Mond war untergegangen. Es war fünf Uhr Ortszeit. Durch seinen Flug nach Westen verlängerte sich die Nacht, als führe er die Dunkelheit wie eine Tarnkappe mit sich, die jedoch 200 Kilometer zu früh – fast eine Stunde vor der türkischen Grenze – verschwinden würde. Sobald sie ihn sahen, was unvermeidlich war, würde er auf der internationalen Notfrequenz *Mayday* rufen und die ganze Geschichte in den Äther hinausschreien.

Er rieb sich die Augen. Die Navigation nach Kompaß und Schulatlas ermüdete ihn, und der hohe Lärmpegel der Antonow war lästig, aber solche Kleinigkeiten spielten keine Rolle. Damit wurde er fertig.

In allen Richtungen erstreckte sich eine kahle, leicht gewellte Landschaft: der unbewohnte Nordteil der Wüste Karakum. Er war jetzt entschlossen zu siegen: Er würde es schaffen und mit den Videokassetten zurückkommen. Das bedeutete, daß er überleben und die Grenze überfliegen mußte.

Die Flügeltanks mußten inzwischen fast voll sein.

«Eine halbe Bahnlänge Abstand erreicht, *Kutusow.*»

«Verstanden, Baikonur. Fünfundvierzig Minuten seit dem Aussetzen des Satelliten. Zündung seiner Triebwerke in genau ... fünfzehn Sekunden. Kommen.»

«Verstanden, *Kutusow.* In fünfzehn Sekunden. Uhr läuft.»

Rodin lächelte zufrieden. Einerseits über die Fiktion, daß die Laserwaffe – für den Fall, daß der Funkverkehr abgehört und entschlüsselt wurde – als Satellit bezeichnet wurde; andererseits aus Befriedigung über diesen Countdown. In nur zehn Sekunden würden die Satellitentriebwerke gezündet werden, um den Killersatelliten in 1600 Kilometer Höhe über dem Nordpol in eine stationäre Umlaufbahn zu bringen.

Die *Kutusow* befand sich in einer 320 Kilometer hohen Umlaufbahn, in der sie die Erde alle 90 Minuten umrundete. Ihre Nutzlasttüren waren vor eineinhalb Stunden geöffnet worden; nachdem der Orbiter in Position gebracht worden war, hatte die Besatzung den durch Rotation stabilisierten Killersatelliten freigegeben, damit er sich von der *Kutusow* entfernte. Jetzt – einen halben Umlauf später – würden seine Feststofftriebwerke gezündet werden. Noch fünf Sekunden.

Priabin stand im Hintergrund der engen Kommandozentrale wie ein Zeitungsreporter, der Ereignisse mitverfolgt, ohne selbst Einfluß auf sie zu haben. Bisher hatte alles planmäßig geklappt: Rodin war dabei, sein Rennen gegen Gant und sein eigenes Land zu gewinnen. Ihm und seinen Offizieren ging es lediglich um eine Demonstration ihrer Macht. Wenn sie keinen Krieg auslösten, würden sie ihr Ziel erreichen. Das Militär würde *alles* kontrollieren.

Zündung der Feststofftriebwerke. Priabin fuhr innerlich zusammen und wartete darauf, daß der Orbiterkommandant die Zündung bestätigen würde.

X plus zehn Sekunden.

«Baikonur, hier *Kutusow.*»

«Was gibt's, *Kutusow?*»

Bevor der Kommandant antworten konnte, hörte Priabin eine andere Stimme erstaunt, sogar peinlich berührt melden: «Genosse General, wir bekommen kein Signal, daß die Triebwerke gezündet haben!»

Dann die Stimme aus der *Kutusow:* «Baikonur, die Zündung hat versagt. Ich wiederhole: Die Triebwerke haben nicht gezündet.»

Rodins Aufschrei hallte durch den Raum und erschreckte die bis dahin noch erwartungsfroh gestimmten Offiziere.

«Was ist passiert? *Antworten Sie!* Was ist passiert, *Kutusow,* was ist los?» Seine Stimme rüttelte Priabin wach. Auf dem Bildschirm neben ihm wurde die Wandkarte mit den roten und weißen Bahnen der durch die halbe Erde getrennten Raumfähren gezeigt. Auf einem weiteren Bildschirm waren die offenen Nutzlasttüren der *Kutusow* und der leere Laderaum zu sehen.

Also keine Zündung ...

Keine Zündung!

«Baikonur, hier *Kutusow.* Unseren Anzeigen nach haben die Triebwerke nicht gezündet ...»

«Reservesystem!» rief Rodin aus.

«Das Reservesystem zündet ebenfalls nicht, Genosse General.»

«Handauslösung!»

«Keine Reaktion von den Triebwerken, Genosse General.»

In der Kommandozentrale herrschte betroffenes Schweigen, das erst durch die nächste Meldung gebrochen wurde.

«Genosse General, die Bahnverfolgung der ... des Satelliten ...» Der Offizier erinnerte sich noch rechtzeitig an die offizielle Sprachregelung. «Er hat die Umlaufbahn nicht verlassen, Genosse General. Er bewegt sich nicht.»

Priabin sah auf die Wanduhr. 6.45 Uhr. Er dachte dabei an Gant. Der Amerikaner war vor über zweieinhalb Stunden gestartet, nachdem er Serow und einen Kampfhubschrauber in Flammen hatte aufgehen lassen. Vielleicht hatte er schon fast die Hälfte der Strecke bis zur türkischen Grenze zurückgelegt. Zeit, Zeit ... Verzögerung.

«Er bewegt sich nicht?» Das klang mehr herausfordernd als fragend.

«Unsere Telemetrie bestätigt, daß die Waffe in ihrer ursprünglichen Umlaufbahn stationär ist.»

«Wo sie nicht gerichtet und eingesetzt werden kann!» wütete Rodin.

Hätten die Feststofftriebwerke der Laserwaffe gezündet, wäre der Killersatellit in spätestens zwei Stunden gegen die amerikanische Raumfähre einsatzbereit gewesen. Durch das Versagen des Zündsystems war die Zeit wie ein Gummiband gedehnt worden ...

Zu Gants Vorteil?

Nein, Gant würde an der Grenze abgefangen werden. Bei Tageslicht hatte er keine Chance mehr. Der Doppeldecker würde aufgespürt und abgeschossen werden.

Priabin starrte unwillkürlich zu Rodin hinüber, der ihm einen erbitterten Blick zuwarf, als habe *er* ihm Unglück gebracht. Aber er konnte die gewonnene Zeit nicht nutzen. Er war Rodins Gefangener. Das wurde ihm wieder bewußt, als er seinen am Eingang postierten Bewacher sah: ein neuer Mann, der seinen Vorgänger vor einer Stunde abgelöst hatte.

Rodin beriet sich mit seinem Stab. Stimmen diskutierten, drängten und widersprachen. Priabin trat an die Glasfront der Kommandozentrale. Unter sich sah er eine riesige Karte mit farbigen Sektoren, in denen sich Lichtpunkte bewegten. Die kombinierten fliegenden Verbände zweier Militärbezirke wurden mobilisiert und zu einer Falle für Gant gruppiert. Ein von Rodin selbst zusammengesetztes Team befehligte Hunderte von Flugzeugen und Hubschraubern, Tausende von Soldaten. Priabin kehrte diesem deprimierenden Anblick den Rücken zu. Ihm wurde klar, daß der Zünddefekt Rodin lediglich daran hindern würde, die *Atlantis* zu zerstören, *bevor* Gant starb. Sonst hatte sich nichts geändert.

Das schien auch Rodin zu erkennen. Ein vorläufiger Rückschlag, der den ursprünglichen Zeitplan wieder in Kraft setzte: erst Gant, *dann* die Raumfähre.

«*Kutusow,* hier Rodin», hörte Priabin ihn sagen. «Ich verlange ein Rendezvous mit dem ... *Satelliten* auf Ihrer gegenwärtigen Umlaufbahn und Überprüfung und Instandsetzung des Zündsystems. Bestätigen Sie!»

Ein im Weltraum schwebender Kosmonaut, der die defekte Zündung reparierte. Ein paar Stunden Verzögerung, nicht mehr. Rodins Augen leuchteten zufrieden, als der Orbiterkommandant den Auftrag bestätigte. Der General legte das Mikrofon weg und klatschte laut in die Hände.

«Meine Herren, auf uns wartet viel Arbeit!» rief er. «Alles so rasch wie möglich – und ohne weitere Verzögerungen, wenn ich bitten darf!» Er blickte erneut zu Priabin hinüber und winkte ihn dann zu sich heran. «Kommen Sie, Genosse Oberst, Sie können Ihr fachmännisches Urteil über die Vorbereitungen abgeben, die wir für Major Gant treffen!»

18

Verzweiflungsakt

Ein Jäger Suchoi Su-19 flitzte allzu eifrig vor der Antonow vorbei, und die Sonne glänzte auf seinem silbernen Rumpf. Dann war er wieder verschwunden. Gant verrenkte sich fast den Hals, um ihn mit den Augen zu verfolgen, und sah ihn aufblinken, als der Pilot seine Maschine in einer Steilkurve über der sandbraunen Landschaft in den blassen Morgenhimmel hochzog.

Und weitere ...

Volles Tageslicht. Um 7.56 hatten sie ihn entdeckt. Gants Funkgerät ließ sich nicht auf die militärischen Frequenzen einstellen, und das Radargerät der An-2 war zu primitiv, um mehr als ein verschwommenes Bild der vor ihm liegenden Landschaft zu liefern. Nach der Überquerung des Kaspischen Meeres und der teils sumpfigen Ebene westlich davon war er anscheinend stundenlang wie ein Dieb durch die Berge geschlichen. Er hatte sich dicht an die Konturen der Landschaft gehalten, während der Morgenhimmel über ihm erst grau, dann blau geworden war. Nun waren der Tag und das erste Flugzeug da.

Gant riß die kleine, aber schwerfällige Antonow scharf nach links, als plötzlich ein Berg die Windschutzscheibe ausfüllte. Er kämpfte mit den Handgriffen der altmodischen Steuersäule und zog das Sprühflugzeug von der schneegefleckten Bergflanke weg. Dann bemühte er sich sofort wieder, die Suchoi

Fencer – ein Jäger mit veränderlicher Flügelgeometrie – ausfindig zu machen. Er hatte den Helm des Piloten gesehen und seinen Einsatzeifer gespürt. Er ignorierte den zweiten Mann, den Waffenoffizier, denn der Pilot war der eigentlich gefährliche Gegner.

Als der Jäger nach einer Kehrtkurve zurückkam, sah Gant den Lichtblitz einer gezündeten Jagdrakete. Er zog die Antonow hoch, als ziehe er bei einem durchgehenden Pferd die Zügel an. Ihr Bug richtete sich steil auf, aber ihr Heck schien in tiefem Morast festzusitzen – dann raste die dünne Rauchspur der Lenkwaffe unter ihm vorbei. Die Berggipfel um ihn herum leuchteten im Sonnenlicht. Die Suchoi raste im Tiefflug an der An-2 vorüber und verschwand im Messerflug hinter dem nächsten Grat. Sie war eineinhalb Kilometer entfernt, bevor sie umzukehren begann.

Das primitive, nur nach vorn gerichtete Radargerät zeigte ihm keine weiteren Flugzeuge. Aber Gant wußte, daß sie bestenfalls nur noch einige Minuten entfernt waren. Flugzeuge und Kampfhubschrauber. Langsamer und wendiger als die Su-19.

Die Grenze war jetzt keine 80, keine 60 Kilometer mehr entfernt. Er hatte im schützenden Dunkel über 1400 Kilometer im Tiefstflug und mit wachsender Erregung zurückgelegt. Und nun war's vorbei. Gant ließ die Maschine erneut in die zweifelhafte Sicherheit zwischen den Bergen sinken.

Die Suchoi wendete gemächlich und suchte wieder nach ihm.

Sie wurde wie ein heranrasender Silberfisch in seinem Spiegel größer. Jetzt hätte Gant *Mayday* rufen müssen, aber als er eben daran dachte, war es bereits zu spät. Geschosse aus der Maschinenkanone des Jägers zischten bedrohlich nahe am Cockpit vorbei; dann tanzte die Antonow in der Wirbelschleppe des schnellen Jägers. Zwei getönte Helmvisiere beobachteten ihn – er bildete sich ein, ein jungenhaftes Grinsen unter ihnen zu sehen –, bevor der Pilot die *Fencer* hochzog, um eine Kehrtkurve einzuleiten. Gant schluckte trocken und wischte sich unter der alten Fliegerhaube den Schweiß von der Stirn. Der Jäger begann wie ein Meteorit auf ihn zuzustürzen.

Gant sah sich einem ganzen Waffenarsenal gegenüber. Auf der

rechten Seite der Su-19 hatte er an Aufhängepunkten Abwurflenkwaffen und die speziell für Luftkämpfe entwickelten Jagdraketen AA-8 erkannt. Und eine doppelläufige Maschinenkanone unter dem Rumpf. Als die *Fencer* von der anderen Seite gekommen war, hatte er unter dem linken Flügel zwei Raketenbehälter mit 57-mm-Raketen erkannt.

Die *Fencer* stieß hinter ihm herab. Auf dem Radarschirm wurden Echos sichtbar. Sechs, sieben ...

Der Jäger wurde rasch größer. Ein Lichtblitz unter dem Flügel. Gant mußte steigen, sein *Mayday* absetzen, sich mit dem Codewort *Habicht* melden und ...

Die Antonow rüttelte, bockte und wollte dem Steuer nicht gehorchen. Rauch, er roch Rauch – aber die An-2 kurvte in die gewünschte Richtung, während die *Fencer* über sie hinwegflitzte.

Gant kannte Bewaffnung, Geschwindigkeit, Steiggeschwindigkeit, Wendekreis und die kürzeste Wiederangriffszeit der Su-17 ... und die alte Antonow war ein unbewaffneter Doppeldecker, ein Relikt aus einer Zeit, in der es noch keine modernen Luftkämpfe gegeben hatte.

Die Suchoi stieß hinter Gant herab. Er sah sie im Spiegel, aber seine Aufmerksamkeit galt jetzt dem Rauch, der aus dem Heck der An-2 quoll. Gant fröstelte, als er sah, wo seine Maschine brannte, und hatte den Eindruck, die Steuerorgane unter seinen Händen und Füßen seien bereits weich und unpräzise.

Rauch. Ruderwirkung noch gut, aber vielleicht nicht mehr lange. Als die Rauchentwicklung stärker wurde, wußte Gant, daß er nicht mehr lange im Cockpit würde bleiben können ... Die Kabine war bestimmt schon voller Rauch, das Flugzeug reagierte nur noch träge, und die Bergflanken vor ihm boten Verstecke, die er nicht erreichen konnte. Die An-2 zog eine Rauchfahne wie ein Signal hinter sich her. Die 60 Kilometer bis zur Grenze waren nicht mehr zu schaffen.

Er wußte, daß er steigen mußte, und zog die Steuersäule zurück, ohne sich viel davon zu versprechen. Der alte Doppeldekker stieg zögernd. Gant blieb nur noch, *Mayday* zu funken, so sehr ihn das auch ärgerte. Und er mußte hoch genug steigen, damit sein blind abgesetzter Funkspruch auch in der Türkei empfangen werden konnte. Und danach mußte er für sein Überleben sorgen.

Aber nicht in der Luft. Das Feuer würde sich durch den ganzen Rumpf nach vorn fressen, bis es das Cockpit erreichte – und schon vorher würden weitere sowjetische Jäger eintreffen, um der An-2 den Rest zu geben. Vielleicht auf ähnliche Weise wie die *Fencer*, deren Pilot nach einem weiteren erfolglosen Angriff jetzt mit maximal gespreizten Flügeln und ausgefahrenen Klappen von hinten anflog.

Unter Gant jetzt Hütten, Siedlungen und Dörfer ... ein langes, breites Tal, üppig unter schmelzendem Schnee. Der Schulatlas auf dem Kopilotensitz hatte ihm gezeigt, daß er seinen Funkspruch frühestens hier absetzen durfte. Die Jagdrakete hatte das Flugzeug in Brand gesetzt, ohne es sonstwie zu beschädigen. Die An-2 brannte langsam ab, aber vorerst funktionierte noch alles.

Der Jäger kurvte weit vor ihm ein und würde jetzt frontal angreifen, um ihn abzuschießen.

Die Höhe reichte knapp, ganz *knapp*!

«Mayday, Mayday, hier *Habicht.* Ich wiederhole, hier spricht *Habicht ...»* Der junge Pilot der Su-19 würde hinter seiner Atemmaske über diesen panikartigen Notruf und den unpassenden Decknamen grinsen. «Hier ist *Habicht ...»* Die anderen würden seine Stimme in Kontrollstellen, Cockpits und Horchstationen hören und zufrieden sein. Der Amerikaner hatte's nicht geschafft, er hatte verloren ... er rief um Hilfe. Gant wiederholte mehrmals seine Position, den Decknamen und den Notruf. Und da die anderen wußten, welche Beweise er hatte, fügte er zuletzt hinzu: «*Habicht* erfolgreich, wiederhole erfolgreich. Auftrag ausgeführt.»

Nachdem Gant diesen letzten Satz wiederholt hatte, stellte er das Funkgerät ab und hustete in dem verqualmten Cockpit. Das Funkgerät interessierte ihn nicht mehr. Im Cockpit war es zum Ersticken heiß. Die Maschine brannte ...

Es gab keinen Schleudersitz, nur die in der brennenden Kabine verstauten Fallschirme. Er hörte erstmals den automatischen Brandmelder der An-2, als habe er eben erst zu schrillen begonnen. Gant schaltete den Autopiloten ein, schnallte sich los, stand auf und riß sich die alte Lederhaube vom Kopf. Dann bückte er sich, griff nach der heißen Klinke und öffnete die Kabinentür. Der beißende Rauch war fast undurchsichtig.

Gant hielt sich sein Taschentuch vor Mund und Nase, während er blindlings in der Kabine umhertappte. Als erstes griff er sich die Umhängetasche mit den Film- und Videokassetten; dann riß er das Gewehr aus seiner Halterung. An der Rückwand der Kabine nagten offene Flammen. Alles war voller Rauch. Der Brand hatte so um sich gegriffen, daß die Antonow vielleicht schon im nächsten Augenblick unsteuerbar werden und vom Morgenhimmel fallen würde.

Fernglas, Gewehr, Reservemagazine, Kassetten ... *Fallschirm* – Gant hatte Mühe, seine Gedanken zusammenzuhalten. Notverpflegung, Kompaß ... *Fallschirm!*

Er zog einen Fallschirm aus seinem Fach und legte ihn in unbequem gebückter Haltung und heftig hustend an. Mit einer Hand am Aufziehgriff schob er sich um den Chemikalientank herum und erreichte die Tür ...

Gant riß die Kabinentür auf. Der starke Luftzug riß Rauch an ihm vorbei ins Freie. Die Flammen wurden größer. Der Doppeldecker schwankte erneut und steuerte dann im Sinkflug die nächste Bergkette an. Der Schraubenstrahl zerrte an Gants Kleidung und ließ seine Parka flattern. Er umklammerte den Türrahmen mit weißen Händen, sah nach unten und suchte dann wieder den Himmel ab.

Die Suchoi kam in gleicher Höhe von vorn herangerast, und Gant hörte das Röhren ihrer Triebwerke, das die Hügel zurückwarfen. Während er mit zusammengekniffenen Augen durch den Schraubenstrahl nach vorn blickte, sah er die Su-19 größer werden, bis die kleinen Lichtblitze unter ihren Flügeln zeigten, daß sie Sperrfeuer mit Raketen schoß. Die *Fencer* zog steil hoch und verschwand mit einer Kehrtkurve; zugleich wurden hinter ihr zwei weitere Silberrümpfe sichtbar.

Gant war sprungbereit. Die Antonow ging sanft, fast elegant zu Boden. Er warf einen Blick aufs Leitwerk, dann auf das Feuer hinter ihm. Dann war er mit einem Satz aus der Kabine und spürte, wie der Schraubenstrahl ihn nach hinten mitriß. Höhe: 165 Meter über Grund, nicht mehr. Zu niedrig – oder gerade richtig? Der

Berg, auf den der Doppeldecker zusteuerte, ragte gewaltig vor ihm auf. Gant sah sich um, ohne die *Fencer* entdecken zu können.

Aufschlag. Die An-2 zerplatzte in der Salve der *Fencer.* In dem orangeroten Feuerball waren ihre skelettierten Überreste noch sichtbar, bevor sie in Rauch aufgingen. Wrackteile fielen vom Himmel . . .

. . . wie er selbst.

Reißleine.

Ein Ruck, als ringe jemand mit ihm und versuche, ihm das Rückgrat zu brechen. Gant sah auf. Der Schirm öffnete sich langsam wie zu Demonstrationszwecken.

Wo war die *Fencer,* wie weit waren die anderen entfernt, wie lange würde der Fall dauern?

Der Boden des hier sehr breiten Tals war mit Schnee bedeckt. Der Wind trieb Gant auf eine mächtige Bergflanke zu. Seine Hände griffen nach den Steuerleinen, um die Richtung zu ändern. Noch 50, 60 Meter hoch, nicht mehr . . . wo war die *Fencer?* Wie nahe war der nächste Kampfhubschrauber?

Der Su-19-Pilot hatte ihn nicht springen gesehen. Vielleicht waren die anderen zu weit entfernt, um ihn zu erreichen. Noch 40 Meter. Gant kam sich wie ein aufgehängtes Ziel in einer Schießbude vor.

Die besten Chancen hatte er auf den unteren Berghängen. Die Rauchwolke des brennenden Doppeldeckers hing über ihm; die abstürzenden Wrackteile würden gleich im Schnee einschlagen. Er war dem Hang zu nahe, um die mit weichem Schnee bedeckte Ebene noch erreichen zu können. Der Wind versuchte ihn abzutreiben, aber Gant kämpfte mit Hunderten von kleinen Korrekturen gegen ihn an, um nicht an Felsen geworfen zu werden.

Und am Himmel waren die näherkommenden Silberrümpfe deutlich zu erkennen. Und der erste Kampfhubschrauber, der vorerst nicht größer als ein Käfer wirkte. *Mayday.* Für Gant hatte es keine andere Möglichkeit gegeben. Am Himmel hätte er nicht überleben können.

Er zog sich an den Fallschirmleinen hoch, spürte, daß sein Körper einen Felsblock streifte, und rutschte in einen engen Spalt. Seine Füße kamen auf: Der Landungsstoß und die Kälte machten sich gleichzeitig bemerkbar. Gant rollte sich ab und war sofort mit Pulverschnee bedeckt, der ihn einhüllte und ihm Licht und Luft nahm. Er hörte gerade noch einen Abschußknall und registrierte das Einschlagen von Geschossen oder Raketen in die Felsen um ihn. Dunkelheit. Atemnot . . .

Die auf den großen Bildschirm übertragenen Reparaturarbeiten am Antriebssystem der Laserwaffe kamen nur langsam voran, und die scheinbare Schwerfälligkeit der Arbeitenden ging Priabin auf die Nerven. Er hatte das Gefühl, die Zeit selbst halte ihn gefangen, nicht der gelangweilt in seiner Nähe sitzende Wachposten. 10.02 Uhr. An der türkischen Grenze war es schon eine halbe Stunde lang Tag.

Die Reparaturarbeiten waren seit über drei Stunden im Gange. Zwei Kosmonauten in Raumanzügen – lediglich der Kommandant der *Kutusow* war an Bord geblieben – hatten das defekte Antriebsteil abmontiert und in die Ladebucht zurückgeschafft, um es dort instandzusetzen. Jetzt waren sie zu zweit dabei, es wieder unter den Killersatelliten zu bugsieren. Selbst mit ihren Klimatornistern wirkten die beiden Kosmonauten zwergenhaft im Vergleich zu den Baugruppen, die sie wieder zusammenzufügen hatten. Das brauchte keine zwei Stunden mehr zu dauern, und wiederum zwei Stunden später . . .

Rodin – wo war Rodin? Er sah zur Glasfront der Kommandozentrale auf. Gestalten hinter Glas. Ja, da war er und schwang die Arme wie der verrückte Dirigent dieses verrückten Stücks. Außerstande, einmal stillzuhalten. Zwischen *Blitz* und Gant hin und her gerissen. Vom Fortschritt der Reparaturarbeiten – die gut geklappt hatten – und der Jagd auf den unsichtbaren Gant beeinflußt.

Priabin fuhr sich mit einer Hand durchs Haar. Dann trank er kalten Kaffee. Der Wachposten auf der anderen Seite des Klapptisches, auf dem ihnen ein Frühstück serviert worden war – ein ironischer Einfall, der bestimmt von Rodin stammte – rülpste leise und bohrte sich mit einem abgebrannten Zündholz zwischen den Backenzähnen. Priabin hatte wie im Urlaub gegessen – oder als nehme er die sprichwörtliche Henkersmahlzeit ein.

Die Stunden, in denen Gant nicht gefaßt war, hatten wie ein Fieber auf Rodin gewirkt. Seine Gestalt hinter der Glasfront der Kommandozentrale war verschwunden. Priabin, der plötzlich wieder nervös war, beobachtete die Tür unter der Glasfront, als erwarte er von dort den Auftritt des Hauptdarstellers. Dann drehte er sich um, weil er aufgeregtes Stimmengewirr hörte, das nichts mit dem Dialog mit der *Kutusow* zu tun haben konnte.

Am Kartentisch blickte ein Offizier zum Eingang vom Kontrollzentrum hinüber, während seine Kameraden sich über den Tisch beugten. Ihre Aufregung war unverkennbar. Sie hatten ihn gefunden.

Rodin marschierte quer durch den Raum auf den Kartentisch zu. Priabin stand auf. Sein Bewacher kümmerte sich nicht weiter um ihn. Rodins Stimme klang gebieterisch fragend, aber zugleich schon beglückwünschend. Sein Stab drängte sich gestikulierend um den Kartentisch, der plötzlich zum Mittelpunkt des Kontrollzentrums geworden war.

Priabin kämpfte gegen heftige Übelkeit an. Seine Hand umklammerte den Rand des wackeligen Tischs. Ihm schwindelte, und er verstand zunächst nur einzelne Wörter.

«. . . Treffer . . . bestätigter Treffer, in Brand . . .»

«Frontalangriff . . . todsichere Sache!» Blecherne, durchdringende Stimmen aus Kopfhörern, die von den Offizieren am Kartentisch wiederholt und verstärkt wurden. Hände deuteten Kurse an und griffen Entfernungen ab; Köpfe wurden zusammengesteckt, um die Jagd zu verfolgen. «. . . haben ihn, Genosse General!»

«. . . *hier.*»

«. . . Kontakt verloren. Hubschrauber hat ihn zuletzt . . .»

«Was ist mit . . .?»

«Hier, genau hier!»

«. . . abgeschossen . . .»

Priabin hatte erst die Hälfte der Entfernung zum Kartentisch zurückgelegt. Aus dem Augenwinkel heraus sah er die beiden Kosmonauten wie große weiße Maden auf dem Bildschirm. Der Killersatellit und sein Antriebsteil schienen wieder eine Einheit zu bilden. Schluß, aus! Dann hörte er:

«Explodiert – *völlig* zerstört!»

Jubel, Glückwünsche. Als Priabin aufblickte, sah er, daß Rodin ihn anstarrte. Der General lächelte eisig befriedigt. Seine leicht ausgestreckte Rechte war zur Faust geballt.

«... Fallschirm – ein Fallschirm öffnet sich, Genosse General!»

Rodin schien zu schwanken, als sei ihm übel oder schwindelig.

Priabin hastete an den Kartentisch. Ein Stabsoffizier vertrat ihm den Weg, als wolle er den General vor einem Angriff schützen. Rodin starrte Priabin mit eiskalt glitzernden Augen an.

«Was ...» begann Priabin.

«... *verteufeltes* Glück!» hörte er Rodin mit gepreßter, enttäuschter Stimme sagen, bevor der Alte sich nach dem Kartentisch umdrehte.

«... der Hubschrauber kommt vielleicht rechtzeitig», sagte jemand atemlos. «Zwei weitere Jäger sind im Anflug», fügte die Stimme hinzu, als gebe sie eine wenig erstrebenswerte Alternative bekannt. «Unten – er ist gelandet!»

«Erledigen», stieß Rodin hervor. *«Erledigen!»*

«Der Hubschrauber greift an ... schwieriges Gelände, aber sie wissen, wo er ist ... sein Fallschirm markiert die Stelle. Kanone und Raketen, Genosse General – sie greifen mit allem an, was sie haben ...»

Rodin torkelte vom Kartentisch zurück. Er winkte ab, als jemand sich um ihn bemühen wollte.

«... im Augenblick nicht zu erkennen ...»

«Das kann er doch bestimmt nicht überleben?»

«Der Hubschrauber soll sich darum kümmern ... Wie viele haben wir in unmittelbarer Nähe? ... Sie sollen warten, bis der Schnee sich wieder gesetzt hat.»

Irgend jemand hatte vorläufig das Kommando übernommen. Priabin achtete jedoch nicht mehr darauf, denn Rodin stand sorgenschwer und mit vorwurfsvollem Blick vor ihm.

«Sie ...», begann er.

Rodin schien plötzlich gealtert zu sein. Als ein Leutnant auf ihn zutrat und grüßte, brauchte er sekundenlang, um ihn wahrzunehmen.

«Was gibt's?»

«Genosse General, ein Funkspruch vom Oberkommando!» meldete der junge Offizier und hielt ihm den Vordruck hin. «Sie werden um sofortige Antwort gebeten ...» Rodin riß ihm den Funkspruch aus der Hand und entließ ihn mit einer Handbewegung.

Rodin wedelte mit dem Funkspruch vor Priabins Nase hin und her. «Entscheidung verschoben», sagte er. «Entscheidung *verschoben*! Das ist die Position der *Stawka* ...» Er drehte sich nach dem Kartentisch um, bevor er sich wieder an Priabin wandte. «Ein einziger Mann – und diese Leute haben Angst vor ihm. Ich werde antworten ...» Ein schwaches, listiges Lächeln. «Ich werde melden, daß es keine Beweise gibt, daß der Amerikaner keine hat.»

«Das können Sie nicht!»

«Doch. Sofort.»

Priabin zitterte vor Angst. Er sah seine schlimmsten Befürchtungen bestätigt: Rodin war logischen Erwägungen nicht mehr zugänglich.

Verrückt. Gemeingefährlich verrückt. Aber er selbst hielt sich für normal und war überzeugt, das Richtige zu tun.

Priabin drehte sich hastig nach dem Kartentisch um.

«Der Hubschrauber hat ihn aufgespürt!» rief jemand aus. «Wo ist das nächste Reserveflugzeug?»

«Bis zur Grenze sind's dreißig Kilometer – mindestens fünfundzwanzig.»

«Das schafft er nie – keine Chance ...»

Priabin wandte sich ab. Rodin lächelte beinahe mitfühlend. Sie würden Gant erledigen und ihm die Kassetten abnehmen. Niemand würde jemals davon erfahren. Gant war so gut wie tot.

«Okay, Dick – was können wir *tun*?»

Schock, Hoffnung und tiefe Sorge kämpften gegen die anhaltende Wirkung des Valiums an, das er genommen hatte, um Schlaf zu finden. Calvin setzte sich etwas höher im Bett auf. Gunther beugte sich noch immer wie ein Arzt über ihn.

«Was können wir tun?» wiederholte er und betrachtete seine zitternden Hände. Gants Funkspruch hatte ihm mit der Hoffnung, das Unmögliche könnte vielleicht doch möglich werden, einen Schock versetzt. Gant *lebte.*

«Wir können ihn *nicht* rausholen, Mr. President», stellte Gunther fest, als lehne er einen bereits gemachten Vorschlag ab. «Ausgeschlossen! Die Aktivitäten der anderen Seite in der Luft und jetzt auch am Boden sind ... nun, Sir, geradezu wütend.»

«Das heißt also ...?»

«Keine Ahnung, Sir! Wir wissen nicht, ob er *Kaktus* bei sich hat; wir wissen nur, daß er *Mayday* gefunkt, seinen Decknamen genannt und gemeldet hat, das Unternehmen sei *erfolgreich* gewesen ... Die Reaktion der anderen Seite bestätigt, daß er irgend etwas haben muß – irgendeine Art Beweis –, aber wir können nicht einmal vermuten, worum es sich handelt. Und obwohl sein Flugzeug abgeschossen worden ist, muß er mit dem Leben davongekommen sein.»

«Wissen Sie das bestimmt?»

«Die anderen suchen keine Leiche – nicht mit diesem Aufwand. Klar, sie tarnen den Einsatz, der angeblich der Suche nach einem abgestürzten Transportflugzeug dient, aber sie benützen *Spetsnaz*-Codes, -Frequenzen und -Luftlandetruppen. Nur für die Suche nach Leichen?» Gunther hob die Hände. «Dort sind *Desantnyje-wojska*-Einheiten mit Fallschirmen abgesetzt worden – und weitere sind unterwegs. Gant lebt, Sir, und steckt wirklich in der Klemme. Er *muß* den Beweis haben, den wir brauchen!»

«Und die Russen fürchten, er könnte ihn uns bringen», murmelte Calvin. «Aber wie soll er das schaffen, verdammt noch mal?» Er hob die Hände, als wolle er eine Niederlage eingestehen und kapitulieren, aber dann schlug er ungeduldig auf die Bettdecke. «Verflucht noch mal, was können wir *tun*?»

Gunther trat zur Seite, als Calvin die Beine aus dem Bett schwang, aufstand und in seinen Bademantel schlüpfte.

«Kommen Sie in den ...?» begann Gunther.

«Ja, sofort.»

«Ich komme in den Coderaum hinunter. Mit welchen Stellen haben wir Verbindung?»

«Wir sind direkt mit dem Pentagon und Langley verbunden.»

«Gut. Was haben wir ...?»

«Über dem Kaukasus steht ein KH-11-Satellit. Tageslicht und nur geringe Bewölkung. Ideale Beobachtungsverhältnisse. Washington kann alles genau verfolgen. Jäger, Kampfhubschrauber, Truppentransporter – und jetzt auch Bodentruppen im Einsatz.»

«Gelände?»

«Bis zur Grenze gebirgig. Schwierig für ihn.»

«Und für *sie*!» Er vergrub die Hände in den Taschen seines Bademantels. «Wie weit hat er bis zur Grenze?»

«Schätzungsweise zwischen fünfzehn und fünfundzwanzig Kilometer.»

«So wenig?»

«So wenig. Vielleicht ist das so schlimm wie hundert oder sogar tausend. Dort unten wimmelt's von Elitetruppen.»

«Sagen Sie das *nicht*, Dick! Der Mann ist mit einem *Flugzeug* aus Baikonur rausgekommen ... wie, zum Teufel, hat er das bloß geschafft? Er könnte ...»

Aber Gunther schüttelte den Kopf. «Sie können es sich nicht leisten, ihn entkommen zu lassen.»

«Er muß am Leben bleiben! Er muß es schaffen. Großer Gott, und wir dürfen keinen Finger krummachen, um dem armen Kerl zu helfen!»

«Nein, es sei denn, Sie wollen den nächsten Krieg vom Zaun brechen.»

Calvin nickte geistesabwesend. «Ja, ich weiß, Dick», murmelte er. Dann gab er sich einen Ruck. «Okay, wir können Gant nicht rausholen. Aber wir können unsere Leute *direkt* an der Grenze stationieren und das Ganze aus der Luft beobachten. Was haben wir eingesetzt?»

«Eine AWACS-Maschine verfolgt alles.»

«Gut. Dann muß ich sofort mit dem türkischen Ministerpräsidenten telefonieren.»

«Damit haben wir gerechnet, Mr. President.»

«Okay, dann müssen wir uns darüber im klaren sein, worum es hier geht. Wir brauchen die Unterstützung eines unserer NATO-Verbündeten, um ... Augenblick! Würden *sie* die Grenze überschreiten ...?»

Gunther machte ein trübseliges Gesicht. «Die anderen haben's wirklich auf ihn abgesehen», sagte er lediglich.

«Dann muß ich unsere Verbündeten auf eine mögliche Grenzverletzung durch sowjetische Truppen vorbereiten – falls Gant es bis dorthin schafft.» Calvin marschierte erregt auf und ab. «Fünfzehn Kilometer ... vielleicht wirklich nicht mehr?» Gunther nickte wortlos. «Großer Gott, und wir können nur dasitzen und abwarten!» Er schüttelte den Kopf. «Wir können nur dafür sorgen, daß jemand ihn im Empfang nimmt, falls er's schafft, die Grenze zu erreichen. Und er hat den Beweis, den wir *brauchen*!»

«Mr. President ...?» begann Gunther.

«Ja, ja, ich komme, sobald ich angezogen bin!»

Die Baumgrenze hatte ihn gerettet, das gestand er sich erneut ein. Vorläufig gerettet, wie sie ihm jetzt vorläufig Deckung bot.

Er hockte mit dem Rücken an einen Felsen gelehnt auf Kiefernnadeln. Unter den Bäumen lag weniger Schnee; große Flächen des Waldbodens waren knochentrocken. Durch das kleine Fernglas, das er aus der Antonow mitgenommen hatte, beobachtete Gant die Soldaten unter ihm, auf gleicher Höhe und am Gegenhang.

Lauter *Spetsnaz*-Gruppen, Eliteeinheiten.

Der Morgen war eisig kalt und klar. Die einzigen Geräusche kamen aus Funkgeräten, deren Geräusche in der stillen Luft weit trugen, oder von Kampf- und Transporthubschraubern, die sich knatternd durch die Täler schlängelten oder über der weiten Araratebene schwebten. Jenseits der Soldaten, der Hubschrauber und der Kondensstreifen am Himmel konnte er in der Ferne die Türkei sehen, deren ebene Landschaft wie aus Pappmaché modelliert zu sein schien. Der Doppelgipfel, der im Westen über der Ebene aufragte, war der Ararat im *türkischen* Teil Armeniens. Soviel wußte Gant aus dem Schulatlas – und eigentlich kaum mehr als das.

Tief unter ihm verlief eine Hauptverkehrsstraße parallel zur Grenze. Im Nordosten zeigte Industriedunst, wo die Stadt Jerewan liegen mußte. Schnee, braune Hänge, Vorberge, die weite Ebene und der Fluß Araxes folgten verschwommen aufeinander, als er das Fernglas nach unten schwenkte. Er befand sich im Dreiländereck zwischen der UdSSR, der Türkei und dem Iran.

Spetsnaz ...

Gant sah unwillkürlich auf seine Armbanduhr. 9.17 Uhr. Über eine Stunde, seitdem er ausgestiegen war. Und die anderen hatten versucht, ihn mit den Raketen des ersten Kampfhubschraubers, der ihn erreichte, zu erledigen. Hätte sich der Fallschirm so gut steuern lassen, wie er es sich gewünscht hätte ... wäre er tot im Schnee der Ebene gelandet. In Stücke geschossen; brennende Kleidungsstücke und Fleischfetzen am langsam sinkenden Fallschirm. Ihn fror noch mehr, wenn er daran dachte.

Der enge Felsspalt hatte ihm das Leben gerettet. Unter ihm hatten Bäume Deckung versprochen, und Gant war Hals über Kopf den Steilhang hinabgehastet, hatte sich durch den Schnee gewühlt, war gegen Felsen gefallen und mehrmals gestürzt. Dann hatte er die ersten verkümmerten Bäume erreicht und sich unter sie gewälzt, bis ein schlanker Stamm ihn aufgehalten hatte, so daß er schweratmend liegengeblieben war. Es hatte eine Dreiviertelstunde gedauert, bis die *Spetsnaz*-Gruppen von Hubschraubern abgesetzt oder mit Fallschirmen gelandet waren. In dieser Zeit hatte Gant sich weiter bergab bis unter die dichteren, stärkeren Bäume vorangearbeitet. Um zu warten – und um sich zu erholen. Jetzt mußte er weiter.

Ein Kampfhubschrauber glitt hangaufwärts und schleppte seinen Schatten wie ein Cape über den Schnee. Irrelevant. Unter den Bäumen konnte ihn kein Hubschrauber finden. Das konnten nur die *Spetsnaz*-Gruppen ...

... und sie würden ihn finden!

Wie die meisten Spezialeinheiten bildeten sie im Einsatz Vierergruppen, von denen zwei, drei zusammengefaßt werden konnten, die ständig Verbindung zueinander hielten. Sie hätten die Bergflanke durch Hubschrauber oder Jagdbomber mit Napalm bombardieren können, aber Gant wußte, daß sie das nicht tun würden. Sie mußten ganz sichergehen, daß er tot war. Sie wollten die Kassetten, die der Beweis waren, und vor allem seine Leiche. Sie brauchten die Leiche, um ganz sicher zu sein.

Er mußte weiter, wenn er überleben wollte. Die nächsten Soldaten waren 400 bis 500 Meter links unter ihm: eine Vierergruppe.

Sie stapften wachsam den Weg herauf, der oberhalb der Baumgrenze in Serpentinen weiterführte. Gewehre vor der Brust – neue AK-74, nicht wie das alte Kalaschnikow, das er in den Händen hielt –, Marschgepäck, Schneeanzüge ... weitere Waffen: ein Dragunow-Scharfschützengewehr, das der Unteroffizier trug, und ein Raketenwerfer RPG-7, den einer der Soldaten an seiner Seite hängen hatte.

Dreihundertfünfzig Meter.

Alles war einfach, ganz einfach geworden. *Sie* wollten ihn umlegen und das Beweismaterial zurückhaben. *Er* wollte überleben. Das Beweismaterial, auf das die anderen so scharf waren, war für ihn unwichtig; er wollte nur überleben. Deshalb fiel es ihm leicht, über die u-förmige Kimme und durch das Zylinderkorn zu zielen. Und deshalb lag der abgeklappte Kolben so gut an seiner Schulter, als schieße Gant mit seinem liebsten Jagdgewehr. Einzelfeuer.

Eins, zwei, drei Schüsse.

Überraschung, obwohl sie halbwegs damit gerechnet hatten, obwohl sie wachsam waren. Überraschend genug, daß eine der Gestalten in Tarnanzügen zusammenbrach und liegenblieb, während eine zweite hinkend in Deckung verschwand. Der vierte, fünfte und sechste Schuß waren Fehltreffer. Gant sah deutlich, wo die Einschläge den Schnee aufwirbelten.

Dann zog er sich nach rechts unter die Bäume zurück: in geduckter Haltung und durch stachelige Kiefernzweige schlüpfend. Zehn Sekunden, elf, zwölf ...

Hinter ihm erzitterten Bäume, knickten ab und gerieten in Brand, als die Rakete aus dem RPG-7 einschlug und detonierte. Gant spürte die Druckwelle wie einen Schlag gegen den Rücken. Einer tot, ein weiterer nicht mehr einsatzfähig, kräftig ins Hornissennest gestochert. Er hastete weiter, ohne auf die nach ihm schlagenden dünnen Zweige zu achten, hielt das Gewehr mit beiden rhythmisch schwingenden Händen vor der Brust und fühlte die Umhängetasche mit den Film- und Videokassetten bei jedem Schritt vertraut an seinen Oberschenkel schlagen. Er rannte nach Norden.

Dann wurde sein Keuchen durch das Knattern eines Kampfhubschraubers übertönt, der die Bäume hinter ihm anflog. Detonationen, dann ein orangeroter Feuerschein, der die schneebedeckten Zweige über ihm wie ein Wintersonnenaufgang beleuchtete. Der Hubschrauber hatte die unmittelbare Umgebung des ersten Raketentreffers unter Feuer genommen. Gant blieb stehen, mußte sich an einen Baum lehnen, so sehr zitterten ihm die Knie, und drehte sich widerstrebend um.

Etwa 300 Meter hinter ihm wütete ein Brand, als habe sich dort ein Vulkankrater aufgetan. Ein Rauchzeichen, ein Signal – *hier ist er, holt ihn euch!*

Unter den Bäumen war er sicher – nein, nur sicherer. Gant konzentrierte sich auf die Einzelheiten, die er durchs Fernglas sah, als habe er eine Karte vor sich. Irgendwann mußte er absteigen ... Das wußten die anderen auch. Und *sie* hatten Landkarten. Sie kannten die Wege, sämtliche Abstiegsrouten: mögliche, gefährliche, selbstmörderische. Das von den Schneepolstern über ihm reflektierte Leuchten verglomm. Der Hubschrauber hatte sich entfernt – wie ein Maler, der von einem fertigen Gemälde zurücktritt. Die *Spetsnaz*-Gruppen würden jetzt zu dem Felssporn aufsteigen, den er besetzt gehalten hatte und auf dem es noch immer brannte.

Er wandte sich ab, als sein Atem ruhiger ging und sein Herz nicht mehr wie rasend schlug. Er rannte tiefgeduckt los und hörte das Geräusch seiner Schritte auf den trockenen Kiefernnadeln wie knisternde Flammen.

Priabin schlug unbeholfen auf den Wachposten ein. Nach dem ersten Faustschlag mußte er immer wieder ausholen, weil sein Bewacher sein Gewehr nicht loslassen wollte, dessen Mündung gefährlich oft auf Priabins Magen gerichtet war. Der Mann sackte gegen die zweiflügelige Stahltür hinter ihm. Sein Gesicht war schmerzverzerrt, aber der Schock hatte sich in Wut und Angst um sein Leben verwandelt.

Der Wachposten rutschte die Tür entlang zu Boden, blieb in verdrehter Haltung sitzen, ließ sein Gewehr fallen und stöhnte leise auf. Danach war nur mehr Priabins atemloses Keuchen zu hören, während er sich seine aufgeschürften Knöchel rieb.

Er sah zu beiden Enden der Passage zwischen dem Hauptmontagegebäude und dem Anbau aus Hohlblocksteinen hinüber, die sich unter der dünnen Putzschicht noch deutlich abzeichneten. Wenn dort drinnen jemand war, wenn jemand den Krach an der Tür gehört hatte ...?

... hätte schon vorhin austreten sollen – verschwinde bloß kurz um die Ecke, ja? Der Posten war ihm belustigt grinsend gefolgt. Priabin hatte sich dazu zwingen müssen, ein scheinbar harmloses Gespräch mit dem Mann zu führen, obwohl er ihn und sein Gewehr immer mehr fürchtete ... *wo ist der arme Teufel gleich wieder untergebracht? Ja, genau, ich meine den Spion Kedrow ...* Er hatte wie ein Schwachsinniger jedes Wort des anderen wiederholt, als merke er sich komplizierte Anweisungen. Trotz der Mittagszeit hatte er ohne Mantel, Mütze und Handschuhe gefroren. Dann hatte er sich nach dem Wachposten umgedreht, den Reißverschluß seiner Hose zugezogen und dabei verlegen gegrinst.

Die Kosmonauten befanden sich wieder an Bord der *Kutusow*. Die Raumfähre hatte sich mit ihren Manövriertriebwerken von der Laserwaffe entfernt. In einer halben Stunde sollten die Feststofftriebwerke des Satellitenantriebs gezündet werden. Der Countdown war bei X minus 115 Minuten angelangt ...

Priabin hatte zu einem Kinnhaken ausgeholt, das Kinn verfehlt und nur das Ohr des ausweichenden Mannes getroffen. Er hatte nicht lockergelassen, wieder und wieder zugeschlagen, ihm das Gewehr zu entwinden versucht ...

Knapp zwei Stunden. Danach würde der Killersatellit in 1600 Kilometer Höhe über dem Nordpol stationiert und auf die *Atlantis* gerichtet sein. Rodin würde den Feuerbefehl erteilen, und die amerikanische Raumfähre würde atomisiert werden. Und, und ... undenkbar!

Er hatte eigentlich nichts unternehmen wollen. Daß er etwas getan hatte, erschreckte ihn jetzt selbst. Priabin griff nach der Waffe des Bewachers und zog ihm den Schulterriemen über den Kopf, der schrecklich wackelte, als sei sein Besitzer tot. Priabin fuhr zurück. *Das* hatte er nicht gewollt ...! Aber seine Nervosität war wegen seiner Untätigkeit gewachsen.

Sein Plan war erst ansatzweise vorhanden. Er betraf Kedrow ... er betraf die Laserwaffe, deren Einsatz verhindert werden mußte. Priabin konnte nur noch versuchen, den Feuerbefehl aufzuhalten. Kedrow *mußte* wissen, wie das möglich war. Andernfalls ...

Priabin starrte auf den Bewußtlosen herab. Unwiderruflich. Jetzt mußte er weitermachen. Er umklammerte das Gewehr krampfhaft und blickte in panikartiger Hast nach links und rechts. Er schwitzte jetzt. Er mußte den Posten irgendwo verstecken, knebeln und fesseln – wo?

Er wälzte den Mann mit großer Anstrengung von den Türflügeln weg und richtete sich schweratmend auf. Er brauchte ein Fahrzeug, um zum GRU-Dienstgebäude zu gelangen, er mußte irgendwie hineinkommen, er brauchte, er mußte ...

... den Wachposten verstecken, zerbrich dir nicht den Kopf über alles, was später kommt, sieh zu, daß du das schaffst ... los, los, *gib schon nach!* Priabin schob den abklappbaren Kolben des AKMS zwischen Kette und Vorhängeschloß. Die dünne Kette schien unüberwindbar zu sein ... und öffnete sich dann leise knarrend.

Priabin stieß die Tür auf. Dunkelheit. Das Tageslicht schien nur langsam in den Raum zu dringen. Es beleuchtete Kisten, Regale Dosen – mit Farbe. Er hätte am liebsten gelacht. Ein Farbenlager, dessen Tür dringend gestrichen werden mußte!

Er schleifte den Bewußtlosen ins Dunkel, knebelte ihn mit seinem Taschentuch und band sein eigenes darum, damit der Knebel im Mund blieb. Schultergurt und Gürtel des Mannes reichten aus, um ihm Hände und Füße auf dem Rücken zusammenzufesseln.

Draußen blieb er einen Augenblick schweratmend stehen. Dann hob er die Kette auf, zog sie wieder durch die Ösen an den Türflügeln, verdeckte das aufgebrochene Glied so gut wie möglich und ließ das Schloß davor hängen, als schließe es noch. Dann sah er sich erneut um. Noch immer niemand. Ein letzter Blick auf die Tür. Die Kette schien unbeschädigt zu sein. Er rannte los. Seine Erinnerung an diesen Teil der Anlage lief wie ein sehr alter Film vor seinem inneren Auge ab: fleckig, lückenhaft, flimmernd. Aber immerhin *vorhanden* ...

Hauptmontagegebäude, Lagerhallen, Werkstätten, sonstige Einrichtungen ... Parkplätze für Zivil- und Militärfahrzeuge. Er brauchte etwas wie einen Jeep, der nicht auffiel, unverdächtig war und auch im Sicherheitsbereich nicht angehalten wurde. Parkplatz ...

... hier links, dann wieder rechts. Priabin hastete weiter, ohne einen Menschen zu sehen, bis er den Parkplatz erreichte. Auf dem fast vollen Platz standen Zivil- und Militärfahrzeuge ordentlich zwischen weißen Linien aufgereiht. An einer Wand lehnten zwei rauchende Männer mit Laborkitteln unter ihren offenen Mänteln. Sie waren 50 Meter entfernt und interessierten sich nicht für ihn, weil sie nur eine Uniform sahen: einen Offizier ohne Mütze, aber mit einem Gewehr. In Baikonur wimmelte es von Offizieren.

Ein Militärfahrer stieg aus einem Jeep; zwei weitere Männer beugten sich über die Bordwand eines Lastwagens. Während Priabin wieder zu Atem kam, fiel ihm auf, wie viele Leute sich hier aufhielten. Er begann zu schlendern. Er war hier nicht fehl am Platz ... du gehörst hierher, du bist nicht fehl am Platz, *du bist's nicht.*

Der LKW fuhr mit qualmendem Auspuff weg. Der Jeepfahrer trug eine versiegelte Metallkassette in der linken Hand. Priabin ging mit nur einer Autoreihe Abstand an ihm vorbei. Der Soldat grüßte lässig und würdigte ihn kaum eines zweiten Blickes. Er hatte bestimmt nicht einmal die KGB-Abzeichen wahrgenommen.

Priabin erreichte den Jeep und blieb stehen. Der Soldat mit der Kassette betrat das Gebäude, an dessen Außenmauer die beiden Techniker lehnten. Ein Blick in das Fahrzeug zeigte Priabin, daß der Zündschlüssel steckte. Mit einer daran baumelnden Hasenpfote als Glücksbringer ...

Er beobachtete die Techniker, konnte aber nicht darauf warten, daß sie verschwanden. Andererseits waren sie ahnungslos, nicht wahr? Sie konnten nicht wissen, welcher Jeep sein Dienstwagen war.

Priabin stieg ein, legte das Gewehr auf den Beifahrersitz und griff nach dem Zündschlüssel. Der Motor sprang sofort an. Er fuhr aus der Parklücke über den schmalen Rasenstreifen, der ihn von der Straße trennte, holperte über den niedrigen Randstein und war nach Süden, nach Tjuratam unterwegs.

Eine Viertelstunde, vielleicht nur zehn Minuten.

Er hatte beobachtet, wie die *Kutusow* ihre Manövriertriebwerke gezündet hatte, so daß die Laserwaffe sich scheinbar von ihr entfernt hatte, bis sie nur mehr stecknadelkopfgroß auszumachen gewesen war. Er hatte den revidierten Countdown und Rodins Lobesworte für alle Beteiligten gehört ... Er mußte irgend etwas unternehmen; er mußte versuchen, Rodin auszuschalten – der zu allem imstande war. Das konnte kein anderer mehr ... Gant war so gut wie tot ... *er* mußte etwas tun ...

... und der Auslöser war das Wissen gewesen, daß Gant noch lebte ... *er tappt in eine Falle ... wir haben ihn praktisch festgenagelt ... bisher nur ein Toter, ein Verwundeter ... in zehn Minuten haben wir ihn ...*

Priabin schaute hastig auf die Uhr. Seitdem er diesen Lagebericht von der armenisch-türkischen Grenze gehört hatte, war eine Viertelstunde vergangen. Er wußte, daß Gant noch lebte, aber er war auch überzeugt, daß er bald tot sein würde; er hatte lauter *Spetsnaz*-Gruppen gegen sich, für ihn gab es kein Entkommen –, deshalb mußte er selbst etwas unternehmen.

Gebäude auf beiden Straßenseiten, vor ihm der dunkle Klotz des Kriegerdenkmals. Der Jeep ratterte über das Kopfsteinpflaster des Platzes. Dann das GRU-Dienstgebäude. Priabin fuhr in die Tiefgarage, aus der er und Gant – und *Katja!* – am vorigen Abend geflüchtet waren. Jetzt kam er freiwillig zurück! *Hier bin ich!*

Wie sollte er's anstellen, nicht erkannt zu werden? Einfach *verrückt!*

Er parkte den Jeep sorgfältig. Die feuchte, nach Benzin riechende Kälte der Tiefgarage drang sofort ins Wageninnere. Er betrachtete das Gewehr auf dem Beifahrersitz. Selbst mit abgeklappter Schulterstütze war die Waffe noch fast 70 Zentimeter lang ... Und er trug nicht einmal einen Mantel, unter dem er sie hätte verstecken können!

Ein Mantel kam auf ihn zu: ohne Verdacht geschöpft zu haben, lediglich vorschriftsgemäß. Ein GRU-Mantel – nicht ganz Priabins

Größe – mit den Streifen eines Obergefreiten, der jetzt wie angenagelt stehenblieb, weil er das Gewehr in dem Augenblick gesehen hatte, indem Priabin ihn damit bedrohte. Priabin zielte ins Gesicht des Obergefreiten. Schreck und Erkennen der KGB-Uniform – vielleicht sogar des Obersten, der sie trug. Der Mann konnte gestern abend in der Tiefgarage gewesen sein, als der Amerikaner und er Serow als Schild benützt hatten.

«Ja», bestätigte Priabin. «Ziehen Sie den Mantel aus ... nein, warten Sie! Zurück!» Er zog den Zündschlüssel ab und stieg aus dem Jeep. «Lassen Sie die Hände unten!» Er machte eine Bewegung mit seiner Waffe. «Wir gehen jetzt in Ihre warme kleine Bude zurück, verstanden?»

Der Obergefreite machte unwillig kehrt und marschierte los. Priabin beobachtete die Aufzugtüren, als sie an ihnen vorbeikamen, und warf einen Blick auf die Stockwerksanzeige. Niemand.

Der Soldat öffnete die Tür seines Glaskastens und zögerte, als rechne er damit ...

... niedergeschlagen zu werden. Priabin schlug ihm das AKMS auf den Hinterkopf. Kaffee spritzte aus einem Becher, als der Obergefreite nach vorn gegen sein Pult fiel. Papiere und eine Schreibkladde rutschten herunter und fielen mit ihm zu Boden. Das Wachhäuschen erzitterte unter der Wucht seines Sturzes und schien danach schiefzustehen.

Der auf dem Boden Liegende war von außen nicht zu sehen. Priabin schob seine Beine von der Tür weg und bückte sich dann, um an dem Bewußtlosen zu ziehen und zu zerren – *hätte ihn den Mantel ausziehen lassen sollen, spielt keine Rolle, mach weiter* –, bis er seinen Mantel in den Händen hielt.

Die Ärmel waren zu kurz. Er zog dem Mann die Handschuhe aus und nahm seine Pelzmütze mit dem kleinen roten Stern von ihrem Haken neben der Tür. Der Mantel war nicht zu eng, nur in der Länge und an den Ärmeln reichlich kurz. Priabin sah an sich herab. Die Biesen seiner Hose waren deutlich sichtbar. Das mußte er riskieren. Er zog die Handschuhe an, hängte sich das Gewehr um und rückte die Pelzmütze zurecht. *Los, los, beeil dich schon!*

Er raffte die Schlüssel an sich und schloß den Glaskasten von außen zu.

Die Aufzugtür öffnete sich rumpelnd. Die Kabine war leer. Was hatte Priabins Bewacher gesagt? Kedrow sollte in einem der *Krankenzimmer* liegen – im ersten Stock, nach hinten hinaus. Priabin drückte auf den Knopf, beobachtete, wie die Tür sich schloß, und hatte das Gefühl, in eine Falle geraten zu sein. Wie sollte er hier wieder rauskommen – und dann noch mit Kedrow! –, was sollte er dann tun? Wenn er ganz ehrlich war, hatte er davon keine Vorstellung. Er würde nichts verhindern können, er verstand nichts von Technik, nicht das geringste.

Der Aufzug hielt mit einem Ruck im ersten Stock.

19

Hohe Grenzen

Die Bäume wurden spärlicher. Wenn die Hubschrauber ihn auf freien Felsflächen erwischten, wo sie nicht durch Deckung gewährende Bäume behindert waren, würden sie angreifen. Dann war alles sekundenschnell vorbei. Die Falle, in die er geraten war, schnappte allmählich zu.

Mit wachsender Verzweiflung hatte Gant versucht, seine Höhe über den vorgelagerten Hügeln und der Ebene zu halten. Die anderen legten es darauf an, ihn nach unten in freies Gelände oder nach oben über die Baumgrenze zu treiben. Und obwohl er seine Höhe bisher gehalten hatte, schienen die *Spetsnaz*-Gruppen hinter und neben ihm es nicht eilig zu haben. Gant war noch immer mindestens 15 Kilometer von der Grenze entfernt; er bewegte sich lediglich parallel zu ihr – nach Nordosten auf den Dunst zu, der über Jerewan hing.

Seine Verfolger hatten es nicht eilig. Sie mußten ihn hin und wieder flüchtig gesichtet haben. Die Transporthubschrauber hätten ihre Verstärkungen nicht so zielsicher absetzen können, wenn seine Position und allgemeine Richtung nicht ziemlich bekannt gewesen wären.

Die Hänge wurden jetzt steiler, und hier oben gab es kaum

noch Wege. Der Schnee lag höher, weil die Bäume spärlicher wurden. Mit der Höhe hatte sich auch das Gelände verändert: Spalten und enge Schluchten, schwarze Grate, zugefrorene Bäche und gefrorene Wasserfälle. Bäume klammerten sich mit langen Wurzeln an die Felsen, zwischen denen Gant hindurchkletterte.

Die Jäger waren jetzt auch vor ihm. Er hatte einige ihrer Hubschrauber gesehen, andere nur gehört. Soldaten waren Strickleitern herabgeklettert oder auf kleinen Lichtungen über, unter und vor ihm abgesetzt worden. Hinter Gant folgten weitere Gruppen seiner Fährte aus abgebrochenen Zweigen, zertretenen Kiefernnadeln und Fußstapfen im Schnee. Alle diese Spuren waren unübersehbar.

Gant erreichte das Ende eines Felsbandes. Vor ihm tat sich eine eisglitzernde Spalte mit einem zugefrorenen Wasserlauf auf. Ein Blick zum Himmel, ein zweiter in die Runde. Nichts. Das Knattern der Mils erreichte ihn aus weiter Ferne, als befinde er sich im Zentrum eines Hurrikans. Stille. Er horchte angestrengt, ohne etwas zu hören, das auf näherkommende Verfolger oder das Zuschnappen der Falle hätte schließen lassen. Bei einem Blick in den Felsspalt wurde ihm fast schwindelig – aber er würde ihn mit einem Sprung überwinden müssen.

Er schluckte trocken. Ein Pfeifton aus einem Funkgerät, bevor es nach einem knappen Befehl ausgeschaltet wurde. Die Jäger lauerten jetzt hinter den Bäumen. Die kalte Morgenluft ließ alle Geräusche lauter und näher erscheinen, aber *wie nahe?* Er strengte sich an, weitere Laute zu hören: Stiefel auf Felsen, das Rascheln von Kiefernnadeln, das Klicken eines Gewehrs, das durchgeladen wurde. Aber er hörte lediglich das jetzt noch weiter entfernte Knattern von Hubschrauberrotoren. Er stand unter einem Überhang am Rand der Spalte. Über und hinter ihm boten die wenigen Bäume kaum noch Deckung. Dort würden die Jäger ihn sofort sehen.

Gant erkannte, daß er hier, genau an *dieser* Stelle, in die Falle getappt war. Seine Verfolger hatten es darauf angelegt, ihn in die Enge zu treiben. Er sah jetzt, wie steil der Felshang unterhalb der vereisten Spalte und jenseits von ihr abfiel. Selbst wenn er den gegenüberliegenden Grat mit einem gewaltigen Sprung erreichte, konnte er dort nicht tiefer klettern ... und nicht nach Norden weiterflüchten, weil der Steilhang dort baumlos war. Unter ihm öffnete sich lediglich die enge Schlucht, in der er liegen würde, bis die anderen sich abseilten, um die Kassetten aus der Umhängetasche des toten Amerikaners zu bergen.

Er starrte wieder in die Tiefe. Der Felsspalt war ungefähr 15 Meter tief ... nein, er führte nach einer Biegung weiter hangabwärts. Im Sommer würde der Bach über die Felsen schäumen und durch die vorgelagerten Hügel in die Ebene hinausfließen. Gant hatte die verrückte Idee, seinem Lauf zu folgen, um den Jägern kein Ziel zu bieten. Konnte er überhaupt dort hinunterklettern? Falls er abstürzte und sich etwas brach, war er erledigt. Er horchte nach oben, starrte nach unten und bemühte sich, die Breite der Schlucht, die Griffigkeit ihrer Wände und das Gefälle des Bachlaufs abzuschätzen. Ihn fröstelte. Die Felsspalte war dunkel – und eng wie eine Zwangsjacke.

Gant hörte weitere leise Geräusche über sich. Die Verfolger stiegen zu dem Felsband ab, weil sie wußten, daß er nicht südlich oder nördlich davon war, sondern hier festsaß. Die Kampfhubschrauber schienen abgezogen worden zu sein.

Er ging in die Hocke, rutschte lautlos nach vorn und saß dann am Rande der Schlucht. Nachdem er zwei-, dreimal tief Luft geholt hatte, drehte er sich vorsichtig auf den Bauch und glitt tiefer, bis er nur noch an den Händen hing. Er sah nach links und rechts. Niemand. Die Jäger hatten sich noch nicht vereinigt und benützten keine Funkgeräte, um sich nicht zu verraten. Sobald sie zusammentrafen, würden sie versuchen, ihn gemeinsam aufzuspüren.

Seine Stiefel, mit denen er Tritte suchte, rutschten immer wieder ab. Seine vor Nässe und Kälte gefühllosen Zehen schienen ihm nicht recht gehorchen zu wollen. Der Rand der Schlucht befand sich in Augenhöhe, dann rutschte Gant tiefer in den Felsspalt. Griffe, nach Tritten tastende Stiefel, schmerzende Arme, weil er sich nur langsam bewegen durfte, um möglichst lautlos abzusteigen.

Jedes kleine Geräusch war ein Mißerfolg und Grund zur Besorgnis. Gant kletterte langsam die dunkler und enger werdende Spalte hinab. War sie überhaupt breit genug?

Fünf Meter tiefer, jetzt vielleicht schon zehn Meter. Seine Arme und Beine schmerzten, die Finger waren steifgefroren. Das Gewehr rutschte an seinem Riemen nach vorn und schlug gegen den Fels. Gant erstarrte und blickte besorgt nach oben.

Die aus Norden und Süden kommenden Gruppen hatten sich vereinigt. Er hörte das Pfeifen eines Funkgeräts und eine unverständliche, hastig durchgegebene Meldung. Die Verfolger waren ganz nahe und rätselten über sein Verschwinden nach. Er kletterte wie eine Raupe weiter. Sein Rücken schmerzte, seine Beine zitterten vor Anstrengung, seine Arme taten zum Heulen weh. Zwölf Meter ...

Der Felsspalt hallte von seinen keuchenden Atemzügen, von all den kleinen Geräuschen seines Abstiegs wider. Er war ein regelrechter Schalltrichter. Die anderen würden ihn hören; sie mußten ihn jeden Augenblick hören.

Seine Hände wurden kraftlos. Gant versuchte noch, mit den Füßen einen Halt zu finden, aber sein Körper, der plötzlich viel schwerer geworden zu sein schien, rutschte die letzten Meter hinunter. Er blieb zusammengekrümmt auf dem Eis des gefrorenen Baches liegen. Seine Hände waren aufgeschürft und eine Backe blutete. Sobald er sich auf den Rücken drehte, glitt er wie auf einer Jahrmarktsrutschbahn weiter in die Tiefe.

Zwanzig Meter über ihm erschien ein Gesicht am Rande des Felsspalts. Gant rutschte hilflos weiter, während ein Alarmschrei ertönte und ein weiteres Gesicht sichtbar wurde. Unmittelbar danach fielen Schüsse, die als Querschläger von den Felsen abprallten. Mit gewaltiger Anstrengung rollte er sich hinter einen Felsvorsprung in Deckung. Dort blieb er zusammengekauert, bis jemand den Befehl gab, das Feuer einzustellen.

Danach wieder Stille.

Seile ...

... von Rucksäcken losgeschnallt und wie sich windende Schlangen in die Spalte geworfen, wo sie etwa 20 Meter von ihm entfernt endeten. Das Geräusch von Stiefeln, die auf der Suche nach Tritten über den Fels scharrten. Der Lichtstrahl einer Lampe, die über die Seilenden, das schimmernde Eis und den Felsvorsprung huschte, hinter dem Gant hockte. Die Gestalt des ersten absteigenden Verfolgers. Er konnte den Mann erschießen – und dabei selbst erschossen werden. Von dieser Idee kam er sofort wieder ab. Statt dessen bewegte er vorsichtig Arme und Beine und stellte fest, daß die Schmerzen nachgelassen hatten.

Er mußte weiter! Hinter der nächsten Biegung war er außer Sicht. Das Eis war glashart und spiegelglatt, als Gant seinen Fuß darauf setzte. Der Kletterer befand sich inzwischen schon auf halber Höhe; er seilte sich spinnengleich ab, blickte immer wieder in Gants Richtung und trug sein Gewehr vor der Brust, um rasch schußbereit zu sein. Gant sah nach oben, wo bald weitere Gesichter auftauchen würden, und kniff die Augen zusammen, um nicht von dem in die Schlucht hängenden Handscheinwerfer geblendet zu werden. Und dann schoß er ...

... und rannte stolpernd und geduckt los, prallte schmerzhaft gegen die andere Wand der Schlucht, verlor den Boden unter den Füßen, hörte den lauten Aufschrei des abstürzenden Kletterers und rutschte auf dem Eis in die Tiefe, während hinter ihm Schüsse bellten. Erst nach der Biegung wurde er allmählich langsamer, bis er schließlich atemlos keuchend liegenblieb.

Gant hörte, daß eine dröhnende Lautsprecherstimme seinen Namen rief. Sie übertönte das Knattern eines zurückgekommenen Hubschraubers.

Das Kalaschnikow diente Gant als Krücke, als er jetzt auf die Beine kam. Über ihm mußten inzwischen zwei weitere Soldaten dabeisein, sich von dem Felsband aus in den Spalt abzuseilen. Er bewegte sich unendlich vorsichtig weiter, stellte rutschend einen Fuß vor den anderen, glitt stetig tiefer, benützte die Felswände als Bremse und stemmte sich mit den Schultern ein, um nicht zu schnell zu werden. Dabei sah er sich bei jedem zweiten oder dritten Schritt um, weil er erwartete, daß über ihm einer der Verfolger sichtbar werden würde. Er hörte den Hubschrauber, Funkgeräte und das Klappern von Ausrüstungsgegenständen.

Einzelfeuer. Querschläger surrten gegen die Felsen. Gant spürte, daß er im Gesicht und an den Händen von Steinsplittern getroffen wurde. Er erwiderte das Feuer, obwohl er keinen Gegner sehen konnte. Der Lichtstrahl eines Handscheinwerfers griff nach ihm. Gant schoß wieder. Das Feuer der anderen wurde stärker. Noch immer Einzelfeuer. Sein Name hallte aus dem Lautsprecher.

Dunkelheit. Der Rumpf eines Kampfhubschraubers hing wie der Bauch einer riesigen, aufgedunsenen Spinne über der Schlucht. Ein Besatzungsmitglied streckte vorsichtig den Kopf aus der geöffneten Kabinentür. Gant riß das alte AK-47 hoch und gab einen kurzen Feuerstoß ab. Zwei, drei Treffer. Der Mann fiel aus dem Hubschrauber und hing dicht unterhalb der Maschine in grotesker Haltung in seinem Gurtzeug.

Er hatte wieder einige kostbare Augenblicke gewonnen.

Gant wollte seinen Augen nicht trauen. Fünfzehn bis zwanzig Meter vor ihm stieg eine glatte schwarze Felswand auf. Er rutschte weiter das Bachbett hinunter – um mit eigenen Augen zu sehen, daß er tatsächlich in eine Sackgasse geraten war. Eine Selbsttäuschung war ausgeschlossen. Die schwarze, glatte Felswand ragte mindestens 30 Meter hoch fast senkrecht vor ihm auf.

Gant stöhnte, während er auf dem Bauch darauf zurutschte. Sackgasse.

Er sah sich erneut um. Die Mil-24 war nicht zurückgekommen; seine Verfolger waren noch außer Sicht. Sie konnten sich jetzt Zeit lassen, soviel sie wollten.

Der gefrorene Wasserlauf verschwand hier wie ein Lavastrom in einem Loch, das er in vieltausendjähriger Arbeit in den Fels genagt hatte. Gant starrte benommen über den Rand des Lochs, das ihm als dunkler Kessel erschien, in dem jedoch nichts brodelte. Sein keuchender Atem beruhigte sich allmählich. Dafür kamen wieder Hubschraubergeräusche näher. Und bevor sie alles übertönten, hörte er die Stimmen seiner über Funk miteinander verkehrenden Verfolger hinter sich.

Ein dunkles Loch auf dem Boden der Schlucht. Der Bach hatte hier allzu hartes Gestein unterspült und verschwand unter der unüberwindbaren Felswand. Aber wo trat er wieder zutage?

Ein Loch.

Rauher, von Rissen durchzogener, zerklüfteter Fels. Griffe, Tritte. Gant sah sich um und rutschte dann in höchster Eile auf dem Bauch liegend in das Loch hinab – wie zuvor in die Felsspalte. Sobald er einen sicheren Stand gefunden hatte, wühlte er mit der linken Hand in der Umhängetasche und holte die Taschenlampe heraus, nachdem er die Film- und Videokassetten berührt hatte. Er schaltete sie ein und blickte in undefinierbare, ungewisse Tiefen hinab. An der Decke dieser Höhle hingen lange Eiszapfen. Gant konnte den Boden nicht erkennen, aber er ließ den Lichtfinger der Taschenlampe über die Felsen in seiner Nähe gleiten, die sich als griffiger Kletterfels erwiesen. Er steckte die Taschenlampe wieder weg und bewegte sich langsam nach rechts.

Gant machte eine lange Pause, in der er gegen beginnende Platzangst ankämpfte und sie überwand. Dann fühlte er seinen Puls ruhiger werden.

Seine Hände griffen sicherer zu. Seine Füße ertasteten und prüften Tritte, während er sich von dem Loch, das sich jetzt in der Höhlendecke befand, und dem im Dunkel verschwindenden Silberfaden des gefrorenen Wasserlaufs entfernte.

Dann hörte er ein Hämmern über sich. Hammerschläge? Ein Handscheinwerfer folgte dem Wasserlauf, und irgend etwas zischte, als es links von ihm in die Dunkelheit hinabfiel. Das Licht hatte ihn geblendet. Als nächstes hörte er, wie jemand in die Höhle hinunterkletterte. Er hatte gehört, wie ein Haken eingeschlagen und das daran befestigte Seil in die Tiefe geworfen wurde.

Seine Hände schienen am Fels festgefroren, seine Füße angewachsen zu sein. Er hörte sich keuchend atmen.

Kedrows Bewacher, der auf seinem Stuhl neben dem Bett geschlafen hatte, als Priabin hereingestürmt war, starrte die beiden an. In seinen Augen über dem aus einem zerrissenen Bettlaken improvisierten Knebel glitzerte mürrischer Haß. Er war mit Händen und Füßen an den Stuhl gefesselt.

12.26 Uhr. Priabin befand sich seit acht Minuten in diesem Zimmer. Der Posten in der Tiefgarage konnte jeden Augenblick wieder zu Bewußtsein kommen, ein Arzt konnte den Raum betreten und Kedrows gefesselten Bewacher sehen ... Aber Priabin konnte Kedrow nicht zum Mitkommen zwingen: Der Kerl brauchte bloß den Mund aufzumachen, um die gesamte GRU-Dienststelle zu alarmieren.

Kedrows Augen waren glanzlos, hatten große Pupillen und schienen sich nur schwer auf nahe Gegenstände konzentrieren zu können. Die Vernehmung mit Hilfe von Drogen hatte ihn ausgepumpt; er hatte sich inzwischen halbwegs erholt, aber sein Wille und seine Entschlußkraft schienen gebrochen. Und er wußte anscheinend nichts!

«Hören Sie, kommen Sie doch mit mir, haben Sie Vertrauen zu mir!» bat Priabin erneut.

Kedrow machte ein Gesicht, als wolle er ihm sein Beileid zu einem schmerzlichen Verlust ausdrücken. Nach Priabins Schätzung würde der Killersatellit die amerikanische Raumfähre in spätestens zwei Stunden ins Visier nehmen – *und dieser Idiot rührt sich nicht, will nicht aufwachen . . .!* «Haben Sie Vertrauen zu mir», wiederholte er, aber sein barscher Tonfall beunruhigte Kedrow, der sich ängstlich noch weiter in seine Zimmerecke zurückzog.

«Nein . . .» seufzte Kedrow. Er befand sich hier in einer Art Schwebezustand außerhalb von Raum und Zeit, in dem er sich sicher fühlte. Sogar der bewaffnete Posten war ihm vertraut geworden. Priabin war gewaltsam in seine kleine Welt eingebrochen und ängstigte ihn mit dem Gedanken an die große, häßliche Welt dort draußen.

«Um Himmels willen, Mann, ich bin hier, um Ihnen das *Leben* zu retten!» zischte Priabin. «Hören Sie, Kedrow, Sie müssen mitkommen, Sie müssen mir helfen . . . Sie müssen doch Ihr eigenes Leben retten, nicht wahr?»

Kedrow wirkte verwirrt, als sollte er eine schwierige Gleichung im Kopf lösen. Welche Schäden hatten Serows Drogen bei ihm angerichtet? Würde er überhaupt helfen können? Verdammt noch mal . . . schon 12.27 Uhr!

Die Uniform seines Bewachers – bis hin zu den Stiefeln – lag wie eine Leiche auf dem Bett ausgebreitet. Die Flucht wäre ein Kinderspiel gewesen, wenn Kedrow nur die Uniform angezogen hätte . . . *zieh sie endlich an, du dämliches Arschloch!*

Priabin stand auf und klemmte die Stuhllehne unter die Klinke. Kedrow stand in seiner Ecke, als habe er in die Hose gemacht, und wirkte hilflos erschrocken angesichts der Geheimnisse und Gefahren, mit denen der Besucher ihn konfrontiert hatte. Priabin trat mit erhobenen Händen und nach vorn gehaltenen Handflächen auf ihn zu.

«Hören Sie mir gut zu», forderte er ihn vertraulich auf. «Serow ist tot, das wissen Sie, aber damit ist die Sache noch nicht zu Ende, Filip – ja, ich gebe zu, daß ich auch hinter Ihnen hergewesen bin ... aber Sie wissen über *Blitz* Bescheid ...» Kedrow schüttelte heftig den Kopf. «Doch, doch, Sie müssen irgendwas wissen, und Sie müssen mir helfen. Sie müssen mir helfen, Filip. Das können nur *Sie*!»

Kedrow zuckte zusammen, als Priabin ihn bei den Schultern nahm.

«Es muß einen Sender geben, stimmt's?» flüsterte Priabin widerstrebend. Kedrow schien nur die Tatsache zu verwirren, daß er plötzlich flüsterte. Er durfte nicht riskieren, daß der Posten etwas mitbekam, aber er mußte es *wissen*! «Einen Geheimsender, mit dem *Blitz* aktiviert wird ... der General kann doch nicht einfach vor allen Leuten im Kontrollzentrum auf einen Knopf drücken, stimmt's?» Priabin rüttelte Kedrow sanft, als wolle er ihn wecken. «Manche von ihnen sind eingeweiht, aber viele wissen nichts. Das Ganze ist schließlich streng geheim, deshalb kann er nicht in aller Öffentlichkeit auf einen Knopf drücken, nicht wahr? Leute wie Sie, die nicht bei der Armee sind ... verstehen Sie, was ich meine?»

12.29 Uhr. Sanft weiterschütteln. *Los, wach auf, Schlafmütze:* «Rodin und sein Stab brauchen einen Geheimsender, sogar einen kleinen Kontrollraum, um die Waffe ausrichten, das Ziel erfassen und den Laserstrahl abfeuern zu können ... verstehen Sie das nicht, Filip?» *Komm schon, du verdammter Kretin, sag endlich ja, bitte sag ja!* «Verstehen Sie?» murmelte er nochmals freundlich und trat einen Schritt zurück.

Kedrow nickte wortlos. Sein Gesicht war vor Konzentration verzerrt gewesen. Plötzlich glättete sich seine Stirn, und er nickte eifrig wie ein geistig Behinderter, der einen einfachen Auftrag verstanden hat. Priabin wollte schon aufatmen, aber dann nahm Kedrow anscheinend seine Uniform wahr und bekam wieder Angst.

«Sie müßten imstande sein, das zentrale Kontrollsystem anzuzapfen, seine Informationen für das Richten der Waffe zu benützen und sie dann heimlich abzufeuern... oder sie haben ein eigenes komplettes Waffenkontrollsystem bis hin zum Bahnverfolgungsradar ...? Habe ich recht?»

Auch diesmal nickte Kedrow langsam, und sein Gesicht hellte sich auf.

«Hören Sie, Filip, wenn Sie mir bei dieser Sache helfen, sorge ich dafür, daß Sie in den Westen können. Dann bringe ich Sie in den Westen! Haben Sie verstanden?» Er konnte sich nicht beherrschen und schüttelte den Mann zu kräftig. Alles ging schief, die Zeit lief ihm davon, er hatte keine Ahnung, wonach er Ausschau halten, wo er suchen sollte. *Los, red schon, verdammt noch mal, sag endlich was!* «Helfen Sie mir?» bat er, ohne zu flüstern. «Helfen Sie mir!»

Nach einer Pause, die endlos lang schien, antwortete Kedrow – mit ganz normaler Stimme.

«In den Westen? Nach Amerika? Bis nach Amerika?» Priabin nickte, ohne seine übergroße Erleichterung zu zeigen. «Wie wollen Sie das schaffen?» Die Gerissenheit eines Schwachsinnigen. Kedrow wirkte entrückt wie im Drogenrausch.

«Natürlich kann ich das schaffen! Wenn wir Erfolg haben, garantiere ich Ihnen die Ausreise, sogar mit dem Flugzeug, wenn Sie wollen. Sie kommen mit mir nach Moskau... von dort aus ist's ganz leicht. Begreifen Sie nicht, wie dankbar die Amerikaner Ihnen sein werden? Die machen Sie zum Millionär!» Er klopfte Kedrow mit gespielter Begeisterung auf die Schulter. *Los, los!* 12.32 Uhr. Seit 14 Minuten in diesem Zimmer. Kedrow und sein Bewacher hatten noch nicht gegessen, ihr Mittagessen konnte jeden Augenblick gebracht werden... *Ruhig, ganz ruhig! Kedrow, du bist schon mal auf den Amerikaschwindel reingefallen – tu's noch mal!*

«Zum Millionär...?»

«Klar doch, wenn Sie ihre Raumfähre retten!»

«Und Sie könnten ...?»

«Ja, das kann ich!»

Gespanntes Schweigen. Priabin horchte in den Gang hinter der Tür hinaus. Nichts... *Los, mach schon!*

«Gut, einverstanden, Genosse Oberst – ich komme mit!» Kedrow hatte zu seinem Bewacher hinübergesehen, aus dessen Blick Haß und Verachtung leuchteten. Kedrow war zusammengezuckt. Dieser Blick hatte ihm die letzten Illusionen in bezug auf eine sichere kleine Welt in diesem Zimmer geraubt.

«Schnell, ziehen Sie die Uniform an, Filip», forderte Priabin ihn auf, nahm hastig sein Gewehr von einem niedrigen Tisch und trat an die Tür. «Ziehen Sie die Uniform an, damit wir verschwinden können!»

Gant arbeitete sich seit einigen Minuten zu einem diffusen, jedoch deutlich erkennbaren Lichtschimmer vor. Die anderen waren hinter ihm. Er hatte den Bach wiederentdeckt, der wie eine schimmernde, geisterhafte Stoffbahn auf dem Boden einer anderen Höhle lag, und war ihm zu dem schwachen Lichtschein irgendwo vor ihm gefolgt.

Dann war der Wasserlauf in einer Felsspalte versickert. Gant hatte sich im Stich gelassen gefühlt. Er hatte sich dazu zwingen müssen, einen schmalen Spalt hinunterzuklettern, wobei er seine Taschenlampe mit den Fingern der linken Hand abgeblendet hatte, um Lichtreflexe an den Eiswänden zu verhindern. In der unteren Höhle war es etwas heller, aber der Bach war nirgends zu sehen. Dabei mußte er doch irgendwo ins Freie treten ... er *mußte*, denn das war auch *sein* Fluchtweg!

Gant bewegte sich auf die Helligkeit zu, die von unten zu kommen schien. Er sah sich um, aber die Dunkelheit hinter ihm war noch intakt. Er blieb an der Höhlenwand, schlich lautlos weiter und achtete darauf, daß er sich nicht vor dem Licht abhob, dessen Quelle hinter der nächsten Biegung liegen mußte. Jetzt hörte er seinen Atem nicht nur, sondern sah ihn auch wieder.

Ein mattglänzender Vorhang. Nur wenige Dutzend Meter vor ihm – was ...? Das Licht war diffus, fast grünlich. Als Gant die leuchtende Wand erreichte, wurde ihm klar, worum es sich handelte: Eis! Der Bach trat an einer höhergelegenen Stelle aus und bildete einen jetzt gefrorenen Wasserfall vor diesem Höhlenausgang. Gant atmete erleichtert auf.

Einschläge ließen das Eis in seiner Nähe splittern und zerplatzen. Gant warf sich herum. Das Mündungsfeuer unsichtbarer Waffen blitzte keine 100 Meter hinter ihm auf. Er drückte sich an die Felswand und starrte wieder das Eis an ...

... vor dem ein Schatten sichtbar wurde, der vor dem gefrorenen Wasserfall baumelte, während etwas dröhnend gegen das Eis schlug. Gant schaltete seine Waffe auf Dauerfeuer um. An den Rändern war das Eis sichtlich dünner. Er zielte darauf, zog unwillkürlich den Kopf ein, weil er Querschläger fürchtete, und schoß.

Die Eiswand vor Gant zerplatzte wie eine Windschutzscheibe bei einem Verkehrsunfall. Die Stahlkerngeschosse durchschlugen sie genau dort, wo der Schatten hing, dessen Bewegungen sofort aufhörten. Hinter Gant fielen weitere Schüsse, aber er zwängte sich bereits seitlich an der Eiswand vorbei auf ein Felsband hinaus ...

... in grelles Sonnenlicht, das seinen Augen weh tat. In heulenden Wind, der seine Parka flattern ließ und ihn umzuwerfen drohte. Der Schatten, den er durch den Wasserfall gesehen hatte, hing an einem Perlonseil mit Tritt- und Griffschlingen, die den Toten in fast aufrechter Haltung fixierten. Die Jacke seines Schneetarnanzugs war von Kugeln zerfetzt und mit Blut und Schmelzwasser getränkt.

Hinter Gant fielen erneut Schüsse. Er blickte nach oben. Das Bergseil verschwand nach zehn, zwölf Metern hinter einem leichten Überhang, um auf der anderen Seite in eine Schlucht zu hängen, durch die ein Fluß an der Einmündung des zugefrorenen Bachs vorbeirauschte. Die Schlucht öffnete sich bald und gab den Blick frei auf eine eingleisige Bahnstrecke und einen Tunnel. Zwischen Bahngleis und Fluß verlief eine breite vierspurige Straße. Das Tal führte in sanften Windungen zur Araratebene hinunter, hinab zu ...

... einer Eisenbahnkreuzung, die Gant zuvor durchs Fernglas betrachtet hatte. Der Fluß unter ihm mündete dort in den Araxes. Gant erkannte auch eine Kreuzung zweier Militärstraßen, deren Breite für Panzertransporte und schwerste Militärfahrzeuge ausreichte. Das *mußte* die Grenze sein. Vielleicht noch drei, vier Kilometer entfernt. Gut, nur drei ...

Gant reagierte fast automatisch. Er benützte die halb angeklappte Schulterstütze seines Gewehrs als Haken, um das unter dem Toten frei herabhängende Seil zu sich heranzuziehen. Er packte es mit behandschuhten Händen, warf einen Blick in die Tiefe, wo der gefrorene Wasserlauf zwischen Felsen verschwand, und ruckte prüfend an dem Seil. Der Tote zuckte, aber das Seil hielt. Gant hängte sein Gewehr um, nahm das Bergseil zwischen die Beine, ließ es um den rechten Oberschenkel und die linke Schulter laufen und seilte sich ab.

Seine Hände brannten trotz der Handschuhe wie Feuer, als er das Seilende zwischen den Felsblöcken auf dem Boden der sich öffnenden Schlucht erreichte. Gant blieb sekundenlang erschöpft sitzen, als könnten seine überanstrengten Beine ihn nicht mehr tragen. Bis zum Bahngleis und zur Straße waren es weitere 100 Meter, aber das spielte keine Rolle mehr, denn der Hang fiel hier weniger steil ab.

Schon nach wenigen Augenblicken rauschten weitere Seilenden neben ihm auf die Felsblöcke. Das Knattern eines entfernten Hubschraubers wurde schneller und kam näher. Gant schlängelte sich in verzweifelter Eile durch das Gewirr aus Felsblöcken, sprang, rutschte und schlug Haken. Die Schüsse mußte er ignorieren, solange er nicht getroffen wurde ... er war nicht getroffen, nicht getroffen, noch nicht.

Dann erreichte er die Bahnlinie. Das Gleis und die Straße führten genau nach Süden – dem durchs Tal heraufkommenden Hubschrauber entgegen. Geschosse schlugen in Gants Nähe ein. Der Tunnel war 100, 150 Meter entfernt ...

... 150, überlegte Gant sich, als er bereits losrannte. Er paßte seine Schritte dem Abstand zwischen den Schwellen an und traf sie immer sicherer. Der Fluß befand sich rechts unter ihm, aber sein Rauschen ging im Lärm des Kampfhubschraubers unter. Gant ignorierte die Schüsse, die er hörte ... nicht getroffen, noch nicht.

Die Tunnelöffnung kam nur quälend langsam näher. Der Hubschrauber, den Gant vor Angst und Überanstrengung kaum deutlich ausmachen konnte, kam viel schneller heran. Er bewegte sich mit erschreckender Geschwindigkeit.

Der Kampfhubschrauber bog etwas nach rechts aus, aber Gant konnte ihn nicht beobachten, weil er sich auf die Betonschwellen, die vor seinen Augen verschwammen, konzentrieren mußte. Das Rotor- und Triebwerksgeräusch änderte sich. Die Mi-24 verwandelte sich in eine stabile Waffenplattform.

Die Öffnung des Tunnels wurde durch Feuerschein erhellt. Eine Raketensalve. Eine schmetternde Detonation sprengte große Felsbrocken ab. Staub hüllte Gant ein, als die Druckwelle ihn gegen die Tunnelwand warf.

«Dann wissen Sie's also nicht!» jammerte Priabin enttäuscht wie ein Kind. Er schlug mit der Faust gegen die dünne Wand, daß es hallte. Kedrow, der ihm an einem Holztisch gegenübersaß, zuckte zusammen. «Sie *wissen* nichts!»

Priabins Faust hämmerte nochmals gegen die Wand. In der Küche hingen noch immer Kochgerüche, obwohl sie seit Tagen nicht mehr benützt worden war. Er hatte das Vorhängeschloß aufbrechen müssen. Der Jeep stand in der gepflasterten Gasse hinter dem Hof. Priabin war kein besserer Zufluchtsort als die Küche hinter Orlows Werkstatt eingefallen.

Kedrows blasses, ängstliches Gesicht brachte Priabin in Wut. Er sah auf seine Armbanduhr. 13.18 Uhr. Ihm blieben bestenfalls noch 50 Minuten.

«Wo?» fragte er Kedrow bittend. «Haben Sie nicht *irgendeine* Idee, wo ich suchen könnte?» Kedrow war sichtlich um eine Antwort bemüht, aber er konnte zuletzt nur mit den Schultern zucken und verlegen lächeln. Priabin ließ sich schwer auf einen Stuhl fallen.

«Hören Sie, Filip, wir müssen nachdenken. Es muß irgendwas geben . . .» Kedrow runzelte hilfsbereit die Stirn, ohne jedoch zu antworten. Priabin seufzte deprimiert. «Das Ganze muß geheim sein, hab' ich recht?» Kedrow nickte, aber sein Kopfnicken hatte nicht mehr Bedeutung als das Schwanzwedeln eines jungen Hundes. Er war geistesabwesend, weil er von Amerika und seinem zukünftigen Reichtum träumte. «Die anderen müßten ihr geheimes Kontrollzentrum verstecken, so groß oder so klein es auch sein mag, nicht wahr?» Kedrow nickte erneut. Allerdings war sein Blick jetzt klarer, als sei er inzwischen aufgewacht.

«Gut, dann spinnen wir diesen Gedanken noch ein bißchen aus», schlug Priabin vor. «Sie brauchen einen Sender, dessen Verwendungszweck nirgends nachgewiesen werden muß, stimmt's? Ich meine, Rodin kann nicht einfach das Kontrollzentrum benützen, wenn er die Waffe abfeuern will, oder?»

«Nein.»

«Ah, da haben wir's! Ein unterirdischer Raum – weit vom Kontrollzentrum entfernt ... und der Sender muß ebenfalls irgendwo versteckt werden. Wahrscheinlich auch unter der Erde, bis er gebraucht wird, hab' ich recht?» Kedrows Interesse schien in dem Augenblick geweckt worden zu sein, indem Priabin seine Kraft schwinden fühlte. «Wo ist also das verdammte Versteck?» knurrte er.

«Dafür ...», begann Kedrow, um dann vor Priabins durchdringendem Blick zu verstummen.

«Weiter!»

«Dafür braucht man ... Genosse Oberst, ich glaube, daß sie etwas wie ein Raketensilo brauchen würden ...» Er verstummte erneut, aber Priabin munterte ihn mit einer Handbewegung auf. «Das wäre die einfachste Möglichkeit, den Sender heraufzuschaffen. Er käme im richtigen Augenblick aus dem Silo nach oben, um nach ... getaner Arbeit wieder zu verschwinden.»

«Donnerwetter, Sie sind ein richtiges *Genie*, Filip!» sagte Priabin ironisch applaudierend. «Wissen Sie, wie viele Raketensilos es hier gibt? Hunderte – wahrscheinlich *Tausende*!» Er schlug mit beiden Handflächen auf den Tisch. «Scheiße ...!»

«Mehr fällt mir nicht ein», murmelte Kedrow nach einiger Zeit beschwichtigend. Sie waren bereits seit einer halben Stunde in Orlows Küche; sie hatten diskutiert, gestritten, kombiniert, verworfen, wiederholt – alles für nichts und wieder nichts. Natürlich mußte es ein Raketensilo sein – aber von denen gab es wirklich Hunderte! Ihre Diskussion hatte sich im Kreis gedreht. «Es müßte ein verlassenes Silo wie das sein, in dem ich mich versteckt hatte, nicht wahr?»

«Was?» fragte Priabin geistesabwesend und ohne von den Zukkerkristallen aufzublicken, die er auf der Tischplatte zu einem Häufchen zusammenschob.

Die Fahndung nach ihnen mußte längst angelaufen sein. Der Obergefreite in der Tiefgarage würde aus seiner Bewußtlosigkeit erwacht sein und Alarm gegeben haben. Auch Kedrows Bewacher mußte längst aufgefunden worden sein. Und in weniger als 40 Minuten würde die Laserwaffe gerichtet sein und abgefeuert werden. Dann war alles verspielt, und Leute wie Rodin würden für alle Zeiten die Macht an sich reißen. Wenn erst mal die Armee alles beherrschte ... Priabin merkte, daß er den Kopf schüttelte.

«Es müßte ein aufgegebener und möglichst abgelegener Silokomplex sein ... irgendwo am Rande des Sicherheitsbereichs ... sie müssen viel zu arbeiten gehabt haben und wollten sich bestimmt nicht in die Karten blicken lassen.» Kedrows Stimme klang aufgeregt, als stehe er vor einer neuen Entdeckung. Er fuhr zusammen, weil Priabin ihn finster anstarrte. «Stimmt's etwa nicht?» fragte er klagend.

Priabin seufzte schwer. Er studierte die zu jungen, unreifen Züge des Technikers. Kedrow ließ keine Nachwirkungen der Drogen mehr erkennen.

«Bitte weiter», forderte er ihn nachdrücklich auf. «Ich höre ...»

«Ich gebe zu, daß es viele aufgegebene Komplexe gibt, aber dort müssen Spuren von Arbeiten aus letzter Zeit erkennbar sein: Instandsetzungsarbeiten, Schwerlaster, neue unterirdische Anlagen und so weiter. Und die Verschwörer haben alle möglichen Helfer gebraucht: Wissenschaftler, Techniker, Operatoren ... ein ganzes Team!»

«Nur schade, daß Sie nicht dazugehört haben!» knurrte Priabin ihn an. «Denken Sie doch nach, Mann – Sie sollen *nachdenken*!» Er schlug wiederholt halblaut mit der Faust auf den Tisch. «Haben Sie denn *nichts* gehört? Kein Gerücht, keine Andeutung über den Bau irgendwelcher Anlagen? Hören Sie, Kedrow, wir reden hier von einer Million Dollar! Von *Ihrer* Million. Die Amerikaner lassen sich bestimmt nicht lumpen, wenn Sie ihre kostbare Raumfähre retten! Ein Apartment am Central Park, ein Straßenkreuzer, ein Haufen Geld ... los, *tun* Sie endlich was dafür!»

«Sie sind doch der Polizeibeamte? Warum können Sie Ihre Frage nicht selbst beantworten? Wo haben die anderen das benötigte Material hergekriegt? Wie haben sie's geschafft, die Tatsache zu verheimlichen, daß sie vieles *abgezweigt* haben?»

«Schon gut, schon gut», meinte Priabin beschwichtigend. «*Wer* hat daran gearbeitet?»

«Ich weiß nicht, wer ...»

«Doch, doch!» Priabins Hand wischte die Zuckerkristalle vom Tisch. «Kollegen, die plötzlich Urlaub machen oder ohne Vorwarnung versetzt werden ...» Er sah von der Tischplatte auf. «Es muß doch einige merkwürdige Veränderungen gegeben haben?»

Kedrow konzentrierte sich mit gerunzelter Stirn. Priabin überlegte ebenfalls. Wie war das benötigte Material abgezweigt worden? Die Armee hatte es nicht einfach auf dem Dienstweg anfordern können – nicht für dieses Unternehmen. Rodin und seine Leute mußten Lagerlisten gefälscht, übertrieben hohe Bestellungen aufgegeben und einzelne Teile sogar aus Lagern gestohlen haben.

«Er hat gern ein bißchen getrunken, aber er ist kein Trinker gewesen», sagte Kedrow halblaut.

«Wer ...?»

«Der alte Grischa – Grischa Budin, ein Programmierer ... mein Freund.»

«*Und?*»

«Sie haben ihn in eine Trinkerheilanstalt gesteckt, aus der er noch nicht zurück ist.»

«Und?»

«Ich meine nur ... in den zwei Monaten vor seiner Einlieferung hat er an einem streng geheimen Projekt mitgearbeitet.»

«Hier in Baikonur?»

«Offiziell auswärts, aber Grischa hat mir gegenüber mehrmals angedeutet, er habe gleich um die Ecke gearbeitet. Das hat er gesagt: *gleich um die Ecke.*»

«Hilft uns das weiter? Wann ist das gewesen?»

«Vor einem Vierteljahr. Ich erinnere mich jetzt auch an andere Leute, die plötzlich Urlaub gemacht haben oder versetzt worden sind. Computerspezialisten, Telemetrietechniker und andere Fachleute.»

Priabin schlug mit der flachen Hand auf den Tisch. «Jetzt erinnere ich mich wieder! Aus dem Zentralen Elektroniklager sind über ein halbes Jahr lang Teile verschwunden ... die verdammte Armee hat unsere Ermittlungen damals eher behindert, obwohl sie Zivilisten verdächtigt hat. Teile des Diebesguts sind auf dem Schwarzen Markt aufgetaucht, aber die große Masse ist spurlos verschwunden. Da wir nicht weitergekommen sind, habe ich die Ermittlungen einstellen lassen.» Er rieb sich das Gesicht. «Alles zu vage», seufzte er. «Und es führt in keine bestimmte *Richtung*!» Er breitete die aus dem Jeep mitgenommene Karte von Baikonur und Umgebung aus. Sein Zeigefinger tippte auf mehrere Punkte. «Hier, hier, sogar *hier*! Aufgegebene Silos gibt's überall!»

Kedrow drehte die Karte zu sich um. «Ein Komplex ist viel zu weit entfernt – den könnten wir nicht mehr erreichen. Zwei andere liegen zu frei, zu dicht an neuen Straßen. Der hier liegt am einsamsten.» Er tippte auf die Landkarte. «Sie sind in den frühen sechziger Jahren aufgegeben worden. Eine kleine Gruppe von Silos, glaube ich.»

«Los, mitkommen!» forderte Priabin ihn auf, indem er aufsprang und sich die Landkarte wie eine Zeitung unter den Arm klemmte. «Wir haben nur noch eine halbe Stunde Zeit!»

20

Tunnel

Er lehnte mit gespreizten, ziemlich gefühllosen Beinen wie eine weggeworfene Stoffpuppe an der Tunnelwand: sein Schädel brummte von der Druckwelle. Der Rotorstrahl wirbelte Staub, Steinsplitter und Ziegelschutt auf, der Gant das Atmen erschwerte. Während er gegen Übelkeit ankämpfte, hielt er sein Gewehr krampfhaft umklammert.

Dann kam der häßliche Bug des Kampfhubschraubers in Sicht. Er sank wie eine Spinne vor der Tunnelöffnung herab, in der sich der Staub eben legen wollte. Maschinenkanone, Raketenbehälter, Lenkwaffen unter den Stummelflügeln.

Er kann dich nicht sehen, nicht sehen, nicht ...

Gant versuchte mit aller Kraft, daran zu glauben, um sich selbst Überlebensmut zu machen. Er kam mühsam auf die Beine und stützte sich schwer gegen das feuchte, eiskalte Mauerwerk. Die Mi-24 steckte ihren Bug in den Tunnel wie eine hungrige Katze ihre Nase in ein Mauseloch.

Die Tunnelwände waren in gleißend helles Licht getaucht. Die Schienen glänzten. Gant drängte sich tiefer in eine schmale Mauernische, die ihn jedoch nicht ganz verbarg; vorerst reichte der Scheinwerferstrahl noch nicht bis zu ihm.

Die Mil knatterte noch etwas näher heran. *Die Strecke ist nur eingleisig,* bestätigte Gants innere Stimme, *der Rotordurchmesser beträgt siebzehn Meter, sie kann dich nicht verfolgen.* Solange er sich nicht bewegte, würde der Hubschrauber warten, bis Soldaten sich über den Wasserfall abgeseilt hätten oder mit Lastwagen auf der Militärstraße herantransportiert worden waren. Oder, falls Soldaten an Bord waren, bis er selbst welche abgesetzt hatte. Dies war lediglich eine Atempause.

Gant war etwa 20 Meter vom Tunneleingang entfernt. Er schaute nach links dem Tunnel entlang, wo in drei Kilometer Entfernung die Grenze liegen mußte. Dort war nicht der geringste Lichtschimmer zu erkennen, was auf eine Kurve oder ein Gefälle im Tunnel schließen ließ. Gant wußte, daß er weiterlaufen mußte . . .

Die Kabinentür der Mi-24 war geöffnet worden. Das Fahrgestell des Hubschraubers befand sich in nur etwa einem halben Meter Höhe über den Schienen. Mehrere Gestalten sprangen ab. Drei Mann; hinter ihnen kamen weitere Soldaten über die Felsen herunter oder die Straße herauf.

Der erste dieser Männer hatte den Tunnel betreten und hob sich deutlich als Silhouette vor dem Scheinwerfer des Hubschraubers ab. Gant, der ihn bereits im Visier hatte, nahm den Zeigefinger vom Abzug. Statt dessen tastete er nach seiner Umhängetasche, zog den Reißverschluß auf und nahm etwas heraus. Der vorderste Soldat kam zögernd näher, und die Mil schien mit erneuter Gier nach Gant zu schnüffeln. Taschenlampen flammten auf: schwache Lichtpunkte im Vergleich zu dem Scheinwerfer.

Scheinwerfer, Infrarot, Restlichtverstärker . . .

Gant hob die Leuchtpistole aus seiner Umhängetasche, drehte den Kopf zur Seite, hielt die Augen krampfhaft geschlossen und drückte ab. Die Leuchtkugel traf die gegenüberliegende Tunnelwand, detonierte am Mauerwerk und zischte laut, bevor sie heller als der Scheinwerfer erstrahlte. Der Rauch brachte Gant zum Husten, und das grelle Licht blendete ihn beinahe, obwohl er sich den linken Arm vor die Augen hielt.

Er stolperte davon, wagte noch immer nicht, die Augen zu öffnen, und führte die linke Hand die Tunnelwand entlang, so daß die beim Abseilen aufgeschürften Stellen erneut zu brennen begannen. Je länger er weiterstolperte, desto größer wurde seine Angst, er könne stürzen und sich den Knöchel brechen. Das gleißend helle Licht war selbst mit geschlossenen Lidern noch sichtbar.

Hinter ihm fielen Schüsse, aber Gant hörte keine Querschläger. Er blieb stehen und beobachtete, wie sein Schatten auf der Tunnelwand verblaßte. Weit vor sich – in schätzungsweise einem Kilometer Entfernung – sah er einen winzigen hellen Punkt: das andere Ende des Tunnels. Er mußte sich beeilen, bevor die Netzhäute und Infrarotgeräte der anderen sich erholt hatten.

Gant holte tief Luft und steckte die Leuchtpistole in seine Umhängetasche zurück. Die Mi-24 war hinter einer leichten Tunnelbiegung außer Sicht. Gant hatte Herzschmerzen, während er lief, und hörte das Echo seiner eigenen Schritte, als verfolgten sie ihn. Der Hubschrauberlärm war fast nicht mehr zu hören ...

Der Lichtpunkt, der jetzt als Tunnelausgang erkennbar war, verfinsterte sich. Wurde von irgend etwas ausgefüllt, das Gant den Fluchtweg versperrte.

«Ja, Genosse General, alle Systeme funktionieren einwandfrei.»

«Wann können wir die Verbindung zum Kontrollzentrum unterbrechen?»

«Das Ziel ist in zehn Minuten erfaßt, Genosse General, und wir übernehmen die Kontrolle dann von hier aus.»

«Zehn Minuten ... und wie lange dauert's danach, bis ...?»

«Zwei Minuten nachdem die Plattform oben ist, haben wir den Sender ausgerichtet und die Verbindung hergestellt.»

«Zwölf Minuten. Gut. Hiermit erhalten Sie den Befehl, *Blitz* durchzuführen – bis zum Ende.»

«Verstanden, Genosse General. In elf Minuten und fünfzig Sekunden, Uhr läuft.»

«Im Tunnel? Woher wollen sie . . .?»

«Mr. President, wir hören ihren Funkverkehr mit. Ihre ganze Einsatzfrequenz ist voll davon!»

«Wie viele Soldaten haben sie im Einsatz – in seiner Nähe?»

«Möglicherweise bis zu einem Dutzend *Spetsnaz*-Gruppen . . . zehn bis zwölf Kampfhubschrauber . . . ganze Kolonnen von Militärlastern auf der Straße entlang der Grenze.»

«Dann braucht er *wirksame* Hilfe.»

«Das denken wir auch, Mr. President.»

«Wir müssen ihn rausholen!»

«Ich glaube nicht, daß wir das . . .»

«Hören Sie, die türkische Regierung hat Truppen bis unmittelbar an die Grenze verlegt . . . Die Türken sind sehr *kooperativ* gewesen. Jetzt müssen wir *mehr* tun, als sie bereits getan haben!»

«Mr. President, wir können uns keinen Zwischenfall leisten – nicht jetzt, nicht *heute.*»

«Dick, wir können es uns nicht leisten, *keinen* Zwischenfall herbeizuführen!»

«Was wünschen Sie, Mr. President?»

«Kleine, schnelle Leichthubschrauber – wie viele haben wir in diesem Gebiet? *Wir,* nicht die Türken.»

«Das müßte ich prüfen, Mr. . . .»

«Dann tun Sie's!»

«Die Russen schießen alles ab, was amerikanische Hoheitsabzeichen trägt . . . Sie würden vielleicht sogar ein Rotkreuzflugzeug abschießen, denn für sie geht's hier ums Ganze – wie für uns, Sir.» Gunther machte eine Pause. «John, überlegen Sie sich die Sache bitte noch mal.»

«Der Kerl ist zweieinhalb Kilometer von der Grenze entfernt, Dick! Was gibt's da noch zu überlegen?»

«Den nächsten Krieg?»

«Wegen *dieser* Sache? Wenn wir nicht bekommen, was Gant hat, ist der nächste ohnehin *verloren*!»

«Wie groß sind die Aussichten, daß sie ihn finden?»

«Woher soll ich das wissen, verdammt noch mal, Dick?»

«Für die Hubschrauberpiloten ist das ein Himmelfahrtkommando . . .»

«Dick, das weiß ich selbst! Daran brauchen Sie mich nicht zu erinnern.»

«Was ist mit den Türken?»

«Woher soll ich das wissen? Sie geben jedem Feuerschutz, der über die Grenze zurückkommt. Während sie offiziell gegen unsere Maßnahmen protestieren, ist Gant schon in Sicherheit . . . oder nicht.»

«Mr. President . . .» Der Stabschef der Air Force war wieder zurück.

«Was gibt's?»

«Zwei unserer Hughes Defender – schnelle Leichthubschrauber – beobachten den dortigen Grenzabschnitt. Sie könnten den Tunnel in . . . spätestens zwei Minuten erreichen. Das ist mir garantiert worden. Von dem Augenblick an, in dem Sie den direkten Befehl dazu erteilen, Mr. President.»

«John . . .!» Gunther hob beschwörend die Hände. «Überlegen Sie sich die Sache noch mal! Bitte!»

«Die Bedenkzeit ist zu Ende. General, sie sollen rüberfliegen – unterstützen Sie sie mit allem, was Sie haben, damit sie Gant rausholen!»

Tjuratam war gerade noch im Südosten zu erkennen. Priabin blickte die schmale, mit Schlaglöchern übersäte Straße entlang. Sie war leer wie der klare, gefährliche Himmel. Er hängte sich das Gewehr um und riß den Werkzeugkasten aus dem Jeep. Sie hatten 20 Minuten bis in diese gottverlassene Gegend gebraucht. Was würde er brauchen? Was sollte er *tun*?

«Los, komm mit!» knurrte er und begann den sanft geneigten Hang vor ihnen hinaufzusteigen. Kedrow hastete wie ein Hund an der Leine neben ihm her und ging Priabin auf die Nerven. In seinen hastigen Trippelschritten lag nicht der geringste Optimismus.

Sie erreichten den Hügelkamm. Die Antennen des Telemetriekomplexes waren fast so weit entfernt wie die alte Stadt, die im Dunst vor ihnen lag. Priabin sah sich um. Niemandsland.

«Neuer Draht», murmelte Kedrow und berührte den noch glänzenden Stacheldraht, vor dem sie stehengeblieben waren. Ein Warnschild, zwei weitere in einiger Entfernung. *Vorsicht – Schußwaffengebrauch!* Dabei gab's hier keine Posten, keine Hunde, nichts!

«Was soll der Blödsinn?» rief Priabin aus. «Hier sind doch bloß die alten Silos!»

«Neuer Draht», wiederholte Kedrow.

«Sind wir deswegen hierhergefahren?»

«Nein – um Spuren kürzlich durchgeführter Arbeiten zu entdecken», antwortete Kedrow scharf, als gehe ihm Priabins Zynismus auf die Nerven.

Priabins Blick glitt über das Gelände vor ihnen. Fahrspuren schwerer Lastwagen, Erdbewegungen, aber nichts *wirklich* Verdächtiges. Er bückte sich und wühlte in dem Werkzeugkasten herum. Dann richtete er sich mit einer kräftigen Kneifzange in der Hand auf.

«Vorsicht!» mahnte er. «Ich hab' keine Lust, durch den Stacheldraht zu klettern. Mal sehen, ob . . .» Er grunzte vor Anstrengung, während er sich bemühte, den Draht durchzuzwicken. Aber der Stacheldraht war stärker. Priabin bearbeitete den nächsten Zaunpfosten mit wütenden Fußtritten, bis er umkippte und den vierfachen Stacheldraht mitriß.

Priabin stieg über die Drähte hinweg.

«Los, komm – und bring den Werkzeugkasten mit!» Der sowieso nichts taugt, sagte er sich. «Wonach suchen wir überhaupt?»

«Anzeichen für Reparaturarbeiten, fehlender Rost . . .» Kedrow verstummte unsicher.

Weitere Spuren schwerer Fahrzeuge, sogar die einer Planierraupe. Etwa 150 Meter hinter dem Stacheldraht erreichten sie einen Siloschacht, dessen schwerer Stahldeckel völlig verrostet war. Priabin trampelte darauf herum, daß das Metall dröhnte, während er sich umsah. Er konnte ungefähr 30 solcher Abdeckungen erkennen, die nur etwa einen Meter aus der Erde ragten, während die Schächte unter ihnen fast 100 Meter tief waren.

«Los, los, jeder von uns muß so viele wie möglich kontrollieren! Gib her, ich nehme den Werkzeugkasten.»

Kedrow machte ein zweifelndes Gesicht; dann wandte er sich ab, um das Gelände zu überblicken und festzustellen, wo die nächsten Silos lagen.

«Falls ich was finde», kündigte er an, «rufe ich und winke.» Priabin hatte den Eindruck, der andere klopfe ihm tröstend auf die Schulter. Kedrow schien etwas von seinem Optimismus zurückgewonnen zu haben, denn er lächelte aufmunternd.

Priabin hastete von einer Siloabdeckung zur anderen. Zwei, drei, vier – alle seit vielen Jahren nicht mehr geöffnet. Sechs – und noch immer nur verrostete Stahltüren und mit Gitterrosten abgedeckte Luftschächte. Überall Lastwagen- und Planierraupenspuren, ohne daß zu erkennen gewesen wäre, wo hier gebaut worden sein sollte.

Der kalte Wind trug einen leisen Ruf an sein Ohr.

Er sah benommen auf. Eine schwarze Vogelscheuche schwenkte ihre Arme.

Kedrow, der wie ein Ertrinkender brüllte und mit den Armen ruderte.

Priabin rannte zu ihm hinüber. Blanke Metallteile glitzerten in der Sonne. Also nicht verrostet . . . daneben Ziegelhälften, Isoliermaterial und Abschnitte von Elektrokabeln.

«Was . . .?» keuchte er, ließ den Werkzeugkasten fallen und rang schweratmend nach Luft. «Was gibt's?»

«Diese Türen sind ersetzt worden – sehen Sie nur!»

Die geschlossene mehrteilige Schachtabdeckung aus rostfreiem Edelstahl glänzte mattsilbern. Rodin war irgendwo dort unten – das hatte er schon immer gewußt!

«Endlich!» stieß Priabin hervor. «Wie kommen wir dort hinunter? Was tun wir dann?»

«Der nächste Luftschacht liegt dort drüben – ungefähr sechzig Meter von hier. Wir steigen in den Tunnel hinunter, finden die Tür zum Siloschacht . . .»

«Und?»

«Im Schacht verhindern wir, daß der Sender nach oben kommt ... wir kappen das *Stromkabel*!» Aus seinen Worten klang die Ungeduld des Technikers mit dem technisch Ungebildeten. Kedrow hatte wieder Oberwasser, als habe er seinen amerikanischen Traum wiederentdeckt.

Priabin kniete nieder und legte ein Ohr auf den eiskalten Stahl eines Türsegments. Er hörte ein leises, aber deutliches Summen, als liefen unter ihm elektrische Maschinen, und ein entferntes Rumpeln, als rolle dort unten ein Zug. Er richtete sich befriedigt auf.

«Los, wir müssen zum Luftschacht!»

Sie rannten zu dem rostigen Abdeckgitter des Luftschachts, unter dem in die Wand eingelassene Tritte in die Tiefe führten. Während Priabin sich noch bemühte, das von innen verriegelte Gitter aufzubrechen, stieß Kedrow ihn plötzlich entsetzt an.

«Die Abdeckung öffnet sich!»

«Was?»

«Die Abdeckung des Silos ... ihre Segmente gehen auf ... das kann nur heißen, daß der Sender raufkommt!»

Priabin schoß hoch, warf sich herum und starrte wild zu dem Silo hinüber. Nur noch ein Loch in der Erde, kein schimmerndes Metall mehr. Er war zu spät dran; er konnte nichts mehr tun. *Rodin* hatte gesiegt ...!

Er war irgendwo dort unten und lachte, während er den nächsten Weltkrieg auslöste ...!

«He, sehen Sie sich das an!» Kedrow packte ihn am Arm. Priabin, der wieder in den Luftschacht gestarrt hatte, schrak auf. «Da!»

Aus dem Siloschacht kam ein seltsames Gebilde, das an eine alptraumhafte Pflanze erinnerte, deren Wachstumszyklus von einer Zeitrafferkamera gefilmt worden war. Schüsselantenne, Sender, eine Plattform auf der Metallsäule eines zu diesem Zweck verlängerten alten Raketenaufzugs. Fünf, sechs Meter über dem Erdboden. Es wuchs noch höher, dann bewegte es sich. Die silberglänzende Antennenschüssel drehte sich wie ein Zyklopenauge in ihre Richtung, bevor sie in den blassen Nachmittagshimmel schwenkte.

«Scheiße!» murmelte Priabin. Er sah Kedrow wie einen braunen Irrwisch auf das Gebilde zurennen, das aus der Erde kam. «Halt, warten Sie doch – *halt*!»

Priabin holte ihn schweratmend ein. Kedrow stand am Fuß der Plattform und blickte nach oben. Glattes, spiegelblankes Metall, zehn Meter hoch, unmöglich zu erklettern. Hoffnungslos. Die Plattform summte von zielgerichteter Energie. Die Bewegungen der Schüsselantenne wurden langsamer und kamen zum Stillstand, als sei sie jetzt auf irgendein unsichtbares Ziel gerichtet.

«Die Verbindung steht!» rief Kedrow heiser. «Gleich ist's soweit!»

Die zu einem Strang zusammengefaßten Kabel führten nach unten ins Silo. Dort brauchte Rodin nur auf den Knopf zu drücken, um den Vernichtungsbefehl zu geben.

Kedrow erholte sich als erster von seinem Schock. Er riß Priabin den Werkzeugkasten aus der Hand, holte die Kneifzange heraus, kniete neben dem Kabelstrang nieder und versuchte, die Kunststoffummantelung zu durchtrennen.

Priabin kniete ebenfalls nieder, griff mit beiden Händen nach dem Kabelstrang und zerrte daran.

Kedrow mühte sich vergeblich ab. Seine Hände waren weiß vor Anstrengung. Aber er konnte nicht einmal die Isolierung durchtrennen – und falls es ihm gelungen wäre, hätte er einen elektrischen Schlag bekommen.

Priabin riß sich verzweifelt das Gewehr von der Schulter und zielte damit auf die Kabel, als wolle er sie durchschießen. Aber er konnte nichts mit der Waffe anfangen und hob sie hoch, als wolle er sie wegwerfen. Er hatte nicht einmal gelernt, gut mit ihr zu schießen – damals in seiner Rekrutenzeit. Reinigen, laden, zielen – sogar Nahkampfübungen mit dem Bajonett ... das Ding war wertlos, unbrauchbar!

Dann fiel ihm etwas ein. Ja! Er kniete nieder, und seine Hände zogen in fliegender Hast das Bajonett aus seiner Scheide oberhalb des Magazins. «Weg da!» forderte er Kedrow auf. Er mühte sich mit dem Bajonett ab, ließ das Gewehr fallen und hielt das Werkzeug hoch, das er konstruiert hatte.

... aus dem Bajonett und der isolierten Scheide läßt sich eine wirkungsvolle Drahtschere herstellen ...

Die Stimme ihres Ausbilders. Damals hatten sie darüber gelacht. *Wer braucht schon eine Drahtschere? Als ob wir irgendwo ausbrechen wollten!*

Er machte sich daran, den Kunststoffmantel aufzuschneiden. Priabin arbeitete wie ein Verrückter. Als er das letzte Kabel durchtrennt hatte, ließ er die improvisierte Drahtschere scheppernd in den Siloschacht plumpsen und blieb schweratmend auf dem Rükken liegen. Er nahm Kedrow lediglich als Schatten am Rande seines Gesichtsfeldes wahr.

«Ich ... ich weiß nicht, ob wir rechtzeitig gekommen sind», sagte Kedrow, dessen Stimme kaum laut genug war, um das Heulen und Pfeifen des Windes in den Antennen über ihnen zu übertönen. «Vielleicht haben sie den Feuerbefehl schon gesendet – das können wir nicht feststellen ...»

Als Priabin begriff, was der andere gesagt hatte, stöhnte er auf und rollte sich zur Seite, als wolle er sich unter einer nicht existierenden Bettdecke verstecken.

Rodin, *Rodin* ...!

Gant konnte fast augenblicklich den Rauch riechen. Die Kopfwelle der Lokomotive verbreitete Rauch und Dampf durch den ganzen Tunnel. Die Schiene unter seinem linken Fuß zitterte, bevor sie rhythmisch zu pulsieren begann. Sein Herz schlug fast ebenso laut – aber vor Erleichterung. Er konnte sich nur ans feuchte Mauerwerk lehnen und beobachten, wie die Dampflok mit ihrer schweren Last auf ihn zustampfte.

Das Wasser, das an der Tunnelwand herabfloß, durchnäßte seine Parka fast augenblicklich. Der beißende Rauch ließ Gants Augen tränen und ihn nach Atem ringen. Und trotzdem wußte er, daß er weiter mußte, so beängstigend dieser heranstampfende Koloß auch sein mochte. Der Zug blockierte den Tunneleingang und verhinderte, daß ein Hubschrauber sich davorsetzte, um ihn am Verlassen des Tunnels zu hindern.

Die Umrisse des Zuges waren von einem schwachen Lichtschein

umgeben, der die Lücke zwischen seinen Stahlmassen und der Tunnelwand erkennen ließ. Gant sah Funken, Dampf- und Rauchschwaden und den Feuerschein unter dem Kessel. Er blickte in die Richtung, aus der er gekommen war, weil er ahnte, daß seine Verfolger sich die Tunnelwände entlang vorarbeiten würden, um ebenfalls die Vorbeifahrt des Zuges auszunützen. Er mußte *sofort* weiter.

Irgendwie überwand er sich dazu, auf das Ungeheuer zuzulaufen, das die Dunkelheit mit Lärm und Feuer erfüllte. Die Lokscheinwerfer ließen die Schienen glänzen, ohne Gant richtig zu erfassen. Seine linke Schulter streifte die Tunnelwand. Die Masse des heranstampfenden Ungetüms ließ das Mauerwerk erzittern, und der Schotter unter Gants Füßen erschien ihm wie Treibsand.

Und dann rollte die Dampflok unerwartet langsam an ihm vorbei und keuchte die lange Steigung hinauf. Der Heizer hatte die Feuertür geöffnet und schaufelte Kohle; der Lokführer lehnte unbeweglich aus seinem Fenster. Dann befand sich der erste Güterwagen auf Gants Höhe, und er hörte eine Kuh klagend muhen. Andere Rinder fielen ein. Viehwaggons. Hilflose Tiere auf der Fahrt zum Schlachthof.

Gant setzte sich wieder in Bewegung – den langen, langsamen Zug entlang, der knarrte und stampfte und klirrte . . . und muhte. Der beißende Qualm war so dicht, daß er kaum noch Luft bekam. Der Zug war endlos lang. Sein Lärm schien nie mehr aufhören zu wollen. Gant wußte, daß er im Freien sein mußte, bevor das Zugende im Tunnel verschwunden war. Die Güterwagen zogen so langsam an ihm vorbei. Es war unmöglich, daß er so langsam rannte. Dann sah er das Licht heller werden.

Die zweite Lokomotive, die den Zug die lange Steigung zu den Schlachthöfen Jerewans hinaufschob, erreichte den Tunneleingang und verschwand darin. Der Lokführer blickte erstaunt, fast erschrocken auf Gant herab, und der Feuerschein verblaßte in der Nachmittagssonne. Die Strecke vor ihm war frei.

Er sah die Brücke und hörte das Knattern von Rotorblättern, während in größerer Höhe der erste Jäger vorbeiröhrte. Gant kam sich klein und verloren vor: eine einsame Gestalt auf dem kurzen Schienenstück zwischen Tunnel und Brücke. Er sah sich wild um, hielt nach dem Hubschrauber Ausschau und wartete auf seinen Angriff; zugleich hörte er trotz des Hubschrauberlärms eine Militärkolonne, die sich auf der Straße unter ihm vorwärtsbewegte.

Dann stieß der Hubschrauber auf ihn herab. Gant wußte, daß er die Brücke niemals erreichen würde, bevor der Pilot das Feuer eröffnete. In einer hilflosen Geste riß er sein Gewehr hoch, während der Hubschrauber, der mit seinem stumpfen Bug und den dunkelgetönten Scheiben wie ein gefährliches Insekt wirkte, ihn so tief überflog, daß Gant Mühe hatte, sich auf den Beinen zu halten.

Überall schwarzes Glas, als die Maschine in den Schwebeflug überging und sich dabei drehte, so daß er das Revolver-MG und den Raketenbehälter sehen konnte. Die Hubschrauberkufen schwebten nur einen halben Meter über den Schienen – zwischen Gant und der Brücke. Olivgrüner Tarnanstrich.

Gant wußte, daß er hier sterben würde: zwischen den *Spetsnaz*-Gruppen hinter ihm und dem Kampfhubschrauber vor ihm, der ihn mit riesigen schwarzen Glasaugen anstarrte. Ihm lief ein kalter Schauder über den Rücken. Sein Gewehr erschien ihm plötzlich wie ein Kinderspielzeug. Er hatte nur noch Augen für den kleinen, leichten Kampfhubschrauber.

Vertraut . . .?

Militärhubschrauber. Olivgrün. Insektenaugen.

Vertraut . . .?

Der Hubschrauber starrte ihn aus knapp 20 Meter Entfernung an. Die . . . die Hughes *Defender* starrte Gant an; in dieser aufregenden Sekunde nahm er den Arm wahr, der ihn aus der geöffneten linken Tür heranwinkte. Ein amerikanischer Hubschrauber!

Erleichterung . . . Ungläubigkeit. Gant erzitterte unter dem Ansturm einander widersprechender Gefühle. Das mußte eine Illusion sein, das konnte keine Hughes sein, eine Hughes hatte hier nichts zu suchen . . .

. . . selbst als er der wortlosen Aufforderung gehorchte und auf den Hubschrauber zurannte. Noch zehn Meter, noch fünf. Der winkende Arm kam näher, näher, *näher* . . .

Gant taumelte gegen den Hubschrauberrumpf. Schüsse knallten gegen das Metall. Er blickte an sich herab, als sei er überrascht. Sein linker Oberschenkel brannte wie Feuer und wies einen nassen, dunklen Fleck auf, der sich zusehends vergrößerte. Gant zitterte und konnte sich kaum noch auf den Beinen halten. Er erkannte schemenhaft zwei Soldaten am Tunnelausgang, von denen einer sich auf ein Knie niederließ, um besser zielen zu können, während der andere aufrecht dastand, als gehöre er zu einem Erschießungskommando.

Er stöhnte vor Schmerzen. Eine Hand packte ihn an der Schulter, griff nach seinem Arm und riß ihn hoch. Der im Leerlauf drehende Rotor lärmte über seinem Kopf, die beiden Soldaten zielten in aller Ruhe, als seien sie sich ihrer Sache ganz sicher, und sein Bein schmerzte so sehr, daß er aufschrie, als er in den Hubschrauber gezerrt wurde. Sein Kopf lehnte an der Schulter des Piloten, auf dessen Overall der Name PRUITT stand. Dann wurde er von Pruitt auf den Kopilotensitz gestoßen, während der Rotor sich schneller und lauter drehte. Kugeln prallten vom Rumpf der *Defender* ab.

«Anschnallen, Major!» knurrte Pruitt und zeigte gebieterisch auf die Gurte. Als Gant instinktiv gehorchen wollte, wurde ihm fast schwarz vor den Augen. «Kommen Sie zurecht?»

Die Hughes schwebte wenige Meter über dem Boden. Gant ächzte und rief dann:

«Verdammt noch mal – los!»

Er zog automatisch den Gurt fest. Der kleine Hubschrauber stieg mit schwindelerregender Geschwindigkeit und Schräglage. Gant kämpfte gegen Übelkeit an. Unter ihnen wurde heftig geschossen. Eine Kugel streifte das Plexiglas und hinterließ eine tiefe Schramme. Die Hughes schwankte wild, bevor Pruitt sie wieder unter Kontrolle brachte.

Gant, der die Augen wieder geöffnet hatte, zeigte drängend auf die Militärstraße und ihren breiten Tunnel. Die erste Mi-24, deren Flügel mit Raketen und Lenkwaffen behängt waren, hatte bereits die Verfolgung aufgenommen. Eine zweite war in einiger Entfernung zu erkennen. Gant band sich das verletzte Bein mit seinem Gürtel ab; er mußte die Zähne zusammenbeißen, um dabei nicht aufzuschreien.

Pruitt ließ die *Defender* wie einen Stein fallen ... Rotordurchmesser nur achtkommazwei Meter, sagte Gant sich und biß die

Zähne zusammen. Er sank in den Kopilotensitz zurück. Pruitt fing den Hubschrauber vor dem Tunneleingang so brutal ab, daß Gant laut aufschrie. Dann verschluckte der Straßentunnel die winzige Maschine.

Der Tunnel war breit genug, um auch einer Mi-24 Platz zu bieten, aber ihre Verfolger würden vorsichtig sein müssen. Der zweite Kampfhubschrauber konnte zum Tunnelausgang fliegen, aber die Hughes war mit Lenkwaffen und einem Revolver-MG bewaffnet, so daß er sich ebenfalls würde vorsehen müssen.

Gant war kaum noch bei Bewußtsein. Die über ihnen vorbeihuschenden gelben Lampen der Tunnelbeleuchtung verschwammen zu einem hypnotisch wirkenden Lichtband. Pruitt stieß wilde Begeisterungsschreie aus, die Gant nur als vage Laute wahrnahm.

Der Tunnel endete wie ein sich öffnender heller Mund.

Die Araratebene. Tageslicht und Kampfhubschrauber. Sie erschienen Gant so irreal, so unwichtig wie Schmutz an der Cockpitverglasung. Er erkannte undeutlich einen Grenzübergang mit Schlagbäumen, Abfertigungsgebäuden und wartenden Fahrzeugen. Im nächsten Augenblick war er verschwunden. Gant wußte nicht einmal sicher, ob er ihn gesehen hatte. Dann riß Pruitt seinen Hubschrauber plötzlich nach oben und wich nach rechts aus.

Irgend etwas detonierte hinter ihnen an einer Felswand am Ende der Schlucht. Gant hatte nicht die Kraft, sich danach umzudrehen. Er spürte, daß die *Defender* schneller flog und dabei stieg. Die Ebene lag weißlich grau und ungegliedert wie ein abgerollter Stoffballen vor ihnen. Sein Kopf war schwer – und trotzdem leer.

Türkei. Das wußte er.

Weitere Kampfhubschrauber.

Hughes-Hubschrauber und eine Bell HueyCobra. Ihre Umrisse vertraut, beruhigend. Düsenjäger hoch über ihnen und weit entfernt. Türkei. Eine zweite Hughes Defender setzte sich links neben sie. Ihr Pilot hielt den rechten Daumen hoch. Eine unbewaffnete JetRanger der türkischen Luftwaffe stieg wie ein Korken im Wasser hoch und schirmte sie für den Fall eines Raketenangriffs über die Grenze hinweg nach hinten ab. Die HueyCobra schloß rechts zu ihnen auf. Gant fühlte sich beschützt, in Sicherheit. Sein Bein brannte wieder wie Feuer. Er hatte noch irgend etwas zu erledigen, bevor er schlief, bevor er sich von den Schmerzen betäuben ließ. Irgend etwas ...

Seine Hände tasteten nach der Instrumentenkonsole. Pruitt, der begriff, was Gant wollte, drückte ihm die Hör-Sprech-Garnitur des Kopiloten in die Hand und schaltete auf die Einsatzfrequenz um. Gant setzte sich den Kopfhörer so langsam auf, als sei er bleischwer. Er ächzte bei dem Gedanken an weitere Anstrengungen.

«Reden Sie schon, Major!» hörte er Pruitt drängen, aber die Stimme des Piloten klang sehr leise.

Neue Schmerzwellen. Gant begann rasch zu sprechen, weil er fürchtete, sie könnten ihn zuletzt überwältigen. Das Cockpit erschien ihm so vage und kontrastarm wie der blasse Himmel und die Schneelandschaft.

«... *Habicht*!» hörte er sich mehrmals wiederholen. «Ich habe den Beweis, ja ... den unwiderlegbaren Beweis ...» Gant wußte nicht, wer ihm zuhörte. Irgendein General, ein stellvertretender CIA-Direktor – was kümmerte ihn das? «Sie haben die Waffe», fügte er mit gewaltiger Anstrengung hinzu. «... schon in der Umlaufbahn ... soll gegen ... gegen die *Atlantis* eingesetzt werden.» Er hatte große Mühe gehabt, sich an den Namen der Raumfähre zu erinnern. Irgend jemand stellte ihm eine Frage – eine der Stimmen, die ihn am Einschlafen hinderten und dadurch die Schmerzen schlimmer machten. Gant wiederholte lediglich: «... das Ziel ist die Raumfähre ... ich hab' den Start gesehen, die Waffe ist jetzt einsatzbereit ...» Und zuletzt: «Mann, mir ist's *scheißegal*, was Sie tun, aber *unternehmen* Sie was!»

Als er sich nach vorn beugte, um das Funkgerät auszuschalten, sah er schemenhaft einen Hubschrauber mit einem riesigen Roten Kreuz wie ein Luftschiff ihren Kurs kreuzen. Gant überließ sich seufzend dem Schmerz und seiner Müdigkeit. Sein Kopf schmerzte nicht weniger als sein Bein. Jetzt ist alles in Ordnung, sagte er beruhigend zu seiner Verwundung. Er hatte überlebt. Was mit seiner Meldung geschah, war nicht mehr wichtig. Er hatte überlebt ...

NACHSPIEL

«Negotiations and love songs,
Are often mistaken for one and the same.»

PAUL SIMON, *Train in the distance*

«... als Geste tiefsten Respekts für die Bedeutung dieses Tages und Bekräftigung der zwischen unseren Nationen existierenden neuen Freundschaft schlägt die Regierung der Union der Sozialistischen Sowjetrepubliken eine Ergänzung unseres feierlichen Vertrages vor. Aus aufrichtigem Friedenswillen schlagen wir vor, auch alle Weltraumwaffen sowie die Forschungs- und Entwicklungsarbeiten für solche Waffen in unseren Abrüstungsvertrag aufzunehmen ...»

John Calvin applaudierte gemeinsam mit allen Angehörigen sämtlicher Delegationen, die sich im Plenarsaal des Völkerbundpalastes zur Vertragsunterzeichnung versammelt hatten.

Auf einem Großbildschirm am Ende des Saals schwebte die amerikanische Raumfähre *Atlantis* über der Schönheit der blauweiß-grünen Erde. Neben ihr hing die sowjetische Raumfähre *Kutusow* ebenso harmlos über dem Planeten.

Calvin blickte vom Bildschirm zu Dick Gunther hinüber. Gunther winkte mit leicht zitternder Hand ab.

Knapp, verdammt knapp, besagte seine Geste.

Calvin nickte und sah dann auf den Vertrag herab, den er unterzeichnen sollte. Und erst jetzt, als er die Vertragsartikel anstarrte, die einen Moment lang vor seinen Augen verschwammen, lächelte er ungekünstelt und mit großer Erleichterung.

große Erzähler

HEYNE BÜCHER

01/6619 - DM 9,80

01/5738 - DM 9,80

01/6941 - DM 12,80

01/5691 - DM 10,80

01/566 - DM 9,80

01/5832 - DM 9,80

01/5750 - DM 14,80

01/6206 - DM 14,80

01/6674 - DM 9,80